高等學校文科教材

中國歷代文論選

(一卷本)

主　編　郭紹虞
副主編　王文生

上海古籍出版社

本書是在《中國歷代文論選》四卷本的基礎上選編的，由郭紹虞主編，王文生任副主編，錢仲聯參加校訂全書並擔任部分編寫工作，顧易生參加閱讀全稿，張海珊、李慶甲擔任先秦及近代部分的編寫工作，王文生、田念萱、黃屏擔任兩漢、魏晉南北朝及明、清部分的編寫工作，顧易生、蔣凡擔任唐、宋、金、元部分的編寫工作。

前　言

本書是在一九六四年版《中國歷代文論選》(下簡稱《文論選》)的基礎上經過較大修改、增補而重新編寫的。爲了適應教與學兩方面的需要，新編的《文論選》將分兩種版本發行，四卷本作爲教學和科研的參考書。一卷本供高等學校中文系作教材用。兩種版本編寫的指導思想是一致的，僅有繁簡詳略的差別。

《文論選》是我國古典文學理論文章的選集。首先就遇到一個選材的幅度，也就是博采或精選的問題。爲此我們廣泛地徵求了意見。大多數同志認爲，我國古代文論成爲專書專論的固然不少，但有相當部分散見於書信序跋之中，過去雖有人對收集文論資料作過努力，但遠遠不够完備。因此，我們在編選工作中把博采放在重要位置上來考慮，選材偏於求詳。在具體選材中，又根據不同情況有所側重：兩漢以前，文學與其它學術著作的界綫還不太明顯，文學理論大都包含在哲學、政治及文學創作之中，選材不能不寬；魏晉以後，畛域分明，則選材相應求嚴。就文論研究的基礎來看，詩論文論歷來爲學者所注意，不妨精選；小說、戲劇、民歌等方面的理論沒有得到足够的重視，自應博采。再從歷史時期來看，過去的研究者往往把目光集中於鴉片戰爭以前的古代文論；相形之下，對近代文論則注意不够，這又要求我們對近代部分作適當增補。上述種種想法支配着我們的工作，其結果也就成了現在的新編文論選的一個特點，它比一九六四年版的篇幅擴大了，由三卷增爲四卷，而增加最多的又是小說、戲劇、民歌等方面的理論以及近代部分的文學理論。

在材料取捨上，我們遵循一個總的原則，力圖使文論的編選有利於總結文學理論發展的歷史規律，有利於爲社會主義新文學的發展提供歷史借鑑，有利於具有民族形式的馬克思主義文學理論的建立。根據這個原則，我們注意選取在文學思想鬥爭中觀點相互對立的作品，以便有所比較，總結經驗；注意選取在總結文學創作經驗方面有一定見地的論文，以便有所繼承，有所發展；注意選取各種不同文學流派的代表作，以便分析各家學說的特點，評判其歷史作用以及對現實的影響；對於專書，則選取其最有價值或富於代表性的篇章，以便存其精華，窺其全貌。

對於一卷本所選各篇以及四卷本的正文，我們除了作出註釋外，還寫了說明。註釋的目的在於解釋詞句，疏通文義。說明的作用或是論述一篇文章的歷史地位及其影響；或是列舉其主要論點，給予評價；或是揭櫫其固有含義，闡明大旨；總之，是爲了給教師以參考，給同學以啓發，并幫助自學者培養深入鑽研的興趣和獨立思考的能力。

在四卷本的每篇正文之後，各有一組附錄。附錄文章或解說正文，有所闡發；或義有異同，可供比較；或後人論旨相同，有所引伸；或同一作者的其它文章觀點類似，足資旁徵。附錄的目的是爲了給研究者提供搜集材料的綫索，窺探某一理論發展的源流。

《文論選》是作爲教材用的。教師還可在本書的基礎上再作取捨，重點講授，以發揮自己的特長，同學在學習正文而有餘力的時候，也可以閱讀附錄。但無論教與學，都要注意培養同學收集材料、整理材料、分析材料的能力，要注意把文論選與批評史結合起來學習。古代文論是特定歷史條件的產物，它爲一定政治、經濟條件所制約，又受到哲學、宗教和其它意識形態的影響。它繼承某一文學傳統，又滋生了某種文學思想，有所演變，有所發展。我們只有在廣泛的聯繫中而不是孤立靜止地去學習文論，才能取其精華，去其糟粕，達到古爲今用的目的。

我們是本着上述原則來編寫這部《文論選》的。然而要完滿地貫徹這些原則，殊非易事。我們雖然作了很大的努力，但由於水平的限制，考慮不周或內容錯誤之處一定在所難免，我們殷切期待同志們的批評指正。

最後，我們深深感謝中國作家協會上海分會對我們的大力幫助和支持。我們也懷着遺憾的心情提到下列事實：第一次參加本書編寫工作的劉大杰教授已經病故，夏承燾、馬茂元教授未能參加這次新編工作，然而他們對於本書的貢獻是不容遺忘的。

例　言

我國文學理論遺產極爲豐富，它的形式是多種多樣的：有專書，有見於各種書籍中的單篇詩、文和筆記。這大量的資料，龐雜而又分散，過去還沒有做過系統的整理工作。爲了批判地繼承並發揚傳統，從中吸取有用的東西，建設我們自己的文學理論，本書配合"中國文學批評史"的教學，選輯了有關這方面的資料，供大學中文系教學及文學理論工作者研究之用。編例如次：

(一)選材和編次

一、本書所選，以理論性的著作爲限，形式不拘一格。入選各篇，取其能够闡明某一種文學思想和主張，在文學理論的發展歷史上具有一定的代表意義。其摭拾前言，陳陳相因，無眞知灼見，或評述某一作家，詮次某一作品，偏重於知識介紹，或漫談欣賞，無關宏旨者，概不選錄。另有一種情況，如徐陵的《玉台新詠序》、歐陽炯的《花間集序》，從選集本身來看，都鮮明地表現了選者的文學主張，然而這類的序言却以絺章繪句爲工，並未闡明任何理論，凡此之類，也不入選。

一、我國古代，特別是魏、晉以前，文學和哲理、歷史著作之間並沒有一條明顯的界綫。本書所選先秦諸子以及兩漢人的文章中，有一部分並不是論述文學或不是專論文學的，但它們在理論上可以和文學相通，曾經起過作用和影響。

一、本書一卷本起先秦迄近代，選文按作者的時代編次。

一、入選各篇，其與文學理論無關的部分，在不過分損害原文完整性的情況下，採用節錄的辦法，於題下註明。節錄的文章，除在原書中自成獨立章節者（如《論語》某篇中的幾個章節）外，其節去一段或數段者，一律加刪節號。

(二)校註和說明

一、入選各篇的文字，盡可能地採用各種版本加以校勘，正文迻錄時，以一本爲主，於篇末註明“某某本”。其有個別字句據他本改正或增補者，或有異文足資參考者，均於原文下加括號註明出處，或於篇末註明參用某本。有些選文的標點曾斟酌改動，未能一一說明。

一、選文各篇，一律加註。各篇註文，目的在於闡釋本篇的理論內容，凡用典、用事、運用成語或引用資料，其有關文學理論或文學知識範圍者，一一加以註釋。此外，擇要加註。

一、各篇的註釋，或註事，或釋義，或事義兼釋，繁簡詳略，視具體情況而定。詩歌、駢文以及較爲艱深的散體，估計一般讀者不易理解的個別句子，聯繫上下文作必要的串釋，繹述其大意。

一、註文盡可能採用可靠的原始資料，力求知識性的正確。引用資料中有個別艱深的字句難於理解者，也作了簡要的解釋，用括號括在原文的下面。原資料過於繁複不易刪節引用者，撮舉其大意，並註明出處。

一、註釋遇有歧義，一般的都以一說爲主；必要時，兩說並存，以供參考。凡勘訂舊註訛誤之處，不列舉舊說作辨正，以避繁冗。

一、各篇作者介紹，作爲註釋當中的一條，不另列作者小傳。是項註文，力求簡要，除生卒年、籍貫、略歷及主要著作外，其生平事蹟，不作介紹，僅註明有關資料的來源，以備查考檢閱。

一、爲了進一步幫助讀者理解原文，配合註釋，每篇正文之後，都附有一篇說明。註釋和說明互相結合，互爲補充。有些理論性的問題註釋已有解說者，說明中不再重複。

一、我國文學，有它自己的發展歷史和民族特色，古代文學理論中許多用語，都是前人從創作實踐經驗中概括出來的，也是我們應該批判地繼承的；對於這些用語，我們在註釋和說明中，一方面力求用科學的觀點把問題說得具體；另一方面，對現代術語的運用，採取審愼的態度，盡量避免生搬硬套。

一、本書從選材到註釋、說明，都是一種新的嘗試，錯誤之處，定所難免，殷切地期待讀者和專家們指正。

目録

先秦

兩漢

魏晉南北朝

唐

宋

金

元

明

淸

近　代

尙書·堯典〔節錄〕

帝[1]曰:夔[2]!命女典樂[3],敎胄子[4]。直而溫[5],寬而栗[6],剛而無虐[7],簡而無傲[8]。詩言志[9],歌永言[10],聲依永[11],律和聲[12]。八音克諧[13],無相奪倫[14],神人以和[15]。夔曰:於[16]!予擊石拊石,百獸率舞[17]。

孫星衍《尙書今古文註疏》

【註釋】

[1] 帝——指舜。

[2] 夔——人名,相傳是堯舜時掌管音樂的人。

[3] 女——汝,你。 典樂——主管音樂。

[4] 敎胄子——胄,長。這句謂敎育子弟,使其成長。一說,胄子指嫡長子。《史記·五帝本紀》作“敎穉子”。

[5] 直而溫——正直而溫和。

[6] 寬而栗——寬弘而莊嚴。栗,堅貌。

[7] 剛而無虐——剛毅而不苛刻。無,不,下句同。

[8] 簡而無傲——簡易而不傲慢。

[9] 詩言志——詩是用來表達人的志意的。《史記·五帝本紀》作“詩言意”。

[10] 歌永言——永,長。這句謂歌是延長詩的語言,徐徐詠唱,以突出詩的意義。

[11] 聲依永——謂聲音的高低又和長言相配合。聲,五聲,宮、商、角、徵、羽。

[12] 律和聲——謂律呂用來調和歌聲。律呂,六律六呂。六律指黃鐘、太簇、姑洗、蕤賓、夷則、無射。六呂指大呂、應鐘、南呂、林鐘、仲呂、夾鐘。

[13] 八音——《周禮·春官·大師》:八音,金、石、土、革、絲、木、匏、竹。這裏金指銅鐘,石指石磬,木指木製的柷(音祝,形如漆桶)、敔(音語,形如伏虎),大抵都屬體鳴樂器;革指鼓,屬皮樂器;竹指簫,匏(葫蘆之屬,古代製笙的材料)指笙,屬氣樂器;土指塤(音勛,陶哨),兼涉於體鳴樂器和氣樂器。這是八音的原始

分類法。後來因樂器所用的材料逐漸複雜，分類也發生變化。八類樂器不同，所發的音也不同，所以稱爲八音。　克諧——達到和諧。

［14］無相奪倫——不要攪亂次序。無，毋。

［15］神人以和——原書以爲神和人通過詩歌音樂可以交流思想感情而能協調和諧。

［16］於——音烏，歎詞。

［17］擊石拊石二句——石，磬。拊，小擊。二句舊註謂擊拊石磬，樂感百獸，使相率而舞。按：百獸率舞疑爲原始社會的圖騰舞。百獸指各種化裝的動物圖騰。

【説明】

《尙書》是關於中國上古歷史和部分追述古代事迹著作的匯編。西漢初存二十八篇，相傳由伏生口授，用漢時通行文字隸書抄寫，是爲《今文尙書》。《堯典》爲其中的一篇。近人以爲由周代史官根據傳聞編著，又經春秋戰國時人補訂而成。僞《古文尙書》把下半篇分出，並加二十八字，作爲《舜典》。

這裏節錄的一段文字，記載了中國早期的文學理論。它包括兩個方面的內容。其中之一是"詩言志"。朱自淸先生認爲這是中國歷代詩論的"開山的綱領"（《詩言志辨序》），對後來的文學理論有着長久的影響。由於"詩言志"概括地說明了詩歌表現作家思想感情的特點，也就涉及到詩的認識作用。從馬克思主義觀點看來，詩人的"志"是一定社會歷史條件的產物，無不受階級地位的制約。人們通過言"志"的詩，也就能在不同程度上認識社會。古人對這一點沒有作出明確的闡述，但已意識到詩的這方面的作用。《禮記·王制》云："命大師陳詩以觀民風。"《漢書·藝文志》云："《書》曰：'詩言志，歌永言。'故哀樂之心感而歌詠之聲發。誦其言謂之詩，詠其聲謂之歌。故古有采詩之官，王者所以觀風俗，知得失，自考正也。"這說明，古人在"詩言志"的認識基礎上，已注意到"采詩觀志"，並曾經把"采詩"作爲一種制度，力圖充分發揮詩的認識作用，使之爲統治者的政治服務。

與"詩言志"這一特點相聯繫的另一方面，則是詩的教育作用。"志"，既然是詩人的思想感情，言志的詩必須具有從思想感情上影響人和對人進行道德規範的力量。古代統治者把這種思想概括成詩能"持其性情"，並十分重視詩所言的“志”的性質。從孔子提倡詩“無邪”，到後來的主張“發乎情，止乎禮義”，以至提倡“溫柔敦厚”的儒家詩教，一系列的努力都集中在詩之“志”必須符合其本階級的道德規範。另一些人則發表了不同的看法。所謂“飢者歌其食，勞者歌其事”，“介眇志之所惑兮，竊賦詩之所明”，“志憾恨而不逞兮，抒中情而屬詩”，說明另有不同傾向的詩歌。它們在現實生活中發揮着不同的教育作用。在我國文學發展過程中，由於“志”長期被解釋成合乎禮教規範的思想，“情”被視爲是與政教對立的“私情”，因而在詩論中常常出現“言志”和“緣情”的對立。有時甚至產生激烈的爭辯。唐孔穎達的《毛詩序正義》早已看出，“志”與“情”是一個東西，“言志”與“緣情”並無本質的區別。這種對立的理論主張之所以在文學批評史上出現，其實質則是要求詩歌發揮不同的教育作用，是不同的政治思想要求在文學理論上的反映。

《堯典》這段文字也說明了在文學發展初期，詩、樂、舞的緊密聯繫。從文學起源的情況看來，一般的是伴隨勞動節奏而產生音樂，因音樂而產生歌辭。在當時，樂和詩同樣起着“言志”和教育人的作用。所以《荀子·樂論》說："君子以鐘鼓道志。"《周禮·大司樂》說："以樂語教國子。"詩與樂到後來才發展成兩個獨立的部門，產生以“聲”爲用的樂，和以“義”爲用的詩。至於詩、樂、舞的緊密結合，《呂氏春秋·古樂》也有所記載："昔葛天氏之樂，三人操牛尾，投足以歌八闋：一曰載民，二曰玄鳥，三曰遂草木，四曰奮五穀，五曰敬天常，六曰達帝功，七曰依地德，八曰總萬物之極。"《堯典》所述與此可以互相印證。它爲我們提供了關於文學起源的重要歷史資料。

《尚書》是我國現存的較早的古籍。“詩言志”是早期的詩歌理論。它在我國文學批評上的影響源遠流長。毛澤東同志從無產階級立場出發，書寫“詩言志”三字贈給文藝工作者，給這一理論注進了新的內容。

詩　經〔選錄〕

糾糾葛屨[1]，可以履霜[2]。摻摻女手[3]，可以縫裳[4]。要之襋之，好人服之。[5]好人提提[6]，宛然左辟[7]。佩其象揥[8]。維是褊心，是以爲刺。[9]（《魏風·葛屨》）

……墓門有梅[10]，有鴞萃止[11]。夫也[12]不良，歌以訊之[13]。訊予不顧[14]，顛倒思予[15]。（《陳風·墓門》）

……家父作誦[16]，以究王訩[17]，式訛爾心[18]，以畜萬邦[19]。（《小雅·節南山》）

……爲鬼爲蜮，則不可得。有靦面目，視人罔極。[20] 作此好歌，以極反側[21]。（《小雅·何人斯》）

……彼譖人[22]者，誰適與謀[23]？取彼譖人，投畀[24]豺虎。豺虎不食，投畀有北[25]。有北不受，投畀有昊[26]。楊園[27]之道，猗于畝丘[28]。寺人孟子[29]，作爲此詩。凡百君子，敬而聽之。[30]（《小雅·巷伯》）

……匪鶉匪鳶，翰飛戾天。匪鱣匪鮪，潛逃于淵。[31] 山有蕨薇，隰有杞桋。[32] 君子[33]作歌，維以告哀。（《小雅·四月》）

……君子之車，既庶且多。君子之馬，既閑且馳。[34]矢[35]

詩不多，維以遂歌[36]。(《大雅·卷阿》)

……民亦勞止，汔[37]可小安。惠此中國，國無有殘。[38]無縱詭隨[39]，以謹繾綣[40]。式遏寇虐[41]，無俾正反[42]。王欲玉女，是用大諫。[43]（《大雅·民勞》）

……民之未戾，職盜爲寇。[44]涼曰不可，覆背善詈。[45]雖曰匪予，既作爾歌。[46]（《大雅·桑柔》）

……申伯番番[47]，既入于謝[48]，徒御嘽嘽[49]。周邦咸喜：戎有良翰。[50] 不顯[51]申伯，王之元舅，文武是憲[52]。申伯之德，柔惠且直。揉[53]此萬邦，聞于四國[54]。吉甫[55]作誦，其詩孔碩[56]，其風肆好[57]，以贈申伯。（《大雅·崧高》）

……四牡騤騤[58]，八鸞喈喈[59]。仲山甫徂齊，式遄其歸[60]。吉甫作誦，穆如清風[61]。仲山甫永懷[62]，以慰其心。（《大雅·烝民》）

阮元刻《十三經註疏》本《毛詩正義》

【註釋】

[1] 糾糾葛屨——屨即鞋。糾糾爲纏結繚繞的樣子，指葛屨上所纏結的帶子。

[2] 可以履霜——葛屨本是夏天所穿，這句是形容它做工精緻，可以不透寒氣。履，踐踏。

[3] 摻摻女手——摻摻一作纖纖，形容女子手指纖細。這裏的女手，也就是製葛屨者的手。這個女子似是婢妾。

[4] 裳——下裙。這裏以裳字與霜字叶韻，實包括上衣。

[5] 要之襋之二句——要，音腰，衣裳的褄；襋，音棘，衣領。這兩個字都用作動詞，言一手提領，一手提褄。好人，美人，這裏是譏諷之詞，似指嫡妻。兩句是說縫

裳女將做好的衣裳拿給嫡妻去穿。

[6] 好人提提——這句是描寫嫡妻故作滿不在乎的神氣。提提，《爾雅》註引作媞媞，安舒貌。

[7] 宛然左辟——謂扭轉腰身。宛然，迴轉貌。辟，同避。

[8] 象揥——象牙製的女子髮飾，兼作搔頭用。

[9] 維是褊心二句——褊心，心胸狹隘。刺，譏諷。二句是縫裳女自述作詩意圖，意謂：正因爲這個好人心地褊狹，所以作一首詩來諷刺諷刺她。

[10] 墓門——墓道的門。 梅——《楚辭》王逸註引作棘。棘是惡樹，作者用來比喻他所憎恨的人。據《詩序》，本詩爲"刺陳佗"而作。陳佗是陳國公子，殺太子免，自立爲君，造成陳國大亂，國人分散。後爲蔡人所殺。見《春秋左傳》桓公五、六年。

[11] 鴞——鴟鴞，惡聲之鳥。作者似以此惡鳥比喻助人爲惡者。 萃止——棲息。

[12] 夫也——猶言彼人，指作者所譏刺的人。

[13] 歌——謂作此詩歌。 訊——告，警告。又作誶，二字互通。誶是數說責問的意思。

[14] 訊予不顧——警告了就不理我。

[15] 顚倒思予——栽了跟斗才會想起我。

[16] 家父——或作嘉父，又作嘉甫，人名，就是本篇的作者。 誦——這裏指詩。

[17] 究——窮，極。這裏意指徹底揭露。 王訩——指周王的罪惡。訩，通作凶，惡。

[18] 式訛爾心——希望你(周王)能改變心意。式，語助詞，無義。訛，化，改變的意思。

[19] 以畜萬邦——以便撫養萬國。

[20] 爲鬼爲蜮四句——蜮，傳說中的一種害人的怪物。朱熹《詩集傳》："蜮，短狐也。江淮水皆有之，能含沙以射水中人影，其人輒病，而不見其形也。"靦，音舔，意爲人面貌。視人，受人注視，視同"示"。罔極，沒有終極。四句直斥所諷刺的小人，意謂：如果你是鬼蜮，那確實不可能看到你。但你也披着一張人皮，已被人們注視，而且是不會有盡期的。

[21] 以極反側——用來深究你的反覆顚倒。

[22] 譖人——讒害別人的人。

[23] 誰適與謀——是誰替他主謀。適，音的，專主。

[24] 畀——音幣，給與。

[25] 有北——北方極寒無人之境。

[26] 投畀有昊——意爲交給老天爺去處理。有昊，猶言彼蒼，天。鄭玄箋："付與昊天，制其罪也。"

[27] 楊園——園名。

[28] 猗——加。畝丘——丘名。

[29] 寺人——奄官。詩題"巷伯"，也是寺人的意思。 孟子——寺人的字。

[30] 凡百君子——指百官。以上六句，作者點明了作詩地點和自己的身份、名字，並表示作詩目的是要使人們對讒人引起警惕。

[31] 匪鶉匪鳶四句——匪，非。鶉(音團)、鳶，都是猛禽。翰，高。戾，至。鱣(音氈)、鮪(音委)，同爲大魚。四句是作者以鳥飛魚潛爲喻，意謂自己不是猛禽可以飛到天上，不是大魚可以潛入深淵，隱喻生在亂世，遭受苦難，而無處可逃。

[32] 山有蕨薇二句——鄭玄箋："此言草木生各得其所，人反不得其所，傷之也。"杞，枸杞。楰，楰，有赤、白色兩種。

[33] 君子——這裏是作者自稱。從全詩的內容看來，作者大概是個大夫。這詩《詩序》以爲是大夫刺幽王之作。

[34] 君子之車四句——《詩序》說："《卷阿》，召康公戒成王也，言求賢用吉士也。"君子，朱熹《詩集傳》以爲指周成王。庶，衆多。閑，有教養。四句只說成王車馬極盛，但沒有寫成王用它來給賢人乘用(即是使賢士做官)，這含有諷的意思。

[35] 矢——陳。

[36] 維以遂歌——意謂希望馬上讓樂人歌唱此詩給成王聽。遂，就。

[37] 汔——音迄，庶幾。

[38] 惠此中國二句——惠，愛。中國，此處指京師。二句承上句而來，謂周厲王如能愛護京師的人民，那麼，全國諸侯君長也不至有殘害人民的暴政了。《詩序》以爲此詩是"召穆公刺厲王也"。

[39] 無縱詭隨——不要聽從那些詭詐欺騙、善於逢迎的小人。

[40] 以謹繾綣——以謹防他們的結黨包圍。繾綣，固結不解之意。

[41] 式遏寇虐——以遏止掠奪暴虐。

[42] 無俾正反——莫使政事顛覆敗壞。俾，使。正，通"政"。

[43] 王欲玉女二句——王呀，正因我要愛您，所以寫作此詩，對您進行規勸。玉，珍愛的意思。

[44] 民之未戾二句——戾，定。職，主，專。二句謂民衆的不得安定，專由於執政者的盜寇行爲。

[45] 涼曰不可二句——涼，涼薄。馬其昶《詩毛氏學》說：“‘涼曰不可’，即‘曰不可涼’之倒文。”善，大。二句意謂：我告誡你說，不可以有涼薄行爲，你却翻臉大駡。

[46] 雖曰匪予二句——你雖然說這些事情非己所爲，我已爲你而作這首歌陳述你的過失了。《詩序》：“《桑柔》，芮伯刺厲王也。”鄭玄箋：“芮伯，畿內諸侯，王卿士也，字良夫。”

[47] 申伯——姜姓諸侯，周宣王之舅。 番番——勇武貌。

[48] 謝——古地名，在今河南南陽市附近，申伯作邑於此。

[49] 嘽嘽——衆盛貌。

[50] 周邦咸喜二句——戎，你。翰，幹，指國家的支柱。朱熹《詩集傳》：“申伯旣入于謝，周人皆以爲喜，而相謂曰：汝今有良翰矣。”但這却反映了他們沒有惜別之情。

[51] 不顯——丕顯。不，通丕，大。一說：不，語詞，猶“豈不”，亦通。

[52] 文武是憲——謂文武之士皆以申伯爲榜樣。憲，法。

[53] 揉——安。

[54] 四國——四方。

[55] 吉甫——尹吉甫，周王朝的卿士。

[56] 其詩孔碩——謂詩意甚爲宏大。孔，甚。

[57] 其風肆好——謂聲調非常悅耳。風，聲調。肆，極。

[58] 騤騤——形容馬的健壯而有威儀。

[59] 鸞——鈴。 喈喈——鏘鏘。

[60] 式遄其歸——謂周人都希望仲山甫早日歸來。這是對宣王派仲山甫遠至齊地，含蓄地表示不滿。遄，急。

[61] 穆如清風——穆，和美。以上二句，意謂尹吉甫作這首詩，和美得猶如化養萬物的清風，很能使人受到感染。

[62] 仲山甫永懷——永，長。這句的意思是希望仲山甫能長思吉甫作誦的用意。

【說明】

《詩經》是中國最早的詩歌總集。本只稱《詩》，或舉其整數稱《詩三百》。後來儒家學派把它奉爲經典，習慣上就稱爲《詩經》。編成于春秋時代，共三〇五篇，全部是周初至春秋中葉的合樂歌詞，產生于今陝西、山西、河南、河北、山東及湖北等地。全書根據樂調分爲風、雅、頌三個部分，作者既有人民羣衆，也有士大夫貴族。但其時尙無專門作家，作者的姓名基本上都已無法考訂。形式以四言爲主，往往重章迭句，反復詠唱。其中有不少作品成功地運用了賦、比、興手法，富于藝術性。

在這三〇五篇詩歌裏，有少數作品已經談到了作詩的目的。在比較明確的十一條中，八例爲諷，三例爲頌。但不論是諷是頌，實際上都是"詩言志"的具體的發展和運用。這些例證表明，在當時社會矛盾加劇的情況下，人們已經把詩歌創作和政治緊密聯繫起來，運用詩歌積極干預生活，或者諷刺醜惡的事物，或者贊頌美好的事物。

十一例中，諷占多數，決非偶然。這不僅反映了《詩經》的實際情況，而且有其深刻的社會根源。如把頌美的三例（《卷阿》、《嵩高》、《烝民》）稍加分析，則還可以發現，這三例實際上也多少帶有諷的意味。總之，在階級社會裏，由于美好的事物常常受到損害，不合理的現象大量存在，諷乃是人們對於詩歌的社會作用的主要認識。

這個認識不但是《詩經》中的大量諷刺詩所由產生的思想基礎，而且也是當時社會上的一種帶有普遍性的認識。《國語·周語》記載召公諫厲王使衞巫監謗，就有這樣的話："爲川者決之使導，爲民者宣之使言。故天子聽政，使公卿至於列士獻詩，瞽獻曲，史獻書，師箴，瞍賦，矇誦，百工諫，庶人傳語，近臣盡規，親戚補察，瞽史教誨，耆艾修之，而後王斟酌焉，是以事行而不悖。"類似的話在《晉語》和《左傳》襄公十四年也都有所記載。可見，當時社會上早就公認諷刺是詩歌的主要職能。正如清人程廷祚所說："詩人自不諱刺，而詩之本教，蓋在於是矣。胡可以不察耶？"（《詩論六》）

尤其值得注意的是，這個認識一直貫穿兩千多年的封建社會，影響歷代進步詩人，推動歷代進步詩論，促進了大量具有諷刺意義的作品產生。荀子就高呼："天下不治，請陳佹詩。"（《荀子·賦篇》）司馬遷說："《詩》三百篇，大抵賢聖發憤之所爲作也。"（《史記·太史公自序》）劉勰說："風雅之興，志思蓄憤，而吟詠情性，以諷其上，此爲情而造文也。"（《文心雕龍·情采》）他們都認識到了諷產生于憤。至於白居易的諷諭詩和詩論，則是這個傳統的發展。

在長期的古代社會裏，詩以諷爲主，這是社會生活的必然反映。至於頌詩，固然有不少諛媚權貴的作品，但其中也有一些篇章在扶植美好事物方面產生過積極影響。隨着時代的發展，按照生活的不同需要，詩的這兩方面的傳統必將具有新的內容，充分發揮其應有的作用。

論　　語〔選錄〕

子貢[1]曰：貧而無諂[2]，富而無驕，何如？子曰：可也；未若貧而樂[3]，富而好禮者也。子貢曰：《詩》云："如切如磋，如琢如磨"，[4]其斯之謂與？子曰：賜也，始可與言《詩》已矣，告諸往而知來者。（《學而》）

子曰：《詩三百》[5]，一言以蔽之，曰：思無邪[6]。（《爲政》）

子夏[7]問曰："巧笑倩兮，美目盼兮，素以爲絢兮。"[8] 何謂也？子曰：繪事後素。曰：禮後乎[9]？子曰：起[10]予者商也！始可與言《詩》已矣。（《八佾》）

子曰：《關雎》樂而不淫，哀而不傷。[11]（《八佾》）

子謂《韶》[12]，盡美矣，又盡善也。[13]謂《武》[14]，盡美矣，未盡善也。（《八佾》）

子曰：質勝文[15]則野，文勝質則史[16]。文質彬彬[17]，然後君子。（《雍也》）

子曰：興於詩[18]，立於禮[19]，成於樂[20]。（《泰伯》）

子曰：誦《詩》三百，授之以政，不達[21]；使於四方，不能專對；[22]雖多，亦奚以爲？（《子路》）

子曰：有德者必有言，有言者不必有德。（《憲問》）

顏淵[23]問爲邦，子曰：行夏之時[24]，乘殷之輅[25]，服周之冕[26]，樂則韶舞[27]，放鄭聲[28]，遠佞人。鄭聲淫，佞人殆[29]。（《衞靈公》）

子曰：辭達而已矣。（《衞靈公》）

……鯉[30]趨而過庭。曰：學詩乎？對曰：未也。曰（依皇本

高麗本補“曰”字)：不學詩，無以言。鯉退而學詩。(《季氏》)

子曰：小子！何莫[31]學夫詩？詩可以興[32]，可以觀[33]，可以羣[34]，可以怨[35]。邇之事父，遠之事君；[36]多識於鳥獸草木之名[37]。(《陽貨》)

子謂伯魚曰：女爲《周南》、《召南》[38]矣乎？人而不爲《周南》、《召南》，其猶正牆面而立[39]也與？(《陽貨》)

子曰：惡紫之奪朱[40]也，惡鄭聲之亂雅樂也，惡利口之覆[41]邦家者。(《陽貨》)

阮元刻《十三經註疏》本《論語註疏》

【註釋】

[1] 子貢——孔子的學生，姓端沐(一作“木”)，名賜，字子貢。

[2] 諂——諂媚，奉承。

[3] 貧而樂——皇侃本“樂”下有“道”字。《集解》引鄭玄註：“樂謂志於道，不以貧爲憂苦。”

[4] 如切如磋二句——見《詩·衞風·淇奧》。切磋指刻骨頭、牛角、象牙的工藝，琢磨指雕玉石的工藝。子貢用來比喻孔子所說的意思是精益求精。

[5] 詩三百——《詩經》最初並無經的稱號，只稱《詩》，或舉其作品約數，稱《詩三百》。《左傳》引《詩》二一九條，只說“《詩》曰”、“《詩》云”。《論語》提到孔子說《詩》的有十八次，也只稱《詩》或《詩三百》。

[6] 思無邪——思，原作語助詞。(據陳奐《詩毛氏傳疏》說)此語見《魯頌·駉》末章。在這首詩裏，連用八個“思”字，句型相同，都是句首語氣詞，無實意。但後人多解作思想或意思之思。

[7] 子夏——孔子的學生，姓卜，名商，字子夏。

[8] 巧笑倩兮三句——上二句見《詩·衞風·碩人》。“素以爲絢兮”可能是散佚了的詩句。倩，面貌美好。盼，指眼的黑白分明。素，白底。絢，文采。

[9] 禮後乎——是不是禮在後呢？這裏沒有具體說出後於什麼。朱熹《集註》認爲是後於“忠信”。另說指“仁”。

[10] 起——啓發。

[11] 關雎二句——《關雎》是《詩·國風·周南》的首篇。淫，過分。《集解》引孔安

國註:“樂不至淫,哀不至傷,言其和也。”朱熹《集註》:“淫者，樂之過而失其正者也;傷者,哀之過而害於和者也。”

[12] 韶——相傳爲虞舜時樂曲,據說是表現舜接受堯的“禪讓”繼承其統業的內容。

[13] 盡美矣二句——美指聲音動聽,善指內容妥善。

[14] 武——相傳爲周武王時樂曲,據說是表現武王伐紂建立新王朝的內容。

[15] 質——質樸。　文——文采。

[16] 史——史官,這裏指浮華。朱熹《集註》:“史,掌文書，多聞習事，而誠或不足也。”

[17] 彬彬——質樸和文采搭配得很適當的樣子。

[18] 興於詩——《集解》引包咸註:“興,起也。言修身當先學詩。”

[19] 立於禮——《集解》引包咸註:“禮者所以立身。”劉寶楠《論語正義》謂“學禮可以立身,立身卽修身也”。

[20] 成於樂——《集解》引包咸註:“樂所以成性。”劉寶楠《論語正義》:“學詩之後,卽學禮,繼乃學樂。蓋詩卽樂章,而樂隨禮以行,禮立而後樂可用也。”“樂以治性,故能成性,成性亦修身也。”性,指品性。包、劉以爲音樂有助於品性的修養,所以說“成性”。

[21] 不達——達,通達,卽是謂學詩可通於政事。不達，此處謂不能通達於政事。

[22] 使於四方二句——春秋時代,列國大夫聘問,通行賦詩言志,或用以酬酢,或用爲媒介,辦外交上的交涉。

[23] 顏淵——孔子最得意的學生,名回,字子淵。

[24] 時——指曆法。相傳夏朝曆法以建寅之月(農曆正月)爲歲首。

[25] 輅——大車。

[26] 冕——禮帽。

[27] 韶舞——卽《韶》《武》。俞樾《羣經平議》:“舞,當讀爲武。”

[28] 放——朱熹《集註》:“謂禁絕之。”　鄭聲——產生於鄭國地區的民間新樂。

[29] 殆——危險。

[30] 鯉——孔子的兒子,字伯魚。

[31] 何莫——何不。

[32] 興——啓發鼓舞的感染作用,卽所謂“感發志意”(朱熹註)。

[33] 觀——考察社會現實的認識作用,卽所謂“觀風俗之盛衰”(《集解》引鄭玄註)、“考見得失”(朱熹註)。

[34] 羣——互相感化和互相提高的教育作用,卽所謂“羣居相切磋”(《集解》引孔安

國註)。

[35] 怨——批評不良政治的諷刺作用，卽所謂“怨刺上政”(《集解》引孔安國註)。

[36] 邇之事父二句——邇，近。這二句用意在於以詩爲禮教服務，突出表明了儒家文藝觀點與政治、倫理觀點是聯結在一起的。

[37] 多識於鳥獸草木之名——《詩經》中出現的動植各物之名，穀類有二十四種，蔬菜有三十八種，藥物有十七種，草有三十七種，花果有十五種，木有四十三種，鳥也有木名這樣多，獸有四十種，而馬的異名有二十七種，蟲有三十七種，魚有十六種(據顧棟高《毛詩類釋》的材料統計)。這是古代勞動人民長期在生產鬥爭中積累下來的廣博的知識。

[38] 周南召南——南爲商代諸侯國名。周、召二公分陝而治，以陝原(在今河南省西部陝縣的西南)爲界，周公主陝以東，召公主陝以西，就是分別統治古南國之地，所以周、召二公轄境各稱南。二公統治南國之地，因取南國之音以爲風。(《呂氏春秋·音初篇》:“塗山氏女歌曰:‘候人兮猗。’實始作南音。周公、召公取風焉，以爲周南、召南。”高誘註:“南音，南方南國之音。”)周召都是采邑，不是諸侯國名，不得稱二公采邑之地爲國風，所以編詩時要繫以南國舊名。(周南，在今洛陽以南，汝、漢、長江一帶，湖北、河南之間；召南，在周南之西，包括陝西南部和湖北一部分。這都是古代南國的地域。)以上據馬瑞辰《毛詩傳箋通釋》的說法，較《毛詩序》僅言“南，言化自北而南也”爲踏實。就音樂上說，宋程大昌《考古編》認爲南是樂歌。近人郭沫若《甲骨文字研究·釋南》考證南原是一種樂器，孳乳爲曲調之名。這種樂器的使用，可能是南國音樂的特色。南國地區的民歌，結合了南國的樂器所奏出的樂調，就是《周南》、《召南》的特徵。

[39] 正牆面而立——面對着牆壁站着，被至近至狹的地方所限制，就會一物也看不到，一步也不能前行。

[40] 惡——憎恨。　紫——這裏指雜色。　奪——變革代替。　朱——這裏指正色。

[41] 利口——強嘴利舌之人。　覆——顚覆。

【說明】

《論語》是用語錄體寫的最早一部儒家“經典”。書中記錄孔子和他周圍人物的言論和行動。撰寫的不止一人，成書可能在曾參逝世的公元前四三六年以後。

《論語》原有《魯論》《齊論》《古論》三種。現存《魯論》二十篇。這裏選錄的是有關文學方面的一些言論。

孔子被稱爲儒家的創始人。他特別強調文和道德的聯繫，提出"有德者必有言"的看法。《詩三百》是一部文學作品，但他在和子貢、子夏討論其中某些篇章時，却把文藝作品道德倫理化。他還進一步把《詩三百》歸結爲"無邪"，將全部作品說成爲都符合他所宣揚的"仁""禮"等的要求。他認爲詩和道德修養有不可分割的關係，後來《禮記·孔子閒居》進一步推演闡發爲"志之所至，詩亦至焉；詩之所至，禮亦至焉；禮之所至，樂亦至焉"。《詩三百》在儒家心目中，主要成了倫理道德修養的教科書。

孔子很重視文學的社會作用。他說："詩，可以興，可以觀，可以羣，可以怨。"文學作品有感染力量，能"感發意志"，這就是興。讀者從文學作品中可以"考見得失"，"觀風俗之盛衰"，這就是觀。羣是指"羣居相切磋"，互相啓發，互相砥礪。怨是指"怨刺上政"，以促使政治改善。這裏可以看出，孔子對文學的藝術特徵已有一定程度的認識，因而他對文學的社會作用論述比較全面。在孔子以前，人們對文學的社會作用儘管已經有了一些認識，然而講得比較零碎，孔子在概括前人成果的同時，對詩的社會作用作了較有系統的理論表述，在理論上比前人發展了一步。當然，孔子的興觀羣怨說有其具體的階級內容，歸根結底是爲了"事父""事君"，爲統治者服務。結合他講的"興於詩，立於禮，成於樂"、"羣居終日，言不及義，好行小慧，難矣哉"等言論來看，他的思想體系的主要內容——"仁""禮"等同樣滲透在興觀羣怨說中。

孔子論詩樂很重視中和之美，他說："《關雎》樂而不淫，哀而不傷。"（《論語集解》引孔安國說："樂不至淫，哀不至傷，言其和也。"）所謂中和之美，是他哲學理論上的中庸之道在文藝思想上的反映，這種思想直接導致了後來以"溫柔敦厚"爲基本內容的"詩教"的建立。崇尚中和之美的孔子，對不符合這一要求的民間樂曲採取輕視、排斥的態度，說"鄭聲淫"，主張"放鄭聲"。而對於《韶》、《武》古樂則推崇之至，所謂"行夏之時，乘殷之輅，服周之冕，樂則韶舞"，反映出他復古守舊的傾向。

在秦漢時期，人們所使用的"文學"這一概念，含義比較廣泛。孔子經常講到的"文"，是指包括文章在內的文化學術的總稱。他講的"詩"，是指

《詩三百》，是文學作品。在上古時期詩樂舞三位一體，詩依附於樂而存在，而孔子在論述中往往詩樂並提，有時則專門論詩，這反映了當時人們對詩的重要意義的認識在逐步提高，詩也在逐步地取得相對獨立的地位。

在孔子的時代，中國古代文學理論處於始創階段，他在詩歌社會作用等問題上的論述，一定程度地反映了文學本身的特徵，對於後代文學理論的發展，提供了有益的思想資料，對後代產生了深遠的影響，如他的興觀羣怨說就是這樣。梁鍾嶸在《詩品序》中以具體的事例，突出說明了羣和怨，清王夫之在《詩繹》中從自己的政治、哲學觀點出發，對興觀羣怨的相互關係作了精闢的闡發。又如，後代的一些文論家在論述文學的內容和形式問題時，都曾受到過孔子講的"文質彬彬"等有關論點的啓發。

墨　子〔選錄〕

子墨子言曰：仁之事者[1]，必務求興天下之利，除天下之害，將以爲法乎天下，利人乎卽爲，不利人乎卽止。且夫仁者之爲天下度[2]也，非爲其目之所美，耳之所樂，口之所甘[3]，身體之所安；以此虧奪[4]民衣食之財，仁者弗爲也。是故子墨子之所以非樂者，非以大鍾、鳴鼓、琴瑟、竽笙之聲以爲不樂也；非以刻鏤華[5]文章之色以爲不美也；非以犓豢煎炙[6]之味以爲不甘也；非以高臺厚榭邃野[7]之居以爲不安也。雖身知其安也，口知其甘也，目知其美也，耳知其樂也；然上考之不中[8]聖王之事，下度之不中萬民之利。是故子墨子曰：爲樂非也。（《非樂上》）

子墨子言曰：必立儀[9]。言而毋儀，譬猶運鈞[10]之上，而立朝夕[11]者也；是非利害之辨，不可得而明知也。故言必有三表[12]。何謂三表？子墨子言曰：有本[13]之者，有原[14]之者，有用之者。於何本之？上本之於古者聖王之事；於何原之？下原察百姓耳目之實；於何用之？廢[15]以爲刑政，觀其中國家百姓人民之利。此所謂言有三表也。……（《非命上》）

……辟[16]也者，舉也物[17]而以明之也。侔也者，比辭而俱行也。[18]援[19]也者，曰：子然，我奚獨不可以然也。推[20]也者，以其所不取之，同於其所取者，予之也。是猶謂也[21]者同也，吾豈謂也者異也。（《小取》）

孫詒讓《墨子閒詁》

【註釋】

［1］仁之事者——孫詒讓《墨子閒詁》："疑當云'仁者之事'，下文云'仁者之爲天下

度也’，可證。”

[2] 度——謀晝。

[3] 甘——美味。

[4] 虧奪——減損、剝奪。

[5] 華——畢沅《墨子》校註：“一本無此字。”

[6] 犓豢——孫詒讓《墨子閒詁》：“〇，吳鈔本作芻。”食草動物稱芻，如牛羊之類；食穀動物稱豢，如犬豕之類。 炙——烤肉。

[7] 厚榭——厚，大。榭，築於臺上之屋。 邃野——邃，深。野，王引之云：“野，卽宇字也。古讀野如宇，故與宇通。”（見王念孫《讀書雜志》）

[8] 中——合。

[9] 子墨子言曰必立儀——孫詒讓《墨子閒詁》：“疑當作‘言必立儀’，今本‘曰言’二字，涉上誤倒。”儀，表，標準，法則。

[10] 運——運轉。 鈞——轉動陶器模型的輪子。

[11] 立——樹立。 朝夕——這裏指測日影的表。

[12] 表——標志，標準。本文意指判斷事物的眞假是非的標準。

[13] 本——“謂考其本始。”（孫詒讓《墨子閒詁》）

[14] 原——“察度其事故。”（孫詒讓《墨子閒詁》）

[15] 廢——“廢，讀爲發”（王念孫《讀書雜志》），實施的意思。

[16] 辟——譬喩，“卽借用具體的事或具體的物以說明一件事情或某個道理，這是辯論中常用的方法。”（任繼愈說）

[17] 也物——卽他物，王念孫《讀書雜志》：“也與他同。”

[18] 侔也者二句——侔，齊等。比，比而同之。“卽用同樣的東西直接說明論點，如從‘白馬是馬’推出‘乘白馬是乘馬’。這種方法大體相當於直接推論。”（任繼愈說）

[19] 援——“援引前例或對方所說的話作爲類比推理的前提。”（任繼愈說）

[20] 推——推求，“卽是由已知的事物推出未知的事物，具有歸納推理的意義。”（任繼愈說）

[21] 也——與“他”字通。下句中“也”同此。

【說明】

墨翟，魯國（一說宋國）人，墨家的始創者，生活於戰國初葉。《漢書·藝文志》著錄《墨子》七十一篇，現存五十三篇。《墨子》一書，是墨子的弟子們根據筆記整理而成，雖非墨子親手寫定，但其內容主要是墨子的思想，也包括有後期墨家學派的思想。這裏節錄的是《墨子》《非樂上》、《非命上》和《小取》中的一些斷片。

墨子所講的文學也是廣義的，主要是指一般的學術文、政論文。墨子文學思想的要點是"尙用"與"尙質"。他在《非命上》中說："今天下之君子之為文學、出言談也，非將勤勞其惟(喉)舌而利其脣呡(同吻)也，中實將欲爲其國家邑里萬民利者也。"爲了使文學發揮對政治的作用，他主張"言有三表"："上本之於古者聖王之事"，是指言必有據，以古代聖王言行爲準則；"下原察百姓耳目之實"，是說立言要從實際出發，以百姓的實際體驗爲依據；"廢(發)以爲刑政，觀其中國家百姓人民之利"，強調立言著文要考慮客觀上對於政治的實際效果。三表是墨子提出的立言、著文的原則和標準，具有一定的科學性。

墨子強調作品的實用價值，認爲應該"先質而後文"(見孫詒讓《墨子閒詁》附錄引《說苑》《墨子》佚文)，並提出反對"以文害用"(見《韓非子·外儲說左上》)的見解。墨子從"尙用"、"尙質"的觀點出發，提出"非樂"的主張。他在《非樂上》中說明統治者的音樂享受，從樂器設備到音樂演奏，都是從剝奪民財民力而來，對人民的生活和生產都很不利。他還進一步指出，音樂藝術的享樂，無論是對於從事政治活動的統治者，或者是對於從事勞動生產的被統治者，都沒有任何益處，只能帶來損失。他的結論是："今天下士君子，請將欲求興天下之利，除天下之害，當在樂之爲物，將不可不禁而止也。"在當時人民生活極端困苦的情況下，墨子反對儒家大力提倡音樂以助長貴族奢侈享樂的生活，斥責統治者欣賞音樂就是"虧奪民衣食之財"，這些都是具有進步意義的看法。墨子反對統治階級把精神享受建立在對人民進行剝削掠奪的基礎上，同時又指出，他並非不知道那些大鍾鳴鼓琴瑟竽笙之聲能給人以美的享受。他之所以主張"非樂"，是因爲它們"不中聖王之事"、"不中萬民之利"。這就透露了他的非樂是小生產者的觀點的一種反映。

荀　子〔選錄〕

〔戰國〕 荀　況

學惡[1]乎始？惡乎終？曰：其數則始乎誦經，終乎讀禮[2]；其義[3]則始乎爲士，終乎爲聖人。……《禮》之敬文[4]也，《樂》之中和也，《詩》、《書》之博[5]也，《春秋》之微[6]也，在天地之間者畢[7]矣。（《勸學》）

凡言不合先王，不順禮義，謂之姦言；雖辯[8]，君子不聽。……故君子之於言也，志好之，行安之，樂言之。故君子必辯。凡人莫不好言其所善[9]，而君子爲甚。故贈人以言，重於金石珠玉；觀人以言[10]，美於黼黻文章[11]；聽人以言，樂於鍾[12]鼓琴瑟。故君子之於言無厭。鄙夫反是，好其實，不恤[13]其文。（《非相》）

有小人之辯者，有士君子之辯者，有聖人之辯者。不先慮，不早謀，發之而當，成文而類[14]，居錯遷徙，應變不窮，[15]是聖人之辯者也。先慮之，早謀之，斯須[16]之言而足聽，文而致實[17]，博而黨[18]正，是士君子之辯者也。聽其言則辭辯而無統[19]，用其身則多詐而無功，上不足以順明王，下不足以和齊百姓；然而口舌之均[20]，噡唯則節[21]，足以爲奇偉、偃卻[22]之屬：夫是之謂姦人之雄。聖王起，所以先誅也，然後盜賊次之。盜賊得變[23]，此不得變也。（《非相》）

假今之世[24]，飾邪說，文姦言，以梟[25]亂天下，矞宇嵬瑣[26]，使天下混然不知是非治亂之所存者有人矣。（《非十二子》）

言必當理，事必當務。……若夫充虛之相施易[27]也，堅白、同異[28]之分隔也，是聰耳之所不能聽也，明目之所不能見也，辯士之所不能言也。雖有聖人之知，未能僂指[29]也。不知，無害爲君子；知之，無損爲小人。工匠不知，無害爲巧；君子不知，無害爲治。王公好之則亂法，百姓好之則亂事。而狂惑、戇陋之人，乃始率其羣徒，辯其談說，明其辟稱[30]，老身長子[31]，不知惡也。夫是之謂上愚[32]。（《儒效》）

聖人也者，道之管[33]也。天下之道管是[34]矣，百王之道一是矣，故《詩》、《書》、《禮》、《樂》之歸是矣[35]。《詩》言是其志也，《書》言是其事也，《禮》言是其行也，《樂》言是其和也，《春秋》言是其微也。故《風》之所以爲不逐者，取是以節之也[36]；《小雅》之所以爲《小雅》者，取是而文[37]之也；《大雅》之所以爲《大雅》者，取是而光[38]之也；《頌》之所以爲至[39]者，取是而通之也。（《儒效》）

故凡言議期命[40]，是非以聖王爲師。（《正論》）

夫樂[41]者，樂[42]也，人情之所必不免也。故人不能無樂，樂則必發於聲音，形[43]於動靜；而人之道，聲音動靜，性術之變盡是矣。[44]故人不能不樂，樂則不能無形，形而不爲道[45]，則不能無亂。先王惡其亂也，故制《雅》《頌》之聲以道之，使其聲足以樂而不流[46]，使其文足以辨而不諰[47]，使其曲直、繁省、廉肉、節奏[48]，足以感動人之善心，使夫邪汙之氣無由得接焉；是先王立樂之方[49]也。……夫聲樂之入人也深，其化人也速，故先王謹爲之文。……樂者，聖人之所樂也，而可以善民心，其感人深，其移風易俗[50]，故先王導之以禮樂而民和睦。夫民有好惡之情而無喜怒之應，則亂。先王惡其亂也，故修其形，正其樂，而天下順焉。故齊衰之服[51]，哭泣之聲，使人之心悲；帶甲嬰軸[52]，歌於行伍，使人之心傷[53]；姚冶[54]之容，鄭衛之音[55]，使人之心淫；紳、端、章甫[56]，舞《韶》歌《武》，使人之心莊。故君子耳不聽淫聲，目不視女色[57]，口不出惡言，此三者君子愼之。凡姦聲感人而逆氣應之，逆氣成象[58]而亂生焉。正聲感人而順氣應之，順氣成象而治生焉。唱和有應，善惡相象[59]，故君子愼其所去就也。……亂世之徵，其服組[60]，其容婦[61]，其俗淫，其志利[62]，其行雜[63]，其聲樂險[64]，其文章匿而采[65]，其養生無度，其送死瘠墨[66]，賤禮義而貴勇力，貧則爲盜，富則爲賊；治世反是也。（《樂論》）

……今聖王沒，天下亂，姦言起，君子無埶[67]以臨之，無刑以禁之，故辨說[68]也。實不喻然後命，命不喻然後期，期不喻然後說，說不喻然後辨。[69]故期命辨說也者，用之大文也，而王業之始也。名聞而實喻，名之用也。[70]累而成文，名之麗[71]也。用麗俱得，謂之知名。名也者，所以期累實也。[72]辭也者，兼異實之名以諭（原作"論"字，從王念孫說改。）一意也。[73]辨說也者，不異實名以喻動靜之道也[74]。期命也者，辨說之用也。[75]辨說也者，心之象道也[76]。心也者，道之工宰[77]也。道也者，治之經理也。心合於道，說合於心，辭合於說，正名而期，質請而喻[78]，辨異而不過[79]，推類而不悖；聽則合文[80]，辨則盡故[81]。以正道而辨姦，猶引繩以持曲直；是故邪說不能亂，百家無所竄。有兼聽之明，而無奮矜[82]之容；有兼覆[83]之厚，而無伐[84]德之色。說行則天下正，說不行則白道而冥窮[85]，是聖人之辨說也。《詩》曰："顒顒卬卬，如珪如璋，令聞令望，豈弟君子，四方爲綱。"[86]此之謂也。（《正名》）

君子之言，涉然[87]而精，俛然而類[88]，差差然而齊[89]。彼正其名，當[90]其辭，以務白其志義者也[91]。彼名辭也者，志義之使也，足以相通則舍之矣[92]；苟之[93]，姦也[94]。故名足以指實，辭足以見極[95]，則舍之矣；外是者謂之訒[96]，是君子之所棄，而愚者拾以爲己寶。故愚者之言，芴然而粗[97]，嘖然[98]而不類，誻誻然而沸[99]。彼誘其名[100]，眩其辭[101]，而無深於其志義者也。故窮藉而無極[102]，甚勞而無功，貪而無名。故知者[103]之言也，慮之易知也，行之易安也，持之易立也；成則必得其所好而不遇其所惡焉。而愚者反是。《詩》曰："爲鬼爲蜮，則不可得；有靦面目，視人罔極。[104] 作此好歌，以極反側。"此之謂也。（《正名》）

古籍出版社本梁啓雄《荀子簡釋》

【註釋】

［1］惡——何，哪裏。

［2］數——程序。　經——六經。　禮——禮經。統言之，禮包括在六經之中。荀子的意思是以禮爲重點，所以歸結到讀禮。

［3］義——意義。

［4］敬文——敬，指周旋揖讓的儀式；文，指車服等級的標誌。

［5］博——梁啓雄《荀子簡釋》："《詩》《書》博記歷史、地理、風俗及鳥獸草木之名，故內容極博。"

［6］微——指用意深微。

［7］畢——完備。

［8］辯——善於談說。

［9］所善——"謂己所好尚也。"（楊倞註）

［10］覯人以言——覯，示。據鍾泰說，覯人以言，謂以言告人。

［11］黼黻文章——古代禮服上繪繡的文采。楊倞註："皆色之美者：白與黑謂之黼（音府），黑與青謂之黻（音弗），青與赤謂之文，赤與白謂之章。"

［12］鍾——同鐘。

［13］不恤——不顧。

［14］類——法。揚雄《方言》："齊謂法爲類。"

［15］居錯遷徙二句——錯，置。王念孫說："居讀爲舉，言或舉或錯或遷徙，皆隨變應之而不窮也。"

［16］斯須——須臾，俄頃，一會兒。

[17] 致實——王念孫說:“致讀爲質。質,信也,謂信實也。”

[18] 黨——同讜,直言。

[19] 無統——無綱紀。

[20] 口舌之均——之與則同義。均,調均。口舌之均,謂辯說流暢。

[21] 噡唯則節——噡,多言。唯,少言的意思。噡唯則節,謂多言或少言都能有節度。

[22] 奇偉——誇大的意思。　偃卻——偃蹇,高傲的意思。

[23] 變——轉變,教之使自新的意思。

[24] 假——借。　今之世——指戰國時代。

[25] 梟——梁啟雄說:“梟借爲撓。《說文》:撓,擾也。”

[26] 矞宇——猶言譎詭。　嵬瑣——王先謙說:“嵬瑣,猶委瑣也。嵬委聲近,故相通借。”指邪僻瑣細的言論。

[27] 充虛之相施易——充,實。施,通“移”。此句謂使實和虛相互轉變。

[28] 堅白——古代名家的一種名辯論題。《公孫龍子》有《堅白論》。其主要論點是離堅白。認爲堅、白、石三者,堅、白是分離的。只有堅石或白石,沒有堅白石。同異——《莊子·天下篇》引惠施說:“大同而與小同異,此之謂小同異。萬物畢同畢異,此之謂大同異。”這是“合同異”的說法。謂事物之間的一般的同異,相互比較起來,只能說是“小同”、“小異”。例如馬和牛都是走獸,是“小同”;但馬、牛又有不同的一面,是“小異”。這類同異的關係,惠施稱之爲“小同異”。推論到萬物,各物都有自己的特點,即自相;萬物之間都有差異,即是“畢異”;但萬物又都有相同之處,即共相,因而說它是“畢同”。這種同異的關係,惠施稱之爲“大同”、“大異”。“大同”“大異”和“小同”“小異”的性質是有差別的。“小同”“小異”並不重要,重要的在於萬物的“畢同”“畢異”。按照“畢同”的理論,相同性質的和不相同性質的事物,都可以抽象地統一起來,這就是所謂“合同異”。(以上採用任繼愈說。)

[29] 僂指——《荀子簡釋》引劉師培說:“僂字訓爲曲,僂指猶言曲陳。”

[30] 辟稱——辟,借作譬。稱,稱引。

[31] 老身長子——身已衰老而子已長大。

[32] 上愚——極愚。

[33] 管——樞要。

[34] 是——此,指儒家學說。

[35] 故詩書禮樂之歸是矣——劉台拱說:“之下當有道字,與上兩‘之道’對文。”

[36] «風»之所以爲不逐者二句——«風»指«詩»中的十五«國風»,與下文的«小雅»、«大雅»、«頌», 都是«詩»中分類的名稱。逐, 流蕩。節,節制。楊倞註: "«國風»所以不隨荒暴之君而流蕩者,取聖人之儒道以節之也。«詩序»曰: '變風發乎情,止乎禮義。發乎情,人之性也; 止乎禮義,先王之澤也。'"

[37] 文——修飾。

[38] 光——通"廣"。

[39] 至——極,"謂盛德之極"(楊倞註)。

[40] 期命——命,名。指概念。期,謂用幾個名聯貫起來以期會其意,指判斷。

[41] 樂——音樂,樂舞。

[42] 樂——喜樂。

[43] 形——表現。

[44] 而人之道三句——梁啓雄說: "人之道,謂人之所以爲人。這是說: 人之所以爲人,外的聲音動靜,內的性術之變,都表現在這音樂上了。' 性術之變,指人內在的思想感情的變化。

[45] 道——通"導"。

[46] 流——淫濫放蕩。

[47] 使其文足以辨而不諰——辨,明。謂通其辭,達其意。諰,當作偲,有邪義。此謂使樂之文辭足以明瞭而不邪。

[48] 曲直——聲音的迴曲與放直。　繁省——聲音的複雜與簡單。　廉肉——指聲音的清濁。

[49] 方——道,原則。

[50] 其移風易俗——"俗" 下脫一 "易" 字。易俗之易, 義爲變易。後易字義爲容易。

[51] 齊衰之服——喪服。齊衰音資摧。

[52] 婴——戴。　軸——同胄。

[53] 傷——讀爲壯,義爲悲壯。

[54] 姚冶——妖艷。

[55] 鄭衞之音——春秋戰國時鄭、衞等國的民間音樂。儒家因爲它和古代的雅樂不同,貶斥它爲淫靡之樂。

[56] 紳——古代士大夫束在衣外的大腰帶。　端——禮服。　章甫——禮帽。

[57] 女——物茂卿說: "女,當作姦。"

[58] 成象——表現於歌舞。

[59] 唱和有應二句——應,和。善唱善和,惡唱惡和,是唱和有應,善惡隨其所唱而表現。

[60] 組——華麗。

[61] 其容婦——模仿婦女打扮。

[62] 利——唯利是圖。

[63] 雜——卑汚。

[64] 險——《廣雅·釋詁》:"險,邪也。"

[65] 匿而采——匿,音慝,邪。匿而采,謂文章內容邪慝而多采飾。

[66] 瘠墨——苟簡儉薄。

[67] 埶——權勢。

[68] 辨説——包含有辨論、論證的意思。

[69] 實不喻然後命四句——實,具體事物,是第一性的。喻,表達。名,是代表一種具體事物的概念,是第二性的。這四句説:不能表明物的實體,則用名來表達,仍不能表明,則告之以該物的形狀大小,使會其意而作出判斷;仍不能表明,則更詳細地加以説明;仍不能表明,則當與之反覆辯論。

[70] 名聞而實喻二句——指出概念的作用是説明具體事物。

[71] 麗——同儷,配合。

[72] 名也者二句——謂有了名才可能把名積累起來而成文,累名正是代表了累實。

[73] 辭也者二句——具體事物有千差萬別,代表它的名也是千差萬別。這二句指出判斷是聯合概念表述一個意思。

[74] 辨説也者二句——不異實名,不使名實相亂的意思。因爲有名實相亂之辭發生,所以君子才必需展開爭論。動靜之道,指各種事物的運動變化的情況及其關係。

[75] 期命二句——説明人在辨説的時候,就是運用判斷和概念進行推理。

[76] 心之象道也——梁啓雄《荀子簡釋》:"象借爲像。《淮南·覽冥》註:'像,猶隨也。'《説文》:'隨,從也。'心從道才詆訾非道,所以有了辨説。"按:從道,對正道的認識。

[77] 工宰——王懋竑説:"工乃主字之訛。"

[78] 質請而喻——質,本也。請,讀爲情。情,實。這句謂根據具體事物而能表達出來。

[79] 辨異而不過——謂辨説足以明是非同異,沒有錯誤。

[80] 聽則合文——梁啓雄説:"《國語·周語》註:'文,禮法也。'謂凡聽別人辨説時,

必須平心靜氣地聽他說，務必合於辨論的禮法。”

［81］辨則盡故——謂辨別他人的辨說爲是爲非之時，務須窮究他所依據的事理。

［82］奮矜——傲慢自是。

［83］兼覆——無所不包。

［84］伐——自己矜誇的意思。

［85］白道而冥窮——俞樾說：“窮，當讀爲躬。白道而冥窮者，明白其道而幽隱其身也。”

［86］顒顒卬卬五句——《詩·大雅·卷阿》篇文。顒，音容。顒顒，體貌謙恭的樣子。卬，音昂。卬卬，志氣高朗的樣子。令望，好名聲。豈，音凱。豈弟，和樂。綱，典範。

［87］涉然——淺顯的意思。“涉然而精”，和下文“俛然而類”、“差差然而齊”，都是以相反成義。

［88］俛然而類——俛然，平易近人的意思。類，謂合乎條理規律。

［89］差差然而齊——差差然，不齊的樣子。齊，謂終歸于齊一。

［90］當——運用。

［91］白——表明，說明。　志義——指思想。

［92］通——溝通。　舍——止。

［93］苟之——不合理地故意加以曲說。

［94］姦——邪說。

［95］極——至，主要的意思。

［96］外是——超過這個界限。　訒——難，謂故作艱難之辭。

［97］芴然而粗——芴音忽，言其隱約。粗，疏略。隱約而粗疏，正和上文“涉然而精”相反。

［98］嘖然——爭吵的樣子。

［99］誻誻然而沸——誻，音踏。誻誻，多言的樣子。沸，讀如拂。拂義爲悖，悖和上文“差差然而齊”的“齊”相反。

［100］誘其名——搬弄名詞以爲誘惑。

［101］眩其辭——運用各種辭句弄得眼花繚亂。

［102］窮藉而無極——藉，借。窮借，多方面地使用假名虛辭。極，中，本。無極，漫無中心。

［103］知者——智者。

［104］爲鬼爲蜮四句——見《詩經》註［20］、［21］。

【説明】

《荀子》二十卷、三十二篇，著作者荀况，字卿，趙國人，生活年代後於孟軻。他吸取、改造並進一步發展了儒家學說，也吸取了戰國其它學派的思想，成了戰國後期的重要思想家。《荀子》書中直接談到文學的不多，這裏節錄的是《荀子》的《勸學》、《非相》、《非十二子》、《儒效》、《正論》、《樂論》、《正名》等篇中的斷片。

荀子論"言"，有如下幾個主要論點:

一、特别強調道，認爲"辯也者，心之象道也。心也者，道之工宰也。道也者，治之經理也。心合於道，說合於心，辭合於說。……"這是一種文以明道的主張。道的實際内容，就是所謂禮義。"凡言不合先王，不順禮義，謂之姦言。"他認爲一切言論，凡是合乎道的、宣揚道的，就是好的；凡是離開道的、違反道的，就是壞的。

二、由於對道有不同的態度，所以可分成聖人之"言"、君子之"言"、小人之"言"。聖人之言，最爲完美，"如珪如璋，……四方爲綱"，是崇敬的對象，效法的標準。而小人的姦言，"雖辯，君子不聽。"

三、"言"和政治有密切的關係，不同的"言"對政治起不同的作用。聖人之辯，"說行則天下正，說不行則白道而冥窮。"小人之辯，"用其身則多詐而無功，上不足以順明王，下不足以和齊百姓。"

先秦時代，文學批評還處在發生、發展的初期階段。文學思想包含在整個學術思想之中。荀子對於"言"的論點，也就是對於文學的看法。"明道"是荀子文學觀的核心；關於聖人之"言"的理論，反映在文學上就是"徵聖"的主張。荀子本人是儒學經典主要的傳授者，據清人汪中《荀卿子通論》的考據，《易》、《詩》、《禮》、《春秋》都是荀子所傳。這裏節錄的斷片中，就有兩處徵引了《詩》，這是荀子文學思想中"宗經"主張的實踐。明道、徵聖、宗經，三位一體，明道是三者的中心，這就是荀子文學思想的基本内容，它奠定了後世明道、徵聖、宗經三位一體的文學觀。

荀子論"名"，分析非常精密。這本是邏輯思想史上一個重要的命題，荀子的這個論述有重要的歷史地位。這個問題，與文章的用詞命意有密切聯系。"文而致實，博而黨正"，"正名而期，質請而喻，辯異而不過，推類而不悖。”這是荀子對“名”的要求，也是對於文章用詞命意的要求。詞的概念明確，那麽句所表達的意也自然明確，雖似樸質，却很精當。假使玩弄概念，或“用名以亂名”，或“用實以亂名”，或“用名以亂實”，那就成爲當時的“邪說僻言”。這是他所極端反對的。

荀子論“樂”，在深度和廣度上都比他的前人大大前進了一步，有名的《樂論》是他論樂的專文。先秦時代，詩樂緊密配合，荀子關於音樂的見解中有不少地方和文學批評有關。這方面值得注意的論點是：他認爲音樂的產生和人們對於音樂的需要，是“人情所必不免”的事情；人們內在的“性術之變”，即內在的思想感情的變化，可以通過音樂表現出來；反映人們各種各樣思想感情變化的不同音樂，能使人產生“心悲”、“心傷”、“心淫”、“心莊”等不同的心理反應。他還進一步指出，因爲音樂表現了人們的思想感情，所以從中可以看到時代的面貌：“亂世之徵……其聲樂險，其文章匿而采”；因爲音樂有“入人也深”、“化人也速”的巨大教育、感染作用，所以它能對整個社會的民情風俗以至國家的安危治亂發生直接影響。在比較深入地論述音樂的藝術特徵和社會作用的基礎上，荀子反覆批評了“非樂”的墨翟，特別强調統治者應該“正其樂”，并利用音樂教化人民，從而達到“治生焉”即鞏固統治的目的。荀子重視樂教的主張，是他明道、徵聖、宗經的文學觀在音樂領域的體現。

毛 詩 序[1]

《關雎》[2],后妃之德也[3],風之始也[4],所以風[5]天下而正夫婦也。故用之鄉人焉[6],用之邦國焉[7]。風,風也,教也;風以動[8]之,教以化[9]之。

詩者,志之所之也[10],在心爲志,發言爲詩。情動於中而形[11]於言,言之不足故嗟嘆之,嗟嘆之不足故永歌之,[12]永歌之不足,不知手之舞之,足之蹈之也。

情發於聲,聲成文[13]謂之音。治世之音安以樂,其政和;亂世之音怨以怒,其政乖[14];亡國之音哀以思,其民困。故正得失,動天地,感鬼神,莫近於詩[15]。先王以是經夫婦[16],成孝敬,厚人倫,美教化,移風俗。[17]

故詩有六義焉:一曰風[18],二曰賦[19],三曰比[20],四曰興[21],五曰雅[22],六曰頌[23]。上以風化下,下以風刺上,主文而譎諫[24],言之者無罪,聞之者足以戒,故曰風。至於王道衰,禮義廢,政教失,國異政,家殊俗,而變風、變雅[25]作矣。國史[26]明乎得失之迹,傷人倫之廢,哀刑政之苛,吟詠情性,以風其上,達於事變而懷其舊俗者也。故變風發乎情,止乎禮義。發乎情,民之性也;止乎禮義,先王之澤也。是以一國之事,繫一人之本,謂之風;言天下之事,形四方之風,謂之雅。[27]雅者,正也,言王政之所由廢興也。政有小大,故有小雅焉,有大雅焉。頌者,美盛德之形容,以其成功告於神明者也。是謂四始[28],詩之至也[29]。

然則《關雎》《麟趾》之化[30],王者之風,故繫之周公。南,言化自北而南也[31]。《鵲巢》《騶虞》[32]之德,諸侯之風也,先王之所以教，故繫之召公。《周南》《召南》[33]，正始之道，王化之基。[34]是以《關雎》樂得淑女，以配君子，憂(原文作“愛”，依《四部叢刊》本及《文選》校改。)在進賢，不淫其色；哀窈窕，思賢才，而無傷善之心焉。[35]是《關雎》之義也。

阮元刻《十三經注疏》本《毛詩正義》卷一

【註釋】

[1] 毛詩序——漢人傳詩有魯(申公所傳)、齊(轅固生所傳)、韓(韓嬰所傳)三家詩說，都立於學官。趙人毛萇傳詩，稱爲毛詩，終漢之世，未立學官。詩有今古文之分，魯、齊、韓三家爲今文，毛詩爲古文。三家詩都有序(據魏源《齊魯韓毛異同論》說)，亡佚已久，而毛詩序獨存。這裏選錄的是《詩毛氏傳》在國風首篇《關雎》題下的一篇序言。《經典釋文》引舊說：“起此至‘用之邦國焉’，名《關雎序》，謂之《小序》；自‘風，風也’訖末，名爲《大序》。”又引沈重說：“案鄭(玄)《詩譜》意《大序》是子夏(卜商)作，《小序》是子夏、毛公合作。卜商意有未盡，毛更足成之。”又引或云：“小序是東海衞敬仲(宏)所作。”但現存孔穎達《毛詩正義》所載《詩譜》，不言序爲誰作。范曄《後漢書·儒林傳》載：“初，九江謝曼卿善《毛詩》，乃爲其訓。(衞)宏從曼卿受學，因作《毛詩序》。”有關《毛詩序》作者問題的異說尙多，可參考《四庫全書總目提要》卷十五經部十五詩類一《詩序》提要及崔述《通論詩序》。本序究屬何人所作，目前尙無定論。

[2] 關雎——《詩·國風·周南》首篇的篇名。

[3] 后妃之德也——后妃，天子之妻。舊說《關雎》詩寫后妃事，指周文王妃太姒。

[4] 風之始也——風，指《詩三百篇》中的十五國風。這句說《關雎》是十五國風中的第一篇。

[5] 風——讀去聲，教化的意思。

[6] 用之鄉人焉——一萬二千五百家爲一鄉。“用之鄉人焉”，《正義》解釋爲“令鄉大夫以之敎其民也。”案：《儀禮·鄉飲酒禮》，鄉大夫行鄉飲酒禮時，以《關雎》合樂。

[7] 用之邦國焉——《正義》解釋爲“令天下諸侯以之敎其臣也。”案：《儀禮·燕禮》，諸侯行燕禮飲燕其臣子及賓客時，歌鄉樂《關雎》。

[8] 動——感動。

[9] 化——感化。

[10] 志——志意、懷抱。　所之——所往、所向。

[11] 形——表現。

[12] 言之不足二句——指發言之後，意猶未足，𥁞嗟歎息以延續它。嗟嘆猶嫌未足，那就要引聲長歌。永，長。

[13] 聲成文——文，指宮、商、角、徵、羽五聲之調。

[14] 乖——乖戾、反常。

[15] 莫近於詩——莫近，莫過。

[16] 以——用。　經——常道，這裏作動詞用。經夫婦，謂使夫婦之道入於正常。

[17] 美教化移風俗——《禮記·樂記》："樂也者，聖人之所樂也，而可以善民心，其感人深，其移風易俗。故先王著其教焉。"與此文可互證。詩與樂是合一的東西。

[18] 風——據下文的解釋是指風化、諷刺。《詩三百篇》十五國風，比較廣泛地反映了人民的生活、感情和願望，基本上是人民的詩歌，具有地域的特徵。它跟雅、頌有地方樂歌和朝廷樂歌的區别。

[19] 賦——用作動詞，含有鋪陳直敍之意。鄭玄註《周禮·大師》説："賦之言鋪，直鋪陳今之政教善惡。"劉熙《釋名》："敷布(佈)其義謂之賦。"劉勰、鍾嶸以至朱熹都一致認爲"直書其事"，"體物寫志"是賦的特徵。

[20] 比——比喻。鄭玄《周禮·大師》註："比者，比方於物也。"《藝文類聚》卷五十六引晉摯虞《文章流别論》説："比者，喻類之言也。"朱熹《詩經集傳》説："比者，以彼物比此物也。"

[21] 興——起的意思。兼有發端和比喻的雙重作用。鄭玄《周禮·大師》註："興，見今之美，嫌於媚諛，取善事以喻勸之。"何晏《論語集解》引孔安國説，"興，引譬連類"。朱熹《詩經集傳》説興是"先言他物以引起所詠之辭也"。但興亦有僅具發端而無比喻的作用的；也有喻意由於時代久遠，已難明瞭的；也有僅具音律上的聯系作用的。因此，興的界説，比較紛歧。

[22] 雅——據下文的解釋，雅是正的意思，談王政的興廢。據梁啓超《釋四詩名義》的考證，"大小雅所合的音樂，當時謂之正聲。……'雅'與'夏'古字相通，……雅音卽夏音，猶言中原正聲云爾。"而此序下文"雅者正也"的説法，也可能是從雅是正聲這一意義引申而來。周王朝公卿士大夫的詩歌，都歸入雅詩之內。

[23] 頌——周王朝和魯、宋二國在祭祀時用以贊神的舞歌，它的本義是形容，也就是借着舞蹈表現詩歌的情態。清阮元《釋頌》認爲頌是舞詩。王國維《説周頌》認爲頌比風、雅的樂曲的速度要徐緩些。

[24] 主文而譎諫——朱熹解爲“主於文辭而託之以諫”(見《呂氏家塾讀詩記》卷三)。譎諫,用隱約的言詞諫勸而不直言。

[25] 變風變雅——變的意義即下文“達於事變”的變,指的是時世由盛變衰,政教綱紀大壞。鄭玄《詩譜序》說:“故孔子錄懿王、夷王時詩訖於陳靈公淫亂之事,謂之變風、變雅。”在國風中,邶風以下十三國風爲變風,但豳風有描寫西周初期周公東征的事;大雅中《民勞》以後的詩,小雅中《六月》以後的詩爲變雅,但其中也有贊揚美政的。馬瑞辰以爲正變,以政教得失而分,而不以時間爲界。

[26] 國史——王室的史官。鄭玄說:國史采集衆詩,明其好惡,令瞽矇(瞎眼的樂官)歌之。

[27] 是以一國之事以下六句——孔穎達《正義》說:“……言風雅之别,其大意如此也。一人者,作詩之人。其作詩者,道己一人之心耳,要所言一人心,乃是一國之心。詩人覽一國之意以爲己心,故一國之事繫此一人使言之也。但所言者,直是諸侯之政,行風化於一國,故謂之風,以其狹故也。言天下之事,亦謂一人言之。詩人總天下之心,四方風俗,以爲己意,而詠歌王政,故作詩道說天下之事,發見四方之風,所言者乃是天子之政,施齊正於天下,故謂之雅,以其廣故也。”

[28] 四始——《正義》引鄭玄答張逸云:“風也,小雅也,大雅也,頌也。此四者,人君行之則爲興,廢之則爲衰。”又引《鄭箋》:“始者,王道興衰之所由。”陳奐《詩毛氏傳疏》認爲這裏是總論全詩,風、大小雅、頌,皆以文王詩爲始:“《關雎》風始,《鹿鳴》小雅始,《文王》大雅始,《清廟》頌始。”案:“《關雎》之亂,以爲風始,《鹿鳴》爲小雅始,《文王》爲大雅始,《清廟》爲頌始。”見《史記·孔子世家》。司馬遷習魯詩,其說如此。《毛詩序》一開頭說《關雎》是“風之始也”,實襲《史記》。

[29] 詩之至也——這句的意思是指詩理至極,盡於此。

[30] 麟趾——《麟之趾》是《詩·國風·周南》中最後的詩篇。《小序》以爲“《麟之趾》,《關雎》之應也。《關雎》之化行,則天下無犯非禮,雖衰世之公子皆信厚如麟趾之時也。”

[31] 南言化自北而南也——《毛傳》:“謂其化從岐周被江、漢之域也。”

[32] 鵲巢騶虞——《鵲巢》是《詩·國風·召南》中的首篇,寫諸侯之女出嫁於諸侯的事。《騶虞》是《詩·國風·召南》中最後的詩篇,寫諸侯打獵事。騶(音鄒)虞,獸名。

[33] 周南召南——見本書《論語》(選錄)註[38]。

[34] 正始之道二句——《正義》:“《周南》《召南》二十五篇之詩,皆是正其初始之道,

王業風化之基本也。”

[35] 不淫其色四句——窈窕，善良美好的意思。《關雎》：“窈窕淑女，君子好逑。”案：《論語·八佾》：“子曰：《關雎》樂而不淫，哀而不傷。”是本文用意所本。

【説明】

《毛詩序》吸取了傳詩經生們的意見，闡説了詩歌的特徵、内容、分類、表現方法和社會作用等，可以看作是先秦儒家詩論的總結。

首先，它進一步闡明了詩歌的言志抒情的特徵和詩歌與音樂、舞蹈的相互關係。序中所謂“詩者志之所之也”的志和“情動於中而形於言”的情，是二而一的東西。正如孔穎達《左傳》昭公二十五年《正義》所説：“在己爲情，情動爲志，情、志一也。”提出這一論點，不始於《大序》，先秦的《禮記·樂記》已有相同的論述；《書·堯典》也有類似的説法；《荀子·儒效》也説過：“詩言是其志也。”言志之説一脈相承的情況極爲明顯。而《毛詩序》把志與情結合起來談，則更清楚地説明了詩歌的特徵。詩、樂、舞在產生和發展過程中緊密相聯，《書·堯典》、《禮記·樂記》也有所闡明。《毛詩序》對此作了更詳細的敍述，顯示出“以聲爲用的詩的傳統，比以義爲用的詩的傳統古久得多”（朱自清《詩言志辨》）。

其次，《毛詩序》指出了詩歌音樂和時代政治的密切關係，説明不同的時代有不同的作品，政治情況往往在音樂和詩的内容裏反映出來。這顯然是受《左傳》襄公二十九年季札觀樂一段議論的啓示，進一步指出了政治、道德、風俗與音樂詩歌有不可分割的聯繫。後來劉勰《文心雕龍》的《時序》篇，正是根據這一理論，闡述了“時運交移，質文代變”，“文變染乎世情，興廢繫乎時序”的道理。

其三，在詩歌的分類與表現手法方面，《毛詩序》提出了“六義”説，這是根據《周禮》“大師……教六詩：曰風，曰賦，曰比，曰興，曰雅，曰頌”的舊説而來。孔穎達《毛詩正義》卷一認爲“風、雅、頌者，《詩》篇之異體；賦、比、興者，《詩》文之異辭耳。……賦、比、興是《詩》之所用，風、雅、頌是《詩》之成形。用彼三事，成此三事，是故同稱爲義。”宋朱熹説風、雅、頌是“三經”，是“做詩的骨子”；賦、比、興“却是裏面横串的”，是“三緯”（説見《朱子語類》）。都是闡明了風、雅、頌是詩的種類，而賦、比、興是作詩的方法。關於賦、比、興，朱熹分別作了說明："賦，敷陳其事而直言之者也"；"比者，以彼物比此物也"；"興者，先言他物以引起所詠之詞也"。它說明在創作過程中，作者感情的激發、聯想和對事物的描寫都是結合具體形象進行的。賦、比、興的方法實質上是形象思維的方法。這一方法，《周禮》與《毛詩序》對它作了最初的概括。之後，劉勰《文心雕龍·比興》、鍾嶸《詩品序》又作了進一步的闡明。特別是其中的比興說，陳子昂、李白、白居易等根據他們的理解也作了不同的闡發。

《毛詩序》對詩歌的特徵、詩歌與政治的關係、詩的分類和表現手法的論述，貫穿着一個中心思想：詩歌必須爲統治階級的政治服務。因此，在談到詩歌的言情特點時，又提倡"發乎情，止乎禮義"。說到詩的政治作用時，又強調"先王以是經夫婦，成孝敬，厚人倫，美教化，移風俗"。它把這種思想集中突出地表現在關於詩歌的社會作用的論述裏："上以風化下，下以風刺上"，"故正得失，動天地，感鬼神，莫近於詩。"這種理論在政治上表達了統治階級對詩歌的要求，在思想上則是《論語》的"思無邪"，興、觀、羣、怨，事父事君說的進一步發展。在我國長期封建社會裏，不少人以此作爲詩歌創作和批評的準則。對詩歌的創作有着長遠的影響。

史記·太史公自序〔節錄〕

〔漢〕 司馬遷[1]

太史公曰：先人有言，自周公卒五百歲而有孔子。孔子卒後至於今五百歲，有能紹明世，正《易傳》，繼《春秋》，本《詩》《書》《禮》《樂》之際，意在斯乎，意在斯乎，小子何敢讓焉？[2]

上大夫壺遂[3]曰：昔孔子何爲而作《春秋》哉？

太史公曰：余聞董生[4]曰，"周道衰廢，孔子爲魯司寇，諸侯害之，大夫壅之，孔子知言之不用，道之不行也，是非二百四十二年之中[5]，以爲天下儀表，貶天子，退諸侯，討大夫，以達王事而已矣。"子曰："我欲載之空言，不如見之於行事之深切著明也。"[6]夫《春秋》，上明三王之道，下辨人事之紀，別嫌疑，明是非，定猶豫，善善惡惡，賢賢賤不肖，存亡國，繼絕世，補敝起廢，王道之大者也。《易》著天地陰陽四時五行，故長於變；《禮》經紀人倫，故長於行；《書》記先王之事，故長於政；《詩》記山川谿谷禽獸草木牝牡雌雄，故長於風；《樂》樂所以立，故長於和；《春秋》辯是非，故長於治人。是故《禮》以節人，《樂》以發和，《書》以道事，《詩》以達意，《易》以道化[7]，《春秋》以道義。撥亂世，反之正，莫近於《春秋》。《春秋》文成數萬，其指數千，[8]萬物之散聚[9]，皆在《春秋》。《春秋》之中，弒君三十六，亡國五十二，諸侯奔走不得保其社稷者，不可勝數。察其所以，皆失其本已。故《易》曰："失之毫釐，差以千里。"[10]故曰：臣弒君，子弒父，非一旦一夕之故也，其漸久矣。[11]故有國者，不可以不知《春秋》，前有讒而弗見，後有賊而不知。爲人臣者，不可以不知《春秋》，守經事而不知其宜，遭變事而不知其權。[12] 爲人君父而不通於《春秋》之義者，必蒙首惡之名；爲人臣子而不通於《春秋》之義者，必陷簒弑之誅，死罪之名。其實皆以爲善，爲之不知其義，被之空言而不敢辭。[13]夫不通禮義之旨，至於君不君，臣不臣，父不父，子不子。夫君不君則犯，臣不臣則誅，父不父則無道，子不子則不孝。此四行者，天下之大過也。以天下之大過予之，則受而弗敢辭。故《春秋》者，禮義之大宗也。夫禮禁未然之前，法施已然之後，法之所爲用者易見，而禮之所爲禁者難知。[14]

壺遂曰：孔子之時，上無明君，下不得任用，故作《春秋》，垂空文以斷禮義，當一王之法[15]。今夫子上遇明天子，下得守職，萬事既具，咸各序其宜，夫子所論，欲以何明？

太史公曰：唯唯，否否[16]，不然。余聞之先人曰：伏羲至純厚，作《易八卦》，堯、舜之盛，《尚書》載之，禮樂作焉；湯、武之隆，詩人歌之；《春秋》采善貶惡，推三代之德，褒周室，非獨刺譏而已也。漢興以來，至明天子獲符瑞，封禪[17]，改正朔[18]，易服色[19]，受命於穆清[20]，澤流罔極，海外殊俗，重譯款塞[21]，請來獻見者，不可勝道。臣下百官，力誦聖德，猶不能宣盡其意。且士賢能而不用，有國者之恥；主上明聖而德不布聞，有司之過也。且余嘗掌其官，廢明聖盛德不載，滅功臣世家賢大夫之業不述，墮先人所言，罪莫大焉。余所謂述故事，整齊其世傳，非所謂作也；而君比之於《春秋》，謬矣。

於是論次其文。七年[22]，而太史公遭李陵之禍，幽於縲紲[23]，乃喟然而嘆曰：是余之罪也夫！是余之罪也夫！身毁不用矣！退而深惟[24]曰：夫《詩》《書》隱約者，欲遂其志之思也。[25]昔西伯拘羑里，演《周易》；[26]孔子戹陳、蔡，作《春秋》；[27]屈原放逐，著《離騷》；左丘失明，厥有《國語》；[28]孫子臏脚，而論兵法；[29]不韋遷蜀，世傳《呂覽》；[30] 韓非囚秦，《說難》《孤憤》；[31]

《詩》三百篇，大抵賢聖發憤之所爲作也。此人皆意有所鬱結，不得通其道也，故述往事，思來者。於是卒述陶唐以來，至於麟止，自黃帝始。[32]

中華書局本二十四史《史記》卷一百三十

【註釋】

［1］司馬遷（公元前一四五年——？）——字子長，左馮翊夏陽人。西漢史學家兼文學家。武帝時，先後官太史令與中書令。著《史記》一百三十篇，舊有劉宋裴駰《集解》、唐司馬貞《索隱》、張守節《正義》三種註本。近代日本人瀧川資言有《史記會註考證》。《全漢文》收其文入卷二十六。《漢書》卷六十二有傳。

［2］小子句——意謂當完成父親司馬談的志願，繼孔子而作史。

［3］壺遂——天文學家，漢武帝時，官詹事。上大夫是他的官階。太初元年（公元前一〇四年），司馬遷和壺遂共同制定新曆（即太初曆），這段談話，即在其時。

［4］董生——即董仲舒（公元前一七八年——前一〇四年），廣川人。西漢經學家。著有《春秋繁露》。司馬遷曾從他受學。《史記》卷一百二十一、《漢書》卷五十六都有傳。生，先生的簡稱。

［5］是非句——指孔子作《春秋》。是非，褒貶的意思。《春秋》起魯隱公元年（公元前七二二年），迄魯哀公十四年（公元前四八一年），凡二百四十二年。

［6］子曰二句——據司馬貞《史記索隱》說，見《春秋緯》，但緯書出於西漢末年，引文當別有所本，詳不可考。相傳孔子作《春秋》，是借着整理改寫魯國史來表現自己的政治觀點的。孔子不用於時，著書以垂後。這裏意思是說，與其發爲議論，就不如採用《春秋》這種褒貶是非，因事見義的方式，更爲深切而著明。

［7］道化——闡發陰陽四時五行變化之理。道，論述，上下文並同。

［8］文成數萬二句——董仲舒是經今文學家，習《公羊春秋》。《公羊春秋》合經傳凡四萬四千餘字，故云"文成數萬"。傳釋經義，條例極繁，故云"其指數千"。

［9］萬物之散聚——郭嵩燾曰："物，猶事也。萬物之散聚，謂會盟侵伐，散見各國，合而聚之，其事皆可觀，而其義皆有可尋。下云弑君亡國，舉其重者。"

［10］失之毫釐二句——今本《周易》無此文，見《易緯·通卦驗》。《禮記·經解》也引有此文，文字略有出入。

［11］臣弑君四句——見《易·坤文言》，語稍有節略。漸，由來的意思。

［12］守經事二句——上句的"宜"和下句的"權"爲對文，宜，指正常的道理，權，指應

變的方法。

［13］其實皆以爲善三句——意謂有些人主觀上認爲是本着善心去做的，但由於不明義理，往往陷於罪惡，於是，不免在《春秋》留下一筆不好的紀錄。

［14］夫禮禁未然之前四句——瀧川資言《史記會註考證》："《漢書·賈誼傳》誼陳政事疏云：'夫禮者禁於將然之前，而法者禁於已然之後。是故法之所用易見。而禮之所爲生難知也。'《大戴禮·禮察篇》同。蓋古有此語，而史公用之也。"

［15］當一王之法——《春秋》用口誅筆伐，來代替王者的政令，故云。

［16］唯唯否否——應諾而又表示懷疑的語氣。

［17］封禪——封，祭天；禪，祭地。古代帝王在名山上舉行隆重的祀典，告成功於天地，稱爲封禪。

［18］改正朔——指改訂曆法。正朔是正月一日。古時朝代改换，有改正朔之舉，表示改换了新的政權。夏以建寅月爲正，殷改爲丑月，周改爲子月，漢武帝重訂曆法，改從夏正。

［19］易服色——服色，古時每一王朝所定的車馬祭牲的顏色。服，乘，指所乘車馬。每一王朝，各用它所尚的正色。漢初服色用黑。到文帝時服色改用黄。武帝時仍用黄。

［20］穆清——本義是天空清穆之氣，這裏用作天的代稱。

［21］重譯款塞——重譯，經過幾道的翻譯，這裏指距離中國遙遠而言語不相通的國家。款塞，裴駰《史記集解》引應劭註："款，叩也，皆叩塞（邊界要地）門來臣服也。"

［22］七年句——李陵之禍，事見司馬遷《報任安書》，載《漢書·司馬遷傳》。司馬遷因李陵事件下獄，在天漢二年（公元前九九年），次年，司馬遷仍在獄中，上溯太初元年爲七年。

［23］縲紲——拘繫犯人的繩索，引申爲囚禁。

［24］深惟——深思。

［25］詩書隱約二句——意思是説，古人著書，詞意隱約，都是有感而發，表達自己的意志的。詩書，泛指下文所舉各書。

［26］西伯句——西伯，即周文王姬昌。據説文王曾被殷紂拘禁於羑里，重《易》之八卦爲六十四卦。見《史記·周本紀》。

［27］孔子句——《史記·孔子世家》説孔子作《春秋》在魯哀公西狩獲麟的一年，和這裏説的有出入。這裏所舉各例，總的是説發憤著書之義，至成書的時間地點，其細節未必一一盡符事實。

［28］左丘二句——《國語》二十二卷，記載春秋列國時事，舊説爲左丘明所作，與《左

傳》相表裏，故又稱《春秋外傳》。《論衡·案書篇》:“《國語》，左氏之外傳也。左氏傳經，辭語尚略，故復選錄《國語》之辭以實。”但此說並不可靠。《報任安書》也說“左丘失明，厥有《國語》。”失明著書事，詳不可考。今傳《國語》敘及魯悼公及周貞定王時所發生的事，在《魯語》下公父文伯之母一節中，引用子夏語，成書可能在戰國初期。

[29] 孫子二句——孫子卽孫臏，戰國時齊人，名字都不可考。與龐涓同學兵法，龐涓爲魏將，妬嫉他的才能，刖其足。刖足爲臏，所以後人稱爲孫臏。《漢書·藝文志》兵權謀家著錄“齊《孫子》八十九篇”，註:“圖四卷。師古曰:孫臏。”此書失傳了一千數百年，一九七二年四月，在山東臨沂銀雀山一座西漢前期墓葬中，《孫臏兵法》同其他先秦兵書竹簡一起發現，經初步整理，《孫臏兵法》有四百四十餘簡，一萬一千餘字，分上下兩編印行，下編或以爲可能是先秦的其它兵書。

[30] 不韋二句——呂不韋，秦莊襄王、秦始皇時爲丞相，後被罷免，不韋與家屬都被遷徙於蜀，不韋服毒自殺。《史記·呂不韋傳》:“呂不韋乃使其客人人著所聞，集論以爲八覽、六論、十二紀，二十餘萬言。……號曰《呂氏春秋》。”案:《呂氏春秋》成書在不韋遷蜀之前。

[31] 韓非二句——《說難》《孤憤》，《韓非子》中篇名。韓非寫二文時，在入秦之前，見《史記·老莊申韓傳》。

[32] 卒述陶唐三句——意謂《史記》所紀述的內容，上起陶唐，下迄漢武帝時代。公元前一二二年，武帝至雍，獲一類似鹿的角獸，把它說成麒麟，鑄金作麟趾形，改元元狩。孔子作《春秋》，絕筆於獲麟，這裏借用“麟止”的字面，以見著述之意。止，同趾，是雙關語。陶唐，指帝堯。堯初居陶丘，後徙於唐，號陶唐氏。《史記索隱》引服虔曰:“《史記》以黃帝爲首，而云述陶唐者，案《五帝本紀贊》云:‘五帝尙矣，然《尙書》載堯以來。百家言黃帝，其文不雅馴。’故述黃帝爲本紀之首;而以《尙書》雅正，故稱起於陶唐。”

【說明】

司馬遷是我國古代偉大的歷史家、文學家。本文是《史記·太史公自序》中的一段，自述著作《史記》的動機，說明了自己的歷史觀，以及《史記》一書的創作精神。

篇中借和壺遂的一段談話，揭示著書大旨。他本出身於史官的世家，幼時耕牧河山之陽，早年遍遊名山大川，有廣博的文化知識和豐富的生活體驗。雖然漢王朝相對穩定的封建大一統局面給予他一些樂觀的幻想，然而他對隱藏在當時社會中的各種矛盾，是有所理解的。借古鑑今，目的在於“究天人之際，通古今之變，成一家之言”(見《報任安書》)，而不是爲了粉飾現實，這就是他作《史記》的動機；同時，也就是《史記》一書文學思想的基礎。

《史記》草創於太初年間。司馬遷因李陵事件下獄，由於切身體驗，他對封建統治者有了進一步的認識。於是從創作的實踐中，更加體會到古人發憤著書的心情，他把問題歸結到“意有鬱結，不得通其道”。他所謂“述往事，思來者”，正是針對現實，有感而發的。

司馬遷從不滿當時現實出發，在《史記》裏，揭露和抨擊周圍黑暗現象，同情被壓迫的人民。進步的歷史觀點和批判現實的文學精神相結合，使得《史記》成爲“無韻之《離騷》”。但是正由於此，招來了不少的非議，一般效忠封建統治的文人說他“是非頗繆於聖人”，甚至稱之爲“謗書”。

“發憤著書”，是封建社會裏某些進步文人的一種想法。他們認爲，作者對當時黑暗現實的義憤愈加強烈，則作品的思想性也就愈爲深刻。司馬遷在本文裏就闡述了這種觀點。

論衡·超奇

〔後漢〕王　充[1]

通書千篇以上，萬卷以下，弘暢雅閑，審定文讀，[2]而以教授爲人師者，通人也。杼[3]其義旨，損益其文句，而以上書奏記，或興論立說，結連篇章者，文人鴻儒也。好學勤力，博聞强識，世間多有；著書表文，論說古今，萬不耐一[4]。然則著書表文，博通所能用之者也。入山見木，長短無所不知；入野見草，大小無所不識；然而不能伐木以作室屋，採草以和方藥，此知草木所不能用也。夫通人覽見廣博，不能掇[5]以論說，此爲匿生書主人[6]，孔子所謂"誦詩三百，授之以政，不達"者也；[7]與彼草木不能伐採，一實也。孔子得《史記》[8]以作《春秋》；及其立義創意，褒貶賞誅，不復因《史記》者，眇思[9]自出於胸中也。凡貴通者，貴其能用之也。卽徒誦讀，讀詩諷術，雖千篇以上，鸚鵡能言之類也[10]。衍傳書之意，出膏腴之辭[11]，非俶儻[12]之才，不能任也。夫通覽者，世間比有；著文者，歷世希然。近世劉子政父子、揚子雲、桓君山，[13]其猶文、武、周公並出一時也。其餘直有，往往而然，譬珠玉不可多得，以其珍也。

故夫能說一經者爲儒生；博覽古今者爲通人；采掇傳書，以上書奏記者爲文人；能精思著文，連結篇章者爲鴻儒。故儒生過俗人，通人勝儒生，文人踰通人，鴻儒超文人。故夫鴻儒，所謂超而又超者也。以超之奇，退與儒生相料[14]，文軒[15]之比於敝車，錦繡之方於緼袍[16]也。其相過，遠矣。如與俗人相料，太山之巔墆，長狄之項跖，[17]不足以喻。故夫丘山以土石爲體，其有銅鐵，山之奇也。銅鐵既奇，或出金玉。然鴻儒，世之金玉也，奇而又奇矣。奇而又奇，才相超乘，皆有品差。

儒生説名於儒門，過俗人遠也；或不能説一經，教誨後生。或帶徒聚衆，説論洞溢，稱爲經明[18]。或不能成牘治一説。或能陳得失，奏便宜，言應經傳，文如星月，其高第若谷子雲、唐子高者[19]，説書於牘奏之上，不能連結篇章。或抽列[20]古今，紀著行事，若司馬子長、劉子政之徒，累積篇第，文以萬數，其過子雲、子高遠矣；然而因成紀前，無胸中之造，若夫陸賈、董仲舒論説世事，由意而出，不假取於外；然而淺露易見，觀讀之者，猶曰傳記。陽成子長[21]作《樂經》，揚子雲作《太玄經》，造於助思[22]，極窅冥[23]之深，非庶幾之才[24]，不能成也。孔子作《春秋》，二子作兩經，所謂卓爾蹈孔子之跡[25]，鴻茂[26]參貳聖之才者也。

王公子問於桓君山以揚子雲。君山對曰："漢興以來，未有此人。"[27]君山差才[28]，可謂得高下之實矣。采玉者心羡於玉，鑽龜者（者，原作"能"，據黄暉《校釋》改）知神於龜[29]，能差衆儒之才，累其高下，賢於所累。[30]又作《新論》，論世間事，辯照然否，虚妄之言，僞飾之辭，莫不證定。彼子長、子雲説論之徒，君山爲甲。自君山以來，皆爲鴻眇之才，故有嘉令[31]之文。筆能著文，則心能謀論。文由胸中而出，心以文爲表；觀見其文，奇偉俶儻，可謂得論也。由此言之，繁文之人[32]，人之傑也。

有根株於下，有榮葉[33]於上，有實核於内，有皮殼於外。文墨辭説，士之榮葉皮殼也。實誠在胸臆，文墨著竹帛，外内表裏，自相副稱，意奮而筆縱，故文見而實露也。人之有文也，猶禽之有毛也。毛有五色，皆生於體，苟有文無實，是則五色之禽毛妄生也。選士以射，心平體正，執弓矢審固[34]，然後射中。論説之出，猶弓矢之發也。論之應理，猶矢之中的。夫射以矢中效巧，論以文墨驗奇。奇巧俱發於心，其實一也。

文有深指巨略，君臣治術，身不得行，口不能紲[35]，表著情心，以明己之必能爲之也。孔子作《春秋》以示王意；然則孔子之《春秋》，素王之業也。[36] 諸子之傳書，素相之事也。[37] 觀《春秋》以見王意，讀諸子以睹相指。故曰：陳平割肉，丞相之端見；孫叔敖决期思，令尹（原作"君"，據孫詒讓《札迻》說改）之兆著。[38] 觀讀傳書之文，治道政務，非徒割肉决水之占也。足不彊，則跡不遠；鋒不銛[39]，則割不深。連結篇章，必大才智，鴻懿[40]之俊也。

或曰：著書之人，博覽多聞，學問習熟，則能推類興文。文由外而興，未必實才學文相副也[41]。且淺意于華葉之言，無根核之深，不見大道體要，故立功者希。安危之際，文人不與，無能建功之驗，徒能筆說之效也。

曰：此不然。周世著書之人，皆權謀之臣；漢世直言之士，皆通覽之吏。豈謂文非華葉之生，根核推之也。心思爲謀，集札爲文，情見於辭，意驗於言。商鞅相秦，致功於霸，作《耕戰》之書[42]；虞卿爲趙，决計定說，行退作《春秋》之思。[43]《春秋》之思（四字據孫詒讓《札迻》說增），趙（原作"起"，劉盼遂引孫詒讓曰："元本作'趙'，是。當據正。"據改）城中之議；[44]耕戰之書，秦堂上之計也。[45]陸賈消呂氏之謀，與《新語》同一意；[46] 桓君山易鼂錯之策，與《新論》共一思。[47] 觀谷永之陳說，唐林之宜言（黄暉《校釋》："'宜'，元本作'直'，朱校同。作'直言'疑是。"），劉向之切議，以知爲本，筆墨之文，將[48]而送之；豈徒雕文飾辭，苟爲華葉之言哉？精誠由中，故其文語感動人深。是故魯連飛書，燕將自殺；[49] 鄒陽上疏，梁孝開牢。[50]書疏文義，奪於肝心，非徒博覽者所能造，習熟者所能爲也。

夫鴻儒希有，而文人比然，將相長吏，安可不貴？豈徒用其才力游文於牒牘哉？州郡有憂，能治章上奏，解理結煩，使州郡連事。(劉盼遂集解:“‘連事’疑爲‘從事’之誤。古‘從’字作‘从’。”)有如唐子高、谷子雲之吏,出身盡思,竭筆牘之力,煩憂適[51]有不解者哉?古昔之遠,四方辟匿,文墨之士,難得紀錄。且近自以會稽言之:周長生[52]者,文士之雄也,在州爲刺史任安舉奏,在郡爲太守孟觀上書,事解憂除,州郡無事,二將[53]以全。長生之身不尊顯,非其才知少、功力薄也;二將懷俗人之節,不能貴也。使遭前世燕昭,則長生已蒙鄒衍[54]之寵矣。長生死後,州郡遭憂,無舉奏之吏,以故事結不解,徵詣相屬,[55]文軌不尊[56],筆疏不續也。豈無憂上之吏哉?乃其中文筆不足類[57]也。

長生之才,非徒銳於牒牘也,作《洞歷》[58]十篇,上自黄帝,下至漢朝,鋒芒毛髮之事,莫不紀載,與太史公表紀相似類也。上通下達,故曰《洞歷》。然則長生非徒文人,所謂鴻儒者也。

前世有嚴夫子,後有吳君商,[59]末有周長生。白雉貢於越,暢草獻於宛,雍州出玉,荆、揚生金:[60]珍物産於四遠幽遼之地,未可言無奇人也。孔子曰:“文王既沒,文不在兹乎!”[61]文王之文在孔子,孔子之文在仲舒,仲舒既死,豈在長生之徒與?何言之卓殊,文之美麗也!唐勒、宋玉[62],亦楚文人也。竹帛不紀者,屈原在其上也。會稽文才,豈獨周長生哉?所以未論列者,長生尤踰出也。九州多山,而華、岱爲嶽;四方多川,而江、河爲瀆者,華、岱高而江、河大也。長生,州郡高大者也。同姓之伯賢,舍而譽他族之孟,未爲得也;長生說文辭之伯,文人之所共宗,獨紀錄之,《春秋》記元於魯之義也[63]。

俗好高古而稱所聞。前人之業,菜果甘甜;後人新造,蜜酪辛苦。長生家在會稽,生在今世,文章雖奇,論者猶謂稺於前人[64]。天稟元氣,人受元精,豈爲古今者差殺哉?優者爲高,明者爲上,實事之人,見然否之分者。睹非卻前,退置於後;見是推今,進置於古。心明知昭,不惑於俗也。班叔皮續太史公書[65],百篇以上，記事詳悉，義淺理備。觀讀之者以爲甲，而太史公乙。子男孟堅[66]爲尚書郎，文比叔皮，非徒五百里也，乃夫周、召、魯、衞[67]之謂也。苟可高古，而班氏父子不足紀也。[68]

周有郁郁之文者，在百世之末也。[69]漢在百世之後，文論辭說，安得不茂？喻大以小，推民家事，以睹王廷之義。廬宅始成，桑麻纔有。居之歷歲，子孫相續。桃李梅杏，菴[70]丘蔽野。根莖衆多，則華葉繁茂。漢氏治定久矣，土廣民衆，義興事起，華葉之言，安得不繁？夫華與實俱成者也；無華生實，物希有之。山之禿也，孰其茂也？地之瀉[71]也，孰其滋也？文章之人，滋茂漢朝者，乃夫漢家熾盛之瑞也。天晏，列宿煥炳；[72]陰雨，日月蔽匿。方今文人並出見者，乃夫漢朝明明之驗也。

高祖讀陸賈之書，歎稱萬歲；[73]徐樂、主父偃上疏，徵拜郎中：[74]方今未聞[75]。膳無苦酸之肴，口所不甘味，手不舉以啖人。[76]詔書每下，文義經傳四科；詔書斐然，郁郁好文之明驗也。上書不實核，著書無義指，"萬歲"之聲，"徵拜"之恩，何從發哉？飾面者皆欲爲好，而運目者希；文音者皆欲爲悲，而驚耳者寡。陸賈之書未奏，徐樂、主父之策未聞。羣諸瞽言之徒，言事麤醜，文不美潤，不指所謂，文辭淫滑，[77]不被濤沙之謫，幸矣！焉蒙徵拜爲郎中之寵乎？

劉盼遂《論衡集解》卷十三

【註釋】

[1] 王充(公元二七年——九七年？)——字仲任，會稽上虞人。後漢時太學生，曾爲本縣本郡的小官，官至揚州治中。是漢代唯物主義的學者。著有《譏俗節義》、《政務》、《養性書》等，都已佚。著《論衡》八十五篇，現存八十四篇。近人黄暉撰《論衡校釋》，劉盼遂撰《論衡集解》。《後漢書》卷四十九有傳。

[2] 弘暢雅閑二句——弘，大。暢，通達。閑，熟習。讀，句讀。文讀——《太平御覽》引作文義。此二句意謂博大通達，熟習各種典籍，能够透切了解文義。

[3] 杼——借作“抒”。揚雄《方言》:“抒,解也。”

[4] 萬不耐一——耐通能。此句謂萬人之中難得一人。

[5] 掇——音多,拾取。這裏作選取解。

[6] 匿生書主人——此句疑有誤。

[7] 孔子三句——見《論語》註[21]。

[8] 史記——此處指魯國史。

[9] 眇思——卽妙思。眇通妙。

[10] 鸚鵡能言之類——《禮記》:“鸚鵡能言,不離飛鳥。”意爲只能學舌,沒有用處。

[11] 膏腴之辭——文采豐富的文辭。

[12] 俶儻——同“倜儻”,不尋常之貌。

[13] 劉向(約公元前七七年——前六年)——本名更生,字子政,沛人。西漢經學家、目錄學家、文學家。曾任諫大夫,屢次直言時政得失,官至中壘校尉。所著《別錄》,爲我國目錄學的始祖。著有《新序》、《說苑》、《列女傳》等,今存。《漢書》卷三十六有傳。其子劉歆(?——公元二三年),字子駿,西漢經學家、目錄學家、天文學家。著有《七略》等書。《漢書》卷三十六有傳。揚雄(公元前五三年——公元一八年)字子雲,蜀郡人。西漢思想家、語言學家、辭賦家。漢成帝時爲郎,晚年仕王莽新朝爲中大夫。著有《太玄經》、《法言》、《方言》等書。《漢書》卷八十三有傳。以上三人的文章,被輯入《全漢文》中。桓譚(公元前二四年——公元五六年)字君山,相人。西漢末東漢初思想家。著有《桓子新論》十七卷,已亡佚。《全後漢文》輯其文。《後漢書》卷二十八有傳。王充極推崇桓譚,在《定賢》篇把他與孔子並稱。

[14] 料——衡量的意思。

[15] 文軒——華美的車子。

[16] 縕袍——以新棉合舊絮的袍子。

[17] 泰山之巔墆二句——巔墆,絕頂。長狄,古傳說中的巨人。項,頭的後部。跖,足。泰山的絕頂,長狄的全身,用以形容其高大。

[18] 經明——精通經書。

[19] 谷子雲唐子高——谷子雲,卽谷永,《漢書》卷八十五有傳。唐子高,卽唐林,《漢書》卷七十一有傳。

[20] 抽——通籀,諷誦書。列——累列。

[21] 陽城子長——《對作》作陽城子張,卽補《史記》的陽城衡。

[22] 助思——孫詒讓《札迻》:“‘助’當爲‘眇’,形近而誤。上文‘眇思出於胸中也’。”

［23］ 窅冥——深遠難見之貌。

［24］ 庶幾之才——《易·繫辭下》:“顔氏之子,其殆庶幾乎?” 因顔回是儒家所稱近於聖人的大賢。故後人用庶幾爲賢者之稱。此句意謂賢才。

［25］ 卓爾句——《論語·子罕》記載顔回自説受了孔子教育以後,“如有所立(好像有所建立)卓爾(高大的樣子)。”《莊子·田子方》載顔回對孔子説:“夫子步亦步也,夫子言亦言也,夫子趨亦趨也,夫子辯亦辯也,夫子馳亦馳也,夫子言道回亦言道也。”《揚子法言·學行》説:“顔淵,習孔子者也。”都是本篇説“孔子之跡”之所本。

［26］ 鴻茂——鴻,大。茂,美。貳,副。貳聖,次於聖人的大賢。

［27］ 王公子問於桓君山以揚子雲四句——孫詒讓《札迻》:“案此王公卽王莽也。‘子’字衍。此文出桓譚《新論》。《御覽》四百三十二引《新論》云:‘揚子雲何人邪?答曰:才知開通,能入聖道,漢興以來,未有此人也。’卽仲任所本。譚嘗仕王莽,故《新論》多稱莽爲王翁(見《意林》)。此王公,猶云王翁也。《御覽》引《新論》不著所問之人,此可以補其闕。”案:孫説是。

［28］ 差才——評論人才的差别。

［29］ 鑽龜者知神於龜——鑽龜,古代卜者,灼龜取兆,以卜吉凶。

［30］ 累其高下二句——累,序。二句謂:序次衆儒之才的高下,而自己則高出於所序次的衆儒之上。

［31］ 嘉令——嘉,美。令,善。

［32］ 繁文之人——這裏指作品豐富的人。

［33］ 榮葉——花葉。

［34］ 審固——審,指準確地辨别目標。固,指牢固有力地彎弓。

［35］ 口不能紲——孫詒讓《札迻》:“案‘紲’當爲‘泄’,形聲相近而誤。”口不能泄,就是口不能言之。

［36］ 然則孔子之春秋二句——《論衡·定賢》也説:“孔子不王,素王之業,在於《春秋》。”此本於西漢今文家説法。《漢書·董仲舒傳》載仲舒《賢良策對》二:“孔子作《春秋》,先正王而繫萬事,見素王之文焉。”《北堂書鈔》引《論語讖》:“子夏曰:仲尼爲素王。”素,空。素王,言有王者之道而無王者之位。

［37］ 諸子之傳書二句——素相,無相之位而有相之業者。杜預《春秋左氏傳序》:“或曰:説者以仲尼自衛反魯,修《春秋》,立素王,丘明爲素臣。”《正義》:“其言丘明爲素臣,未知誰所説也。”素相義同素臣。王充云“諸子之傳書”,包括左丘明在内。丘明是儒家之徒,而儒家爲九流十家之一。傳是經傳之傳。《春秋》爲經,

«左傳»爲傳。

[38] 陳平割肉四句——陳平割肉事見«史記·陳丞相世家»:"里中社,平爲宰,分肉食甚均,父老曰:'善,陳孺子之爲宰。'平曰:'嗟乎! 使平得宰天下,亦如是肉也。'"孫叔敖決期思事見«淮南子·人間»:"孫叔敖決期思之水,而灌雩婁之野,莊王知其可以爲令尹也。"期思陂,一名芍陂,古代淮水流域最著名的水利工程,在今安徽壽縣南。雩婁,今安徽廬江。

[39] 銛——鋒利。

[40] 懿——美。

[41] 未必實才學文相副也——«太平御覽»五八五引作"未必實才與文相副也"。按:作"與"字,義較勝。副,相稱。

[42] 耕戰之書——«史記·商鞅傳贊»:"余嘗讀商君«開塞»、«耕戰»書。"«開塞»,«商君書»篇名。按:«耕戰»,當指«商君書»的«農戰第三»,文云:"國之所以興者,農戰也。"耕戰政策,是商君的治國綱要。

[43] 虞卿爲趙三句——虞卿爲趙決計定說事見«史記»卷七十六«平原君虞卿列傳»。他後來離開趙國,"不得意,乃著書,上採«春秋»,下觀近世,……以譏刺國家得失,世傳之曰«虞氏春秋»。"

[44] 春秋之思二句——意爲虞卿著«虞氏春秋»的觀點,跟他諫趙王不要以六城送秦國的言論是一致的。

[45] 耕戰之書二句——謂商鞅«農戰»篇的主張,就是他與秦孝公在朝堂上晤談中定下的耕戰政策。

[46] 陸賈消呂氏之謀二句——陸賈曾爲陳平畫策誅諸呂。漢高祖劉邦時,陸賈奉命述秦亡漢興之故,成«新語»十二篇。事見«史記»卷九十七«酈生陸賈列傳»。

[47] 桓君山易鼂錯之策二句——桓君山,卽桓譚,曾上疏漢光武帝劉秀言鼂錯事,著書言當世行事二十九篇,號曰«新論»。«新論»全書已佚,書中與"易鼂錯之策"相符的內容已無從考核。

[48] 將——助。

[49] 魯連飛書二句——事見«史記»卷八十三«魯仲連傳»:"燕將攻下聊城,聊城人或讒之燕,燕將懼誅,因保守聊城,不敢歸。齊田單攻聊城歲餘,士卒多死而聊城不下。魯連乃爲書,約之矢以射城中,遺燕將。……燕將見魯連書,泣三日,……乃自殺。"

[50] 鄒陽上疏二句——事見«史記»卷八十三«鄒陽列傳»:"鄒陽者,齊人也。游於梁,……(羊)勝等嫉鄒陽,惡之梁孝王。孝王怒,下之吏,將欲殺之。……鄒

陽……乃從獄中上書……書奏梁孝王，孝王使人出之，卒爲上客。”

[51] 適——疑當作“豈”。

[52] 周長生——孫詒讓《札迻》：“案長生名樹。《北堂書鈔》七十三引謝承《後漢書》有《周樹傳》（范書無）。”范書，指范曄《後漢書》。

[53] 二將——即任安、孟觀。漢時刺史、太守亦稱將，故稱二將。

[54] 鄒衍——戰國時人。燕昭王愛賢，士爭趨燕。鄒衍自齊往，爲昭王所重用。事見《史記》卷三十四《燕召公世家》。

[55] 事結不解二句——州郡發生了事故，問題久不解決，漢王朝徵召州郡首長往京師接受詢問的連續不絕。

[56] 文軌句——猶言對文學不尊重。軌，道。文軌，文學之道。

[57] 不足類——謂不及周長生。

[58] 洞歷——孫詒讓《札迻》：“《洞歷》隋唐志不著錄。惟范成大《吳郡志·人物門》角里先生引《史記正義》周樹《洞歷》……則其書唐時尚存也。”

[59] 前世有嚴夫子二句——嚴夫子，指莊忌，稱“嚴”，避漢明帝諱改。《漢書·藝文志》有莊夫子賦二十四篇。吳君商，應作吳君高，名平，會稽人，著有《越紐錄》。見《論衡·案書》。

[60] 白雉貢於越四句——周成王時，越裳氏來獻白雉。見《尚書大傳》。暢草，孫詒讓認爲即鬯草，香草。雍州出玉，荆、揚生金，均見《禹貢》。

[61] 文王旣沒二句——見《論語·子罕》。孔子說：周文王死了以後，文化不都在我這裏嗎？即體現在自己身上的意思。

[62] 唐勒、宋玉——見《史記·屈原傳》。

[63] 春秋記元於魯之義也——這是根據《公羊傳》的說法。《公羊傳》隱公元年：“元年春王正月。元年者何，君之始年也。”何休解詁：“《公羊》之義，唯天子乃得稱元年，諸侯不得稱元年。此魯隱公，諸侯也，而得稱元年者，《春秋》託王於魯。”《春秋》記元於魯，是尊魯突出於諸侯之上，王充以爲周長生是會稽人才之突出者，故用《春秋》尊魯之義爲比。

[64] 稺於前人——謂不及前人。稺同稚。

[65] 班叔皮句——班叔皮，班彪，扶風人，班固之父，王充之師。彪作《史記後傳》數十篇。事見《後漢書·班彪傳》。《太史公書》即《史記》原名，見《漢書·宣元六王傳》。《漢書·藝文志》著錄：“《太史公》百三十篇（十篇有錄無書）。”

[66] 孟堅——班固（公元三二年——九二年）字，右扶風安陵人。東漢史學家兼文學家。由蘭臺令史官至中護軍，著《漢書》一百卷，或云，其中八表及《天文志》

未完成。《全後漢文》輯收其文。《後漢書》卷七十有傳。

[67] 周召魯衞——卽周公、召公,魯國、衞國。周公,召公,分陝而治。魯國,武王弟周公旦封域;衞國,武王同母弟康叔封域。孔丘說:“魯衞之政,兄弟也。”意爲相差不遠。

[68] 苟可高古二句——如果以古爲高,那麼班氏父子不足論了。而,猶則。

[69] 周有郁郁之文者二句——《論語·八佾》:“子曰:周監於二代,郁郁乎文哉。”此言周繼夏、商之後,能根據二代的制度加以損益之,所以豐富完備之。監,借鑒。郁郁,豐盛。文,指禮儀制度。百世,言其多。《論語·爲政》:“其或繼周者,雖百世可知也。”

[70] 菴——孫人和說:菴當作奄。《說文》:奄,覆蓋也。

[71] 潟——潟應作澙。澙,地鹹鹵不生殖。《論衡·書解》云:“地無毛則爲潟土。”都是誤澙爲潟。

[72] 天晏二句——晏,天上無雲。二句意謂天上無雲,衆星明亮。

[73] 高祖讀陸賈之書二句——《史記·酈生陸賈列傳》:陸賈作《新語》十二篇,“每奏一篇,高帝未嘗不稱善,左右呼萬歲。”

[74] 徐樂主父偃上疏二句——《史記·平津侯主父列傳》:齊人主父偃上書言九事,趙人徐樂,齊人嚴安俱上書言世務,各一事。書奏天子。天子召見三人,謂曰:“公等皆安在,何相見之晚也!”於是拜主父偃、徐樂、嚴安爲郎中。

[75] 方今未聞——方今,現時。此句指章帝時還沒有聽到象陸賈、徐樂、主父偃那樣被重視的事。

[76] 膳無苦酸之肴三句——劉盼遂引吳承仕說:“膳無苦酸以下數語,疑有誤。”按:不誤。苦酸,《楚辭·招魂》:“大苦鹹酸,辛甘行些。”古人作肴,苦酸和辛甘,都用以和味。這裏以苦酸概括諸味而言。這三句意爲,沒有苦酸調味的菜肴,是不適口味的,手也不拿(指手持筷子)它來請人吃。啖,食。

[77] 言事麤醜四句——劉盼遂《論衡集解》原斷爲“言事麤醜,文不美,潤不指,所謂文辭淫滑。”按:這裏都應爲四字斷句。文不美潤,指文詞不美好,沒有經過加工。不指所謂,指不能說明該文所說的意義何在。

【說明】

王充,是中國哲學史上唯物主義傾向比較突出的思想家。他的生活年代,正當農民運動進入低潮、封建統治重又相對穩定的東漢時期。在這時期內，統治階級僞造讖緯，宣揚迷信神權，以圖鞏固統治，曾引起許多進步的思想家的反對。王充的《論衡》，就是當時思想界一部富於進步意義和戰鬥精神的重要著作。《超奇》是《論衡》第三十九篇。內容主要是對作家的品評。在王充以前，雖然有人對具體個別作家進行過評價，像司馬遷的《史記·屈原傳》等等，然而，像這樣關於作者的通論，《超奇》實開先河，因而可認爲是文學批評中"作家論"的濫觴。王充認爲在文人中間，鴻儒屬於"超而又超""奇而又奇"之列，因而把這篇文章名之爲《超奇》。

這篇文章把一般文人分爲幾種：儒生、通人、文人、鴻儒等。通過對鴻儒的贊揚，王充提出了品評作者的標準，論及作者的修養，以及反對崇古非今的問題。

首先，王充認爲，品評作者的高下不能以讀書多少作標準而應看他是否"博通能用"。當漢代"皓首窮經"成爲一種風氣，不少人一輩子在書堆裏鑽牛角尖，以"明經"作標榜的時候，王充一反流俗，提出"貴其能用"的主張。他指斥那些儒生讀書千卷無以致用，不過是"鸚鵡能言之類"，有如"入山見木，長短無所不知；入野見草，大小無所不識；然而不能伐木以作室屋，採草以和方藥：此知草木所不能用也。"王充認爲鴻儒則不然，他觀讀書傳之文是爲了"抽列古今""紀著行事"，有益於"治道政務"。王充這種崇實尚用的觀點雖然是針對論說文、史傳文而發的，但他把屈原這樣的辭賦家也包括在超奇之士中，給予高度評價，這就表明他的這一觀點也適用於文學。這不僅對於漢代一度出現的浮誇虛誕的文風，"勸百諷一"的辭賦具有針砭作用，對於後來的文學發展，也有其積極意義。

其次，怎樣才能成爲鴻儒，也就是關係到作者的修養問題，王充對此作了明確的回答：不能光從外在的"文"下功夫，而更需要從內在的"實"作努力。"實誠在胸臆，文墨著竹帛，外內表裏，自相副稱。"什麼是內在的"實"？王充認爲即"才智"與"實誠"。"才智"，不只是"博覽多聞，學問習熟"，而是像商鞅定耕戰之策、陸賈消呂氏之謀那樣具有解決實際問題的本領。"實誠"，"非徒博覽者所能造，習熟者所能爲"，而是作者的眞實感情。這二者都是不可缺少的。值得注意的是，重視論說文的王充也十分強調作者的感情對創作的作用："精誠由中，故其文語感動人深"，才能"奪於肝心"。這種看法對文學創作和理論有着較大的影響。後來劉勰主張"爲情而造文"，反對"爲文而造情",就是這一觀點的進一步發揮。

再者,在評價作者問題上,王充反對崇古非今的傾向。批判那種"好高古而稱所聞",以爲"前人之業,菜菓香甜;後人新造,蜜酪辛苦"的風氣。提出以時代作區分,而以"優者爲高,明者爲上"。他不僅批判崇古非今,而且把後世超過前代,看成理所當然。"廬宅始成,桑麻纔有。居之歷歲,子孫相續。桃李梅杏,奄丘蔽野。根莖衆多,則華葉繁茂。"王充用這樣生動的例子說明,經驗需要時間積累,文章應該今勝於昔。他雖然沒有看到政治經濟對文學的決定影響,却在一定程度上指出了文章創作的歷史繼承關係,爲較準確地評價當代作家提供了一定的理論根據。

楚辭章句序

〔後漢〕王　逸[1]

昔者孔子叡聖明哲，天生不羣，定經術，删《詩》《書》，正《禮》《樂》，制作《春秋》，以爲後王法。門人三千，罔不昭達。[2]臨終之日，則大義乖而微言絕。[3]

其後周室衰微，戰國並爭，道德陵遲，譎詐萌生，於是楊、墨、鄒、孟、孫、韓之徒[4]，各以所知著造傳記，或以述古，或以明世。而屈原履忠被譖，憂悲愁思，獨依詩人之義，而作《離騷》，上以諷諫，[5]下以自慰。遭時闇亂，不見省納，[6]不勝憤懣，遂復作《九歌》以下凡二十五篇[7]。楚人高其行義，瑋其文采，以相教傳。

至於孝武帝，恢廓道訓，使淮南王安作《離騷經章句》[8]，則大義粲然。後世雄俊，莫不瞻慕，舒肆妙慮，纘述其詞。[9]逮至劉向典校經書，分爲十六卷。[10]孝章即位，深弘道藝，而班固、賈逵[11]復以所見改易前疑，各作《離騷經章句》。其餘十五卷，闕而不說。又以壯爲狀[12]，義多乖異，事不要括。今臣復以所識所知，稽之舊章，合之經傳，作十六卷章句[13]。雖未能究其微妙，然大指之趣略可見矣。

且人臣之義，以忠正爲高，以伏節爲賢。故有危言以存國，殺身以成仁。是以伍子胥不恨於浮江，比干不悔於剖心，然後忠立而行成，榮顯而名著。若夫懷道以迷國[14]，詳愚[15]而不言，顛則不能扶，危則不能安，[16]婉娩以順上，逡巡以避患，雖保黃耇，終壽百年，蓋志士之所耻，愚夫之所賤也。

今若屈原，膺忠貞之質，體清潔之性，直若砥矢[17]，言若丹青，進不隱其謀，退不顧其命，此誠絶世之行，俊彦之英也。而班固謂之露才揚己，競於羣小之中，怨恨懷王，譏刺椒、蘭，苟欲求進，強非其人，不見容納，忿恚自沈，[18]是虧其高明，而損其清潔者也。昔伯夷、叔齊讓國守分，不食周粟，遂餓而死，豈可復謂有求於世而怨望哉？[19] 且詩人怨主刺上曰："嗚呼小子，未知臧否。匪面(原誤作而)命之，言提其耳。"[20]風諫之語，於斯爲切。然仲尼論之，以爲大雅。[21]引此比彼，屈原之詞，優游婉順，寧以其君不智之故，欲提攜其耳乎？而論者以爲露才揚己，怨刺其上，強非其人，殆失厥中矣。

夫《離騷》之文，依託五經以立義焉。"帝高陽之苗裔"[22]，則"厥初生民，時惟姜嫄"[23]也。"紉秋蘭以爲佩"[24]，則"將翺將翔，佩玉瓊琚"[25]也。"夕攬洲之宿莽"[26]，則《易》"潛龍勿用"[27]也。"駟玉虬而乘鷖"[28]，則"時乘六龍以御天"[29]也。"就重華而陳詞"[30]，則《尚書》《咎繇》之謀謨[31]也。登崑崙而涉流沙[32]，則《禹貢》之敷土[33]也。故智彌盛者其言博，才益多者其識遠。屈原之詞，誠博遠矣。自終沒以來，名儒博達之士，著造詞賦，莫不擬則其儀表[34]，祖式其模範，取其要妙，竊其華藻。所謂金相玉質，百世無匹，名垂罔極[35]，永不刊滅[36]者矣。

《四部叢刊》影明翻宋本《楚辭》卷一

【註釋】

[1] 王逸(生卒年不詳)——字叔師，南郡宜城人。後漢安帝元初年間(公元一一四年——一一九年)舉上計吏，爲校書郎，順帝時，官至侍中。事蹟見《後漢書》卷八十《文苑傳》。他的《楚辭章句》是現存最早的《楚辭》注本。明張溥輯《漢魏六朝百三名家集》有《王叔師集》一卷。

[2] 門人三千二句——意謂孔門三千弟子，親承指受，都能瞭解孔子論述六經的微言大義。昭達，明白通曉的意思。

[3] 臨終之日二句——語本劉歆《移讓太常博士書》："及夫子歿而微言絶，七十子

終而大義乖。”但語意略異。乖，違異。

[4] 楊墨鄒孟孫韓——指楊朱、墨翟、鄒衍、孟軻、孫(荀)卿、韓非。

[5] 獨依詩人之義三句——語本司馬遷《史記·屈原傳》:“國風好色而不淫，小雅怨誹而不亂，若《離騷》者，可謂兼之矣。”(據班固《離騷序》，係引劉安《離騷傳敍》語。)詩人之義，指抒寫怨誹之情，用以諷諫。

[6] 遭時闇亂二句——闇亂，謂君主昏庸，朝政紊亂。屈原進諫楚懷王不見省納事，詳載《史記·屈原傳》及劉向《新序》。

[7] 九歌以下凡二十五篇——《九歌》，包括《東皇太一》《雲中君》《湘君》《湘夫人》《大司命》《少司命》《東君》《河伯》《山鬼》《國殤》《禮魂》。班固《漢書·藝文志》著錄屈原賦二十五篇。王逸《章句》於《離騷》《九歌》《天問》《九章》外，列有《遠遊》《卜居》《漁父》三篇，又《大招》一篇題作屈原或景差。

[8] 淮南王安作離騷經章句——《漢書·淮南王安傳》:“(武帝)使(安)爲《離騷傳》，旦受詔，日食時上。”顏師古註:“傳，謂解說之，若《毛詩傳》。”《離騷經章句》即指此。此書今已佚。

[9] 舒肆妙慮二句——指西漢時出現了很多的擬《騷》之作，如東方朔《七諫》、嚴忌《哀時命》、王褒《九懷》之類。舒肆妙慮，猶言抒寫情懷。纘述其詞，謂繼承《離騷》的體製。

[10] 劉向典校經書二句——劉向第一次把《楚辭》輯錄成書，分十六卷，就是王逸《章句》所依據的底本，王本增已所作《九思》及班固《離騷敍》《離騷贊序》二篇，爲十七卷。

[11] 賈逵——字景伯，東漢經學家。

[12] 以壯爲狀——班固、賈逵註文今逸，《離騷》本文有“壯”字者，如“不撫壯而棄穢兮”，“及余飾之方壯兮”等處。

[13] 作十六卷章句——王本《楚辭》十七卷，這裏說作章句十六卷，其第十七卷(即王逸自己所作的《九思》)的註文，據洪興祖說，可能是他的兒子王延壽所作。

[14] 懷道以迷國——《論語·陽貨篇》:“懷其寶而迷其邦，可謂仁乎?”懷寶迷邦，是說有才能而不貢獻於國家。懷道迷國，意同。

[15] 詳愚——詳，同佯。佯愚，猶言裝呆。

[16] 顚則不能扶二句——語本《論語·季氏》:“危而不持，顚而不扶，則將焉用彼相矣!”

[17] 直若砥矢——語本《詩·小雅·大東》:“周道如砥，其直如矢。”

[18] 而班固八句——語見班固《離騷序》，文字稍有不同。

[19] 伯夷四句——參看《史記·伯夷傳》。

[20] 嗚呼小子四句——見《詩·大雅·抑》。此詩據《毛序》說是衛武公刺周厲王所作。小子，指厲王。臧，善。詩意謂教導厲王。原文"未知臧否"句下有"匪手攜之，言示之事"二句。

[21] 仲尼論之二句——古有孔子删定詩三百篇之說，故本文說孔子論列此篇於大雅。

[22] 帝高陽之苗裔——帝高陽，傳說中遠古帝王顓頊的稱號。苗裔，後代子孫。高陽氏是楚族的遠祖，屈氏是楚王室的分支，所以屈原自稱是高陽氏後代。

[23] 厥初生民二句——見《詩·大雅·生民》。厥，其。初，始。時，是。姜嫄，高辛氏之妃，后稷之母。詩意謂周族的先代是姜嫄所生。

[24] 紉秋蘭以爲佩——紉，貫串。佩，佩帶在身上的飾物。

[25] 將翺將翔二句——見《詩·鄭風·有女同車》。將，且。瓊琚，佩玉名。詩意謂將翺將翔之時，所佩的玉是瓊琚之玉。

[26] 夕攬洲之宿莽——攬，采。宿莽，經冬不死的香草。

[27] 潛龍勿用——見《易·乾》初九。潛，隱伏。初是《易》卦爻第一位，陽爻稱九。陽氣潛伏在地下，故稱潛龍，龍是陽的象徵。《易》意謂聖人雖有龍德，但這時只應潛伏，勿可用世。

[28] 駟玉虬而乘鷖——駟，四匹馬駕的車，這裏作動詞用。玉，代表白色。虬，無角的龍。鷖，五采的鳳鳥。這句猶言以虬爲馬而以鳳爲車。

[29] 時乘六龍以御天——見《易·乾》彖辭。六，《易》卦爻凡六位，六爻都是九(參看註[27])，故稱六龍。六位不失其時，隨時而用，處則爲潛龍，出則爲飛龍，故云時乘六龍。御天，猶言登天。

[30] 就重華而陳詞——重華，舜名。陳，述。

[31] 咎繇之謀謨——指《書·皋陶謨》。咎繇，即皋陶。謨，謀。帝舜時，禹、伯夷、皋陶都在舜前議論，皋陶陳述其謀。

[32] 登崑崙句——案《離騷》中有"邅吾道夫崑崙兮"及"忽吾行此流沙兮"二句，這裏概括其意，與上舉諸例引原文者各異。

[33] 禹貢之敷土——《書·禹貢》："禹敷土，隨山刊木，奠高山大川。"敷，分布，分治九州水土。

[34] 擬則——效法。　儀表——形式。

[35] 罔極——無盡。

[36] 刊滅——磨滅。

【說明】

文學思想的論爭，有時發生在對某些具有代表性的作家的評價問題上。這種論爭，往往是由於雙方在理論上有着原則性的分歧而引起。通過論爭，就推動了文學理論的發展。漢朝人之於屈原，即其一例。

賦是漢代一種新興的文學體製，《楚辭》開漢賦之先河，從藝術形式的傳統繼承關係來說，屈原爲辭賦家不祧之宗，這是大家都承認的。然而關於屈原作品所表現的政治思想，却成爲論爭的焦點。

早在西漢武帝時，劉安作《離騷傳》，首先從思想內容方面肯定了《離騷》，認爲義兼國風小雅，可與日月爭光，司馬遷同意他的論點，把它寫入了《史記・屈原傳》而加以發揮，反覆闡明屈原發憤抒情，存君興國的用意。但到東漢時，班固却提出了不同的看法。王逸這篇《楚辭章句敍》，推衍劉安之說，是針對班固而發的。

文中着重論述屈原的高尙品質，他"進不隱其謀，退不顧其命"地對待現實的積極態度，揭穿班固所強調的"明哲保身"之義，實質上是"婉娩以順上，逡巡以避患"苟合取容的思想。所有這一切，都環繞着一個問題，即如何正確地理解和評價屈原作品的思想性。在王逸看來，產生在黑暗時代裏的文學，其社會意義和教育作用就在於怨和刺。"怨主刺上"，見於《詩三百篇》，態度較之屈原，更爲激烈，而"仲尼論之，以爲大雅"。屈原"依詩人之義而作《離騷》，上以諷諫，下以自慰"。《離騷》所抒寫的"憤懣"之情，正表現了屈原政治上的堅定性，是無可非議的。

西漢中葉以後，儒家思想處於統治地位，經書成爲衡量一切的最高準則。班固依託經義來貶低屈原，王逸也就引經據典以揮戈反擊；至於他稱《騷》爲"經"(也可能是根據劉向舊本所題)，更是對《騷》極端的推尊。洪興祖說："古人引《離騷》未有言經者，蓋後世之士祖述其詞，尊之爲經耳。"(見《楚辭補註》)這話深得王氏的原意。重視屈原作品的思想意義，是正確的；然而作爲長篇抒情詩的《離騷》，其性質並不和五經，特別是和《尙書》《周易》相同，一定要說它片詞隻語都是"依經立義"，那就膠柱鼓瑟，窒礙難通，反而流於牽強附會了。後來劉勰在《文心雕龍・辨騷》裏表示懷疑。經過一番審核，修正了王逸的論點，認爲"屈原雖取熔經義，亦自鑄偉辭"；指出研究《楚辭》，應該“酌奇而不失其貞，翫華而不墜其實”。這樣，就揭示出《楚辭》的特點，在理論上推進了一步。

典論·論文[1]

〔魏〕曹丕[2]

文人相輕，自古而然。[3]傅毅[4]之於班固，伯仲之間耳，而固小之[5]，與弟超[6]書曰："武仲以能屬文爲蘭臺令史[7]，下筆不能自休[8]。"夫人善於自見，而文非一體，鮮能備善，是以各以所長，相輕所短。里語曰："家有弊帚，享之千金。"[9]斯不自見之患也。

今之文人，魯國孔融文舉，廣陵陳琳孔璋，山陽王粲仲宣，北海徐幹偉長，陳留阮瑀元瑜，汝南應瑒德璉，東平劉楨公幹。斯七子者[10]，於學無所遺[11]，於辭無所假[12]，咸以自騁驥騄[13]於千里，仰齊足而並馳[14]，以此相服，亦良難矣。蓋君子審己以度人，故能免於斯累而作論文。[15]

王粲長於辭賦，徐幹時有齊氣[16]，然粲之匹也。如粲之《初征》《登樓》《槐賦》《征思》[17]，幹之《玄猿》《漏卮》《圓扇》《橘賦》[18]，雖張、蔡[19]不過也。然於他文，未能稱是。琳、瑀之章表書記，今之雋也。[20]應瑒和而不壯，劉楨壯而不密。孔融體氣高妙，有過人者，然不能持論，理不勝辭[21]，以至乎雜以嘲戲[22]。及其所善，揚、班[23]儔也。

常人貴遠賤近，向聲背實[24]，又患闇於自見，謂己爲賢。

夫文本同而末異[25]，蓋奏議宜雅，書論宜理，銘誄尚實，詩賦欲麗。[26]此四科不同，故能之者偏也；唯通才能備其體。

文以氣爲主，氣之清濁有體[27]，不可力強而致。譬諸音樂，曲度雖均，節奏同檢[28]，至於引氣[29]不齊，巧拙有素，雖在父兄，不能以移子弟。[30]

蓋文章，經國[31]之大業，不朽之盛事[32]。年壽有時而盡，榮樂止乎其身，二者必至之常期，未若文章之無窮。是以古之作者，寄身於翰墨，見意於篇籍，不假良史之辭，不託飛馳之勢[33]，而聲名自傳於後。故西伯幽而演《易》[34]，周旦顯而制《禮》，不以隱約[35]而弗務，不以康樂而加思[36]。夫然則古人賤尺璧而重寸陰，懼乎時之過已。[37]而人多不強力，貧賤則懾於飢寒，富貴則流於逸樂，遂營目前之務，而遺千載之功，日月逝於上，體貌衰於下，忽然與萬物遷化[38]，斯志士之大痛也。

融等已逝，唯幹著論，成一家言。[39]

《四部叢刊》影宋本六臣注《文選》卷五十二

【註釋】

[1] 典論——《典論》一書，是曹丕精心結撰的著作。《三國志·魏志·文帝傳》裴松之注引《魏書》載丕《與王朗書》，自稱"所著《典論》詩賦，蓋百餘篇。"又引胡冲《吳歷》："帝以素書所著《典論》及詩賦餉孫權，又以紙寫一通與張昭。"據上所述，曹丕自己對這部著作的愛重，可想而知。《隋書·經籍志》著錄爲五卷。《宋史》以後，始不復著錄，全書大概在宋代亡佚了。清嚴可均輯其佚文入《全三國文》卷八。（孫馮翼先有輯本，刊入《問經堂叢書》。）據《藝文類聚》卷十六卞蘭《贊述太子表》，知道曹丕寫成本書，還是在做太子的時候。《與王朗書》作於建安二十二年冬，在這篇文字裏，也談到建安七子已逝，那應該是在建安的後期了。

[2] 曹丕（公元一八七年——二二六年）——字子桓，沛國譙人。即魏文帝。明張溥輯《漢魏六朝百三名家集》有《魏文帝集》二卷。《全三國文》收其文入卷四至卷八。《三國志·魏志》卷二有傳。

[3] 文人相輕二句——參閱清趙翼《陔餘叢考》卷四十"文人相輕"條。

[4] 傅毅（公元？——八九年）——字武仲，扶風茂陵人。東漢文學家。《後漢書》卷八十上《文苑傳》有傳。

[5] 小之——藐視他。

[6] 超——班超，字仲升，班彪的少子。

［7］以能屬文爲蘭臺令史——屬，綴輯。能屬文，就是能爲文。蘭臺，漢代宮中藏書之處，由御史中丞兼管。後復置蘭臺令史六人，典校圖籍，管理劾奏等文書檔案。

［8］下筆不能自休——休，止。元李治《敬齋古今黈》："下筆不能自休者，正斥其文字汗漫無統耳。"（汗漫，泛濫。）

［9］里語曰三句——《東觀漢記》卷一《光武帝紀》："帝聞之，下詔讓（責也）吴漢副將劉禹曰：城降，嬰兒老母，口以萬數，一旦放兵縱火，聞之可爲酸鼻。家有敝帚，享之千金。"駱鴻凱《文選學》引黄侃説："李善注作享是，言敝帚之直，通於千金，極言重視己物耳。作享無義。然享享古皆通作亯，特當訓爲通，而不當就享字立訓耳。"

［10］斯七子者——上舉七人，後世稱爲建安七子或鄴下七子。除孔融反對曹操，後來因此被殺外，其餘六人都爲曹氏效力，形成曹魏文學集團。孔融有傳見《後漢書》卷七十。王粲有傳見《三國志·魏志》卷二十一。徐幹等五人附見《王粲傳》。

［11］於學無所遺——猶云無所不學。遺，餘留。

［12］於辭無所假——意謂能自創新辭。

［13］騏騄——千里良馬。

［14］仰齊足而並馳——仰，恃。毛萇《詩傳》："田獵齊足，尚疾也。"這句是説七子之才並駕齊驅。案曹植《與楊德祖書》："今世作者，可略而言也。昔仲宣獨步於漢南，孔璋鷹揚於河朔，偉長擅名於青土，公幹振藻於海隅，德璉發跡於此魏，足下高視於上京；當此之時，人人自謂握靈蛇之珠，家家自謂抱荆山之玉。"可以互參。

［15］蓋君子審己以度人二句——君子，曹丕自謂。審察自己之才以量度别人，所以能免除"文人相輕"之累而平心地寫出這篇論文。駱鴻凱説："故能免於斯累而作論文爲一句，李注本誤於累字絶。"

［16］齊氣——黄叔琳評《文心雕龍·風骨》説："氣是風骨之本。"氣在於作家謂之氣，形之文者謂之風骨。李善註："言齊俗文體舒緩，而徐幹亦有斯累。"《文選學》引黄侃説："文帝《論文》主於遒健，故以齊氣爲嫌。"案：《左傳》襄公二十九年載公子札來觀周樂，樂工"爲之歌齊，曰：美哉！泱泱乎大風也哉！"服虔註："泱泱，舒緩深遠，有太和之音。"這是説齊詩有舒緩的風格。《漢書·朱博傳》説：齊部舒緩養名。顔師古註："言齊人之俗，其性遲緩，多有高大以養名聲。"《論衡·率性》："楚越之人處莊嶽（齊街里名）之間，經歷歲月，變爲舒緩，風俗移

也。故曰齊舒緩。”這都是說舒緩是齊地特殊的風俗習慣。是齊氣爲舒緩的鐵證。由於齊俗舒緩的生活環境，影響到作家的個性和作品風格。所以說："徐幹時有齊氣。"

[17] 如粲之初征句——《初征賦》《槐賦》並見嚴可均輯《全後漢文》卷九十。《登樓賦》見《文選》。《征思賦》已佚。

[18] 幹之玄猿句——《圓扇賦》見嚴可均輯《全後漢文》卷九十三。《玄猿賦》《漏巵賦》《橘賦》已佚。

[19] 張蔡——謂張衡、蔡邕。張衡有《西京賦》《東京賦》《南都賦》《述志賦》《思玄賦》。蔡邕有《述行賦》。

[20] 琳瑀之章表書記二句——曹丕《與吳質書》："孔璋章表殊健，微爲繁富。""元瑜書記翩翩，致足樂也。"

[21] 理不勝辭——卽是辭過於理。

[22] 雜以嘲戲——如孔融《與曹公書》言"武王伐紂，以妲己賜周公"，就是嘲戲的例子。

[23] 揚班——謂揚雄、班固，揚雄有《解嘲》，班固有《答賓戲》，是"嘲戲"之作中的上品。

[24] 向聲背實——崇尚虛名，不重實際。

[25] 本同而末異——本，指一切文章的共同性；末，指不同文體的特殊性。

[26] 奏議宜雅四句——陳衍《石遺室論文》："其謂奏議宜雅，詩賦欲麗，則與漢京賈(誼)、董(仲舒)、蘇(武)、李(陵)、揚(雄)、馬(相如)之倫，相去已遠，蓋奏議不第宜雅，詩賦不徒欲麗也。"駱鴻凱《文選學》引黃侃說："尙實可以補《文賦》'誄纏綿而悽愴'。"

[27] 氣之清濁有體——這是本文論氣的主要方面。清濁，意近於《文心雕龍·體性》所說的氣有剛柔，剛近於清，柔近於濁。《風骨》篇說："翬翟備色，而翾翥可步，肌豐而力沉也。"是指氣的重濁柔弱。又說："鷹隼乏彩，而翰飛戾天，骨勁而氣猛也。"是指氣的清新剛健。本文所說的齊氣，就屬於柔濁的一種，中國文學中婉約派詩詞，都屬此。所謂建安風骨，建安風力，則屬於淸剛的一種。

[28] 節奏同檢——音調緩急的度數爲節。檢，法度。

[29] 引氣——引，猶言運行，指吹奏時的引氣。

[30] 雖在父兄二句——李善註："桓子《新論》曰：惟人心之所獨曉，父不能以禪子，兄不能以教弟也。"

[31] 經國——治國。

［32］不朽之盛事——《左傳》:"太上有立德,其次有立功,其次有立言,雖久不廢,此之謂不朽。"文章屬於立言範圍以內,所以說是不朽之盛事。

［33］飛馳之勢——處高位之人,出則高車駟馬,聲勢赫赫。

［34］西伯幽而演易——幽，拘囚。《史記·太史公自序》:"昔西伯拘羑里，演《周易》。"

［35］隱約——窮困。

［36］加思——加,移。加思,謂轉移著述的念頭。

［37］古人賤尺璧二句——《淮南子·原道》:"聖人不貴尺之璧,而重寸之陰,時難得而易失也。"

［38］遷化——《古詩十九首》:"奄忽隨物化。"遷化,猶言死去。

［39］唯幹著論二句——指徐幹的《中論》。曹丕《與吳質書》:"偉長獨懷文抱質,恬淡寡欲,有箕山之志,可謂彬彬君子者矣。著《中論》二十篇,成一家之言,辭義典雅,足傳於後,此子爲不朽矣。"

【說明】

《典論·論文》是我國文學批評史上較早的一篇專論。在中古文學史上關於文學批評的幾個問題:文學的價值問題,作家的個性與作品的風格問題,文體問題,文學的批評態度問題,本文已都涉及。曹丕批評了兩漢以來輕視文學的觀點,指出了文學的獨立地位,提出了自己的文學主張。雖然他對這些問題,僅僅是略引端緒,但對後代的影響很大。

首先,關於文學的價值,作者本着文以致用的精神,強調了文章(本文所說的文章,主要是指詩賦、散文等文學作品)是"經國之大業,不朽之盛事",(當然,他的所謂"經國大業",是封建階級統治人民的事業。)把文學提到與事功並立的地位,并鼓勵作家們"不托飛馳之勢"而去努力從事文學活動。這對魏、晉以後文學的發展,是有推動作用的。

復次,關於文氣,作者認爲"文以氣爲主",而"氣之清濁有體"。所謂清濁,意近於剛柔。後來劉勰《文心雕龍·體性》稱"才有庸儁,氣有剛柔","風趣剛柔,寧或改其氣",多少是受了曹丕論文的啓發。曹丕認爲:作家的氣質、個性,形成各自的獨特的風格。因此,各有所長,難可兼擅。徐幹則"時有齊氣",應瑒則"和而不壯",劉楨則"壯而不密",孔融則"體氣高妙"。

但過分強調作家的材性，而不懂得作家的風格是社會實踐和藝術修養的結果，觀點不够全面。

其三，對於文學體裁的區分。本文說："夫文本同而末異"，所謂本，大致是指基本的規則而言，這是一切文章共同的；所謂末，是各種不同文體的特點。奏議、書論，晉以後人所謂無韻之筆；銘誄、詩賦，晉以後人所謂有韻之文。因文章具體的功能有不同，體裁和表現方法也就有所不同。雅、理、實、麗，各具特點。（盡管這裏所提到的各種文體特點，未必完全正確。）在曹丕以前，人們對文章的認識，限於本而不及末，本末結合起來的看法，在文學批評史上，是曹丕首先提出的，它推進了後來的文體研究。從桓範的《世要論》、陸機的《文賦》、摯虞的《文章流別論》、李充的《翰林論》到劉勰的《文心雕龍》，這些著作裏的文體論述，正是《典論·論文》的進一步發展。

其四，關於文學批評者的態度。指出了兩種錯誤態度：一是"貴遠賤近，向聲背實"；一是"闇於自見，謂己爲賢"、"文人相輕，自古而然"，"各以所長，相輕所短"。前者指斥了貴遠賤近，亦即尊古卑今的觀點，這並不是作者的創見，早在西漢末東漢初的桓譚，在稱讚揚雄《太玄經》的時候，就已經這樣說："世咸尊古卑今，貴所聞賤所見也，故輕易之。"（《全後漢文》卷十五桓譚《新論·閔友》）東漢王充也說："述事者好高古而下今，貴所聞而賤所見。"（《論衡·齊世》）"俗儒好長古而短今，……信久遠之僞，忽近今之實。"（同上《須頌》）"夫俗好珍古不貴今，謂今之文不如古書。夫古今一也，才有高下，言有是非，不論善惡而徒貴古，是謂古人賢今人也。……善才有淺深，無有古今；文有僞眞，無有故新。"（同上《案書》）曹丕繼桓譚、王充之後，提出了這個問題。後者對"文人相輕"的指斥，則是作者的新論。作者根據對不同的文氣、文體的認識，說明各個作家作品各有短長。"闇於自見"的人，必然"各以所長，相輕所短"，不可能產生正確的文學批評。

文賦

〔晉〕陸機[1]

余每觀才士之所作，竊有以得其用心[2]。夫其放言遣辭，良多變矣。妍蚩好惡，可得而言。每自屬文，尤見其情。恆患意不稱物，文不逮意[3]，蓋非知之難，能之難也。故作《文賦》以述先士之盛藻[4]，因論作文之利害所由，他日殆可謂曲盡其妙[5]。至於操斧伐柯[6]，雖取則不遠，若夫隨手之變，良難以辭逮（原作逐，據李善注本改）。蓋所能言者，具於此云爾。

佇中區以玄覽[7]，頤情志於典墳[8]。遵四時以嘆逝，瞻萬物而思紛；[9]悲落葉於勁秋，喜柔條於芳春。[10]心懍懍以懷霜，志眇眇而臨雲；[11]詠世德[12]之駿烈，誦先人之清芬[13]；游文章之林府，嘉麗藻之彬彬。[14]慨投篇而援筆，聊宣之乎斯文。

這一節言作文之由，不外兩途：一感於物，一本於學，故開端即以玄覽與典墳並起。"遵四時"四句就感物言，"詠世德"四句，又從頤情志於典墳生發，二者皆能引起文思，故中間用"心懍懍以懷霜"二句以貫串之。

其始也，皆收視反聽[15]，耽思傍訊[16]，精騖八極，心遊萬仞。[17]其致也[18]，情曈曨而彌鮮，物昭晰而互進，[19]傾羣言之瀝液[20]，漱六藝之芳潤[21]，浮天淵以安流[22]，濯下泉而潛浸[23]。於是沈辭怫悅[24]，若遊魚銜鉤，而出重淵之深，浮藻聯翩[25]，若翰鳥纓繳，而墜曾雲之峻。收百世之闕文，採千載之遺韻，[26]謝朝華於已披，啓夕秀於未振，[27]觀古今於須臾，撫四海於一瞬。[28]

這一節專講構思，構思開始只是意與物的關係，更進一步，才是意與文的關係。所以"其致也"以後云云，都兼指意與辭兩方面說。

然後選義按部，考辭就班，[29]抱景者咸叩，懷響者畢彈。[30]或因枝以振葉[31]，或沿波而討源[32]，或本隱以之顯，或求易而得難，[33]或虎變而獸擾，或龍見而鳥瀾，[34]或妥帖而易施，或岨峿而不安。[35]罄澄心以凝思，眇衆慮而爲言，[36]籠天地於形內，挫萬物於筆端。[37]始躑躅於燥吻[38]，終流離於濡翰[39]，理扶質以立幹[40]，文垂條而結繁[41]，信情貌之不差，故每變而在顏；[42]思涉樂其必笑，方言哀而已嘆。[43]或操觚以率爾[44]，或含毫而邈然[45]。

這一節論謀篇之始，部署意辭之狀，並說明經過構思後意和辭的主從關係。

伊茲事[46]之可樂，固聖賢之所欽[47]，課虛無以責有，叩寂寞而求音，[48]函緜邈於尺素，吐滂沛乎寸心。[49]言恢之而彌廣，思按之而愈深，播芳蕤之馥馥，發青條之森森，[50]粲風飛而猋竪，鬱雲起乎翰林。[51]

這一節從意與辭兩方面說明行文樂趣。

體有萬殊，物無一量，[52]紛紜揮霍，形難爲狀。[53]辭程才以效伎，意司契而爲匠，[54]在有無而僶俛[55]，當淺深而不讓[56]。雖離方而遯員，期窮形而盡相。[57]故夫誇目者尚奢，愜心者貴當，言窮者無隘，論達者唯曠。[58]詩緣情而綺靡[59]。賦體物而瀏亮[60]。碑披文以相質[61]。誄纏緜而悽愴[62]。銘博約而溫潤[63]。

箴頓挫而清壯[64]。頌優遊以彬蔚[65]。論精微而朗暢[66]。奏平徹以閑雅[67]。說煒曄(原作爗,據李善注本改)而譎誑[68]。雖區分之在茲,亦禁邪而制放[69]。要辭達而理舉[70],故無取乎冗長。

這一節論文辭體式,先從"物無一量"講,說明風格之異;次從"體有萬殊"講,說明體製之別。《文心雕龍·定勢》云:"括囊雜體,功在銓別,宮商朱紫,隨勢各配。章表奏議,則準的乎典雅;賦頌歌詩,則羽儀乎清麗;符檄書移,則楷式於明斷;史論序注,則師範於覈要;箴銘碑誄,則體制於弘深;連珠七辭,則從事於巧豔;此循體而成勢,隨變而立功者也。"即從此節闡發。

其爲物也多姿[71],其爲體也屢遷[72]。其會意也尙巧,其遣言也貴姸。[73] 暨音聲之迭代,若五色之相宣。[74] 雖逝止之無常,固崎錡而難便[75]。苟達變而識次,猶開流以納泉[76]。如失機[77]而後會,恆操末以續顚,謬玄黃之秩序,故淟涊而不鮮。[78]

這一節以前重在述先士之盛藻;這一節以後重在講作文之利害所由。此節從上文意和辭的關係上,主張意巧辭姸,再涉及文章中聲氣的關係。並自聲律講到文氣,故偏重在達變識次,是總論作文利害的關鍵。

或仰偪於先條[79],或俯侵於後章[80]。或辭害而理比,或言順而義妨。[81]離之則雙美,合之則兩傷。考殿最於錙銖,定去留於毫芒。[82]苟銓衡之所裁,固應繩其必當。[83]

這一節是分論作文利害關鍵的第一段。

或文繁理富,而意不指適。[84]極無兩致,盡不可益。[85] 立片言而居要,乃一篇之警策[86]。雖衆辭之有條,必待茲而效績[87]。亮功多而累寡,故取足而不易。[88]

這一節承上文意與辭的去取發揮，言儘管文繁理富，波瀾層叠，只須片言居要突出主題，則綱舉目張，不致因理富成累，是分論作文利害關鍵的第二段。

或藻思綺合，清麗芊眠。[89] 炳若縟繡，悽若繁絃。[90] 必所擬之不殊，乃闇合於曩篇。[91]雖杼軸於予懷，怵他人之我先。[92]苟傷廉而愆義，亦雖愛而必捐。[93]

這一節言意與辭不可剿襲雷同，貴在獨創，是分論作文利害關鍵的第三段。

或苕發穎豎，離衆絶致。[94] 形不可逐，響難爲係。[95] 塊孤立而特峙，非常音之所緯。[96]心牢落而無偶[97]，意徘徊而不能揥[98]。石韞玉而山暉，水懷珠而川媚。[99]彼榛楛之勿翦，亦蒙榮於集翠。[100]綴《下里》於《白雪》，吾亦濟夫所偉。[101]

這一節是作文利害關鍵的第四段。

或託言於短韻，對窮跡而孤興。[102] 俯寂寞而無友，仰寥廓而莫承。[103] 譬偏絃之獨張[104]，含清唱而靡應[105]。

自這節起論文章之病，共分五節。此節言篇幅太小不足以成文。

或寄辭於瘁音，言徒靡而弗華。[106]混妍蚩而成體，累良質而爲瑕。[107]象下管之偏疾，故雖應而不和。[108]

此指文不調諧之病，是論文病的第二節。

或遺理以存異[109]，徒尋虛而逐微[110]。言寡情而鮮愛，辭浮漂而不歸。[111]猶絃幺而徽急，故雖和而不悲。[112]

此論文病的第三節。

或奔放以諧合，務嘈囋而妖冶。[113]徒悦目而偶俗，故聲高而曲下[114]。寤《防露》與《桑間》，又雖悲而不雅。[115]

此論文病的第四節。

或清虚以婉約[116]，每除煩而去濫，闕大羹之遺味[117]，同朱絃之清氾[118]。雖一唱而三歎，固既雅而不豔[119]。

此論文病的第五節。

若夫豐約之裁，俯仰之形，因宜適變，曲有微情[120]。或言拙而喻巧。[121] 或理樸而辭輕。[122] 或襲故而彌新。或沿濁而更清。[123] 或覽之而必察。或研之而後精。[124] 譬猶舞者赴節之投袂，歌者應絃而遣聲。是蓋輪扁[125]所不得言，亦非華説[126]之所能精。

這一節説明各人構思不同，表現方法不妨互異。同時運用之妙又有才情工力的關係，眞諦很難用文字説明，此申言序中"隨手之變，良難以辭逮"之意。

普辭條與文律，良余膺之所服。[127] 練世情之常尤，識前修之所淑。[128] 雖濬發於巧心，或受欰於拙目。[129]彼瓊敷與玉藻，若中原之有菽。[130] 同槖籥之罔窮，與天地乎並育。[131] 雖紛藹於此世，嗟不盈於予掬。[132]患挈缾之屢空，病昌言之難屬。[133]故踸踔於短韻，放庸音以足曲。[134]恆遺恨以終篇，豈懷盈而自足。懼蒙塵於叩缶，顧取笑乎鳴玉。[135]

這一節申言序文"非知之難，能之難"之意。自謙不足。

若夫應感之會，通塞之紀[136]，來不可遏，去不可止。藏若景滅，行猶響起。方天機之駿利，夫何紛而不理[137]。思風發於胸臆，言泉流於脣齒。[138]紛葳蕤以馺遝，唯毫素之所擬。[139]文徽徽以溢目，音泠泠而盈耳。[140]及其六情底滯，志往神留，[141]兀若枯木，豁若涸流，[142]覽營魂以探賾，頓精爽而自求。[143]理翳翳而愈伏，思軋軋其若抽。[144]是故或竭情而多悔[145]，或率意而寡尤。[146]雖茲物之在我，非余力之所勠。[147]故時撫空懷而自惋，吾未識夫開塞之所由也。[148]

這一節論感興，亦申言序文"每自屬文，尤見其情"之意。

伊茲文之爲用，固衆理之所因。[149]恢萬里而無閡，通億載而爲津。[150]俯貽則於來葉，仰觀象乎古人。[151]濟文武於將墜，宣風聲於不泯。[152]塗無遠而不彌，理無微而不綸。[153]配霑潤於雲雨，象變化乎鬼神。[154]被金石而德廣，流管絃而日新。[155]

這一節論文用，與《文心雕龍·原道》篇相近，即申言序文"余每觀才士之所作，竊有以得其用心"之意。

《四部叢刊》影宋本六臣註《文選》卷十七

【註釋】

[1] 陸機(公元二六一年——三〇三年)——字士衡，吳郡人。吳大司馬陸抗之子。吳亡入晉，官至平原內史。有集四十七卷。嚴可均收其文入《全晉文》卷九十六至九十九。丁福保收其詩入《全晉詩》卷三。《晉書》卷五十四有傳。

[2] 得其用心——指窺見作品中用心之所在，與心之如何用，全文主旨重在討論構思。

[3] 意不稱物文不逮意——意不稱物，謂構思之意，不能正確地反映事物，即蘇軾所謂觀物之妙，不能了然於心。文不逮意，謂寫出之文，與構思之意尚有距離，即蘇軾所謂了然於心，不能了然於口與手。唐大圓《文賦註》云："所構之意，不能與物相稱，則患在心粗；或意雖善構，苦無詞藻以達之，則又患在學儉（學問貧乏）。欲救此二患，則一在養心，使由粗以細；一在勤學，使由儉而博。"

[4] 先士之盛藻——指古代才士之所作。

[5] 可謂曲盡其妙——黄侃謂“謂”字衍；俞正燮謂“可謂”當作“謂可”，俞說較勝。又案：可謂亦可解作“可以”。《左傳》昭公十五年“今王樂憂，若卒以憂，不可謂終”。《大戴禮·曾子立孝》篇“君子一孝一弟，可謂知終矣。”“可謂”均作“可以”解。連同上句意謂今日雖知作文之利害所由，但未必能之，他日或可能委曲盡其妙道，仍申“非知之難”“能之難”之意。

[6] 操斧伐柯——《詩·豳風·伐柯》：“伐柯伐柯，其則不遠。”《傳》：“柯，斧柄也。”《正義》：“執柯以伐柯，比而視之，舊柯短則如其短，舊柯長則如其長，其法不在遠也。”此處謂取鑒前人，研究寫作的規律。

[7] 佇中區以玄覽——佇，久立。中區，猶區中，謂宇宙之中。玄覽，深刻地觀察。此句言從觀察萬物，引起文思。

[8] 頤情志於典墳——頤，養；猶言陶冶。典墳，相傳三皇之書稱三墳，五帝之書稱五典。此句言鑽研古籍，加強文學修養。

[9] 遵四時以歎逝二句——遵，循。思紛，思慮紛紜。此二句謂感於四時變遷，萬物盛衰，而引起文思。

[10] 悲落葉於勁秋二句——言從落葉柔條引起悲喜，即本上文生發，說明文以情生，情因物感之意。

[11] 心懔懔以懷霜二句——懔懔，危懼貌。眇眇，高遠貌。懷霜、臨雲，喻心志之高潔。心志高潔則文品亦高潔。

[12] 世德——陸機祖遜、父抗，均爲吳名臣，其集中有《祖德賦》《述先賦》。庾信《哀江南賦序》：“潘岳之文采，始述家風；陸機之辭賦，先陳世德。” 駿——大。烈——功業。

[13] 先人之清芬——清芬亦指德。先人，《文鏡秘府論》本作“先民”，後人避唐諱，改作“先人”。

[14] 游文章之林府二句——林府，謂多如林木，富如府庫。彬彬，文質相半之貌。前二句言感於前人之功德，此二句又言受昔人文辭的啓發。

[15] 收視反聽——不視不聽，有視而無見、聽而不聞、心不外用之意。

[16] 耽思——深思，熟思。 傍訊——傍求，博採。

[17] 精騖八極二句——精，神。騖，馳。八極，喻極遠之處。萬仞，喻極高之處。此二句言心神運思，無時空之限制。作文之始，必須集中精神，耽思傍訊，始可使意能稱物，所以是開端。

[18] 其致也——言文思來的時候。

[19] 情曈曨而彌鮮二句——曈曨，由暗而明貌。昭晰，彰明清晰貌。這二句謂內在

的朦朧的文情逐漸清晰，外在的鮮明的物象紛至沓來。

[20] 傾羣言之瀝液——瀝液，涓滴，喻精華。意能稱物以後，於是傾注着的是羣言之精華。羣言，除經史外，包括諸子百家。

[21] 漱六藝之芳潤——漱有含英咀華之意。在羣言中特別提出六藝，即指六經文辭中內在與外在之美，故云芬潤。此二句言六藝羣言，統歸行文時的驅遣。

[22] 浮天淵以安流——此句狀想像可升高到天淵。

[23] 濯下泉而潛浸——此句謂想像也可深入到下泉。

[24] 沈辭怫悅——表吐辭艱澀之象。

[25] 浮藻聯翩——表出語駿利之象。此數語以魚鳥喻辭藻而以釣弋喻思慮的作用。

[26] 收百世之闕文二句——《論語·衞靈公》："子曰：吾猶及史之闕文也。"闕文，謂古之良史於書，字有疑則闕之，此指古書闕疑之文。遺韻，猶言遺文。闕文指散體，遺韻指韻體。此二句言通過構思以後，即百世之闕文，千載之遺韻，都可採收備用。

[27] 謝朝華於已披二句——朝華，謂古人已用之意與辭，如花之已開，宜謝而去之。夕秀，謂古人未述之意與辭，如未發之花，宜開而用之。唐大圜云："上句是務去陳言，下句是獨出心裁。"

[28] 觀古今於須臾二句——言文章構思之時，博採古今四海，包括萬有。

[29] 然後選義按部二句——按部就班，謂選擇考慮適當的事義與確切的詞句安排佈置在適當確切的地方。

[30] 抱景者咸叩二句——《文選》五臣呂延濟註："謂物有抱光景者必以思叩觸之而求文理，物有懷音響者必以思彈擊之以發文意。"此二句謂天地間一切有色有聲者皆可取資，使文中應有之義無所遺漏。畢，一作必，亦通。

[31] 因枝以振葉——謂依枝布葉，此由本及末，先樹要領之意。

[32] 沿波而討源——謂順流探源，此由末及本，最後說出主題之意。

[33] 或本隱以之顯二句——隱與難近，顯與易近，或從晦到明，逐步闡說，或求易得難，層層深入。一說："本隱以之顯"，義近演繹，語本《史記·司馬相如傳》："太史公曰……《易》本隱以之顯"。"求易而得難"，謂以易知之事說明難知之事，如比喻。語出《老子》"圖難於其易"句。

[34] 或虎變而獸擾二句——擾，馴。虎起而百獸馴伏，喻文思大者得而小者畢舉。瀾，渙散。龍現而羣鳥驚飛，喻文思之本根具而枝葉紛披。一說：此二句文義應正反相對。虎、龍喻文之根本。虎變句喻文章枝幹雖具而根本未安，龍見句譬文章根本已立而枝節未妥。

[35] 或妥帖而易施二句——妥貼，形容易施；岨峿，形容不安。此言選義考辭有時比較容易，招來卽得；有時又比較艱難，煞費經營。

[36] 罄澄心以凝思二句——謂構思要專心致意地思索琢磨。眇，通妙。謂精微確切地組織許多思緒以成文。

[37] 籠天地於形內二句——謂廣闊的天地可概括進形象，萬象紛紜，都可描繪在筆下。此二句言心澄言妙的作用。挫，同剉，謂斫取截取；有收拾役使之意。

[38] 始躑躅於燥吻——躑躅，形容艱澀。此句謂口頭上表達不出。

[39] 終流離於濡翰——流離，形容順利。此句謂筆底自然流出。

[40] 理扶質以立幹——理，指構思之意。扶質立幹，卽范曄所謂以意爲主之意。此就選義言。

[41] 文垂條而結繁——文，指運用之辭。垂條結繁，卽范曄所謂以文傳意之義。此就考辭言。

[42] 信情貌之不差二句——情貌，指內心和外表。情動於中而形之言，所以誠中形外，必須表裏如一。中心一有變化，自然反映上顏面。此言義與辭的關係。

[43] 思涉樂其必笑二句——此二句卽《文心雕龍·夸飾》所謂"談歡則字與笑並，論感則聲共淚偕"之義。哀與樂指義，笑或嘆則是辭的作用。

[44] 觚——木之方者，古人用來書寫的木簡。操觚，指作文。　率爾——言不加思索，狀文思之敏捷。

[45] 邈然——言杳邈難尋，狀文思之遲鈍。

[46] 伊——維，語詞。　兹事——指文章。

[47] 欽——敬慕嚮往之意。

[48] 課虛無以責有二句——課，試。責，要求。虛無、寂寞，指意。拈題之始，理本虛無，心自寂寞，通過構思以後，發爲文辭，才使無形者可覩，無聲者可聽。此二句說明構思的作用，也正是寫作樂趣所在。

[49] 函緜邈於尺素二句——緜邈，指遠，滂沛，指大。五臣劉良註："雖遠者含文於尺素之上，雖大者吐辭於寸心之間。"這說明都出於作者之巧思，所以下文謂恢之按之可以彌廣彌深。這兩句都側重在意。

[50] 播芳蕤之馥馥二句——喻文采若芳蕤之香馥，青條之森盛。從此二句起又側重在辭。蕤，草木的花。馥馥，芬芳。森森，長密貌。

[51] 粲風飛而猋豎二句——粲，有明麗之意。猋，同飆，疾風。鬱，有美盛之意。翰，筆毫。翰林，謂文翰之多如林。二句言粲然如風飛飆立，鬱然如雲起翰林。說行文得意時，有心手交暢之樂。

[52] 體有萬殊二句——體，指文體。文體多樣，故云萬殊。物，指物象。量，分限，標準。由作者才性之不同，於是觀察事物也可有不同的角度，所以物象無一定之量。

[53] 紛紜揮霍二句——紛紜，亂貌，承體言。體有千差萬别，故覺紛紜。揮霍，疾貌，承物言。物象千變萬化，故云揮霍。在這樣差别變化之中，要眞實地描寫事物情狀不太容易，故云形難爲狀。此二句兼指體與物兩方面，但已側重在物。或謂此二句卽申"物無一量"之意。

[54] 辭程才以效伎二句——程，量。效，呈，盡。契，猶言圖樣。五臣註訓契爲"要"，指文意之契要。李善註謂："衆辭俱湊，若程才效伎，取捨由意，類司契爲匠。"說明辭藻雖紛至沓來，而取舍權衡，仍必歸於意匠。從此處起，至"論達者唯曠"，都就"物無一量"說。

[55] 在有無而僶俛——《詩·邶風·谷風》："何有何亡，黽勉求之"，僶俛卽黽勉，謂強勉求之。此句指辭，承程才效伎講。辭之取捨，要好好斟酌，故云黽勉。

[56] 當淺深而不讓——《詩·邶風·谷風》："就其深矣，方之舟之；就其淺矣，泳之游之。"此句指意，承司契爲匠講。意之當淺當深，須自作主張，然後遣辭得當，故云不讓。《論語·衞靈公》："當仁不讓於師。"

[57] 雖離方而遯員二句——員，卽圓。方員，猶言規矩。文章自有法度，但有時也不妨離方而遯員，軼出規矩，不過總須窮形盡相，完成表達任務。此卽張融《門律自序》所謂"夫文豈有常體，但以有體爲常"之意。

[58] 故夫誇目者尚奢四句——誇目，指尙辭藻者。奢，謂浮豔。愜心，言切理饜心。當，嚴密、貼切。窮，有局促簡約之意。無，語詞，同"唯"。無隘卽隘。論達，說得暢達。此數句言作者個性不同，則文的風格也不同，仍申物無一量之義，但已轉折到"體有萬殊"方面。《文心雕龍·知音》："夫篇章雜沓，質文交加，知多偏好，人莫圓該(面面俱到)。慷慨者逆(迎)聲而擊節，醞藉者見密而高蹈，浮慧者觀綺而躍心，愛奇者聞詭而驚聽。"

[59] 詩緣情而綺靡——從此起都承"體有萬殊"說。李善註："綺靡，精妙之言。"謝榛《四溟詩話》："綺靡重六朝之弊。"朱自清《詩言志辨》："詩言志，指的表見德性……可是緣情的五言詩發達了，……於是陸機《文賦》第一次鑄成'詩緣情而綺靡'這個新語。"案陸機論文體均意與辭並重，緣情指意，綺靡指辭。陳柱《講陸士衡文賦自記》云："綺言其文采，靡言其聲音。"(《學術世界》一卷四期)

[60] 賦體物而瀏亮——李善註："賦以陳事，故曰體物。……瀏亮，清明之稱也。"《四溟詩話》："瀏亮非兩漢之體。"陳柱云："士衡體物瀏亮之言，亦不過賦之一體。"

此句體物指意，瀏亮指辭。

[61] 碑披文以相質——披文相質兼指意與辭說。陳柱云："碑本以紀功德，然必立言不苟，稱乎其人，故曰披文以相質。"

[62] 誄纏緜而悽愴——李善註："誄以陳哀，故纏綿悽愴。"纏綿悽愴，兼指意與辭說。

[63] 銘博約而溫潤——李善註："博約謂事博文約也。"博約溫潤，亦兼指意與辭說。五臣張銑注："博謂意深，約謂文省。"《文心雕龍·銘箴》："銘兼褒讚，故體貴弘潤。"

[64] 箴頓挫而清壯——李善註："箴以譏刺得失，故頓挫清壯。"此亦兼意與辭言。

[65] 頌優遊以彬蔚——彬蔚，華盛貌。優遊指意，彬蔚指辭。《文心雕龍·頌讚》："頌惟典雅，辭必清鑠。"

[66] 論精微而朗暢——李善註："論以評議臧否，以當爲宗，故精微朗暢。"劉熙載《文概》："精微以意言，朗暢以辭言。精微者，不惟其難，惟其是；朗暢者，不惟其易，惟其達。"

[67] 奏平徹以閑雅——平徹以意言，閑雅以辭言。

[68] 說煒曄而譎誑——煒曄，光盛貌。煒曄譎誑，兼意與辭言。《文心雕龍·論說》："凡說之樞要，必使時利而義貞，進有契於成務，退無阻於榮身，自非譎敵，則唯忠與信，披肝膽以獻主，飛文敏以濟辭，此說之本也。而陸氏直稱說煒曄以譎誑，何哉？"范文瀾注："士衡蓋指戰國策士而言，彥和謂言貴悅懌，正即煒曄之義。惟當以忠信爲本，不可流於譎誑。"

[69] 禁邪而制放——邪指意言，放指辭言，此係各體所應共守之準繩。

[70] 辭達而理舉——辭達指辭，重在有序；理舉指意，重在有物。

[71] 其爲物也多姿——物，仍指文言，非指物象。情隨物遷，文因情異，隨物萬變，故文亦多姿。

[72] 其爲體也屢遷——體，指格式，非指體製。李善注："文非一則，故曰屢遷。"

[73] 其會意也尚巧二句——此仍分指意與辭講。"意司契而爲匠"，苦心經營，能窮究物情則巧；"辭程材以效伎"，盡力推敲，能曲達思緒則妍。此即意能稱物，文能逮意之旨而更進一步。

[74] 暨音聲之迭代二句——暨，及。迭，更換。宜，明。李善註："言音聲迭代而成文章，若五色相宣而爲繡也。"

[75] 雖逝止之無常二句——逝止，猶去留也。崎錡，不安貌。錡音蟻。此二句承上下文。言音聲迭代之妙，本是無常，出於自然，但此時聲律之論未起，難免有

崎錡不安之處，只有達變者才能使口吻調利。

[76] 苟達變而識次二句——達變，掌握變化的規律。識次，理解次序的安排，亦即沈約所謂"欲使宮羽相變，低昂舛節"之意。案陸機所說自然的聲調，與文氣之說相近。開流納泉，近於韓愈氣盛言宜之意。

[77] 失機——猶言失次。《文心雕龍·聲律》："迂其際會，則往蹇來連，其爲疾病，亦文家之吃也。"

[78] 謬玄黃之秩序二句——洪涊，垢濁不鮮貌。"謬玄黃之秩序"即五色不能相宜之意，此指音韻失宜，故佶屈蹇吃，不能諧適。

[79] 或仰偪於先條——條，科條。先條，指前段的文辭。仰偪，謂有時後段的文辭與前段矛盾。

[80] 或俯侵於後章——侵，犯。俯侵，指前章的語句妨礙了後章。《文心雕龍·章句》："是以搜句忌於顚倒，裁章貴於順序。"

[81] 或辭害而理比二句——理比，猶言理順。辭害理比，言順義妨，是辭義不能相稱之病。

[82] 考殿最於錙銖二句——下功曰殿，上功曰最；極下爲殿，第上爲最。錙銖、毫芒，皆喻其小。此本上文選義考辭之旨，說明考選標準必須嚴格。《文心雕龍·鎔裁》："規範本體謂之鎔，剪截浮詞謂之裁。裁則蕪穢不生，鎔則綱領昭暢。"

[83] 苟銓衡之所裁二句——銓衡，衡量。繩，糾正，量度。此二句言文章關於意與辭的考選標準，必以至當爲主，總要使意與辭雙美，而不使兩傷，才能首尾一貫，內外交融。

[84] 或文繁理富二句——適，讀爲"的"，當也，從也。指適，順適。此謂文繁理富而主意仍不能表達。

[85] 極無兩致二句——李善註："言其理旣極而無兩致，其言又盡而不可益。"致，亦極也。極，承理富言；盡，承文繁言，儘管理富，不可有兩個主題；儘管文繁，不應使讀者看作多餘。

[86] 警策——猶言中心思想。陳柱云："凡文章必有一段或數語爲一篇之精神所團聚處，或爲一篇之精神所發源處。"

[87] 效績——言致其功。片言居要則衆辭效績。

[88] 亮功多而累寡二句——亮，信。不易，不可改易。篇中有警策語則功多累寡。功多故取足，指言以足志，文以足言。累寡則不必更易。

[89] 或藻思綺合二句——綺，文繒。芊眠，光色盛貌。此二句言文藻思如綺之會合，風格淸麗，光彩鮮豔。

[90] 炳若縟繡二句——炳，光耀。縟，繁彩。悽，動人。繁絃，譬詞複雜的音樂。二句狀詞藻之盛。

[91] 必所擬之不殊二句——曩篇，謂先士之盛藻。人的思路有時相同，故會暗合。

[92] 雖杼軸於予懷二句——以織喻，言雖出自己情，亦恐他人已先道過。

[93] 苟傷廉而愆義二句——雷同之語近於盜竊，必須捐棄。

[94] 或苕發穎豎二句——苕發穎豎，以草與禾之特出離衆，喻文中也有突出之句。致，態，風神。絕致，言其超絕。

[95] 形不可逐二句——李善註："言方之於影而形不可逐，譬之於聲而響難係也。"此二句喻佳句不易再造。

[96] 塊孤立而特峙二句——李善註："文之綺麗，若經緯相成。言斯句既佳，塊然立而特峙，非常音之所能緯也。"緯，經緯，指配合。

[97] 心牢落而無偶——牢落，遼落，言一二秀句，獨拔篇中，心情落漠，找不到和它相稱的句子。

[98] 意徘徊而不能揥——揥，摘取。言想摘去這句，又不免徘徊難於捨棄。

[99] 石韞玉而山暉二句——李善註："雖無佳偶，因而留之，譬若水石之藏珠玉，山川爲之輝媚也。"

[100] 彼榛楛之勿翦二句——榛楛，喻庸音。翠，青羽雀。榛楛惡木若佳禽來集亦能增光。李善註："以珠玉之句既存，故榛楛之辭亦美。"

[101] 綴下里於白雪二句——宋玉《對楚王問》："客有歌於郢中者，其始曰《下里巴人》，國中屬而和者數千人；其爲《陽阿薤露》，國中屬而和者數百人；其爲《陽春白雪》，國中屬而和者不過數十人，……是以其曲彌高，其和彌寡。"李善註："言以此庸音而偶彼嘉句，譬以下里鄙曲，綴於白雪之高唱，吾雖知美惡不倫，然且以益夫所偉也。"偉，奇也。

[102] 或託言於短韻二句——短韻，小文。窮迹孤興，李善註："言文小而事寡，故曰窮迹；迹窮而無偶，故曰孤興。"

[103] 俯寂寞而無友二句——此二句於"俯""仰"二字略作傍頓。李善註："言事寡而無偶，俯求之則寂寞而無友，仰而應之，則寥廓而無所承。"

[104] 譬偏絃之獨張——李善註："言累句以成文，猶衆絃之成曲。今短韻孤起，譬偏絃之獨張。"

[105] 含清唱而靡應——靡，無。偏絃獨張，則雖含清唱而前後無照應，文之短小者似之。

[106] 或寄辭於瘁音二句——瘁音，憔悴之音，即《文心雕龍·風骨》所謂"振采失鮮，

貧聲無力”之作，故下句接“言徒靡而弗華”，謂辭徒浮靡，缺少光華。

［107］混妍蚩而成體二句——妍蚩，妍指靡言，蚩指瘁音。浮靡之言非不妍麗，但氣不盛則光不華，此即《文心雕龍·風骨》所謂“采乏風骨，則雉竄文囿”，反使良質也成爲瑕。上文言榛楛勿剪，蒙榮集翠，是瑜足掩瑕的關係；此言妍蚩相混，良質爲瑕，則是瑕足累瑜的問題。

［108］象下管之偏疾二句——象，類，似。下管，堂下吹管，其聲偏疾，雖與升歌間奏相應，但不和諧。

［109］或遺理以存異——指不顧内容，徒尚詭巧新奇之文。

［110］徒尋虚而逐微——離本逐末之意，言只在形式辭藻上注意。

［111］言寡情而鮮愛二句——李善註：“不歸，謂不歸於實。”辭浮濫則寡情鮮愛，無所歸宿。

［112］猶絃幺而徽急二句——幺，小。徽，琴節，亦解作調。言無眞情，辭不立誠，故如幺調急徽，雖和不悲。

［113］或奔放以諧合二句——五臣呂延濟註：“或有奔馳放縱其思以求和合。”嘈囋，五臣呂延濟註：“浮豔聲。”迎合俗好，故浮豔而妖冶。

［114］聲高而曲下——聲高指調，曲下指品。

［115］寤防露與桑間二句——寤，覺。《防露》、《桑間》，何焯云：“《防露》指‘豈不夙夜，謂行多露’言。言《桑間》不可並論，故戒妖冶也。”一說，《防露》古曲名，楚客放逐後作，當是悲詞。《禮記·樂記》：“《桑間》《濮上》之音，亡國之音也。”《北齊書·文苑傳序》云：“江左梁末，彌尙輕險，始自儲宫，刑乎流俗，雜沾滯以成音，故雖悲而不雅。”可知奔放諧合嘈囋妖冶之詞，即後人所謂輕險之詞，病在傷於淫侈，不歸雅正。

［116］清虚以婉約——陸雲《與兄平原書》：“兄《丞相箴》小多（稍爲繁多），不如《女史》清約耳。”

［117］大羹——見《論衡·自紀》註［74］。遺味——即餘味。

［118］朱絃——《禮記·樂記》：“清廟之瑟，朱絃而疏越，一唱而三歎，有遺音者矣；大饗之禮，尙玄酒而俎腥魚，大羹不和，有遺味者矣。”氾——散也。清散則不繁密，古樂之質樸似之。

［119］既雅而不豔——李善註：“言作文之體必須文質相半，雅豔相資，今文少而質多，故既雅而不豔，比之大羹而闕其餘味，方之古樂而同清氾，言質之甚也。”

［120］若夫豐約之裁四句——豐約，指文辭之繁簡。俯仰，指文辭之位置。因宜適變，即序文所謂“隨手之變”。曲有微情，曲折而有微妙之情，亦即序文所謂“良

難以辭逮”之意。上文從作文之利害所由再講到文章之病，此節則講文章變化，非法度所能限。

[121] 言拙而喻巧——喻，不必作譬喻解，此指所喻之義，謂拙辭孕以巧義。

[122] 理樸而辭輕——輕亦不必是貶辭，謂眞意飾以華辭。

[123] 襲故沿濁二句——卽臭腐化神奇之意，後人所謂點鐵成金、奪胎換骨之法。

[124] 或覽之而必察二句——謂其曲變微情，有一覽卽知者，有精研乃得者。

[125] 輪扁——見«莊子·天道»。輪扁曰：“斲輪，徐則甘而不固，疾則苦而不入，不徐不疾，得之於手，而應之於心，口不能言，有數存焉於其間。”輪，車輪匠。扁，車輪匠之名。徐，緩，寬。甘，有鬆滑意。疾，快速，緊。苦，有滯澀意，故難入。

[126] 華說——猶美言。

[127] 普辭條與文律二句——辭條卽文律，謂爲文之法式。膺，胸。服膺卽存在心中經常體念之意。

[128] 練世情之常尤二句——尤，過。前修，前賢。淑，善。五臣李周翰註：“練簡時人之常過，乃識前賢之所美。”

[129] 雖濬發於巧心二句——吹，笑，與蚩同，亦作嗤。案吹當作欰，從㞢聲。此二句言知音之難。李善註：“雖復巧心濬發，或於拙目受蚩。”

[130] 彼瓊敷與玉藻二句——敷借爲蕚，與華同。瓊敷玉藻，喻文。中原有菽，«詩·小雅·小宛»：“中原有菽，庶民采之。”此言瓊敷玉藻之文，惟勤學者可采致之。

[131] 同橐籥之罔窮二句——橐籥，«老子»：“天地之間，其猶橐籥乎？”此處亦指天地。此二句卽李德裕«文章論»所謂“終古常見”之意。

[132] 雖紛藹於此世二句——紛藹，謂繁多。盈掬，兩手曰掬。«詩·小雅·采綠»：“終朝采綠，不盈一掬。”此二句謂世間自多瓊敷玉藻之文，惜自己所獲不多。

[133] 患挈缾之屢空二句——挈缾，汲水之瓶，喻容量不大。屢空，«論語·先進»：“回也其庶乎！屢空。”言顏回安貧屢至空匱，此處借用，言如挈瓶之屢空，自喻學薄才疏。昌言，指古之佳文。屬，續。難屬，言難續前賢之事業。

[134] 故踸踔於短韻二句——踸踔，一足行路之狀。李善注本短韻作短垣，踸踔短垣，言爲才分所限，只能放出平庸之音，聊以足曲。六臣本作“短韻”，則指只能寫出短文之意。

[135] 懼蒙塵於叩缶二句——蒙塵，喻有所蔽。缶，瓦器。叩缶，秦人之俗樂，以自喻。鳴玉，猶鳴球。«書·皋陶謨»：“戛擊鳴球。”球，玉磬也。鳴球，先王之雅奏，以喻前修。

[136] 紀——亦會也。會與紀均有機義。

[137] 紛而不理——理，治。言文思來時洶湧奔騰之狀。

[138] 思風發於胸臆二句——此二句均於“思”字“言”字略作停頓，謂思如風發，言如泉流。或以“思風”“言泉”結合成詞，謂如風之思，如泉之言，亦通。

[139] 紛葳蕤以馺遝二句——葳蕤，盛貌。馺遝，多貌。毫素，毫指筆，素指紙。此二句言思緒盛多，可以隨筆揮寫。

[140] 文徽徽以溢目二句——徽徽狀文采之盛，泠泠指音韻之清。

[141] 及其六情底滯二句——六情，喜、怒、哀、樂、好、惡。底滯，猶言鈍澀。留，亦有滯義。

[142] 兀若枯木二句——五臣呂延濟注：“兀若枯木，思不動也；豁若涸流，思之竭也。謂豁然空虛，涸而無水。”

[143] 覽營魂以探賾二句——營魂，營亦魂也，二字複合成詞。精爽，亦複合詞。《左傳》昭公二十五年：“心之精爽，是謂魂魄。”二句謂凝聚全神，自己去追求深奧的道理。

[144] 理翳翳而愈伏二句——翳翳，掩蔽貌。軋軋，難出之貌，或作乙，或作札。

[145] 竭情而多悔——指上文六情底滯之時，竭盡才情，結果反而不愉快。

[146] 率意而寡尤——指上文天機駿利之時，任意而行，結果反而少過錯。

[147] 雖茲物之在我二句——勠，音六，此處叶韻讀留。勠力，并力也。茲物，謂文。文思開塞，時繫天機，故非力之所能及。

[148] 時撫空懷而自惋二句——惋，驚歎。開塞，開謂天機駿利，塞謂六情底滯。

[149] 伊茲文之爲用二句——此節論文用，故就文與理的關係言。此處所言“理”字與上文稍有分別。上文所言理，只指思想內容；此處重在用，還可看出思想傾向性。《文心雕龍·體性》所謂“理發而文見”亦此意。一說：因，由也。言理要通過文來表達。

[150] 恢萬里而無閡二句——閡，限。津，渡。恢萬里，指空間，言所傳者廣。通億載，指時間，言所行者久。

[151] 俯貽則於來葉二句——貽則來葉，謂垂範後世。觀象古人，指取法前修。

[152] 濟文武於將墜二句——文武，指文武之道。《論語·子張》：“子貢曰：文武之道未墜於地。”風聲，風教，教化。泯，滅。

[153] 塗無遠而不彌二句——彌綸，纏裹，有經緯包籠之意。二句謂遙遠的空間、微妙的理論，沒有不能包羅的。

[154] 配霑潤於雲雨二句——五臣李周翰註：“文德可以養人，故配霑潤於雲雨，出幽入微，故象變化乎鬼神。”

[155] 被金石而德廣二句——李善註:“言文之善者可被之金石,施之樂章。”

【說明】

陸機的《文賦》在中國文學批評史上是第一篇完整而系統的文學理論作品。

這篇文章雖用賦的形式,但能比較細緻地分析了文學創作的過程,提出了文學理論上很多重要的問題,以後劉勰《文心雕龍》的寫作也有很多地方受這篇文章的啓發,所以它對文學理論的發展有很大的貢獻。

全文分段大意已說明,不再贅述。陸機能用賦的形式論述文學理論的許多問題,確是煞費經營。他在《文賦序》中說:“每自屬文尤見其情。”可見《文賦》中所說的,皆作者的確切體會,深知甘苦之言;其中對於構思過程特別寫得透徹。

陸機認爲,進行文學創作必須觀察萬物、鑽研古籍和懷抱高潔的心情。觀察萬物,可以豐富知識;鑽研古籍,可以吸取間接經驗,學先士之盛藻,得才士之用心,以提高自己的寫作技巧。至於懷抱高潔的心情,即所謂懷霜之心、臨雲之志,在創作過程中也發揮着巨大的作用。有了這三方面的準備,要進入創作過程,還必須到現實生活中去體驗:“遵四時以嘆逝,瞻萬物而思紛;悲落葉於勁秋,喜柔條於芳春。”文以情生,情因物感,才是創作過程的起點。

有了創作的要求,接着運用藝術的想象:“精騖八極,心遊萬仞”;“浮天淵以安流,濯下泉而潛浸”;“觀古今於須臾,撫四海於一瞬”。藝術想象馳騁於窮高極遠的空間,突破上下古今的限制,然後使得“情曈曨而彌鮮,物昭晣而互進”,感情更加鮮明,物象更加清晰。於是進入寫作過程,在“抱景者咸叩,懷響者畢彈”的衆多形象中,作者進行了選擇和概括:“或因枝以振葉,或沿波而討源;或本隱以之顯,或求易而得難”,“雖離方而遯員,期窮形而盡相”;對藝術素材進行着由此及彼、由表及裏的改造工作。最後,作者創造出具體而概括的形象:“函緜邈於尺素,吐滂沛乎寸心”,“籠天地於形內,挫萬物於筆端”。陸機用詩一般的語言,生動而具體地描繪了藝術創作的全過程。這個過程從詩人感物生情到窮情寫物,自始至終是在具體的形象而不是在抽象的概念中進行的。儘管陸機沒有用形象思維這個詞,却通過對構思的形象化的描寫，表達了一種思想：藝術創作過程實質上是形象思維過程，從而觸及到藝術創作中一個帶有普遍規律性的問題。

他認爲，藝術構思，要發揮獨創精神，所謂"謝朝華於已披，啓夕秀於未振"。"朝華""夕秀"是指一種新的境界、新的技巧，是兼指意與辭兩方面的，所以下文即從意與辭兩方面說明藝術構思的甘苦，怎樣從複雜多變的構思中達到完美地表現事物，做到"抱景者咸叩，懷響者畢彈"，做到"籠天地於形內，挫萬物於筆端"。總之，構思過程不論怎樣複雜，有時難，有時易，有時順，有時逆；有時先樹要領，有時後點主題，但最基本的，還是要求修辭立誠，表裏如一。這即是上文所說的要有高潔的心情，所以說"信情貌之不差，故每變而在顔"。從這樣理解，所以意與辭的關係，還是以意爲主，"理扶質以立幹，文垂條而結繁"。這些見解，都是正確的。

行文樂趣是通過構思使意和辭都得到充分的表現。爲了達到這個目的，要注意四個問題：(一)注意鎔裁而使辭意雙美；(二)通過警句而突出主題；(三)避免雷同而力求獨創；(四)保留精美的辭句，避免文章的平庸。此外，再要防止五種弊病：(一)篇幅短小，不足成文；(二)美醜混合，文不調諧；(三)重詞輕情，流於空泛；(四)迎合時好，格調不高；(五)清空疏緩，缺少眞味。總起來說，儘管作品的表現方法變化多端，"因宜適變，曲有微情"，但是只要能認識變化的規律，理解次序的安排，"達變而識次"，那麽也就掌握住最根本的關鍵了。這是構思時重要的關鍵，也即是作文利害的重要關鍵。

他從構思又提到感興的問題。他形象地描繪了感興開塞時的不同情狀，但是他只知道來時如風發泉涌，去時如枯木涸流，而說不出所以如此的原因。其實他講到"天機駿利""六情底滯"，和《文心雕龍·養氣》所言，比較接近，並不能說他眞的完全不知道"開塞之所由"。

《文賦》主要是說明了創作過程中構思的問題，這是陸機從自己的體會中總結出來的。

由于他爲自己的生活環境和創作經驗所限，所以有時也表現出一些偏重形式的傾向。"普辭條與文律，良余膺之所服"，他是主張這些辭條文律的。"其會意也尙巧，其遣言也貴姸"，又是比較强調藝術技巧的。

此外，還講到文章的體製風格以及功能等等問題，但這並不是此文的核心所在。

文心雕龍·神思

〔梁〕 劉 勰[1]

古人云:形在江海之上,心存魏闕之下,神思之謂也。[2]文之思也,其神遠矣。[3] 故寂然凝慮,思接千載;悄焉動容,視通萬里;吟詠之間,吐納珠玉之聲;眉睫之前,卷舒風雲之色;其思理之致乎。[4] 故思理爲妙,神與物遊。[5] 神居胸臆;而志氣統其關鍵;[6]物沿耳目,而辭令管其樞機。[7] 樞機方通,則物無隱貌;關鍵將塞,則神有遯心。[8] 是以陶鈞文思,貴在虚静,[9]疏瀹五藏,澡雪精神,[10]積學以儲寶,酌理以富才,研閱以窮照,馴致以懌(范校:一作"繹")辭,[11]然後使玄解之宰,尋聲律而定墨;[12] 獨照之匠,闚意象而運斤;[13]此蓋馭文之首術,謀篇之大端[14]。夫神思方運,萬塗競萌,規矩虛位,刻鏤無形,[15] 登山則情滿於山,觀海則意溢於海,我才之多少,將與風雲而並驅矣。方其搦翰,氣倍辭前,暨乎篇成,半折心始。[16] 何則?意翻空而易奇,言徵實而難巧也。[17] 是以意授於思,言授於意,密則無際,疏則千里,[18] 或理在方寸而求之域表,或義在咫尺而思隔山河。[19] 是以秉心養術,無務苦慮,含章司契,不必勞情也。[20]

人之稟才,遲速異分,文之制體,大小殊功:相如含筆而腐毫[21],揚雄輟翰而驚夢,桓譚疾感於苦思,[22] 王充氣竭於思慮[23],張衡研京以十年[24],左思練都以一紀[25],雖有巨文,亦思之緩也。淮南崇朝而賦騷[26],枚皋應詔而成賦[27],子建援牘而口誦[28],仲宣舉筆似宿構[29],阮瑀據案而制書[30],禰衡當食而草奏[31],雖有短篇,亦思之速也。若夫駿發[32]之士,心總要術,敏在慮前,應機立斷,覃思[33]之人,情饒歧路,鑒在疑後,研慮方定。機敏故造次而成功,慮疑故愈久而致績。難易雖殊,並資博練[34]。若學淺而空遲,才疏而徒速,以斯成器,未之前聞。是以臨篇綴慮,必有二患:理鬱者苦貧,辭溺者傷亂,然則博見(范校:一作聞)爲饋貧之糧,貫一爲拯亂之藥[35],博而能一,亦有助乎心力矣。

若情數詭雜,體變遷貿。拙辭或孕於巧義,庸事或萌於新意,視布於麻,雖云未費(張松孫輯註本作貴,作貴是),杼軸獻功,煥然乃珍。[36]至於思表纖旨,文外曲致,言所不追,筆固知止。至精而後闡其妙,至變而後通其數,伊摯不能言鼎[37],輪扁不能語斤[38],其微矣乎!

贊曰:神用象通,情變所孕。物以貌求,心以理應。刻鏤聲律,萌芽比興。結慮[39]司契,垂帷制勝[40]。

范文瀾註《文心雕龍》卷六

【註釋】

[1] 劉勰(公元四六五年前後——五二〇年前後)——字彥和,東莞莒人,世居京口。少時家貧,依沙門僧祐居定林寺十餘年。梁初入仕,做過仁威將軍南康王蕭績的記室和太子蕭統的通事舍人。後出家,改名慧地。著《文心雕龍》五十篇,成書於齊代。近人范文瀾有註,最詳贍。《梁書》卷五十、《南史》卷七十二都有傳。

[2] 形在江海之上三句——語見《莊子·讓王》:"中山公子牟謂瞻子曰:身在江海之上,心居乎魏闕之下,奈何。"魏闕,古代君王的宮門,代指朝廷。莊文原意係指身在野而心懷高官厚祿。劉勰引此已捨其本義,藉以說明神思乃是一種由此及彼不受身觀局限的想像活動。

[3] 文之思也二句——謂爲文運思,馳騁想象,可無往而不達。

[4] 故寂然凝慮九句——致,狀。此九句謂作家在沉思遐想之際,可以聯想到很久;思考得神往時,可以觀察到很遠。他在吟哦的時候,吐納金玉般的聲音;他的眉眼之前,舒卷着風雲變幻的景色。這就是藝術構思的情狀。

[5] 思理爲妙二句——思理，指藝術構思；神，指作者的想象；物，指事物的形象；遊，一起活動。"神"與"物"聯繫在一起用，語本於《易·說卦》："神也者，妙萬物而爲言者也。"本是古代哲學用語，這裏指藝術構思的妙用在於想象活動與事物的形象緊密結合。

[6] 神居胸臆二句——神，即神思；志氣，情志氣質近似思想感情的意思。統其關鍵，言作者的想像活動受思想感情的支配。

[7] 物沿耳目二句——辭令，言辭。《易·繫辭上》："言行君子之樞機。"王弼註："樞機，制動之主。"意同上二句所說的關鍵。這二句謂作者通過耳目感官接觸物象進行思維，須以言詞爲媒介。

[8] 樞機方通四句——樞機，這裏用作言語的代詞。遯，即遁。前二句謂掌握了辭能達意這一關鍵，則所攝取之物象可以曲盡纖毫，而無隱遁。後二句謂思想僵化，感情枯竭，則思路亦必阻塞。

[9] 陶鈞文思二句——陶鈞，造陶器的轉輪。這裏作動詞用，以喻構思。此二句謂構思的時候要屏除雜念，安靜下來，精神集中。

[10] 疏瀹五藏二句——藏，臟。《白虎通論·五臟六府主性情》："五臟者何也？謂肝心肺腎脾也。"又《論五性六情》："內有五臟六府，此情性之所由出入也。"瀹，疏通。《莊子·知北遊》："老聃曰，汝齋戒疏瀹而心，澡雪而精神。"這二句意爲使內心調暢，精神淨化。

[11] 積學以儲寶四句——致，情致。懌，一作繹，以作繹爲勝，繹是整理、運用的意思。這四句指要構思得好必須平時努力學習以積累知識，對事理進行分析以豐富才能，廣泛地、尋根究底地觀察研究客觀物象，並在構思過程中逐漸得到恰當的言詞。

[12] 然後使玄解之宰二句——玄解，指懂得深奧的道理。宰，主宰，這裏指作家的頭腦。聲律，音節，這裏指寫作技巧。定墨，即落筆。此二句謂作家的懂得深奧道理的頭腦，可以找到恰當的技巧來寫成文章。

[13] 獨照之匠二句——獨照之匠，指有獨到見解的人。闚，即窺。意象，指作者的想象中的境界。運斤，語本《莊子·徐無鬼》："匠石運斤成風"，本指揮動工具，此處指寫作。二句謂作家有獨到見解可以按照自己所想的來寫作。

[14] 大端——重大的端緒，也就是要點。

[15] 神思方運四句——此四句謂構思剛剛開始的時候，無數的想法紛至沓來，無法按照一定的規矩來寫作，而必須對尚未具象化的東西精雕細刻。

[16] 方其搦翰四句——搦翰，拿筆。辭前，形成文辭以前。此四句謂作者拿起筆來

寫作，在尙未形成文辭以前，氣勢非常旺盛。可是等到文章寫成之後，只能表達開始時所想的一半。

[17] 意翻空而易奇二句——謂想象中的意境容易出色，用具體的語言表達時却難以做到精巧。

[18] 意授於思四句——劉永濟《文心雕龍校釋》："此言文意受之文思，文辭又受之文意。蓋有文意始有文辭，而其本皆在文思也。"密則無際，卽上文所云："樞機方通，則物無隱貌。"疏則千里，卽上文所云："關鍵將塞，則神有遯心。"四句謂文章的語言爲文章的內容所決定，而文章的內容又受作者的思想所支配。三者結合得好，就如天衣無縫，結合得不好，則相互矛盾，有如相差千里。

[19] 理在方寸二句——方寸，心。域表，疆界之外，就是很遠的地方。二句謂有時某些道理就在心裏，却要到很遠的地方去追求。某些思想就在跟前，却又象遠隔山河似的。

[20] 秉心養術四句——秉，執持。術，指爲文之術。章，文采。契，約劵，引伸爲規則。此四句意謂作家有了一定的思想修養，掌握一定的藝術技巧，那麼在創作時，就不需那麼苦思冥想，勞累心情了。

[21] 相如含筆而腐毫——《漢書·枚皋傳》："司馬相如善爲文而遲，故所作少而善於皋"，又《西京雜記》、《漢武故事》均有載相如爲文而遲之說。

[22] 揚雄輟翰而驚夢二句——《全後漢文》十四輯桓譚《新論·祛蔽》："余少時見揚子雲之麗文高論，不自量年少新進，而猥欲逮及。嘗激一事而作小賦，用精思太劇，而立感動發病，彌日瘳。子雲亦言成帝時，趙昭儀方大幸。每上甘泉，詔令作賦，爲之卒暴，思慮精苦，賦成遂困倦小臥，夢其五臟出在地，以手收而內之。及覺病喘悸，大少氣，病一歲。由此言之，盡思慮，傷精神也。"

[23] 王充氣竭於思慮——《後漢書·王充傳》："充好論說，始若詭異，終有理實。以爲俗儒守文，多失其眞。乃閉門潛思，絕慶弔之禮，戶牖牆壁，各置刀筆，著《論衡》八十五篇，二十餘萬言。年漸七十，志力衰耗，乃造《養性書》十六篇，裁節嗜欲，頤神自守。"

[24] 張衡研京以十年——《後漢書·張衡傳》："時天下承平日久，自王侯以下，莫不踰侈。衡乃擬班固《兩都》作《兩京賦》，因以諷諫。精思傅會，十年乃成。"

[25] 左思練都以一紀——一紀，十二年。《文選·三都賦序》李善註引臧榮緒《晉書》曰："左思字太沖，齊國人。少博覽文史，欲作《三都賦》，乃詣著作郞張載訪岷邛之事。遂構思十稔，門庭藩溷，皆著紙筆，遇得一句卽疏之。賦成，張華見而咨嗟，都邑豪貴，競相傳寫。"

[26] 淮南崇朝而賦騷——淮南，淮南王劉安。荀悅《前漢紀·孝武皇帝紀》："初安朝，上使作《離騷賦》，旦受詔，食時畢。"高誘《淮南鴻烈解敍目》："孝文皇帝甚重之，詔使爲《離騷賦》，自旦受詔，日早食已上。"孫詒讓《札迻》："《文心雕龍·神思》云：'淮南崇朝而賦騷。'即本高敍。"

[27] 枚皋應詔而成賦——《漢書·枚皋傳》："上有所感，輒使賦之。爲文疾，受詔輒成，故所賦者多。"

[28] 子建援牘而口誦——子建，曹植字，漢末植曾封臨淄侯。楊修《答臨淄侯牋》："又嘗親見執事，握牘持筆，有所造作，若成誦在心，借書於手，曾不斯須，少留思慮。"

[29] 仲宣舉筆似宿構——仲宣，王粲字。《三國志·魏書·王粲傳》："善屬文，舉筆便成，無所改定，時人常以爲宿構(預先寫就的)。然正復精意覃深，亦不能加也。"

[30] 阮瑀據案而制書——《三國志·魏書·王粲傳》註引《典略》曰："太祖嘗使瑀作書與韓遂。時太祖適近出，瑀隨從，因於馬上具草。書成呈之。太祖擥筆欲有所定，而竟不能增損。""案"，應據顧廣圻校作"鞍"。

[31] 禰衡當食而草奏——《後漢書·禰衡傳》："劉表嘗與諸文人共草章奏，并極其才思。時衡出，還見之，開省未周，因毁以抵地。表憮然爲駭。衡乃從求筆札，須臾立成，辭義可觀。表大悅，益重之。"《禰衡傳》又說：黃祖長子射，"時大會賓客，人有獻鸚鵡者，射舉卮於衡曰：'願先生賦之，以娛嘉賓。'衡攬筆而作，文無加點，辭采甚麗。"案：這裏合草奏與當食作賦爲一事。

[32] 駿發——指文思的敏捷。

[33] 覃思——深思。

[34] 博練——廣泛的練習。兼指上文積學、酌理、研閱、馴致四方面。

[35] 貫一爲拯亂之藥——貫，要求有一個中心，也就是要有重點的意思。拯，救。此句謂把中心思想貫穿全篇，可以糾正文辭的雜亂。

[36] 視布於麻四句——以布與麻相比，兩者質量相去不遠，但麻經過加工，織成了布，就變成光彩的珍品了。

[37] 伊摯不能言鼎——《呂氏春秋·本味》："湯得伊尹，……明日設朝而見之。說湯以至味曰：鼎中之變，精妙微纖，口弗能言，志弗能喻。"

[38] 輪扁不能語斤——見《文賦》註[125]。

[39] 結慮——與上文"綴慮"的意義相同，都指構思。

[40] 垂帷制勝——垂帷，即下帷。語本《漢書·敍傳下董仲舒傳》："下帷覃思。"此

句意謂在安靜的寫作環境中進行藝術構思，才能寫出特別優秀的作品。

【説明】

《文心雕龍》是我國第一部系統闡述文學理論的專著。體例周詳，論旨精深，清人章學誠稱它"體大而慮周"，可以說是中肯的評語。魏、晉以來，我國文論始專門名家，到了南北朝，日漸形成繁盛局面。劉勰這部論著要算這一時期集大成的代表作。

《文心雕龍》全書五十篇，分上下兩篇。上篇論述文學的基本原則和闡明各種文體的淵源和流變。下篇的主要內容屬於文學創作論，是全書的精華所在。雖然其中所揭示的藝術規律和藝術方法是從封建文學藝術標準角度提出的，不免混有封建思想雜質，但是只要經過選擇，加以批判，去僞存眞，去粗取精，那麽，就是直到今天仍有值得我們吸取和借鑑的。

《神思》列爲創作論之首，具有總綱性質，涉及到創作論各方面問題，而作爲這些問題的核心則是藝術的想象。在我國具有民族風格自成體系的文論中，想象是最突出的問題之一。劉勰之前，陸機已開始認識到想象在文學創作中的重要性。《文賦》的"觀古今于須臾，撫四海于一瞬"，"恢萬里而無閡，通億載而爲津"，即狀想象翺翔之致。顯然，這對劉勰有着一定影響。《神思》的"寂然凝慮，思接千載；悄焉動容，視通萬里；吟詠之間，吐納珠玉之聲，眉睫之前，卷舒風雲之色"，就是引伸陸機的說法。不過，劉勰並不僅僅因襲前人，雷同舊說，他對想象問題進行了更深入的探討，作出系統的全面發揮。《神思》就是一篇完整的藝術想象論。

本篇開宗明義就對想象下了明確定義。劉勰借用"形在江海之上，心存魏闕之下"這句成語，說明想象是身在此而心在彼，可以由此及彼，不受身觀局限的藝術思維活動。事實上，這也就是指明文學創作不能拘泥現實，專構目前所見，從事刻板摹擬，而應容許虛構的存在。他有時把這一點作了渲染和誇大。不過，總的說來，他並沒有把想象加以神祕化。他認爲想象不是來自凌虛蹈空的主觀冥想，而是來自對客觀物象的觀察感受，從而把想象活動置於現實的基礎上。本篇提出的"思理爲妙，神與物遊"，可說是劉勰想象論的重要綱領。它一方面說明想象活動必須扎根於現實，一且脫離了現實，想象活動也就失去了依據。這一點，在本篇下文中有着更明確的表白："視布于麻，雖云未貴，杼軸獻功，煥然乃珍。"（麻是原料，布是成品）這裏以麻、布爲喻，形象地說明了想象活動就是作家對現實生活素材進行藝術加工。這一見解，在當時是難能可貴的。另一方面，"神與物遊"也說明了作者的思維活動是與具體物象結合在一起的，實質上就是形象思維。劉勰繼陸機之後，對藝術創作中這個帶有普遍規律性的問題作了理論概括，在我國文學批評史上具有重要意義。

此外，本篇還論述了志氣和辭令在想象活動中的作用，也是同樣值得重視的。所謂"志氣統其關鍵"，"辭令管其樞機"，是把志氣和辭令視爲對想象活動起决定作用的兩個因素。在這裏，志氣泛指思想感情，意思是說：思想感情是想象活動的動力，想象的展開是沿着思想感情的軌道而進行的。作家臨篇綴慮，需要神定氣足，只有思想堅實深刻，感情眞實充沛，才能使想象活躍起來，從而優游適會，抒懷命筆。否則，就會如劉勰所說的"關鍵將塞，則神有遯心"，形成思想僵化，感情枯竭，想象壅塞的枯窘狀態。至于辭令係指語言或語詞，任何思維活動都是通過語言的媒介來進行的，沒有不依賴語言而獨立存在的所謂思想活動。藝術想象也是同樣。劉勰把辭令作爲掌管想象活動的樞機，指出只有準確的語言才能構成準確的意象，強調文學必須以言達意，窮盡物色，曲寫纖毫。這就是他所說的"樞機方通，則物無隱貌"的本意。當時正是號稱玄學三理之一的"言不盡意論"恣肆橫流之際，劉勰提出這種針鋒相對的主張，有抨擊玄風的積極意義。

作爲藝術思維的想象活動本是一種極複雜的心理現象。劉勰在本篇中列舉文學史上許多作家創作實踐的具體實例，指出"人之稟才，遲速異分；文之制體，大小殊功"，認爲作家運思行文，或遲或速，一方面是基于作家的才能稟賦和構思方式，另方面也取决于作品的大小規模和體裁特點，對于這些情況需要作具體分析，而不能一律相繩，妄分高下。然而，不管不同作家的寫作會出現怎樣紛雜歧異的情況，歸根到底，文學創作畢竟還是有賴于平時的磨練和積累。本篇所提出的："積學以儲寶，酌理以富才，研閱以窮照，馴致以繹辭"這四句話，即申明此旨。明白了這一點，我們也就不難理解劉勰所說的"秉心養術，無務苦慮，含章司契，不必勞情"，幷不是叫人無所用心，輕易落筆，把寫作當做一種遊戲。相反，他認爲只有經過日積月累的辛勤努力，才能在寫作時從容不迫，直抒胸臆。作家寫作時似乎不費思索，搖筆即來的表現，實由于平日不斷積累，艱苦磨練的結果。因此，“積學以儲寶，酌理以富才”與“不必勞情，無務苦慮”這兩種說法并不矛盾，而是相反相成的。這與下文所提出的博與一的辯證關係，具有同樣性質。“博見爲饋貧之糧”是指作家在生活體驗上要博，“貫一爲拯亂之藥”是指作家在藝術表現上要一。“博而能一”就是把體驗上的“博見”和表現上的“貫一”統一在一起。這種從矛盾的範疇看出對立統一的辯證觀點，不僅存在于本篇之中，而且在創作論其它各篇中也往往可以發現。這些地方是特別值得注意的。

文心雕龍·時序

〔梁〕劉　勰

時運交移，質文代變，古今情理，如可言乎！昔在陶唐，德盛化鈞，野老吐"何力"之談[1]，郊童含"不識"之歌[2]。有虞繼作，政阜民暇，"薰風"詩[3]於元后，"爛雲"[4]歌於列臣。盡其美者，何乃心樂而聲泰也。至大禹敷土[5]，九序詠功[6]，成湯聖敬[7]，"猗歟"作頌[8]。逮姬文之德盛，《周南》勤而不怨[9]；大王之化淳，《邠風》樂而不淫[10]。幽厲昏而《板》《蕩》[11]怒，平王微而《黍離》[12]哀。故知歌謠文理，與世推移，風動於上，而波震於下者。春秋以後，角戰英雄，六經泥蟠[13]，百家飆駭[14]。方是時也，韓、魏力政，燕、趙任權，五蠹六蝨[15]，嚴於秦令，唯齊、楚兩國，頗有文學。齊開莊衢之第[16]，楚廣蘭臺之宮[17]，孟軻賓館[18]，荀卿宰邑[19]，故稷下[20]扇其清風，蘭陵鬱其茂俗[21]，鄒子以談天飛譽，騶奭以雕龍馳響，[22]屈平聯藻於日月，宋玉交彩於風雲。觀其豔說，則籠罩雅頌。故知暐曄之奇意，出乎縱横之詭俗也。

爰至有漢，運接燔書，高祖[23]尚武，戲儒簡學[24]，雖禮律草創[25]，詩書未追，然《大風》《鴻鵠》之歌[26]，亦天縱之英作也。施及孝惠[27]，迄於文、景[28]，經術頗興，而辭人勿用。賈誼抑而鄒、枚沈[29]，亦可知已。逮孝武[30]崇儒，潤色鴻業，禮樂爭輝，辭藻競騖：柏梁[31]展朝讌之詩，金堤製恤民之詠[32]，徵枚乘以蒲輪[33]，申主父以鼎食[34]，擢公孫之對策[35]，歎兒寬之擬(范校：鈴木云當作疑)奏[36]，買臣負薪而衣錦[37]，相如滌器而被繡[38]，於是史遷、壽王之徒[39]，嚴、終、枚皋之屬[40]，應對固無方，篇章亦不匱[41]，遺風餘采，莫與比盛。越昭及宣[42]，實繼武績，馳騁石渠[43]，暇豫文會，集雕篆之軼材[44]，發綺縠之高喻[45]，於是王褒之倫，底祿[46]待詔。自元暨成[47]，降意圖籍，美玉屑之譚[48]，清金馬之路[49]，子雲銳思於千首[50]，子政讎校於六藝[51]，亦已美矣。爰自漢室，迄至成、哀[52]，雖世漸百齡，辭人九[53]變，而大抵所歸，祖述楚辭，靈均餘影，於是乎在。

自哀、平[54]陵替，光武[55]中興，深懷圖讖[56]，頗略文華，然杜篤獻誄以免刑[57]，班彪參奏以補令[58]，雖非旁求，亦不遐棄。及明帝[59]疊耀，崇愛儒術，肄禮璧堂[60]，講文虎觀[61]，孟堅珥筆於國史[62]，賈逵給札於瑞頌[63]，東平擅其懿文[64]，沛王振其通論[65]，帝則藩儀，輝光相照矣。自安、和[66]已下，迄至順、桓[67]，則有班、傅、三崔[68]，王、馬、張、蔡[69]，磊落鴻儒，才不時乏，而文章之選，存而不論。然中興之後，羣才稍改前轍，華實所附，斟酌經辭，蓋歷政講聚，故漸靡儒風者也。降及靈帝[70]，時好辭製，造羲皇之書，開鴻都之賦，而樂松之徒，招集淺陋，故楊賜號爲驩兜，蔡邕比之俳優，[71]其餘風遺文，蓋蔑如也。

自獻帝[72]播遷，文學蓬轉[73]，建安[74]之末，區宇方輯。魏武以相王之尊，雅愛詩章；文帝以副君之重，妙善辭賦；陳思以公子之豪，下筆琳瑯；並體貌英逸[75]，故俊才雲蒸[76]。仲宣委質於漢南[77]，孔璋歸命於河北[78]，偉長從宦於青土[79]，公幹徇質於海隅[80]，德璉綜其斐然之思[81]，元瑜展其翩翩之樂[82]，文蔚、休伯之儔[83]，于叔、德祖之侶[84]，傲雅[85]觴豆之前，雍容衽席之上，灑筆以成酣歌，和墨以藉談笑，觀其時文，雅好慷慨，良由世積亂離，風衰俗怨，並志深而筆長[86]，故梗概[87]而多氣也，至明帝纂戎，制詩度曲，徵篇章之士，置崇文之觀，[88]何、劉[89]羣才，迭相照耀。少主相仍，唯高貴[90]英雅，顧盼合章[91]，動言成論[92]。於時正始[93]餘風，篇體輕澹，而嵇、阮、應、繆[94]，並馳文路矣。

逮晉宣[95]始基，景、文克構[96]，並跡沈儒雅，而務深方術。至武帝惟新[97]，承平受命，而膠序[98]篇章，弗簡皇慮[99]。降及懷、愍[100]，綴旒[101]而已。然晉雖不文，人才實盛：茂先[102]搖筆而散珠，太冲[103]動墨而橫錦，岳、湛曜聯璧之華[104]，機、雲標二俊之采[105]，應、傅、三張之徒[106]，孫、摯、成公之屬[107]，並結藻清英，流韻綺靡，前史以爲運涉季世[108]，人未盡才，誠哉斯談，可爲歎息！

元皇[109]中興，披文建學，劉、刁禮吏而寵榮[110]，景純文敏而優擢[111]。逮明帝[112]秉哲，雅好文會，升儲御極，孳孳講藝，練情於誥策，振采於辭賦，庾以筆才逾親[113]，溫以文思益厚[114]，揄揚風流，亦彼時之漢武也。及成、康促齡[115]，穆、哀短祚[116]，簡文勃興[117]，淵乎清峻，微言精理，函滿玄席，澹思濃采，時灑文囿。至孝武[118]不嗣，安、恭已矣[119]。其文史則有袁、殷之曹[120]，孫、干之輩[121]，雖才或淺深，珪璋[122]足用。自中朝[123]貴玄，江左稱盛，因談餘氣，流成文體。是以世極迍邅[124]，而辭意夷泰[125]，詩必柱下之旨歸[126]，賦乃漆園之義疏[127]。故知文變染乎世情，興廢繫乎時序，原始以要終，雖百世可知也。

自宋武[128]愛文，文帝[129]彬雅，秉文之德，孝武[130]多才，英采雲構。自明帝[131]以下，文理替[132]矣。爾其縉紳之林，霞蔚而飆起；王、袁聯宗以龍章[133]，顏、謝重葉以鳳采[134]，何、范、張、沈之徒[135]，亦不可勝也。蓋聞之於世，故略舉大較。

暨皇齊馭寶，運集休明：太祖[136]以聖武膺籙，高祖[137]以睿文纂業，文帝以貳離含章[138]，中宗[139]以上哲興運，並文明自天，緝遐（范校：疑作熙）景祚[140]。今聖歷方興，文思光被，海岳降神，才英秀發，馭飛龍於天衢，駕騏驥於萬里，經典禮章，跨周轢漢，唐、虞之文，其鼎盛乎！鴻風懿采，短筆敢陳；颺言讚時，請寄明哲。

贊曰：蔚映十代，辭采九變。[141]樞中所動，環流無倦。[142]質文沿時，崇替在選，終古雖遠，曠[143]焉如面。

范文瀾註《文心雕龍》卷九

【註釋】

[1] 野老吐何力之談——《論衡·藝增》："傳曰：'有年五十擊壤於路者。觀者曰：大哉堯德乎！擊壤者曰：吾日出而作，日入而息，鑿井而飲，耕田而食，堯何等力。'"擊壤，古代的一種投擲遊戲，壤以木爲之。

[2] 郊童含不識之歌——《列子·仲尼》："堯乃微服遊於康衢，聞兒童謠曰：'立我蒸民，莫匪爾極，不識不知，順帝之則。'"微服，老百姓的服裝。蒸民，衆民。匪，同非。極，中正。莫匪爾極，都能合中正之道。順帝之則，服從帝王的法則。

[3] 薰風——相傳舜作《南風歌》。《尸子》云"舜作五弦之琴以歌《南風》"。案：歌辭有"南風之薰兮"句，故云薰風。詩——范註：疑當作詠。

[4] 爛雲——指《卿雲歌》，《尚書大傳》謂爲舜時作品。《卿雲歌》有"卿雲爛兮"句，故云。

[5] 大禹敷土——見《楚辭章句序》註[33]

[6] 九序詠功——"九功惟敍，九敍惟歌"，語見僞古文《書·大禹謨》。九功指水、火、金、木、土、穀、正德、利用、厚生。

[7] 成湯聖敬——《詩·商頌·長發》："湯降不遲，聖敬日躋。"鄭玄箋云："湯之下士尊賢甚疾，其聖敬之德日進。"

[8] 猗歟作頌——《詩·商頌·那》第一句云"猗(嘆辭)與那(多也)與"。

[9] 周南勤而不怨——《左傳·襄公二十九年》："吳公子札來聘，……請觀於周樂。使工爲之歌周南、召南。曰：'美哉，始基之矣，猶未也。然勤而不怨矣。'"

[10] 邠風樂而不淫——指《詩·豳風》(邠，亦作豳)。《左傳·襄公二十九年》："爲之歌豳。曰：'美哉！蕩乎！樂而不淫，其周公之東乎？'"范文瀾註："樂而不淫，謂《東山》四章樂男女之得及時也。"案：《東山》第四章寫男女婚姻事。

[11] 板蕩——指《詩·大雅》中的《板》《蕩》二篇，是諷刺周厲王的作品。所謂"幽、厲"，是連類而言。

[12] 黍離——指《詩·王風·黍離》。序云："《黍離》，閔宗周也。周大夫行役，至於

宗周,過故宗廟宮室,盡爲禾黍,閔周室之顚覆,徬徨不忍去而作是詩也。"宗周,西周的都城鎬京。

［13］泥蟠——埋沒。

［14］飈駭——風起雲涌的意思。

［15］五蠹六蝨——《韓非子·五蠹》說"學者"、"言古者"、"帶劍者"、"近御者"及"商工之民"是國家的五害。六蝨——《商君書·靳令》:"六蝨:曰禮、樂;曰《詩》、《書》;曰修善,曰孝弟;曰誠信,曰貞廉;曰仁、義;曰非兵,曰羞戰。國有十二者,上無使農戰,必貧至削。"又《弱民》:"農商官三者,國之常食官也。農闢地,商物,官法民。三官生蝨六:曰歲,曰食,曰美,曰好,曰志,曰行。六者有樸必削。農有餘食,則薄燕於歲;商有淫利,有美好,傷器;官設而不用,志行爲卒。六蝨成俗,兵必大敗,法枉治亂。"這是六蝨的又一講法。樸,依附。薄燕於歲,年成好的時候,輕易吃喝浪費。淫利,過多的贏利。卒,同"率",法。

［16］莊衢之第——《史記·孟子荀卿列傳》:"騶奭者,齊諸騶子,亦頗采騶衍之術以紀文。於是齊王嘉之,自如淳于髡以下皆命曰列大夫,爲開第康莊之衢,高門大屋,尊寵之。覽(示)天下諸侯賓客,言齊能致天下賢士也。"

［17］蘭臺之宮——《文選·風賦》:"楚襄王遊於蘭臺之宮,宋玉、景差侍。"

［18］孟軻賓館——《孟子·公孫丑》趙岐註云:"孟子雖仕齊,處師賓之位,以道見敬。……王欲見之,先朝,使人往謂孟子云,寡人如就見者,若言就孟子之館相見也。"

［19］荀卿宰邑——《史記·孟子荀卿列傳》:"齊人或讒荀卿,荀卿乃適楚,而春申君以爲蘭陵令。"

［20］稷下——戰國時齊國都臨淄的城門,是當時學士聚集的地方。

［21］蘭陵鬱其茂俗——劉向《荀子敍》:"蘭陵多善爲學,蓋以孫卿也。"蘭陵治所在今山東省棗莊市東南舊嶧縣東。茂俗,美俗。

［22］鄒子以談天飛譽二句——《史記·孟子荀卿列傳》:"騶衍之術迂大而閎辯;奭也文具難施。……故齊人頌曰,談天衍,雕龍奭。……"飛譽,馳名。文具難施,空具文采,難以實用。

［23］高祖——漢高祖劉邦,在位十二年,自公元前二〇六年至公元前一九五年。

［24］戲儒簡學——《史記·酈食其傳》:"騎士曰,沛公不好儒,諸客冠儒冠來者,沛公輒解其冠,溲溺其中。"簡,慢忽。

［25］禮律草創——《漢書·禮樂志》:"漢興,撥亂反正,日不暇給,猶命叔孫通制禮儀,以正君臣之位。"《漢書·藝文志》:"漢興,蕭何草律。"

［26］大風——漢高祖還歸過沛時作。詳見《史記·漢高祖本紀》。鴻鵠——漢高祖欲易太子，見其羽翼已成，未遂，和戚夫人起舞而歌《鴻鵠》。詳見《史記·留侯世家》。

［27］孝惠——漢惠帝劉盈，在位七年，自公元前一九四年至公元前一八八年。

［28］文——漢文帝劉恆，在位二十三年，自公元前一七九年至公元前一五七年。景——漢景帝劉啓，在位十六年，自公元前一五六年至公元前一四一年。

［29］鄒枚——指鄒陽、枚乘，都不得志於當世，詳見《史記·鄒陽傳》和《漢書·枚乘傳》。

［30］孝武——漢武帝劉徹，在位五十四年，自公元前一四〇年至公元前八七年。

［31］柏梁——《柏梁詩》相傳爲漢武帝與臣僚在柏梁臺飲宴時所作的聯句。實係後人僞作。

［32］金堤製恤民之詠——指漢武帝在塞瓠子決河時所作的《瓠子歌》，詳見《史記·河渠書》。"金堤"指瓠子堤。

［33］蒲輪——《漢書·枚乘傳》："武帝自爲太子聞乘名。及卽位，乘年老，迺以安車蒲輪徵乘。"顏師古註："蒲輪，以蒲裹輪。"

［34］鼎食——《漢書·主父偃傳》："尊立衞皇后，及發燕王定國陰事，偃有功焉。大臣皆畏其口，賂遺累千金。或説偃曰，太横。偃曰：……丈夫生不五鼎食，死則五鼎烹耳！"

［35］對策——指漢武帝以公孫弘關於"禁民不得挾弓弩"的奏命臣下討論的事情。詳見《漢書·吾丘壽王傳》。

［36］擬奏——《漢書·兒寬傳》："時張湯爲廷尉，……時有疑奏已再見却矣，掾史莫知所爲。寬爲言其意；掾史因使寬爲奏。成，讀之皆服，以白廷尉湯。湯……上寬所作奏，卽時得可。異日湯見，上問曰：前奏非俗吏所及，誰爲之者？湯言兒寬。上曰：吾固聞之久矣。"

［37］買臣負薪——《漢書·朱買臣傳》："家貧，……常艾薪樵賣以給食，擔束薪，行且誦書。……上拜買臣會稽太守。上謂買臣曰：富貴不歸故鄉，如衣繡夜行。今子何如？"

［38］相如滌器——指司馬相如賣酒臨邛"滌器於市中"而後爲中郎將的事情。詳見《史記·司馬相如傳》。

［39］史遷——《漢書·司馬遷傳》："遷爲太史令。……遷既被刑之後，爲中書令，尊寵任職。"壽王——《漢書·吾丘壽王傳》："年少以善格五召待詔。"後"爲光祿大夫侍中"。格五，古代博戲名。

［40］嚴——指嚴安。《漢書·嚴安傳》:“嚴安者臨菑人也。以故丞相史上書。……後以安爲騎馬令。” 終——指終軍。《漢書·終軍傳》:“終軍,字子雲,濟南人也。少好學,以辯博能屬文,聞於郡中。……至長安,上書言事,武帝異其文,拜軍爲謁者給事中。” 枚皋——《漢書·枚皋傳》:“皋字少孺。……拜爲郎,使匈奴。皋不通經術,詼笑類俳倡,爲賦頌好嫚戲,以故得媟黷貴幸,比東方朔、郭舍人等,而不得比嚴助等得尊官。”

［41］匱——乏、竭。

［42］昭——漢昭帝劉弗陵,在位十三年,自公元前八六年至公元前七四年。宣——漢宣帝劉詢,在位二十五年,自公元前七三年至公元前四九年。

［43］石渠——閣名。漢宣帝與諸儒講論六經的地方。

［44］雕篆——即雕蟲篆刻。揚雄《法言·吾子》:“童子雕蟲篆刻。”蟲,蟲書。刻,刻符。蟲書刻符都是學僮所習。此處喻作賦乃是襞績奇字以成篇,也是少年人的玩意兒。 軼材——有非凡之材的人。

［45］綺縠之高喻——見《漢書·王褒傳》:“辭賦大者與古詩同義,小者辯麗可喜,辟如女工有綺縠……。”綺縠,有花紋的絲織品。高喻,指漢宣帝的這一比喻。

［46］底祿——《左傳》:“叔向曰,底祿以德。”杜注云:“底,致也。底,音旨。”

［47］元——漢元帝劉奭,在位十六年,自公元前四八年至公元前三三年。成——漢成帝劉驁,在位二十六年,自公元前三二年至公元前七年。

［48］玉屑之譚——《世說新語·賞譽》:“胡毋彥國吐佳言如屑,後進領袖。” 譚,即談。這裏指關於文學的談論。

［49］清金馬之路——金馬門,宦者署,門旁有銅馬,故云。這句指對文人的重視。班固《西都賦》:“又有承明金馬,著作之庭,大雅宏達,於茲爲羣。”

［50］千首——《藝文類聚》引《桓子新論》:“余素好文,見子雲工爲賦,欲從之學。子雲曰:能讀千賦,則善爲之矣。”

［51］子政讎校於六藝——《漢書·藝文志》云:“至成帝時,以書頗散亡,使謁者陳農求遺書於天下,詔光祿大夫劉向校經傳諸子詩賦。……會向卒, 哀帝復使向子侍中奉車都尉歆卒父業。歆於是總羣書而奏其七略,故有《輯略》,有《六藝略》,有《諸子略》,有《詩賦略》,有《兵書略》,有《術數略》,有《方技略》。”

［52］哀——漢哀帝劉欣,在位六年,自公元前六年至公元前一年。

［53］九——古人往往用九字代表多,不一定是實數。

［54］平——漢平帝劉衎(音看),在位五年,自公元一年至公元五年。

［55］光武——後漢光武帝劉秀,在位三十三年,自公元二十五年至公元五十七年。

[56] 圖讖——《後漢書·方術傳》:"光武尤信讖言。"《後漢書·光武帝紀》:"宛人李通等以圖讖說光武。" 李賢註:"圖,河圖也。讖,符命之書,讖,驗也,言爲王者受命之徵驗也。"案:圖讖都是一些荒誕迷信之説。

[57] 免刑——《後漢書·文苑傳》:"收(杜)篤送京師,會大司馬吳漢薨,光武詔諸儒誄之。篤於獄中爲誄辭最高。帝美之,賜帛免刑。"

[58] 補令——授職爲縣令。《後漢書·班彪傳》:"河西大將軍竇融以爲從事,……彪乃爲融畫策事漢。……及融徵還京師,光武問曰:所上奏章,誰與參之?融對曰:皆從事班彪所爲。帝雅(常)聞彪才,因召入見,舉司隸茂才,拜徐令。"

[59] 明帝——漢明帝劉莊,在位十八年,自公元五十八年至公元七十五年。

[60] 肄——習。 璧堂——即璧雍、明堂(講學之所)。

[61] 虎觀——即白虎觀,討論經學之所。"講文虎觀"本爲章帝時事,故上句"明帝疊燿"當爲"明章疊燿","帝""章"因形近而誤。

[62] 孟堅珥筆於國史——插筆於冠側叫珥筆。古史官入朝爲便於記錄,常珥筆。《後漢書·班固傳》:"除蘭臺令史,……成《世祖本紀》。遷爲郎,典校祕書,固又撰功臣平林新市公孫述事,作列傳載記二十八篇奏之。帝乃復使終成前所著書,……故探撰前記,綴集所聞,以爲《漢書》。"

[63] 給札——《後漢書·賈逵傳》:"永平中,……時有神雀集宮殿官府。冠羽有五采色。帝異之,……乃召見逵問之。對曰:……此胡降之徵也。帝勑蘭臺給筆札,使作《神雀頌》。"

[64] 東平——《後漢書·東平憲王蒼傳》:"蒼少好經書,雅有智思。……是時中興三十餘年,四方無虞,蒼以天下化平,宜修禮樂;乃與公卿共議定南北郊冠冕車服制度及光武廟登歌八佾舞數。""薨,詔告中傅封上蒼自建武以來章奏及所作書記賦頌七言別字歌詩,並集覽焉。"

[65] 通論——《後漢書·沛獻王輔傳》:"好經書,善說《京氏易》《孝經》《論語傳》及圖讖,作《五經論》,時號之曰《沛王通論》。"

[66] 安——漢安帝劉祜,在位十九年,自公元一〇七年至公元一二五年。 和——漢和帝劉肇,在位十七年,自公元八十九年至公元一〇五年。

[67] 順——漢順帝劉保,在位十九年,自公元一二六年至公元一四四年。 桓——漢桓帝劉志,在位二十一年,自公元一四七年至公元一六七年。

[68] 班——班固。 傅——傅毅。 三崔——崔駰、崔瑗、崔寔。

[69] 王馬張蔡——王逸、馬融、張衡、蔡邕。

[70] 靈帝——漢靈帝劉宏,在位二十一年,自公元一六八年至公元一八八年。

[71] 造羲皇之書以下六句——羲皇疑爲皇羲。《後漢書·蔡邕傳》:"初,(靈)帝好學,自造《皇羲篇》五十章。因引諸生能爲文賦者,本頗以經學相招,後諸爲尺牘及工書鳥篆者,皆加引召,遂至數十人。侍中祭酒樂松、賈護多引無行趨勢之徒並待制鴻都門(藏書和講學之所)下,憙陳方俗閭里小事,帝甚悦之,待以不次之位。……邕上封事曰:……夫書畫辭賦,才之小者。匡國理政,未有其能……而諸生競利,作者鼎沸,其高者頗引經訓風喻之言,下則連偶俗語,有類俳優,或竊成文,虛冒名氏。"《後漢書·楊賜傳》:"光和元年,有虹蜺晝降於嘉德殿前。……(賜)乃書對曰:……鴻都門下招會羣小,造作賦說,以蟲篆小技見寵於時,如驩兜、共工(皆舜時凶臣)更相薦說。"

[72] 獻帝——漢獻帝劉協,在位三十二年,自公元一八九年至公元二二〇年。

[73] 文學蓬轉——指文學之士流離失所如蓬草經風飛轉一般。

[74] 建安——漢獻帝年號,當公元一九六年至二一九年。歷史上的建安紀年,屬於東漢王朝範圍之內。可是早在六朝、唐、宋時代,已經出現了"魏建安"的名稱(《申報》一九四八年《文史》第二十五期王利器《魏建安》一文,有詳細考證)。建安時代的概念,不能跟魏王朝的初期分開。在政治史上,建安的政治實權握在曹操之手,早已易漢而爲魏了。

[75] 體貌英逸——指禮敬有才能之士。

[76] 俊才雲蒸——指人才衆多,如雲集聚。

[77] 仲宣——王粲字。 漢南——荆州在漢水之南。這句指王粲曾依荆州劉表,後歸順曹氏。

[78] 孔璋——陳琳字。 河北——指冀州。這句指陳琳曾依冀州袁紹,後歸順曹氏。

[79] 偉長——徐幹字。 青土——即青州。

[80] 公幹——劉楨字。 海隅——即東平。

[81] 德璉——應瑒字。曹丕《與吳質書》:"德璉常斐然有述作之意。"

[82] 元瑜——阮瑀字。曹丕《與吳質書》:"元瑜書記翩翩,致足樂也。"

[83] 文蔚——路粹字。 休伯——繁欽字。

[84] 于叔——于當作子。邯鄲淳字子叔。 德祖——楊修字。

[85] 傲雅——傲,狂放。雅,風雅。傲雅連文,猶言放誕風流。

[86] 志深——情志深遠。 筆長——辭氣充沛。

[87] 梗概——與慷慨聲同而義通。

[88] 明帝纂戎以下四句——《三國志·魏志·明帝紀》:"(青龍)四年,……置崇文

觀，徵善屬文者以充之。” 明帝——曹叡，在位十三年，自公元二二七年至公元二三九年。 纂戎——纂，與“纘”通，繼承。戎，大。《詩·大雅·烝民》：“纘戎祖考。”《大雅·韓奕》句同。謂繼承光大祖考的事業。鄭玄解戎爲汝，意謂繼承汝祖考的事業。本文“纂戎”是歇後語，卽作繼承祖業解。

[89] 何劉——何晏、劉劭。

[90] 高貴——高貴鄉公曹髦，在位六年，自公元二五四年至公元二五九年。

[91] 合章——應作“含章”。見《易·坤·爻辭》。含章謂含有文彩。

[92] 動言成論——指曹髦與羣臣言帝王優劣之差，至太學問諸儒經義等事。見《三國志·魏書·三少帝紀》及註引《魏氏春秋》。

[93] 正始——魏齊王芳年號，自公元二四〇年至公元二四八年。

[94] 嵇阮應繆——嵇康、阮籍、應璩、繆襲。

[95] 晉宣——晉宣帝司馬懿。

[96] 景——晉景帝司馬師。 文——晉文帝司馬昭。 克構——《書·大誥》：“若考作室，旣底法，厥子乃弗肯堂，矧肯構。”考，父。底，致。弗肯堂，不肯爲堂基。矧，況。矧肯構，況且哪裏肯構立房屋呢？克構，謂子能繼承父業。

[97] 武帝——晉武帝司馬炎，在位二十五年，自公元二六五年至公元二八九年。惟新——《詩·大雅·文王》：“周雖舊邦，其命維新。”指司馬炎代魏建立晉王朝。

[98] 膠序——學校。

[99] 弗簡皇慮——皇帝沒有心思考慮。簡，通也。

[100] 懷——晉懷帝司馬熾，在位六年，自公元三〇七年至公元三一二年。 愍——晉愍帝司馬鄴，在位四年，自公元三一三年至公元三一六年。

[101] 綴旒——冠上垂珠叫綴旒，比喻危險。懷、愍二帝後被匈奴劉聰擒虜，時政局混亂，更談不上提倡文學。

[102] 茂先——張華字。

[103] 太冲——左思字。

[104] 岳——潘岳。 湛——夏侯湛。湛、岳俱富文才，交往亦密，京都人稱爲連璧。事見《晉書·夏侯湛傳》。

[105] 機雲——陸機、陸雲。

[106] 應——應貞，字吉甫。 傅——傅玄，字休奕。 三張——張載，字孟陽；張協，字景陽；張亢，字季陽。

[107] 孫——孫楚，字子荊。 摯——摯虞，字仲治。 成公——成公綏，字子安。

[108] 季世——末世。

[109] 元皇——晉元帝司馬睿，在位六年，自公元三一七年至公元三二二年。

[110] 劉——劉槐，字大連，因“雅習文史，善求人主意”而得到晉元帝的器重。“遷丞相司直，委以刑憲。”事見《晉書·劉槐傳》。 刁——刁協，字玄亮，因“久在中朝，諳練舊事”，故一切制度的建立都要通過他。事見《晉書·刁協傳》。 禮吏——秉禮執法之吏。

[111] 景純——郭璞，字景純，好經術，有高才，詞賦爲中興之冠，《江賦》爲當世所稱，《南郊賦》得到皇帝賞識，被擢爲著作佐郎。事見《晉書·郭璞傳》。

[112] 明帝——晉明帝司馬紹，在位三年，自公元三二三年至公元三二五年。

[113] 庾——庾亮，字元規，“善談論，性好莊老”，“明帝卽位，以爲中書監”。《晉書》卷七十三有傳。

[114] 溫——溫嶠，字太眞，“博學能屬文”，“明帝卽位，拜侍中。機密大謀，皆所參綜，詔命文翰，亦悉豫焉”。《晉書》卷六十七有傳。

[115] 成——晉成帝司馬衍，在位十七年，自公元三二六年至公元三四二年。康——晉康帝司馬岳，在位二年，自公元三四三年至公元三四四年。

[116] 穆——晉穆帝司馬聃，在位十七年，自公元三四五年至公元三六一年。哀——晉哀帝司馬丕，在位四年，自公元三六二年至公元三六五年。

[117] 簡文——晉簡文帝司馬昱，在位二年，自公元三七一年至公元三七二年。《晉書·簡文帝紀》：“淸虛寡欲，尤善玄言。”“帝少有風儀，善容止，留心典籍，不以居處爲意，凝塵滿席，湛如也。”

[118] 孝武——晉孝武帝司馬曜，在位二十四年，自公元三七三年至公元三九六年。

[119] 安——晉安帝司馬德宗，在位二十二年，自公元三九七年至公元四一八年。恭——晉恭帝司馬德文，在位二年，自公元四一九年至公元四二〇年。 已矣——恭帝禪位劉裕，進入劉宋，故云。

[120] 袁——袁宏，字彥伯，“有逸才，文章絕美”，《晉書·文苑傳》有傳。 殷——殷仲文，“善屬文，爲世所重”，《晉書》卷九十九有傳。

[121] 孫——孫盛，字安國，“博學善言名理”。“著《魏氏春秋》《晉陽秋》，并造詩賦論難復數十篇。《晉陽秋》，詞直而理正，咸稱良史焉”。《晉書》卷八十二有傳。干——干寶，字令升，少勤學，博覽羣書，“著《晉紀》，自宣帝迄於愍帝，五十三年，凡二十卷”。《晉書》卷八十二有傳。

[122] 珪璋——貴重的玉器。這裏用來比喩人才。

[123] 中朝——這裏指西晉王朝。

[124] 迍邅——困難而不能前進。這裏指亂世的多災多難。

[125] 夷泰——平夷通泰。 以上二句說玄言作品沒有反映出喪亂時代的面貌。

[126] 柱下——指老子，老子曾爲周柱下史。這句說當時的詩成爲闡述道家老子的思想的作品。

[127] 漆園——指莊子，莊子曾爲蒙漆園吏。 義疏——註釋。這句說當時的賦成爲道家莊子作品的註解了。

[128] 宋武——宋武帝劉裕，在位三年，自公元四二〇年至公元四二二年。

[129] 文帝——宋文帝劉義隆，在位三十年，自公元四二四年至公元四五三年。

[130] 孝武——宋孝武帝劉駿，在位十一年，自公元四五四年至公元四六四年。

[131] 明帝——宋明帝劉彧，在位八年，自公元四六五年至公元四七二年。

[132] 替——衰廢。

[133] 王袁聯宗——劉宋時代，王袁二姓多文士，故曰聯宗。王姓如王誕、王僧達、王微、王韶之、王淮之等，袁姓如袁淑、袁湛、袁顗、袁粲等都有文名。

[134] 顏謝重葉——指顏謝二姓，代有文才。在當代最著名的是顏延之、謝靈運。

[135] 何范張沈——何，指何尙之，字彥德，“愛尙文義，老而不休，與太常顏延之論議往反”。《宋書》卷六十六有傳。何承天，有“所纂文及文集並傳於世”。《宋書》卷六十四有傳。何長瑜，《宋書·謝靈運傳》稱其才亞(謝)惠連。范，指范泰、范曄父子。泰，字伯倫，“博覽篇籍，好爲文章，……撰《古今善言》二十四篇及文集傳於世”。《宋書》卷六十有傳。曄，字蔚宗，“博涉經史，善爲文章”。《宋書》卷六十九有傳。張，指張永、張敷。永，字景雲，“涉獵書史，能爲文章”。《宋書》卷五十三有傳。敷，字景胤，“好讀玄書，兼屬文論”。《宋書》卷六十二有傳。沈，指沈懷文，字思明，“少好玄理，善爲文章”，“撰《南越志》及《懷文文集》並傳於世”。《宋書》卷三十四有傳。

[136] 太祖——齊高帝蕭道成，在位四年，自公元四七九年至公元四八二年。

[137] 高祖——應爲世祖，卽齊武帝蕭賾，公元四八三年至公元四九三年在位。

[138] 文帝——指文惠太子蕭長懋，後追尊爲文帝。 貳離——次於日月的意思，指太子地位次於天子。語本《易·離卦》：“象曰：明兩作離，大人以繼明照於四方。”離爲日，日爲明。離卦☲☲上下二體都是離，故云“明兩作離”。

[139] 中宗——疑爲高宗，若是，則指齊明帝蕭鸞，在位五年，自公元四九四年至公元四九八年。

[140] 緝遐景祚——劉永濟《校釋》：“按元作‘緝熙’不誤，此用《詩》‘維清緝熙’也。”謂前途光明遠大之意。

[141] 蔚映十代二句——十代：唐、虞、夏、商、周、漢、魏、晉、宋、齊。九變：據劉永濟的解釋，唐、虞爲一變，三代爲二變，戰國、西漢爲三變，東漢爲四變，靈帝以後爲五變，建安爲六變，正始爲七變，西晉爲八變，東晉爲九變。與上文"辭人九變"之"九"指虛數者不同。其詳可參考劉氏《文心雕龍校釋》卷下。

[142] 樞中所動二句——《莊子·齊物論》："樞始得其環中，以應無窮。"樞，門樞。中，空。環是門上下兩横檻的洞，圓空如環，所以承受樞的旋轉。樞得環中，便可旋轉自如，而應無窮。這裏用來比喻文學在各個時代的發展變化。無倦，無已。

[143] 曠——《説文》："曠，明也。"

【説明】

《時序》是《文心雕龍》的第四十五篇。這是一篇關於文學史方面的專門論文，它集中地反映了劉勰的文學史觀，比較全面地敍述了自陶唐至齊代的文學發展過程，其中，對於當時的齊代文學只作了一般性的贊美，沒有進行分析和評價。

作爲劉勰的文學史觀的重要內容之一是：社會現實影響、決定文學的發展；時代的政治，必然要反映在文學創作之中。所謂"歌謠文理，與世推移"、"文變染乎世情，興廢繫乎時序"。這一觀點，貫串在全文的具體論述中。從這一觀點出發，劉勰敍述了每個時代的文學，舉出一些代表作家或代表作品，來説明每個歷史時期的文學面貌和特色。例如，他在敍述陶唐、有虞時代的文學時，指出由於"德盛化鈞"、"政阜民暇"，所以出現"心樂而聲泰"的作品。又如，在敍述建安文學時，指出在"世積亂離"、"風衰俗怨"的時代條件下，產生了"雅好慷慨"、"梗概多氣"的優秀作品。

文學的發展是受社會現實制約的。同時，文學本身有自己內在的發展規律，即前後繼承的關係。這一觀點在本文中表現得也很明顯。例如，在敍述大放光彩於戰國時代的楚辭時，一方面指出它受到諸子尤其是縱横家的影響，所謂"暐曄之奇意，出乎縱横之詭俗"；另一方面，指出它在漢代所發生的巨大的影響，所謂"爰自漢室，迄至成哀，雖世漸百齡，辭人九變，而大抵所歸，祖述楚辭，靈均餘影，於是乎在"。

在論述具體作家、作品和每個時代的文學創作的過程中，劉勰並不是客觀主義地介紹，而是依照自己的文學觀分析評價不同的文學現象。對於優秀的作家和作品，他總是發出贊辭。例如，對於屈原，指出他的作品的思想內容和《詩三百篇》有相通之處(所謂“籠罩雅頌”)；對于他的藝術成就，給以極高的評價(所謂“聯藻於日月”)。又如，對於建安文學，強調地指出它的“雅好慷慨”的特徵，或稱它“志深而筆長”、“梗概而多氣”。對於沒有現實意義的作品，他就給以一定的批判。例如，晉代以來的文壇流行的玄言詩，眞是所謂“詩必柱下之旨歸，賦乃漆園之義疏”。對於這種“世極迍邅，而辭意夷泰”的不良現象，劉勰是深爲不滿的。

歷代帝王對文學的不同的態度，是會一定程度地影響到文學的發展的，但作者在這一方面，頗有誇大這種作用的傾向。

詩品序

〔梁〕鍾嶸[1]

氣之動物，物之感人，故搖蕩性情，形諸舞詠。[2]照燭三才，暉麗萬有，靈祇待之以致饗，幽微藉之以昭告。動天地，感鬼神，莫近于詩。[3]

昔《南風》之詞[4]，《卿雲》之頌[5]，厥義敻[6]矣。夏歌曰“鬱陶乎予心”[7]，楚謠曰“名余曰正則”[8]，雖詩體未全，然是五言之濫觴[9]也。逮漢李陵，始著五言之目矣。[10]古詩眇邈[11]，人世難詳，推其文體，固是炎漢[12]之製，非衰周之倡也[13]。自王、揚、枚、馬之徒[14]，詞賦競爽[15]，而吟詠靡聞。從李都尉[16]迄班婕妤[17]，將百年間，有婦人焉，一人而已[18]。詩人之風，頓已缺喪。東京[19]二百載中，惟有班固《詠史》[20]，質木無文[21]。降及建安[22]，曹公父子，篤好斯文；平原兄弟[23]，鬱爲文棟[24]；劉楨、王粲，爲其羽翼。次有攀龍託鳳[25]，自致于屬車[26]者，蓋將百計。彬彬之盛，大備于時矣！爾後陵遲[27]衰微，迄于有晉。太康中[28]，三張、二陸、兩潘、一左[29]，勃爾復興，踵武前王[30]，風流未沫[31]，亦文章之中興也。永嘉時[32]，貴黃、老，稍尚虛談，于時篇什，理過其辭，淡乎寡味。爰及江表[33]，微波尚傳，孫綽、許詢、桓、庾諸公詩[34]，皆平典似《道德論》[35]，建安風力盡矣[36]。先是郭景純用儁上之才，變創其體；劉越石仗清剛之氣，贊成厥美。[37]然彼衆我寡，未能動俗[38]。逮義熙中[39]，謝益壽斐然繼作[40]。元嘉中[41]，有謝靈運，才高詞盛，富豔難蹤，固已含跨[42]劉、郭，凌轢[43]潘、左。故知陳思[44]爲建安之傑，公幹、仲宣爲輔[45]；陸機爲太康之英，安仁、景陽爲輔[46]；謝客[47]爲元嘉之雄，顔延年[48]爲輔：斯皆五言之冠冕[49]，文詞之命世[50]也。

夫四言文約意廣，取效風騷，便可多得，每苦文繁而意少，故世罕習焉。五言居文詞之要，是衆作之有滋味者也，故云會于流俗[51]。豈不以指事造形，窮情寫物，最爲詳切者耶！故詩有三義焉：一曰興，二曰比，三曰賦。文已盡而意有餘，興也；因物喻志，比也；直書其事，寓言寫物，賦也。宏斯三義，酌而用之，幹之以風力，潤之以丹彩[52]，使味之者無極，聞之者動心，是詩之至也。若專用比興，患在意深，意深則詞躓[53]。若但用賦體，患在意浮，意浮則文散，嬉成流移[54]，文無止泊[55]，有蕪漫之累矣。

若乃春風春鳥，秋月秋蟬，夏雲暑雨，冬月祁寒[56]，斯四候之感諸詩者也。嘉會寄詩以親，離羣託詩以怨。至于楚臣去境[57]，漢妾辭宫[58]。或骨横朔野，魂（魂字前原有或字，據陳延傑注本删）逐飛蓬。或負戈外戍，殺氣雄邊。塞（原作寒，據陳延傑注本改）客衣單，孀閨淚盡。或士有解佩出朝，一去忘反。女有揚蛾入寵，再盼傾國。[59]凡斯種種，感蕩心靈，非陳詩何以展其義？非長歌何以騁其情？故曰："詩可以羣，可以怨。"[60]使窮賤易安，幽居靡悶，莫尚於詩矣。故詞人作者，罔不愛好。今之士俗，斯風熾矣。纔能勝衣[61]，甫就小學[62]，必甘心而馳騖[63]焉。於是庸音雜體，人各爲容。至使膏腴子弟，耻文不逮。終朝點綴，分夜呻吟，獨觀謂爲警策[64]，衆覩終淪平鈍。次有輕薄之徒，笑曹、劉[65]爲古拙，謂鮑照羲皇上人[66]，謝朓今古獨步。而師鮑照，終不及"日中市朝滿"[67]；學謝朓，劣得"黄鳥度青枝"[68]。徒自棄於高明，無涉於文流矣。

觀王公縉紳[69]之士，每博論之餘，何嘗不以詩爲口實[70]，隨其嗜欲，商榷不同。淄澠[71]並泛，朱紫[72]相奪，喧議競起，準的[73]無依。近彭城劉士章[74]，俊賞之士[75]，疾其淆亂，欲爲當世詩品，口陳標榜[76]，其文未遂，感而作焉。昔九品論人[77]，七略裁士[78]，校以賓實[79]，誠多未值[80]。至若詩之爲技，較[81]爾可知，以類推之，殆均博弈。方今皇帝資生知之上才[82]，體沈鬱之幽思[83]，文麗日月，賞究天人[84]，昔在貴遊[85]，已爲稱首[86]。況八紘既奄[87]，風靡雲蒸，抱玉者聯肩，握珠者踵武。[88]固（原無，據陳延傑注本增）以瞰漢、魏而不顧，吞晉、宋於胸中。諒非農歌轅議[89]，敢致流別。嶸之今錄，庶周旋於閭里，均之於談笑耳。

一品之中，略以世代爲先後，不以優劣爲銓次[90]。又其人既往，其文克定，今所寓言，不錄存者。夫屬詞比事[91]，乃爲通談。若乃經國文符，應資博古；[92]撰德駁奏，宜窮往烈。[93]至乎吟詠情性，亦何貴于用事[94]？"思君如流水"[95]，既是卽目[96]；"高臺多悲風"[97]，亦惟所見；"淸晨登隴首"[98]，羌無故實[99]；"明月照積雪"[100]，詎出經、史。觀古今勝語，多非補假[101]，皆由直尋[102]。顏延、謝莊，尤爲繁密[103]，于時化之。故大明、泰始中[104]，文章殆同書鈔[105]。近任昉、王元長等[106]，辭不貴奇，競須新事，爾來[107]作者，寖[108]以成俗。遂乃句無虛語，語無虛字[109]，拘攣補衲，蠹文已甚。[110]但自然英旨[111]，罕值其人。詞既失高，則宜加事義，雖謝天才，且表學問，亦一理乎！[112]

陸機《文賦》，通而無貶；李充《翰林》[113]，疎而不切；王微《鴻寶》[114]，密而無裁；顏延論文[115]，精而難曉；摯虞《文志》[116]，詳而博贍，頗曰知言。觀斯數家，皆就談文體，而不顯優劣。至于謝客集詩[117]，逢詩輒取；張隲《文士》[118]，逢文卽書。諸英志錄，並義在文，曾無品第。嶸今所錄，止乎五言。雖然，網羅今古，詞文殆集，輕欲辨彰[119]淸濁，掎摭[120]利病，凡百二十人[121]。預此宗流者[122]，便稱才子。至斯三品升降，差非定制，方申變裁，請寄知者爾。[123]

昔曹、劉殆文章之聖，陸、謝爲體貳之才[124]，銳精研思，千百年中，而不聞宮商之辨[125]，四聲之論[126]。或謂前達偶然不見，豈其然乎？[127] 嘗試言之：古曰詩頌，皆被之金竹[128]，故非調五音[129]無以諧會。若"置酒高堂上"[130]，"明月照高樓"[131]，爲韻之首。故三祖[132]之詞，文或不工，而韻入歌唱，此重音韻之義也，與世之言宮商異矣。今既不被管絃，亦何取于聲律耶？齊有王元長者，嘗謂余云："宮商與二儀俱生[133]，自古詞人不知之，惟顏憲子[134]乃云律呂音調，而其實大謬；唯見范曄、謝莊頗識之耳[135]。嘗欲進《知音論》，未就。"王元長創其首，謝朓、沈約揚其波，[136]三賢或貴公子孫，幼有文辯。于是士流景慕，務爲精密，襞積[137]細微，專相陵架[138]，故使文多拘忌，傷其眞美。余謂文製，本須諷讀，不可蹇礙，但令淸濁通流，口吻調利，斯爲足矣。[139]至平上去入，則余病未能；蜂腰鶴膝，閭里已具。[140]

陳思"贈弟"[141]，仲宣《七哀》[142]，公幹"思友"[143]，阮籍《詠懷》[144]，子卿"雙鳧"[145]，叔夜"雙鸞"[146]，茂先"寒夕"[147]，平叔"衣單"[148]，安仁"倦暑"[149]，景陽"苦雨"[150]，靈運《鄴中》[151]，士衡《擬古》[152]，越石"感亂"[153]，景純"詠仙"[154]，王微"風月"[155]，謝客"山泉"[156]，叔源"離宴"[157]，鮑照"戍邊"[158]，太冲《詠史》[159]，顏延"入洛"[160]，陶公《詠貧》之製[161]，惠連《擣衣》之作[162]，斯皆五言之警策者也。所以謂篇章之珠澤[163]，文采之鄧林[164]。

何文煥本《歷代詩話》

【註釋】

[1] 鍾嶸(約公元四六八年——五一八年)——字仲偉，潁川長社人。官至西中郞將晉安王記室。《梁書》與《南史》的《文學傳》都有傳。著《詩評》三卷，一稱《詩品》。謂之評，所以顯優劣；謂之品，所以定品第。後來《詩品》成爲定名，原名作廢。

[2] 氣之動物四句——氣,氣候。這四句說: 氣候使景物發生變化,景物又感動着人,所以被激動的感情,便表現在舞詠之中。這是講詩歌產生的原因。

[3] 三才——天、地、人。 暉麗——炳煥輝煌。 萬有——萬物。 靈祇——神靈。 饗——祭祀。 幽微——幽深微妙的意思。昭告——表明。以上七句講詩歌的巨大作用。

[4] 南風——見《文心雕龍·時序》註[3]。

[5] 卿雲——見《文心雕龍·時序》註[4]。

[6] 夐——深長。

[7] 鬱陶乎予心——見僞古文《尚書·五子之歌》。

[8] 名余曰正則——見屈原的《離騷》。

[9] 濫觴——《荀子·子道》:"昔者江出于嶓山,其始出也,其源可以濫觴。" 濫,水溢出。觴,酒器。濫觴,謂水流極小,僅能浮起酒杯,比喻事物的開始。

[10] 逮漢李陵句——《文選》載李陵作《與蘇武詩》三首。或疑係後人擬託。著——立。 目——體裁項目。

[11] 古詩——鍾嶸所見"古詩"有數十首,今可見的有《文選》所載十九首,其中八首《玉臺新詠》標爲枚乘《雜詩》。《玉臺新詠》另有標題爲《古詩》者八首,其中四首見于《文選·古詩十九首》。 眇邈——久遠。

[12] 炎漢——古代王朝有以水、火、木、金、土五行之德交替爲王的說法,據說漢代以火德興起,故稱炎漢。

[13] 衰周——周末。 倡——同唱。

[14] 王——王褒。 揚——揚雄。 枚——枚乘。 馬——司馬相如。

[15] 爽——高邁。

[16] 李都尉——李陵官騎都尉。

[17] 班婕妤——漢成帝婕妤(女官),《玉臺新詠》載其《怨詩》一首,但實係擬託之作。

[18] 一人而已——謂除了一個女詩人,就只有李陵一人而已。

[19] 東京——東漢建都洛陽爲東京,因以東京指東漢。

[20] 班固詠史——詩載《全漢詩》卷二。內容是議論緹縈救父事。

[21] 質木無文——枯燥無文彩。

[22] 建安——見《文心雕龍·時序》註[74]。

[23] 平原兄弟——指陳思王曹植及其兄曹丕。曹植在建安十六年曾被封爲平原侯。

[24] 鬱——盛。 文棟——文壇的骨幹。

[25] 攀龍託鳳——龍鳳,舊時指君王。這句謂攀附曹氏父子的人。

[26] 屬車——侍從之車,代指部屬。

[27] 陵遲——逐漸下降。

[28] 太康——晉武帝年號,自公元二八〇年至公元二八九年。

[29] 三張——張載、張協、張亢。 二陸——陸機、陸雲。 兩潘——潘岳、潘尼。 一左——左思。

[30] 踵武前王——屈原《離騷》:"及前王之踵武。"踵,追。武,跡。這句說繼建安之盛。

[31] 沫——已、盡。

[32] 永嘉——晉懷帝年號,自公元三〇七年至公元三一二年。

[33] 江表——即江外,指長江以南的地方。東晉建都建康,所以又稱東晉爲江表。

[34] 孫綽——有《蘭亭》詩等。 許詢——今存《竹扇》詩一首。其人是玄言家。 桓庾——桓指桓偉,有《蘭亭》詩。庾指庾友、庾蘊,都有《蘭亭》詩;庾闡詩亦是玄言一派。

[35] 道德論——闡說道家思想的作品,三國魏何晏、夏侯玄、阮籍都寫過此論。今已不存。

[36] 風力——猶言風骨,是健康的內容和生動有力的語言形式的結合。

[37] 先是郭景純用儁上之才四句——景純,郭璞字。越石,劉琨字。這四句評贊郭璞《遊仙詩》風格高儁,不同凡下。劉琨作品骨力清剛。

[38] 動俗——影響當時風氣。

[39] 義熙——晉安帝年號,自公元四〇五年至公元四一八年。

[40] 謝益壽——謝混,小字益壽。他開始寫山水詩。斐然,文彩貌。

[41] 元嘉——宋文帝年號,自公元四二四年至公元四五三年。

[42] 含跨——包含,超過。

[43] 凌轢——壓倒。

[44] 陳思——曹植封陳王,卒諡思。

[45] 公幹——劉楨字。仲宣——王粲字。

[46] 安仁——潘岳字。景陽——張協字。

[47] 謝客——謝靈運幼名客兒。

[48] 顏延年——顏延之字延年。

[49] 冠冕——超過其他人的首要人物。

[50] 命世——名高一世。

[51] 故云會于流俗——云,語助詞。會,合。會于流俗,適合于世人的口味。

[52] 丹彩——即詞藻。

[53] 躓——礙、頓,不順暢。

[54] 嫿成流移——輕浮油滑之意。

[55] 止泊——歸宿。

[56] 祁寒——酷寒。

[57] 楚臣——屈原。這句指屈原被逐事。

[58] 漢妾——這句指昭君出塞事。《漢書·元帝紀》云:"竟寧元年,……匈奴虖韓邪單于(虖韓邪是名,單于是匈奴首領的稱號。)來朝,……賜單于待詔掖庭(待詔,待命。掖庭,皇宮中的旁舍。宮嬪所居),王嬙爲閼氏(單于妻的稱號)。"顏師古註引應劭曰:"王嬙,王氏女,名嬙,字昭君。"

[59] 女有揚蛾入寵二句——蛾,蛾眉。這二句似出自《漢書·外戚傳》:"孝武李夫人,本以倡進。初夫人兄延年……侍上,起舞歌曰:'北方有佳人,絕世而獨立。一顧傾人城,再顧傾人國。寧不知傾城與傾國,佳人難再得。'上嘆息曰:'善。世豈有此人乎?'平陽主因言延年有女弟,上乃召見之,實妙麗善舞,由是得幸。"

[60] 詩可以羣二句——見《論語》註[34][35]。

[61] 勝衣——謂兒童稍長能穿成人之衣,體力禁得住成人衣服的重量。出《史記·三王世家》。

[62] 甫——始。 小學——《漢書·食貨志》:"八歲,入小學,學六甲五方書計之事。"

[63] 馳騖——奔走。意指爲寫詩而努力。

[64] 警策——見陸機《文賦》註[86]。

[65] 曹劉——曹植、劉楨。

[66] 謂鮑照羲皇上人——羲皇,傳說中的上古帝王伏羲氏。本文以鮑照與謝朓並舉,謂時人推崇鮑照,將他比作羲皇上人,以表示他在詩壇上有崇高地位。

[67] 日中市朝滿——見鮑照《代結客少年場行》。

[68] 劣得——僅得。 黃鳥度青枝——見虞炎(齊人)《玉階怨》。

[69] 縉紳——作官的人。縉,插。紳,帶。古代作官的人插笏於紳帶間。

[70] 口實——《易·頤》:"自求口實。"口實原指口中之物。這裏引申爲談話資料。

[71] 淄澠——二水名,都在山東;二水味異,合則難辨。

[72] 朱紫——見《論語》註[40]。

[73] 準的——標準。

[74] 劉士章——劉繪,字士章,齊中庶子,鍾嶸《詩品》列之於下品。

[75] 俊賞之士——很高明的文學欣賞者。

[76] 標榜——相表揚。

[77] 九品論人——班固《漢書·古今人表》分九等。

[78] 七略——見《文心雕龍·時序》註[51]。七略裁士,指分七類評論作家。

[79] 賓實——卽名稱和名稱所包括的內容。《莊子·逍遥遊》:"名者,實之賓也。"

[80] 未値——不恰當。

[81] 較——明顯貌。

[82] 方今皇帝——指梁武帝蕭衍。　資——稟賦。

[83] 沈鬱之幽思——深幽的文思。

[84] 賞究天人——賞析作品,能窮究天人之理。

[85] 貴遊——指蕭衍作帝前和另外一些文士的交游生活。《梁書·武帝紀》云:"(齊)竟陵王(蕭)子良開西邸,招文學,高祖與沈約、謝朓、王融、蕭琛、范雲、任昉、陸倕等並游焉,號曰八友。"

[86] 稱首——名列"竟陵八友"之首。

[87] 八紘——八方。　奄——覆。八紘既奄謂已統治天下。

[88] 抱玉者聯肩二句——這二句講當時文士的衆多。"抱玉者"、"握珠者"都是指有才華的文人。曹植《與楊德祖書》云:"人人自謂握靈蛇之珠,家家自謂抱荆山之玉。"踵武,見註[30]。

[89] 農歌轅議——農民的歌謠,趕車人的議論。

[90] 銓次——銓,解釋。銓次,按照次序解釋。

[91] 屬詞比事——《禮記·經解》:"屬詞比事,春秋敎也。"本文所說屬詞,謂組織詞句;比事,謂類列事實。

[92] 經國文符二句——有關國家大事的文書,應該用許多古事去寫作。資,用。

[93] 撰德駁奏二句——敍述德行和駁議奏疏等文章,應該儘量稱引古人的功業。撰,寫作。駁、奏,都是臣屬上給皇帝的奏疏。烈,功業。

[94] 用事——用典故。

[95] 思君如流水——徐幹《室思》句。

[96] 卽目——寫眼前所見。

[97] 高臺多悲風——曹植《雜詩》句。

[98] 清晨登隴首——《北堂書鈔》卷一五七引張華詩:"清晨登隴首,坎壈行山難(一作何難)。"《全晉詩》失載。

[99] 羌——發語辭。　故實——典故。

[100] 明月照積雪——謝靈運《歲暮》句。

[101] 補假——拼湊借用前人語句或典故。

[102] 直尋——直接描寫感受。陳延傑《詩品註》:"鍾意蓋謂詩重在興趣,直由作者得之於內,而不貴用事。"

[103] 繁密——指顏謝作品的弊病。《詩源辨體》卷七序云:"顏謝諸子,語旣雕刻,而用事實繁,故多有難明耳。"

[104] 大明——宋孝武帝年號,自公元四五七年至公元四六四年。 泰始——宋明帝年號,自公元四六五年至四七一年。

[105] 書鈔——詞章典故的輯錄,如後代的《北堂書鈔》等類書。

[106] 任昉——梁人。鍾嶸在《詩品》卷中評"昉旣博物,動輒用事,所以詩不得奇"。王元長——即王融。

[107] 爾來——近來。

[108] 寖——漸。

[109] 虛語虛字——指不用典故的詞語。

[110] 拘攣補衲二句——拘攣,拘束。補衲,補綴拼合。蠹文,對文學創作的毒害。

[111] 自然英旨——都是精美的意思。

[112] 詞旣失高五句——意思是說:文詞旣不高明,那就不得不依賴于添加故實和前人所說的道理,這樣做,雖然够不上稱天才,姑且表現學問,這也可算是用典的一個理由吧!

[113] 李充翰林——李充,晉人。字弘度,或作弘範,東晉初江夏人。《隋書·經籍志·總集類》著錄:"《翰林論》三卷,李充撰,梁五十四卷。"五十四卷本疑是包括作品選在內的總集,三卷本則是專屬評論的文論。書早亡佚。《全晉文》輯存佚文十數則。

[114] 鴻寶——《隋書·經籍志》載《鴻寶》十卷,已佚。

[115] 顏延論文——這句指顏延之《庭誥》中的論文之語。

[116] 文志——《隋書·經籍志》載"《文章志》四卷,摯虞撰。"已佚。

[117] 謝客集詩——指謝靈運的《詩集》五十卷、《詩集鈔》十卷、《詩英》九卷,都載于《隋書·經籍志》。已佚。

[118] 文士——《隋書·經籍志》載"《文士傳》五十卷,張隱撰"(隱當作騭,形近,或有誤)。已佚。

[119] 輕欲——自謙語,猶言妄欲。 辨彰——辨明。

[120] 掎摭——指摘。

[121] 百二十人——上品十一人，中品三十九人，下品六十九人，共一百二十二人。鍾嶸這裏是舉整數而言。

[122] 預此宗流者——列入«詩品»所論各詩歌流派中的人。

[123] 三品升降四句——意爲將作家劃分爲上中下三品，大抵不是確定的論斷，有待於知詩的人來再作品評。

[124] 體貳——«文選»李康«運命論»云："雖仲尼至聖，顏、冉大賢，揖讓於規矩之內，誾誾於洙泗之上，不能遏其端。孟軻、孫卿體二希聖，從容正道，不能維其末。"六臣注引張銑曰："孟、孫二子體法顏、冉，故云體二。"鍾嶸用語本此。意爲陸謝二家之才接近曹、劉之聖。

[125] 宮商之辨——此"宮商"是四聲之代用語。見沈約«宋書·謝靈運傳論»。

[126] 四聲——卽平上去入，是沈約所講聲律論中的主要內容之一。約著有«四聲譜»。

[127] 或謂前達偶然不見二句——這二句似對沈約在«宋書·謝靈運傳論»中所講的"自靈均以來，多歷年代，雖文體稍精，而此祕未覩(據«文選»)"和在«答陸厥書»中所講的"自古辭人，豈不知宮羽之殊，商徵之別，雖知五言之異，而其中參差變動，所昧實多，故鄙意所謂此祕未覩者也"而言，鍾嶸對此說提出了異議。

[128] 金竹——樂器。

[129] 五音——宮、商、角、徵、羽。

[130] 置酒高堂上——阮瑀«雜詩»句。

[131] 明月照高樓——曹植«七哀詩»句。

[132] 三祖——指魏武帝操，太祖；文帝丕，高祖；明帝叡，烈祖。

[133] 二儀——卽兩儀，指天、地。«易·繫辭上»："是故易有太極，是生兩儀。"

[134] 顏憲子——卽顏延之，憲子是謚號。

[135] 唯見范曄謝莊頗識之耳句——指范曄、謝莊能認識音律的問題。«宋書·范曄傳»載曄在獄中«與諸甥侄書»云："性別宮商，識清濁，斯自然也。觀古今文人，多不全瞭此處。縱有會此者，不必從根本中來。言之皆有實證，非爲空談。年少中，謝莊最有其分。"

[136] 王元長二句——說王融等提倡四聲八病。«南史·陸厥傳»："永明(南齊武帝蕭賾的年號，從公元四八三年到四九三年)末，盛爲文章。吳興沈約、陳郡謝朓、琅琊王融，以氣類相推轂。汝南周顒，善識聲韻，爲文皆用宮商，以平、上、去、入爲四聲，且以之制韻。……世呼爲'永明體'。"沈約(公元四四一年——五一三年)字休文，是"永明體"的領袖。

[137] 襞積——裙上的褶。此借喻詩歌韻律方面繁瑣的花樣。

[138] 陵架——超越而上。

[139] 余謂文製本須諷讀以下六句——這裏是鍾嶸的主張：只求諧調，不必拘泥于四聲八病。《文心雕龍·聲律》也有同樣的主張云："左礙而尋右，末滯而討前，則聲轉於吻，玲玲如振玉；辭靡於耳，纍纍如貫珠矣。"

[140] 蜂腰鶴膝二句——沈約等所指出的詩有八病：平頭、上尾、蜂腰、鶴膝、大韻、小韻、傍紐、正紐。此爲其中之二。閭里已具，大概只是說，蜂腰鶴膝那一類聲調抑揚對稱的歌詩特點，民歌中也是有的。

[141] 陳思贈弟——指曹植《贈白馬王彪詩》。

[142] 仲宣七哀——王粲有《七哀詩》。

[143] 公幹思友——指劉楨《贈徐幹詩》，中有"思子沈心曲，長嘆不能言"二句。

[144] 阮籍詠懷——阮籍有《詠懷》八十二首。

[145] 子卿雙鳧——蘇武，字子卿。《古文苑》載蘇武《別李陵詩》云："雙鳧俱北飛，一鳧獨南翔。"實係後人僞託。

[146] 叔夜雙鸞——嵇康，字叔夜，有《贈秀才入軍》，中有"雙鸞匿景曜"句。

[147] 茂先寒夕——張華，字茂先，《雜詩》有"繁霜降當夕"句。

[148] 平叔衣單——何晏字平叔，《衣單》詩已佚。

[149] 安仁倦暑——潘岳字安仁，有《在縣作》二首，中有"隆暑方赫曦"、"時暑忽隆熾"等句。《悼亡》詩有"溽暑隨節闌"句。

[150] 景陽苦雨——張協有《雜詩》十首，中有"飛雨灑朝蘭"、"密雨如散絲"、"森森散雨足"等句。

[151] 靈運鄴中——謝靈運有《擬魏太子鄴中集詩》八首。

[152] 士衡擬古——陸機有《擬古詩》十二首。

[153] 越石感亂——劉琨有《扶風歌》、《重贈盧諶》等詩，皆"感亂"而作。

[154] 景純詠仙——郭璞有《遊仙詩》十四首。

[155] 王微風月——江淹《雜體詩》中的《王徵君微養疾》一首詩："清陰往來遠，月華散前墀"，知王微原有詠"風月"詩，今已佚。

[156] 謝客山泉——謝靈運以寫山水詩擅勝。

[157] 叔源離宴——謝混有《送二王在領軍府集詩》，結句云："樂酒輟今辰，離端起來日。"

[158] 鮑照戍邊——鮑照有《代出自薊北門行》，詠戍邊。

[159] 太冲詠史——左思有《詠史詩》八首。

[160] 顏延入洛——顏延之有《北使洛》詩。

[161] 陶公詠貧之製——陶淵明有《詠貧士詩》七首。

[162] 惠連擣衣之作——謝惠連有《擣衣詩》。

[163] 珠澤——《穆天子傳》:“天子北征,舍於珠澤。”原註“此澤出珠,因名之云。”

[164] 鄧林——《山海經·海外北經》:“夸父與日逐走,入日,……棄其杖,化爲鄧林。”畢沅校註:“鄧林卽桃林也,鄧桃音相近。”按珠澤鄧林都是借來比文彩之所會萃。

【説明】

《詩品》與《文心雕龍》,是齊、梁時代文藝批評界的重要著作。《文心雕龍》兼論詩文,《詩品》則是專論五言詩而不及文章。書中所提出的重要論點是針對當時的詩風而發,在一些文藝基本問題上有其精闢的看法。

《詩品》上中下三卷,所論列共一百二十二人,分爲三品。每品中的人物,“略以時代爲先後,不以優劣爲詮次”。理論根據和體例詳述於序言中。作者認爲當時“王公縉紳之士”的論詩,是“隨其嗜欲”,“準的無依”的,但“詩之爲技”,畢竟是“較爾可知”,不容許像九品官人那樣“校以賓實,誠多未値”,所以根據自已的看法來評論其高下。這說明《詩品》的寫作,意在反對當時文壇的不良現狀。

《詩品序》的主要內容,有破有立。屬於破的,就是對南朝詩風的批評,表現在以下兩個問題:

第一是反對聲病,主張自然和諧的音律。鍾嶸時代,正當沈約提倡聲律之說,“永明體”詩風氾濫。鍾嶸對此作了有力的抨擊。他認爲“古曰詩頌,皆被之金竹,故非調五音無以諧會。……今旣不被管絃,亦何取於聲律耶?”“但令淸濁通流,口吻調利,斯爲足矣”,如果一味追求聲律,反使“文多拘忌,傷其眞美”。鍾嶸所反對的是那種“傷其眞美”的八病等的矯揉造作,而對詩歌的自然的音節美,並不排斥。

第二是反對做詩用典。他以爲“吟詠情性,亦何貴於用事?”“觀古今勝語,多非補假,皆由直尋。……大明、泰始中,文章殆同書鈔。近任昉、王元長等,辭不貴奇,競須新事,爾來作者,寖以成俗,遂乃句無虛語,語無虛字,拘攣補衲,蠹文已甚。”他感歎地說:“自然英旨,罕値其人”,而幽默地諷刺這些掉書袋的詩人爲“雖謝天才,且表學問”。當然,寫作時援古證今,有時也需要，劉勰《文心雕龍》就有《事類》一篇專門闡明此義。鍾嶸對此，也不是一概排斥，他認爲“若乃經國文符，應資博古；撰德駁奏，宜窮往烈”。至於做詩，就不適用這樣的標準了。

無論是反對聲病或是反對用典，總的都是主張自然眞美，這對瀰漫南朝詩壇的雲霧，有廓清的作用。

屬於立的：

第一，鍾嶸認爲寫作動機的激發，有賴於客觀事物的感召：“氣之動物，物之感人，故搖蕩性情，形諸舞詠。”這跟《文心雕龍·明詩》所說：“人稟七情，應物斯感”，《物色》所說：“春秋代序，陰陽慘舒，物色之動，心亦搖焉。……情以物遷，辭以情發”的說法同樣是正確的觀點。但現實世界中有自然現象也有社會現象，所以作者繼“四候之感諸詩”之後，又闡述了社會環境對詩人的感召，突出了“羣”和“怨”特別是“怨”的作用。封建社會中，被壓迫、被損害的人們的痛苦生活，是產生文學作品的土壤。鍾嶸能注意到這些事實，並主張通過詩歌來反映，根據抒情詩歌的特徵，通過個人的抒情以表達遭遇相同者的情緒，從而使讀者認識社會的面貌。鍾嶸這種論點，出現在作詩偏重形式的齊、梁時代，是有它重大的進步意義的。但是，他認爲怨的抒發，可以“使窮賤易安，幽居靡悶”，這顯然並不正確。

第二，在詩歌創作問題上提出了滋味說。鍾嶸既然重視詩歌的羣、怨，就決定了他對詩歌的要求，認爲好的詩歌必須是有“滋味”的。詩的“滋味”是什麼？應該是“指事造形，窮情寫物，最爲詳切”。詳，指描寫的細緻；切，指描寫的深刻。而要達到這個要求，必須賦、比、興並重，做到言近旨遠，形象鮮明，有風力，有藻采，乃可耐人玩味，而感染力也強，這才是“詩之至也”。永嘉以後的玄言詩之所以“淡乎寡味”，就是由於“理過其辭”，“平典似道德論”。然則鍾嶸的滋味說，主要是強調文學作品形象性的特徵。從重味的觀點出發，他在詩歌形式上，並不贊成採用“文約”的四言和“文繁”的騷體，而極力主張五言，因爲“五言居文詞之要，是衆作之有滋味者也”。

《詩品》是我國“詩話”的最早一部作品，清人何文煥輯印《歷代詩話》，就以這書冠首。在它以後，詩話著作，成爲古代文學理論著作各種形式之一，其數量達數百種之多。

與東方左史虬修竹篇序[1]

〔唐〕 陳子昂[2]

東方公足下：文章道弊五百年矣。漢、魏風骨[3]，晋、宋莫傳，然而文獻有可徵者。僕嘗暇時觀齊、梁間詩，彩麗競繁，而興寄[4]都絕，每以永歎。思古人常恐逶迤頹靡，風雅不作，以耿耿也。[5]一昨於解三處見明公《詠孤桐篇》[6]，骨氣端翔[7]，音情頓挫[8]，光英朗練[9]，有金石聲。遂用洗心飾視，發揮幽鬱。不圖正始之音[10]，復覩於兹，可使建安作者相視而笑。解君云："張茂先[11]、何敬祖[12]，東方生[13]與其比肩。"僕亦以爲知言也。故感歎雅制，作《修竹詩》一篇，當有知音以傳示之。

《四部叢刊》影明本《陳伯玉文集》卷一

【註釋】

[1] 東方左史虬——《全唐詩小傳》："東方虬，(武)則天時爲左史。"按：《全唐詩》收其《昭君怨》三首、《春雪》一首。

[2] 陳子昂(公元六六一年——七〇二年)——字伯玉，梓州射洪人。唐光宅進士，官至右拾遺。有《陳拾遺集》十卷。《舊唐書》卷一九〇、《新唐書》卷一〇七有傳。

[3] 風骨——這裏所說的"漢魏風骨"，卽鍾嶸《詩品序》所說的"建安風力"。參見本書《詩品》註[36]。

[4] 興寄——指文章有深刻的含義。興，卽比興的表現手法；寄，指有所寄托。

[5] 思古人三句——意思說，思念古人，因而想到當今的文風，恐怕衰落頹廢下去，從此不見風雅，心有不安。

[6] 詠孤桐篇——今已佚。

[7] 骨氣端翔——端，指骨格的堅實；翔，指氣勢的飛動。

［8］音情頓挫——詩的音節抑揚頓挫，感情波瀾起伏。

［9］光英朗練——作品的光彩，明朗皎潔。

［10］正始之音——正始，魏齊王芳年號（公元二四〇至二四八年）。作爲文學史上的所謂正始時代，是泛指魏王朝後期的。代表作家有何晏、阮籍、嵇康。這裏所說"正始之音"，指的是嵇、阮的詩。《世說新語·賞譽》云："不意永嘉之末，復聞正始之音。"那是指玄談，與此文所云，含義不同。《文心雕龍·明詩》："乃正始明道，詩雜仙心，何晏之徒，率多浮淺。唯嵇志清峻，阮旨遙深，故能標焉。"嵇、阮的詩都在一定程度上暴露了當時上層社會的黑暗，表達作家對現實的不滿，和建安作者的精神是一致的。

［11］張茂先——即張華，晉初著名詩人。有集十卷。丁福保收其詩入《全晉詩》卷二。

［12］何敬祖——即何劭，晉初人，有集二卷。丁福保收其詩入《全晉詩》卷二。

［13］東方生——即東方虬。

【說明】

在我國古代詩歌史上，兩晉、南北朝一部分文人的作品，具有偏重形式、內容空虛、脫離現實的不良傾向，違背《詩三百》和漢樂府的優良傳統，離開建安到正始諸家的健康的創作軌道。齊、梁時期的理論家劉勰與鍾嶸反對這種詩風，雖然作出了很大的努力，但他們的進步理論，在當時沒有引起詩人們的足够重視。因此，這一鬥爭還有待於後人作進一步的努力。初唐四傑，在詩歌創作和理論方面，初步有所革新，但自覺地提出比較明確的文學主張的，應該說是從陳子昂開始。

《與東方左史虬修竹篇序》，是陳子昂詩歌理論的一個綱領。在這篇短文裏，他肯定了風雅、漢魏詩歌的進步傳統，指出了晉、宋以來"文章道弊"、"彩麗競繁"的弊病。他着重提出"風骨"和"興寄"兩個問題，企圖從精神上去變革五百年來的詩風。所謂"風骨"，就是健康的內容與生動有力的語言形式相統一。所謂"興寄"，是"托物起興"、"因物喻志"的表現方法。二者是《詩三百》到正始詩歌的優良傳統所在，作家企圖以此去影響當時的詩壇。

在本篇中，顯然可以看出，作者傾向於繼承"晉宋莫傳"的"漢、魏風骨”，在於使“正始之音復覩於兹”，“建安作者相視而笑”。這一面塗着復古色彩的革新旗幟，是爲了借鑑建安、正始詩人的五言古詩和提倡以興寄爲主的表現方法。陳子昂的創作，不論是《修竹篇》或《感遇》詩，都實踐了這一主張，影響了同時的張九齡等人，到李白、杜甫，則更高地舉起了詩歌革新的旗幟；後來，白居易、元稹等人進一步開展新樂府運動，從理論上、實踐上總結發揚進步詩歌理論的傳統，把唐代詩歌推向更大的繁榮。

陳子昂是唐代詩歌革新運動的自覺的倡導者。他的理論和創作對齊、梁以來的不良詩風，起了“横制頽波”的作用，產生出“天下翕然，質文一變”（盧藏用《陳子昂集序》語）的影響。“國朝盛文章，子昂始高蹈”（韓愈《薦士》詩）。“論功若準平吳例，合著黃金鑄子昂”（元好問《論詩絕句》）。韓愈、元好問對他的推崇，雖然有些過分，但也說明了他在詩歌理論和創作史上的重要地位。

戲爲六絕句

〔唐〕杜　甫[1]

庾信文章老更成，淩雲健筆意縱横。[2]今人嗤點流傳賦，不覺前賢畏後生。[3]

王、楊（原作楊、王，依《杜詩鏡銓》本改）、盧、駱當時體，輕薄爲文哂未休，[4]爾曹身與名俱滅，不廢江河萬古流。[5]

縱使"盧、王操翰墨，劣於漢、魏近風騷"；[6]龍文虎脊皆君馭，歷塊過都見爾曹。[7]

才力應難跨（原作誇，依《黄氏集千家註杜工部詩史補遺》本改）數公[8]，凡今誰是出羣雄？或看翡翠蘭苕上，未掣鯨魚碧海中。[9]

不薄今人愛古人，清詞麗句必爲鄰。[10]竊攀屈、宋宜方駕，恐與齊、梁作後塵。[11]

未及前賢更勿疑，遞相祖述復先誰？[12]别裁僞體親風雅，轉益多師是汝師。[13]

《四部叢刊》影宋本《分門集註杜工部詩》卷十六

【註釋】

［1］杜甫（公元七一二年——七七〇年）——字子美，鞏縣人。唐玄宗時，應進士

舉，落第。肅宗時 官至檢校尚書工部員外郎。有《杜甫集》六十卷，後人編纂者非原本，分卷各不同。《舊唐書》卷一九〇文苑、《新唐書》卷二〇一文藝都有傳。

[2] 庾信文章二句——庾信（公元五一三年——五八一年），字子山。《周書》卷四十一、《北史》卷八十三有傳。成，指功夫的成熟，即下句所說的健筆淩雲，意境縱橫開闊。杜詩："清新庾開府。"（《春日憶李白》）但又云："庾信生平最蕭瑟，暮年詩賦動江關。"（《詠懷古跡》五首之一）指出庾信後期作風的轉變，不僅以清新見長，都可與此相印證。

[3] 今人嗤點二句——賦，即首句所說的"文章"，是兼詩和賦而言的。因限於詩句的字數和聲調，偏舉以見義。這兩句是說："後人取其流傳之賦嗤笑而指點之，豈知前賢自有品格，未見其當畏後生也。"（仇兆鰲《杜詩詳註》）

[4] 王楊盧駱二句——王、楊、盧、駱，指初唐四傑王勃、楊炯、盧照鄰、駱賓王。王勃（公元六五〇年——六七五至六七七年?），字子安，絳州龍門人。曾官虢州參軍。有《王勃集》三十卷，已亡佚。清人集註本爲二十卷。楊炯（公元六五〇年——?）華陰人。官盈川令，梓州司法參軍。有《盈川集》十卷。盧照鄰（公元六三五年?——六八九年?），字升之，號幽憂子，幽州范陽人。曾官新都尉。有《幽憂子集》七卷。駱賓王（公元六四〇年——六八四年?），婺州義烏人。官臨海丞。有《駱賓王集》四卷。王、楊、盧、駱，《舊唐書》卷一九〇、《新唐書》卷二〇一有傳。當時體，初唐時的文體。四傑詩文仍未完全擺脫六朝華藻餘習。"輕薄爲文"，是說當時人譏笑其文體輕薄。如《玉泉子》所說："時人之議，楊好用古人姓名，謂之點鬼簿；駱好用數對，謂之算博士。"（見《九家集註杜詩》趙次公註引）即其一例。文，這裏泛指詩文。

[5] 爾曹二句——上句批判了當時哂笑四傑的人，下句肯定了四傑的文學成就。史炳解此詩云："言四子文體，自是當時風尚，乃嗤其輕薄者至今未休。曾不知爾曹身名俱滅，而四子之文不廢，如江河萬古常流。"（《杜詩瑣證》）

[6] 縱使二句——盧、王，即上一首所說的四傑。限於字數，舉盧以概駱，舉王以概楊。劣於漢魏近風騷，不如漢魏之近風騷。"縱使"二字另讀。"盧王操翰墨，劣於漢魏近風騷"是一個完整的意思，當時人哂笑四傑的話。即前一首所云"輕薄爲文"。

[7] 龍文虎脊二句——龍文和虎脊都是毛色斑駁的駿馬，用以比喻奇麗的詞采。歷塊過都，語本王褒《聖主得賢臣頌》"過都越國，蹶如歷塊"。呂延濟註："言過都國疾如行一小塊之間。"這裏略變其意，是說歷田野（塊，可作土地解。《莊子·

齊物論»"大塊噫氣,其名爲風。"),過城市,指長距離的奔馳。見爾曹,意謂相形之下,就能看出高低。上句說四傑能够驅遣瑰麗的文詞,下句說他們經得起時間的考驗。"此詩本承上一章言。時人之譏哂四子者,每謂其輕薄爲文,正以其劣於漢魏之近風騷耳。四子之劣於漢魏之近風騷,……當時文體如是,固非四子之病也。……龍文虎脊,自有其不廢江河者在,固非身與名俱滅之爾曹所能望塵追及矣。"(郭紹虞«杜甫戲爲六絕句集解»)

[8] 數公——指前面三首說的庾信和四傑。

[9] 或看二句——翡翠蘭苕,形容詞采的鮮妍。語本郭璞«遊仙詩»:"翡翠戲蘭苕,容色更相鮮。"鯨魚碧海,指筆力的雄健。這首詩慨嘆於當時還沒有特出的詩人,能够創造出一種雄偉非常的意境;至於一般作者,麗詞雖有可取,然而翡翠蘭苕,才力不免薄弱,要想跨越前人,是很難的。一、二兩句爲倒文,三、四兩句伸足上文文義。

[10] 不薄二句——是說自己論詩並無古今的成見,只要是淸詞麗句,都有所取。不薄和愛爲互文。鄰,與下一首"親風雅"的"親"義近。必爲鄰,也就是不薄和愛的意思。一說,"今人愛古人"五字連讀,指當時人崇尚漢、魏的風氣。不薄,是說並不否認這點。下句是轉折的語氣:"蓋言今人以愛古人之故,嗤點庾信之賦,譏哂四子之文,矯正一時風氣,其意原不可薄。但建安以來淸詞麗句自有不廢江河者在。"(郭紹虞«杜甫戲爲六絕句集解»)

[11] 竊攀屈宋二句——竊,楊樹達謂表敬副詞,並引劉淇之說:"竊,謙詞。"竊攀,謂努力高攀。這兩句闡明"淸詞麗句必爲鄰"之義,是說淸詞麗句,必須上攀屈、宋,與之並駕齊驅,否則僅僅追求於詞藻形式之美,就不免落入齊、梁的後塵。

[12] 未及前賢二句——前賢,泛指前代有成就的作家。遞相祖述,意謂因襲成風。復先誰,錢謙益箋曰:"遞相祖述,沿流失源,而不知誰爲之先也。"正因爲如此,就無疑地不能跨越前人了。這兩句指出問題癥結之所在,下兩句指出學詩的正確途徑。

[13] 別裁僞體二句——別,別擇。裁,裁去。僞體,指模擬因襲沒有生命力的東西。別裁僞體,謂去僞存眞。轉益多師是汝師,即無所不師而無定師的意思。這兩句是說,應該別裁僞體,轉益多師,而最後歸依於風、雅。

【說明】

這是最早出現的論詩絕句。前三首通過對具體作家的評論提出了問題，後三首揭示論詩的宗旨。它是針對當時情况，有感而發的。

唐代詩歌理論的發展，是個長期的反覆的過程。從陳子昂、李白提出復古的主張以後，明確了詩歌發展的方向，然而某些人理解不免片面，粗暴地全盤否定六朝文學；而另一些人則仍然“拘限聲病，喜尙形似，且以流易爲詞，不知喪於雅正”（見元結《篋中集序》）。所謂“好古者遺近，務華者去實”（見元稹《唐故工部員外郎杜君墓係銘》），認識還不是一致的。

杜甫主張兼取衆長，對六朝以來的作家認爲應該具體分析，而不採取一律排斥的態度。這詩以庾信爲例，指出論文當觀全人，不應忽視其健筆凌雲的長處；以四傑爲例，說明評價作家，不應脫離當時的歷史條件。基於這樣的認識，他提出了廣泛吸取前人創作經驗的主張，其中也包含着“別裁僞體”的批判精神。他有取於淸詞麗句的技巧，但反對纖弱小巧的風格。認爲必須上攀屈、宋，自創“碧海鯨魚”的壯美意境。最後，他指出只有轉益多師，鎔今鑄古，把藝術修養建築在博大深厚的基礎上，才能使完美的形式表現充實的內容，而接近於反映現實的風雅。

杜甫的詩歌理論並不像陳子昂、李白以及後來的白居易那樣，爲了救時救弊，突出地強調某一個方面。他在創作實踐上達到思想性和藝術性的統一，他的論詩也是如此。只因他是以詩論詩，詞簡義精，限於體製，究竟不能像散文那樣的明白淺顯，曲折達意。因而後來箋釋紛紜，歧義百出；其中摭拾一端，加以附會的也大有人在，這樣就不能不產生流弊了。

杜詩中，談藝論文的還很多，都可與此詩相印證。此詩作於上元二年（公元七六一年），比較系統地表現了杜甫的文學思想。

詩　式[1]〔選錄〕

〔唐〕皎　然[2]

夫詩者，衆妙之華實，六經之菁英，雖非聖功，妙均於聖。彼天地日月，玄（《詩學指南》本作"光"）化之淵奥，鬼神之微冥，精思一搜，萬象不能藏（《詩學指南》本作"職"）其巧。其作用[3]也，放意須險，定句須難，雖取由我衷，而得若神表。至如天眞挺拔之句，與造化爭衡，可以意冥[4]，難以言狀，非作者不能知也。洎西漢以來，文體四變[5]。將恐風雅寖泯，輒欲商較以正其源。今從兩（《詩學指南》本作"西"）漢已降，至於我唐，名篇麗句，凡若干人，命曰《詩式》，使無天機者坐致天機。若君子見之（原註：一作"知"），庶有益於詩教矣。

明　勢

高手述作，如登衡（《詩學指南》《歷代詩話》本俱作"荆"）、巫[6]，覿三湘、鄢、郢[7]山川（《歷代詩話》本無"山川"二字）之盛，縈迴盤礴，千變萬態（文體開闔作用之勢）：或極天高峙，崒焉不羣，氣騰勢飛，合沓相屬（奇勢在工）或修江[8]耿耿，萬里無波，欻（原作"淡"，據《歷代詩話》本改）出高深重複之狀（奇勢互發）；古今逸格，皆造其極妙（《歷代詩話》本無"妙"字）矣。

明 作 用

作者措（《詩學指南》本作"旨"）意，雖有聲律，不妨作用。如壺公[9]瓢中，自有天地日月，時時抛鍼擲綫，似斷而復續。此爲詩中之仙，拘忌之徒，非所(原作“可”，據《詩學指南》本改)企及矣。

明 四 聲

樂章有宮商五音[10]之說，不聞四聲。近自周顒、劉繪[11]流出，宮商暢於詩體，輕重[12]低昂之節，韻合情高，此(原衍“之”字，據《歷代詩話》本刪)未損文格。沈休文酷裁八病[13]，碎用四聲，故風雅殆盡。後之才子，天機不高，爲沈生弊法所媚[14]；懵然隨流，溺而不返。

詩 有 四 不

氣高而不怒，怒則失於風流；力勁而不露，露則傷於斤斧；情多而不暗，暗則陟(原作“傷”，據《詩學指南》本改)於拙鈍；才贍而不疎，疎則損於筋脈。

詩 有 四 深

氣象氤氳，由深於體勢；意度盤礴，由深於作用；用律不滯，由深於聲對[15]；用事不直，由深於義類[16]。

詩 有 二 要

要力全而不苦澀，要氣足而不怒張。

詩 有 二 廢

雖欲廢巧尚直，而思致不得置；雖欲廢言(《歷代詩話》本作“詞”)尚意，而典麗不得遺。

詩 有 四 離

雖有(《詩學指南》本作“欲”，《歷代詩話》本作“期”)道情，而離深僻；雖用(《詩學指南》本作“欲”)經史，而離書生；雖尙(《詩學指南》本作“欲”)高逸，而離迂遠；雖欲飛動，而離輕浮。

詩有六迷

以虛誕而爲高古，以緩慢而爲澹泞(“慢”，原作“縵”，據《詩學指南》本改。《歷代詩話》本此句作“以緩漫而爲沖澹”。)以錯用意而爲獨善，以詭怪而爲新奇，以爛熟而爲穩約，以氣少力弱而爲容易。

詩有六(《詩學指南》本作七)至

至險而不僻，至奇而不差，至麗而自然，至苦而無迹，至近而意遠，至放而不迂。(《詩學指南》本此句下有“至難而狀易”句。)

詩有七德(原註：一作得)

一、識理，二、高古，三、典麗，四、風流，五、精神，六、質幹，七、體裁。

詩有五格

不用事第一，作用事第二，(其有不用事而措意不高者，黜入第二格。)直用事第三，(其中亦有不用事而格稍下，貶居第三。)有事無事第四，(比於第三格中稍下，故入第四。)有事無事情格俱下第五。(情格俱下〔《歷代詩話》本下字下有“有事無事”四字〕可知也。)

文章宗旨

評曰：康樂公[17]早歲能文，性穎神澈(原作“徹”，據《歷代詩話》本改)，及通內典，心地更精，故所作詩，發皆造極，得非空王之道助邪[18]？夫文章天下之公器，安敢私焉。曩者嘗與諸公論康樂爲文，眞於情性，尙於作用，不顧詞彩，而風流自然。彼淸景當中，天地秋色，詩之量也；慶雲從風，舒卷萬狀，詩之變也。不然，何以得其格，高其氣，正其體，貞其貌，古其詞，深其才，婉其德，宏其調，逸其聲諸哉（原無“哉”字，據《歷代詩話》本補）？至如《述祖德》一章、《擬鄴中》八首、《經廬陵王墓》、《臨池上樓》，識度高明，蓋詩中之日月也，安可攀援哉！惠休所評，謝詩如芙蓉出水，[19]斯言頗近矣，故能上躡風騷，下超魏、晉，建安製作，其椎輪[20]乎？

用　事

評曰：詩人皆以徵古爲用事，不必盡然也。今且於六義[21]之中，略論比興。取象曰比，取義曰興，義卽象下之意。凡禽魚草木人物名數，萬象之中義類同者，盡入比興，《關雎》卽其義也。如陶公以孤雲比貧士[22]，鮑照（原作“昭”，據《歷代詩話》本改）以直比朱絃[23]，以淸比冰壺。時人呼比爲用事，祀（疑字誤，《歷代詩話》本作“呼”，亦非）用事爲比。如陸機《齊謳行》（此三字原無，只作“詩”，據《歷代詩話》本改）：“鄙哉牛山歎[24]，未及至人[25]情，爽鳩[26]苟已徂，吾子安得停！”此規諫之中（原作“忠”，據《詩學指南》本改），是比非用事（原作“是用事非比”，據《詩學指南》本改）也。如康樂公《還舊園作》（此四字原無，只作“詩”，據《歷代詩話》本改）：“偶與張邴合[27]，久欲歸東山[28]。”此敍志之中（原作“忠”，據《詩學指南》本改），是比非用事也。詳味（原無此二字，據《歷代詩話》本補）可知。

取　境

評曰：或云：詩不假脩飾，任其醜朴，但風韻正，天眞全，卽名上等。予曰：不然。無鹽闕容而有德[29]，曷若文王太姒有容而有德乎[30]？又云：不要苦思，苦思則喪自然之質。此亦不然。夫不入虎穴，焉得虎子。[31]取境之時，須至難至險，始見奇句。成篇之後，觀其氣(原註：一作“風”)貌，有似等閒，不思而得，此高手也。有時意靜神王，佳句縱横，若不可遏，宛如神助。不然，蓋由先積精思，因神王而得乎？

重意詩例

評曰：兩重意已上，皆文外之旨。若遇高手如康樂公，覽而察之，但見情性，不覩文字，蓋詩(原作“詣”，據《詩學指南》本改)道之極也。向使此道尊之於儒，則冠六經之首；貴之於道，則居衆妙之門[32]；崇之於釋，則徹空王之奥；但恐徒揮其斤而無其質[33]，故伯牙所以歎息也[34]。疇昔國朝協律郎吳兢，與越僧玄監集秀句，[35]二子天機素少，選又不精，多采浮淺之言，以誘蒙俗，特入瞽夫偷語之便，何異借賊兵而資盜糧[36]，無益於詩教矣。

辯體有一十九字

評曰：夫詩人之(原衍“說”字，據《歷代詩話》本删)思初發，取境偏高，則一首舉體便高；取境偏逸，則一首舉體便逸。才性(原註：一作“情性”)等字亦然。體(原註：一作“本”)有所長，故各功歸一字。偏高偏逸之例，直於詩體篇目風貌。不妨一字之下，風律外彰，體德內蘊，如車之有轂[37]，衆美歸焉。其一十九字，括文章德體風味盡矣，如《易》之有彖辭焉[38]。今但註於前卷中，後卷不復備舉。其比興等六義，本乎情思，亦蘊乎十九字中，無復别出矣。

高——風韻朗(原作“切”，據《詩學指南》本改)暢曰高。逸——體格閑放曰逸。　貞——放詞正直曰貞。　忠——

臨危不變曰忠。　節——持操不改曰節。　志——立性不改(《詩學指南》本作“放”)曰志。　氣——風情耿介(原作“耿”,據《詩學指南》本改)曰氣。　情——緣境(原作“景”,據《詩學指南》本改)不盡曰情。　思——氣多含蓄曰思。　德——詞温而正曰德。　誡——檢束防閑曰誡。　閑——情性疎野曰閑。　達——心迹曠誕曰達。　悲——傷甚曰悲。　怨——詞調(《詩學指南》本作“理”)悽切曰怨。　意——立言盤泊(原無此二字,據《詩學指南》本補)曰意。　力——體裁勁健曰力。　靜——非如松風不動,林狖未鳴,乃謂意中之靜。　遠——非如渺渺望水,杳杳看山,乃謂意中之遠。

(以上卷一)

復古通變體所謂通于變也

評曰:作者須知復變之道,反古曰復,不滯曰變。若惟復不變,則陷于相似之格,其狀如駑驥同廐,非造父[39]不能辨,能知復變之手,亦詩人之造父也。以此相似一類,置於古集之中,能使弱手視之眩目,何異宋人(疑奪“以”字)死鼠爲玉璞,豈知周客噓嘲而笑哉![40]又復變二門,復忌太過,詩人呼爲膏肓之疾[41],安可治也。如釋氏頓教[42]學者,有沈性之失,殊不知性起之法,萬象皆眞。夫變若造微,不忌太過,苟不失正,亦何咎哉!如陳子昂復多而變少[43],沈、宋復少而變多[44]。今代作者不能盡舉,吾始知復變之道,豈惟文章乎?在儒爲權,在文爲變,在道爲方便[45]。後輩若乏天機,強效復古,反令思擾神沮。何則?夫不工劍術,而欲彈撫干將太阿之鋏[46],必有傷手之患[47],宜其誡之哉!

(以上卷五)

《十萬卷樓叢書》本《詩式》

【註釋】

[1] 詩式——唐人皎然所作的詩論，有五卷本與一卷本。《唐宋叢書》《學海類編》《歷代詩話》所收，都只有一卷，至"辨體有一十九字"而止，"中序"以後缺。惟清末陸心源《十萬卷樓叢書》所收，爲五卷足本。(《詩學指南》所收，與一卷本、五卷本又互有詳略，次第亦不同，有若干條列於《評論》中。)第一卷總論詩歌原理及五格中的第一格；第二卷至末卷，分别論五格中的第二格至第五格，各摘錄兩漢至中唐詩人名篇麗句爲例。書中內容，偶有與他書相雷同處，如三偷(偷語、偷意、偷勢)亦見於托名唐人李淑的《詩苑類格》，故或有疑其爲後人所依托。然《新唐書·藝文志》即已著錄爲晝公所撰，《直齋書錄解題》《詩人玉屑》《唐詩紀事》亦皆認爲皎然作。

[2] 皎然——中唐時代詩僧，本名謝清晝，又稱晝，謝靈運十世孫，湖州長城人。生卒年不詳，主要活動於大曆、貞元時代。一生居吳興東溪草堂，與當時士大夫如顏眞卿、韋應物、李陽冰、顧况等互相唱和，時號"江東名僧"。貞元中，湖州刺史于頔編其詩文爲《杼山集》，并爲之序。論詩著作，於《詩式》外，又有《詩議》《評論》等。辛文房《唐才子傳》載其事。

[3] 作用——指藝術構思。

[4] 意冥——冥謂契合於無形。

[5] 文體四變——文體，指詩體。按照《詩式》所論，似以蘇、李的自然天成，《十九首》的始見作用，魏、晉、六朝的雕繪偶儷，唐人的律詩爲四變。

[6] 衡巫——衡山，五嶽中的南嶽，在湖南。巫山，在四川、湖北兩省邊境。

[7] 三湘——湘水發源與灕水合流後稱灕湘，中游與瀟水合流後稱瀟湘，下游與蒸水合流後稱蒸湘，總稱三湘。一用以泛指湖南全省。鄢郢——都是春秋時楚國都名。鄢，在今湖北省宜城縣。郢，在今湖北省江陵縣。

[8] 修江——長江。

[9] 壺公——《後漢書·方術傳》載：汝南市中有老翁賣藥，懸一壺於肆，市罷則跳入壺中。又《雲笈七籤》載，施存爲雲臺治官，夜宿壺中，壺中自有日月。自號壺天，人號爲壺公。

[10] 宮商五音——見《詩品序》註[129]。

[11] 周顒劉繪——周顒(公元？——四八五年)，字彥倫，汝南安城人。與沈約都是四聲說的創始人，參看《詩品序》註[136]。《南齊書》卷四十一有傳。劉繪(公元四五八年——五〇二年)，字士章，彭城人。《南齊書》卷四十八有傳稱："永明

(南齊武帝年號，公元四八三年到四九三年)末，京邑人士盛爲文章談義，皆湊竟陵王西邸。繪爲後進領袖，機悟多能。時張融、周顒並有言工，融音旨緩韻，顒辭致綺捷，繪之言吐，又頓挫有風氣。”

[12] 輕重——輕音是清音，即平聲；重音是濁音，即仄聲。

[13] 沈休文酷裁八病句——沈休文即沈約(公元四四一年——五一三年)，文學方面，是“永明體”的領袖；聲韻方面，是聲律論的提出者。所謂八病，是平頭、上尾、蜂腰、鶴膝、大韻、小韻、旁紐、正紐。(八病的解釋，自《文鏡祕府論》到《白屋說詩》，頗多紛歧。下面據郭紹虞的《中國古典文學理論批評史》的考定作概括。)前四病是結合五言詩一聯(兩句)的音節講的。上一句的開頭兩字，不得與下一句的開頭兩字平仄相同，犯之則是平頭之病；上一句的末一字，不得與下一句的末一字平仄相同，犯之則爲上尾之病；兩句中的一句前兩字與後兩字用仄聲，中間的一字用平聲，是蜂腰之病；另一句前兩字與後兩字用平聲，中間的一字用仄聲，是鶴膝之病。後四病是指五言詩一句(一簡)的音節講的。大韻是指一句中前四字不得與最後押韻的字犯同韻。小韻是指一句中的字除不得與押韻的字犯同韻以外，也不得與其他的字犯同韻。旁紐是指一句中不得用雙聲字。正紐是指一句中不得用四聲相紐(如溪、起、憩、迄四字平上去入爲一紐，一句中不得用其二)。

[14] 媚——惑。

[15] 聲對——聲律對偶。

[16] 義類——事義與事類，指書本上所載的前言往事，作家用來豐富自己的寫作內容，援古以證今的。參考《文心雕龍·事類篇》。

[17] 康樂公——謝靈運，謝玄之孫，晉時襲封康樂公。靈運通佛學，主頓悟，曾整理《大般涅槃經》爲南本。故下文云“及通內典，心地更精”。

[18] 空王——佛。 道助——《摩訶般若波羅蜜經》:“三十七助道法，是菩薩摩訶薩道。”這裏是說謝靈運詩的高超成就，是由于得到佛學之助。

[19] 惠休所評二句——鍾嶸《詩品》:“湯惠休曰:‘謝詩如芙蓉出水，顏(延之)如錯采鏤金。’顏終身病之。”

[20] 椎輪——是一種最原始的車，用圓形的大木推着向前滚動，沒有輻，形狀如椎，當作車輪之用。這裏作先導解。

[21] 六義——見《毛詩序》。

[22] 陶公句——陶潛《詠貧士》詩首四句:“萬族各有託，孤雲獨無依；曖曖空中滅，何時見餘暉。”無依無靠的孤雲，在天空中暗然消散，什麽時候也看不見它的光

輝。在這孤雲的形象中，隱然有陶潛自己的影子在內。這裏出現的是人與物統一的完整的藝術境界，不單純是把孤雲作比喻。

［23］鮑照句——鮑照《代白頭吟》："直如朱絲繩，清如玉壺冰。"李善註："朱絲，朱絃也。"

［24］牛山歎——《晏子春秋》："景公遊于牛山，北臨其國城而流涕曰：若何滂滂去此而死乎？艾孔、梁丘據皆從而泣，晏子獨笑于旁。公刷涕而顧晏子，……晏子對曰：使賢者常守之，則太公桓公將常守之矣；使勇者常守之，則靈公、莊公將常守之矣；數君者將守之，則吾君安得此位而立焉？……而獨爲之流涕，是不仁也。不仁之君見一，諂諛之臣見二，此臣之所以獨竊笑也。"

［25］至人——《莊子》的《逍遙遊》、《齊物論》、《人間世》、《應帝王》、《達生》、《田子方》、《天下》各篇中，都提到至人，是莊子自指其理想中人而言。

［26］爽鳩——《左傳·昭公二十年》："(齊侯)飲酒樂，公曰：古而無死，其樂若何？晏子對曰：古而無死，則古之樂也，君何得焉？昔爽鳩氏始居此地，季萴因之，有逢伯陵因之，蒲姑氏因之，而後太公因之。古若無死，爽鳩氏之樂，非君所願也。"

［27］偶與張邴合——《史記·張釋之傳》："其子曰張摯，字長公，官至大夫，免。以不能取容當世，故終身不仕。"《漢書·兩龔傳》："初，琅邪邴漢亦以清行徵用。……漢兄子曼容亦養志自修，爲官不肯過六百石，輒自免去。"詩意謂己志趣，恰與張、邴二人相同。按：托名賈島所撰《二南密旨·論立格淵奧》云："三曰事格。須興懷屬思，有所冥合。若將古事比今事，無冥合之意，何益於詩教。如謝靈運詩：'偶與張邴合，久欲歸東山。'如陸士衡《齊謳行》：'鄙哉牛山歎，未及至人情。'如古詩云：'嬾向碧雲客，獨吟黃鶴詩。'"

［28］久欲歸東山——東山在會稽始寧(始寧在今浙江上虞縣西南五十里)西南四十五里，風景極勝。東山西一里始寧園，乃謝靈運別墅，是其祖父謝玄故宅所在。

［29］無鹽句——《列女傳》："鍾離春者，齊無鹽邑之女，宣王之正后也。其爲人極醜無雙，……行年四十，無所容入，衒嫁不讎，流棄莫執。於是乃拂拭短褐，自詣宣王，……願備後宮之掃除。……(宣王)拜無鹽君爲后，齊國大安。"

［30］文王太姒句——《列女傳》："太姒者，武王之母，……仁而明道，文王嘉之，親迎于渭。"

［31］不入虎穴二句——"不入虎穴，不得虎子"，班超語，見《後漢書·班超傳》。

［32］衆妙之門——《老子》："玄之又玄，衆妙之門。"

［33］揮其斤而無其質——《莊子·徐無鬼》："郢人堊(音惡，石灰。)慢(塗)其鼻端若

蠅翼，使匠石斲之。匠石運斤（斧類）成風，聽（放手）而斲之，盡堊而鼻不傷。郢人立不失容。宋元君聞之，召匠石曰：嘗試爲寡人爲之。匠石曰：臣則嘗能斲之。雖然，臣之質（施技的對象，指郢人。）死久矣。”

[34] 伯牙句——伯牙歎息鍾子期死後無知音。《呂氏春秋·本味》：“伯牙鼓琴，鍾子期聽之。方鼓琴而志在泰山，鍾子期曰：‘善哉乎鼓琴，巍巍乎若泰山。’少選之間，而志在流水，鍾子期又曰：‘善哉乎鼓琴，湯湯乎若流水。’鍾子期死，伯牙破琴絕絃，終身不復鼓琴。”

[35] 曩昔國朝協律郎吳兢二句——唐人吳兢選《古今詩人秀句》，其書已佚，存序文於《文鏡祕府論》南卷中，序中未提到與越僧玄監集秀句事，皎然當有所本，今不詳。

[36] 借賊兵而資盜糧——《史記·范雎蔡澤傳》：“故齊所以大破者，以其伐楚而肥韓魏也。此所謂借賊兵而齎盜糧者也。”

[37] 如車之有轂——《老子》：“三十輻，共一轂。”轂是車輪中心的圓木，周圍與車輻（車輪上一條一條的直木）的一端相接，中有圓孔，用以插軸。

[38] 如易之有彖辭焉——彖辭，即《易》卦下的卦辭，傳説爲周文王所作，總論這一卦的主要意義。如“乾”卦下面的“元、亨、利、貞”四字就是。

[39] 造父——人名，周穆王時人，善御。見《史記·趙世家》。

[40] 宋人二句——《戰國策·秦策》：“鄭人謂玉未理者璞，周人謂鼠未腊者朴。周人懷朴（璞）過鄭賈曰：欲買朴乎？鄭賈曰：欲之。出其朴。視之，乃鼠也，因謝不取。”按：疑本文“宋”字爲“鄭”字之訛。一説古代常以宋人指愚人，這裏的宋人也即愚人的意思。盧胡，即盧胡，喉間的笑聲。《後漢書·應劭傳》：“宋愚夫亦寶燕石，緹緗十重，夫覩之者掩口盧胡而笑。”

[41] 膏肓之疾——《左傳·成公十年》：“疾不可爲也，在肓之上，膏之下，攻之不可，達之不及，藥不至焉，不可爲也。”膏，心尖脂肪或心下面的部位。肓，心臟和隔膜之間。膏肓之疾，謂不可醫治的病。

[42] 頓教——佛家分頓、漸二教，以速疾證悟眞理者爲頓教。

[43] 陳子昂復多而變少——謂陳子昂五言古詩，復阮籍《詠懷》之古，在詩歌形式方面，未能創新寫律體詩。《詩式》卷三《論盧藏用陳子昂集序》有云：“子昂《感寓》（按：當作遇）三十首，出自阮（原作此，誤）公《詠懷》。《詠懷》之作，難以爲儔。子昂詩曰：‘荒哉穆天子，好與白雲期。宮女多怨曠，層城（在崑崙）蔽蛾眉。’曷若阮公‘三楚（南楚、東楚、西楚。）多秀士，朝雲（宋玉《高唐賦》載巫山神女自云：“妾旦爲朝雲。”）進荒淫。朱華振芬芳，高蔡（楚地名。蔡聖侯在此行

獵，不顧國事。見《戰國策》。）相追尋。一爲黄雀哀（黄雀棲茂樹，不知人挾彈在後彈之。見《戰國策》。），涕下誰能禁。'”可與此語相發明。

［44］沈宋復少而變多——沈佺期、宋之問多寫律詩，在唐代五律與七律詩的形成上，有一定功績，故云。

［45］方便——《維摩詰所説經》："以無量方便，饒益衆生。"方便，佛家語，猶云權宜。

［46］彈撫干將太阿之鋏——彈，擊。干將，春秋時吳人，與其妻莫邪所鑄之劍，卽名干將、莫邪。太阿，吳歐冶子、干將所鑄劍名。鋏，劍把，手所把持處。

［47］傷手之患——《老子》："夫代大匠斲者，希有不傷其手矣。"

【説明】

唐人詩歌理論，有兩條不同的路綫：其一重視詩歌的現實内容與社會意義，由陳子昂發展到白居易、元稹，一直到皮日休；其一比較側重於詩歌藝術，發揮了較多的創見，并且寫成了專書，由皎然的《詩式》，發展到司空圖的《二十四詩品》。

詩式，卽是詩的法則。全書標舉論詩宗旨，也品評了具體作品。品評的等第，卽以書中所標舉的五種詩格做準則。精華部分，在於理論，它接觸到詩歌的風格、意境、内容形式的關係、復古與通變等問題。

《詩式》在詩歌原則上，確認了詩的崇高地位，以爲"夫詩者衆妙之華實，六經之菁英，"因此，他又提出了詩體論與詩德論，以見詩道之所以可尊。詩體有十九字，其中有屬於思想内容的貞、忠、節、志、德、誠、悲、怨、意，所以爲"六經之菁英"；有屬於藝術風格的高、逸、氣、情、思、閑、達、力、静、遠，所以爲"衆妙之華實"。認爲這樣是"風律外彰，體德内蘊"，"其一十九字，括文章德體風味盡矣。"所謂詩德，卽是詩的準則。七德之中，高古、典麗、風流、精神，也都屬於風格的範疇。藝術上達到了這樣的境地，才算是"高手述作"，"造其極妙"，"雖非聖功，妙均於聖"。爲了闡明"衆妙"之所以爲妙，於是在"四不""四深""二要""二廢""四離""六至"等口訣中，對各個藝術問題，作了闡説，把露、疎、苦澀、怒張、迂遠、輕浮、虚誕、緩漫、詭怪、僻、弱等等擯斥於藝術美的領域之外。而皎然所特别强調的最高藝術標準，則是要做到"眞於情性，尙於作用，不顧詞彩，而風流自然"，"但見情性，不覩文字"，才眞是"發皆造極"，"詩道之極"。後來司空圖所謂"不着一字，盡得風流”，嚴羽所謂“羚羊掛角，無跡可求”，與皎然的說法有一定的聯繫。

要達到如上的詩歌藝術標準，《詩式》提出了取境問題。皎然在《秋日遙和盧使君遊何山寺宿敭上人房論涅槃經義》一詩中曾說過：“詩情緣境發。”他把詩歌的基本因素情和境有機地統一了起來。皎然所說的境，即後人所謂意境。他以爲“詩人之思初發，取境偏高，則一首舉體便高；取境偏逸，則一首舉體便逸。”又以爲“靜，非如松風不動，林狖未鳴，乃謂意中之靜。遠，非如淼淼望水，杳杳看山，乃謂意中之遠。”這樣闡說意境，在古典詩論中，可說是一個開端，最後發展爲王國維《人間詞話》的境界說。詩中的意境旣不等同於單純屬於客觀世界的境，因此，要“氣象氤氳”，“意度盤礴”。詩中的意必須通過“象”來表現，所以要“假象見意”。皎然指出“兩重意已上，皆文外之旨”，要“情在言外”，“旨冥句中”。象、言、句、文，只是用以顯示奇、情、旨的形迹。情文並茂，意境雙融，才是詩家的極詣。後來司空圖談“超以象外”，嚴羽談“入神”，談“言有盡而意無窮”，王士禛談“神韻”，一綫相承的脈絡，顯然可尋。與意境相聯繫，皎然解釋比興，也賦予它以新的含義。他以爲“取象曰比，取義曰興。義即象下之意。凡禽魚草木人物名數萬象之中義類同者，盡入比興。”這在一定程度上已接觸到詩歌創作運用形象思維的問題，有一定的合理因素。

由取境而進一步說到如何取境，皎然主張要站得高，看得遠，“如登衡、巫，覿三湘、鄢、郢山川之盛”；要“不入虎穴，焉得虎子”，“放意須險，定句須難，雖取由我衷，而得若神表”。他特別強調了詩人神思的作用，却並不認爲這種“神思”是神秘的，他說到“有時意靜神王，佳句縱橫，若不可遏，宛若神助。”接着又說：“不然，蓋由先積精思，因神王而得乎？”“神思”是長期思想醞釀的結果，因精神狀態高昂而激發，並不是無所依傍的靈感。

有關詩歌創作問題，皎然所論，雖注意到內容，但也重視形式。他以爲“無鹽闕容而有德，曷若文王太姒有容而有德。”旣反對“酷裁八病，碎用四聲”的偏尙形式，但在重內容的前提下，又以爲“韻合情高，此未損文格”，“作者措意，雖有聲律，不妨作用”，“用律不滯，由深於聲類”。旣主張“不用事第一”，又以爲“用事不直，由深於義類”。並且說“雖欲廢巧尙直，而思致不得置；雖欲廢言尙意，而典麗不得遺。”而《詩式》一書，較多地論述的還是在藝術方面。

在繼承與創新的問題上，皎然強調的是“變”。他以爲“反古曰復，不滯曰變。若惟復不變，則陷於相似之格。”“後輩若乏天機，強效復古，反令思擾神沮。”因此，他主張自立新意，“無有依傍”，要復古而能“通於變”。這些見解也有可取之處。但同時也應指出，他更多的是從詩歌形式的發展角度看問題，他就肯定了“沈、宋復少而變多”，批評了“陳子昂復多而變少”，忽視了詩歌社會內容的重要性，因而又是片面的。

《詩式》文字簡約，其精蘊往往含而未申，有待於後人的探索。這一類型的詩論，有所謂李嶠的《評詩格》，王昌齡的《詩格》，白居易的《金鍼詩格》，齊己的《風騷旨格》等等，大都出於宋以後人僞托，不能與《詩式》相提並論。

與元九[1]書

〔唐〕 白居易[2]

月日，居易白，微之足下：

自足下謫江陵[3]，至於今，凡枉贈答詩僅[4]百篇。每詩來，或辱序，或辱書，冠於卷首。皆所以陳古今歌詩之義，且自敍爲文因緣與年月之遠近也。僕既受足下詩，又諭足下此意，常欲承答來旨，粗論歌詩大端，并自述爲文之意，總爲一書，致足下前。累歲已來，牽故少暇；間有容隙，或欲爲之，又自思所陳亦無出足下之見，臨紙復罷者數四，卒不能成就其志以至於今。今俟罪潯陽，除盥櫛食寢外無餘事，因覽足下去通州[5]日所留新舊文二十六軸，開卷得意，忽如會面。心所蓄(原作"畜"，據《全唐文》校改)者，便欲快言，往往自疑，不知相去萬里也。既而憤悱之氣思有所洩，遂追就前志，勉爲此書。足下幸試爲僕留意一省。

夫文尚矣，三才[6]各有文：天之文，三光[7]首之；地之文，五材[8]首之；人之文，六經首之。就六經言，《詩》又首之。何者？聖人感人心而天下和平。感人心者，莫先乎情，莫始乎言，莫切乎聲，莫深乎義。詩者：根情，苗言，華聲，實義。上自聖賢，下至愚騃，微及豚魚，幽及鬼神，羣分而氣同，形異而情一，未有聲入而不應，情交而不感者。

聖人知其然，因其言，經之以六義[9]；緣其聲，緯之以五音[10]。音有韻，義有類。韻協則言順，言順則聲易入；類舉則情見，情見則感易交。於是乎孕大含深，貫微洞密，上下通而一氣[11]泰，憂樂合而百志熙。五帝三皇所以直道而行，垂拱而理者，揭此以爲大柄，決此以爲大寶也。

故聞“元首明，股肱良”之歌[12]，則知虞道昌矣。聞五子洛汭之歌[13]，則知夏政荒矣。言者無罪，聞者足（原作“作”，據《全唐文》校改）戒，[14]言者聞者莫不兩盡其心焉。

洎周衰秦興，采詩官[15]廢，上不以詩補察時政，下不以歌洩導人情。乃至於諂成之風動，救失之道缺。於時六義始刓[16]矣。

國風變爲騷辭，五言始於蘇、李。蘇、李、騷人，皆不遇者，各繫其志，發而爲文。故河梁之句[17]，止於傷別，澤畔之吟[18]，歸於怨思。彷徨抑鬱，不暇及他耳。然去《詩》未遠，梗概尙存。故興離別則引雙鳧一雁[19]爲喩，諷君子小人則引香草惡鳥爲比。雖義類不具，猶得風人之什二三焉。於時六義始缺矣。

晉、宋以還，得者蓋寡。以康樂[20]之奥博，多溺於山水；以淵明之高古，偏放於田園。江、鮑[21]之流，又狹於此。如梁鴻《五噫》[22]之例者，百無一二焉。於時六義寖微矣，陵夷矣。

至於梁、陳間，率不過嘲風雪、弄花草而已。噫！風雪花草之物，《三百篇》中豈舍之乎？顧所用何如耳。設如“北風其涼”，假風以刺威虐也；[23]“雨雪霏霏”，因雪（原本無“因雪”，據《全唐文》校增）以愍征役也；[24]“棠棣之華”，感華以諷兄弟也；[25]“采采芣苢”，美草以樂有子也。[26]皆興發於此而義歸於彼。反是者，可乎哉！然則“餘霞散成綺，澄江淨如練”[27]，“離花先委露，別葉乍辭風”[28]之什，麗則麗矣，吾不知其所諷焉。故僕所謂嘲風雪、弄花草而已。於時六義盡去矣。

唐興二百年，其間詩人不可勝數。所可舉者，陳子昂有《感遇詩》二十首[29]，鮑防（原作“鲂”，據《全唐文》校改）有《感興詩》十五首[30]。又詩之豪者，世稱李[31]、杜。李（原本無“李”字，據《全唐文》校增）之作，才矣奇矣，人不逮矣，索其風雅比興，十無一焉。杜詩最多，可傳者千餘首（原作“人”，據《文苑英華》校改。《全唐文》作“篇”），至於貫串今古，覼縷格律，盡工盡善，又過於李。然撮其《新安吏》《石壕吏》《潼關吏》《塞蘆子》《留花門》（原本作新開安石壕潼關吏蘆子開花門，據《全唐文》校改）之章，“朱門酒肉臭，路有凍死骨”[32]之句，亦不過三四十首（原無“首”字，據《全唐文》校增）。杜尚如此，況不逮杜者乎！

僕常痛詩道崩壞，忽忽憤發，或食輟哺、夜輟寢，不量才力，欲扶起之。嗟夫！事有大謬者，又不可一二而言，然亦不能不粗陳於左右。

僕始生六七月時，乳母抱弄於書屏下，有指無字之字示僕者，僕雖口未能言，心已默識。後有問此二字者，雖百十其試，而指之不差，則僕宿昔之緣，已在文字中矣。及五六歲，便學爲詩，九歲諳識聲韻，十五六始知有進士，苦節讀書。二十已來，晝課賦，夜課書，間又課詩，不遑寢息矣。以至於口舌成瘡，手肘成胝，既壯而膚革不豐盈，未老而齒髮早衰白，瞥瞥然如飛蠅垂珠在眸子中也，動以萬數。蓋以苦學力文所致，又自悲矣。

家貧多故，二十七方從鄉賦[33]（《全唐文》作“試”）。既第之後，雖專於科試，亦不廢詩。及授校書郎時，已盈三四百首。或出示交友如足下輩，見皆謂之工，其實未窺作者之域耳。自登朝來，年齒漸長，閱事漸多，每與人言，多詢時務，每讀書史，多求理道，始知文章合爲時而著，歌詩合爲事而作。是時皇帝初即位[34]，宰府有正人[35]，屢降璽書，訪人急病[36]。僕當此日，擢在翰林[37]，身是諫官[38]，手（《全唐文》作“月”）請諫紙[39]，啓奏之外，有可以救濟人病，裨補時闕，而難於指言者，輒詠歌之，欲稍稍遞進聞於上。上以廣宸聰[40]，副憂勤；次以酬恩獎，塞言責[41]；下以復吾平生之志。豈圖志未就而悔已生，言未聞而謗已成矣。

又請爲左右終言之。凡聞僕《賀雨詩》[42]，而衆口籍籍，已謂非宜矣。聞僕《哭孔戡詩》[43]，衆面脈脈，盡不悦矣。聞《秦中吟》[44]，則權豪貴近者相目而變色矣。聞樂游園寄足下詩[45]，則執政柄者扼腕矣。聞《宿紫閣村》詩[46]，則握軍要者切齒矣。大率如此，不可遍舉。不相與者號爲沽名，號爲詆訐，號爲訕謗。苟相與者，則如牛僧孺之戒[47]焉。乃至骨肉妻孥皆以我爲非也。其不我非者，舉世不過三兩人。有鄧魴[48]者，見僕詩而喜，無何而魴死。有唐衢[49]者，見僕詩而泣，未幾而衢死。其餘則足下，足下又十年來困躓若此。嗚呼！豈六義四始[50]之風，天將破壞不可支持耶？抑又不知天之意不欲使下人之病苦聞於上耶？不然，何有志於詩者不利若此之甚也。

然僕又自思關東一男子耳。除讀書屬文外，其他懵然無知，乃至書畫棋博可以接羣居之歡者，一無通曉，即其愚拙可知矣。初應進士時，中朝無緦麻之親[51]，達官無半面之舊，策蹇步於利足之途，張空拳於戰文之場。十年之間，三登科第[52]，名入衆耳，迹升清貫[53]，出交賢俊，入侍冕旒。始得名於文章，終得罪於文章，亦其宜也。

日者，又聞親友間說：禮、吏部舉選人，多以僕私試賦判傳爲準的。其餘詩句，亦往往在人口中。僕恧然自愧，不之信也。及再來長安，又聞有軍使高霞寓[54]者，欲聘倡妓，妓大誇曰："我誦得白學士《長恨歌》，豈同他妓哉？"由是增價。又足下書云，到通州日，見江館柱間有題僕詩者，復何人哉？又昨過漢南日，適遇主人集衆樂，娛他賓，諸妓見僕來，指而相顧曰："此是《秦中吟》《長恨歌》主耳。"自長安抵江西，三四千里，凡鄉校、佛寺、逆旅、行舟之中往往有題僕詩者，士庶、僧徒、孀婦、處女之口每每有詠僕詩者。此誠雕蟲之技(原作"戲"，據《全唐文》校改)[55]，不足爲多，然今時俗所重，正在此耳。雖前賢如淵、雲者[56]，前輩如李、杜者，亦未能忘情於其間哉！

古人云："名者公器，不可以多取。"[57] 僕是何者，竊時之名已多。旣竊時名，又欲竊時之富貴，使己爲造物者，肯兼與之乎？今之迍窮，理固然也。況詩人多蹇，如陳子昂、杜甫，各授一拾遺，而迍剝至死。李白、孟浩然[58]輩不及一命，窮悴終身。近日孟郊六十，終試協律[59]；張籍五十，未離一太祝[60]。彼何人哉！彼何人哉！況僕之才又不逮彼。今雖謫佐遠郡，而官品至第五[61]，月俸四五萬，寒有衣，饑有食，給身之外，施及家人，亦可謂不負白氏之子矣。微之微之，勿念我哉！

僕數月來，檢討囊袟（《全唐文》作"篋"）中，得新舊詩，各以類分，分爲卷首。自拾遺來，凡所適所感，關於美刺興比者，又自武德訖元和，因事立題[62]，題爲《新樂府》者，共一百五十首，謂之諷諭詩。又或退公獨處，或移病[63]閑居，知足保和，吟翫情性者一百首，謂之閑適詩。又有事物牽於外，情理動於內，隨感遇而形於歎詠者一百首，謂之感傷詩。又有五言、七言、長句、絕句，自一百韻至兩韻者四百餘首，謂之雜律詩。凡爲十五卷，約八百首。異時相見，當盡致於執事。

微之！古人云："窮則獨善其身，達則兼濟天下。"[64]僕雖不肖，常師此語。大丈夫所守者道，所待者時。時之來也，爲雲龍，爲風鵬[65]，勃然突然，陳力以出；時之不來也，爲霧豹，爲冥鴻[66]，寂兮寥兮，奉身而退。進退出處，何往而不自得哉？故僕志在兼濟，行在獨善，奉而始終之則爲道，言而發明之則爲詩。謂之諷諭詩，兼濟之志也；謂之閑適詩，獨善之義也。故覽僕詩，知僕之道焉。其餘雜律詩，或誘於一時一物，發於一笑一吟，率然成章，非平生所尚者，但以親朋合散之際，取其釋恨佐歡。今銓次之間，未能刪去，他時有爲我編集斯文者，略之可也。

微之！夫貴耳賤目，榮古陋今，人之大情也。僕不能遠徵古舊，如近歲韋蘇州[67]歌行，才麗之外，頗近興諷。其五言詩又高雅閑淡，自成一家之體。今之秉筆者誰能及之？然當蘇州在時，人亦未甚愛重，必待身後，然後(原本無“後”字，據《全唐文》校增)人貴之。今僕之詩，人所愛者，悉不過雜律詩與《長恨歌》已下耳。時之所重，僕之所輕。至於諷諭者，意激而言質，閑適者，思淡而詞迂，以質合迂，宜人之不愛也。

今所愛者，並世而生，獨足下耳。然千百年後，安知復無如足下者出而知愛我詩哉？故自八九年來，與足下小通則以詩相戒，小窮則以詩相勉，索居則以詩相慰，同處則以詩相娛。知吾罪吾(原本作“知吾最要”，據《全唐文》校改。《舊唐書·白居易傳》亦作“知吾罪吾”)，率以詩也。如今年春遊城南時，與足下馬上相戲，因各誦新豔小律，不雜他篇，自皇子陂歸昭國里[68]，迭吟遞唱，不絕聲者二十里餘。樊、李[69]在旁，無所措口。知我者以爲詩仙，不知我者以爲詩魔。何則？勞心靈，役聲氣，連朝接夕，不自知其苦，非魔而何？偶同人當美景，或花時宴罷，或月夜酒酣，一詠一吟，不知老之將至。雖驂鸞鶴[70]、遊蓬瀛者之適，無以加於此焉。又非仙而何？微之微之！此吾所以與足下外形骸、脫蹤跡，傲軒鼎[71]、輕人寰者，又以此也。

當此之時，足下興有餘力，且與僕悉索還往中詩，取其尤長者，如張十八[72]古樂府，李二十[73]新歌行，盧、楊[74]二祕書律詩，竇七、元八[75]絕句，博搜精綴，編而次之，號《元白往還詩集》。衆君子得擬議于此者，莫不踴躍欣喜，以爲盛事。嗟乎！言未終而足下左轉[76]，不數月而僕又繼行，心期索然，何日成就，又可爲之歎息矣。

又僕嘗語足下：凡人爲文，私於自是，不忍于割截，或失于繁多，其間妍媸益又自惑，必待交友有公鑒無姑息者，討論而削奪之，然後繁簡當否得其中矣。況僕與足下，爲文尤患其多。己尚病之，況他人乎？今且各纂詩筆，粗爲卷第，待與足下相見日，各出所有，終前志焉。又不知相遇是何年，相見在何地，溘然而至，則如之何！微之微之！知我心哉！

潯陽臘月，江風苦寒，歲暮鮮歡，夜長無睡。引筆鋪紙，悄然燈前，有念則書，言無次第，勿以繁雜爲倦，且以代一夕之話也。微之微之！知我心哉！樂天再拜。

文學古籍刊行社影宋本《白氏長慶集》卷四十五

【註釋】

［1］元九——元稹（公元七七九年——八三一年），字微之，河南人。行九，故稱元九。唐穆宗長慶二年爲相。有《元氏長慶集》六十卷、補遺六卷。《舊唐書》卷一六六、《新唐書》卷一七四有傳。

［2］白居易（公元七七二年——八四六年）——字樂天，下邽人。唐貞元十五年進士，官至太子少傅。有《白氏長慶集》七十一卷。《舊唐書》卷一六六、《新唐書》卷一一九有傳。

［3］謫江陵——江陵，在今湖北省。元稹因得罪當時的宦官和權貴，公元八一〇年從監察御史降職爲江陵士曹參軍。

［4］僅——作幾乎解，有或多或少的意思。這裏僅百篇，指有百篇之多。

［5］通州——今四川省達縣。元稹於公元八一五年調任通州司馬。

［6］三才——見《詩品序》註[3]。

［7］三光——日、月、星。

［8］五材——金、木、水、火、土。

［9］六義——見《毛詩序》。

［10］五音——見《詩品序》註[129]。

［11］一氣——我國古代哲學家認爲天地萬物是氣所構成。《莊子·知北遊》："通天下一氣耳。"

［12］元首明股肱良之歌——相傳虞舜在位時，天下大治，他和臣子皋陶一唱一和作歌。其中三句是："元首明哉！股肱良哉！庶事康哉！"見《書·皋陶謨》（僞古文《益稷》）。

［13］五子洛汭之歌——洛，洛水。汭，水流隈曲之處。傳說夏朝的統治者太康荒淫無道，失去了權位，他的兄弟五人在洛水旁邊等候他不來，作了五道歌詞，表示心中的怨恨。見僞古文《書·五子之歌》。

［14］言者無罪，聞者足戒——見《毛詩序》。

[15] 采詩官——《漢書·食貨志》:“孟冬之月,行人振木鐸徇于路,以采詩獻之大師,比其音律,以聞於天子。”行人,周代官名。徇,宣示。

[16] 刓——磨削平。這句謂六義被削弱。

[17] 河梁之句——漢代托名李陵與蘇武詩的第三首有“攜手上河梁”之句。

[18] 澤畔之吟——語本《楚辭·漁父》:“屈原既放,遊於江潭,行吟澤畔;顏色憔悴,形容枯槁。”

[19] 雙鳬一雁——托名蘇武歸國時留別李陵的詩:“二鳬俱北飛,一鳬獨南翔。”見《初學記》卷十八。《古文苑》二鳬作雙鳬。

[20] 康樂——見《詩式》註[17]。

[21] 江鮑——指江淹、鮑照。

[22] 五噫——東漢梁鴻路過當時的京城洛陽。憤慨於統治者的奢侈生活,作《五噫歌》。歌辭:“陟彼北芒兮,噫!顧瞻帝京兮,噫!宮闕崔巍兮,噫!民之劬勞兮,噫!遼遼未央兮,噫!”

[23] 北風其涼二句——北風其涼,《詩·邶風·北風》第一章第一句。《詩序》:“《北風》,刺虐也。衛國並爲威虐,百姓不親,莫不相攜持而去焉。”毛傳:“興也。北風,寒涼之風。”孔穎達正義:“寒涼之風,病害萬物。興者,喻君政教酷暴,使民散亂。”

[24] 雨雪霏霏二句——雨雪霏霏,《詩·小雅·采薇》最後一章的句子。《詩序》:“《采薇》,遣戍役也。”毛傳:“霏霏,甚也。”鄭玄箋:“極言其苦。”

[25] 棠棣之華二句——棠棣之華,《詩·小雅·棠棣》中的第一句。鄭玄箋:“興者,喻弟以敬事兄,兄以榮覆弟。”

[26] 采采芣苢二句——采采芣苢,《詩·周南·芣苢》中的第一句。《詩序》:“《芣苢》,后妃之美也。和平則婦人樂有子矣。”芣苢,車前草,其子治婦人難產。

[27] 餘霞散成綺澄江淨如練——謝朓《晚登三山還望京邑》詩句。

[28] 離花先委露別葉乍辭風——鮑照《翫月城西門》詩句。《鮑氏集》作“歸華先委露,別葉早辭風”。

[29] 陳子昂——見《與東方左史虬修竹篇序》註[2]。今存陳子昂《感遇詩》有三十八首,較白居易所說多十八首。

[30] 鮑防——字子慎,襄陽人,天寶時詩人。本文所說《感興詩》十五首,已佚。

[31] 李——李白(公元七〇一年——七六二年),字太白,祖籍隴西成紀(今甘肅天水縣)。他出生於中亞的碎葉城(唐屬條支都督府,即今蘇聯托克馬克。)他幼年時,還家到綿州彰明(今四川江油縣)的青蓮鄉。天寶初,供奉翰林。有《李

太白集》三十卷。《舊唐書》卷一九〇文苑、《新唐書》卷二〇二文藝都有傳。

[32] 朱門酒肉臭二句——杜甫《自京赴奉先縣詠懷五百字》詩中的句子。

[33] 鄉賦——地方選拔人才的考試。白居易於公元七九九年在宜城參加鄉試。

[34] 皇帝初卽位——指唐憲宗李純卽位的初期。

[35] 宰府有正人——指宰相杜黃裳等人。

[36] 訪人急病——訪,訪問。人,民。唐人避唐太宗諱,往往用"人"字代"民"。病,病痛,疾苦。

[37] 擢在翰林——公元八〇七年,白居易被任爲翰林學士。

[38] 身是諫官——公元八〇八年,白居易被任爲左拾遺,兼翰林學士。拾遺是諫官。

[39] 請諫紙——唐制,諫官每月請領一定數量的紙張。

[40] 宸聰——皇帝的聽聞。

[41] 塞言責——盡諫官進言的職責。

[42] 賀雨詩——白居易於公元八〇九年所作。內容是諷勸皇帝改善人民生活。

[43] 哭孔戡詩——孔戡是當時一個正直不畏權勢的官員。

[44] 秦中吟——共十首,自序云:"貞元、元和之際,予在長安,聞見之間,有足悲者。因直歌其事,命爲《秦中吟》。"

[45] 樂游園寄足下詩——卽《登樂游園望詩》。

[46] 宿紫閣村詩——卽《宿紫閣山北村詩》。

[47] 牛僧孺之戒——公元八〇八年,唐憲宗策試賢良方正直言極諫舉人,牛僧孺和皇甫湜、李宗閔都參加了這次考試,指陳時政,言語激烈,因此得罪了權貴和宦官,牛與考官同受處分。

[48] 鄧魴——白居易同時的詩人。

[49] 唐衢——白居易同時的詩人。《舊唐書·唐衢傳》:"唐衢者,應進士,久而不第,能爲歌詩,意多感發;見人文章有所傷歎者,讀訖必哭,涕泗不能已。……故世謂唐衢善哭。"《白氏長慶集》中有《寄唐生》《傷唐衢》等詩。

[50] 四始——見《毛詩序》。

[51] 中朝無緦麻之親——緦麻,卽細麻布,古代"五服"中最輕的喪服。這句是說:朝中連個最疏遠的親族也沒有。

[52] 三登科第——白居易於公元八〇〇年登進士第;八〇二年應吏部試,以書判拔萃登科;八〇六年,應"才識兼茂明於體用科"之試,被錄取入第四等。

[53] 清貫——接近皇帝,地位"清高"的官員。

[54] 高霞寓——范陽人，當時爲振武邠寧節度使。

[55] 雕蟲之技——揚雄《法言·吾子》："或問：吾子少而好賦？曰：然。童子雕蟲篆刻。俄而曰：壯夫不爲也。"蟲，蟲書。刻，刻符。蟲書刻符都是漢代學僮所習，比喻吟詩作賦，堆砌詞藻，也是少年人的玩意兒。

[56] 前賢如淵雲者——卽王褒、揚雄。王字子淵，揚字子雲。

[57] 名者公器不可以多取——《莊子·天運》："名，公器也，不可多取。"

[58] 孟浩然——湖北襄陽人。曾赴長安謀求官職，但以"當路無人"，還歸故鄉，隱居終老。

[59] 孟郊——字東野，湖州武康人。元和年間，鄭餘慶薦郊爲水陸轉運從事，試協律郎。

[60] 張籍——字文昌，和州人。貞元十四年(公元七九八年)進士，曾官太常寺太祝，終于國子司業。

[61] 官品至第五——五品官。唐制，上州司馬是從五品。

[62] 自武德迄元和因事立題——武德，唐高祖年號，自公元六一八年至六二六年，凡九年。元和，唐憲宗年號，自公元八〇六年至八二〇年，凡十五年。白居易《新樂府》自首篇《七德舞》以高祖時事立題起，至元和四年作《采詩官》止，共五十篇。

[63] 移病——因病請假。

[64] 窮則獨善其身達則兼濟天下——見《孟子·盡心》上。

[65] 雲龍風鵬——《易·乾》："雲從龍，風從虎，聖人作而萬物覩。"《莊子·逍遙遊》："鵬之徙於南冥也，水擊三千里，摶(拍，拊)扶搖(暴風)而上者九萬里，去以六月息(氣，風)者也。……風之積也不厚，則其負大翼也無力。故九萬里，則風斯在下矣，而後乃今培(乘)風；背負青天而莫之夭閼(折止)者，而後乃今將圖南(謀向南行)。"龍乘雲，鵬乘風，比喻賢者得到爲國效力的時機。

[66] 霧豹——喻隱士。《列女傳·賢明》："妾聞南山有玄豹，霧雨七日而不下食，何也？欲以澤其毛而成文章也，故藏而遠害。"冥鴻——喻遠走高飛以避害者。揚雄《法言·問明》："治則見，亂則隱。鴻飛冥冥，弋人何慕焉！"

[67] 韋蘇州——韋應物，長安人。于貞元二年(公元七八六年)赴蘇州刺史任，十二年後去官。(據余嘉錫《四庫提要辨證》考訂)白居易《吳郡詩石記》："貞元初，韋應物爲蘇州牧。……時予始年十四五。"

[68] 皇子陂——唐代長安城南的一個名勝。昭國里——在長安城中的東南部。白居易曾居住於此。

[69] 樊李——樊宗憲與李景信，又一說是樊宗師和李建。

[70] 驂鸞鶴——就是跨鶴登仙的意思。

[71] 軒鼎——貴族豪門所坐之車與所用之食器。傲軒鼎即輕視富貴權勢之意。

[72] 張十八——卽張籍。

[73] 李二十——卽李紳。

[74] 盧楊——盧拱、楊巨源。

[75] 竇七元八——竇鞏、元宗簡。

[76] 左轉——古人以左爲不順，故稱降職爲左遷或左轉。

【說明】

《與元九書》是白居易詩論的綱領，是他創作政治諷諭詩的經驗總結。它吸取了前代和同時代人詩論中的進步因素，加以發展，比較全面地解決了文學理論和詩歌創作中的幾個主要問題，具有鮮明的時代內容，強烈的戰鬥色彩。

首先，白居易從文學同現實的關係着眼，認爲文學不僅消極地反映社會生活，而且應該和當前的政治鬥爭相聯繫，積極干預生活。基於這樣的認識，他提出了"文章合爲時而著，歌詩合爲事而作"的明確結論。《新樂府序》說的"爲君、爲臣、爲事而作"，《讀張籍古樂府》說的"未嘗著空文"，都是這個意思。

在"爲時""爲事"的前提下，他反覆闡明詩歌應該發揮其"補察時政，洩導人情"的作用。他之所以"痛詩道崩壞，忽忽憤發"，是因爲"詔成之風動，救失之道缺"；而他所提倡的、所實踐的，則是與這種傾向針鋒相對的"意激而言質"的"諷諭詩"的詩風，要求詩人對當時的社會弊端作如實的揭發、批判。由於強調批判現實，因而他使詩和當前政治鬥爭聯繫得更爲緊密。

白居易強調"風""雅"反映現實的優良傳統。他說："聖人知其然，因其言，經之以六義；緣其情，緯之以五音。"又云："爲詩意如何？六義互鋪陳。風雅比興外，未嘗著空文。"(《讀張籍古樂府》)可見"風雅比興"是"六義"的精髓，而"美刺"又是"風雅"的精神所在。用"風雅比興"或"美刺比興"作爲最高準則，以之衡量複雜的文學歷史現象，去僞存眞，於是在本篇裏貫串着大膽批判的精神，對六朝以來某些脫離現實、綺靡頹廢的文風及其影響作了堅決的否定。當然他對於某些偉大作家如屈原、陶潛、李白等的批評是不無偏激狹隘之處的。

《詩三百篇》以後，白居易所最推崇的是杜甫。他又指出，杜詩雖然盡工盡善，都是可傳之作，但像《新安吏》《石壕吏》之章，“朱門酒肉臭，路有凍死骨”之句，亦不過三四十首。從這裏可以看出他論詩宗旨之所在。元稹作《杜工部墓係銘》，推崇杜詩，謂“盡得古今之體勢，而兼人人之所獨專”；但在《樂府古題序》裏，則特別指出杜的歌行，“即事名篇，無復依傍”，用意與白居易正復相同。與元、白同時的張籍、王建的樂府詩，大都以反映民生疾苦爲主要題材，和元、白的精神也是相一致的。

大曆以後，唐代詩壇上有一部分作者專寫風花雪月、流連光景的詩篇，有超脱人生、逃避現實的不良傾向。但是，當時的社會矛盾異常尖銳複雜，運用詩歌這一文藝形式作爲武器，批評政治，反映現實，所謂“惟歌生民病”，則已成爲進步詩人自覺的要求。白居易的主張，正集中地表現了這種文學的思潮，在文學思想史上所産生的作用和影響是很大的。但是，白居易所強調的文章“爲時”“爲事”“爲民”“爲物”而作的目的，主要是“爲君”“爲臣”，是“願得天子知”，這表現了他的階級與時代的局限性。

答李翊書[1]

〔唐〕 韓　愈[2]

六月二十六日，愈白，李生足下：

生之書辭甚高，而其問何下而恭也！能如是，誰不欲告生以其道[3]？道德之歸也有日矣，況其外之文乎？抑愈所謂望孔子之門牆而不入於其宮[4]者，焉足以知是且非邪？雖然，不可不爲生言之：

生所謂立言者是也，生所爲者與所期者，甚似而幾[5]矣。抑不知生之志，蘄勝於人而取於人耶[6]？將蘄至於古之立言者耶？蘄勝於人而取於人，則固勝於人而可取於人矣。將蘄至於古之立言者，則無望其速成，無誘於勢利，養其根而竢其實，加其膏而希其光。根之茂者其實遂，膏之沃者其光曄[7]，仁義之人，其言藹如也。

抑又有難者，愈之所爲不自知其至猶未也？雖然，學之二十餘年矣。始者非三代兩漢之書不敢觀，[8]非聖人之志不敢存，處若忘，行若遺，儼乎其若思，茫乎其若迷。[9]當其取於心而注於手也，惟陳言之務去，戛戛乎其難哉！[10]其觀於人，不知其非笑之爲非笑也。如是者亦有年，猶不改，然後識古書之正僞，與雖正而不至焉者，[11]昭昭然白黑分矣。而務去之，乃徐有得也。當其取於心而注於手也，汩汩然來矣。[12] 其觀於人也，笑之則以爲喜，譽之則以爲憂，以其猶有人之說者存也。如是者亦有年，然後浩乎其沛然[13]矣。吾又懼其雜也，迎而距之，平心而察之，其皆醇也，然後肆焉。[14] 雖然，不可以不養也。行之乎仁義之途，游之乎詩書之源，無迷其途，無絕其源，終吾身而已矣。[15]

氣，水也；[16]言，浮物也；水大而物之浮者大小畢浮。氣之與言猶是也，氣盛則言之短長與聲之高下者皆宜。雖如是，其敢自謂幾於成乎！雖幾於成，其用於人也奚取焉？雖然，待用於人者，其肖於器邪？用與舍屬諸人。君子則不然，處心有道，行己有方，用則施諸人，舍則傳諸其徒，垂諸文而爲後世法[17]。如是者，其亦足樂乎？其無足樂也？[18]

有志乎古者希[19]矣。志乎古，必遺乎今[20]，吾誠樂而悲之。亟稱其人，所以勸之，非敢褒其可褒，而貶其可貶也。

問於愈者多矣，念生之言不志乎利，聊相爲言之。愈白。

蟫隱廬影宋世綵堂本《昌黎先生集》卷十六

【註釋】

[1] 李翊——貞元十八年進士。韓愈這書是十七年所寫。愈《與祠部陸員外（傪）書》薦舉李翊，稱他爲"出羣之才"。《五百家註韓昌黎集》引樊汝霖說："李翊或作李翺。"吳汝綸說："當依别本作答李翺，篇中所論，翊殆不足與聞。"李翺（公元七七二年——八四一年）字習之，隴西人。貞元十四年進士，官至山南東道節度。韓愈門人。著有《李文公集》十卷。《舊唐書》卷一百六十、《新唐書》卷一百七十七都有傳。

[2] 韓愈（公元七六八年——八二四年）——字退之，河陽人。唐貞元八年進士，官至吏部侍郎。有《昌黎先生集》四十卷、《外集》十卷，宋人所輯五百家註，最詳贍。《舊唐書》卷一六〇、《新唐書》卷一七六有傳。

[3] 告生以其道——韓愈所談的道，內容很複雜。這裏主要是指仁義。下文所說"仁義之人，其言藹如也"，"行之乎仁義之途"的仁義，也就是這裏所說的道。

[4] 望孔子之門牆而不入於其宮——《論語·子張》："子貢曰：譬之宮牆，賜之牆也及肩，闚見室家之好。夫子之牆數仞。不得其門而入，不見宗廟之美，百官之富。"

[5] 幾——近。

[6] 蘄勝於人而取於人——蘄，求。取於人，爲人所取，猶言見取於人。此句意謂希望勝過别人並被别人所賞識。

[7] 將蘄至於古之立言者七句——遂，成長。曄，光明。這七句的意思，跟«答李秀才書»所說“然愈之所志于古者，不惟其辭之好，好其道焉爾”及«答尉遲生書»所說“實之美惡，其發也不揜：本深而末茂，形大而聲宏，行峻而言厲，心醇而氣和……”大致相同。“無望其速成”，即下文“學之二十餘年矣”，“如是者亦有年……”，“如是者亦有年……”，“終吾身而已矣”之意。“無誘于勢利”，即下文“其觀于人也，笑之則以爲喜，譽之則以爲憂”，“雖幾於成，其用於人也奚取焉”，“處心有道，行己有方，用則施諸人，舍則傳諸其徒，垂諸文而爲後世法”之意。這七句意謂：如果要達到古代立言者的水平，那就不要急於求成，不要爲勢利所引誘，而應該從根本上下功夫，注意道和文行的修養。

[8] 非三代兩漢之書不敢觀——韓愈在«進學解»中具體地說到“上規姚姒，渾渾無涯；周誥、殷盤，佶屈聱牙；«春秋»謹嚴，«左氏»浮誇；«易»奇而法，«詩»正而葩；下逮莊、«騷»，«太史»所錄，子雲、相如，同工異曲”。可以參證。

[9] 處若忘四句——儼，矜持。四句卽韓愈«送高閑上人序»“雖外物至，不膠于心”的意思。形容學道與學文的專心一志、深造自得，以至不爲外界所干擾的樣子。

[10] 惟陳言之務去二句——卽«南陽樊紹述墓志銘»所說“惟古於詞必己出”的意思。但銘文明指遣詞造句，而本文所云陳言，則兼指詞句與意義兩方面而言。戛戛，形容用力。

[11] 識古書之正僞二句——韓愈學生李漢所撰«昌黎先生文集序»有“書禮剔其僞”一語，應該是得之於老師的緒論。讀古書能辨析眞僞，必須有眞知灼見，學道學文兩方面都有所得，然後才能做到。“雖正而不至焉者”，如韓愈«讀荀子»所稱：“荀與揚(雄)，大醇而小疵”之類。

[12] 當其取於心而注於手也汩汩然來矣——汩，水急流貌。“汩汩然來”，與下文“浩乎其沛然矣”，“然後肆焉”，“不可以不養也”，都是說氣，所以下文說：“氣，水也……。”

[13] 沛然——充溢縱肆貌。

[14] 吾又懼其雜也五句——包括道與文兩方面，旣要求內容的醇正，又要求文字的精當。

[15] 無迷其途三句——卽«送高閑上人序»所說“樂之終身不厭，奚暇外慕”的意思。

[16] 氣水也——這裏的氣，近文章的氣勢，與曹丕«典論·論文»所說的氣，指作者材性、作品風格者，稍有不同；但氣勢之所以盛，與平時的學養工夫也分不開，所以上文說“不可以不養也”。

[17] 垂諸文而爲後世法——即韓愈《答崔立之書》所説“作唐之一經，垂之於無窮”的意思。

[18] 其亦足樂乎二句——這裏所説對道與文深造有得時的樂趣，即《答李秀才書》所説“將復有深于是者，與吾子樂之，況其外之文乎”的意思。

[19] 希——罕。

[20] 志乎古必遺乎今——即《與馮宿論文書》所説“但不知直似古人，亦何得於今人也”，“不知古文，直何用於今世也”，《答尉遲生書》所説“古之道不足以取於今”的意思。

【説明】

唐代古文運動，從李華、蕭穎士到梁肅、獨孤及、柳冕，到韓愈、柳宗元，不論在理論上或創作上，都是逐步發展的。特别是在理論上，最後完整地提出了内容的革新問題——文以明道，和形式的革新問題——創造比較接近於口語的古文。韓愈一生，有意識地在古文的理論建設方面作出了貢獻。在他給朋友學生的書信和其它贈序雜文等論述中，可以看到他的理論觀點。《答李翊書》是這些作品中有代表性的一篇。

本文闡述了如下四個問題：第一、學古文以立行爲本，立言爲表。“仁義之人，其言藹如。”要獲得文學上的成就，必須從道德修養入手。第二、學文的途徑，要道文合一，要善於學習前人的作品，而寫作要有創造性，不論是内容或詞句，都要務去陳言。第三、學文要有堅定的信心，不以時人的毁譽爲轉移。深造自得，逐步演進，有一個長期曲折的過程，不能希望速成。第四、寫古文要以氣爲先。作者把氣與言的關係比作水與浮物的關係。氣是駕馭言的，所以强調“氣盛則言之短長與聲之高下者皆宜”。這主要在闡明古文的特徵，它不同於被對偶形式所拘束，矯揉造作，不合自然語氣的駢體，而是言有短長，聲有高下，比較接近口語。韓愈自己的創作，就是如此。

本文所述當時人們對韓愈的非笑，以及韓愈從“不知非笑之爲非笑”到“笑之則以爲喜，譽之則以爲憂”這一過程，跟他在《與馮宿論文書》首段所述：“僕爲文久，每自測意中以爲好；則人必以爲惡矣；小稱意，人亦小怪之；大稱意，則人必大怪之也。時時應事作俗下文字，下筆令人慚，及示人，則人以爲好矣。小慙者亦蒙謂之小好，大慙者即必以爲大好矣。不知古文直何用於今世也，然以竢知者知耳。”同樣説明了韓愈對駢文“摧陷廓清”（李漢《昌黎先生集序》語），是經過鬥爭的。

答韋中立[1]論師道書

〔唐〕 柳宗元[2]

二十一日，宗元白：

辱書云，欲相師。僕道不篤，業甚淺近，環顧其中，未見可師者。雖常好言論，爲文章，甚不自是也。不意吾子自京師來蠻夷間，乃幸見取。僕自卜固無取；假令有取，亦不敢爲人師。爲衆人師且不敢，況敢爲吾子師乎？

孟子稱"人之患，在好爲人師"[3]。由魏、晉氏以下，人益不事師。今之世，不聞有師；有輒譁笑之，以爲狂人。獨韓愈奮不顧流俗，犯笑侮，收召後學，作《師說》，因抗顏而爲師；世果羣怪聚駡，指目牽引，而增與爲言辭。愈以是得狂名，居長安，炊不暇熟，又挈挈[4]而東。如是者，數矣。

屈子賦曰："邑犬羣吠，吠所怪也。"[5] 僕往聞庸、蜀之南，恆雨少日，日出則犬吠，余以爲過言。前六七年，僕來南[6]。二年[7]冬，幸大雪踰嶺被南越中數州，數州之犬，皆蒼黃吠噬狂走者累日，至無雪乃已。然後始信前所聞者。今韓愈既自以爲蜀之日，而吾子又欲使吾爲越之雪，不以病乎！非獨見病，亦以病吾子。然雪與日豈有過哉？顧吠者犬耳。度今天下不吠者幾人，而誰敢衒怪於羣目，以召鬧取怒乎？

僕自謫過以來，益少志慮。居南中九年，增脚氣病，漸不喜鬧，豈可使呶呶者早暮咈吾耳、騷吾心[8]，則固僵仆煩憒，愈不可過矣。平居望外遭齒舌不少[9]，獨欠爲人師耳。

抑又聞之，古者重冠禮[10]，將以責成人之道，是聖人所尤用心者也。數百年來,人不復行。近有孫昌胤者,獨發憤行之。既成禮,明日造朝,至外庭,薦笏[11],言於卿士曰:某子冠畢。應之者咸憮然[12]。京兆尹鄭叔則怫然[13]曳笏却立曰:何預我耶?廷中皆大笑。天下不以非鄭尹而快孫子何哉?獨爲所不爲也。今之命師者,大類此。

吾子行厚而辭深,凡所作,皆恢恢然有古人形貌,雖僕敢爲師,亦何所增加也。假而以僕年先吾子,聞道著書之日不後,誠欲往來言所聞,則僕固願悉陳中[14]所得者。吾子苟自擇之,取某事、去某事則可矣;若定是非以敎吾子,僕材不足,而又畏前所陳者,其爲不敢也決矣。吾子前所欲見吾文,既悉以陳之,非以耀明于子,聊欲以觀子氣色誠好惡何如也。今書來言者皆大過,吾子誠非佞譽誣諛之徒,直見愛甚故然耳。

始吾幼且少,爲文章以辭爲工。[15]及長,乃知文者以明道,是固不苟爲炳炳烺烺[16]、務采色、誇聲音[17]而以爲能也。凡吾所陳,皆自謂近道,而不知道之果近乎遠乎?吾子好道而可吾文[18],或者其於道不遠矣。故吾每爲文章,未嘗敢以輕心掉[19]之,懼其剽[20]而不留也;未嘗敢以怠心易之,懼其弛[21]而不嚴也;未嘗敢以昏氣出之,懼其昧沒[22]而雜也;未嘗敢以矜氣作之,懼其偃蹇[23]而驕也。抑之欲其奥[24],揚之欲其明[25],疏之欲其通[26],廉之欲其節[27],激而發之欲其清,固而存之欲其重[28]。此吾所以羽翼夫道也。本之《書》以求其質[29],本之《詩》以求其恆[30],本之《禮》以求其宜[31],本之《春秋》以求其斷[32],本之《易》以求其動[33]。此吾所以取道之原也。參之《穀梁氏》以厲其氣[34],參之《孟》《荀》以暢其支[35],參之《莊》《老》以肆其端[36],參之《國語》以博其趣[37],參之《離騷》以致其幽[38],參之《太史公》以著其潔[39]。此吾所以旁推交通而以爲之文也。凡若此者,果是耶,非耶?有取乎,抑其無取乎?吾子幸觀焉,擇焉,有餘[40]

以告焉。苟亟來以廣是道，子不有得焉，則我得矣，又何以師云爾哉？[41]取其實而去其名，無招越、蜀吠怪而爲外廷所笑，則幸矣。宗元復白。

上海人民出版社排印本《柳河東集》卷三十四

【註釋】

[1] 韋中立——蔣之翹註:“史無傳,《新史》年表云,潭州刺史彪之孫,不書爵位。”

[2] 柳宗元(公元七七三年——八一九年)——字子厚,河東人，曾任禮部員外郎，因參加王叔文政治集團，從事改革，被貶永州司馬、柳州刺史等。《舊唐書》卷一六〇、《新唐書》卷一六八有傳。

[3] 人之患在好爲人師——語見《孟子·離婁上》。

[4] 挈挈——形容孤獨。

[5] 邑犬羣吠吠所怪也——語見屈原《九章·懷沙》。

[6] 僕來南——唐順宗永貞元年(公元八〇五年),宗元從長安被貶爲邵州刺史,中途,貶永州司馬,故說來南。

[7] 二年——唐憲宗元和二年(公元八〇七年)。

[8] 呶呶——羣言讙鬧。 咈——乖戾。 騷——憂。

[9] 平居望外遭齒舌不少——望外,猶言意外。齒舌,猶言口舌。

[10] 冠禮——周代男子二十歲行冠禮。

[11] 薦笏——薦,插。古代做官的人,插笏於紳帶。

[12] 憮然——茫然自失。

[13] 怫然——嗔怒。

[14] 中——胸中。

[15] 始吾幼且少二句——柳宗元早年,喜歡寫駢文。

[16] 炳炳烺烺——形容光采。

[17] 務采色誇聲音——指駢文崇尚華美的詞采、和諧的聲律。

[18] 可吾文——可,許可。

[19] 掉——逞。

[20] 剽——快速,引申作浮滑解。

[21] 弛——鬆弛。

[22] 昧沒——心思昏昧的意思。

[23] 偃蹇——形容驕傲。

[24] 抑之欲其奥——抑，抑制。文章要力透紙背，不宜浮在表面。抑制的作用，在於使文章的意思層層深入。

[25] 揚之欲其明——與上一句的作用相反，寫文章又必須字面紙上皆軒昂，筆要提得起，提得高，使意義明朗。

[26] 疏之欲其通——文氣要疎暢，意思才得通利而無所不達。

[27] 廉之欲其節——要嚴格地創意選詞。節，節制，有精鍊的意思。

[28] 固而存之欲其重——固，凝聚。這句意思是說寫文章要使語不浮滑。

[29] 本之書以求其質——《尙書》是我國最古的歷史文獻，敍述樸素，不尙華藻。質，質樸。

[30] 本之詩以求其恆——《詩三百篇》中有許多抒情的作品，其中精華部分，有恆久的感染力，故云。

[31] 本之禮以求其宜——禮是體現我國古代奴隸社會和封建社會等級制度的東西，柳宗元就封建階級的立場說話，因此說《禮》經的理論是合理的。

[32] 本之春秋以求其斷——相傳孔子修《春秋》通過一字褒貶來表示他對事物是非的判斷。

[33] 本之易以求其動——《易經》的易，是變化之意。六爻遞相推動而生變化。《易·繫辭上》："是故謂之象(指六十四卦之象)，聖人有以見天下之動。"又："鼓天下之動者存乎辭(爻辭)。"

[34] 參之穀梁氏以厲其氣——《穀梁傳》，《春秋》三傳之一。穀梁子名淑(一作俶)，字元始，一名赤，魯人，受經於子夏，爲《春秋》作傳。范寧《春秋穀梁傳序》稱"穀梁淸而婉，其失也短"。楊士勛疏："淸而婉者，辭淸義通。"厲其氣，猶言鍊其氣，鍊其文氣，使之疎而通。

[35] 參之孟荀以暢其支——支，通枝。暢其支，謂樹木枝葉的暢生。《孟子》的文章以博辯縱橫見稱，《荀子》文章，邏輯性強，反覆深透。所以說"參之《孟》《荀》以暢其支"，就是要從孟、荀的作品中學到那種枝條暢茂的寫作特色。

[36] 參之莊老以肆其端——肆，放縱。端，端緒，即發興無端之端。這裏《莊》《老》並舉，就肆其端來說，主要是指《莊子》，《老子》不過附帶提及。《莊子》文章，往往闡述一道理，引用寓言，出奇無窮，放恣無端。正如它所說："以謬悠之說，荒唐之言，無端崖之辭，時恣縱而不儻(偏的意思)。……以卮言爲曼衍，以重言爲眞，以寓言爲廣。"(《天下篇》)柳宗元此語，即是莊文大意的概括。

[37] 參之國語以博其趣——博，擴展的意思。趣，對理而言，謂其語不必合於理，但

別有奇趣。柳宗元《非國語序》:"左氏《國語》,其文深閎傑異,……而其說多誣淫,不槩於聖。余懼世之學者溺其文采而淪於是非。……"就是所謂"趣"的具體說明。

[38] 參之離騷以致其幽——致,窮盡。幽,包括《離騷》文字的幽深微妙和感情的幽憤抑鬱兩方面。

[39] 參之太史公以著其潔——《史記》,《漢書·藝文志》著錄作"《太史公》百三十篇"。潔,指《史記》語言精鍊,掃除一切浮華渣滓而言。柳宗元在《報袁君陳秀才避師名書》中也說:"穀梁子,《太史公》甚峻潔。"

[40] 有餘——有餘暇。

[41] 苟亟來以廣是道四句——意思是說,我們大家來談談這道,互相啓發,即使你沒有收穫,我還是會有所收穫的,又何必要居師的名義呢?

【説明】

《答韋中立論師道書》是柳宗元論文的重要作品。本文着重講述兩個問題:一是建立師弟子關係以推動古文運動,一是論述"文以明道"和由經學文。

在前一問題上,柳與韓不同,他不僅不敢爲人師,而且公開反對韓愈的"抗顏而爲師"。儘管事實上他對後進之士也"願悉陳中所得者",而"衡、湘以南,爲進士者,皆以子厚爲師"(韓愈《柳子厚墓志銘》語),但他畢竟是主張"取其實而去其名"的。

後一問題,是本篇的核心,也是作者文論的核心。這裏,首先主張文以明道,不苟爲炳炳烺烺務采色誇聲音以爲能事。其次,談到爲文的目的旣然在於明道,就不敢出以輕心、怠心、昏氣、矜氣,這跟韓愈所謂"迎而距之,平心而察之,其皆醇也,然後肆焉。雖然,不可以不養也"(《答李翊書》)的說法有一致之處。第三,談到學習五經旁及子史的問題。他肯定了先秦古文,同時也特別注意到以先秦古文爲淵源的兩漢古文,尤其是司馬遷的古文。這就把五經子史的文章歸入文學的範疇,而破除了以儒家書籍作爲經典的成見。這與蕭統選文認爲"姬公之籍,孔父之書,與日月俱懸,鬼神爭奧,……老、莊之作,管、孟之流,蓋以立意爲宗,不以能文爲本"(《文選序》),因而不列於文學領域的觀點不同。而與韓愈在《進學解》中所說:"作爲文章，其書滿家，上規姚姒，渾渾無涯；周誥、殷盤，佶屈聱牙；《春秋》謹嚴，《左氏》浮誇；《易》奇而法，《詩》正而葩；下逮《莊》《騷》，《太史》所錄，子雲、相如，同工異曲"的觀點，是一致的。這種把五經子史的文章當作文學看待的說法，不僅打破了推尊經史、卑視文學的舊傳統觀念，而且就我國古代散文發展的歷史過程來說，就五經、諸子、《史記》等作品對後代文學的影響來說，就早期的哲學、史學著作還沒有與文學嚴格區分的情況來說，韓、柳的主張，是有一定的理由的。第四，本篇還論述了各家散文以及《詩》《騷》等的特色，對它們作了適當的概括。

上崔華州書[1]〔節錄〕

〔唐〕李商隱[2]

中丞[3]閣下:

愚生二十五年矣。五年誦經書，七年弄筆硯。始聞長(《四部叢刊》本作"故")老言:"學道必求古，爲文必有師法"，常悒悒不快，退自思曰:夫所謂道，豈古所謂周公孔子者獨能邪?蓋愚與周孔俱身之耳[4]。以是有行道不繫今古，直揮筆爲文，不愛攘取經史，諱忌時世。百經萬書，異品殊流，又豈能意分出其下哉![5]……

德聚堂重校本《樊南文集詳註》卷八

【註釋】

[1] 崔華州——崔龜從，字玄告，清河人。元和十二年進士。《舊唐書》卷一百七十六、《新唐書》卷一百六十有傳。據《舊唐書·文宗紀》，開成元年十二月，以中書舍人崔龜從爲華州防禦使。李商隱於開成二年登進士第。詳審文意，知此文當作於開成二年初未中進士之時。

[2] 李商隱(約公元八一三年——八五八年)——字義山，號玉溪生，又稱樊南生，懷州河內人，開成二年進士。一生仕途坎坷，長期爲幕僚。有詩文集行世。《舊唐書》卷一百九十《文苑傳》、《新唐書》卷二百零三《文藝傳》有傳。

[3] 中丞——崔龜從以中書舍人出爲華州防禦使，例兼御史中丞銜，故作者稱之爲中丞。

[4] 蓋愚句——意謂我和周公孔子都是一樣的，能够加以體會運用。

[5] 百經萬書三句——這裏的"經"，並非專指儒家的經典，而是包括佛、道諸家之書在內。如《老子》被後人尊爲《道德經》。三句意謂諸子百家之書、三教九流之說，各有其見解和價值，不能主觀認定其它的書都居於儒家經典之下。

【説明】

李商隱的文學思想，在晚唐文壇上能够别開生面，獨樹一幟。他對古文運動後學的流弊進行了尖鋭的批評。其《上崔華州書》就集中反映了這一思想。對於當時古文家“學道必求古，爲文必有師法”的說法，他極其反感，反駁說：“夫所謂道，豈古所謂周公、孔子者獨能邪？”這與他《容州經略使元結文集後序》所說“孔氏于道德仁義外有何物”是同一意思，認爲不能專以孔子的是非爲是非。正因他不滿于傳統思想偏見的束縛，思想較爲解放，所以主張文學創作應該有獨創性。所謂“行道不繫今古，直揮筆爲文”，就是要求作家創作必須直抒胸臆，作品要有眞情實感，有所感而發，而不是隨人脚跟，人云亦云；所謂“不愛攘取經史，諱忌時世”，就是不走復古老路，不說陳詞濫調，不怕揭露現實。這樣的文學主張，在當時確是難能可貴的，起了振聾發聵的作用。

在詩歌理論方面，李商隱主張兼通衆製，反對拘于一格。《獻侍郎鉅鹿公啓》說：“我朝以來，……皆陷于偏巧，罕或兼材。枕石漱流，則尙于枯槁寂寞之句；攀鱗附翼，則先于驕奢豔佚之篇；推李杜則怨刺居多，效沈宋則綺靡爲甚。”就表示了這樣的態度。他不同意一概否定六朝文學的主張，對沈約、庾信等六朝作家也不乏讚美之辭，並進一步認爲只有“秉無私之尺刀”，纔能“定夫衆製”。這種轉益多師的態度，與杜甫《戲爲六絶句》的意見相近。

與李生論詩書

〔唐〕司空圖[1]

文之難，而詩之難（“難”字原無，依《唐文粹》卷八十五校增，《全唐文》卷八〇七作“詩尤難”）尤難。古今之喻多矣，而愚以爲辨於味[2]，而後可以言詩也。江嶺之南，凡足（原作“是”，依《全唐文》校改）資於適口者，若醯[3]，非不酸也，止於酸而已；若鹾[4]，非不鹹也，止於鹹而已。華之人[5]以充飢而遽輟者，知其鹹酸之外，醇美者有所乏耳。彼江嶺之人，習之而不辨也，宜哉。詩貫六義，則諷諭、抑揚、渟蓄、溫雅，皆在其間矣。[6]然直致所得，以格自奇。[7]前輩諸（原作“編”，依《全唐文》校改）集，亦不專工於此，矧其下者耶！王右丞、韋蘇州澄澹精緻，格在其中，豈妨於遒舉哉？[8]賈浪仙[9]誠有警句，視其全篇，意思殊餒[10]，大抵附於蹇澀，方可致才，[11]亦爲體之不備也，矧其下者哉！噫！近而不浮[12]，遠而不盡[13]，然後可以言韻外之致[14]耳。

愚幼常自負，既久而逾覺缺然。然得於早春，則有“草嫩侵沙短，冰輕著雨銷”[15]。又“人家寒食月，花影午時天”[16]。（原注：“上句云：‘隔谷見雞犬，山苗接楚田。’”）又“雨微吟足思，花落夢無憀”[17]。得於山中，則有“坡暖冬生筍，松涼夏健人”[18]。又“川明虹照雨，樹密鳥銜人”[19]。得於江南，則有“戍鼓和潮暗，船燈照島幽”[20]。又“曲塘春盡雨，方響夜深船”[21]。又“夜短猿悲減，風和鵲喜靈”[22]。得於塞下，則有“馬色經寒慘，雕聲帶晚飢”[23]。得於喪亂，則有“驊騮思故第，鸚鵡失佳人”[24]。又“鯨鯢人海涸，魑魅棘林高”[25]。得於道宮，則有“碁聲花院閉，幡影石幢幽"[26]。得於夏景，則有"地涼清鶴夢，林靜肅僧儀"[27]。得於佛寺，則有"松日明金象，苔龕響木魚"[28]。又"解吟僧亦俗，愛舞鶴終卑"[29]。得於郊園，則有"遠陂春旱滲，猶有水禽飛"[30]。(原注："上句'綠樹連村暗，黃花入麥稀'。")得於樂府，則有"晚粧留拜月，春睡更生香"[31]。得於寂寥，則有"孤螢出荒池，落葉穿破屋"[32]。得於愜適，則有"客來當意愜，花發遇歌成"[33]。雖庶幾不濱於淺涸，亦未廢作者之譏訶也。[34]又七言云："逃難人多分隙地，放生鹿大出寒林。"[35]又"得劍乍如添健僕，亡書久似憶良朋"[36]。又"孤嶼池痕春漲滿，小欄花韻午晴初"[37]。又"五更惆悵迴孤枕，猶自殘燈照落花"[38]。(原注："上句'故國春歸未有涯，小欄高檻別人家'。")又"殷勤元旦日(原作日日，依《全唐文》校改)，歌舞又明年"[39]。(原注："上句'甲子今重數，生涯只自憐'。")皆不拘於一概也。

蓋絕句之作，本於詣極，[40]此外千變萬狀，不知所以神而自神也[41]，豈容易哉？今足下之詩，時輩固有難色[42]，倘復以全美[43]爲工，即知味外之旨矣[44]。勉旃。某再拜。

《四部叢刊》影舊鈔本《司空表聖文集》卷二

【註釋】

[1] 司空圖(公元八三七年——九〇八年)——字表聖，河中虞鄉人。唐咸通末舉進士，官中書舍人。農民大起義以後，隱居中條山王官谷。朱溫代唐，圖不食而死。著有《司空表聖文集》十卷、《詩集》三卷。

[2] 辨於味——味指韻味，所以下文或言"韻外之致"，或言"味外之旨"，實是同一意思。

[3] 醯——醋。

[4] 鹾——鹽。

[5] 華之人——指中原地區的人。華山在陝西。

[6] 詩貫六義三句——諷諭是詩的作用，抑揚、渟蓄、溫雅，則是詩的情調。六義包括的範圍較廣，四者可以容納在內。

［7］然直致所得二句——直致所得，謂自然寫出，卽境會心，不勞擬議，相當於作者在《詩品》中所說的“妙造自然”“俯拾卽是，不取諸鄰”。以格自奇，謂前輩作者以他獨具的風格各自標新領異。

［8］王右丞三句——王維官至尙書右丞，韋應物官至蘇州刺史。澄澹，指風格的清深淡遠；精緻，指語言的精工；遒舉，指筆力的挺拔，不黏滯在紙上。作者之意，謂清深淡遠的作品，自成一種風格，與風格遒勁的作品，各擅其美，並不互相排斥。

［9］賈浪仙——賈島（公元七七九年——八四三年），字浪仙，范陽人。中唐後期詩人，專寫五言律詩，以淸苦僻澀爲宗，但所表現的生活面狹窄，藝術成就不高。晚唐李洞、喩鳧等人，多學賈島，形成爲晚唐詩的一種流派。

［10］意思殊餒——餒，餓。這句是說賈島詩內容空虛。

［11］附於蹇澀方可致才——附，依附，依賴。蹇，難，引申作艱深解。澀，不流暢。這二句謂賈島詩大部分依賴於雕鍊片字隻語，艱苦僻澀，才可以顯示他偏至的詩才。意思是說他的才力極小。

［12］近而不浮——謂詩的形象，近在眼前，詩人寫來，有妙手偶得之妙，而不流於浮淺。

［13］遠而不盡——謂詩的境界極爲深遠，不是意盡於句中。

［14］韻外之致——韻，等於說詩的語言。這句是說在語言文字之外，別有餘味。與作者在《詩品》中所說：“超以象外，得其環中”，“不著一字，盡得風流”同一意思。宋詩人梅堯臣所主張的“含不盡之意，見於言外”，嚴羽《滄浪詩話》所說的“言有盡而意無窮”，亦卽是此意。

［15］草嫩二句——司空圖《早春》句。

［16］人家二句——全篇已佚。

［17］雨微二句——《下方》句。

［18］坡暖二句——《下方》句。

［19］川明二句——《華下送文浦》句。

［20］戍鼓二句——《寄永嘉崔道融》句。

［21］曲塘二句——《江行》句。

［22］夜短二句——全篇已佚。

［23］馬色二句——《塞上》句。

［24］驊騮二句——全篇已佚。

［25］鯨鯢二句——全篇已佚。

［26］碁聲二句——全篇已佚。

[27] 地涼二句——全篇已佚。

[28] 松日二句——《上陌梯寺懷舊僧》句。

[29] 解吟二句——《僧舍貽友》句。

[30] 遠陂二句——《獨望》句。

[31] 晚粧二句——全篇已佚。

[32] 孤螢二句——《秋思》句。

[33] 客來二句——《長安贈王注》句。

[34] 雖庶幾不濱於淺涸二句——謂雖然庶幾不至近於淺露枯竭，但也怕免不掉要被作者們所嘲笑呵斥。

[35] 逃難二句——《山中》句。

[36] 得劍二句——《退棲》句。

[37] 孤嶼二句——《光啓四年春戊申》句。

[38] 五更二句——《華上》句。

[39] 殷勤二句——《元日》句。

[40] 蓋絶句之作本於詣極——詣，造詣。詣極，極高的造詣。要把豐富的詩意，提鍊壓縮在極短的絶句中，這非得要有高度的藝術修養不可。

[41] 不知所以神而自神也——這裏的神，是司空圖所指的詩的最高境界，即宋人嚴羽《滄浪詩話》所説："詩之極致有一，曰入神。詩而入神，至矣盡矣，蔑以加矣"的意思。

[42] 時輩固有難色——謂同時的作者要想比美李生，固然不是容易。

[43] 全美——外形精美的詩句，包孕着無盡的神味，才能説是全美。

[44] 即知句——即，則。味外之旨即上文所説味在"鹹酸之外"，"韻外之致"之意。

【説明】

本文是司空圖詩論的代表作。在這裏，作者着重從韻味的角度來談詩歌意境的創造，即認爲好詩必須有"韻外之致"、"味外之旨"，而這"味"是妙在"鹹酸之外"的，不是意盡於句中（書中所謂"淺涸"），而是要"近而不浮，遠而不盡"，給讀者留下聯想與回味的餘地，從而達到"思與境偕"的藝術"詣極"。這與作者在《與極浦書》中所標舉的"象外之象，景外之景"的意思是一樣的，都是反對現象（或表象）的堆砌，強調意境的創造。這種韻味，不僅存在於風格"澄澹"的詩中，而且也存在於風格"遒舉"的篇章。作者又認爲，雖然前輩諸賢不是專工一路，但追求具有“韻外之致”的“意象”的創造則是共同的。作者著名的《二十四詩品》也是從這個觀點出發來論述各種風格的。後來，宋人嚴羽的妙悟説，清人王士禛的神韻説，都多少受到司空圖韻味説的影響。

司空圖的韻味説重在藝術特徵的探索，接觸到形象思維問題，如果對它完全否定，當然是錯誤的。但我們又應指出韻味説的重大缺陷："接觸"並不等於就是科學的闡述。在形象思維與現實生活的關係問題上，司空圖或是深不下去，或是論而不當。這就從理論上助長了脱離現實的不良風氣。

本文雖然也接觸到作品來源於生活的問題，如他標舉自己的詩句，有所謂得於早春、山中、江南、塞下、喪亂、道宫、夏景、佛寺、郊園、樂府、寂寥、愜適等等，但這裏除了塞下、喪亂兩項外，大都是一些孤寂出世、悠閑自在的有閑階級生活，這和他在《詩品》中主要描述的生活情調，如“閱音修篁，美曰載歸”，“綠林野屋，落日氣清，脱巾獨步，時聞鳥聲”，“築屋松下，脱帽看詩，但知旦暮，不辨何時”之類，並無二致。所以儘管本篇開宗明義也提出了“詩貫六義”的主張，並把“諷諭”放在首位，但實際上却是忽視重要的社會內容，使韻味偏於抒寫閑情逸趣方面，而且他對“千變萬化”的藝術境界，歸結於“不知所以神而自神”，正和他《與極浦書》中所説的“象外之象，景外之景，豈容易可談哉”，《詩品·縝密》“如有眞跡，如不可知”，《詩品·流動》“超超神明，返返冥無”，都同樣存在神秘化的弊病，當然就不可能科學地説明文學現象。

答韓三子華韓五持國韓六玉汝見贈述詩[1]

〔宋〕 梅堯臣[2]

聖人於詩言[3]，曾不專其中，因事有所激[4]，因物興以通[5]。自下而磨上，是之謂國風；[6] 雅章及頌篇，刺美亦道同。[7]不獨識鳥獸[8]，而爲文字工。屈原作《離騷》，自哀其志窮，憤世嫉邪意，寄在草木蟲。邇來道頗喪，有作皆言空：烟雲寫形象，葩卉詠青紅；人事極諛諂，引古稱辨雄；經營唯切偶，榮利因被蒙。遂使世上人，只曰一藝充[9]，以巧比戲弈，以聲喻鳴桐[10]。嗟嗟一何陋，甘用無言終！然古有登歌[11]，緣辭合徵宮，辭由士大夫，不出於瞽矇[12]。予言與時輩，難用猶篤癃[13]；雖唱誰能聽？所遇輒瘖聾。諸君前有贈，愛我言過豐。君家好兄弟，礱合如笙叢。雖欲一一報，強說恐非衷，聊書類頑石，不敢事磨礱。[14]

《四部叢刊》影明本《宛陵集》卷二十七

【註釋】

［1］韓三子華——名絳，靈壽人。慶曆中進士，神宗朝，官至同中書門下平章事。韓五持國——名維，絳弟。元祐初，官門下侍郎。有《南陽集》。 韓六玉汝——名縝，維弟。哲宗朝，官尚書、右僕射兼中書侍郎。

［2］梅堯臣（公元一〇〇二年——一〇六〇年）——字聖俞，宣城人。進士，官至尚書都官員外郎。北宋著名詩人。著有《宛陵先生集》六十卷，世稱梅宛陵。《宋史》卷四百四十三《文苑》有傳。

［3］詩言——《毛詩序》："發言爲詩。"《禮記・樂記》："詩言其志也。"孔穎達《正

義»:“詩謂言詞也。”

[4] 因事有所激——《漢書·藝文志》:“皆感于哀樂，緣事而發。”白居易《與元九書》:“詩歌合爲事而作。”

[5] 因物興以通——《毛詩序》鄭玄《箋》引鄭衆說:“興者託事于物。”

[6] 自下而磨上二句——《毛詩序》:“上以風化下,下以風刺上,主文而譎諫,言之者無罪,聞之者足以戒,故曰風。”

[7] 雅章及頌篇二句——《毛詩序》:“言天下之事,形四方之風,謂之雅。……頌者,美盛德之形容。”案:大小雅各篇的毛詩小序,明言美的十一,明言刺的五十一。

[8] 不獨識鳥獸——《論語·陽貨》載孔子論詩,有“多識於鳥獸草木之名”的話。

[9] 只曰一藝充——只把它當作一種技藝。藝,指像下文所說弈棋、彈琴之類。

[10] 鳴桐——即彈琴。琴用桐木製成,故桐作爲琴的代稱。

[11] 登歌——祭祀燕饗時所奏的樂歌。

[12] 瞽矇——周代樂官名,隸屬于春官大師。見《周禮·春官宗伯下》:“瞽矇掌播鼗柷敔塤簫管弦歌。”

[13] 篤癃——《後漢書·光武帝紀》李賢注:“《爾雅》曰:‘篤,困也。’《蒼頡篇》曰:‘癃,病也。’”

[14] 聊書類頑石二句——用《詩·小雅·鶴鳴》“它山之石,可以爲錯”、“它山之石,可以攻玉”的語意。詩意是自比于它山之石,但自謙爲不敢作爲攻錯之用。也就是說,對對方提不出有益的意見。

【說明】

北宋初期,王禹偁論詩,推崇白居易,力圖挽回晚唐五代纖弱佻巧的風氣,但沒有發生多大影響。稍後西崑體興起,愈加講究詞藻,片面追求形式的華麗,詩風更壞。直到梅堯臣、歐陽修出來,才扭轉了這種傾向。歐、梅兩人之中,梅是專門用力於詩的。劉克莊《後村詩話》說:“本朝詩惟宛陵爲開山祖師。宛陵出,然後桑濮之哇淫稍熄,風雅之氣脈復續,其功不在歐、尹(洙)下。”(見《後村大全集》卷一七四)這首《答韓三子華、韓五持國、韓六玉汝見贈述詩》就是從理論上提出的反西崑的宣言,“邇來”以下幾句都是針對西崑而說的。

詩中稱述《詩三百篇》的美刺傳統,這些,都和白居易《與元九書》的論點大旨相同。說“自下而磨上,是之謂國風”,強調的是“下以風刺上”的一面。他認爲詩歌之作，是“因事有所激，因物興以通”。“因事有所激”，說明文學和現實的關係問題。“因物興以通”，已接觸到文學形象性的特質，較之“興發於此，而義歸於彼”，就要透闢些了。

白居易認爲“澤畔之吟，歸於怨思，彷徨抑鬱，不暇及他”；又說《離騷》比興之義，僅能得風人十之二三，似乎對偉大詩人屈原的認識還有不足。而梅堯臣則以《離騷》直接繼承《詩三百篇》，把屈原彷徨抑鬱的怨思，提到“憤世嫉邪”的高度。

梅堯臣之所以能够自立一宗，爲宋詩作先導，一方面由於他發展了前人的進步理論，指出了詩歌發展的方向；另一方面也由於他在藝術風格上有自己獨特的見解。

他在《讀邵不疑學士詩卷》裏說：“作詩無古今，惟造平淡難。”“平淡”是梅所極力追求的藝術境界。所謂“平淡”，並不意味着平庸和淺易；恰恰相反，他是主張以極其樸素的語言和高度的寫作技術，表現出作品的內容。這種“平淡”風格的特點在於：意在言外，耐人尋繹。如吃橄欖，從苦澀之中，咀嚼出不盡的甘腴之味；要洗盡脂粉鉛華，給人以“老樹着花”的美感，使讀者體味之後，感受到作品強烈的感染力。

所謂“惟造平淡難”，不僅在於煉詞，也在於煉意。歐陽修《六一詩話》引梅聖俞語云：“詩家雖率意而造語亦難。……必能狀難寫之景，如在目前，含不盡之意，見於言外，斯爲至矣。”又說：“聖俞生平苦於吟詠，故其構思極艱。”“聖俞覃思精微，以深遠閑淡爲意。”劉克莊也說他“留意於句律”，學梅的人只知道他的詩淡，而不知他“殊不草草”。苦吟而以平淡出之，平淡而有深遠之意，正如王安石所謂“看似尋常最奇崛，成如容易却艱辛”（見《題張司業集》），是不簡單的。

雖然梅堯臣在詩歌創作上並未能完全達到這種境界，然而在唐代詩歌高度發達，盛極難繼的情況下，他這種主張却在詩歌藝術方面開闢了一條新的途徑，南宋大詩人陸游早年就受到他的影響。

答吳充[1]秀才書

〔宋〕 歐陽修[2]

修頓首白，先輩吳君足下：前辱示書及文三篇，發而讀之，浩乎若千萬言之多，及少定而視焉，纔數百言爾。非夫辭豐意雄，霈然[3]有不可禦之勢，何以至此！然猶自患倀倀[4]莫有開之使前者，此好學之謙言也。

修材不足用於時，仕不足榮於世，其毁譽不足輕重，氣力不足動人。世之欲假譽以爲重，借力而後進者，奚取於修焉！先輩學精文雄，其施於時，又非待修譽而爲重，力而後進者也。然而惠然見臨（原校〔下同〕：六字一作惠然而見及），若有所責（一作求），得（一無此字）非急於謀道，不擇其人而問焉者歟？

夫學者，未始不爲道，[5]而至者鮮焉。非道之於人遠也，學者有所溺焉爾。蓋文之爲言，難工而可喜，易悦而自足。世之學者，往往溺之，一有工焉，則曰，吾學足矣。甚者至棄百事不關於心，曰，吾文士也，職於文而已。此其所以至之鮮也。

昔孔子老而歸魯，六經之作，數年之頃爾。然讀《易》者如無《春秋》，讀《書》者如無《詩》（一作讀《春秋》者如無《詩》《書》），[6]何其用功少而至（此字一作自然）於至也。聖人之文，雖不可及，然大抵道勝者（一有於字）文不難而自至也。故孟子皇皇不暇著書，荀卿蓋亦晚而有作[7]。若子雲、仲淹方勉焉以模（三字，一作強區區力作）言語[8]，此（一無此字，有而宏博不及孟荀之雄者十字）道未足而強（一作勉）言者也。後之惑者，徒見前世之文傳，以爲學者文而已（此句一作又溺其悦也），故愈力（一無此二字）

愈勤而愈不至。此足下所謂終日不出於軒序（一無此句）[9]，不能縱橫高下皆如意者，道未（一作不）足也。若道之充焉，雖行乎天地（一作下）入於淵泉，無不之也（一有何患不至四字）。

先輩（一作足下）之文，浩乎霈然，可謂善矣。而又志於爲道，猶自以爲未廣，若不止焉，孟、荀可至而不難也。修學道而不至者，然幸不甘於所悅而溺於所止，因吾子之能不自止，又以勵修之少進焉，幸甚幸甚。修白。

《四部叢刊》影元本《歐陽文忠公文集》卷四十七

【註釋】

[1] 吳充（公元一〇二一年——一〇八〇年）——字沖卿，建州浦城人。青年時即舉進士，熙寧末，同中書門下平章事。《宋史》卷三百十二有傳。

[2] 歐陽修（公元一〇〇七年——一〇七二年）——字永叔，號六一居士，廬陵人。天聖八年進士，曾官樞密副使、參知政事，謚文忠。著有《歐陽文忠公文集》一百五十一卷。《新五代史》七十五卷、《宋史》卷三百十九有傳。

[3] 霈然——同沛然，盛大貌。

[4] 倀倀——迷茫不知所措貌。

[5] 夫學者未始不爲道——未始，未嘗。韓愈《送陳秀才彤序》："蓋學所以爲道，文所以爲理也。"

[6] 然讀易者如無春秋二句——李翱《答朱載言書》："創意造言，皆不相師。故其讀《春秋》也，如未嘗有《詩》也；其讀《詩》也，如未嘗有《易》也；其讀《易》也，如未嘗有《書》也；其讀屈原、莊周也，如未嘗有六經也。"此爲歐陽語所本。又歐陽修《與樂秀才第一書》云："古之學者非一家，其爲道雖同，言語文章，未嘗相似。孔子之繫《易》，周公之作《書》，奚斯之作頌，其辭皆不同，而各自以爲經。"亦即是此意。

[7] 荀卿蓋亦晚而有作——《史記·孟子荀卿列傳》："春申君死而荀卿廢，因家蘭陵。……於是推儒墨道德之行事興壞，序列著數萬言而卒。"

[8] 子雲仲淹句——子雲，揚雄字。仲淹，隋末王通字。揚雄《太玄經》模仿《易》，《法言》模仿《論語》；王通《元經》（已佚）模仿《春秋》，《中說》模仿《論語》。所以本文說他二人"勉爲以模言語"，即鸚鵡學舌之意。

［9］序——東西廂，在中堂的兩旁。

【説明】

宋初，柳開、穆修、王禹偁等開始提倡古文，意在糾正五代以來華靡駢偶的文風。但他們自己的創作，成就不大。宋代古文的復興，到歐陽修才眞正顯出創作成績，從這篇《與吳充秀才書》，可以看出他的論文大旨。

在文與道的關係上，歐陽修以古文家的身份，從文的角度提出問題，主張重道以充文。他看出了文與道的聯繫，認爲"道勝者文不難而自至"，要想文章眞正達到"工"的境地，所謂"縱橫高下皆如意者"，就不得不和道聯繫起來。內容充實，自然發爲光輝；反之，僅僅從文的本身着眼，則"愈力愈勤而愈不至"。文中指出揚雄、王通等人從文字語言去模擬經傳，是"道未足而強言"，正是闡明這個意思。從這個意思來説，道是本，文是末；然而學道是爲了充實文的內涵，其終極目的還在於文，則重道亦即重文。這和後來道學家輕文重道，甚至認爲文能害道，把文和道對立起來，在提法上有着根本的區别。

韓愈在《答李翊書》裏曾説，"將蘄至於古之立言者"，就必須注意道德的修養，"養其根而竢其實，加其膏而希其光"。歐陽修論文，宗法韓氏，大旨略同；而對文與道的關係，他較韓愈説得透徹。

特别值得注意的，是歐陽修對於道的理解。篇中批判學道而溺於文的文士，認爲他們之所以學道而不能至，就在於"棄百事不關於心，曰，吾文士也，職於文而已"。可見歐陽修所謂道的具體內容主要是現實生活中的"百事"。論文而推原於道，論學道而歸之於關心現實生活中的"百事"，關心現實生活中的"百事"而道在其中，這樣，就給文士們指出了關心現實的態度，也説明了文學是不可脱離現實的。這種平實而淺易近人的看法，和後來一般道學家的空談心性，是不同的。

本篇雖然是論述文和道的關係，但它的實質，却初步接觸到文學和現實關係的問題。

仲兄字文甫說

〔宋〕 蘇　洵[1]

洵讀《易》至《涣》之六四曰："涣其羣元吉。"[2] 曰，嗟夫，羣者，聖人所欲涣以混一天下者也。蓋余仲兄名涣，而字公羣，則是以聖人之所欲解散滌蕩者以自命也，而可乎？他日以告，兄曰：子可無爲我易之。洵曰：唯。既而曰：請以文甫易之。如何？

且兄嘗見夫水之與風乎？油然[3]而行，淵然[4]而留，渟洄[5]汪洋，滿而上浮者，是水也。而風實起之。蓬蓬然[6]而發乎太空，不終日而行乎四方，蕩乎其無形，飄乎其遠來，既往而不知其跡之所存者，是風也。而水實形之[7]。今夫風水之相遭乎大澤之陂[8]也，紆餘委虵[9]，蜿蜒淪漣[10]，安而相推，怒而相凌，舒而如雲，蹙而如鱗，疾而如馳，徐而如徊，揖讓旋辟[11]，相顧而不前，其繁如縠，其亂如霧，紛紜鬱擾，百里若一。汩乎順流[12]，至乎滄海之濱，滂薄洶湧，號怒相軋，交横綢繆[13]，放乎空虚，掉乎無垠，横流逆折[14]，濆旋[15]傾側，宛轉膠戾[16]，回者如輪，縈者如帶，直者如燧，奔者如焰，跳者如鷺，投者如鯉，殊然異態，而風水之極觀備矣。故曰"風行水上涣"[17]。此亦天下之至文也。

然而此二物者，豈有求乎文哉？無意乎相求，不期而相遭，而文生焉。是其爲文也，非水之文也，非風之文也。二物者非能爲文，而不能不爲文也，物之相使而文出於其間也，故此天下之至文也。今夫玉非不温然美矣，而不得以爲文；刻鏤組繡，非不文矣，而不可與論乎自然；故夫天下之無營[18]而文生之者，唯水與風而已。

昔者，君子之處於世，不求有功，不得已而功成，則天下以爲賢；不求有言，不得已而言出[19]，則天下以爲口實[20]。烏乎！此不可與他人道之，唯吾兄可也。

《四部叢刊》影宋本《嘉祐集》卷十四

【註釋】

［1］蘇洵（公元一〇〇九年——一〇六六年）——字明允，眉山人。官祕書省校書郎、文安縣主簿。有《嘉祐集》二十卷。《宋史》卷四百四十三《文苑》五有傳。

［2］渙其羣元吉——《渙》，《周易》卦名。六四，爻名。孔穎達《周易正義》："……渙者散釋之名。……渙是離散之號也。"又曰："能爲羣物散其險害，故曰'渙其羣'也。……能散羣險，則有大功，故曰'元吉'也。"

［3］油然——流行貌。

［4］淵然——水深貌。

［5］渟洄——水靜止貌。

［6］蓬蓬然——風起之貌。《莊子·秋水》："蓬蓬然起於北海。"

［7］而水實形之——風無形貌，而從水的動態中可以看到風的形貌，所以説"水實形之"。

［8］陂——池。這裏指湖泊。

［9］紆餘委蛐——司馬相如《上林賦》："紆餘委蛇。"劉良注："紆餘委蛇，屈曲貌。"蛐，同蛇，音移。

［10］淪漣——《詩·伐檀》毛傳釋淪字云："風水成文轉如輪也。"又："風行水成文曰漣。"

［11］旋辟——旋轉迴避。

［12］汩乎順流——司馬相如《上林賦》："汩乎混流。"汩，音聿，水流迅疾貌。

［13］綢繆——互相連結。

［14］横流逆折——司馬相如《上林賦》句。

［15］濆旋——水涌起旋轉。

［16］膠戾——邪曲貌。

［17］風行水上渙——《易·渙》卦："象曰：風行水上渙。"孔穎達《正義》："風行水上，激動波濤，散釋之象，故曰'風行水上渙'。"

［18］無營——無意於經營。

［19］不得已而言出——韓愈《送孟東野序》："人之于言也亦然，有不得已者而後言。"
［20］口實——見《詩品序》註［70］。

【説明】

文學家自言其創作過程，大致不出二大類型。一種是談甘苦疾徐的體會，極人巧以通於天工，如陸機《文賦》的大部分內容，劉勰《文心雕龍》中不少專篇，都能示人以可以遵循的規矩。又一種是偏重於談興會，所謂"文章本天成，妙手偶得之"（陸游《文章》），《文賦》的後段以及宋人蘇氏父子的文論，可爲代表。

蘇洵《仲兄字文甫說》闡說了文學創作上天人湊泊的問題。他用風水相遭而成文作比喻，認爲"無意乎相求，不期而相遭，而文生焉"的作品，才是"天下之至文"。水，比喻創作的源泉和藝術修養；風，比喻創作衝動不能已於言的一種狀態，唐人殷璠《河嶽英靈集序》所謂"情來，興來，神來"，即是此意。"是水也，而風實起之"；"是風也，而水實形之"。兩相湊泊，才能極文章之偉觀。蘇洵這種強調神來的理論，和陸機《文賦》"感應之會，通塞之紀"一段的闡說，以及韓愈《答李翊書》所謂"當其取於心而注於手也，汩汩然來矣"等論述可以相互參證。韓愈偏重於談學養功深就能得心應手，取之不竭；蘇洵則更指出了滿而上浮的水必有待於風的鼓盪，才成爲天下之至文。槃深的根柢與淋漓的興會交相爲用而不可缺一。否則便如溫然之玉僅具內在之美，固"不得以爲文"；而"刻鏤組繡"的作品，也"不足與論乎自然"。

後來蘇軾的文論，頗受其父的影響。如《江行唱和集序》說："夫昔之爲文者，非能爲之爲工，乃不能不爲之爲工也。山川之有雲霧，草木之有華實，充滿勃鬱而見於外。夫雖欲無有，其可得邪！"蘇軾自己的創作，所謂"吾文如萬斛泉源，不擇地皆可出，在平地，滔滔汩汩，雖一日千里無難，及其與山石曲折，隨物賦形，而不可知也。所可知者，常行於所當行，常止於不可不止，如是而已矣。其他，雖吾亦不能知也。"（見《東坡題跋》卷一《自評文》）這跟蘇洵所謂"二物者非能爲文，而不能不爲文也；物之相使而文出於其間也"的說法是一致的。

不過，文學的興會與靈感，其主要來源還是生活。因此，風水相遭之説可以有唯物的解釋，也可以有唯心的解釋，讀蘇氏文論，應該注意到如蘇軾在《江行唱和集序》中所説“山川之秀美，風俗之樸陋，賢人君子之遺迹，與凡耳目之所接者，雜然有觸於中，而發於詠嘆”的話，否則是容易偏到唯心論方面去的。

上人書

〔宋〕 王安石[1]

嘗謂文者，禮敎治政云爾。其書諸策而傳之人，大體歸然而已[2]。而曰“言之不文，行之不遠”[3]云者，徒謂辭之不可以已也，非聖人作文之本意也。

自孔子之死久，韓子[4]作，望聖人於百千年中，卓然也。獨子厚[5]名與韓並，子厚非韓比也，然其文卒配韓以傳，亦豪傑可畏者也。韓子嘗語人以文矣，曰云云；子厚亦曰云云；疑二子者，徒語人以其辭耳，作文之本意，不如是其已也。

孟子曰：“君子欲其自得之也，自得之則居之安，居之安則資之深，資之深則取諸左右逢其原。”[6]孟子之云爾，非直施於文而已，然亦可託以爲作文之本意。

且所謂文者，務爲有補於世而已矣；所謂辭者，猶器之有刻鏤繪畫也。誠使巧且華，不必適用，誠使適用，亦不必巧且華。要之以適用爲本，以刻鏤繪畫爲之容而已。不適用，非所以爲器也，不爲之容，其亦若是乎？否也。然容亦未可已也，勿先之其可也。

某學文久，數挾此說以自治，始欲書之策而傳之人，其試於事者，則有待矣。其爲是非邪？未能自定也。執事，正人也，不阿其所好者。書雜文十篇獻左右，願賜之敎，使之是非有定焉。

《四部叢刊》影明本《臨川先生文集》卷七十七

【註釋】

［1］王安石（公元一〇二一年——一〇八六年）——字介甫，號半山，臨川人。慶曆

二年進士，神宗時，官同中書門下平章事。有《臨川集》一百卷。《宋史》卷三百二十七有傳。

[2] 大體歸然而已——即作者《與祖擇之書》所云"其書之策也，則道其然而已矣"之意。然，如此，指上文所云"禮教治政"。歸然，謂歸之於禮教治政。

[3] 言之不文二句——《左傳》襄公二十五年："言之無文，行而不遠。"

[4] 韓子——指韓愈。

[5] 子厚——柳宗元字。

[6] 君子欲其自得之也四句——見《孟子·離婁下》。原文作："君子深造之以道，欲其自得之也。……"引文首句文字有所删節。

【説明】

王安石這篇《上人書》，討論了文和辭的關係，實際上也就是內容和形式的關係，所以和當時的文道問題，也多少有一些關聯。

文中把文和辭分開來講，文指作文的本意，辭指篇章之美。作文的本意在於明道，而所謂道，則是可以施之於實用的經世之學。故云："嘗謂文者，禮教治政云爾。"《與祖擇之書》説："治教政令，聖人之所謂文也。……其書之策也，則道其然而已矣。"本篇和《與祖擇之書》雖是自述書、雜文及書、序、原、説的作意，指的是理論文，但文以實用爲主，卻是王安石對文學的基本看法。

既然文以實用爲主，因此在內容與形式的關係上，他明確地指出必須重視內容。他認爲文之有辭，"猶器之有刻鏤繪畫"。製器的本意在於用，至於刻鏤繪畫，不過作爲一種容飾和美觀。在重視內容的前提下，形式也是重要的，不過兩者之間有主次的關係。所以説："容亦未可已也，勿先之其可也。"

他認爲古文家雖然誇談文以明道，但其眞實的心得，則在文而不在道。篇中批評韓愈、柳宗元"徒語人以其辭"，正是這個意思。他也看到了道學家的矯枉過正，重道輕文，所以也不完全否認"巧且華"的作用。因此，他的文章，峭折簡勁，説理透闢，既不同於刻鏤無用之文，也不同於語錄樸質之體，既貫徹文"以適用爲本"，又非常重視語言的表現力和藝術特徵。

書黃子思[1]詩集後

〔宋〕 蘇　軾[2]

予嘗論書，以謂鍾、王[3]之迹，蕭散簡遠，妙在筆畫之外。至唐顏、柳[4]，始集古今筆法而盡發之，極書之變，天下翕然[5]以爲宗師。而鍾、王之法益微。

至於詩亦然。蘇、李之天成[6]，曹、劉之自得[7]，陶、謝之超然[8]，蓋亦至矣。而李太白、杜子美以英瑋絕世之姿，淩跨百代，古今詩人盡廢；然魏、晉以來，高風絕塵[9]，亦少衰矣。[10]李、杜之後，詩人繼作，雖間有遠韻，而才不逮意。獨韋應物、柳宗元發纖穠於簡古，寄至味於澹泊，[11]非餘子所及也。唐末司空圖崎嶇兵亂之間，而詩文高雅，猶有承平之遺風，其論詩曰："梅止於酸，鹽止於鹹，飲食不可無鹽梅，而其美常在鹹酸之外。"[12]蓋自列其詩之有得於文字之表者二十四韻[13]，恨當時不識其妙，予三復其言而悲之。

閩人黃子思，慶曆、皇祐[14]間號能文者。予嘗聞前輩誦其詩，每得佳句妙語，反復數四，乃識其所謂。信乎表聖之言，美在鹹酸之外，可以一唱而三歎也。予旣與其子幾道、其孫師是遊，得窺其家集。而子思篤行高志，爲吏有異材，見於墓誌詳矣，予不復論，獨評其詩如此。

文學古籍刊行社《經進東坡文集事略》卷六十

【註釋】

［1］黃子思——黃孝先，字子思，浦城人。

[2] 蘇軾(公元一〇三七年——一一〇一年)——字子瞻,號東坡居士,眉山人。洵子。嘉祐二年進士,曾官禮部兼端明殿翰林侍讀兩學士,爲禮部尚書。有《東坡七集》一百十卷。《宋史》卷三百三十八有傳。

[3] 鍾王——鍾繇,字元常,三國時魏穎川長社人。官至太傅。工正、隸、行、草、八分,尤長於正隸。王羲之,字逸少,東晋臨沂人。官至右衛將軍。善隸、草,以書聖名。

[4] 顔柳——顔眞卿,字清臣,唐瑯琊人。官至太子太師,封魯郡公。柳公權,字誠懸,唐京兆人。俱唐代著名書法家。

[5] 翕然——一致。

[6] 蘇李之天成——相傳蘇武、李陵的五言詩,《文選》載七首,《古文苑》載十首,此外還有零章斷句見於他書所引,今俱收於丁福保所輯《全漢詩》中。《東坡題跋·題文選》,謂"李陵、蘇武五言皆僞"。近人多持此說。東坡雖以爲僞,但對它的藝術成就,卻給以"天成"的評價。天成,謂其詩渾然天成,不待雕琢。

[7] 曹劉之自得——嚴羽《滄浪詩話》:"曹、劉體,子建、公幹也。"案:以曹、劉並稱,最早見於鍾嶸《詩品序》:"次有輕薄之徒,笑曹、劉爲古拙。""曹、劉殆文章之聖。"其後杜甫《寄高適》:"方駕曹、劉不啻過。"元稹《唐故工部員外郎杜君墓繫銘》:"氣奪曹、劉。"秦觀《韓愈論》:"曹植、劉公幹之詩長於豪逸。"都以曹、劉合稱。自得,謂自發于己,不須法度布置,與上句"天成"之意相近。

[8] 陶謝之超然——陶、謝,陶淵明、謝靈運。超然,兼意境之蕭散超逸與語句的自然超脫而言,而特着重於後者。黄庭堅《與王庠周彦書》說:"見東坡《書黄子思詩卷後》論陶、謝詩,鍾、王書,極有理。"可見蘇論在當時之被重視。

[9] 絶塵——超越世俗。

[10] 而李太白杜子美至亦少衰矣六句——曾季貍《艇齋詩話》:"東坡《黄子思詩序》,論詩至李、杜,字畫至顔、柳,無遺巧矣,然鍾、王蕭散簡遠之意,至顔、柳而盡;魏、晋詩人高風遠韻,至李、杜而亦衰。此說最妙。大抵一盛則一衰,後世以爲盛,則古意必已衰。物物皆然,不獨詩字畫然也。"

[11] 獨韋應物柳宗元二句——《東坡題跋》卷二評韓柳詩:"柳子厚詩在陶淵明下,韋蘇州上。……所貴乎枯淡者,謂其外枯而中膏,似淡而實美,淵明、子厚之流是也。"可與本文所論相發。曾季貍《艇齋詩話》:"前人論詩,初不知有韋蘇州、柳子厚,論字亦不知有楊凝式。二者至東坡而後發此祕。遂以韋、柳配淵明,凝式配顔魯公,東坡眞有德於三子也。"

[12] 梅止於酸四句——見司空圖《與李生論詩書》。語句稍有不同,此述其意。

［13］二十四韻——卽指《二十四詩品》。

［14］慶曆皇祐——都是宋仁宗年號。慶曆自公元一〇四一年至一〇四八年，皇祐自公元一〇四九年至一〇五三年。

【説明】

蘇詩爲宋詩中一大流派。後人評價蘇詩，稱其於曹、劉、陶、謝、李、杜、韓、白諸家，無所不學，而“地負海涵，不名一體”，“能驅駕杜、韓，卓然自成一家，而雄視百代”（《唐宋詩醇》）。作爲蘇詩藝術風格的特色，超邁豪横是主要的一面；但又有淡雅高遠的另一面。晚年的《和陶》詩，就是屬於後者，而詩評家也往往以《和陶》詩爲蘇詩的極詣。蘇軾以横絶一世的才華，寫詩如其爲文，“萬斛泉源，不擇地皆可出”。他“以文字爲詩，以才學爲詩，以議論爲詩”（《滄浪詩話》語），不難於超邁豪横，而他所神往的那種“高風絶塵”、外平淡而中纖穠的境界，轉覺有難於着手之感。明乎此，來讀《書黄子思詩集後》，就可以理解蘇軾的詩論跟他的詩作未能完全適應的關鍵。

本文以書法喻詩，從創造的角度，肯定了李、杜“以英瑋絶世之姿，凌跨百代”，極盡詩家之變態。這是蘇軾所不難於追蹤的。在肯定李、杜的基礎上，再提高一步，則覺得“蘇、李之天成，曹、劉之自得，陶、謝之超然”，高韻乃在筆墨蹊徑之外，而不可企及。回頭來看李、杜，才有“魏、晉以來，高風絶塵，亦少衰矣”的不足之感。本文謂“發纖穠於簡古”，是把兩種對立的藝術風格，看成是可以相互滲透、相反相成的關係，纖穠與簡古相統一，才可以達到“寄至味於澹泊”的妙用。這種詩論，和司空圖的《詩品》有淵源關係。《詩品·綺麗》“濃盡必枯，淺者屢深”，本文於此作了進一步的闡説，顯示了文學批評工作的細緻和深入。蘇軾這樣的論點，曾經不止一次地闡述過，周紫芝《竹坡詩話》説：“作詩到平淡處，要似非力所能。東坡嘗有書與其姪云：大凡爲文，當使氣象崢嶸，五色絢爛，漸老漸熟，乃造平淡。余以不但爲文，作詩者尤當取法於此。”《詩人玉屑》引蘇軾另一段話：“書之美者莫如顔魯公，然書法之壞自魯公始；詩之美者莫如韓退之，然詩格之變自退之始。”都是從藝術上着眼，用意相同。後來元好問在《東坡詩雅引》中，卽用蘇軾的論點對他作了如下的評價：“五言以來，六朝之謝、陶，唐之陳子昂、韋應物、柳子厚最爲近風雅，自餘多以雜體爲之，詩之亡久矣。雜體愈備則去風雅愈遠，其理然也。近世蘇子瞻絕愛陶、柳二家，極其詩之所至，誠亦陶、柳之亞。然評者尙以其能似陶、柳而不能不爲風俗所移，爲可恨耳。夫詩至於子瞻，而且有不能近古之恨，後人無所望矣。"據此以參照本文，不難窺見蘇軾詩論的關鍵所在。

這種論點，僅從藝術上着眼，是値得商榷的。但是，要知道：這種論點之所以產生，乃是在學古風氣之下，看到了古人的高格，不矜才，不使氣，更不賣弄學問，於是覺得魏、晉以來的高風絕塵，不可企及，才有這種主張的。後來《滄浪詩話》對於蘇、黃詩風雖有不滿之論，而對這種意見卻並不否定，就因爲在學古方面有共同之點的關係。

答洪駒父[1]書

〔宋〕 黄庭堅[2]

駒父外甥教授：别來三歲[3]，未嘗不思念。閑居絶不與人事相接，故不能作書，雖晉[4]城亦未曾作書也。專人來，得手書，審在官不廢講學，眠食安勝，諸穉子長茂，慰喜無量。

寄詩語意老重，數過讀，不能去手，繼以歎息，少加意讀書，古人不難到也。諸文亦皆好，但少古人繩墨耳，可更熟讀司馬子長、韓退之文章。[5]

凡作一文，皆須有宗有趣，終始關鍵，有開有闔；[6]如四瀆[7]雖納百川，或匯而爲廣澤，汪洋千里，要自發源注海耳。

老夫紹聖以前，不知作文章斧斤，[8]取舊所作讀之，皆可笑。紹聖以後，始知作文章，但以老病惰懶，不能下筆也。外甥勉之，爲我雪恥。

《駡犬文》雖雄奇，然不作可也。東坡文章妙天下，其短處在好駡，[9]慎勿襲其軌[10]也。

甚恨不得相見，極論詩與文章之善病，臨書不能萬一，千萬强學自愛，少飲酒爲佳。

所寄《釋權》一篇，詞筆從横，極見日新之效。更須治經，深其淵源，乃可到古人耳。[11] 青瑣[12]祭文，語意甚工，但用字時有未安處。自作語最難，老杜作詩，退之作文，無一字無來處，蓋後人讀書少，故謂韓、杜自作此語耳。古之能爲文章者，眞能陶冶萬物，雖取古人之陳言入于翰墨，如靈丹一粒，點鐵成金也[13]。

文章最爲儒者末事，然索學之，又不可不知其曲折，幸熟思之。至於推之使高，如泰山之崇崛，如垂天之雲[14]；作之使雄壯，如滄江八月之濤，海運[15]呑舟之魚，又不可守繩墨令儉陋也[16]。

《四部叢刊》影宋本《豫章黃先生文集》卷十九

【註釋】

[1] 洪駒父——洪芻，字駒父，豫章人。黃庭堅的外甥，紹聖進士，靖康中爲諫議大夫。汴京失守，芻唯痛飲沈醉，竟被誣陷，坐貶沙門島，卒於島中。芻與兄朋弟炎、羽都有才名，號四洪。芻著有《老圃集》一卷，收入呂本中所編《江西宗派詩集》。此外，又著有《詩話》《豫章職方乘》等。

[2] 黃庭堅(公元一〇四五年——一一〇五年)——字魯直，號山谷、涪翁，洪州分寧人。治平四年進士，曾官校書郎、著作郎，出知宣州、鄂州等處，謫黔州、宜州。有《山谷集》六十九卷。《宋史》卷四百四十四《文苑》六有傳。

[3] 別來三歲——按宋徽宗建中靖國元年辛巳(公元一一〇一)，庭堅在鄂州，王觀復(蕃)與洪芻父來會，庭堅有詩。別來三歲，則是崇寧二年癸未(公元一一〇三)，庭堅仍在鄂州，時年五十九。

[4] 晉——進。

[5] 諸文亦皆好三句——庭堅《與王庠周彥書》："所寄詩文，反覆讀之，如對談笑也。意所主張，甚近古人，但其波瀾枝葉不若古人爾。意亦是讀建安作者之詩與淵明、子美所作，未入神爾。"又《跋書柳子厚詩》："予友生王觀復作詩有古人態度，雖氣格已超俗，但未能從容中玉珮之音、左准繩、右規矩爾。意者讀書未破萬卷，觀古人之文章未能盡得其規摹，及所總覽籠絡，但知玩其山龍黼黻成章耶？"都是主張熟讀前代作家作品以求合古人規矩繩墨，可與本文所論相參。

[6] 凡作一文四句——宗，宗旨。趣，趨向。本文所指宗趣，意義相當於作品的主題。終始，就作品的意義言，指來龍去脈；就作品的形式言，指頭尾結構。庭堅於詩文，講求布置法度。胡仔《苕溪漁隱叢話》前集引其言："每作一篇，先立大意。長篇須曲折三致意，乃可成章。"又引范溫《潛溪詩眼》載其言："文章必謹布置"，並謂每見後學，多告以《原道》命意曲折云云，都可與本文所論相參。

[7] 四瀆——《爾雅·釋水》："江、淮、河、濟爲四瀆。四瀆者，發源注海者也。"

[8] 紹聖以前二句——紹聖，宋哲宗年號，自公元一〇九四年至一〇九七年，凡四

年。紹聖二年，庭堅五十一歲，謫黔州。紹聖以前，謂在謫黔州以前。下文"紹聖以後，始知作文章"，則是謂謫黔州以後。斧斤，喻作詩文的方法技巧。按：王構《修辭鑒衡》引《名賢詩話》："黃魯直自黔南歸，詩變前體，且云：'須要唐律中作活計，乃可言詩，以少陵淵蓄雲萃，變態百出，雖數十百韻，格律益嚴，蓋操制詩家法度如此。'" 胡仔《苕溪漁隱叢話》後集："余讀豫章先生傳贊云：'山谷自黔州以後，句法尤高，筆勢放縱，實天下之奇作。'"都可與此文所言參證。

[9] 東坡文章妙天下其短處在好罵——庭堅《書王知載朐山雜詠後》說："詩者人之情性也，非強諫爭於廷，怨忿詬於道，怒鄰罵座之爲也。"論旨與此相同。

[10] 襲其軌——蹈其前轍。

[11] 更須治經三句——庭堅《與秦少章帖》："文章雖末學，要須茂其根本，探其淵源。"《與徐師川書》："其未至者探經術未深。" 《大雅堂記》："夫無意而意已至，非廣之以《國風》《雅》《頌》，深之以《離騷》《九歌》，安能咀嚼其意味，闖然入其門耶？"都可與本文所論相發。

[12] 青瑣——疑是指《青瑣高議》的作者劉斧。

[13] 點鐵成金——陸機《文賦》"或襲故而彌新，或沿濁而更清"；皎然《詩式》也謂"偷語最爲鈍賊，……其次偷意，……其次偷勢"，這些意見，可能爲點鐵成金說之所本。庭堅更進一步提出"奪胎換骨法"，則比"點鐵成金"說，更沒有創新意義了。此後江西派詩人繼承了這一衣鉢。宋人著作中除《冷齋夜話》（見說明引）外，如《藝苑雌黃》《詩話總龜》《苕溪漁隱叢話》《韻語陽秋》《古今詩話》《捫蝨新話》《嬾眞子》《詩人玉屑》《雲麓漫鈔》《五總志》《螢雪叢談》等，均引述其說，可見其影響的廣泛。

[14] 垂天之雲——《莊子·逍遙遊》："鵬之背不知其幾千里也，怒而飛，其翼若垂天之雲。"

[15] 海運——《莊子·逍遙遊》："是鳥也，海運則將徙於南冥。" 王先謙集解："《玉篇》：'運，行也。'案：行於海上，故曰海運。"

[16] 又不可守繩墨令儉陋也——庭堅《題李白詩草後》："余評李白詩如黃帝張樂于洞庭之野，無首無尾，不主故常，非墨工槧人所能擬議。"即是此意。

【說明】

杜甫、韓愈在宋代特別受到文人們的重視。杜甫自言"讀書破萬卷，下筆如有神"（《奉贈韋左丞丈二十二韻》），指的是在萬卷羅胸的基礎上去其糟粕，取其精華，自鑄偉詞，達到高超的境地，並不同於後人的以抄書當作詩。韓愈自言"沈浸醲郁，含英咀華，作爲文章，其書滿家"(《進學解》)，但他卻反對剽襲古人，主張"陳言之務去"(《答李翊書》)，"惟古於詞必己出"(《南陽樊紹述墓志銘》)。宋人作詩，掉書袋形成風氣，王安石、蘇軾，都有此癖好。發展到江西詩派的開山祖師黃庭堅，更提出了一套化臭腐爲神奇，"以故爲新"(《再次韻楊明叔小序》)的理論，江西派詩人也就以此爲不傳之祕。他們對杜、韓的理解，顯然跟杜、韓作品的實質大有差別了。

《答洪駒父書》是庭堅五十九歲的作品。書中強調"自作語最難"。釋惠洪《冷齋夜話》曾引庭堅的話："詩意無窮而人之才有限，以有限之才追無窮之意，雖淵明、少陵不得工也。然不易其意而造其語，謂之換骨法；窺入其意而形容之，謂之奪胎法。"意義大致相同。庭堅的說法，着重在詩歌語言的技巧方面。這種主張，是以借鑑代替創造，以因襲拼湊代替推陳出新，帶有片面追求形式的傾向。庭堅在自己的寫作實踐上，確也有這種毛病。宋人方回《桐江集·劉元暉詩評》謂："黃專用經史雅言、晉宋清談，《世說》中不緊要字，融液爲詩。"清人翁方綱《復初齋文集·跋山谷手錄雜事墨迹》謂："所錄皆漢、晉間事，預儲爲詩文材料。"這種做法，宋人魏泰《臨漢隱居詩話》就批評了他："黃庭堅作詩得名，好用南朝人語，專求古人未使之事，又一二奇字，綴葺而成詩。自以爲工，其實所見之癖也。"金人王若虛《滹南詩話》也有這樣的批評："魯直論詩有奪胎換骨、點鐵成金之喻，世以爲名言。以予觀之，特剽竊之黠者耳。魯直好勝，而恥其出於前人，故爲此強辭而私立名字。"都是擊中庭堅詩論要害的話。

黃庭堅論詩，也有談到思想內容的。如《胡宗元詩集序》中說："其興托高遠，則附於《國風》；其忿世疾邪，則附於《楚辭》。"《戲呈孔毅父》詩中說："文章功用不濟世，何異絲窠綴露珠。"但其全部理論的傾向，是重在形式技巧，而不是思想內容。

論　詞

〔宋〕　李清照[1]

樂府聲詩[2]並著，最盛於唐開元、天寶[3]間，有李八郎[4]者，能歌，擅天下。時新及第進士，開宴曲江[5]，榜中一名士，先召李，使易服隱名姓，衣冠故敝，精神慘沮，與同之宴所。曰："表弟願與坐末。"衆皆不顧。既酒行樂作，歌者進，時曹元謙、念奴[6]爲冠。歌罷，衆皆咨嗟稱賞。名士忽指李曰："請表弟歌。"衆皆哂，或有怒者。及轉喉發聲，歌一曲，衆皆泣下。羅拜，曰："此李八郎也。"

自後鄭衞之聲日熾，流靡之變日煩。已有《菩薩蠻》《春光好》《莎鷄子》《更漏子》《浣溪紗》《夢江南》《漁父》[7]等詞，不可徧舉。

五代干戈，四海瓜分豆剖，斯文道熄。獨江南李氏君臣尚文雅，故於"小樓吹徹玉笙寒"，"吹皺一池春水"之詞，[8]語雖奇甚，所謂亡國之音哀以思[9]也！

逮至本朝，禮樂文武大備，又涵養百餘年，始有柳屯田永者，變舊聲作新聲，[10]出《樂章集》。大得聲稱於世，雖協音律，而詞語塵下。又有張子野、宋子京兄弟[11]，沈唐、元絳、晁次膺[12]輩繼出，雖時時有妙語，而破碎何足名家！至晏元獻[13]、歐陽永叔、蘇子瞻學際天人，作爲小歌詞，直如酌蠡水於大海[14]，然皆句讀不葺之詩爾[15]，又往往不協音律者。何耶？蓋詩文分平側，而歌詞分五音，又分五聲，又分六律，又分清濁輕重。[16]且如近世所謂《聲聲慢》《雨中花》《喜遷鶯》，既押平聲韻，又押入聲韻。《玉樓春》本押平聲韻，又押上去聲，又押入聲。本押仄聲韻，如押上聲則協，如押入聲，則不可歌矣。[17]王介甫、曾子固，文章似西漢，若作一小歌詞，則人必絶倒，不可讀也。[18]

乃知别是一家，知之者少。後晏叔原、賀方回、秦少游、黄魯直[19]出，始能知之。又晏苦無鋪敍[20]。賀苦少典重。秦則專主情致，而少故實，譬如貧家美女，非不妍麗，而終乏富貴態。黄卽尙故實，而多疵病，譬如良玉有瑕，價自減半矣。

《海山仙館叢書》本《苕溪漁隱叢話》後集卷三十三

【註釋】

[1] 李淸照(公元一〇八四年——？)——號易安居士，濟南人。李格非女，嫁趙明誠。北宋末南宋初著名女詞人。有《漱玉詞》一卷。俞正燮《癸巳類稿》卷十五有《易安居士事輯》。

[2] 聲詩——指樂府以外唐人采作歌詞入樂歌唱的五七言詩。

[3] 開元——唐玄宗年號，自公元七一三年至七四一年。 天寶——唐玄宗年號，自公元七四二年至七五六年。

[4] 李八郎——唐代有鬥聲樂以較勝負的風氣，如白行簡《李娃傳》記滎陽鄭生參加長安東西市鬥歌；段安節《樂府雜錄》記貞元中段善本與康崑崙鬥琵琶，都是先隱名易服，然後出奇制勝，與這裏所說的李八郎故事相類。《碧雞漫志》卷一記唐時男子善歌者有李龜年、米嘉榮、李衮等。八郎卽李衮。見李肇《國史補》。

[5] 開宴曲江——曲江在長安城東南，是唐代京郊著名的風景區。每屆新及第進士，照例在這裏遊賞宴會。

[6] 曹元謙——不詳。 念奴——唐天寶時著名的歌伎。元稹《連昌宮詞》自注："念奴，天寶中名倡，善歌。"

[7] 菩薩蠻等——皆詞調名。《菩薩蠻》，唐代敎坊曲名，開元、天寶時從西南傳入中原，後用爲詞調；《春光好》是唐玄宗製曲，見《羯鼓錄》；《更漏子》因晚唐溫庭筠此詞中多詠更漏而得名；《浣溪紗》，唐敎坊曲名，後用爲詞調；《夢江南》本名《謝秋娘》，李德裕製曲，見《樂府雜錄》；《漁父》，唐張志和所作。諸調中僅《莎鷄子》今無詞流傳。

[8] 獨江南李氏君臣尙文雅三句——指五代時南唐國主李璟、李煜父子與臣子馮

延巳等。當時南唐君臣都愛好作詞，宋馬令《南唐書》卷二十一《馮延巳傳》記他們君臣間的一段故事："元宗(卽李璟)樂府詞云：'小樓吹徹玉笙寒'(《攤破浣溪沙》)，延巳有'風乍起，吹皺一池春水'(《謁金門》)之句，皆爲警策。元宗嘗戲延巳曰：'吹皺一池春水，干卿何事？'延巳曰：'未如陛下小樓吹徹玉笙寒也'，元宗悅。"

[9] 亡國之音哀以思——本《禮記·樂記》語。

[10] 柳屯田永二句——柳永，原名三變，字耆卿，行七，崇安人。景祐進士，官屯田員外郎。有《樂章集》。創作長調甚多。變舊聲作新聲者，謂利用唐、宋舊曲，加以改製，翻作新調。

[11] 張子野——張先(公元九九〇年——一〇二八年)，字子野，浙江吳興人。有《張子野詞》。北宋詞在他和柳永集子裏開始多用長調。 宋子京兄弟——宋子京，卽宋祁(公元九九八年——一〇六一年)，字子京，其兄宋庠(公元九九六年——一〇六六年)，字公序，安州安陸人，事蹟詳《宋史》卷二百八十四本傳。宋祁詞有近人趙萬里輯本《校輯宋金元人詞·宋景文公長短句》，宋庠詞未見。

[12] 沈唐——字公述，官大名府簽判，有詞見《花菴詞選》。 元絳——(公元一〇〇八年——一〇八三年)字厚之，錢塘人，神宗朝參知政事，事蹟詳《宋史》卷三百四十三本傳，有詞見《花草粹編》。 晁次膺——晁端禮(公元一〇四六年——一一一三年)，字次膺，熙寧六年進士，兩爲縣令，忤上官，坐廢。有《閑齋琴趣》。

[13] 晏元獻——晏殊(公元九九一年——一〇五五年)，字同叔，江西臨川人，仁宗時官至同平章事，兼樞密使，歐陽修、王安石都是他的門下士，卒謚元獻，事蹟詳《宋史》三百十一，有《珠玉集》。

[14] 酌蠡水於大海——在大海中取一瓢水，比喻很容易的事。

[15] 然皆句讀不葺之詩爾——句讀不葺，句子長短不整齊。長短句本是詩詞形式不同的一點，李清照主張詞"別是一家"，要求作詞在內容風格上也當有別於詩。這句批評主要是對蘇詞而發，晏殊、歐陽修本屬傳統的婉約派，此處牽連偶及。

[16] 歌詞分五音四句——五音、清濁、輕重的涵義，清照未有解說。張炎《詞源》以脣齒喉舌鼻當五音。五聲是指宮商角徵羽，見《周禮·春官大師》。古時與五音往往混稱。張世南《游宦紀聞》卷九說輕清爲陽，重濁爲陰。此皆宋人之說。五音似指發聲部位，清濁則卽元人論曲之陰陽。(虞集《中原音韻序》說周德清"以聲之清濁，定字之陰陽，如高聲從陽，低聲從陰。"與張世南說相反；案"清"字陰聲，"濁"字陽聲，周說是，今人也如此分。又詞曲中所分陰陽，始於宋、元

人；孔廣森論古韻，以收鼻音與否分"陰聲韻""陽聲韻"，此與宋、元人所說陰陽聲劃然二事，不可混爲一談。）六律指十二律中陰陽聲之律，即黃鍾、大蔟、姑洗、蕤賓、夷則、無射。十二律，陽六爲律，陰六爲呂。稱六律，以代十二律呂。此句是說作詞須叶音律。

［17］本押仄聲韻四句——俞正燮《癸巳類稿·易安居士事輯》云："謂本平可通側，不拘上去入；若本側則上去入不可相通。"

［18］王介甫曾子固五句——前論蘇軾詞是謂不可以詩入詞，這裏是謂不可以文入詞。

［19］晏叔原——晏幾道（公元一〇三〇年？——一一〇六年？），字叔原，號小山，晏殊幼子。元豐年間，監潁昌許田鎮，有《小山詞》。 賀方回——賀鑄（公元一〇六三年——一一二〇年），字方回，衞州人，官泗州通判，晚年居蘇州，死在常州，有《東山寓聲樂府》。 秦少游——秦觀（公元一〇四九年——一一〇〇年），字少游，號淮海居士，高郵人。曾官祕書省正字。有《淮海集》。 黃魯直——見《答洪駒父書》註［2］。

［20］晏苦無鋪敍——《小山詞》都爲小令，少作長調，故稱其無鋪敍。

【說明】

這是北宋末年一篇著名的詞論。作者是一位很有成就的女詞人，她鮮明地提出自己的見解和主張，並且尖銳地批評了許多詞壇老宿，所以幾百年來很受讀者的注目。總括這篇論文對詞的見解和要求，有下列幾點：(一)高雅，(二)渾成，(三)協樂，(四)典重，(五)鋪敍，(六)故實。她和周邦彥是同時代的作家，若拿她這些論調來讀周邦彥的《清真詞》，正是"波瀾莫二"。我們看北宋末年的詞壇趨勢，知道這篇文字是足以代表當時多數人的主張的。因爲當柳永、蘇軾兩家的詞風和傳統詞風發生矛盾的時候，一部分詞人對柳、蘇都表示不同程度的不滿。這篇詞論提出詞"別是一家"的主張，就是針對蘇軾"以詩爲詞"的作法而發的。

這篇詞論批評北宋作家，止於元絳、晁端禮（次膺），而不提及周邦彥，也無一語涉及靖康之亂，可能是她早年遭亂以前的作品。我們讀她的《漱玉集》裏諸名篇，並不都是很典重、尙故實、擅長於鋪敍的作品，這大抵由於她遭亂之後，流離民間，生活激變，使她的創作實踐能够突破了早年的文學觀點。

這篇詞論裏一個主要問題，是詩與詞應分應合的爭論，這問題起於蘇軾。蘇軾繼承歐陽修、梅堯臣改變文風、詩風之後而改變詞風，他的詞打破了詩詞的界限；而當時一般文士却強調"尊體"之說，譏笑他"雖極天下之工，要非本色"(見陳師道《後山詩話》)；李清照的詞論就是這種論調影響下的產物。在兩宋之間，詞的發展已進入激變階段，在民族矛盾大爆發的時代裏，詞要接受這個時代的要求，就必須蛻棄它幾百年來"豔科"的面目。南宋大作家辛棄疾，不但打破了詩詞的界限，並且以辭賦、散文各種體裁來作詞。李清照主張保持"婉約派"的傳統風格，說詞"別是一家"，不許詩來侵犯它的疆域，是由於她局限於早年生活環境，不可能預料到後來詞的發展情況之故。

她主張歌詞應分五音、五聲、六律、清濁、輕重，也是沿北宋文人詞的傳統的說法。她以此作爲詞"別是一家"不同於詩的佐證。但她自己的詞篇裏却看不出嚴守宮律的痕跡，尤其是她晚年的幾首名作，這無疑由於南渡前後整個社會起了大激變，詞人創作自然不復有較量宮徵的心情了。李清照的詞論和她的創作不相應，也可作爲這篇詞論寫於她的早期的旁證。

總之，在我國二千多年的文學史上，女性有卓越文才的寥寥可數，其能依據創作經驗寫爲理論文字的，李清照之前未之或聞；這不但是宋代詞壇上有自己見解、有組織條理的第一篇詞論，並且是我國婦女作的文學批評第一篇專文。

歲寒堂詩話〔選錄〕

〔宋〕張戒[1]

建安、陶、阮以前，詩專以言志；潘、陸以後，詩專以詠物；兼而有之者，李、杜也。言志乃詩人之本意，詠物特詩人之餘事。古詩、蘇、李、曹、劉、陶、阮，本不期於詠物，而詠物之工，卓然天成，不可復及；其情眞，其味長，其氣勝，視《三百篇》幾於無愧。凡以得詩人之本意也。潘、陸以後，專意詠物，雕鐫刻鏤之工日以增，而詩人之本旨掃地盡矣。謝康樂"池塘生春草"[2]，顏延之"明月照積雪"[3]，謝玄暉"澄江靜如練"[4]，江文通"日暮碧雲合"[5]，王籍"鳥鳴山更幽"[6]，謝貞"風定花猶落"[7]，柳惲"亭皐木葉下"[8]，何遜"夜雨滴空階"[9]，就其一篇之中，稍免雕鐫，麤足意味，便稱佳句；然比之陶、阮以前蘇、李、古詩、曹、劉之作，九牛一毛[10]也。大抵句中若無意味，譬之山無烟雲，春無草樹，豈復可觀？阮嗣宗詩，專以意勝；陶淵明詩，專以味勝；曹子建詩，專以韻勝；杜子美詩，專以氣勝。然意可學也，味亦可學也，若夫韻有高下，氣有強弱，則不可強矣。此韓退之之文，曹子建、杜子美之詩，後世所以莫能及也。世徒見子美詩多麤俗，不知麤俗語在詩句中最難，非麤俗，乃高古之極也。自曹、劉死，至今一千年，惟子美一人能之，中間鮑照雖有此作，然僅稱俊快，未至高古。元、白、張籍、王建樂府[11]，專以道得人心中事爲工，然其詞淺近，其氣卑弱。至於盧仝，遂有"不唧溜鈍漢"[12]，"七椀喫不得"[13]之句，乃信口亂道，不足言詩也。近世蘇、黃亦喜用俗語，然時用之，亦頗安排勉強，不能如子美胸襟流出也。子美之詩，顏魯公之書，雄姿傑出，千古獨步，可仰而不可及耳。

國朝諸人詩爲一等，唐人詩爲一等，六朝詩爲一等，陶、阮、建安七子、兩漢爲一等，風騷爲一等，學者須以次參究，盈科而後進可也。[14]黄魯直自言學杜子美[15]，子瞻自言學陶淵明[16]，二人好惡，已自不同。魯直學子美，但得其格律耳。子瞻則又專稱淵明，且曰，曹、劉、鮑、謝、李、杜諸子皆不及也。夫鮑、謝不及則有之，若子建、李、杜之詩，亦何愧於淵明，卽淵明之詩，妙在有味耳。而子建詩，微婉之情，洒落之韻，抑揚頓挫之氣，固不可以優劣論也。古今詩人推陳王[17]及古詩第一，此乃不易之論。至於李、杜，尤不可輕議。歐陽公喜太白詩，乃稱其“清風明月不用一錢買，玉山自倒非人推”之句，[18]此等句雖奇逸，然在太白詩中，特其淺淺者。魯直云：“太白詩與漢、魏樂府爭衡。”[19]此語乃眞知太白者。王介甫云：“白詩多說婦人，識見汚下。”[20]介甫之論過矣。孔子刪詩，三百五篇說婦人者過半，豈可亦謂之識見汚下耶？元微之嘗謂“自詩人以來，未有如子美者”，而復以太白爲不及。[21]故退之云：“不知羣兒愚，那用故謗傷。”[22]退之於李、杜，但極口推尊，而未嘗優劣，此乃公論也。子美詩奄有古今，學者能識國風騷人之旨，然後知子美用意處；識漢、魏詩，然後知子美遣詞處；至於“掩顏、謝之孤高，雜徐、庾之流麗”[23]，在子美不足道耳。歐陽公詩學退之，又學李太白；王介甫詩，山谷以爲學三謝[24]；蘇子瞻學劉夢得，學白樂天、太白，晚而學淵明；[25]魯直自言學子美。人才高下，固有分限，然亦在所習，不可不謹。其始也學之，其終也豈能過之，屋下架屋，愈見其小。後有作者出，必欲與李、杜爭衡，當復從漢、魏詩中出爾。

詩以用事爲博，始於顏光祿[26]，而極於杜子美；以押韻爲工，始於韓退之，而極於蘇、黄。然詩者，志之所之也，情動於中而形於言，[27]豈專意於詠物哉？子建“明月照高樓，流光正徘徊”[28]，本以言婦人清夜獨居愁思之切，非以詠月也；而後人詠月之句，雖極其工巧，終莫能及。淵明“狗吠深巷中，鷄鳴桑樹顛”[29]，本以言郊居閒適之趣，非以詠田園；而後人詠田園之句，雖極其工巧，終莫能及。故曰：“言之不足，故長言之；長言之不足，故詠嘆之；詠嘆之不足，故不知手之舞之、足之蹈之。”[30] 後人所謂“含不盡之意”[31]者此也。用事押韻，何足道哉？蘇、黄用事押韻之工，至矣盡矣，然究其實，乃詩人中一害，使後生只知用事押韻之爲詩，而不知詠物之爲工，言志之爲本也。風雅自此掃地矣。

韻有不可及者，曹子建是也；味有不可及者，淵明是也；才力有不可及者，李太白、韓退之是也；意氣有不可及者，杜子美是也。文章古今迥然不同，鍾嶸《詩品》，以古詩第一，子建次之，此論誠然。觀子建“明月照高樓”、“高台多悲風”[32]、“南國有佳人”[33]、“驚風飄白日”[34]、“謁帝承明廬”[35]等篇，音節鏗鏘(原作“鏗鏘音節”，應乙)抑揚，態度溫潤清和，金聲而玉振之，辭不迫切，而意已獨至，與三百五篇異世同律，此所謂韻不可及也。淵明“狗吠深巷中，鷄鳴桑樹顛”、“採菊東籬下，悠然見南山”[36]，此景物雖在目前，而非至閒至静之中，則不能到，此味不可及也。杜子美、李太白、韓退之三人，才力俱不可及，而就其中退之喜崛奇之態，太白多天仙之詞，退之猶可學，太白不可及也。至於杜子美，則又不然，氣吞曹、劉，固無與爲敵。如放歸鄜州，而云“維時遭艱虞，朝野少暇日，顧慙恩私被，詔許歸蓬蓽”[37]；新婚戍邊，而云“勿爲新婚念，努力事戎行”，“羅襦不復施，對君洗紅粧”[38]；《壯遊》云：“兩宫各警蹕，萬里遥相望”[39]；《洗兵馬》云：“鶴駕通宵鳳輦備，鷄鳴問寢龍樓曉”[40]；凡此皆微而婉，正而有禮。孔子所謂“可以興，可以觀，可以羣，可以怨，邇之事父，遠之事君”者。[41] 如“刺規多諫諍，端拱自光輝，儉約前王體，風流後代希”[42]；“公若登臺輔，臨危莫愛身”[43]，乃聖賢法言，非特詩人而已。

“蕭蕭馬鳴，悠悠旆旌。”[44]以“蕭蕭”“悠悠”字，而出師整暇之情狀，宛在目前；此語非惟創始之爲難，乃中的之爲工也。荆軻云：“風蕭蕭兮易水寒，壯士一去兮不復還。”[45] 自常人觀之，語既不多，又無新巧，然而此二語遂能寫出天地愁慘之狀，極壯士赴死如歸之情，此亦所謂中的也。古詩：“白楊多悲風，蕭蕭愁殺人。”[46]“蕭蕭”兩字，處處可用，然惟墳墓之間，白楊悲風，尤爲至切，所以爲奇。樂天云：“說喜不得言喜，說怨不得言怨。”[47]樂天特得其麤爾。此句用悲愁字，乃愈見其親切處，何可少耶？詩人之工，特在一時情味，固不可預設法式也。

國風云：“愛而不見，搔首踟躕。”[48]“瞻望弗及，佇立以泣。”[49] 其詞婉，其意微，不迫不露，此其所以可貴也。古詩云：“馨香盈懷袖，路遠莫致之。”[50] 李太白云：“皓齒終不發，芳心空自持。”[51]皆無愧於國風矣。杜牧之云：“多情卻是總無情，惟覺尊前笑不成。”[52]意非不佳，然而詞意淺露，略無餘蘊。元、白、張籍，其病正在此，只知道得人心中事，而不知道盡則又淺露也。後來詩人能道得人心中事者少爾，尙何無餘蘊之責哉？

…………

國風、《離騷》固不論，自漢、魏以來，詩妙於子建，成於李、杜，而壞於蘇、黄。余之此論，固未易爲俗人言也。子瞻以議論作詩，魯直又專以補綴奇字，學者未得其所長，而先得其所短，詩人之意掃地矣。段師敎康崑崙琵琶，且遣不近樂器十餘年，忘其故態。[53]學詩亦然。蘇、黄習氣淨盡，始可以論唐人詩，唐人聲律習氣淨盡，始可以論六朝詩，鐫刻之習氣淨盡，始可以論曹、劉、李、杜詩。《詩序》云：“情動於中而形於言，言之不足，故嗟嘆之。”子建、李、杜皆情意有餘，洶湧而後發者也。劉勰云：“因情造文，不爲文造情。”[54]若他人之詩，皆爲文造情耳。沈約云：

“相如工爲形似之言，二班長於情理之說。”[55]劉勰云：“情在詞外曰隱，狀溢目前曰秀。”[56] 梅聖俞云：“含不盡之意見於言外，狀難寫之景如在目前。”[57]三人之論，其實一也。

無錫丁氏校印本《歷代詩話續編·歲寒堂詩話》卷上

【註釋】

[1] 張戒——正平人，宋高宗時曾爲殿中侍御史、司農少卿等職。後因和趙鼎、岳飛一起反對和議，被劾革職。著有《歲寒堂詩話》二卷。

[2] 池塘生春草——謝靈運《登池上樓》句。

[3] 明月照積雪——謝靈運《歲暮》詩句。此云顔延之詩，當由誤記。

[4] 澄江靜如練——謝朓《晚登三山還望京邑》詩句。

[5] 日暮碧雲合——江淹《雜體·休上人怨別》詩句。

[6] 鳥鳴山更幽——王籍《入若耶溪》詩句。

[7] 風定花猶落——《南史》卷七十四《謝貞傳》：“八歲嘗爲《春日閑居》詩，從舅王筠奇之，謂所親曰：‘至如“風定花猶落”，乃追步惠連矣。’”

[8] 亭皐木葉下——柳惲《擣衣詩》詩句。

[9] 夜雨滴空階——何遜《臨行與故遊夜別》詩句。

[10] 九牛一毛——語出司馬遷《報任少卿書》，比喻十分渺小。

[11] 張籍——見《與元九書》註[60]。　王建——字仲初，潁川人。唐大曆十年進士，官至陝州司馬，死于文宗太和末年，年八十餘。他的樂府詩和張籍齊名，世稱張王樂府。有《王建集》十卷。

[12] 不唧溜鈍漢——盧仝《揚州送伯齡過江》詩句。唧溜，機靈。

[13] 七椀喫不得——盧仝《走筆謝孟諫議寄新茶》詩句。

[14] 國朝諸人詩爲一等以下七句——《孟子·離婁下》：“源泉混混，不舍晝夜，盈科而後進，放乎四海。”趙岐注：“科，坎也。”盈科而後進，謂泉水把窪下之處注滿，又繼續向前奔流。這裏借以說從風騷至宋人，以次探討。案：嚴羽《滄浪詩話》云：“試取漢、魏之詩而熟參之，次取晉、宋之詩而熟參之，次取南北朝之詩而熟參之，次取沈、宋、王、楊、盧、駱、陳拾遺之詩而熟參之，次取開元、天寶諸家之詩而熟參之，次獨取李、杜二公之詩而熟參之，又取大曆十才子之詩而熟參之，又取元和之詩而熟參之，又盡取晚唐諸家之詩而熟參之，又取本朝蘇、黄以下諸家之詩而熟參之，其眞是非自有不能隱者。”又云：“大曆以前，分明別是一副

言語;晚唐,分明別是一副言語; 本朝諸公,分明別是一副言語。如此見,方許具一隻眼。"其説卽本於張戒。

[15] 黄魯直自言學杜子美——案:黄庭堅爲《大雅堂記》稱"余嘗欲隨欣然會意處,箋以數語"云云,黄集中論學杜語不一而足。

[16] 子瞻自言學陶淵明——《東坡續集》卷三《與蘇轍書》:"吾於詩人,無所甚好,獨好淵明之詩。淵明作詩不多,然其詩質而實綺,癯而實腴,自曹、劉、鮑、謝、李、杜諸人,皆莫及也。吾前後和其詩凡一百有九篇,至其得意,自謂不甚愧淵明。"

[17] 陳王——曹植,曾封陳王。

[18] 歐陽公喜太白詩三句——《歐陽文忠公集》卷一百二十九《筆説·李白杜甫詩優劣説》:"'落日欲沒峴山西,倒著接䍦花下迷,襄陽小兒齊拍手,大家爭唱《白銅鞮》。'此常言也。至於'清風明月不用一錢買,玉山自倒非人推',然後見其横放。其所以警動千古者,固不在此也。杜甫於白得其一節而精強過之。至於天才自放,非甫可到也。"

[19] 魯直云二句——王琦註《李太白全集》卷三十四引《黄山谷文集》:"太白歌詩,度越六代,與漢、魏樂府爭衡。"

[20] 王介甫云三句——《苕溪漁隱叢話前集》卷六引《鍾山語錄》:"荆公次第四家詩(卽杜甫、歐陽修、韓愈、李白四家)以李白最下,俗人多疑之。公曰:'白詩近俗,人易悦故也。白識見汚下,十首九説婦人與酒,然其才豪俊,亦可取也。'"

[21] 元微之嘗謂三句——元稹《工部員外郎杜君墓係銘》:"則詩人以來,未有如子美者。……至若鋪陳終始,排比聲韻,大或千言,次猶數百;詞氣豪邁,而風調清深,屬對律切,而脱棄凡近;則李尚不能歷其藩翰,況堂奥乎?"

[22] 退之云三句——韓愈《調張籍》詩句。羣兒,指當時誹謗李白詩歌的人。

[23] 掩顏謝之孤高二句——語見元稹《工部員外郎杜君墓係銘》。

[24] 三謝——陳師道《後山詩話》:"黄魯直謂荆公之詩……'扶輿度陽燄,窈窕一川花',雖前人亦未易道也,然學三謝失于巧耳。"三謝,謂謝靈運、謝惠連與謝朓。

[25] 蘇子瞻三句——陳師道《後山詩話》:"蘇詩始學劉禹錫,……晚學太白。……"黄庭堅《跋子瞻和陶詩》:"子瞻謫海南,時宰欲殺之。飽喫惠州飯,細和淵明詩。"方東樹《昭昧詹言》:"白傅意格,東坡所本。"

[26] 顏光祿——卽顏延之,宋武帝時爲金紫光祿大夫。

[27] 詩者三句——《毛詩序》文。

[28] 明月照高樓二句——曹植《七哀》詩句。

[29] 狗吠深巷中二句——陶淵明《歸園田居》詩句。

[30] 言之不足七句——見《禮記·樂記》。

[31] 含不盡之意——參看註[57]。

[32] 高台多悲風——曹植《雜詩》詩句。

[33] 南國有佳人——曹植《雜詩》詩句。

[34] 驚風飄白日——曹植《贈徐幹》詩句。

[35] 謁帝承明廬——曹植《贈白馬王彪》詩句。

[36] 採菊東籬下二句——陶淵明《飲酒》詩句。

[37] 維時遭艱虞四句——杜甫《北征》詩句。

[38] 勿爲新婚念四句——杜甫《新婚別》詩句。

[39] 兩宮二句——警，警戒；蹕，清道。古代皇帝出入所經之地要戒嚴，稱警蹕。時玄宗在成都，其子肅宗在靈武，故云。

[40] 鶴駕二句——鶴駕，太子車駕。杜甫作《洗兵馬》時，太子爲李俶。鳳輦，指太子所乘車。龍樓，門樓上有銅龍，故名。此二句是杜甫諷太子應盡子職。

[41] 可以興六句——見《論語》選篇及註。

[42] 刺規多諫諍四句——杜甫 《送盧十四弟侍御護韋尙書靈櫬歸上都二十韻》 詩句。

[43] 公若登臺輔二句——杜甫《奉送嚴公入朝十韻》詩句。

[44] 蕭蕭馬鳴二句——《詩·小雅·車攻》詩句。

[45] 風蕭蕭兮二句——載《史記·刺客列傳》。

[46] 白楊多悲風二句——《古詩十九首》詩句。

[47] 樂天云三句——僞托的《金針詩格》中有此語。

[48] 愛而不見二句——《詩·邶風·靜女》詩句。

[49] 瞻望弗及二句——《詩·邶風·燕燕》詩句。

[50] 馨香盈懷袖二句——《古詩十九首》詩句。

[51] 皓齒終不發二句——李白《古風》詩句。

[52] 多情卻是總無情二句——杜牧《贈別》詩句。

[53] 段師教康崑崙琵琶三句——段安節《樂府雜錄》:“(唐)德宗……乃令(段善本)教授崑崙，……段奏曰:‘且遣崑崙不近樂器十餘年，使忘其本領，然後可教。’詔許之，後果盡段之藝。”

[54] 劉勰云三句——劉勰《文心雕龍·情采》:“昔詩人什篇，爲情而造文；辭人賦頌，爲文而造情。何以明其然？蓋風雅之興，志思蓄憤，而吟詠情性，以諷其上，此爲情而造文也；諸子之徒，心非鬱陶，苟馳誇飾，鬻聲釣世，此爲文而造情

也。”

[55] 沈約云三句——沈約《宋書·謝靈運傳論》:“相如巧爲形似之言,班固(《文選》作“二班”)長於情理之説。”形似,意義相當於描寫。司馬相如以辭賦著稱,辭賦重在體物,要寫得形象逼肖。二班,班彪、班固。情理,指抒情言志説理相結合。班彪的《北征賦》,班固的《幽通賦》《詠史詩》,屬於這一類型。

[56] 劉勰云三句——此爲劉勰《文心雕龍·隱秀》佚文。

[57] 梅聖俞云三句——歐陽修《六一詩話》:“聖俞嘗語余曰:‘……必能狀難寫之景,如在目前,含不盡之意,見於言外,然後爲至矣。’”

【説明】

當南宋初期,蘇、黄詩風風靡一世的時候,首先正面提出反對意見的是張戒的《歲寒堂詩話》。從上面選的幾節中,可以看出張戒的論詩大旨之所在,都是不滿於蘇、黄的。

關於詩歌的内容方面,張戒認爲應當是以言志爲本。至於詠物寫景,乃是餘事。曹植“明月照高樓”,陶潛“狗吠深巷中”之所以不可企及,正由於“本不期於詠物,而詠物之工,卓然天成”的緣故。但是詠物寫景,也是詩的内容之一。“相如工爲形似之言”,並不妨礙他的成就。因此,他有取於劉勰所謂隱秀與梅聖俞之論意景,對於狀景之作也不完全否定。他所反對的,是“以用事爲博”,“以押韻爲工”,爲詠物而詠物。

由於詩以言志爲本,所以張戒引孔子“興、觀、羣、怨”之説,充分地肯定了杜甫詩的思想意義,但對蘇軾的“以議論作詩”,則認爲是“詩人之意掃地矣”!這因爲蘇軾有些詩中説理論事,縱横馳驟,使得詩歌散文化,超出了言志抒情的範圍,因此就把他和黄庭堅的“補綴奇字”一概相量,稱之爲“習氣”。

關於詩歌的藝術風格方面,張戒主張涵蓄藴藉,必須是“情意有餘,洶湧而後發”;但又要“情在詞外,狀溢目前”,以“不迫不露”爲貴。他不滿於元、白和張籍,由於他們“只知道得人心中事,而不知道盡則又淺露也”。可見他之所謂“淺”,只是因爲説得太“露”。説得太“露”,詩格就“卑”,那末像蘇軾和黄庭堅,一個發洩無餘,一個刻劃過甚,當然更是他所反對的了。他説詩歌語言之工,在於“中的”。所謂“中的”,指的是以恰當的詞語,確切不移地表現“一時情味”。既“不可預設法式”，又無“新巧”可言，要其指歸，還是以渾成爲尚，而不假於雕飾。

由於強調渾成的意境，張戒不僅把蘇、黄的“用事”“押韻”看作一種習氣，就連“聲律”和“鐫刻”也看作一種習氣。他說：“自漢、魏以來，詩妙於子建，成於李、杜，而壞於蘇、黄。”子建之妙，在於“微婉之情，洒落之韻，抑揚頓挫之氣”，三者兼而有之。詩之所以成於李、杜，因爲李白“多天仙之詞”，“與漢、魏樂府爭衡”，“其才力有不可及”；杜甫得《風》《騷》之旨，驅使漢、魏之詞，“其意氣有不可及”。至於蘇、黄繼李、杜而後，則奇外出奇，極盡變態。“學者未得其所長，而先得其所短”，於是滄海横流，詩道爲之大壞。變極則復，他悟出了“人才高下，固有分限，然亦在所習，不可不謹”。他以爲要與李、杜爭衡，就必須上溯漢、魏、《風》《騷》。“屋下架屋，愈見其小”，從李、杜來學李、杜，尚且不可，更何況向蘇、黄討生活呢？可是由破到立，是有過程的。“蘇、黄習氣淨盡，始可以論唐人詩；唐人聲律習氣淨盡，始可以論六朝詩；鐫刻之習氣淨盡，始可以論曹、劉、李、杜詩”。所謂“以次參究，盈科而後進”，就是這個意思。

張戒論詩，以儒家的傳統思想爲指導，對蘇黄的評論也難免有過激之詞；但他重視內容，推崇杜甫，對當日詩壇的不良風氣，作了有力的批判，具有補偏救弊的意義。

論詩詩〔選錄〕

〔宋〕陸游[1]

九月一日夜讀詩稿有感走筆作歌[2]

我昔學詩未有得，殘餘未免從人乞。力孱氣餒心自知，妄取虛名有慚色。[3] 四十從戎駐南鄭[4]，酣宴[5]軍中夜連日。打球築場[6]一千步，閱馬列廐三萬匹。華燈縱博聲滿樓[7]，寶釵豔舞光照席[8]。琵琶弦急冰雹亂，羯鼓[9]手勻風雨疾。詩家三昧[10]忽見前，屈賈在眼元歷歷[11]。天機雲錦用在我，剪裁妙處非刀尺。[12] 世間才傑固不乏，秋毫未合天地隔[13]。放翁老死何足論，廣陵散絕還堪惜。[14]

中華書局一九七六年版《陸游集·劍南詩稿》卷二十五

題廬陵蕭彥毓秀才詩卷後（其二）[15]

法不孤生自古同，癡人乃欲鏤虛空。[16] 君詩妙處吾能識，正在山程水驛中。[17]

中華書局一九七六年版《陸游集·劍南詩稿》卷五十

讀近人詩[18]

琢琱自是文章病，奇險尤傷氣骨多。[19] 君看大羹玄酒味，蟹螯蛤柱豈同科。[20]

中華書局一九七六年版《陸游集·劍南詩稿》卷七十八

示子遹[21]

我初學詩日，但欲工藻繪；中年始少悟，漸若窺宏大。怪奇亦間出，如石漱湍瀨。[22]數仞李杜牆[23]，常恨欠領會。元白纔倚門，溫李眞自鄶。[24]正令筆扛鼎，亦未造三昧。[25]詩爲六藝一[26]，豈用資狡獪[27]？（自注：晉人謂戲爲狡獪，今閩語尙爾。）汝果欲學詩，工夫在詩外。

中華書局一九七六年版《陸游集·劍南詩稿》卷七十八

【註釋】

[1] 陸游（公元一一二五年——一二一〇年）——字務觀，號放翁，山陰人。隆興初，賜進士出身，官至寶章閣待制。有《劍南詩稿》八十五卷、《渭南文集》五十卷、《南唐書》十八卷、《老學庵筆記》十卷。《宋史》卷三百九十五有傳。

[2] 九月一日夜讀詩稿有感走筆作歌——這首詩是宋光宗紹熙三年（公元一一九二年）陸游在山陰時作。這時作者六十八歲。在此前五年，陸游在嚴州刻成《劍南詩稿》前集。這首詩具體敍述了自己詩歌創作的發展過程。

[3] 我昔學詩未有得四句——陸游年青時曾拜曾幾爲師，頗受江西詩派的影響，雖然早負詩名，但他後來的生活道路與創作思想有所轉變，因而對這一時期的詩歌創作進行自我批評。

[4] 四十從戎句——陸游到南鄭前綫四川宣撫使王炎幕任幹辦公事兼檢法官時是四十八歲。"四十"云云，舉其整數。

[5] 酣宴——指盡醉極歡的宴會。

[6] 打球築場——打球（《劍南詩稿》舊刻本都作"毬"），指宋代軍中馬上的擊球運動。《宋史》卷一百二十一《禮志（軍禮）》記載："打毬，本軍中戲。……豎木東西爲毬門，……二人守門，……（諸人）馳馬爭擊。……將及門，逐厢急鼓。毬度，殺鼓三通。……得籌者下馬稱謝。"

[7] 華燈——華麗明亮的燈。　縱博——盡情博弈。博，局戲，用六箸十二棋；弈，指圍棋。

[8] 寶釵句——寶釵，婦女珍貴的首飾。詩中意謂服飾華麗的軍妓的舞蹈極其動人。

[9] 羯鼓——我國西北少數民族的樂器，用山桑木制成，形似漆桶，用手持杖擊奏。

[10] 三昧——本是佛經中用語，這裏指事物的訣要或精義。如稱在某方面造詣深湛爲"得其三昧"。

[11] 屈賈句——屈，屈原；賈，賈誼。歷歷，清楚如畫的意思。這句意思是說充分地領會了屈原、賈誼的創作精神。

[12] 天機二句——天機，本指神話故事中織女的布機；雲錦，謂錦繡美如彩雲。非刀尺，謂妙手天成，織布剪裁時無須憑藉刀尺的幫助。這兩句以紡織裁衣爲喻，比擬詩人善於運用材料，剪裁恰當，無雕琢斧鑿的痕迹。

[13] 秋毫句——秋毫，秋天鳥獸的新生絨毛。全句意謂差之毫釐，失之千里。

[14] 放翁二句——《廣陵散》，古琴曲名。《晉書》卷四十九《嵇康傳》："康將刑東市，……索琴彈之，曰：'昔袁孝尼從吾學《廣陵散》，吾每靳固之，《廣陵散》於今絕矣！'"後世因此就把失傳的東西稱爲《廣陵散》。這二句詩的意思是說，自己死了倒算不了什麼，可是死後詩學失傳才眞正值得惋惜。

[15] 題廬陵蕭彥毓秀才詩卷後——這詩是宋寧宗嘉泰二年(公元一二〇二年)陸游在山陰時作。這年作者七十八歲。蕭彥毓，字虞卿，廬陵人，與周必大、楊萬里都有往來。有《梅坡詩集》，不傳。《詩人玉屑》卷十九錄存其近體詩三首。

[16] 法不孤生二句——"法不孤生"、"心不孤起，仗境方生"本是佛教禪宗的口號(見智眼《人天眼目》卷四載石佛忠《相生頌》，延壽《宗鏡錄》卷四論"心法"，《雜阿含經》卷十五："粧畫虛空")。這裏借指詩歌創作的構思問題。癡人乃欲鏤虛空句意本李幼武《名臣言行續錄》卷一載黃庭堅語："詩不可鑿空強作，待境而生，便自工耳。"

[17] 君詩二句——《廣西通志》卷二百二十四載桂林石刻陸游與杜思恭手札(《渭南文集》未收)有這樣一段話，可與此詩相互印證："大抵此業在道途則愈工，……願舟楫鞍馬間加意勿輟，他日絕塵邁往之作必得之此時爲多。"這就是說，詩歌創作必須面向現實，接觸客觀生活，不能閉門造車，專在書本上下功夫。

[18] 讀近人詩——這首詩是宋寧宗嘉泰元年（公元一二〇八年）秋陸游在山陰時作。這年作者八十四歲。

[19] 琢琱二句——黃庭堅《與王觀復書》："所寄詩多佳句，猶恨雕琢功多。"又："好作奇語，自是文章病。"姜夔《白石道人詩說》："雕刻傷氣。"《渭南文集》卷三十九《何君墓表》也說："大抵詩欲工，而工亦非詩之極也。鍛煉之久，乃失本指，斲削之甚，反傷正氣。"都可和本篇互相參證。

[20] 君看二句——大羹，見本書《文賦》註[118]。玄酒，一作元酒，古代祭祀時當酒

用的水。蟹螯，螃蟹第一對像鉗子一樣的腿脚。蛤柱，貝殼類的蛤蜊的肉柱。蟹脚與蛤蜊，雖然味道特殊，但終比不上純而無味的大羹玄酒，因爲在人們神聖的祭壇上，它們是擺不上去的。這兩句意思是說，詩歌創作必須質樸，反對雕琢。

［21］示子遹——子遹（公元一一七八年——一二五〇年），字懷祖，陸游幼子。以父致仕恩補官，自新喻丞、溧陽令、嚴州知州歷官至吏部侍郎。這首詩與前一首同一年秋所作。

［22］怪奇二句——怪奇亦間出句，意謂中年以後，有時還寫一些瘦硬奇險的詩，不免有一些早年學江西詩派的習氣。石漱湍瀨語本歐陽修《水谷夜行寄子美聖俞》："梅翁事清切，石齒漱寒瀨。"

［23］數仞牆——見韓愈《答李翊書》註［4］。

［24］元白二句——謂元、白僅能及到李、杜的門牆，溫庭筠、李商隱則更下一等，不足道了。"自鄶"，用《左傳》季札觀樂故事，季札到魯觀樂，對各國的樂歌都有評論，但謂"自鄶以下無譏焉"，意謂鄶風以下，不足譏議。

［25］正令筆扛鼎二句——筆扛鼎見韓愈《病中贈張十八》詩："龍文百斛鼎，筆力可獨扛。"二句意謂即使筆力可以扛鼎，也未達到詩的極詣。

［26］六藝——這裏指《詩》、《書》、《易》、《禮》、《樂》、《春秋》。

［27］豈用資狡獪——狡獪，遊戲，這裏引申作僥倖取巧解。陸游於淳熙十四年六十六歲所作《示桑甥十韻》詩中謂"大巧謝雕琢，至剛反摧藏。一技均道妙，佻心誰能當。"亦是此意。

【說明】

這四首詩，是陸游六十八歲到逝世前一年所作。從這裏可以看到陸游的創作過程和論詩的總結。

陸游詩早年從江西派入手，曾拜曾幾爲師，曾幾稱他的詩"淵源殆自呂紫微（本中）"（陸游《呂居仁集序》）。"我得茶山（曾幾）一轉語，文章切忌參死句"（陸游《贈應秀才》），是陸游初期學習江西派的體會。由於他處在民族矛盾尖銳的時代，受了前輩愛國人士的教育和薰陶，與賣國集團進行了鬥爭，報國無路，"蹭蹬乃去作詩人"（《初冬雜詠》），這就使他在創作實踐上，終於能擺脫江西派的影響。特別是中年入蜀從軍南鄭以後，廣闊的現實世界，豐富的戰地生活，大大發展了他的創作與詩論。他所說的從"我昔學詩未有得，殘餘未免從人乞”、“我初學詩日，但欲工藻繪”到“四十從戎駐南鄭”，“詩家三昧忽見前”，“中年始少悟，漸若窺宏大”的過程，就是這樣一個曲折地摸索到正確道路的過程。詩家三昧的領會，不僅像江西派詩人所說“一朝悟罷正法眼，信手拈出皆成章”那樣在藝術上證悟到“文章本天成，妙手偶得之”（陸游《文章》）的境地，而是證悟到社會生活和創作的密切關係。以此爲前提，而後少時所學的“藻繪”工夫，煉字造句、徵典屬對等藝術技巧才能有用地爲積極的內容服務，寫出思想性與藝術性統一的作品。這就是陸游認爲過去“亦未造三昧”的三昧。它跟江西派詩人純藝術地用佛語喻悟境的話頭，有實質上的差異。

陸游在《示子遹》中，批判了早年單純追求形式，“但欲工藻繪”的錯誤，指出了“詩爲六藝一，豈用資狡獪？”在他的《老學庵筆記》中曾對片面講究詩句有出處的作詩方法作過批判，認爲“今人作詩，亦未嘗無出處，……但不妨其爲惡詩”。“琢雕自是文章病，奇險尤傷氣骨多”（《讀近人詩》），琢雕、奇險，都是“狡獪”的注脚。於是他又指出：“法不孤生自古同，癡人乃欲鏤虛空！君詩妙處吾能識，正在山程水驛中。”作家現實生活的體驗，正是《示子遹》結尾所提示的“汝果欲學詩，工夫在詩外”的具體內容，也是他所堅持的寫詩原則。

滄浪詩話·詩辨

〔宋〕嚴　羽[1]

夫學詩者以識爲主：[2]入門須正，立志須高；以漢、魏、晉、(原本無"晉"字，據明正德本《滄浪先生吟卷》校增)盛唐爲師，不作開元、天寶以下人物。若自生退屈[3]，卽有下劣詩魔入其肺腑之間；由立志之不高也。行有未至，可加工力；路頭一差，愈騖愈遠；由入門之不正也。故曰：學其上，僅得其中；學其中，斯爲下矣。又曰：見過於師，僅堪傳授；見與師齊，減師半德也。[4]工夫須從上做下，不可從下做上。先須熟讀《楚詞》，朝夕諷詠以爲之本；及讀《古詩十九首》，樂府四篇[5]，李陵、蘇武、漢、魏五言皆須熟讀，卽以李、杜二集(原本作"習"，據《滄浪先生吟卷》校改)枕藉觀之，如今人之治經，然後博取盛唐名家，醞釀胸中，久之自然悟入。雖學之不至，亦不失正路。此乃從頂𩕳[6]上做來，謂之向上一路[7]，謂之直截根源[8]，謂之頓門[9]，謂之單刀直入[10]也。

詩之法有五：曰體製，曰格力，曰氣象，曰興趣，曰音節。[11]

詩之品有九：曰高，曰古，曰深，曰遠，曰長，曰雄渾，曰飄逸，曰悲壯，曰淒婉。其用工有三：曰起結，曰句法，曰字眼。其大槩有二：曰優游不迫，曰沉着痛快。詩之極致有一：曰入神。詩而入神，至矣，盡矣，蔑以加矣！惟李、杜得之。他人得之蓋寡也。[12]

禪家者流，乘有小大[13]，宗有南北[14]，道有邪正[15]；具正法眼[16]者(原本作"看"，據《滄浪先生吟卷》校改)，是謂第一義[17]。若聲聞、辟支果[18]，皆非正也。論詩如論禪：漢、魏、晉等作與盛唐之詩，則第一義也。大曆以還之詩[19]，則已落第二義矣。晚唐之詩，則聲聞、辟支果也。學漢、魏、晉與盛唐詩者，臨濟[20]下也。學大曆以還者，曹洞[21]下也。大抵禪道惟在妙悟，詩道亦在妙悟。且孟襄陽學力下韓退之遠甚，而其詩獨出退之之上者，[22]一味妙悟故也。惟悟乃爲當行，乃爲本色。然悟有淺深，有分限之悟，有透徹之悟，有但得一知半解之悟。漢、魏尙矣，不假悟也。謝靈運至盛唐諸公，透徹之悟也。[23]他雖有悟者，皆非第一義也。吾評之非僭也，辨之非妄也。天下有可廢之人，無可廢之言。詩道如是也。若以爲不然，則是見詩之不廣，參詩之不熟耳。試取漢、魏之詩而熟參之，次取晉、宋之詩而熟參之，次取南北朝之詩而熟參之，次取沈、宋[24]、王、楊、盧、駱、陳拾遺之詩而熟參之，次取開元、天寶諸家之詩而熟參之，次獨取李、杜二公之詩而熟參之，又取大曆十才子[25]之詩而熟參之，又取元和之詩[26]而熟參之，又取晚唐諸家之詩而熟參之，又取本朝蘇、黄以下諸公之詩而熟參之，其眞是非亦有不能隱者。儻猶於此而無見焉，則是爲外道蒙蔽其眞識，不可救藥，終不悟也。[27]

夫詩有別材，非關書[28]也；詩有別趣，非關理也。而古人未嘗不讀書、不窮理。所謂不涉理路、不落言筌(原本作“鑒”字，據《滄浪先生吟卷》校改)者，上也。詩者，吟詠情性也。盛唐詩人惟在興趣，羚羊掛角，無跡可求。[29]故其妙處瑩徹玲瓏，不可湊泊，如空中之音，相中之色，水中之月，[30]鏡中之象，言有盡而意無窮。近代諸公作奇特解會[31]，遂(原本無“遂”字，據《滄浪先生吟卷》校增)以文字爲詩，以議論爲詩，以才學爲詩。以是爲詩，夫豈不工，終非古人之詩也。蓋於一唱三歎之音[32]，有所歉焉。且其作多務使事，不問興致；用字必有來歷，押韻必有出處，讀之終篇，不知着到何在。其末流甚者，叫噪怒張，殊乖忠厚之風，殆以駡詈爲詩[33]。詩而至此，可謂一厄也，可謂不幸也。然則近代之詩無取乎？曰：有之，吾取其合於古人者而已。國初之詩，尚沿襲唐人：王黄州[34]學白樂天，楊文公、劉中山學李商隱[35]，盛文肅學韋蘇州[36]，歐陽公學韓退之古詩[37]，梅聖俞學唐人平澹處[38]。至東坡、山谷始自出己法以爲詩，唐人之風變矣。[39] 山谷用工尤深刻[40]，其後法席盛行，海內稱爲江西宗派[41]。近世趙紫芝、翁靈舒輩，獨喜賈島、姚合之語，[42]稍稍復就清苦之風；江湖詩人[43]多效其體，一時自謂之唐宗；不知止入聲聞、辟支之果，豈盛唐諸公大乘正法眼者哉！嗟乎！正法眼之無傳久矣。唐詩之說未唱，唐詩之道有時而明也。今既唱其體曰唐詩矣，則學者謂唐詩誠止於是耳，兹詩道之重不幸耶！故予不自量度，輒定詩之宗旨，且借禪以爲喻，推原漢、魏以來，而截然謂當以盛唐爲法，（原註：後捨漢、魏而獨言盛唐者，謂古〔原作"唐"字，據《滄浪先生吟卷》校改〕律之體備也。）雖獲罪於世之君子，不辭也。

乾隆刻本《詩人玉屑》卷一

【註釋】

[1] 嚴羽——字儀卿，一字丹丘，自號滄浪逋客，邵武人。與同族參、仁，皆有詩才，號三嚴。論詩主妙悟，其邑人上官偉長、吳夢易、朱叔大、黄裳、吳陵等傳其宗派。著有《滄浪詩話》、《滄浪集》。

[2] 案：各本均以此節與下"禪家者流"云云合爲一條，今據《詩人玉屑》本列爲第一條。

[3] 退屈——退縮屈曲的意思。《五燈會元》卷十五："善暹禪師曰：'彼既丈夫我亦爾，孰爲不可！良由諸人不肯承當，自生退屈。'"

[4] 見過於師四句——此懷海禪師語，《五燈會元》卷三引。

[5] 樂府四篇——案《文選》樂府一類首列《樂府四首古辭》一題，包括《飲馬長城窟行》、《君子行》、《傷歌行》、《長歌行》四篇。

[6] 頂𩕳——頭部。《五燈會元》卷十八，介諶禪師有"踏着釋迦頂𩕳"之語。

[7] 向上一路——《傳燈錄》卷七："寶積禪師上堂示衆曰：向上一路，千聖不傳，學

者勞形，如猿捉影。”

［8］直截根源——《傳燈錄》卷三十：“永嘉眞覺大師《證道歌》：‘直截根源佛所印，摘葉尋枝我不能。’”

［9］頓門——猶言頓悟之門。佛家以速疾證悟妙果爲頓悟。

［10］單刀直入——《傳燈錄》卷九：“靈佑禪師曰，單刀趣入，則凡聖情盡體露眞常。”《五燈會元》卷九：“趣入”作“直入”。

［11］前一節提出了他的學古主張，此節與下一節均從學古之說闡發，所以雖似泛論作詩之法，實則正指出了學古之法，要從這五方面注意。

［12］這一條各本均析爲四條，今從《詩人玉屑》所引合爲一條，義似較長。前一條論法，這一條論品，所謂“用工”“極致”，也是指品而言。

［13］乘有小大——佛說法因人而殊，人有智愚，故所說有深淺。其說之廣大深妙者爲大乘，淺小者爲小乘。

［14］宗有南北——佛教禪宗自五祖宏忍後分爲南北二宗。南宗始慧能所創，北宗始神秀，得法雖一，而開導發悟有頓漸之異，故曰南頓北漸。

［15］道有邪正——《傳燈錄》卷九：“黃蘗希運禪師云：有此眼腦，方辨得邪正宗黨。”

［16］正法眼——禪家語，指佛所說之正法。《大梵天王問佛決疑經》載佛對迦葉說：“我有正法眼藏，涅槃妙心，即付囑于汝。”禪宗諸僧，常用此語。宋代詩人借用此語以說的，嚴羽以前，已有韓駒《贈趙伯魚》詩云：“學詩當如初學禪，未悟且遍參諸方。一朝悟罷正法眼，信手拈出皆成章。”

［17］第一義——借用佛家語。《大乘義章》：“第一義者，亦名眞諦。……彼世諦若對第一，應名第二。”

［18］聲聞辟支果——佛家有三乘：一菩薩乘，二辟支乘，三聲聞乘。菩薩乘普濟羣生，故稱大乘；辟支、聲聞僅求自度，故稱小乘。辟支，梵語獨覺之義，謂並無師承，獨自悟道也。聲聞，謂由誦經聽法而悟道者。

［19］大曆以還之詩——大曆，唐代宗年號，自公元七六六年至七七九年。大曆以還之詩，指中唐之詩。唐詩分初、盛、中、晚之說，定於明代高棅。高棅之說雖本於嚴羽，但羽尙不標中唐之目，故常言“大曆”或“大曆以還”。

［20］臨濟——“臨濟宗”源出六祖弟子懷讓，懷讓傳馬祖，馬祖傳百丈，百丈傳黃蘗，黃蘗傳臨濟義玄禪師。臨濟宗至宋時，有楊岐、黃龍二派，其傳特盛。

［21］曹洞——“曹洞宗”源出六祖弟子行思，行思傳希遷，希遷傳藥山，藥山傳雲巖，雲巖傳良价禪師，住瑞州洞山；良价傳本寂禪師，住撫州曹山，故合稱“曹洞宗”。

[22] 且孟襄陽學力下韓退之遠甚兩句——《後山詩話》謂:"退之於詩本無解處,以才高而好耳。"又云:"退之以文爲詩,雖極天下之工,要非本色。"又謂:"子瞻謂孟浩然之詩,韻高而才短"。此當爲嚴説所本。

[23] 謝靈運兩句——昔人雖以陶淵明與謝靈運並稱陶、謝,但謝詩雕刻,遠不及陶。故嚴羽謂靈運爲透徹之悟,許學夷《詩源辨體》頗持異議。實則羽此説本於皎然《詩式》。《詩式》云:"高手如康樂公,……但見情性,不覩文字,蓋詣道之極也。"此説爲滄浪所本。

[24] 沈宋——《舊唐書·文苑·沈佺期傳》:"佺期善屬文,尤長五七言之作,與宋之問齊名,時人稱爲沈、宋。"

[25] 大曆十才子——《新唐書·文藝·盧綸傳》:"綸與吉中孚、韓翃、錢起、司空曙、苗發、崔峒、耿湋、夏侯審、李端,皆能詩,齊名,號大曆十才子。"他書所載,十人姓名略有出入。計有功《唐詩紀事》謂:"大曆十才子,……盧綸、錢起、郎士元、司空曉(曙)、李端、李益、苗發、皇甫曾、耿湋、李嘉祐。又云:吉頊、夏侯審亦是。或云:錢起、盧綸、司空曉、皇甫曾、李嘉祐、吉中孚、苗發、郎士元、李益、耿湋、李端。"《滄浪詩話》云:"冷朝陽在大曆十才子中爲最下。"其名又出於上述記載之外。

[26] 元和之詩——元和,唐憲宗年號,自公元八〇六年至八二〇年。李肇《國史補》:"元和已後,……歌行則學流蕩於張籍;詩章則學矯激於孟郊,學淺切於白居易,學淫靡於元稹。俱名爲元和體。"此蓋泛指元和以後詩風而言。又《新唐書·元稹傳》:"稹尤長於詩,與(白)居易名相埒,天下傳諷,號元和體。"《滄浪詩話》亦云:"元和體,元、白諸公。"據元稹《上令狐相公詩啓》,當時已有此稱,是則專以元、白代表元和詩風。

[27] 禪家者流至終不悟也一節——滄浪論悟,可有二義:一指第一義之悟,一指透徹之悟。這一節重在第一義之悟,故欲人於遍觀熟參之後,自辨其眞是非。下一節重在透徹之悟,故又不欲人以議論才學爲詩,而歉於一唱三嘆之音。這樣排列更能看出《詩辨》一篇的主要精神,所以現在不取通行各本,而從《詩人玉屑》。

[28] 書——"書"字,後人稱引多誤作"學",非。

[29] 羚羊掛角兩句——《傳燈錄》卷十六:"道膺禪師謂衆曰:如好獵狗,只解尋得有蹤迹底;忽遇羚羊掛角,莫道迹,氣亦不識。"

[30] 空中之音三句——趙與旹《賓退錄》載張芸叟論詩語:"王介甫如空中之音,相中之色,欲有尋繹,不可得矣。"《五燈會元》:"應物現形,如水中月。"

[31] 奇特解會——禪家語。«五燈會元»："奇特商量。"又："尋言逐句，求覓解會。"

[32] 一唱三歎之音——見陸機«文賦»註[119]。

[33] 殆以罵詈爲詩——案黃庭堅«書王知載朐山雜錄後»云："詩者人之情性也，非強諫爭於廷，怨忿詬於道，怒鄰罵座之謂也。"則山谷亦反對以罵詈爲詩者，惟東坡好以時事爲譏誚，故«後山詩話»稱"蘇詩始學劉禹錫，故多怨刺。"滄浪所言當指此。同時戴復古«論詩十絕»謂："時把文章供戲謔，不知此體誤人多。"可能戴、嚴相互受影響。

[34] 王黃州——王禹偁嘗知黃州，故稱王黃州。禹偁詩有"本與樂天爲後進"之句。

[35] 楊文公劉中山句——楊億諡曰文，劉筠中山人，時稱楊、劉。二人詩專學李商隱。

[36] 盛文肅學韋蘇州——盛度諡文肅，詩學韋應物，有«愚谷»«銀台»«中書»«中樞»等四集，今不傳。

[37] 歐陽公學韓退之——歐陽修詩力矯崑體，以氣格爲主，故與韓愈古詩相近。

[38] 梅聖俞學唐人平澹處——梅聖俞見«答韓三子華韓五持國韓六玉汝見贈述詩»註[2]。歐陽修«六一詩話»稱其詩"覃思精微，以深遠閑淡爲意"。

[39] 至東坡山谷兩句——張戒«歲寒堂詩話»："子瞻以議論作詩，魯直又專以補綴奇字，學者未得其所長，而先得其所短，詩人之意掃地矣。"此說爲滄浪所本。

[40] 山谷用工尤深刻——«朱子語類»卷一四〇："蘇、黃只是今人詩。蘇才豪，然一滾說盡無餘意；黃費安排。"

[41] 江西宗派——胡仔«苕溪漁隱叢話»前集："呂居仁近時以詩得名，自言傳衣江西，嘗作«宗派圖»，自豫章(黃庭堅)以降，列陳師道、潘大臨、謝逸、洪芻、饒節、僧祖可、徐俯、洪朋、林敏修、洪炎、汪革、李錞、韓駒、李彭、晁沖之、江端本、楊符、謝薖、夏倪、林敏功、潘大觀、何覬、王直方、僧善權、高荷，合二十五人，以爲法嗣，謂其源流皆出豫章也。"他書所載，姓名、人數，稍有出入。江西派中作者，不都是江西人。

[42] 近世趙紫芝翁靈舒輩兩句——趙師秀，字紫芝，號靈秀；翁卷號靈舒，與徐照(號靈暉)、徐璣(號靈淵)均永嘉人，時號"永嘉四靈"。四人詩格相類，工爲唐律，專以賈島、姚合爲法。賈島，見«與李生論詩書»註[9]。姚合，唐陝州峽石人。元和進士，善爲五言律詩，頗類賈島，故姚、賈並稱。

[43] 江湖詩人——南宋錢塘書賈陳起與江湖詩人友善，刊«江湖集»«江湖前集»«江湖後集»«江湖續集»«中興江湖集»等，收戴復古諸人作品，後遂稱這些詩人爲江湖派。

【説明】

宋人詩論偏重學古。詩人和道學家都有此論調，但滄浪重在形貌風格上的模擬，故創爲以禪喻詩之說，其意義又與當時詩人和道學家的學古主張稍有不同。由於他以禪喻詩，故重在妙悟。案其所謂悟，似有二義。一指第一義之悟，以漢、魏、晉、盛唐爲師，而反對蘇、黄詩風；一指透徹之悟，重在瑩徹玲瓏不可湊拍，於是除反對蘇、黄詩風之外，再批判永嘉四靈的學唐風氣。因此，他在"破"的方面是有一些進步意義的。但就其"立"的方面來講，則不免偏於藝術性而忽於思想性，所以第一義之悟成爲明代前後七子擬古主張之先聲；而透徹之悟，又成清代王士禛神韻説之所祖。對後世詩論起了一些不良影響。大抵滄浪於詩，約略體會到形象思維和邏輯思維的分别，但沒有適當的名詞可以指出這分别，於是只能歸之於妙悟，而創爲别才别趣之説。别才别趣之説，幾乎成爲後人集中爭論之點，其實只因後人根據通行的錯誤本子，所以看不到滄浪所體會到的形象思維和邏輯思維之分别，甚至斷章取義，曲解滄浪的原意。今考《詩人玉屑》和《對床夜語》所引，均作"而古人未嘗不讀書不窮理"，可知滄浪並不反對多讀書多窮理，而是指出應當如何讀書與如何用書、如何窮理與如何説理的問題。在滄浪以前，一般人即使也看到作詩不同於邏輯思維，但只是從詩文體製的分别來看，所以總認爲蘇、黄詩風是由於以文爲詩的關係。至滄浪别才别趣之説，才開始認識到形象思維和邏輯思維的分别。他自負爲"自家實證實悟"的應當是指的這方面。這是他的貢獻。然而，也正在這問題上，暴露了他的局限性。由於他只強調詩的藝術性，不知道詩從生活中來，從現實中來，所以一方面他不理解生活經驗豐富，才能反映現實，寫出好詩，於是無可解釋只能歸之於别才。另一方面，更不理解形象地反映現實的結果，同樣可以説明事理，於是也只能歸之於别趣。他論詩接觸到形象思維的問題，確有所見；但離開了生活現實，也就只能講些迷離恍惚不可究詰的話了。

論詩三十首〔選錄〕

自註：丁丑歲三鄉作[1]

〔金〕 元好問[2]

漢謠魏什久紛紜[3]，正體無人與細論[4]。誰是詩中疏鑿手[5]？暫教涇、渭各清渾[6]。

曹、劉[7]坐嘯虎生風，四海無人角兩雄。可惜并州劉越石，不教横槊建安中。[8]

鄴下風流[9]在晉多，壯懷猶見缺壺歌[10]。風雲若恨張華少，溫、李新聲奈爾何！[11]（自註：鍾嶸評張華詩，恨其兒女情多，風雲氣少。）

一語天然[12]萬古新，豪華落盡見眞淳[13]。南窗白日羲皇上[14]，未害淵明是晉人[15]。（自註：柳子厚，唐之謝靈運；陶淵明，晉之白樂天。）

縱横詩筆見高情[16]，何物能澆磈磊平[17]？老阮不狂誰會得[18]？出門一笑大江横[19]。

心畫心聲[20]總失眞，文章寧（原本作仍，據蔣刻本《元遺山詩箋注》校改）復見爲人。高情千古《閑居賦》，爭信安仁拜路塵。[21]

慷慨歌謠絕不傳，穹廬一曲本天然。中州萬古英雄氣，也到陰山敕勒川[22]。

沈、宋[23]横馳翰墨場，風流初不廢齊、梁[24]。論功若準平吳例，合著黃金鑄子昂。[25]

鬭靡誇多[26]費覽觀，陸文猶恨冗於潘[27]。心聲只要傳心了，布穀瀾翻可是難[28]。（自註：陸蕪而潘淨，語見《世說》。）

排比鋪張[29]特一途，藩籬如此亦區區。少陵自有連城璧，爭奈微之識碔砆。[30]（自註：事見元稹《子美墓志》。）

眼處心生句自神[31]，暗中摸索總非眞。[32]畫圖臨出秦川景，親到長安有幾人？[33]

“望帝春心托杜鵑”，佳人錦瑟怨華年。[34]詩家總愛西崑好，獨恨無人作鄭箋。[35]

萬古文章有坦途[36]，縱橫誰似玉川盧[37]？眞書不入今人眼，兒輩從敎鬼畫符。[38]

東野窮愁死不休[39]，高天厚地[40]一詩囚。江山萬古潮陽筆，合在元龍百尺樓。[41]

窘步相仍死不前，唱醻無復見前賢。[42]縱横正有淩雲筆，俯仰隨人亦可憐。[43]

奇外無奇更出奇，一波纔動萬波隨。[44]只知詩到蘇、黃盡，滄海横流卻是誰？[45]

曲學虛荒小說欺，俳諧怒駡豈詩宜？[46]今人合笑古人拙，除卻雅言都不知[47]。

“有情芍藥含春淚，無力薔薇臥晚枝”。[48]拈出退之《山石》句，始知渠是女郎詩。[49]

金入洪鑪不厭頻，精眞那計受纖塵。[50]蘇門果有忠臣在，肯放坡詩百態新？[51]

百年纔覺古風迴[52]，元祐諸人[53]次第來。諱學金陵[54]猶有說，竟將何罪廢歐、梅[55]？

古雅難將子美親，精純全失義山眞。[56]論詩寧下涪翁拜，未作江西社裏人。[57]

池塘春草謝家春[58]，萬古千秋五字新。傳語閉門陳正字[59]，“可憐無補費精神”[60]。

《四部叢刊》影明弘治本《遺山先生文集》卷十一

【註釋】

［1］丁丑歲三鄉作——翁方綱《石洲詩話》:“金宣宗興定元年丁丑，先生年二十八歲。自貞祐三年乙亥，蒙古兵入金燕都，四年丙子，先生自秀容避亂河南，至是歲寓居三鄉，在其登進士第之前四年。”

［2］元好問(公元一一九〇——一二五七年)——字裕之，號遺山，太原秀容人。金興定五年進士，曾爲尚書省左司員外郎等官。金亡不仕。有《遺山集》四十卷，編金人詩爲《中州集》十卷。《金史》卷一百二十六《文藝》有傳。

［3］漢謠魏什句——漢謠、魏什泛指漢、魏時代的詩。紛紜意指紛亂。這句謂漢、魏風骨，後代逐漸失去它的優良傳統，僞體亂眞。

［4］正體無人與細論——杜甫《戲爲六絕句》:“別裁僞體親風雅。”正體指風雅的傳統，與僞體相對立。翁方綱《石洲詩話》:“正體云者，其發源長矣，由漢、魏以上推其源，實從《三百篇》得之。蓋自杜陵云‘別裁僞體’，‘法自儒家’，此後更無有能疏鑿河源者耳。”

［5］誰是詩中疏鑿手——疏鑿謂治水時通鑿河道，此借以指別裁詩體的正僞。查愼行《十二種詩評》:“分明自任疏鑿手。”

［6］涇渭清渾——涇水清，渭水濁(見《詩·邶風·谷風》，但後來也有涇濁渭清的說法)，涇渭二水，都在陝西。宗廷輔《古今論詩絕句輯注》:“此自伸其論詩之旨也。”

［7］曹劉——曹劉見本書鍾嶸《詩品序》註［65］及蘇軾《書黄子思詩集後》註［7］。元氏《自題中州集後》又有“鄴下曹、劉氣盡豪”句。據謝靈運《擬魏太子鄴中集詩》小序，謂“劉楨卓犖偏人，而文最有氣，所得頗經奇”。鍾嶸《詩品》列劉楨於上品，謂其“仗氣愛奇，動多振絕，眞骨凌霜，高風跨俗。但氣過其文，雕潤恨少。然自陳思已下，楨稱獨步”。劉勰《文心雕龍·體性》亦云:“公幹氣褊，故言壯而情駭。”綜合各家評論，說明劉楨詩風骨豪壯，所以元好問稱曹、劉爲“氣豪”，爲“兩雄”。現存楨詩僅十五首，殆難以看到他的全貌。

［8］可惜并州劉越石二句——劉琨，字越石，西晉末年愛國詩人。《詩品序》謂“劉越石仗清剛之氣”。宗廷輔《古今論詩絕句輯註》:“越石蒼渾，與先生合，且北人，故欲躋之建安之列。”元稹《唐故工部員外郎杜君墓係銘》:“建安之後，……曹氏父子鞍馬間爲文，往往橫槊賦詩。故其遒文壯節抑揚、怨哀悲離之作，尤極於古。”越石以詩人而爲統帥，故元氏以橫槊爲言。翁方綱《石洲詩話》:“論詩從建安才子說起，此眞詩中疏鑿手矣。李太白亦云:‘蓬萊文章建安骨。’韓

文公亦云:'建安能者七。'此於曹、劉後,特舉一劉越石,亦詩家一大關捩。"

[9] 鄴下風流——指建安詩風,魏太子居鄴下,建安七子環繞其周圍,故云。

[10] 缺壺歌——劉義慶《世說新語》:"王處仲(敦)每酒後,輒詠'老驥伏櫪,志在千里;烈士暮年,壯心未已。'(曹操《步出東西門行》句)以如意打唾壺,壺口盡缺。"

[11] 風雲兩句——鍾嶸《詩品》評張華詩:"其體華豔,興託不奇,巧用文字,務爲妍冶;雖名高曩代,而疏亮之士,猶恨其兒女情多,風雲氣少。"這裏貶斥"溫、李新聲",特指溫庭筠、李商隱詩歌中綺麗婉豔一面,至商隱詩精純的一面,元氏亦予肯定,可參看後章。翁方綱《石洲詩話》:"此首特舉晉人風格,高出齊、梁也,非專以斥薄溫、李也。後章'精純全失義山眞',豈此之謂乎?義山在晚唐時,與飛卿、柯古(段成式)並稱三十六體,原自以綺麗名家,是又不能盡以義山得杜之精微,而概例之也。卽放翁論詩,亦有'溫、李眞自鄶'之句。蓋論晚唐格調,自不得不如此。遺山之論,前後非有異議耳。"宗廷輔註:"意不甚滿於鞶帨爲工者,特借《詩品》一語發之。蓋六朝競尚才藻,激昂之氣少,其源實晉開之。故先生云如此。"

[12] 一語天然——《朱子語類》:"淵明詩平淡出於自然。"嚴羽《滄浪詩話》:"淵明之詩質而自然。"與元氏意合。

[13] 豪華落盡見眞淳——這語本於黃庭堅。胡仔《苕溪漁隱叢話》前集:"《正法眼藏》云:'石頭一日問藥山曰:子近日作麼生?山曰:皮膚脫落盡,惟有眞實在。'魯直《別楊明叔》詩云:'皮毛剝落盡,惟有眞實在。'全用藥山禪師語也。"

[14] 南窗白日羲皇上——陶淵明《與子儼等疏》:"常言五六月中,北窗下臥,遇涼風暫至,自謂是羲皇上人。"

[15] 未害淵明是晉人——宗廷輔註:"提出淵明,不滿晉人意可見。玩末句則上首意更明。"案:詩意謂晉詩大都追求詞華,而陶淵明獨崇尚自然,亦何害其爲晉人。翁方綱《石洲詩話》:"此章論陶詩也,而注先以柳繼謝者,……蓋陶、謝體格,並高出六朝,而以天然閑適者歸之陶,以蘊釀神秀者歸之謝,此所以爲初日芙蓉他家莫及也。"

[16] 縱橫詩筆見高情——鍾嶸《詩品》評阮籍:"而《詠懷》之作,可以陶性靈,發幽思,言在耳目之內,情寄八荒之表,洋洋乎會於風雅,使人忘其鄙近,自致遠大,頗多感慨之詞。"嚴羽《滄浪詩話》:"黃初之後,惟阮籍《詠懷》之作,極爲高古,有建安風骨。"與元氏意合。

[17] 何物能澆磈磊平——《世說新語》:"王孝伯問王大,阮籍何如司馬相如?王大

曰:‘阮籍胸中壘塊,故須酒澆之。’”

[18] 老阮不狂誰會得——《魏志·王粲傳》注引《魏氏春秋》:“籍口不論人過,而自然高邁。”《詠懷詩》李善註:“嗣宗身仕亂朝,常恐罹謗遇禍,因兹發詠,故每有憂生之嗟;雖志在刺譏而文多隱避。百代之下,難以情測。”

[19] 出門一笑大江横——黄庭堅《王充道送水仙花五十枝欣然會心爲之作詠》詩句。

[20] 心畫心聲——《法言·問神》:“故言,心聲也;書,心畫也。聲畫形,君子小人見矣。”

[21] 高情二句——《晉書·潘岳傳》:“字安仁,……岳性輕躁,趨世利。與石崇等諂事賈謐,每候其出,與崇輒望塵而拜。……既仕宦不達,乃作《閑居賦》。”都穆《南濠詩話》:“揚子雲曰:言,心聲也;字,心畫也。蓋謂觀言與書,可以知人之邪正也。然世之偏人曲士,其言其字,未必皆偏曲,則言與書又似不足以觀人者。元遺山詩云:……。有識者之論固如此。”

[22] 陰山敕勒川——《樂府詩集》:“《樂府廣題》曰:‘北齊神武(高歡)攻周玉壁,士卒死者十四五,神武恚憤疾發。周王下令曰:高歡鼠子親犯玉壁,劍弩一發,元凶自斃。神武聞之,勉坐以安士衆,悉引諸貴,使斛律金唱《敕勒》,神武自和之。其歌本鮮卑語,易爲齊言,故其句長短不齊。’”《敕勒歌》:“敕勒川,陰山下。天似穹廬,籠蓋四野。天蒼蒼,野茫茫,風吹草低見牛羊。”宗廷輔註:“北齊斛律金《敕勒歌》,極豪莽,且本是北音,故先生深取之。”

[23] 沈宋——見《滄浪詩話·詩辨》註[22]。

[24] 風流初不廢齊梁——郭紹虞《滄浪詩話校釋》:“案齊、梁體可有二義:一指風格,卽陳子昂所謂‘彩麗競繁,而興寄都絶’,《朱子語類》所謂‘齊、梁間之詩讀之使人四肢皆嬾慢不收拾’者也。一指格律,則與永明體相近。……姚範《援鶉堂筆記》謂:‘稱永明體者以其拘於聲病也;稱齊、梁體者以綺艷及詠物之纖麗也。’”案:沈、宋詩在風格與格律方面都是走齊、梁的道路,故元氏云爾。

[25] 論功若準平吴例二句——《吴越春秋》:“范蠡既去,……於是越王乃使良工鑄金,象范蠡之形,置之坐側。”《新唐書·陳子昂傳》:“唐興,文章承徐、庾餘風,天下祖尚,子昂始變雅正。”翁方綱《石洲詩話》:“此於論唐接六代之風會,最有關係。……於初唐獨推陳射洪(子昂),識力直接杜、韓矣。然而遺山詩集,初不斤斤效阮、陳作《詠懷》《感遇》之篇也。豈其若李(夢陽)、何(景明)輩冒稱復古者,得以藉口邪?”

[26] 闖龘詩多——韓愈《送陳秀才彤序》:“讀書以爲學,纘言(組織詞句)以爲文,非

以誇多而鬭靡也。”

[27] 陸文猶恨冗於潘——《世説新語》:“孫興公(綽)云:潘(岳)文淺而淨,陸(機)文深而蕪。”又:“孫興公云:潘文爛若披錦,無處不善;陸文若排沙揀金,往往見寶。”劉峻註:“《文章傳》曰:‘……司空張華……謂曰:人之作文,患於不才,至子爲文,乃患才多也。’”

[28] 布穀瀾翻可是難——布穀,鳥名。布穀瀾翻,形容誇多。宗廷輔註:“先生固不滿於晉人者,此則借論潘、陸,以箴宋人也。夫詩以言志,志盡則言竭。自蘇、黄創爲長篇次韻,於是牽於韻脚,不得不借端生議,勾留比附,而辭費矣。‘口角瀾翻如布穀’,東坡句也。”

[29] 排比鋪張——元稹《唐故工部員外郎杜君墓係銘》語,見本書《歲寒堂詩話》註[21]。翁方綱《石洲詩話》:“排比鋪張,卽所云布穀瀾翻也。”案:合元稹工部墓銘全文觀之,排比鋪張,特指長篇排律而言,是一種誇多的藝術手法。遺山認爲此不過詩之一體,在杜詩中亦非上乘。而元稹轉以此推重杜甫,故遺山認爲“識碔砆”。

[30] 少陵自有連城璧二句——戰國時秦請以十五城易趙璧,故有連城璧之稱。微之,元稹字。碔砆,石之似玉者。元好問《杜詩學引》中評述杜詩的一節,可與此相證明。王鳴盛《蛾術編》:“《墓係銘敍》云云,評李、杜優劣,精妙之至。蓋杜之勝李,全在鋪陳排比,屬對律切也。千古公論,至微之始定。而元遺山《論詩絶句》云云,所云‘連城璧’在何處,妄爲大言,其實原未識得,聊以欺人耳。”潘德輿《養一齋詩話》:“微之少游(秦觀),尊杜至極,無以復加。而其所以尊之之由,則徒以其包衆家之體勢姿態而已。於其本性情,厚倫紀,達六義,紹三百者,未嘗一發明也,則又何足以表洙泗(指孔子)無邪之旨,而允爲列代詩人之稱首哉!元遺山云:‘少陵自有連城璧,爭奈微之識碔砆。’所見遠矣。”

[31] 眼處心生句自神——謂眼所接觸的實境,激發詩情,自能寫出入神之句。查慎行《十二種詩評》:“見得眞,方道得出。”宗廷輔註:“景物興會,無端湊泊,取之卽是,自然入妙。”《大毗婆沙論》:“問:眼處云何?答:諸眼於色,已正當見;及彼同分,是名眼處。”

[32] 暗中摸索總非眞——謂並無現實生活的感受,只是在暗中虛擬,總不是眞實之境。

[33] 畫圖二句——施國祁註:“《三秦記》曰:‘長安正南秦嶺,嶺根水流爲秦川,一名樊川。’案:少陵自天寶五載至十五年以前皆在長安,見諸題詠,如《元都壇》之子規山竹,王母雲旗;《慈恩塔》之河漢西流,七星北戶;《曲江三章》之素沙白

石，杜曲桑麻；《麗人行》之三月氣新，水邊多麗；《樂遊園》之碧草烟緜，芙蓉波浪；《渼陂行》之棹謳間發，水面藍關；《西南臺》之錯翠南山，倒影白閣；《湯東靈湫》之陰火玉泉，樓空浴日：凡茲景物，並近秦川一帶，登臨俯仰，獨立冥搜，分明十幅畫圖都在把酌浩然，曠懷游目中一一寫照也。宋范寬有秦川圖。”案：這二句謂後人無眞情實感而以模仿古人爲能事。

[34] 望帝春心二句——李商隱《錦瑟》詩：“錦瑟無端五十絃，一絃一柱思華年。莊生曉夢迷胡蝶，望帝春心托杜鵑。滄海月明珠有淚，藍田日暖玉生烟。此情可待成追憶，只是當時已惘然。”施國祁註：“屬樊榭(鶚)云：‘此詩義山悼亡之作也。錦瑟五十絃，剖爲二十五，是卽其人生世之年；故云思華年也。今則如莊生之蝶，望帝之鵑，已化爲異物矣。然其珠光玉潤，容華出衆，有令人追憶不能忘者，在當日已惘然，知尤物之不能久存，不待追憶而始然也。’案：玉溪此詩，寓托似深，後之解者，言人人殊，不能備載。”翁方綱《石洲詩話》：“拈此二句，非第趁其韻也，正以先提唱杜鵑句於上，卻押華年於下，乃是此篇迴復幽咽之旨也。遺山當日必有神會，惜未見其所述耳。”

[35] 詩家總愛西崑好二句——翁方綱《石洲詩話》：“宋初楊大年、錢惟演諸人館閣之作，曰《西崑酬唱集》。其詩效溫、李體，……西崑者，宋初翰苑也。是宋初館閣效溫、李體，乃有西崑之目，而晚唐溫、李時，初無西崑之目也。遺山沿習此稱之誤，不知始於何時耳。然遺山論詩，旣知義山之精眞，而又薄溫、李爲新聲者，蓋義山之精微，自能上追杜法；而其以綺麗爲體者，則斥爲新聲，但以其聲言之。此亦所謂言各有當耳。”宗廷輔註：“先生詩取徑與義山迥殊，獨不薄義山。”案：以義山詩爲西崑體，在元氏以前已有混用不別者。惠洪《冷齋夜話》謂：“詩到義山，謂之文章一厄，以其用事僻澀，時稱西崑體。”胡仔《苕溪漁隱叢話前集》在唐彥謙之後王建之前，有西崑體，其中多論義山詩。嚴羽《滄浪詩話》謂：“李商隱體，卽西崑體也。”又謂：“西崑體，卽李商隱體，然兼溫庭筠及本朝楊、劉諸公而名之也。”遺山所選《中州集》引李純甫屏山所作《西嵓集序》亦謂“李義山喜用僻事，下奇字，晚唐人多效之，號西崑體。”知宋、金兩代，沿誤已久，遺山不過因襲其誤而已。《詩三百篇》毛氏傳，鄭玄爲作箋。

[36] 坦途——韓愈《贈盧仝》詩：“往年弄筆嘲仝異，怪詞驚衆謗不已；近來自說尋坦途，猶上虛空跨騄駬(駿馬)。”

[37] 玉川盧——盧仝自號玉川子，詩怪異。《朱子語類》謂：“唐人玉川子輩，句語雖險怪，意思亦自有混成氣象。”孫樵《與王霖秀才書》稱盧仝《月蝕詩》“拔地倚天，句句欲活。讀之如赤手捕長蛇，不施控騎生馬，急不得暇，莫可捉搦。”與遺

山“縱横”之評相合。

[38] 眞書二句——查愼行《十二種詩評》:“掃盡鬼怪一派。”

[39] 東野窮愁死不休——孟郊,字東野。歐陽修《六一詩話》:“孟郊、賈島,皆以詩窮至死。而平生尤自喜爲窮苦之句。”

[40] 高天厚地——《詩·小雅·正月》:“謂天蓋高,不敢不局;謂地蓋厚,不敢不蹐。”

[41] 江山萬古二句——潮陽謂韓愈,愈晚年謫爲潮州刺史。元龍,陳登字。《魏志·陳登傳》:“如小人欲臥百尺樓上”,乃劉備語。瞿佑《歸田詩話》:“遺山論詩云……推尊退之,而鄙薄東野,至矣。東坡亦有‘未足當韓豪’之句,又云:‘我厭孟郊詩,復作孟郊語。’蓋不爲所取也。東野詩如:‘食薺腸亦苦,強歌聲無歡。出門卽有礙,誰謂天地寬。’又云:‘夜吟曉不休,苦吟鬼神愁,如何不自閑,心與身爲讐。’氣象如此,宜其一生跼蹐也。”翁方綱《石洲詩話》:“韓門諸家不斥賈而斥孟,亦與東坡意同。”案:遺山此論,後人也多不同意的,如沈德潛《說詩晬語》、潘德輿《養一齋詩話》以及錢振鍠《謫星說詩》諸書,都有不滿之論。

[42] 窘步相仍二句——“窘步相仍”與末句所謂“俯仰隨人”,都是指次韻詩拘束於韻脚,寸步不得自由,俯仰隨原唱者之意。觀第二句“唱酬無復見前賢”,知遺山用意所在。嚴羽《滄浪詩話》:“和韻最害人詩。古人酬唱不次韻,此風始盛於元、白、皮、陸。本朝諸賢,乃以此而鬥工,遂至往復有八九和者。”都穆《南濠詩話》:“古人詩有唱和者,蓋彼唱而我和之,初不拘體製兼襲其韻也。後乃有用人韻以答之者,觀老杜、嚴武詩可見,然亦不一一次其韻也。至元、白、皮、陸諸公,始尙次韻,爭奇鬥險,多至數百言,往來至數十首,而其流弊至於今極矣。非沛然有餘之才,鮮不爲其窘束,所謂性情者,果可得而見邪?”案:此論可與遺山語互證。

[43] 縱横正有凌雲筆二句——杜甫《戲爲六絕句》:“凌雲健筆意縱横。”宗廷輔註:“此殆譏好次韻者。次韻詩肇於元、白,皮、陸繼之,然亦止今體耳。至蘇、黃則無所不次矣。先生不甚滿於東坡,又未便直加詆訶,故所云如此。”

[44] 奇外無奇二句——姜夔《白石道人詩說》:“波瀾開合,如在江湖中,一波未平,一波已作。如兵家之陣,方以爲正,又復是奇,方以爲奇,忽復是正,出入變化,不可紀極,而法度不可亂。”

[45] 只知詩到蘇黃盡二句——劉克莊《後村詩話》:“元祐以後,詩人迭起,一種則波瀾富而句律疏,一種則煅煉精而情性遠,要之不出蘇、黃二體而已。”案:滄海横流謂狂流氾濫。潘德輿《養一齋詩話》:“明以滄海横流責蘇。”宗廷輔註:“自

蘇、黄更出新意，一洗唐調，後遂隨風而靡，生硬放佚，醜惡不臻，變本加厲，告在作俑。先生慨之，故責之如此。”

[46] 曲學虚荒二句——黄庭堅、戴復古、嚴羽都反對以俳諧駡詈爲詩，見《滄浪詩話·辨詩》及注[31]，可與遺山之論相發明。遺山《楊叔能小亨集引》稱：“初余學詩，以十數條自警。”其中如“無怨懟，無謔浪，無驁很，無狡訐，無爲仇敵謗傷，無爲聾俗鬨傳，無爲瞽師皮相，無爲黠卒醉横，無爲法家醜詆，無爲琵琶娘人魂韻詞”等條，都與此詩用意相通。施國祁註：“案：少陵、義山，俱有俳諧體詩。”

[47] 除卻雅言都不知——宗廷輔注：“此首專詆東坡。或疑其議東坡不應重叠如此，不知此乃先生宗旨所在，射人射馬，擒賊擒王，所見既眞，故不憚一再彈擊也。”

[48] 有情芍藥二句——此秦觀《春日》絶句詩，見《淮海集》卷十。晚枝，《淮海集》作曉枝，作曉是。

[49] 拈出退之山石句二句——遺山《中州集·擬栩先生王中立傳》：“予嘗從先生學，問作詩究竟當如何？先生舉秦少游(觀)《春雨》詩云：‘有情芍藥含春淚，無力薔薇臥晚枝。’此詩非不工，若以退之‘芭蕉葉大梔子肥’之句校之，則《春雨》爲婦人語矣。破卻工夫，何至學婦人？”據此，則遺山此論，原得自王中立。但以女郎比擬秦詩，則宋人敖陶孫《臞翁詩評》即已有“秦少游如時女步春，終傷婉弱”之語。芭蕉七字，韓愈七古《山石》句。查慎行《十二種詩評》：“齊、梁、陳、隋諸名家，大抵皆女郎詩，不數中唐以後也。”宗廷輔註：“此首排淮海。上二句卽以淮海詩狀淮海詩境也。”

[50] 金入洪鑪二句——這二句是褒蘇之詞，眞金經過煅煉，本自精純不受纖塵。然詩家古調，亦至蘇而亡，故末句又以“百態新”貶之。

[51] 蘇門二句——《宋史·文苑傳》：“黄庭堅……與張耒、晁補之、秦觀，俱游蘇軾門，天下稱爲四學士。”潘德輿《養一齋詩話》：“明言蘇門無忠直之言，故致蘇詩競出新態。”宗廷輔註：“晁叔用(沖之)云：東坡如毛嬙、西施，淨洗卻面，與天下婦人鬥好。卽此末句‘百態新’之意。”“新聲創則古調亡，自蘇、黄派行而唐代風流至是盡泯(消失)。明何仲默《答李獻吉書》云：‘文靡於隋，韓力振之，然古文之法亡於韓；詩溺於陶，謝力振之，然古詩之法亡於謝。’世或駭其言。然東坡亦言：‘書之美者莫如顔魯公，然書法之壞，自魯公始；詩之美者莫如韓退之，然詩格之變，自退之始。’語見《詩人玉屑》，何書卽此意耳。”周壽昌《思益堂日札》：“遺山《論詩》：‘蘇門若有忠臣在，肯放坡詩百態新。’又云：‘只知詩到蘇、黄盡，滄海横流卻是誰。’是遺山於蘇詩，頗存刺謬之意。然案遺山《洛陽》詩

云:‘城頭大匠論蒸土,地底中郎待摸金’;查初白云:‘摸金校尉,非中郎也,東坡誤用,先生仍而不改。’夫遺山用典,尙承東坡之誤,謂非服習坡詩有素者乎?”案:“元氏«論詩»中貶蘇之詞,也是學蘇。”(可參考郭紹虞«中國文學批評史»)遺山有關蘇詩“百態新”的評價,曾在«東坡詩雅引»一文中闡述之云:“五言以來,六朝之謝、陶,唐之陳子昂、韋應物、柳子厚最爲近風雅。自餘多以雜體爲之,詩之亡久矣。雜體愈備則去風雅愈遠,其理然也。近世蘇子瞻絕愛陶、柳二家,極其詩之所至,誠亦陶、柳之亞。然評者尙以其能似陶、柳而不能不爲風俗所移,爲可恨耳。夫詩至於子瞻,而且有不能近古之恨,後人無所望矣。”是遺山貶彈東坡,乃在肯定的基礎上批判。而淸人趙翼«甌北詩話»則謂:“元遺山論詩云:‘蘇門果有忠臣在,肯放坡詩百態新。’此言似是而實非也。新豈易言,意未經人說過則新,書未經人用過則新。詩家之能新,正以此耳。若反以新爲嫌,是必拾人牙後,人云亦云,否則抱柱守株,不敢踰限一步,是尙得成家哉?尙得成大家哉?”此論對遺山貶彈蘇詩“百態新”之意有誤解。遺山之意,不過謂東坡詩以“鬥靡誇多”爲新,有失風雅之傳統而已。

[52] 百年纔覺古風迴——翁方綱«石洲詩話»:“此迴字,卽坡公詩‘昇平格力未全迴’之迴字,是遺山力爭上游處也。”

[53] 元祐諸人——元祐,宋哲宗年號,自公元一〇八六年至一〇九三年。嚴羽«滄浪詩話»:“元祐體,蘇、黃、陳諸公。”

[54] 諱學金陵——王安石罷相後居金陵,故卽以金陵稱安石。王闢之«澠水燕談錄»:“荆國王文公以多聞博學爲世宗師。……公之治經尤尙解字,末流務爲新奇,浸成穿鑿。朝廷患之,詔學者兼用舊傳注,不專治新經,禁援引«字解»。於是學者皆變所學,至於著書以詆公之學者,且諱稱公門人。故(張)芸叟爲挽詞云:‘今日江湖從學者,人人諱道是門生。’”案:宋、金之際學者對王安石政治上的事業,認識不足,故遺山作此語,並用以論詩。宗廷輔註:“猶有說,卽以人廢言之意。”

[55] 竟將何罪廢歐梅——嚴羽«滄浪詩話»:“國初之詩尙沿襲唐人:……歐陽公學韓退之古詩,梅聖俞學唐人平淡處。至東坡、山谷始自出己意以爲詩,唐人之風變矣。”朱弁«曲洧舊聞»:“東坡詩文,落筆輒爲人所傳誦。每一篇到,歐陽公爲終日喜。……一日與棐論文及坡公。嘆曰:汝記吾言,三十年後,世上人更不道著我也。崇寧、大觀間,海外詩(謂東坡海外詩)盛行,後生不復有言歐公者。”陳振孫«直齋書錄解題»:“聖俞爲詩,古澹深遠,有盛名於一時。近世少有喜者,或加毀訾。”潘德輿«養一齋詩話»:“明言歐、梅甫能復古,而元祐蘇、黃諸人

次第變古。”

[56] 古雅難將子美親二句——王若虛《滹南詩話》:“山谷自謂得法於少陵，而不許於東坡。予觀之,少陵,《典》《謨》也;東坡,《孟子》之流;山谷,則揚雄《法言》而已。”案:李義山詩精純之處,得力於杜,胡仔《苕溪漁隱叢話》前集引《蔡寬夫詩話》云:“王荆公晚年亦喜義山詩,以爲唐人知學老杜而得其藩籬，惟義山一人而已。”葉夢得《石林詩話》亦云:“唐人學老杜,惟商隱一人而已。雖未盡造其妙,然精密華麗,亦自得其彷彿。”朱弁《風月堂詩話》謂“黄庭堅用崑體工夫而造老杜渾成之地。”是宋人有以爲山谷學杜從崑體與義山入手者。遺山此論,卻謂山谷失義山之眞,未得其精純,則正如潘德輿《養一齋詩話》所指出，義山詩原有“若‘求之流輩豈易得,行矣關山方獨吟’,學杜而得其粗率者,又開宋人一派矣”。山谷就是從義山這種粗硬處學杜。所以遺山以爲“精純全失義山眞”也。宗廷輔註:“詆山谷,上二句直舉山谷之疵。”

[57] 論詩寧下涪翁拜二句——涪翁,黄庭堅別號。宗廷輔註:“查初白云:‘涪翁生拗錘鍊,自成一家,直得下拜。’此讀寧爲寧可之寧也,故爲調停,非先生意。寧下者,豈下也。”案:遺山《自題中州集後》云:“北人不拾江西唾,未要曾郎借齒牙。”與此同意。涪翁既是江西派的宗祖,遺山不願入江西社,豈有向涪翁下拜之理。再證之以遺山的詩作,也不類涪翁。

[58] 池塘句——見《歲寒堂詩話》註[2]。

[59] 閉門陳正字——黄庭堅《病起荆江亭卽事》:“閉門覓句陳無己。”任淵注:“無己名師道,……無己坐黨錮廢,既而自棣學除祕書省正字。”胡仔《苕溪漁隱叢話前集》引《王直方詩話》:“……江端禮……要看無己作詩,有‘閉門十日雨,吟作飢鳶聲’之句,大爲山谷所愛。”

[60] 可憐句——王安石《韓子》詩句。宗廷輔註:“詆後山。後山詩純以拗樸取勝。‘池塘生春草’,何等自然。”

【説明】

論詩絕句，濫觴於杜甫《戲爲六絕句》。宋以後作者不下數十家,大體上可分爲二大流別。從南宋戴復古的《論詩十絕》起,到清代趙執信、趙翼、宋湘、張問陶、丘逢甲諸家的論詩諸絕句,屬於闡說理論;從金代元好問《論詩三十首》起,到清代王士禛、袁枚、洪亮吉、李希聖、陳衍諸家的論詩絕句,屬於品評作家作品。後者往往擴大範圍到摘賞佳句,點綴瑣聞;等而下之,甚至標榜聲氣，更屬自鄶無譏了。

元好問爲金、元二代的著名詩人，《論詩三十首》，雖屬於後一類型，但實際體現了一家論詩的宗旨，與後人仿效其體的作品大有不同。元氏寫這詩時，年二十八歲，但末首自稱"老來留得詩千首"，疑晚年曾有改定，故留下此語，我們正可據以窺測元氏詩論的全貌。

這裏選錄了二十二首。第一首開宗明義，以疏鑿手自任，樹立疏鑿的準則。所謂"正體"，是與杜甫《戲爲六絕句》所說"別裁僞體"的"僞體"相對立的。其餘二十一首，比較全面地辨析了正僞清濁的鴻溝所在。主要有如下五個方面：

第一、貴自得，反模擬：

在"眼處心生句自神"一首中，指出了只有"親到長安""眼處心生"的實證實悟，才能下筆有神；批判了唐臨晉帖般的模擬作風。因此，元氏對以奪胎換骨爲能事的江西派詩，抱着鄙夷的態度，不屑步他們的後塵，在"古雅難將子美親"一首中，明白表示"論詩寧下涪翁拜，未作江西社裏人。"

第二、主張自然天成，反對誇多鬥靡：

在詩歌風格上，元氏是主張古調，反對新聲的。主張古調，並不是模擬，指的是自然天成的風格。所謂新聲是指誇多鬥靡、逞弄才華的一套。他一方面肯定了陶淵明的"一語天然萬古新，豪華落盡見眞淳"，謝靈運"池塘生春草"的"萬古千秋五字新"，歐、梅的"百年才覺古風迴"；一方面否定了"鬥靡誇多""布穀瀾翻"的作風，指出杜詩的"排比鋪張"不過一體，元稹以此尊杜是未識連城璧，譏斥元、白、皮、陸一直到蘇、黄的次韻詩是"窘步相仍死不前"，"俯仰隨人亦可憐"，批判了矜多炫巧的蘇詩是"百態新"、黄詩是"古雅難將子美親"，並比蘇、黄詩於"滄海橫流"。

第三、主張高雅，反對險怪俳諧怒罵：

從主張古調的觀點出發，元氏又強調高雅。在"縱横詩筆見高情"一首中，肯定了阮籍，在"沈、宋横馳翰墨場"一首中，肯定了陳子昂，陳子昂正是以力復"漢、魏風骨"自任的一人，而阮籍也正是"正始之音"的代表。二家之所以被元氏重視，就是由於風格的高雅。另方面在"萬古文章有坦途"一首中，批判了"鬼畫符"的險怪詩風，而慨嘆於"眞書不入今人眼"；在"曲學虛荒小說欺"一首中，又指出了"俳諧怒罵豈詩宜，今人合笑古人拙，除卻雅言都不知”。元氏這些崇倘高雅，反對怒駡爲詩的理論，實際是受到蘇、黄二家説詩的影響的。(可參看蘇軾《書黄子思詩集後》、黄庭堅《答洪駒父書》。)盡管元氏對蘇詩的“百態新”一面有不滿，但當時蘇學在北方，成爲風氣，元氏接受薪火之傳，並不足怪。清人翁方綱《齋中與友論詩》説“蘇學盛於北，景行遺山仰”，是窺見了此中消息的。何況蘇詩也還有高雅的一面，(詳見注引元氏《東坡詩雅引》)元氏並不曾予以抹煞。

第四、主張剛健豪壯，反對纖弱窘仄：

元氏在理論上重視阮、陶、陳子昂的高風雅調，而在創作實踐上，由於時代喪亂與北方雄壯河山的激發，以及蘇學在北的影響，個人豪邁性格的决定，淩雲健筆，轉近於蘇。因此，他在風格論上，又強調剛健豪壯，反對纖弱窘仄。在“曹、劉坐嘯虎生風”、“鄴下風流在晉多”、“慷慨歌謡絶不傳”、“東野窮愁死不休”、“有情芍藥含春淚”、“池塘春草謝家春”等首中，對豪壯風格的曹、劉、劉琨、《敕勒歌》、韓愈等盡情贊揚，對風雲氣少的張華、溫、李，“女郎詩”的秦觀以及“詩囚”的孟郊、“無補費精神”的陳師道則作了無情的譏嘲。但元氏也絶不否定李商隱詩的藝術成就，給以“精純”的評價，並且因無人爲作鄭箋而感到遺恨。這説明元氏立論是比較公允而全面的。

第五、主張眞誠，反對僞飾：

元氏除從詩歌藝術的角度，分析其正僞清濁以外，特别重視作詩的根本關鍵。他感慨地指出“心畫心聲總失眞，文章寧復見爲人”的僞飾。而對陶詩的肯定，卻正是因爲它的“眞淳”。正面主張“心聲只要傳心了”，出於眞誠的才是好詩。元氏在《楊叔能小亨集引》中説：“何謂本？誠是也。……故由心而誠，由誠而言，由言而詩也。三者相爲一。……夫惟不誠，故言無所主，心口别爲二物。”正是這詩的最好注脚。

詞　源[1]〔選錄〕

〔元〕張　炎[2]

古之樂章、樂府、樂歌、樂曲[3]，皆出於雅正。粤自隋、唐以來，聲詩間爲長短句[4]；至唐人則有《尊前》《花間集》[5]。迄於崇寧[6]，立大晟府[7]，命周美成諸人[8]討論古音，審定古調，淪落之後，少得存者。由此八十四調[9]之聲稍傳；而美成諸人又復增演慢曲、引、近[10]，或移宫换羽爲三犯、四犯之曲[11]，按月律爲之[12]，其曲遂繁。美成負一代詞名，所作之詞，渾厚和雅，善於融化詩句[13]，而於音譜且間有未諧，可見其難矣。作詞者多效其體製，失之軟媚而無所取。此惟美成爲然，不能學也。所可倣傚之詞，豈一美成而已。舊有刊本《六十家詞》[14]，可歌可誦者，指不多屈。中間如秦少游、高竹屋、姜白石、史邦卿、吴夢窗[15]，此數家格調不侔[16]，句法挺異，俱能特立清新之意，删削靡曼之詞，自成一家，各名於世。作詞者能取諸人之所長，去諸人之所短，[17]精加玩味，象而爲之[18]，豈不能與美成輩爭雄長哉！余疎陋譾才[19]，昔在先人[20]侍側，聞楊守齋、毛敏仲、徐南溪[21]諸公商摧音律，嘗知緒餘，故生平好爲詞章，用功踰四十年，未見其進。今老矣，嗟古音之寥寥，慮雅詞之落落，僭述管見，類列於後，與同志者商略之。

清　空

詞要清空，不要質實。[22]清空則古雅峭拔，質實則凝澀晦昧。姜白石詞，如野雲孤飛，去留無迹；吴夢窗詞，如七寶樓台，眩人眼目，碎拆下來，不成片段。此清空質實之說。夢窗《聲聲慢》云：“檀欒金碧，婀娜蓬萊，[23]游雲不蘸芳洲。”前八字恐亦太澀。如《唐多令》云：“何處合成愁？離人心上秋。[24]縱芭蕉不雨也颼颼。都道晚涼天氣好，有明月，怕登樓。　前事夢中休，花空烟水流。燕辭歸，客尙淹流。垂柳不縈裙帶住，謾長是，縈行舟。”此詞疎快，卻不質實。如是者集中尙有，惜不多耳。白石詞如《疏影》《暗香》《揚州慢》《一萼紅》《琵琶仙》《探春》《八歸》《淡黃柳》等曲，不惟清空，又且騷雅[25]，讀之使人神觀飛越。

雜　論

詞之作必須合律[26]，然律非易學，得之指授方可。若詞人方始作詞，必欲合律，恐無是理；所謂千里之程起於足下，當漸而進可也。正如方得離俗爲僧，便要坐禪守律[27]，未曾見道，而病已至，豈能進於道哉？音律所當參究，詞章先宜精思。俟語句妥溜，然後正之音譜，二者得兼，則可造極玄之域[28]。今詞人纔說音律，便以爲難，正合前說，所以望望然而去之[29]。苟以此論製曲，音亦易諧，將于于然而來矣[30]。

…………

辛稼軒、劉改之[31]作豪氣詞，非雅詞也。於文章餘暇，戲弄筆墨爲長短句之詩耳。元遺山極稱稼軒詞[32]。及觀遺山詞[33]，深於用事，精於鍊句，有風流蘊藉處不減周、秦。如《雙蓮》《雁邱》[34]等作，妙在模寄情態，立意高遠，初無稼軒豪邁之氣。豈遺山欲表而出之，故云爾。

《榆園叢書》本《詞源》

【註釋】

［1］詞源——上下二卷，有元初錢良祐序，署年丁巳，是延祐四年(公元一三一七年)，陸文圭跋有"梨園白髮，濞宮蛾眉，餘情哀思，聽者淚落，君亦因是棄家客游無方三十年矣"的話，這書寫成時，上距宋亡已四十多年，張炎已七十餘歲了。

［2］張炎(公元一二四八年——?)——字叔夏，號玉田，又號樂笑翁。西秦人，生長杭州。他是南宋初年大將張俊的六世孫，他的高祖張鎡有«南湖集»，父張樞有«寄閒集»，都是詞人。張炎生於宋理宗淳祐八年，宋亡時三十三歲，往燕京蒙古政府求官，失意而歸。曾經在四明設卜肆謀生，卒於元代延祐、至治間(公元一三二〇年前後)，年約七十餘。有詞八卷，名«山中白雲»。

［3］樂章樂府樂歌樂曲——四者義同名異，都是指配合音樂可以歌唱的詩。

［4］聲詩間爲長短句——唐代初以五七言詩入樂，但五七言詩字句整齊，與參差多變的樂譜未能諧合，採用長短句就可適應樂曲的繁複變化。聲詩間爲長短句這種情況，就逐漸導致了詞體的正式成立。

［5］尊前——詞總集名，凡二卷，大概是五代或宋初人所編輯。選錄李白、溫庭筠、李煜等唐五代人詞。作家三十餘人，詞二百餘首。名叫«尊前集»，在當時可能是一種唱本，供樂工歌伎在酒席上選唱。　花間集——詞總集名，凡十卷，五代後蜀趙崇祚編。選錄晚唐五代溫庭筠、韋莊及蜀中詞人十八家所作詞五百首，是最早的一部詞集。

［6］崇寧——宋徽宗年號，自公元一一〇二年至一一〇六年。

［7］大晟府——宋徽宗時的宮廷音樂機關，崇寧四年(公元一一〇五年)設立。它的任務是整理古樂，創製新調。

［8］周美成諸人——周邦彥(公元一〇五七年——一一二一年)，字美成，錢塘人。於徽宗政和六年提舉大晟府，有«清眞集»等。跟他同時或稍前後爲大晟府制撰者尚有徐坤(幹臣)、田爲(不伐)、姚公立、晁冲之(叔用)、江漢(朝宗)、万俟詠(雅言)、晁端禮(次膺)等人。

［9］八十四調——中國古代樂律分十二律呂，又分七音。十二律呂各有七音，相乘得八十四調。但南宋時實際用的只有七宮十二調。

［10］慢曲引近——詞調的類別名。慢曲卽慢曲子，與急曲子相對而言，又稱爲長調。如«木蘭花慢»«上林春慢»之類。引詞如«千秋歲引»«江城梅花引»之類；近詞如«祝英臺近»«訴衷情近»之類。

[11] 或移宮換羽句——謂製作犯調之曲。宋詞中之犯調猶元曲中之集曲，是集取同一宮調中兩個以上不同詞調的樂句而成一新調。三犯四犯之曲如《三犯渡江雲》《玲瓏四犯》之類。

[12] 按月律爲之——古代樂律分十二律以應十二月。宋徽宗曾令大晟府，“依月用律，月進一曲”（見《碧鷄漫志》卷二）。楊纘《作詞五要》說“律不應月則不美，如十、十一月調須用正宮，元宵詞必用仙呂宮（疑作南呂）爲宜也”。但當時詞人都不遵此。

[13] 善於融化詩句——宋陳振孫《直齋書錄解題》卷二十謂：“清眞詞多用唐人詩語，檃括入律，渾然天成。”沈義父《樂府指迷》也說：“凡作詞當以淸眞爲主。蓋清眞最爲知音，且無一點市井氣，下字運意，皆有法度，往往自唐、宋諸賢詩句中來。”

[14] 舊有刊本六十家詞——此書久佚，內容不詳。

[15] 高竹屋——高觀國，字賓王，山陰人，有詞集名《竹屋癡語》。　姜白石——姜夔，字堯章，號白石道人，鄱陽人。往來於鄂、贛、皖、蘇間，卒於杭州。有詞集名《白石道人歌曲》。　史邦卿——史達祖，字邦卿，號梅溪。汴人，居杭州，曾爲當時宰相韓侂冑的堂吏。他的詞以工巧見長。有《梅溪詞》。　吳夢窗——吳文英，字君特，號夢窗，四明人。曾爲嗣榮王等顯貴門客。其詞以穠麗勝，有《夢窗甲乙丙丁稿》。

[16] 不侔——不相等，不同。

[17] 能取諸人之所長二句——元陸輔之曾從張炎問學，他的《詞旨》中說：“周淸眞之典麗，姜白石之騷雅，史梅溪之句法，吳夢窗之字面，取四家之所長，去四家之所短，此翁（謂樂笑翁，卽張炎）之要訣。”

[18] 象而爲之——作爲樣子仿照製作。

[19] 譾才——才能淺薄。

[20] 先人——卽張樞，字斗南，號寄閒，有詞見《絕妙好詞》及《浩然齋雅談》。他作詞嚴守音律。《詞源》說他：“曉暢音律，有《寄閒集》，旁綴音譜，刊行於世，每作一詞，必使歌者按之，稍有不協，阻而改正。”《浩然齋雅談》也說他“嘗度《依聲集》百闋，音韻諧美”。今《寄閒集》《依聲集》兩書皆佚。

[21] 楊守齋——楊纘，字繼翁，又字守齋，一號紫霞翁，尹陵人。《詞源》附錄他的《作詞五要》，主張作詞要擇腔、擇律、塡詞按譜、推律押韻與立新意。有詞見《絕妙好詞》。　毛敏仲——未詳。　徐南溪——徐理，號南溪，會稽人。有詞見《陽春白雪》。

[22] 詞要清空二句——清空與質實相對而言，張炎舉出姜夔、吳文英兩家詞作具體對比。大抵張炎所謂清空的詞是要能攝取事物的精神而遺其外貌；質實的詞是寫得典雅奧博，但過於膠着於所寫的對象，顯得板滯。

[23] 檀欒金碧婀娜蓬萊——這八字確頗晦澀費解。夢窗此詞是爲"陪幕中餞孫无懷于郭希道池亭"作。檀欒金碧婀娜三詞都是狀詞，一般用檀欒形容竹，金碧形容樓臺，婀娜形容柳。此處或謂郭希道園中有竹、柳、樓臺之屬，景緻有如蓬萊仙島。

[24] 何處合成愁二句——這是用拆字法作詞，"愁"字在形體上是"心秋"兩字合成。

[25] 又且騷雅——張炎特別推舉姜夔的騷雅，主張以"白石騷雅句法"來救正周邦彥詞的"意趣不高遠"。陸輔之《詞旨》記張炎作詞要訣，取周、姜、史、吳四家之所長，於白石就獨取其騷雅。騷雅，意謂符合大雅、小雅、《離騷》的精神。

[26] 合律——合於音律、樂譜。

[27] 坐禪——佛家修行時靜坐。　守律——遵守佛門的戒律。

[28] 極玄之域——最高的境界。唐人姚合選《唐詩極玄集》。

[29] 望望然而去之——望望然，失望而又慚愧的樣子。《孟子·公孫丑》："望望然去之。"

[30] 于于然而來矣——行動舒緩自得的樣子。韓愈《上宰相書》："于于焉而來矣。"

[31] 辛稼軒——辛棄疾（公元一一四〇年——一二〇七年），字幼安，號稼軒，歷城人。南宋大詞人。有《稼軒詞》。劉改之——劉過（公元一一五四年——一二〇六年），字改之，號龍州道人，廬陵人，宋光宗年間，屢上書論恢復大計，不被採用，有《龍洲詞》。他的詞風格豪放，和辛棄疾相近。

[32] 元遺山極稱稼軒詞——元好問《遺山自題樂府引》中由客轉述他的話說："樂府以來，東坡爲第一，以後便到辛稼軒。"

[33] 遺山詞——元好問詞集名《遺山樂府》，凡三卷。

[34] 雙蓮雁邱——兩詞皆用《水調歌頭》調，見《遺山樂府》卷上。

【説明】

《詞源》是張炎晚年的著作，上卷論樂律，下卷論詞的賞鑑和作法。他提出評詞的標準有三：一、意趣高遠，二、雅正，三、清空。他作詞受北宋周邦彥和南宋姜夔的影響最大。（他的朋友鄧牧爲他的詞集《山中白雲》作序，也提到這點。）但是張炎在這書裏對周、姜兩家是有抑揚之論的；他讚賞周詞“渾厚和雅，善於融化詩句”，而不滿他“意趣不高遠”，不免“失雅正之音”，他說周詞須“以白石(姜夔)騷雅句法潤飾之”，才算是“天機雲錦”。他論“意趣”和他的“雅正”之說相通；他說“詞欲雅而正，志之所之，一爲情所役，則失其雅正之音。……”他是因爲不滿柳(永)、周(邦彥)的“澆風”而提出“雅正”“意趣”的要求的。但他一方面反對柳、周的“軟媚”，一方面也反對蘇、辛的豪放。甚至說辛棄疾“作豪放詞，非雅詞也”，那無疑是他的偏見了。

重視“意趣”和“雅正”還不是張炎一家之說；他在《詞源》裏特立“清空”一目，那是爲不滿吳文英詞晦澀的作風而發的；他抬出姜夔作爲“清空”的典範作家。姜、吳兩家詞同受周邦彥的影響，吳詞的色澤比周詞更濃，往往弄到“凝滯晦澀”的地步，不及姜夔能以清剛瘦勁救周詞的“軟媚”。在反晦澀這一意義上，張炎這個補偏救弊的主張，是應該肯定的。雖然他的“清空”之說也有可議之處。(如他說“清空”的要求，只是屬辭“不要質實”，要能“疏快”，要用事“融化不澀”，要用“虛字呼喚”等等。都離不了屬辭用事方面。又，他以姜夔爲“清空”典範作家，其實“清空”一辭也不能包括姜夔詞的全部作風。)

張炎是一位精通音律的詞家，《詞源》上卷都是討論樂律的。他繼承父親張樞“曉暢音律”的家學，又從古琴家楊纘問學，在詞樂未失墜的時候，記錄下許多歌詞的文獻，這是他在詞學上的大貢獻。《雜論》第一條說：“詞之作必須合律，然律非易學”，又說：“音律所當參究，詞章先宜精思。”這對當時一部分死腔盲填的詞家是一下當頭棒喝。南宋詞人講究音律的多奉周邦彥的《清眞集》爲典範，方千里、楊澤民、陳允平都有和清眞詞，都嚴格遵守周詞的四聲，字字不敢移易，因此往往弄得文理不通。(三人中的楊澤民這種情形尤其多；如《一落索》：“盡日登山繞樹，祿非尸素。”《解連環》：“伊心料應未若。”《花犯》：“看嫩臉與花爭豔，休夸空覓水。”這些都因爲“守律”而成爲“不辭”。)我們討論詞律，首先必要求作品成其爲文學，然後才談得上合樂合律。姜夔作《自度曲》，自說“初率意爲長短句，然後協以律”，這是因文造樂，不是因樂造文的。張炎針對方、楊的流弊，提出他自已對音樂和辭章的看法，是善於體會姜夔《自度曲》的精神的。

錄鬼簿序[1]

〔元〕 鍾嗣成[2]

賢愚壽夭、死生禍福之理，固兼乎氣數而言，聖賢未嘗不論也。蓋陰陽之詘伸，卽人鬼之生死，[3] 人而知夫生死之道，順受其正，又豈有巖牆桎梏之厄哉？[4] 雖然，人之生斯世也，但以已死者爲鬼，而不知未死者亦鬼也。酒罂飯囊[5]，或醉或夢，塊然[6]泥土者，則其人與已死之鬼何異？此固未暇論也。其或稍知義理[7]，口發善言，而於學問之道，甘於暴棄，臨終之後，漠然[8]無聞，則又不若塊然之鬼爲愈也。予嘗見未死之鬼，弔已死之鬼，未之思也，特一間耳[9]。獨不知天地開闢，亙古及今，自有不死之鬼在。何則？聖賢之君臣，忠孝之士子，小善大功，著在方冊[10]者，日月炳煥，山川流峙，及乎千萬刧[11]無窮已，是則雖鬼而不鬼者也。

余因暇日，緬懷[12]故人，門第卑微，職位不振，[13] 高才博識，俱有可錄，歲月彌久，湮沒無聞，遂傳其本末，弔以樂章；復以前乎此者，敍其姓名，述其所作，冀乎初學之士，刻意詞章，使冰寒於水，青勝於藍，[14] 則亦幸矣。名之曰《錄鬼簿》。嗟乎！余亦鬼也。使已死未死之鬼，作不死之鬼，得以傳遠，余又何幸焉！若夫高尚之士，性理之學[15]，以爲得罪於聖門者，吾黨且啖蛤蜊[16]，别與知味者道。

至順元年龍集庚午月建甲申二十二日辛未古汴[17]鍾嗣成序。

中國戲劇出版社《中國古典戲曲論著集成》本《錄鬼簿》

【註釋】

［1］錄鬼簿——元鍾嗣成著。凡二卷。序作於元文宗至順元年(公元一三三〇年)，而書中紀事，訖於順帝至正五年(公元一三四五年)，是書成已在順帝時。書中載元中期以前許多雜劇及散曲作家的小傳和作品名目。分爲三期：第一期，“前輩已死名公才人有所編傳奇行於世者”；第二期，“方今已亡名公才人余相知者，及已死才人不相知者”；第三期，“方今才人相知者，及方今才人聞名而不相知者”。凡著錄元劇四百五十八本。是現存中國劇曲史上第一部重要文獻。

［2］鍾嗣成——字繼先，號醜齋，汴梁人。寄居杭州。累試不第。著《錄鬼簿》二卷。所作雜劇有《章台柳》《錢神論》等七種，已佚。僅存散曲數十首。

［3］陰陽二句——《禮記·月令》：“陰陽爭，死生分。”孔穎達《正義》：“感陽氣長者生，感陰氣成者死。”詘，同“屈”。

［4］人而知夫生死之道三句——《孟子·盡心上》：“孟子曰：莫非命也，順受其正(順理而行，所接受的便是正命)；是故知命者不立乎巖牆之下(危險之地)。盡其道而死者，正命也；桎梏(古代拘繫罪人兩脚的刑具)死者，非正命也。”

［5］酒罌飯囊——即酒囊飯袋的意思，比喻無用的人，只會吃喝。曾慥《類說》卷二十二引陶岳《荆湖近事》：“馬氏(五代楚國主馬殷)奢僭，諸院王子僕從烜赫；文武之道，未嘗留意。時謂之酒囊飯袋。”罌，音嬰，盛酒器。

［6］塊然——《莊子·應帝王》：“塊然獨以其形立。”塊然，象土塊那樣無知。

［7］義理——《漢書·劉歆傳》：“由是章句義理備焉。”宋代理學家又稱理學爲義理。這裏，只作道理解。

［8］漠然——寂然。

［9］一間——謂兩者極其接近，差距極小。語見《孟子·盡心下》。

［10］方册——典籍。古代文字書在方版或竹簡上，竹簡相聯爲册。

［11］刼——佛教用語，梵文音譯“刼波”之略，原意爲不可以年月計的長時期。《大毗婆沙論》：“佛言：苾芻！刼量長遠，非百千等歲數可知。……汝等長夜經此刼數無量百千。”佛教思想，認爲宇宙是有成有毁，循環不止的，每一次由成到毁，叫作一“刼”。

［12］緬懷——遠想。

［13］門第二句——王國維《宋元戲曲史》：“雜劇之作者，大抵布衣；否則爲省掾令史之屬。”按《錄鬼簿》所載“前輩已死名公才人”中，更列有教坊中人。

[14] 冰寒於水二句——《荀子·勸學》:"青,取之於藍而青於藍;冰,水爲之,而寒於水。"藍,藍草,可作染料。這二句是說後學可以勝過前輩。

[15] 性理之學——宋代稱理學爲性理之學。《二程遺書》卷十八:"在天爲命,在義爲理,在人爲性,主於身爲心,其實一也。""性卽是理,理則自堯舜至於塗人一也。"

[16] 且噉蛤蜊——噉,音淡,吃。《南史·王融傳》:"初爲司徒法曹,詣(往訪)王僧祐,因遇沈昭略,未相識。昭略屢顧盼,謂主人曰:是何年少?融曰:僕出于扶桑,入于暘谷,照耀天下,誰云不知,而卿此問?昭略云:不知許(這樣)事,且食蛤蜊。"

[17] 龍集庚午——龍,歲星。龍集庚午,卽歲在庚午。　月建——一個月份所值的干支。月建甲申,卽月值甲申,七月也。　古汴——元代的汴梁,卽唐代的汴州。

【說明】

元代戲曲勃興,同時也出現了關於戲曲的批評,儘管它們在理論上還不成熟,比較零碎,也頗值得珍視。當時的曲論中,常常包括對戲曲和散曲的評論,署名燕南芝庵的《唱論》、陶宗儀的《輟耕錄》等中,都有一些關於曲的有益見解。鍾嗣成的《錄鬼簿》廣泛地記載金元戲曲作家的傳記和作品目錄,有的附《凌江仙》表示憑弔和評價,成爲一部比較系統的戲曲史和批評著作。

在當時封建正統的士大夫心目中,對那些戲曲作家多數是輕視的,因而他們的生平與創作自然不載于正史列傳,鍾嗣成却不管他們的"門第卑微,職位不振",竭力推崇他們的"高才博學,俱有可傳",認爲有其不朽價值;並希望通過對他們的介紹,對戲曲創作的發展起積極的作用。"冀乎初學之士,刻意詞章,使冰寒於水,青勝於藍",就是情見乎辭的。序文最後又說自已的著作可能"得罪於聖門",可見這種高度肯定戲曲文學與作家的態度,對封建傳統思想來說,是一種叛逆。

《錄鬼簿》中對"前輩已死名公樂章傳於世者"以董解元列首位,"前輩已死名公才人有所編傳奇於世者"以關漢卿列首位,具見對董、關兩人在戲曲發展史上地位的肯定。在關於鮑天祐、睢景仁等所作的評價中,強調它們"多使人感動詠歎"的感染力量和風格的"新奇"(見《錄鬼簿》)等，在某種程度上揭示了新興文學的特徵，反映了著者對戲曲創作的要求和批評標準。

與李空同論詩書[1]

〔明〕 何景明[2]

敬奉華牘，省誦連日，初憮然若遺[3]，既渙渙然若有釋也[4]。發迷徹蔽，愛助激成，空同子功德我者厚矣！僕自念離析以來，單處寡類[5]，格人遜德[6]，程缺元龜[7]，去道符爽[8]；是故述作靡式[9]，而進退失步也。空同子曰：子必有謣謣[10]之評。夫空同子何有於僕謣謣也，然僕所自志者，何可弗一質之。

追昔爲詩，空同子刻意古範，鑄形宿鏌（疑當作模），而獨守尺寸。僕則欲富於材積，領會神情，臨景構結，不倣形迹。詩曰："惟其有之，是以似之。"[11]以有求似，僕之愚也。近詩以盛唐爲尚，宋人似蒼老而實疎鹵[12]，元人似秀峻而實淺俗。今僕詩不免元習，而空同近作，間入於宋。僕固蹇拙薄劣，何敢自列於古人？空同方雄視數代，立振古之作，乃亦至此，何也？凡物有則弗及者，及而退者，與過焉者，[13] 均謂之不至。譬之爲詩，僕則可謂勿及者，若空同求之則過矣。

夫意象應曰合，意象乖曰離，是故乾坤之卦，體天地之撰，[14]意象盡矣。空同丙寅間詩爲合，江西以後[15]詩爲離。譬之樂，衆響赴會，條理乃貫；一音獨奏，成章則難。故絲竹之音要眇[16]，木革之音殺直[17]。若獨取殺直，而并棄要眇之聲，何以窮極至妙，感情飾聽也？試取丙寅間作，叩其音，尚中金石；而江西以後之作，辭艱者意反近，意苦者辭反常，色澹黯而中理披慢，讀之若搖鞞鐸耳。空同貶清（清字原脫，據世守堂本《何大復先生集》校補）俊響亮，而明柔澹沉著含蓄典厚之義，此詩家要旨大體也。然究之作者命意敷辭，兼於諸義不設自具。若閑緩寂寞以爲柔澹，重濁剜切以爲沉著，艱詰晦塞以爲含蓄，野俚輳積以爲典厚，豈惟繆於諸義，亦併其俊語亮節，悉失之矣！

鴻荒邈矣，書契以來，人文漸朗，孔子斯爲折中之聖[18]，自餘諸子，悉成一家之言。體物雜撰，言辭各殊，君子不例而同之也，取其善焉已爾。故曹、劉、阮、陸，下及李、杜，異曲同工，各擅其時，並稱能言。何也？辭有高下，皆能擬議以成其變化也[19]。若必例其同曲，夫然後取，則既主曹、劉、阮、陸矣，李、杜即不得更登詩壇，何以謂千載獨步也？

僕嘗謂詩文有不可易之法者，辭斷而意屬，聯類而比物也[20]。上考古聖立言，中徵秦、漢緒論，下采魏、晉聲詩，莫之有易也。夫文靡於隋，韓力振之，然古文之法亡於韓；詩弱於陶，謝力振之，然古詩之法亦亡於謝。[21] 比空同嘗稱陸、謝，僕參詳其作：陸詩語俳，體不俳也；謝則體語俱俳矣，未可以其語似，遂得並例也。故法同則語不必同矣。僕觀堯、舜、周、孔、子思、孟氏之書，皆不相沿襲，而相發明，是故德日新而道廣，此實聖聖傳授之心也。後世俗儒，專守訓詁，執其一說，終身弗解，相傳之意背矣。今爲詩不推類極變，開其未發，泯其擬議之迹，以成神聖之功，徒敍其已陳，修飾成文，稍離舊本，便自杌隉[22]，如小兒倚物能行，獨趨顛仆。雖由此即曹、劉，即阮、陸，即李、杜，且何以益於道化也？佛有筏喻，言捨筏則達岸矣，達岸則捨筏矣。[23]

今空同之才，足以命世[24]，其志金石可斷，又有超代軼俗之見。自僕遊從，獲覯作述，今且十餘年來矣。其高者不能外前人也，下焉者已踐近代矣。自創一堂室，開一戶牖，成一家之言，以傳不朽者，非空同撰焉，誰也？《易·大傳》曰："神而明之"，"存乎德行"，"成性存存，道義之門。"是故可以通古今，可以攝衆妙，可以出萬有；是故殊途百慮，而一致同歸。[25] 夫聲以竅生，色以質麗，虛其竅，不假聲矣，實其質，不假色矣。苟實其竅，虛其質，而求之聲色之末，則終於無有矣。

北風便，冀反復鄙說，幸甚！

賜策堂本《何大復先生全集》卷三十二

【註釋】

[1] 與李空同論詩書——李夢陽（公元一四七三年——一五三〇年），字獻吉，自號空同子，慶陽人。弘治七年進士，官戶部郎中，先後上疏言事，劾宦官劉瑾，因此下獄，氣節震一時。瑾誅，起官江西提學副使。夢陽倡言文必秦、漢，詩必盛唐。與何景明、徐禎卿、邊貢、朱應登、顧璘、陳沂、鄭善夫、康海、王九思等號十才子，又與何景明、徐禎卿、邊貢、康海、王九思、王廷相號七才子。後來李攀龍、王世貞等後七子出，復奉以爲宗，天下推李、何、王、李爲四大家。但夢陽諸人，大都模擬剽竊，貌似司馬遷、杜甫而失其眞。有《空同集》六十六卷。《明史》卷二百八十六《文苑》二有傳。何、李二家，宗古的主張雖同，而作品的風格有異。李重氣骨，何主才情；李重模擬，何主變化。持論不同，所以李夢陽先有《贈景明書》，論述景明詩弊，勸其改易步趨，因而引出景明這書的反駁。其後雙方又反覆詰難，至景明不復答辯而後已。

[2] 何景明（公元一四八三年——一五二一年）——字仲默，號大復，信陽人。弘治十五年進士，官至陝西提學副使。景明與李夢陽兩人爲詩文初相得，名成以後，互相詆毀。各立門戶，不相下。有《大復集》三十八卷。《明史》卷二百八十六《文苑》二有傳。

[3] 憮然若遺——見柳宗元《答韋中立論師道書》註[12]。

[4] 渙渙然若有釋——杜預《春秋左氏傳序》："渙然冰釋。"謂未解決的疑難問題，象冰遇到熱一下子得到消釋。

[5] 類——《易·繫辭》："方以類聚。"類，猶言同心之士。

[6] 格人遯德——格，阻格。遯，遠。此句謂與朋友阻隔，遠離有德之人。

[7] 程缺元龜——程，法式。元龜，古用以卜。此句意謂沒有準則可依。

[8] 去道符爽——爽，過差。此句意謂離去正道，陷于過錯。

[9] 述作靡式——《論語·述而》："述而不作。"述謂論述前人之説，作謂創作。靡式謂無所取法。

[10] 諤諤——直言。

[11] 惟其有之二句——《左傳》襄公三年:"《詩》云:'惟其有之,是以似之。'"

[12] 疎鹵——粗疎魯莽。

[13] 凡物有則弗及者三句——《禮記·仲尼閒居》:"子曰:師(子張),爾過;而商(子夏)也不及。"

[14] 乾坤之卦二句——孔穎達《周易正義》:"乾卦本以象天,天乃積諸陽氣而成","坤是陰道,當以柔順爲貞正。"《易·系辭下》:"陰陽合德,而剛柔有體,以體天地之撰。"撰,指規律,此二句謂乾坤兩卦,是體現天地陰陽等自然現象的變化規律的。

[15] 江西以後——李夢陽先被劉瑾所陷下獄,瑾死,起故官,遷江西提學副使,被劾去官。

[16] 要眇——精微美妙。

[17] 殺直——促而小的樂聲。

[18] 孔子斯爲折中之聖——《史記·孔子世家》:"言六藝者折中於夫子。"謂儒家以孔子的思想學說爲準則。

[19] 擬議以成其變化——《易·繫辭上》語。孔穎達《周易正義》:"言則先擬也;動則先議也;則能成盡其變化之道也。"

[20] 聯類比物——《韓非子·難言》:"多言繁稱,連類比物,則見以爲虛而無用。"連類,以類相同者而連之;比物,以物相似者而比之。

[21] 夫文靡於隋六句——宗廷輔《元好問論詩絕句註》:"明何仲默《答李獻吉書》云云,世或駭其言。然東坡亦言:'書之美者莫如顏魯公,然書法之壞自魯公始;詩之美者莫如韓退之,然詩格之變,自退之始。'語見《詩人玉屑》,何《書》卽此意耳。"陳僅《竹林答問》:"此直是英雄欺人語。古文之法亡于韓,近人猶有拾其唾餘者;至評陶詩爲弱,尤屬謬妄。此七子所以爲七子也。彼但知爲《明月篇》(何景明作)耳,又安知陶、謝。"

[22] 杌隉——不安。

[23] 佛有筏喻三句——《阿梨吒經》:"山水甚深,無有船橋,有人欲從此到彼岸,結筏乘之而度。至岸訖,作此念,此筏益我,不可捨此,當擔戴去。於意云何,爲筏有何益?比丘曰:無益。佛言:彼人更以此筏還水中,或於岸邊捨去,云何?比丘曰:有益。佛言:如是,我爲汝等長夜說筏喻法,欲使棄捨,不欲使受。若汝等知我長夜說筏喻法尙可以捨是法,況非法耶?"佛家以筏喻正法,到達涅槃彼岸,卽正法亦應捨棄。此以喻學古有得以後,應捨棄古人陳法。

[24] 命世——卽名世。李陵《答蘇武書》:"皆信命世之才。"

[25] 殊途百慮而一致同歸——《易·繫辭下》:"天下同歸而殊途,一致而百慮。"

【説明】

明代前七子以李夢陽、何景明爲代表。七子論文的宗旨倡自李夢陽,《明史·文苑傳》説:"夢陽才思雄鷙,卓然以復古自命。弘治時,宰相李東陽主文炳,天下翕然宗之,夢陽獨譏其萎弱,倡言文必秦、漢,詩必盛唐,非是者弗道。"就復古這一總傾向來説,何、李是一致的;然二人在意見上却存在着分歧。李夢陽曾有一書致何景明,譏評其詩有乖古法。原書現已不存,從夢陽《駁何氏論文書》所説,知道這篇《與李空同論詩書》是針鋒相對的答辨。

李、何以復古爲號召,轉變了一時的風氣,毫無疑問,他們都是主張從學古入手的。問題的關鍵,首先在於學古的方法:何景明以爲應該是"領會神情"、"不倣形迹"。所謂"以有求似",也就是説,由表及裏,因內符外,不僅得其形貌,同時要得其神情;而李夢陽則"刻意古範,鑄形宿模,而獨守尺寸",步趨於形跡法度之間。何景明並不廢棄法度,但他所謂"不可易之法",指的是"辭斷而意屬,聯類而比物"的詩文的體勢,所以説,"法同則語不必同"。而李夢陽之所謂法古,主要是摹仿古人的語言。何景明以爲"聲以竅生,色以質麗",過求形似,反而汩沒了才情,無異於"實其竅,虛其質",其結果必然是"求之聲色之末",愈卽而愈離了。

由這個問題而引伸出來的是學古與創新的關係。何景明以爲學古由"領會神情"入手,則學古只是入門的途徑,而不是終極的目的,從古人入,必須從古人出。所謂"捨筏則達岸矣,達岸則捨筏矣",意思是説,無筏不能登岸,登岸就必須捨筏;捨筏才説明得登彼岸,否則還是飄浮在中流而無所歸宿。學古的目的,爲了"自創一堂室,一戶牖,成一家之言";倘若像李夢陽那樣,終身停留在尺寸於古法之中,正如"小兒倚物能行,獨趨顛仆"一樣,是不可能在藝術上發揮獨創精神的。他説李夢陽的近作,"間入於宋","宋人似蒼老而實疎鹵","蒼老"指盡洗詞華,以意格取勝的一種藝術境界,"疎鹵"只是個空架子;"疎鹵"而似"蒼老",亦卽所謂"古人影子"(今本《大復集》作"其高者不能外前人也"。按:李夢陽《駁何氏論文書》所引,原文是"高處是古人影子耳"。文字不同,可能是何氏最後編集時所修改);"疎鹵"

和“蒼老”，是眞僞問題。他說自己的詩，“不免元習”，“元人似秀峻而實淺俗”，“秀峻”和“淺俗”，則是藝術水平之高下而已。其所以然，由於一個模擬形跡，學古過於求似，因而終身不捨筏，亦即不能登岸；一個僅僅領會神情，學古有所不及。淺俗雖然淺俗，但却是捨筏而登了岸的。

李、何的詩，同樣是學盛唐的，但由於兩人氣質和生活環境的不同，作風也就不一樣。大約李重氣魄，一味追求雄奇豪放；何重才情，偏於“清俊響亮”。李第一次致何書裏，就是貶低這種詩風，而勸之改途易轍的。何氏此文中指出，一種藝術風格的形成，必須是包涵各種不同的因素，互相調劑。“一音獨奏，成章則難”，像李夢陽那樣只知其一，不知其二，結果是雄奇變爲粗獷，豪放流於膚廓；“讀之若摇鞞鐸”，只有“殺直”之音而已。

何景明在創作實踐上和他的理論認識還存在着一段相當長的距離，是另一問題，然而本文却擊中了李夢陽的要害，可看作對七子派以擬古爲復古的理論的修正。

市井豔詞序

〔明〕 李開先[1]

憂而詞哀，樂而詞褻，此今古同情也。正德初尚“山坡羊”，嘉靖初尚“鎖南枝”，[2]一則商調，一則越調。[3]商，傷也；越，悦也；[4]時可考見矣。二詞譁於市井，雖兒女子初學言者，亦知歌之。但淫豔褻狎，不堪入耳，其聲則然矣，語意則直出肺肝，不加雕刻，俱男女相與之情，雖君臣友朋，亦多有托此者，以其情尤足感人也。故風出謠口，眞詩只在民間。《三百篇》太半（原作“平”，疑形近而誤。）采風者歸奏[5]，予謂今古同情者此也。嘗有一狂客，浼[6]予倣其體，以極一時謔笑，隨命筆并改竄傳歌未當者，積成一百以三，不應絃，令小僕合唱。市井聞之響應，眞一未斷俗緣也。久而僕有去者，有忘者，予亦厭而忘之矣。客有老更狂者，堅請目其曲，聆其音，不得已，羣[7]僕人於一堂，各述所記憶者，纔十之二三耳。晉川栗子，又曾索去數十，未知與此同否？復命筆補完前數。孔子嘗欲放鄭聲[8]，今之二詞可放，奚但鄭聲而已。雖然，放鄭聲，非放鄭詩也，是詞可資一時謔笑，而京韻、東韻、西路等韻[9]，則放之不可，不亟以雅易淫，是所望於今之典樂者[10]。

中華書局本《李開先集·閑居集之六》

【註釋】

[1] 李開先（公元一五〇二年——一五六八年）——字伯華，號中麓，山東章丘人。嘉靖八年進士，官至太常寺少卿。因上疏抨擊朝政，罷官家居近二十年。與王愼中、唐順之、陳束、趙時春、熊過、任瀚、呂高並稱嘉靖八才子。他重視戲曲和民間文藝，曾改定元人雜劇數百卷，蒐輯市井豔詞等。著有《閑居集》、《詞

譴》、傳奇《寶劍記》、《斷髮記》、《登壇記》、院本《園林午夢》等。解放後，輯印其作品爲《李開先集》。《明史》卷二百八十七《文苑》三有傳。

[2] 正德初二句——正德，明武宗朱厚照年號，自公元一五〇六年至一五二一年，凡十六年。嘉靖，明世宗朱厚熜年號，自公元一五二二年至一五六六年，凡四十五年。《山坡羊》、《鎖南枝》，民間"時曲"調名。沈德符《野獲編·時尚小令》："自宣(宣德)、正(正統)至成(成化)、弘(弘治)後，中原又行《鎖南枝》、《傍粧臺》、《山坡羊》之屬，李崆峒(夢陽)先生初從慶陽徙居汴梁，聞之，以爲可繼《國風》之後。何大復(景明)繼至，亦酷愛之。……又《山坡羊》者，李、何二公所喜。今南北詞俱有此名。但北方惟盛愛《數落山坡羊》，其曲自宣(宣府)、大(大同)、遼東三鎮傳來。今京師妓女，慣以此充絃索北調，其語穢褻鄙賤，並桑濮之音亦離去已遠。而羈人遊士，嗜之獨深，丙夜開樽，爭相招致。"

[3] 一則商調二句——據周德清《中原音韻》所記，元劇所用曲，有越調三十五章，商調十六章(章卽曲也)。按李開先《市井豔詞後序》云："《山坡羊》有二，一北一南；《鎖南枝》亦有二，有南無北。一北一南者，北簡而南繁，歌聲繁簡亦隨之然而相類；有南無北者，一則句短而碎，一則長短夾雜，而歌聲夐然不同，二詞之大致如此。"本文所謂商調，當是指有北調的《山坡羊》；所謂越調，當是指有南無北的《鎖南枝》。

[4] 商傷也越悅也——這是用同音爲訓。歐陽修《秋聲賦》："商聲主西方之音。……商，傷也，物既老而悲傷。"

[5] 采風者歸奏——見本書白居易《與元九書》註[15]。

[6] 浼——央求。

[7] 羣——聚。

[8] 放鄭聲——見《論語》註[28]。

[9] 而京韻句——京韻，指中原音韻，以北宋京城汴梁(開封)音爲標準，北曲所用。東韻，指吳語區域的音韻，明代的南曲所用。西路，指江西，如明代的弋陽腔等。湯顯祖《宜黃縣戲神清源師廟記》："南則崑山之次爲海鹽，吳浙音也，其體局靜好，以拍爲之節。江以西，則弋陽，其節以鼓，其調諠。""時曲"使用這些不同音韻的曲調。

[10] 典樂者——掌管音樂機關的人。

【說明】

隨着資本主義生產關係的萌芽，市民意識在文學上逐漸得到表現。這種情況引起一些進步作家的重視。李開先的《市井豔詞序》從一個方面反映了這種趨勢。

市井豔詞，也就是民間歌謠。它的一個最大的特點，是"語意則直出肺肝，不加雕刻"，反映了眞實的感情。惟其是眞，才具有感人的力量。李開先重視市井豔詞，正在"以其情尤足感人也"。它說明了文學的力量來自對生活的眞實的反映。

市井豔詞的另一個特點則是它的羣衆性。"二詞譁於市井，雖兒女初學者，亦知歌之。"李開先倣其體而作歌詞，"市井聞之響應"。這說明它深受羣衆的喜愛，對廣大羣衆有着深刻的影響。

在前後七子鼓吹"文必秦漢，詩必盛唐"的復古聲中，明代弘治、萬曆間的詩文創作盛行着盲目摹擬古人的習氣，李開先把眼光轉向民間文學，從事傳奇創作，他像王叔武一樣，提出"眞詩乃在民間"的意見，主張從民間創作中吸取營養，這對當時的剽擬文風具有極大的針砭作用。

在封建社會裏，民間文學一向受到士大夫的卑視。李開先蒐輯市井豔詞，被後來的錢謙益視爲"多流俗瑣碎，士大夫所不道者。"然而李開先却有勇氣把這種民間文學直配風雅，並對孔子的"放鄭聲"提出異義。這種文學見解有助於加強文學與現實生活的聯繫，對推動文學的發展是具有積極意義的。

藝苑卮言[1]〔選錄〕

〔明〕 王世貞[2]

世人選體，往往談西京、建安，便薄陶、謝。此似曉不曉者。毋論彼時諸公，即齊、梁纖調，李、杜變風，亦自可采，貞元而後，方足覆瓿[3]。大抵詩以專詣爲境，以饒美爲材，師匠宜高，捃拾宜博[4]。

"物相雜故曰文"[5]，文須五色錯綜[6]，乃成華采；須經緯就緒[7]，乃成條理。

天地間無非史而已。三皇之世，若泯若沒；五帝之世，若存若亡。噫！史其可以已耶？六經，史之言理者也；[8]曰編年[9]，曰本紀[10]，曰志[11]，曰表[12]，曰書[13]，曰世家[14]，曰列傳[15]，史之正文也；曰敍[16]，曰記[17]，曰碑[18]，曰碣[19]，曰銘[20]，曰述[21]，史之變文也；曰訓[22]，曰誥[23]，曰命[24]，曰冊[25]，曰詔[26]，曰令[27]，曰教[28]，曰劄[29]，曰上書[30]，曰封事[31]，曰疏[32]，曰表[33]，曰啓[34]，曰牋[35]，曰彈事[36]，曰奏記[37]，曰檄[38]，曰露布[39]，曰移[40]，曰駁[41]，曰喻[42]，曰尺牘[43]，史之用也；曰論[44]，曰辨[45]，曰說[46]，曰解[47]，曰難[48]，曰議[49]，史之實也；曰贊[50]，曰頌[51]，曰箴[52]，曰哀[53]，曰誄[54]，曰悲[55]，史之華也。雖然，頌即四詩[56]之一，贊、箴、銘、哀、誄，皆其餘音也，附之於文，吾有所未安。惟其沿也，姑從衆。

才生思，思生調，調生格；思即才之用，調即思之境，格即調之界。

李獻吉勸人勿讀唐以後文，吾始甚狹之，今乃信其然耳。記問旣雜，下筆之際，自然於筆端攪擾，驅斥爲難。若模擬一篇，則易於驅斥，又覺局促，痕跡宛露，非斲輪[57]手。自今而後，擬以純灰三斛細滌其腸，曰取六經《周禮》《孟子》《老》《莊》《列》《荀》《國語》《左傳》《戰國策》《韓非子》《離騷》《呂氏春秋》《淮南子》《史記》班氏《漢書》，西京以還至六朝及韓、柳，便須銓擇佳者，熟讀涵詠之，令其漸漬汪洋。遇有操觚[58]，一師心匠。（以上八字原缺，據《歷代詩話續編》本校補）氣從（原作以，據《歷代詩話續編》本校改）意暢，神與境合，分途策馭，默受指揮，（以上五字原缺，據《歷代詩話續編》本校補）臺閣山林，絕迹大漠，豈不快哉！世亦有知是古非今者，然使招之而後來，麾之而後却，已落第二義矣[59]。

風雅《三百》，古詩《十九》，人謂無句法，非也。極自有法，無階級可尋耳。（卷一）

"東風搖百草"[60]，搖字稍露崢嶸，便是句法爲人所窺。"朱華冒綠池"[61]，冒字更捩眼耳。"青袍似春草"[62]，復是後世巧端。（卷二）

曹公莽莽，古直悲涼。[63]子桓小藻，自是樂府本色。子建天才流麗，雖譽冠千古，而實遜父兄。[64]何以故？材太高，辭太華。

阮公《詠懷》，遠近之間，遇境卽際，興窮卽止，坐不着論宗佳耳。人乃謂陳子昂勝之，何必，子昂寧無感興乎哉？

淵明托旨沖澹，其造語有極工者，乃大入思來，琢之使無痕跡耳。[65]後人苦一切深沈，取其形似，謂爲自然，謬以千里。

"問君何爲爾，心遠地自偏"。"此還有眞意，欲辨已忘言"。[66]淸悠澹永，有自然之味。然坐[67]此不得入漢、魏果中，是未莊嚴[68]佛堦級語。（卷三）

摩詰才勝孟襄陽[69]，由工入微，不犯痕跡，所以爲佳。……

樂府之所貴者，事與情而已[70]。張籍善言情，王建善徵事，而境皆不佳。[71]

讀子瞻文，見才矣，然似不讀書者。讀子瞻詩，見學矣，然似絕無才者。[72]（卷四）

世經堂刻本《弇州山人四部稿》卷一百四十四、一百四十七

【註釋】

［1］藝苑卮言——凡八卷，明王世貞撰。《弇州山人四部稿》中說部七種之一。丁福保《歷代詩話續編》收有此書。

［2］王世貞（公元一五二六年——一五九〇年）——字元美，自號鳳洲，又號弇州山人，太倉人。嘉靖二十六年進士，官至南京刑部尚書。在京師與李攀龍、宗臣、謝榛、梁有譽、徐中行、吳國倫等稱七子，世貞與攀龍爲首領，時稱王、李。攀龍歿，獨主文壇二十年，才最高，地望最顯，海內文士大多奔走門下。他主張文必西漢，詩必盛唐，大曆以後書勿讀。晚年攻擊者漸起，而世貞漸造平淡，病亟時猶諷誦蘇軾集。前後七子中，學問淹博，以世貞爲第一。所著有《弇州山人四部稿》一百七十四卷、《續稿》二百七卷、《讀書後》八卷。《明史》卷二百八十七《文苑》三有傳。

[3] 覆瓿——《漢書·揚雄傳》:“劉歆亦嘗觀之(指《太玄經》與《法言》),謂雄曰:‘空自苦! 今學者有祿利,然尚不能明《易》,又如《玄》何。吾恐後人用覆醬瓿也。’”覆,蓋,瓿,音部,小瓦器。

[4] 捃拾——摘取,拾取。

[5] 物相雜故曰文——《易·繫辭上》語。

[6] 文須五色錯綜——《禮記·樂記》:“五色成文而不亂。”

[7] 經緯就緒——《左傳》昭公二十五年孔穎達正義:“得經緯相錯乃成文。”

[8] 六經史之言理者也——六經皆史之說,在世貞以前,有隋王通、宋陳傅良、元郝經、明宋濂、王守仁諸家; 在世貞以後,有明李贄的《經史相爲表裏》說,清袁枚《隨園隨筆》謂“六經自有史耳。”章學誠《文史通義·內篇·易教上》:“六經皆史也。”汪中亦有此論。

[9] 編年——史書中的一體,從《竹書紀年》《春秋》《左傳》《公羊傳》《穀梁傳》到《資治通鑑》都是。

[10] 本紀——二十四史中記載帝王緯以國家大事的稱“本紀”,其體始於《史記》。

[11] 志——二十四史中記載名物制度水利經濟文藝等等的稱“志”,其體始於《漢書》。

[12] 表——二十四史中文體之一,有年表月表人表等之別,始於《史記》。

[13] 書——與“志”相同,《史記》不稱“志”而稱“書”。

[14] 世家——二十四史中記載諸侯王封土列爵的稱《世家》,《史記》《五代史記》中有之,偶有例外,如孔子、陳涉等。

[15] 列傳——二十四史中記載帝王諸侯以外的人物的稱《列傳》。

[16] 敍——文體名。一作“序”,介紹評述一部著作或一篇作品的文字,後也用作贈序體文章的名稱。一般列于卷首,也有列在全書之末的。

[17] 記——文體名。最早見於《周禮》的《考工記》、《禮記》的《樂記》等。本以敍事爲主,也有雜以議論的。

[18] 碑——文體名,古代用石立碑,宮室廟屋墓道等的刻石,稱爲碑。

[19] 碣——文體名。與碑相同,方的稱碑,圓的稱碣。

[20] 銘——文體名。或述功德,或示警戒。古代鼎鐘到一般用具都有銘,如湯的《盤銘》之類。後代凡山川宮室門井之類,常有銘詞。

[21] 述——文體名。記述人的言行,其文與行狀略同。

[22] 訓——文體名。義取訓導,如僞古文《尙書》有《伊訓》等。

[23] 誥——古文體名。義爲告語。古代下告上、上告下都有誥(見《尙書》)。

[24] 命——文體名。大曰命,古代帝王以儀物爵位賜給臣子時的詔書。

[25] 册——古文體名。古代天子用之于對臣下,後代郊祀、祭享、稱尊號、加謚號、志哀,都用此體。

[26] 詔——古文體名。皇帝用以告臣下。

[27] 令——文體名。古代大曰命,小曰令。皇后太子諸侯王對下之詞稱令。

[28] 敎——古文體名。《文選·敎》李善注:"蔡邕《獨斷》曰:諸侯言曰敎。"

[29] 劄——古文體名。宋代羣臣奏事,非表非狀者,稱劄子。

[30] 上書——文體名。秦以後臣下向皇帝表奏之文。

[31] 封事——古文體名。漢以後臣下以皂囊封板的密奏。

[32] 疏——古文體名。漢以後羣臣奏事之文,取條列敷陳之義。

[33] 表——古文體名。臣下上奏的表章。

[34] 啓——文體名。奏記之類。古代臣下用以陳政言事,辭爵謝恩。

[35] 牋——文體名。界于表與書之間,義取表識其情。後漢郡將上奏稱牋,後來泛稱書信。

[36] 彈事——古文體名。按劾的奏章。

[37] 奏記——古文體名。漢代公府用奏記。

[38] 檄——軍書。古代以木簡爲書,書尺二寸,長尺二寸,用以號召。如有急事,則插雞羽傳送,故稱羽檄。

[39] 露布——古代捷書的别名。軍隊破賊,以帛書建于竿上,不糊封而宣布,迅速傳送四方。又稱露板。

[40] 移——古文體名。屬于官曹文書箋表之類。

[41] 駁——古文體名。卽駁議。臣下上于皇帝的書。雜議不純,故稱駁。

[42] 喩——文體名。喩告。

[43] 尺牘——陳懋仁《續文章緣起》:"尺牘,漢文帝遺匈奴尺一牘。尺牘,書之沿也。"

[44] 論——文體名。議論文。《文心雕龍》:"論也者,彌綸羣言而研一理者也。"

[45] 辨——文體名。義取判别,所以辨明是非眞僞而斷之以確當之理。韓愈、柳宗元集中,始有此體。

[46] 說——文體名。說明文。義取解述。名始於《易·說卦》。

[47] 解——文體名。義取解難釋疑。揚雄始作《解嘲》,後世倣之。

[48] 難——文體名。韓非始爲《難勢》。

[49] 議——文體名。取義于宜,審事宜之意。

[50] 贊——文體名。頌的變體。

[51] 頌——原屬詩體之一，贊功德以告神之辭。後代以文體爲之，或散行，或用韻語。

[52] 箴——文體名。箴誡之辭。古有官箴、私箴二類，大都用韻語。

[53] 哀——文體名。哀辭的簡稱，對死者的悼詞。

[54] 誄——文體名。哀悼死者之文。誄取累義，累陳其德行。其文前爲傳體，後爲韻語。

[55] 悲——文體名。傷痛之文。任昉《文章緣起》："蔡邕作《悲溫舒文》。"

[56] 四詩——《詩三百篇》各體之總稱。舊以國風、大雅、小雅、頌爲四詩。顧炎武《日知錄》則以爲"《周南》《召南》，南也，非風也。《豳》謂之豳詩，亦謂之雅，亦謂之頌，而非風也。南、豳、雅、頌爲四詩，而列國之風附焉。此詩之本序也"。

[57] 斲輪——見陸機《文賦》註[125]。

[58] 操觚——見陸機《文賦》註[44]。

[59] 已落第二義——見嚴羽《滄浪詩話・辨詩》及註[17]。

[60] 東風搖百草——《古詩十九首》"迴車駕言邁"一首中句。

[61] 朱華冒綠池——曹植《公讌詩》中句。王夫之《古詩評選》："子建'朱華冒綠池'，如彫金堆碧作佛舍莊嚴爾，天上五雲宮殿，自無彼位。"較世貞所論，更進一解。

[62] 青袍似春草——《古詩》"穆穆清風至"一首中句。

[63] 曹公莽莽二句——鍾嶸《詩品》："曹公古直，甚有悲涼之句。"

[64] 子建天才流麗三句——王夫之《夕堂永日緒論》："建立門庭，自建安始。曹子建鋪排整飾，立階級以賺人升堂，用此致諸趨赴之客，容易成名，伸紙揮毫，雷同一律。子桓精思逸韻，以絕人攀躋，故人不樂從，反爲所掩。子建以是壓倒阿兄，奪其名譽。實則子桓天才駿發，豈子建所能壓倒耶？"又《古詩評選》於曹植《當來日大難》下評："子建而長如此，卽許之天才流麗可矣。"又於《野田黃雀行》下評："子建樂府見於集者四十三篇，所可讀者，此二首耳。餘皆櫜垂耶當。"皆可與世貞此論相發明。

[65] 陶淵明四句——宋周紫芝《竹坡詩話》："士大夫學淵明作詩，往往故爲平澹之語，而不知淵明製作之妙，已在其中矣。如《讀山海經》云：'亭亭明玕照，落落清瑤流。'豈無雕琢之功？"葛立方《韻語陽秋》："陶潛、謝朓詩，皆平淡有思致，非後來詩人怵心劌目琱琢者所爲也。……大抵欲造平淡，當自組麗中來，落其華芬，然後可造平淡之境。"世貞之論，頗與相近。此後，如明人王圻、黃文煥、鍾惺，清人趙文哲、馬星翼、朱庭珍等，也都有類似論調。惟明人許學夷《詩源

辨體》有不同意見。他說："靖節詩，初讀之覺其平易，及其下筆，不得一語彷彿，乃是才高趣遠使然，初非琢磨所至也。王元美云：'淵明託旨沖淡，造語有極工者，乃大入思來，琢之使無痕迹耳。'此唐人淘洗造詣之功，非所以論漢、魏、晉人，尤非所以論靖節也。朱子云'淵明詩平淡出於自然'，斯得之矣。"

[66] 問君何爲爾四句——陶潛《飲酒二十首》"結廬在人境"一首中句。

[67] 坐——因。

[68] 莊嚴——法藏《華嚴經探玄記》："莊嚴有二義：一是具德義，二是交飾義。"案：本文用交飾義。陳師道《後山詩話》："陶淵明之詩，切於事情，但不文耳。"吳沆《環溪詩話》："淵明得之淸而失之瀋。"與世貞所見略同。

[69] 摩詰——王維（公元七〇一年——七六一年），字摩詰；河東人。唐開元進士，官終尚書右丞。有《王右丞集》二十八卷。《舊唐書》卷一百九十下《文苑》下、《新唐書》卷一百二十七《文藝》中都有傳。　孟襄陽——孟浩然（公元六八九年——七四〇年），隱居襄陽鹿門山。唐開元末爲荆州從事。工山水詩，與王維齊名，稱爲王、孟。有《孟浩然集》四卷。《舊唐書》卷一百九十下《文苑》下、《新唐書》卷一百二十八《文藝》下都有傳。

[70] 事與情而已——樂府詩所反映的社會現實是事，作者對待現實的態度是情。

[71] 張籍王建三句——張籍見《與元九書》註[60]。王建，見《歲寒堂詩話》註[11]。境，指作品的境界。世貞此論，本於《歲寒堂詩話》。

[72] 讀子瞻文六句——劉大櫆《論文偶記》："王元美論東坡云：'觀其詩，有學矣，似無才者。觀其文，有才矣，似無學者。'此元美不知文而以陳言爲學也。東坡詩於前人事詞無所不用，以詩可用陳言也；東坡文於前人事詞一毫不用，以文不可用陳言也。正可於此悟古人行文之法與詩迴異，而元美見以爲有學無學。夫一人之詩文，何以忽有學忽無學哉？由不知文，故其言如此。""元美所謂有學者，正古人之文所唾棄而不屑用，畏避而不敢用者也。東坡之文，如太空浩氣，何處可著一前言，以貌爲學問哉！"

【說明】

前後七子之論詩，都是主格調、講法度，以漢、魏、盛唐爲第一義。然而他們的認識和作風，並不完全相同。前七子中，李、何已有論爭；到了後七子就更有所發展。後七子中，最初提出論詩綱領的是謝榛。謝榛卽主張出入於盛唐十四家之中，兼取衆長，自成一家，取徑已較爲寬廣。後七子中擘望最高，影響最大的是王世貞。其《藝苑卮言》一書，爲中年所作，相傳晚年曾有追悔之意。然而即就《卮言》而論，也還不失爲一部具有獨到之見的詩話。從這裏選錄的各條，大致可以看出他論詩的幾個主要方面。

他認爲一切見於文字紀錄的書面語言，都應該看成是史，這也就是說，所有這些，都是表現社會生活的，而其中有"實"有"華"。就文學作品來説，必須是"五色錯綜，乃成華采"，"經緯就緒，乃成條理"。這樣，他對華與實、文與質之間的關係就有他自己的看法。他所深切向往並作爲最高藝術標準的，是漢、魏和盛唐詩中華妙而又精深的境界。他看到陶淵明的"清悠澹永，有自然之味"；然而感到不足的，是過於質朴，"是未莊嚴佛堦級語"。同時，也反對華過於實，他説曹植"譽冠千古，而實遜父兄"，正因爲"材太高，辭太華"的緣故。參證兩者，就知道他的旨趣所在了。

王世貞之論詩歌藝術，仍然以格調説爲中心，但他認爲格調本於才思。"才生思，思生調，調生格"，説明了離開才思，即無所謂格調。這意見頗有些接近於何景明，然而却比何景明看得深透。

"思即才之用，調即思之境，格即調之界"。從才思來談格調，就進一步深入到藝術意境的探討。他指出張、王樂府，善於徵事言情，而缺點是"境皆不佳"。何謂佳境？他在評論阮籍《詠懷》詩説得很清楚："遠近之間，遇境即際，興窮即止，坐不着論宗佳耳。"可見境是一種成熟的藝術構思在適應情況下恰到好處的表現。意境離不開才思，而不以騁才極思爲能事；能融化一切材料，而要看不出融化的痕跡。那末像張、王專以"道得人心中事爲工"，務求其盡，意盡就不能佳；其批評蘇軾詩文，也是從這一點着眼的。

如何才能達到佳境？他不反對由功力以求工，但必須"由工入微，不犯痕迹"；也不否認法，他説《詩三百篇》和《古詩十九首》都"極自有法"，而"無階級可尋"。要"由工入微"，必須識得這無階級可尋的法，而不尺尺寸寸，停留於一字一句之法。他主張從學習古人入手，然而必須是"漸漬汪洋"，最後歸之於"一師心匠"。他認爲只有出自心匠，才能"氣從意暢，神與境合"，隨物賦形，無施不可。否則即便是善學古人，能够左右逢源，取之無礙，然而"招之而後來，麾之而後却"，終究是古人的東西，已落第二義了。這些地方，突破了前七子的擬古論，辨析得較爲精微。

然而"文必秦、漢，詩必盛唐"的古今成見，仍然頑固地盤據在王世貞的頭腦中。他所不同於前七子以及同時李攀龍的是：一方面主張“師匠宜高”，一方面主張“捃拾宜博”。不過他之所謂博，也還是斷自盛唐。盛唐以前，均有可采；而“貞元而後，方可覆瓿”。直到晚年才漸漸有所轉變，悟到了“代不能廢人，人不能廢篇，篇不能廢句”（《宋詩選序》），而有取於宋、元之詩。但是，“此語於格之外者也”。“以彼爲我則可，以我爲彼則不可”。（同上）所謂“我”，指的是漢、魏、盛唐的高格。可見他前後期的看法雖有程度上的不同，然而其基本思想，前後是一貫的。

忠義水滸傳序[1]

〔明〕 李 贄[2]

太史公曰："《說難》《孤憤》，賢聖發憤之所作也。"[3]由此觀之，古之賢聖，不憤則不作矣。不憤而作，譬如不寒而顫，不病而呻吟也，雖作何觀乎？《水滸傳》者，發憤之所作也。蓋自宋室不競，冠屨倒施，大賢處下，不肖處上。馴致[4]夷狄處上，中原處下，一時君相猶然處堂燕鵲，納幣稱臣，甘心屈膝於犬羊已矣。施、羅二公[5]身在元，心在宋；雖生元日，實憤宋事。是故憤二帝之北狩[6]，則稱大破遼[7]以洩其憤；憤南渡[8]之苟安，則稱滅方臘[9]以洩其憤。敢問洩憤者誰乎？則前日嘯聚水滸之強人也，欲不謂之忠義不可也。是故施、羅二公傳《水滸》而復以忠義名其傳焉。

夫忠義何以歸於水滸也？其故可知也。夫水滸之衆何以一一皆忠義也？所以致之者可知也。今夫小德役大德，小賢役大賢，[10]理也。若以小賢役人，而以大賢役於人，其肯甘心服役而不恥乎？是猶以小力縛人，而使大力者縛於人，其肯束手就縛而不辭乎？其勢必至驅天下大力大賢而盡納之水滸矣。則謂水滸之衆，皆大力大賢有忠有義之人可也，然未有忠義如宋公明者也。今觀一百單八人者，同功同過，同死同生，其忠義之心，猶之乎宋公明也。獨宋公明者身居水滸之中，心在朝廷之上，一意招安，專圖報國，卒至於犯大難，成大功，服毒自縊，同死而不辭，則忠義之烈也！眞足以服一百單八人者之心，故能結義梁山，爲一百單八人之主。最後南征方臘，一百單八人者陣亡已過半矣，又智深坐化於六和[11]，燕青涕泣而辭主[12]，二童就計於"混江"[13]。宋公明非不知也，以爲見幾明哲[14]，不過小丈夫自完之計，決非忠於君義於友者所忍屑矣。是之謂宋公明也，是以謂之忠義也。傳其可無作歟！傳其可不讀歟！

故有國者不可以不讀，一讀此傳，則忠義不在水滸而皆在於君側矣。賢宰相不可以不讀，一讀此傳，則忠義不在水滸，而皆在於朝廷矣。兵部掌軍國之樞，督府專閫外[15]之寄，是又不可以不讀也，苟一日而讀此傳，則忠義不在水滸，而皆爲干城[16]心腹之選矣。否則不在朝廷，不在君側，不在干城腹心，烏乎在？在水滸。此傳之所爲發憤矣。若夫好事者資其談柄，用兵者藉其謀畫，要以各見所長，烏睹所謂忠義者哉！

明萬曆本《李氏焚書》卷三

【註釋】

[1] 忠義水滸傳序——李贄評點過一百回本和一百二十回本的《水滸傳》。一百回本的名爲《批評忠義水滸傳》，一百二十回本的名爲《批評忠義水滸全書》。本文是一百二十回本的序言。陳繼儒《國朝名公詩選》李贄小傳云："坊間諸家文集，多假卓吾先生選集之名，下至傳奇小説，無不稱爲卓吾批閲也。惟《坡仙集》及《水滸傳》敍，屬先生手筆，至於《水滸傳》中細評，亦屬後人所託者耳。"

[2] 李贄——(公元一五二七年——一六〇二年)，字宏甫，號卓吾，又號溫陵居士，泉州晉江人。嘉靖三十一年舉人，官至雲南姚安知府。李氏爲明代著名思想家，公開以"異端"自居，大膽抨擊封建傳統教條與假道學，被統治者迫害下獄而死。他的文學主張，反對剽竊模擬，重視小説戲曲在文學上的地位。曾評點《水滸傳》、《西廂記》、《幽閨記》、《浣紗記》等。自著有《焚書》六卷，《續焚書》五卷、《藏書》六十八卷、《續藏書》二十七卷、《李氏文集》十八卷等約三十種。《明史》卷二百二十一有傳。

[3] 太史公曰三句——《史記·太史公自序》："韓非囚秦，《説難》《孤憤》，《詩三百篇》，大抵賢聖發憤之所爲作也。"

[4] 馴致——由漸而至曰馴致。

[5] 施羅二公——施耐菴(約公元一二九六年——約一三七〇年)，名子安，一說名耳，興化人，原籍蘇州。相傳爲元至順進士，曾官錢塘兩年，後又參加張士誠軍。羅貫中(約公元一三三〇年——約一四〇〇年)，名本，別號湖海散人，山西太原人，一說錢塘或廬陵人。相傳爲施耐菴學生。其事迹見於明初人所撰《錄鬼簿續編》者較可信。關於《水滸傳》的作者，歷來有幾種不同的說法，有人認爲是施耐菴作，有人認爲是羅貫中作，也有人認爲是施、羅二人的合作。李贄採取了第三種說法。

[6] 二帝之北狩——指宋欽宗靖康二年(公元一一二六年)徽、欽二帝被金人所擄事。狩，古代君主冬天打獵的專稱。引申爲君主失國出亡或被擄的名稱。

[7] 破遼——宋江等被招安後，卽奉旨征遼。(據《水滸傳》八十三回至八十九回)。

[8] 南渡——指南宋。宋自高宗南渡，保有淮以南之地，史稱南宋。

[9] 滅方臘——宋江等在征遼、平田虎和王慶後，繼滅方臘(據《水滸傳》一百十回至一百十九回)。

[10] 小德役大德小賢役大賢——役，供職，動詞。這裏作被動式用，卽小德被役於大德，小賢被役於大賢之意。

[11] 智深坐化於六和——佛家稱死爲坐化。這句說魯智深死於杭州六和寺。(據《水滸傳》一百十九回)。

[12] 燕青涕泣而辭主——宋江等平定方臘後回京途中，燕青曾苦勸主人盧俊義與自己一同辭官退隱，盧未從，燕青辭之自去(據《水滸傳》一百十九回)。

[13] 二童就計於混江——二童指童威、童猛，混江指李俊。燕青走後不久，李俊詐中風疾，乞宋江軍馬先行，留童威、童猛照看自己，宋江應允。後來三人與費保等八人出海投化外國(據《水滸傳》一百十九回)。

[14] 見幾——事前洞察事物細微的動向。《易·繫辭下》:“君子見幾而作。”明哲——《詩·大雅·烝民》:“旣明且哲，以保其身。”

[15] 閫外——《史記·馮唐傳》:“臣聞上古王者之遣將也，跪而推轂曰:閫以內者寡人制之，閫以外者將軍制之。”閫，音捆。特指郭門的門檻。閫外之寄，指將帥統兵於外，負軍事上的專責。

[16] 干城——《詩·周南·兔罝》:“赳赳武夫，公侯干城。”干，盾牌。干和城都比喻捍衞者。

【說明】

我國白話小說,宋、元已經相當發達,到了明朝,在新興經濟情況和市民階層擴大的基礎上,得到更大的繁榮。封建統治階級和正統文人,對於它們總是予以各種誣蔑和嫉視。但新的時代,要求對於小說作出適當的評價,並給予它們在文學史上應有的地位。李卓吾的《忠義水滸傳序》,反映了這一時代的要求。

他首先指出《水滸傳》爲發憤之作,不是無病呻吟的作品,他把司馬遷的"發憤著書"說,作爲《水滸傳》的創作精神。作者"雖生元日,實憤宋事"。"宋室不競,冠屨倒施",他一面說明作者是有感而作,同時又指出:封建統治階級的腐敗荒淫和禍國殃民的對外政策,是產生《水滸傳》的根源。

在封建黑暗政治的殘酷統治下,善良人民無路可走,又不肯"束手就縛","其勢必至驅天下大力大賢而盡納之水滸矣",這是"官逼民反"、"逼上梁山"的一種說明。那些"嘯聚水滸之強人",不僅不是如封建正統文人所誣蔑的"盜賊",而是"同功同過、同死同生"的忠義英雄,基於這樣的立場和認識,作者贊揚了水滸人物的正義精神,大大提高了《水滸傳》的社會地位和文學價值。

然而,李贄對《水滸》的評價,也有極其錯誤的一面。他把小說中寫的"身居水滸之中,心在朝廷之上,一心招安,專圖報國"的宋江說成"忠義之烈",還肯定"南征方臘"這樣鎮壓農民起義的描寫。這說明他的思想深處並沒有突破封建傳統觀念的藩籬。

答呂姜山[1]

〔明〕 湯顯祖[2]

寄吳中曲論良是。“唱曲當知，作曲不盡當知也。”此語大可軒渠[3]。凡文以意、趣、神、色爲主，四者到時，或有麗詞俊音可用，爾時能一一顧九宮四聲[4]否？如必按字摸聲，卽有窒滯迸拽之苦，恐不能成句矣。弟雖郡住，一歲不再謁有司。異地同心，惟與兒輩時作磻溪[5]之想。

上海人民出版社《湯顯祖集·詩文集》卷四十七

【註釋】

[1] 呂姜山——名胤昌，號玉繩，浙江餘姚人。湯顯祖同年進士。《曲品》作者呂天成之父。

[2] 湯顯祖——(一五五〇——一六一六年)明代戲曲作家，文學家。字義仍，號海若、若士，別署清遠道人，江西臨川人。所居名“玉茗堂”。萬曆十一年進士，官至浙江遂昌知縣。以不附權貴被奪官。歸臨川，家居二十年卒。他在戲曲創作上，反對擬古和拘泥於格律。作有傳奇《紫簫記》、《紫釵記》、《還魂記》(牡丹亭)、《南柯記》、《邯鄲記》五種，後四種合稱“臨川四夢”或“玉茗堂四夢”。詩文有《紅泉逸草》、《問棘郵草》、《玉茗堂集》等。明清兩代有些戲曲作家，摹擬湯的文詞和意境，被稱爲“玉茗堂派”或“臨川派”。《明史》卷二百三十有傳。

[3] 軒渠——渠通舉，軒渠謂兒童舉手聳肩欲就父母。《後漢書·薊子訓傳》有“軒渠笑悅”句，後轉爲形容笑悅貌。

[4] 九宮四聲——宮，我國古代所稱宮、商、角、徵、羽五聲(加變徵、變商則爲七聲)之一。在元明戲曲中，凡以宮聲爲主的曲牌總稱“宮”，有仙呂宮、南呂宮、中呂宮、黃鐘宮、正宮之別；以其他各聲爲主的曲牌則總稱“調”，如商調、角調等。九宮是明代常用的仙呂宮、南呂宮、中呂宮、黃鐘宮、正宮等五宮，以及大石調、雙調、商調和越調等四調的合稱。後來又成爲對各種宮調的泛稱。四聲，指字的

平、上、去、入四聲。

[5] 磻溪——一名璜河，在今陝西寶鷄縣東南，源出南山玆谷，北流入於渭。相傳呂尙（姜太公）曾垂釣於此，而遇文王。

【説明】

在明代中葉的戲劇創作中，曾出現兩大派別。一是以沈璟爲代表的格律派，一是以湯顯祖爲代表的言情派。這兩派對後代戲劇創作都有很大的影響。而就戲劇創作的成就言，湯顯祖尤爲突出。

《答呂姜山》一文，反映了湯顯祖關於戲劇理論的主要觀點。其一是戲劇創作不能單純強調作曲的格律。他反對以按字摸聲來損害作者感情的表現，也否定拘泥於尋宮數調以損害麗詞俊音的運用。但是，湯顯祖並不如沈璟派所説的是曲律的反對者。他的作品本身不乏音律之美，可以説明這一點。在這裏，他同意對於音律"唱曲當知，作曲不盡當知也"的説法，也反映了他的一個基本觀點：對一個作者來説，作品的內容比形式更爲重要。

本文另一個基本觀點，卽認爲一個劇本應該包括意、趣、神、色四個方面。湯顯祖在《與宜伶羅章二書》中説："《牡丹亭記》，要依我原本，其呂家改的，切不可從。雖是增減一二字以便俗唱，却與我原做的意趣大不相同了。"由此可見，他所謂意趣，指的是作者的意旨和風趣。在《答王澹生》中，湯顯祖把神情、聲色並舉，説明他所説的神情指的是作品所表現的感情和聲韻文詞。意、趣、神、色，實際上包括了作品的內容和形式兩個方面。

湯顯祖曾經説過："世總爲情，情生詩歌。"公開宣稱："師講性，某講情。"他主張文學作品應以言情爲主。從他的劇作來看，他所表現的情具有突破封建禮教的性質，要求突破傳統的束縛，反映了個性解放的要求。而他的以情爲主的意、趣、神、色的文學主張，反映了社會生活中的新的思想意識，對明代的復古主義是有力的針砭。沈際飛在《玉茗堂文集題詞》中説："言一事，極一事之意趣神色而止，言一人，極一人之意趣神色而止。何必漢宋，亦何必不漢宋。"這就指出了湯顯祖提倡意、趣、神、色的反復古主義的特點。

雪濤閣集[1]序

〔明〕 袁宏道[2]

文之不能不古而今也，時使之也。妍媸之質，不逐目而逐時。是故草木之無情也，而鞓紅鶴翎[3]，不能不改觀於左紫溪緋[4]。唯識時之士爲能隄其隤[5]而通其所必變。夫古有古之時，今有今之時，襲古人語言之迹而冒以爲古，是處嚴冬而襲夏之葛者也。

騷之不襲雅也，雅之體窮於怨，不騷不足以寄也。後之人有擬而爲之者，終不肖也，何也？彼直求騷於騷之中也。至蘇、李述别及《十九》等篇，騷之音節體致皆變矣，然不謂之眞騷不可也。古之爲詩者，有泛寄之情，無直書之事；而其爲文也，有直書之事，無泛寄之情；故詩虚而文實。晉、唐以後，爲詩者，有贈别，有敍事；爲文者，有辨説，有論敍。架空而言，不必有其事與其人，是詩之體已不虚，而文之體已不能實矣。古人之法，顧安可概哉？夫法因於敝而成於過者也。矯六朝駢麗飣餖之習者，以流麗勝，飣餖者，固流麗之因也。然其過在輕纖，盛唐諸人以闊大矯之；已闊矣，又因闊而生莽，是故續盛唐者，以情實矯之；已實矣，又因實而生俚，是故續中唐者，以奇僻矯之；然奇則其境必狹，而僻則務爲不根[6]以相勝，故詩之道，至晚唐而益小。有宋歐、蘇輩出，大變晚習，於物無所不收，於法無所不有，於情無所不暢，於境無所不取，滔滔莽莽，有若江河。今之人，徒見宋之不唐法，而不知宋因唐而有法者也。如淡非濃，而濃實因於淡。然其弊至以文爲詩，流而爲理學，流而爲歌訣，流而爲偈誦，詩之弊，又有不可勝言者矣。

近代文人[7]，始爲復古之說以勝之。夫復古是已，然至以剿襲爲復古，句比字擬，務爲牽合，棄目前之景，摭腐濫之辭；有才者詘於法，而不敢自伸其才，無才者拾一二浮泛之語，幫湊成詩。智者牽於習，而愚者樂其易，一倡億和，優人騶從，共談雅道。吁！詩至此，抑可羞哉！夫即詩而文之爲弊，蓋可知矣。

余與進之遊吳以來，每會必以詩文相勵，[8]務矯今代蹈襲之風。進之才高識遠，信腔信口，皆成律度，其言今人之所不能言與其所不敢言者。或曰：進之文超逸爽朗，言切而音遠，其爲一代才人無疑。詩窮新極變，物無遁情，然中或有一二語，近平近俚近俳，何也？余曰：此進之矯枉之作，以爲不如是不足矯浮泛之弊，而闊時人之目也。然在古亦有之，有以平而傳者，如"睫（疑當作睫）在眼前人不見"[9]之類是也；有以俚而傳者，如"一百饒一下，打汝九十九"[10]之類是也；有以俳而傳者，如"迫窘詰曲幾窮哉"[11]之類是也。古今文人爲詩所困，故逸士輩出，爲脫其黏而釋其縛。不然，古之才人何所不足，何至取一二淺易之語，不能自捨，以取世嗤哉？執是以觀進之詩，其爲大家無疑矣。詩凡若干卷，文凡若干卷，編成，進之自題曰《雪濤閣集》。而石公袁子爲之敍。

鍾伯敬增定本《袁中郎全集》卷一

【註釋】

［1］雪濤閣集——明江盈科所著。盈科，字進之，號綠蘿山人，湖廣桃源人。萬曆進士，官至四川提學副使。

［2］袁宏道（公元一五六八年——一六一〇年）——字中郎，號石公，宗道之弟。舉萬曆二十年進士，官終稽勳郎中。與兄宗道、弟中道並有才名，時稱三袁，宏道得名最盛。他一方面力排王、李復古派剽襲摹擬之失，一方面自創清新輕俊之體，學者多舍王、李而從之，目爲公安體。宏道有《袁中郎集》四十卷。《明

史》卷二百八十八《文苑》四有傳。

[3] 鞓紅——牡丹花名。歐陽修《洛陽牡丹記》:"鞓紅者,單葉深紅,花出青州,亦曰青州紅。……其色類腰帶鞓,謂之鞓紅。" 鶴翎——牡丹花名。歐陽修《洛陽牡丹記》:"鶴翎紅者,多葉花,其末白而本肉紅,如鴻鵠羽色。"

[4] 左紫——歐陽修《洛陽牡丹記》:"左花者,千葉紫花,葉密,而齊如截;亦謂之平頭紫。" 溪緋——歐陽修《洛陽牡丹記》:"潛溪緋者,千葉緋花,出於潛溪寺。寺在龍門山後,本唐相李藩別墅。今寺中已無此花,而人家或有之,本是紫花,忽於叢中特出緋者,不過一二朵,明年,移在他枝,洛人謂之轉枝花,故其接頭尤難得。"

[5] 隄其隤——隄,作動詞用。句意謂防止其潰決橫流。

[6] 不根——《漢書·嚴助傳》:"不根持論。"顔師古注:"論議委隨,不能持正,如樹木之無根柢也。"

[7] 近代文人——指明前、後七子。

[8] 遊吳以來二句——案:袁宏道於萬曆二十三年乙未爲吳縣令。江盈科《錦帆集序》:"乙未之歲,余友中郎袁君來宰吳,……踰明年,君以過勞成疾,上書乞歸,凡七請,乃得解政去。君性超悟,深於名理;才敏妙,嫻於詞賦。第一行作吏,都成廢閣,間或觸景起興,感事攄辭,有所題詠撰著,越二年,亦遂成帙,君自標曰《錦帆集》,蓋不佞嘗詣吳署謁君,君指此水驕余曰:是錦帆涇也。……"

[9] 睫在眼前人不見——杜牧《登池州九峰樓寄張祜》:"睫在眼前長不見,道非身外更何求。"

[10] 一百饒一下二句——盧仝《寄男抱孫》:"一百放一下,打汝九十九。"

[11] 追窘詰曲幾窮哉——《柏梁詩》:"迫窘詰屈幾窮哉。"東方朔句。

【説明】

明代七子派的擬古詩潮振盪一世以後,詩道日趨於窮。窮則變,公安派出,就張變古的旗幟以與復古派抗。公安三袁,以宏道爲中堅,建立了詩論的體系。變之一字,是宏道詩論的特點。《雪濤閣集序》即是宏道詩論的代表作。

"古有古之時,今有今之時",作者從古今時異的觀點出發,認爲"文之不能不古而今也,時使之也。"時有變,則作爲這一時代的文學也不能不變。這一前提,就根本否定了七子復古派的詩論。

變，從兩方面着眼。首先，從體製上說，不同時代不同的文學作品，有它不同的"音節、體致"和寫作方法。騷不能同於雅，蘇、李、《十九首》五言古詩不能同於騷，晉、唐以前詩體虛而文體實，晉、唐以後詩體亦實而文體亦虛。復次，從一種體製的風格上說，不同的時代，有不同的時代風格。"妍媸之質"的標準，"不逐目而逐時"。初唐的流麗，盛唐的闊大，中唐的情實，晚唐的奇僻，各不相襲。"鞓紅鶴翎，不能不改觀於左紫溪緋"。不論是體製或風格，陳陳相因則弊生；變則通，通則久，久而又窮則又變。流麗因於飣餖，闊大因於輕纖，情實因於莽，奇僻因於俚，宋因於唐，濃因於淡。宋人以文爲詩，以理學、歌訣、偈誦爲詩，是變久而又窮。窮而又變，只應發展而無循環。而明七子却是"棄目前之景，摭腐濫之辭"，要用擬古以救宋人之窮，則是蹈襲而非新變，是倒退而非發展。

蹈襲擬古與"窮新極變"，是創作上兩條不同的道路。七子復古的詩論，其病在於本身。公安亦有"近平近俚近俳"之處，則是寫作上的流弊而不是詩論上本原之病，是"機鋒側出，矯枉過正"（錢謙益《列朝詩集》袁宏道小傳語）之使然。當然，明代復古派的詩論家也未嘗不談變。如何景明《與空同先生論詩書》就主張"爲詩"要"推其極變，開其未發"。王世懋《藝圃擷餘》說："唐律由初而盛，由盛而中，由中而晚，時代聲調，故自必不可同，然亦有初而逗盛，盛而逗中，中而逗晚者。何則？逗者變之漸也，非逗故無繇變。"胡應麟《詩藪》說："四言變而爲《離騷》，《離騷》變而五言，五言變而七言，七言變而律詩，律詩變而絕句，詩之體以代變也。""詩至於唐而格備，至於絕而體窮，故宋人不得不變而之詞，元人不得不變而之曲。"就這些話頭來說，復古派論詩，也是談到變的。問題在於景明雖談變而在具體看法上，却只承認盛唐以前的變，不承認盛唐以後亦是變。王世懋雖談變而具體主張"小詩欲作王、韋，長篇欲作老杜，便應全用其體"（《藝圃擷餘》語）。則是只在表面上承認"時代聲調"有變，而不承認變古必須創新。胡應麟雖談變，但他認爲"《三百篇》降而騷，騷降而漢，漢降而魏，魏降而六朝，六朝降而三唐，詩之格以代降也"（《詩藪》語）。則是創作上的一代不如一代論，不是用發展的觀點來理解變的。他又說："唯不致工於作，而致工於述，……所以度越元、宋，苞綜漢、唐。"（同上）"述"正是不變，明明是說七子之不變，勝於宋、元之變。因此，復古派談變，缺陷很大。而宏道却主張"信腔信口，皆成律度”,“古人之法，顧安可概哉”？衝破一切樊籬，顯然要比何、王、胡的論變徹底得多。正因爲如此，何、王、胡的詩論與李夢陽、李攀龍等一味主張摹古的，只是復古派內部的紛歧；而宏道的談變，矛頭就直接指向了整個復古派。

文論上有關變的問題的闡述，較早有《文心雕龍》的《通變》篇。《南齊書文學傳論》也指出：“若無新變，不能代雄。”而袁氏以後，清人葉燮在《原詩》內編中有所闡發，其見解也很精闢。

曲律[1]〔選錄〕

〔明〕王驥德[2]

總論南北曲第二

曲之有南、北，非始今日也。關西胡鴻臚侍[3]《珍珠船》(其所著書名)引劉勰《文心雕龍》，謂：塗山歌於“候人”，始爲南音；有娀謠於“飛燕”，始爲北聲；及夏甲爲東，殷整爲西。[4]古四方皆有音，而今歌曲但統爲南、北。如《擊壤》《康衢》《卿雲》《南風》，詩之二南，漢之樂府，下逮關、鄭、白、馬[5]之撰，詞有雅、鄭，皆北音也；《孺子》[6]《接輿》[7]《越人》[8]《紫玉》[9]，吳歈、楚豔[10]，以及今之戲文，皆南音也。豫章左克明《古樂府》[11]載：晉馬南渡，音樂散亡，僅存江南吳歌，荆楚西聲。[12]自陳及隋，皆以《子夜》[13]《歡聞》[14]《前溪》[15]《阿子》[16]等曲屬吳，以《石城》[17]《烏棲》[18]《估客》[19]《莫愁》[20]等曲屬西。蓋吳音故統東南，而西曲則後之，人概目爲北音矣。以辭而論，則宋胡翰[21]所謂：“晉之東，其辭變爲南、北；南音多豔曲，北俗雜胡戎。”[22]以地而論，則吳萊[23]氏所謂：“晉、宋、六代以降，南朝之樂，多用吳音；北國之樂，僅襲夷虜。”[24]以聲而論，則關中康德涵[25]所謂：“南詞主激越，其變也爲流麗；北曲主忼慨，其變也爲樸實。惟樸實故聲有矩度而難借，惟流麗故唱得宛轉而易調。”[26]吳郡王元美[27]謂：南、北二曲，“譬之同一師承，而頓、漸分教[28]；俱爲國臣，而文武異科。”“北主勁切雄麗，南主清峭柔遠。”[29]“北字多而調促，促處見筋；南字少而調緩，緩處見眼。[30]北辭情少而聲情多，南聲情少而辭情多。[31] 北力在絃，南力在板。[32] 北宜和歌，南宜獨奏。北氣易粗，南氣易弱。[33]”此其大較。康北人，故差易南調，似不如王論爲確。然陰陽、平仄之用，南、北故絕不同，詳見後說。

論須讀書第十三

詞曲雖小道哉，然非多讀書，以博其見聞，發其旨趣，終非大雅。須自國風、《離騷》、古樂府及漢、魏、六朝、三唐諸詩，下迨《花間》《草堂》[34]諸詞，金、元雜劇諸曲[35]，又至古今諸部類書，俱博蒐精採，蓄之胸中，於抽毫時，掇取其神情標韻，寫之律呂[36]，令聲樂自肥腸滿腦中流出，自然縱橫該洽，與勦襲口耳者不同。勝國諸賢及實甫、則誠輩[37]，皆讀書人，其下筆有許多典故，許多好語襯副，所以其製作千古不磨。至賣弄學問，堆垛陳腐，以嚇三家村人，又是種種惡道。古云：“作詩原是讀書人，不用書中一個字。”吾於詞曲亦云。

論家數[38]第十四

曲之始，止本色[39]一家，觀元劇及《琵琶》《拜月》二記可見[40]。自《香囊記》以儒門手脚爲之，遂濫觴而有文詞家一體。[41]近鄭若庸《玉玦記》[42]作，而益工修詞，質幾盡掩。夫曲以模寫物情，體貼人理，所取委曲宛轉，以代說詞，一涉藻繢，便蔽本來。然文人學士，積習未忘，不勝其靡，此體遂不能廢，猶古文六朝之於秦、漢也。大抵純用本色，易覺寂寥；純用文調，復傷琱鏤。《拜月》質之尤者，《琵琶》兼而用之，如小曲語語本色，大曲引子如“翠減祥鸞羅幌”、“夢遶春闈”，過曲如“新篁池閣”、“長空萬里”等調，未嘗不綺繡滿眼，故是正體。《玉玦》大曲，非無佳處；至小曲亦復塡垛學問，則第令聽者憒憒矣！故作曲者須先認其路頭，然後可徐議工拙。至本色之弊，易流俚腐；文詞之病，每苦太文。雅俗淺深之辨，介在微茫，又在善用才者酌之而已。

論章法第十六

作曲，猶造宮室者然。工師之作室也，必先定規式，自前門而廳、而堂、而樓，或三進、或五進、或七進，又自兩廂而及軒寮，以至廩庾、庖湢[43]、藩垣、苑榭之類，前後、左右、高低、遠近，尺寸無不了然胸中，而後可施斤斲。作曲者，亦必先分段數，以何意起，何意接，何意作中段敷衍，何意作後段收煞，整整在目，而後可施結撰。此法，從古之爲文，爲辭賦，爲歌詩者皆然。於曲，則在劇戲，其事頭原有步驟，作套數曲[44]，遂絕不聞有知此竅者，只漫然隨調，逐句湊泊，掇拾爲之，非不間得一二好語，顛倒零碎，終是不成格局。古曲如《題柳》"窺青眼"，久膾炙人口，然弇州亦訾爲牽強而寡次序，[45]他可知矣。至閨怨、麗情等曲，益紛錯乖迕，如理亂絲，不見頭緒，無一可當合作者。是故修辭，當自鍊格始。

論句法第十七

句法，宜婉曲不宜直致，宜藻豔不宜枯瘁，宜溜亮不宜艱澀，宜輕俊不宜重滯，宜新采不宜陳腐，宜擺脫不宜堆垛，宜溫雅不宜激烈，宜細膩不宜粗率，宜芳潤不宜噍殺[46]。又總之，宜自然不宜生造。意常則造語貴新，語常則倒換須奇。他人所道，我則引避；他人用拙，我獨用巧。平仄調停，陰陽諧叶，上下引帶，減一句不得，增一句不得。我本新語，而使人聞之，若是舊句，言機熟也；我本生曲，而使人歌之，容易上口，言音調也。一調之中，句句琢鍊，毋令有敗筆語，毋令有欺嗓音[47]，積以成章，無遺恨矣。

論字法第十八

下字爲句中之眼，古謂百鍊成字，千鍊成句，又謂前有浮聲，後須切響[48]。要極新，又要極熟；要極奇，又要極穩。虛句用實字鋪襯，實句用虛字點綴。務頭須下響字，勿令提挈不起。押韻處，要妥貼天成，換不得他韻。照管上下文，恐有重字，須逐一點勘換去。又閉口字少用，恐唱時費力。今人好奇，將戲劇標目，一一用經、史隱晦字代之。夫列標目，欲令人開卷一覽，便見傳中大義，亦且便繙閱，却用隱晦字樣，彼庸衆人何以易解！此等奇字，何不用作古文？而施之劇戲，可付一笑也。

論用事第二十一（節錄）

曲之佳處，不在用事[49]，亦不在不用事。好用事，失之堆積，無事可用，失之枯寂。要在多讀書，多識故實，引得的確，用得恰好，明事暗使，隱事顯使，務使唱去人人都曉，不須解說。又有一等事，用在句中，令人不覺，如禪家所謂撮鹽水中，飲水乃知鹹味，[50]方是妙手。《西廂》[51]、《琵琶》用事甚當，然無不恰好，所以動人。《玉玦》句句用事，如盛書櫃子，翻使人厭惡，故不如《拜月》一味淸空，自成一家之爲愈也。……

論劇戲第三十

劇之與戲，南北故自異體。北劇僅一人唱，南戲則各唱。一人唱則意可舒展，而有才者得盡其舂容[52]之致；各人唱則格有所拘，律有所限，即有才者，不能恣肆於三尺[53]之外也。於是，貴剪裁，貴鍛鍊，以全帙爲大間架，以每折爲折落，以曲白爲粉堊、爲丹艧；勿落套，勿不經，勿太蔓，蔓則局懈，而優人多刪削；勿太促，促則氣迫，而節奏不暢達；毋令一人無着落，毋令一折不照應。傳中緊要處，須重著精神，極力發揮使透。如《浣紗》遺了越王嘗膽及夫人採葛事[54]，紅拂私奔[55]，如姬竊符[56]，皆本傳大頭腦，如何草草放過？若無緊要處，只管敷演，又多惹人厭憎：皆不審輕重之故也。又用宮調，須稱事之悲歡苦樂，如遊賞則用仙呂、雙調等類[57]，哀怨則用商調、越調等類[58]，以調合情，容易感動得人。其詞格俱妙，大雅與當行參間，可演可傳，上之上也；詞藻工，句意妙，如不諧里耳[59]，爲案頭之書，已落第二義[60]；既非雅調，又非本色，掇拾陳言，湊插俚語，爲學究，爲張打油[61]，勿作可也。

論賓白第三十四

賓白，亦曰"說白"[62]。有"定場白"[63]，初出場時，以四六飾句者是也。有"對口白"，各人散語是也。"定場白"稍露才華，然不可深晦。《紫簫》[64]諸白，皆絕好四六，惜人不能識；《琵琶》黄門白，只是尋常話頭，略加貫串，人人曉得，所以至今不廢。"對口白"須明白簡質，用不得太文字；凡用之、乎、者、也，俱非當家。《浣紗》純是四六，寧不厭人！又凡"者"字，惟北劇有之，今人用在南曲白中，大非體也。句字長短平仄，須調停得好，令情意宛轉，音調鏗鏘，雖不是曲，却要美聽。諸戲曲之工者，白未必佳，其難不下於曲。《玉玦》諸白，潔淨文雅，又不深晦，與曲不同，只稍欠波瀾。大要多則取厭，少則不達，蘇長公有言："行乎其所當行，止乎其所不得不止。"[65]則作白之法也。

論插科第三十五

插科打諢[66]，須作得極巧，又下得恰好。如善說笑話者，不動聲色，而令人絕倒，方妙。大略曲冷不鬧場處，得淨、丑間插一科[67]，可博人哄堂[68]。亦是劇戲眼目。若略涉安排勉強，使人肌上生粟，不如安靜過去。古戲科諢，皆優人穿插，傳授爲之，本子上無甚佳者。惟近顧學憲《青衫記》[69]，有一二語咄咄動人，以出之輕俏，不費一毫做造力耳。黄山谷謂："作詩似作雜劇，臨了須打諢，方是出場。"[70]蓋在宋時已然矣。

雜論第三十九上(選録)

南、北二調，天若限之。北之沉雄，南之柔婉，可畫地而知也。北人工篇章，南人工句字。工篇章，故以氣骨勝；工句字，故以色澤勝。

胡鴻臚言："元時，臺省元臣、郡邑正官，皆其國人爲之；中州人每沈抑下僚，志不獲展。如關漢卿乃太醫院尹，馬致遠江浙行省務官，宫大用釣臺山長[71]，鄭德輝杭州路吏，張小山首領官[72]，於是多以有用之才，寓於聲歌，以抒其拂鬱感慨之懷，所謂不得其平而鳴也。"然其時如貫酸齋、白無咎、楊西菴、胡紫山、盧疎齋、趙松雪、虞邵菴輩[73]，皆昔之宰執貴人也，而未嘗不工於詞。以今之宰執貴人，與酸齋諸公角而不勝；以今之文人墨士，與漢卿諸君角而又不勝也。蓋勝國時[74]，上下成風，皆以詞爲尚，於是業有專門。今吾輩操管爲時文[75]，既無暇染指[76]，迨起家爲大官，則不勝功名之念，致仕居鄉，又不勝田宅子孫之念，何怪其不能角而勝之也。

曲之尚法固矣，若僅如下算子、畫格眼、垜死屍，則趙括之讀父書[77]，故不如飛將軍之横行匈奴也[78]。當行本色之說，非始於元，亦非始於曲，蓋本宋嚴滄浪之說詩。[79]滄浪以禪喻詩，其言："禪道在妙悟，詩道亦然。惟悟乃爲當行，乃爲本色。有透徹之悟，有一知半解之悟。"[80]又云："行有未至，可加工力；路頭一差，愈騖愈遠。"[81]又云："須以大乘正法眼爲宗，不可令墮入聲聞辟支之果。"[82]知此說者，可與語詞道矣。

雜論第三十九下(選錄)

……宋詞句有長短，聲有次第矣，亦尚限邊幅，未暢人情。至金、元之南北曲，而極之長套，斂之小令，能令聽者色飛，觸者腸靡，洋洋纚纚，聲蔑以加矣！此豈人事，抑天運之使然哉。

…………

作閨情曲，而多及景語，吾知其窘矣。此在高手，持一"情"字，摸索洗發，方挹之不盡，寫之不窮，淋漓渺漫，自有餘力，何暇及眼前與我相二之花鳥煙雲，俾掩我眞性，泥我寸管哉？世之曲，詠情者強半，持此律之，品力可立見矣。

…………

古人往矣，吾取古事，麗今聲，[83]華袞其賢者[84]，粉墨其愿者[85]，奏之場上，令觀者藉爲勸懲興起，甚或扼腕裂眦，涕泗交下而不能已，此方有關世教文字。若徒取漫言，旣已造化在手，而又未必其新奇可喜，亦何貴漫言爲耶？此非腐談，要是確論。故不關風化，縱好徒然，此《琵琶》持大頭腦處[86]，《拜月》祇是宣淫[87]，端士所不與也。

中國戲劇出版社本《中國古典戲曲論著集成》《曲律》

【註釋】

[1] 曲律——《方諸館曲律》，明王驥德著。內容是論述南北曲的源流、宮調、作曲和唱曲方法，兼及劇本結構、情節、賓白、科諢等；同時也評論到雜劇、傳奇、散曲等作品。

[2] 王驥德(？——一六二三年)——字伯良、伯駿，號方諸生、秦樓外史，會稽人。明代著名戲曲理論家與作家。與同時代戲曲家徐渭、沈璟等都有深厚友誼。戲曲論著有《方諸館曲律》，戲曲作品有傳奇《題紅記》，雜劇《男王后》及散曲集《方諸館樂府》；詩文集有《方諸館集》；並曾校注《西廂記》。

[3] 胡侍——字奉之，寧夏人。明正德進士，曾官鴻臚少卿。《珍珠船》是他所著的

一部類書。

[4] 引文心雕龍至殷整爲西七句—— 引文見《文心雕龍·樂府》。《呂氏春秋·音初》:"夏后氏孔甲田(打獵)於東陽萯山,天大風,晦盲,孔甲迷惑,入於民室,主人方乳(分娩)。或曰,后(君主)來,是良日也,之子(其子)是必大吉。或曰,不勝也,之子是必有殃。后乃取其子以歸,曰,以爲余子,誰敢殃之。子長成人,幕動坼橑,斧斫斬其足,遂爲守門者。孔甲曰:嗚呼,有疾,命矣夫!乃作爲破斧之歌,實始爲東音。禹行功,見塗山之女,禹未之遇,而巡省南土。塗山氏之女乃令其妾候禹於塗山之陽,女乃作歌,歌曰:'候人兮猗。'實始作爲南音。""殷整甲徙宅西河,猶思故處,實始作爲西音。""有娀氏有二佚女(美女),爲之九成(九重)之臺,飲食必以鼓(鼓樂)。帝令燕往視之,鳴若謚隘(象聲詞),二女愛而爭搏之,覆以玉筐。少選,發而視之,燕遺二卵,北飛遂不返。二女作歌,一終曰:'燕燕往飛。'實始作爲北音。"

[5] 關鄭白馬——元代著名的四大雜劇作家。關漢卿,號已齋叟,大都人。約生於十三世紀前期,死在元滅南宋之後。所作雜劇今知有六十餘種,全存者十三種。鄭光祖,字德輝,平陽人。曾爲杭州路吏。所作雜劇今知有十八種,全存者六種。白樸(公元一二二六——?),字仁甫,一字太素,號蘭谷,原籍隩州,後居眞定。所作雜劇今知有十六種,全存者三種。又有《天籟集》二卷。馬致遠,號東籬,大都人。曾任江浙行省務官。所作雜劇今知有十五種,全存五種。今人又輯其散曲爲《東籬樂府》。

[6] 孺子——《孟子·離婁上》:"有孺子歌曰:'滄浪之水清兮,可以濯我纓。滄浪之水濁兮,可以濯我足。'孔子曰:'小子聽之,清斯濯纓,濁斯濯足矣。'"

[7] 接輿——《論語·微子》:"楚狂接輿,歌而過孔子曰:'鳳兮鳳兮,何德之衰!往者不可諫,來者猶可追。已而已而!今之從政者殆而!'"《莊子·人間世》亦載此,文長兩倍多,不稱歌。

[8] 越人——劉向《說苑·善說》:"君獨不聞夫鄂君子晳之泛舟於新波之中也,乘靑翰之舟,……榜枻越人擁楫而歌。……於是乃召越譯而楚說之曰:'今夕何夕兮,搴洲中流?今日何日兮,得與王子同舟?蒙羞被好兮,不訾詬耻。心幾頑而不絕兮,知得王子。山有木兮木有枝,心說君兮君不知。'"

[9] 紫玉——《搜神記》:"吳王夫差小女,名曰紫玉,年十八,才貌俱美。童子韓重年十九,有道術。女悅之,私交信問,許爲之妻。重學於齊、魯之間,臨去囑其父母,使求婚。王怒不與,女玉結氣死。……三年重歸,……具牲幣往弔於墓前。玉魂從墓出見,重流涕謂曰:'昔爾行之後,令二親從王相求,度必克從大

顧，不圖別後遭命，奈何！’玉乃左顧宛頸而歌曰：‘南山有烏，北山張羅，烏旣高飛，羅將奈何！意欲從君，讒言孔多。悲結生疾，沒命黃壚。命之不造，冤如之何！羽族之長，名爲鳳凰，一日失雄，三年感傷，雖有衆鳥，不爲匹雙。故見鄙姿，逢君輝光，身遠心近，何當暫忘。’”

［10］吳歈楚豔——庾信《哀江南賦》“吳歈越吟，荆豔楚舞”。又《楚辭・招魂》亦有“吳歈蔡謳”之語。

［11］左克明古樂府——左爲元末豫章人，編《古樂府》十卷。分古歌謠、鼓吹曲、横吹曲、相和曲、清商曲、舞曲、琴曲、雜曲八類。

［12］晉馬南渡四句——郭茂倩《樂府詩集》：“清商樂，一曰清樂。清樂者，九代之遺聲，其始卽相和三調是也。並漢魏已來舊曲，其辭皆古調，及魏三祖所作。自晉朝播遷，其音分散，苻堅滅涼得之，傳于前後二秦。及宋武定關中，因而入南，不復存于內地。自時已後，南朝文物，號爲最盛，民謠國俗，亦世有新聲。……後魏孝文討淮漢，宣武定壽春，收其聲伎，得江南所傳舊曲《明君》《聖主》《公莫》《白鳩》之屬，及江南吳歌，荆楚西聲，總謂之清商樂。”又：“《晉書・樂志》曰：‘吳歌雜曲，並出江南，東晉已來，稍有增廣。’其始皆徒歌，旣而被之管絃。蓋自永嘉渡江之後，下及梁、陳，咸都建業，吳聲歌曲，起於此也。”又：“按西曲歌出于荆、郢、樊、鄧之間，而其聲節送和與吳歌亦異，故其方俗而謂之西曲云。”

［13］子夜——郭茂倩《樂府詩集》卷四十四：“《唐書・樂志》曰：‘《子夜歌》者，晉曲也。晉有女子名子夜，造此聲，聲過哀苦。’……《樂府題解》曰：‘後人更爲四時行樂之詞，謂之《子夜四時歌》，又有《大子夜歌》《子夜警歌》《子夜變歌》，皆曲之變也。’”

［14］歡聞——郭茂倩《樂府詩集》卷四十五：“《古今樂録》曰：‘《歡聞歌》者，晉穆帝升平初，歌畢輒呼歡聞，不以爲送聲，後因此爲曲名。’”

［15］前溪——郭茂倩《樂府詩集》卷四十五：“《宋書・樂志》曰：‘《前溪歌》者，晉車騎將軍沈玩所製。’郗昂《樂府題解》曰：‘《前溪》，舞曲也。’”

［16］阿子——郭茂倩《樂府詩集》卷四十五：“《宋書・樂志》曰：‘《阿子歌》者，亦因升平初歌云，“阿子汝聞不”，後人演其聲爲《阿子》《歡聞》二曲。’《樂苑》曰：‘嘉興人養鴨兒，鴨兒旣死，因有此歌。’未知孰是。”

［17］石城——郭茂倩《樂府詩集》卷四十七：“《唐書・樂志》曰：‘《石城樂》者，宋臧質所作也。石城在竟陵，質嘗爲竟陵郡，於城上眺矚，見羣少年歌謠通暢，因作此曲。’《古今樂錄》曰：‘《石城樂》舊舞十六人。’”

[18] 烏棲——梁簡文帝蕭綱、元帝蕭繹和蕭子顯等，都有«烏棲曲»，«樂府詩集»卷四十八，列於«西曲歌»中«烏夜啼»之後。

[19] 估客——郭茂倩«樂府詩集»卷四十八："«古今樂錄»曰：'«估客樂»者，齊武帝之所製也。帝布衣時，嘗遊樊、鄧，登祚以後，追憶往事而作歌，使樂府令劉瑤管絃被之。'«唐書·樂志»曰：'梁改其名爲«商旅行»。'"

[20] 莫愁——郭茂倩«樂府詩集»卷四十八："«唐書·樂志»曰：'«莫愁樂»者，出於«石城樂»，石城有女子名莫愁，善歌謠。«石城樂»和中復有忘愁聲，因有此歌。'«古今樂錄»曰：'«莫愁樂»亦云«蠻樂»，舊舞十六人，梁八人。'«樂府題解»曰：'古歌亦有"莫愁洛陽女"，與此不同。'"

[21] 胡翰(公元一三〇七年——一三八一年)——字仲申，金華人。元末避地南華山，明洪武初起爲衢州教授。著作有«胡仲子集»。«明史»卷二百八十五«文苑»一有傳。案：本文誤書作宋人。

[22] 晉之東四句——見胡翰«古樂府詩類編序»(«胡仲子集»卷四)。

[23] 吳萊(公元一二九七年——一三四〇年)——字立夫，浦陽人。元延祐中貢於鄉，試禮部不第。有«淵穎集»十二卷，附錄一卷。

[24] 晉宋六代以降五句——見吳萊：«張氏大樂玄機賦論後題»(«淵穎集»卷八)。

[25] 康德涵(公元一四七五年——一五四〇年)——名海，號對山，陝西武功人。明七子之一，詩人又戲曲作家。弘治十五年舉進士第一，任翰林院修撰。擅長彈唱藝術，作有雜劇«中山狼»；並有詩文集«對山集»。«明史»卷二百八十六«文苑»二有傳，附李夢陽後。

[26] 南詞主激越六句——待考。語不見於«對山集»中。

[27] 王元美——卽王世貞。見本書«藝苑卮言»註[2]。下面引文見«弇州山人四部稿»卷一百五十二«藝苑卮言»附錄一。

[28] 頓漸分教——佛教有頓教、漸教的分別。有兩種解釋：一，頓成頓悟佛法的名頓教，歷刼修行而得的名漸教。二，開始直說大乘法的名頓教，先說小乘法漸次說大乘法的名漸教。

[29] 北主勁切雄麗南主清峭柔遠——此指南北曲曲情之別。與上文所引康海之說可互參。康氏所謂激越，卽王氏所謂清峭；所謂慷慨，卽是勁切。前者就精神的作用說，後者就音樂的效果說。慷慨、勁切、樸實之中不失雄麗之致，是北曲剛中有柔；柔遠流麗之中猶存激越、清峭之氣，是南曲柔中有銳。

[30] 北字多而調促四句——指南北曲唱法的差異。每唱一字，北曲用僅少之旋律而爲短曲；南曲則引聲緩歌。其曲有緩急之別。

[31] 北辭情少而聲情多南聲情少而辭情多——《弇州山人四部稿》卷一百五十二《藝苑卮言》附錄一這兩句作“北則辭情多而聲情少，南則辭情少而聲情多。”這兩句指前項之差異給與聽者的效果，互有得失。樂曲之宛轉，北曲不及南曲，然因每字的音，少引長之故，其發音明瞭可以聽取，且曲調亦平易，辭意容易了解；南曲雖宛轉悅耳，然字音卻爲曲聲所蔽，難以聽取明白，並且一字之音，往往分解而唱，如果不是熟悉其曲辭，聽者竟有不能明其意義之處。

[32] 北力在絃南力在板——絃指絃索(琵琶)而言；板指拍板，卽按節之物，故亦稱節爲板。北曲以絃索爲主樂而節制曲的旋律和拍子，南曲以鼓及拍板爲主樂而節制曲的緩急。在魏良輔的《曲律》中，有可與王氏所論相發之處。其文爲：“北曲以遒勁爲主，南曲以宛轉爲主，各有不同。至於北曲之絃索，南曲之鼓板，猶方圓之必資於規矩，其歸重一也。”周貽白註云：“此條《原始》(指《崑腔原始》)作‘北曲遒勁，以絃索傅之；南曲宛轉，以鼓板按之。猶規矩之於方圓，其相資一也’。……”又魏氏《曲律》有一條與《藝苑卮言》所云約略相同，而意義有殊，其文爲：“北曲與南曲，大相懸絕，有磨調(自由旋轉的歌聲)、絃索調之分。北曲字多而調促，促處見筋，故詞情多而聲情少；南曲字少而調緩，緩處見眼，故詞情少而聲情多。北力在絃索，宜和歌，故氣易粗；南力在磨調，宜獨奏，故氣易弱。近有絃索唱作磨調，又有南曲配入絃索，誠爲方底圓蓋，亦以坐中無周郎耳。”周貽白註云：“此條《原始》作‘北曲字多調促……南曲字少調緩……北力在絃索，宜和歌，其氣忌粗……其氣忌弱，若以絃索作磨調，南曲配入絃索，則方圓枘鑿之不相入，曲之魔矣。’按此條明王元美《藝苑卮言》亦有一段與之約略相同。……《藝苑卮言》明刊本，有嘉靖戊午六月王氏自序。戊午爲嘉靖三十七年(公元一五五八年)，然則《曲律》的撰成，實在《藝苑卮言》刊行以後。……但《曲律》與《卮言》不同之處，前者謂‘北力在絃索，南力在磨調’，而後者則作‘北力在絃，南力在板’。《曲律》之論絃板，僅指出‘猶方圓之必資於規矩’，與王氏之說略有出入。而此處則以‘北力在絃索，南力在磨調’作爲對比，意義更有不同，或爲對王氏之說有所修正。”

[33] 北宜和歌四句——前二句是就以上觀察而得的南北曲性質不同而作的結論。後二句是就北主勁切、南主柔遠的特點而說。

[34] 草堂——《草堂詩餘》，詞總集名。不著編輯人姓名，大概是南宋人所編，共四卷，分前後二集。所選錄的作品以宋詞爲主，間有唐、五代作品。前集依春夏秋冬四景分編，後集依節序、天文、地理、人物、人事、飲饌、器用、花禽八類分編，在當時可能是一種通俗唱本。

[35] 金元雜劇——我國戲曲史上有多種以雜劇爲名的表演形式，但其特點則各有不同。陶宗儀《南村輟耕錄》:"金有院本,雜劇,諸宮調。院本雜劇,其實一也。國朝(按指元朝)院本雜劇始釐而二之"。元雜劇,是元代用北曲演唱的戲曲形式,是在金院本和諸宮調的基礎上廣泛吸收了多種詞曲和技藝發展而成。一般每本分爲四折,每折用同一宮調的若干曲牌組成套曲,必要時另加楔子。現存作品不到二百種。

[36] 律吕——見本書《尚書·堯典》註[12]。

[37] 實甫則誠輩——王實甫,名德信,元大都人。活動時期大約在元成宗元貞、大德(公元一二九五年——一三〇七年)前後。所著雜劇今知有十四種,現存《西廂記》等三種。高則誠,名明,浙江瑞安人。元至正五年進士,曾官處州録事、福建行省都事。明太祖卽位後,招致爲官,不就。以所著南戲《琵琶記》著名。詩文集名《柔克齋集》,清代有輯本。

[38] 家數——如本色家與文詞家的區别,當行家與非當行家的區别。嚴羽《答出繼叔臨安吳景仙書》:"世之技藝,猶各有家數。"

[39] 本色——明代戲曲家對本色的理解,各有不同。或强調必須遵循宋元典範;或强調曲文質樸,接近生活語言。王驥德則認爲,不失眞我面目,方是本色的第一義。

[40] 琵琶——《琵琶記》,南戲劇本,高明作。取材於舊南戲《趙貞女蔡二郎》,寫蔡伯喈趙五娘夫婦事。王世貞《曲藻》:"《琵琶記》其意欲以譏當時一士大夫,而托名蔡伯喈,不知其説。偶閲《説郛》載唐人小説:牛相國僧孺之子繁,與同人蔡生邂逅文字交,尋同舉進士,才蔡生,欲以女弟適之。蔡已有妻趙矣,力辭不得。後牛氏與趙處,能卑順自將。蔡仕至節度副使。其姓事相同,一至於此。則何不直舉其人,而顧誣蔑賢者至此耶?" 拜月——南戲劇本《王瑞蘭閨怨拜月亭》,元末施惠作,一云出自無名氏。取材於關漢卿雜劇《閨怨佳人拜月亭》,寫書生蔣世隆在亂離中與王瑞蘭結爲夫婦的故事。

[41] 香囊記二句——《香囊記》,傳奇劇本,明邵璨作。内容以宋、金戰爭爲背景,寫張九成兄弟、夫妻在亂離中仍守封建道德的忠孝節義,終於團圓的故事。劇本結構鬆散,多用駢儷曲辭,對後來的傳奇起了消極的影響。濫觴,見《詩品序》註[9]。

[42] 鄭若庸玉玦記——鄭若庸,字中伯,明崑山人。所作南戲三種,以《玉玦記》爲最著。内容寫南宋初期王商與妻秦氏在戰亂時離合事。劇本結構鬆散,多用典故。

[43] 湢——音必，浴室。

[44] 作套數曲——散曲中最先產生的是小令，由小令而變爲合調，再擴大其組織，由一宮調中的多數曲調連合成爲一整體，是謂套曲，通稱爲套數。雜劇中的歌唱部分，以散曲中的套曲組成之。每一個套曲，稱爲一折。每一個雜劇，以四折爲通例，但也有五折甚至六折的變例。

[45] 古曲三句——王世貞《曲藻》："南曲之美者，無過於《題柳》《窺青眼》，而中亦有牽強寡次序處。……大抵宋詞無累篇，而南北曲少完整，則以繁簡之故也。"弇州，王世貞號，見《藝苑卮言》註[2]。

[46] 噍殺——聲音急促。《禮記·樂記》："其哀心感者，其聲噍以殺。"孔穎達《正義》："謂樂聲噍蹙殺小。"

[47] 欺嗓音——指曲詞不諧韻律，不便於唱，如所謂"拗折嗓子"。

[48] 前有浮聲後須切響——沈約《宋書·謝靈運傳論》："欲使宮羽相變，低昂互節，若前有浮聲，則後須切響。"浮聲，相當於後來的平聲；切響，相當於後來的仄聲。

[49] 用事——用典故。

[50] 如禪家所謂二句——《傳燈錄》："如水中著鹽，飲水不知鹽味。"

[51] 西廂——王實甫所撰雜劇《西廂記》，共五本。根據元稹《會眞記》故事，在董解元《西廂記諸宮調》基礎上改作並提高。

[52] 舂容——同從容。

[53] 三尺——漢代用三尺四寸竹簡書法律，稱爲三尺法，舉成數言，一般稱爲三尺，作爲法律條款的代稱。

[54] 浣紗遺了越王嘗膽及夫人採葛事——《浣紗記》，傳奇名，明代梁辰魚作，寫越王句踐滅吳復國的故事，曲詞優美，排場很大，是第一部根據魏良輔所訂崑腔格律寫作的劇本。案：嘗膽事見《史記·越王句踐世家》，采葛事見《吳越春秋》，但采葛非越王夫人事，本文所云稍誤。

[55] 紅拂私奔——《宋史·藝文志》一百五十九載："杜光庭《虬鬚客傳》一卷。"係傳李靖、紅拂、虬髯客故事，內容寫隋楊素守西京，李靖往謁，一妓持紅拂侍側，目靖久之。靖歸逆旅，夜有紫衣戴帽人叩門，延入，脫衣去帽，乃十八九美女，曰："妾楊家之紅拂妓也，絲蘿願托喬木。"乃與俱歸太原，遇虬髯客於靈石旅舍。明凌濛初《虬髯翁》雜劇，及張鳳翼、張太和《紅拂記》傳奇，均係推演此傳。

[56] 如姬竊符——事見《史記·信陵君列傳》。魏安釐王二十年，秦昭王已破趙長平軍，又進兵圍邯鄲。信陵君姊爲趙惠文王弟平原君夫人，數遺魏王及公子

書，請救於魏。魏王使將軍晉鄙將十萬衆救趙，但又畏秦，不敢動，有觀望意。信陵君乃與侯生商。侯生勸信陵君托魏王如姬盜竊兵符以奪晉鄙軍，北救趙而西却秦。信陵君從其計，請如姬，如姬果盜晉鄙兵符與信陵君。明張鳳翼有«竊符記»傳奇。

[57] 如遊賞則用仙呂雙調等類——燕南芝庵«唱論»："仙呂調唱，清新綿邈。……雙調唱，健捷激裊。"

[58] 哀怨則用商調越調等類——燕南芝庵«唱論»："商調唱，悽愴怨慕。……越調唱，陶寫冷笑。"周貽白註："這裏所注明的各個宮調的唱法，雖然在聲律上或當有其配合，但都是一些抽象的形容詞，很不容易說明其義理。如果把當時的一些散曲和劇曲的作品內容來資爲聯繫，那麼，這些宮調在歌唱上所具情調，便不一定都能吻合。"案：關于越調的情調，«曲論»與本文所云，亦不相合。

[59] 里耳——俗耳，俚耳。«莊子·天地»："大聲不入于里耳。"

[60] 第二義——見«滄浪詩話·詩辨»註[17]。

[61] 張打油——唐人張打油雪詩："江上一籠統，井上黑窟籠，黃狗身上白，白狗身上腫。"此詩蓋打油戲作。後因謂俚俗之詩爲打油詩。

[62] 賓白——古典戲曲劇本中的說白。元、明的雜劇、戲文、傳奇都以唱爲主，白爲賓。見明徐渭«南詞敘錄»。一說"兩人相說曰賓，一人自說曰白"。見明姜南«抱璞簡記»。

[63] 定場白——傳統戲曲中人物自我介紹的程式之一。劇中主要人物第一次上場，念完引子或定場詩以後，念一段獨白，內容大多是介紹人物姓名、籍貫、身世以及當時景境、事件過程等。

[64] 紫簫——«紫簫記»，傳奇劇本，明代湯顯祖作。取材唐代«霍小玉傳»，辭藻華麗。

[65] 蘇長公有言三句——見蘇軾«自評文»(«東坡題跋»卷二)，惟原文爲"常行於所當行，常止於不可不止"。

[66] 插科打諢——戲曲裏各種使觀衆發笑的穿插。科多指動作，諢多指語言。

[67] 淨——戲曲脚色名稱，即花面。丑，戲曲脚色名稱。徐渭«南詞敘錄»："以墨粉塗面，其形甚醜，今省文爲丑。"由於化裝在鼻梁上抹一小塊白粉而稱小花面。

[68] 哄堂——滿屋子的人同時發笑。

[69] 顧學憲青衫記——顧大典，字道行，吳江人。隆慶二年進士，官福建提學副使。著«清音閣傳奇»四種：«青衫記»、«葛衣記»、«義乳記»、«風教編»。«青衫記»敷演白居易«琵琶行»詩意，兼據馬致遠雜劇«青衫淚»而成。學憲，提學副使。

［70］黄山谷謂四句——黄山谷，黄庭堅。“作詩”三句，見《王直方詩話·作詩如雜劇》。原文“似”作“正如”；第二句爲“初時布置”，這裏缺引。

［71］宫大用——宫天挺，字大用，開州人。歷學官，除釣台書院山長。所作雜劇六種，現存一種。

［72］張小山——張可久，字小山，慶元府人。以路吏轉首領官。擅長散曲，所著有《今樂府》、《蘇隄漁唱》、《吳鹽》、《新樂府》四集。

［73］貫雲石(公元一二八六年——一三二四年)——號酸齋，畏吾兒人，曾任兩淮萬戶達魯花赤及翰林學士知制誥同修國史，諡文靖。有《酸齋集》。擅長散曲，與徐再思(甜齋)齊名，後人合輯其作品爲《酸甜樂府》。《新元史》卷一百六十有傳。白無咎，未詳。楊果，字正卿，祁州蒲陰人。金正大初進士，元時官至參知政事，諡文獻。有《西庵集》。《元史》卷一百六十四有傳。《新元史》卷一百五十八本傳稱其“工文章，尤長於樂府”。胡紫山，元初人，生平未詳。《玉堂嘉話》、《元詩紀事》載其《慶王承旨八秩》詩二首。盧摯(?——約公元一三一五年)，字處道，號疏齋，涿郡人。元至元五年進士，官至翰林學士承旨。《新元史》卷二百三十七有傳。趙孟頫(公元一二五四年——一三二二年)，字子昂，號松雪道人，湖州人。宋宗室。入元官至翰林學士承旨。有《松雪齋文集》。《元史》卷一百七十二、《新元史》卷一百九十都有傳。虞集(公元一二七二年——一三四八年)，字伯生，號道園，室名邵庵，世稱邵庵先生，蜀郡人，僑居臨川崇仁。歷官翰林直學士兼國子祭酒、奎章閣侍書學士，諡文靖。有《道園學古錄》、《道園遺稿》。《元史》卷一百八十一、《新元史》卷二百零六都有傳。

［74］勝國——《周禮·地官·媒氏》鄭玄註:“勝國，亡國也。”原指已亡之國，後亦稱前一朝爲勝國。

［75］時文——即八股文。

［76］染指——《左傳》宣公四年載楚王請大夫們食黿，召子公而不給他。“子公怒，染指于鼎，嘗之而出。”這裏借以比喻對自己非專業的戲曲的淺嘗。

［77］趙括句——趙括，戰國時趙國名將趙奢之子。《史記·廉頗藺相如列傳》載:“趙王因以括爲將代廉頗。藺相如曰:王以名使括，若膠柱而鼓瑟耳。括徒能讀其父書傳，不知合變也。”

［78］飛將軍橫行匈奴——《漢書·李廣傳》:“廣在郡，匈奴號曰漢飛將軍，避之數歲，不入界。”又:“(李)陵謂使者曰:吾爲漢將步卒五千人，橫行匈奴。”按:這裏以李廣事和李陵語混合爲一。

［79］當行本色之説四句——當行，指能符合戲曲創作的特殊規律。本色，見註［39］。

王驥德謂當行本色之說本於《滄浪詩話》，但嚴羽所謂本色當行與戲曲家所指有區别。

[80] 禪道在妙悟六句——此節引《滄浪詩話》之文。

[81] 行有未至四句——《滄浪詩話》不載。

[82] 須以大乘正法眼爲宗二句——此非《滄浪詩話》原文，乃概括其意。

[83] 取古事麗今聲——麗，附着。今聲，指當時的戲曲。此二句謂取歷史故事搬到戲劇中來。

[84] 華衮其賢者——華衮，古代王公之服。范寧《春秋穀梁傳序》："一字之褒，寵踰華衮之贈。"

[85] 粉墨其慝者——慝，音忒，邪惡。周貽白《中國戲劇史長編》："至于奸佞之徒概塗粉面，則由淨色之'抹土搽灰'而來，習慣相沿，飾奸徒者例爲淨，乃仍以粉搽臉而另鉤眉目。元杜善夫曲所謂'滿臉石灰，更着些黑道兒'，即指此輩。"

[86] 此琵琶持大頭腦處——《琵琶記》宣傳忠孝節義思想，把劇中的男女主角，寫成爲封建道德中的完人。在劇的開場《水調歌頭》中說："休論插科打諢，也不尋宫數調，只看子孝共妻賢。"《曲律》作者稱他爲"持大頭腦處"，表現出他們共同的文學觀點。

[87] 拜月祗是宣淫——《拜月亭》叙述兩對青年夫婦種種悲歡離合的故事，表現了男女對愛情的忠貞，對封建禮教的反抗。《曲律》作者從封建道德觀點出發，故貶之爲"宣淫"。

【説明】

晚明時期，在雜劇、傳奇長期發展的基礎上，許多戲曲理論家，總結前人經驗，從事曲學研究，出現了不少這一類的著作，王驥德的《曲律》是這方面富有代表性的作品。當時所作，大都偏重形式，精求格律。何良俊謂"寧聲叶而辭不工，無寧辭工而不叶"（《曲律·雜論第三十九上》引）；沈璟謂："寧協律而不工"（《曲律·雜論第三十九下》引），正可代表當日的風氣。王驥德雖受了沈璟的影響，《曲律》雖偏於格律一派，"自宫調以至韻之平仄，聲之陰陽，窮其元始，究厥指歸"（毛以遂《曲律跋》），而"法尤密，論尤苛"（馮夢龍：《曲律敍》），但他又受到徐渭、湯顯祖的指點和感染，所以他能突破沈璟的藩籬，所見很廣，立論較精，於臨川、吳江二派，能取長棄短，持論也較公允。從上面所選的十二則中，可以歸納爲如下的一些主張。

一、他主張戲劇作家，必須廣泛學習國風、《離騷》以及樂府詩詞、戲曲各方面的優秀遺產，豐富文學修養。博蒐精採，在胸中消化，創作時取其神情標韻，作爲自己的血肉，方可“千古不磨”。一面要多讀書，同時又不能在創作中“賣弄學問，堆垛陳腐”。在“論聲調”、“論句法”、“論字法”、“論用事”諸篇裏，也涉及了這一問題。

二、關於戲劇結構，他主張貴剪裁、貴鍛鍊、突出重點，抓住頭腦，俱爲卓見。關於聲樂，要“以調合情”，才可加強戲劇的感染力。評價作品，以可演可傳、雅俗共賞爲上。如只辭工語妙，可讀而不可演，爲第二流，至於“掇拾陳言”爲學究，“凑插俚語”爲張打油，那就更無價值了。

三、曲家多不注意賓白，王驥德認爲不能輕視。他指出白不易作，“其難不下於曲”。一，定場白須稍露才華，不可深晦；二，對口白須明白簡直，不可太文；三，白須音調鏗鏘，“却要美聽”；四，白要多少適宜，“多則取厭，少則不達”。他既說明了賓白的作法，同時又強調了賓白在戲劇中的重要地位。

四、他認識了戲劇的社會教育作用，要求作品要重視內容；但他所強調的內容是有關風化，因此以《琵琶記》爲範例，而目《拜月》爲宣淫，這就表現了他的封建觀點。

王驥德是曲律學家，同時又是戲劇作家，他在前人經驗和自己創作的體驗中，結合研究，論述了南北曲多方面的問題，其中很有些較好的見解，對於李漁的曲論，頗有影響。

詩歸[1]序

〔明〕鍾惺[2]

選古人詩，而命曰《詩歸》。非謂古人之詩，以吾所選爲歸，庶幾見吾所選者，以古人爲歸也。引古人之精神，以接後人之心目，使其心目有所止焉，如是而已矣。昭明選古詩[3]，人遂以其所選者爲古詩，因而名古詩曰選體。唐人之古詩曰唐選。嗚呼！非惟古詩亡，幾併古詩之名而亡之矣。何者？人歸之也。選者之權力，能使人歸，又能使古詩之名與實俱徇之，吾其敢易言選哉。

嘗試論之，詩文氣運，不能不代趨而下，而作詩者之意興，慮無不代求其高。高者，取異於途徑耳。夫途徑者，不能不異者也；然其變有窮也。精神者，不能不同者也；然其變無窮也。操其有窮者以求變，而欲以其異與氣運爭，吾以爲能爲異，而終不能爲高。其究途徑窮，而異者與之俱窮，不亦愈勞而愈遠乎？此不求古人眞詩之過也。

今非無學古者，大要取古人之極膚極狹極熟，便於口手者，以爲古人在是。[4]使捷者矯之，必於古人外，自爲一人之詩以爲異，要其異，又皆同乎古人之險且僻者，不則其俚者也；[5]則何以服學古者之心！無以服其心，而又堅其說以告人曰，千變萬化不出古人。問其所爲古人，則又向之極膚極狹極熟者也。世眞不知有古人矣。

惺與同邑譚子元春[6]憂之。內省諸心，不敢先有所謂學古不學古者，而第求古人眞詩所在。眞詩者，精神所爲也。察其幽情單緒，孤行靜寄於喧雜之中；而乃以其虛懷定力，獨往冥遊於寥廓之外。如訪者之幾於一逢，求者之幸於一獲，入者之欣於一至。不敢謂吾之說，非卽向者千變萬化不出古人之說，而特不敢以膚者狹者熟者塞之也。

書成，自古逸至隋，凡十五卷，曰《古詩歸》；初唐五卷，盛唐十九卷，中唐八卷，晚唐四卷，凡三十六卷，曰《唐詩歸》。取而覆之，見古人詩久傳者，反若今人新作詩。見己所評古人語，如看他人語。倉卒中，古今人我，心目爲之一易，而茫無所止者，其故何也？正吾與古人之精神，遠近前後於此中；而若使人不得不有所止者也。

明天啓刻本《隱秀軒集》文昃集

【註釋】

［1］詩歸——《四庫全書總目提要》："《詩歸》五十一卷，明鍾惺、譚元春同編。……是書凡古詩十五卷，唐詩三十六卷，大旨以纖詭幽渺爲宗，點逗一二新僞字句，矜爲玄妙，……於連篇之詩，隨意割裂，古來詩法，於是盡亡。至於古詩字句，多隨意竄改。……朱彝尊詩話謂是書乃其鄉人託名。今觀二人所作，其門徑不過如是，殆彝尊曲爲之詞也。"

［2］鍾惺（公元一五七四年——一六二四年）——字伯敬，竟陵人。萬曆三十八年進士，官至福建提學僉事。當公安派以淸巧救七子的流弊，風靡一時之後，破律壞度之弊又生，鍾氏又起而矯公安之弊，意欲別出手眼，另立幽深孤峭一宗，以凌駕古人之上。同里譚元春爲之羽翼，海內談詩者稱爲鍾、譚，學之者形成爲竟陵派。錢謙益起而排斥，謂之爲"鬼趣"，爲"詩妖"（語見《列朝詩集》小傳），而竟陵的餘焰漸熄。惺有《隱秀軒集》三十二卷，《四庫全書》存目著錄其書至十一種。《明史》卷二百八十八《文苑》四有傳，附袁宏道傳後。

［3］昭明選古詩——蕭統（公元五〇一——五三一年），字德施，南蘭陵人。梁武帝蕭衍的長子。天監三年立爲皇太子。死後謚昭明。事跡見《梁書》卷八《昭明太子傳》。所纂《文選》凡六十卷。昭明太子時代，尙無律詩，《文選》中第十九卷至第三十一卷所選的詩都是古詩。

［4］今非無學古者四句——指明七子贋古之作。

[5] 使捷者矯之六句——指公安派之作。

[6] 譚子元春(公元一五八六年——一六三一年)——字友夏，竟陵人。名輩稍後於鍾惺，天啓七年，始舉鄉試第一；時鍾惺已死。《列朝詩集》譚元春小傳謂"譚之才力薄於鍾，其學殖尤淺，譾陋彌甚。"有《嶽歸堂集》十卷。《明史》卷二百八十八《文苑》四有傳，附袁宏道傳後。

【説明】

明代詩歌，在弘治以前的階段，不立門戶，唐、宋兼取；而高棅諸人，則已開了宗唐的萌芽。弘治以後至萬曆，一變於前後七子，以摹擬漢、魏、盛唐爲學古；再變於公安三袁，洗蕩七子之病，主張眞情達意，而矯枉過正，以鄙俚輕率爲趨新。鍾惺、譚元春出，標舉幽深孤峭的宗旨，則是針對七子、公安二派的末流作爲補弊救偏而提出的。《詩歸》一書，具體貫徹了鍾氏的詩論。這篇序文，即是《詩歸》論旨的概括。

作者在序文裏闡述了如下的論點：

第一，作者認爲詩家塗徑之變有盡，而精神之變無窮，因此，向上一着，不當限於塗徑上取異，而應於精神上求變，亦即是應求古人之眞詩。

第二，據此以衡量有明一代詩風的遞變，前者是七子的學古，取徑於極膚極狹極熟，其病爲空廓；後者是公安所走的捷徑，其病爲俚僻。二者同樣只是取異於塗徑，是不求古人眞詩之過。

第三，指出選《詩歸》以救弊的用意，在於求古人眞詩所在，即是求古人精神所在，有意識地避免走上膚熟與俚率的道路，而要使"心目爲之一易"。怎樣求眞詩？作者是要"察其幽情單緒，孤行靜寄於喧雜之中；而乃以其虛懷定力，獨往冥遊於寥廓之外"的。這就是作者所謂求變於精神。但作者所"覃思苦心，尋味古人之微言奧旨"(《列朝詩集》鍾惺小傳中語)，"潛思遐覽，深入超出，綴古今之命脈，開人我之眼界"(譚元春《退谷先生墓誌銘》語)的，仍然是在於"取異於塗徑"。他評王季友詩說："每於古今詩文，喜拈其不著名而最少者，常有一種奇趣別理，不墮作家氣。"所謂"奇趣別理"，與本文所謂"幽情單緒"是同一意義。這種精神，要通過覃思冥搜的塗徑以表達。《詩歸》的宗趣在此。但並不能眞的從詩歌的精神上求變，而只是偏尙於一種風格，其缺點也在此。

鍾氏強調詩歌“幽情單緒”的一境，自詡爲“吾所選者，以古人爲歸”，實質上却是“古人之詩，以吾所選爲歸”。而且要“引古人之精神，以接後人之心目，使其心目有所止焉”。於是七子、公安的流弊剛有所救正，而竟陵派本身的流弊滋生得更爲嚴重。末流越來越走上魔道，“以凄聲寒魄爲致”，“以噍音促節爲能”（《列朝詩集》丁十二）。而這正是《詩歸》詩論本身的狹隘性使然的。

序山歌[1]

〔明〕 馮夢龍[2]

書契以來，代有歌謠，太史所陳[3]，並稱[4]風雅，尚矣。自楚騷唐律，爭妍競暢，而民間性情之響，遂不得列於詩壇，於是别之曰山歌，言田夫野豎矢口寄興之所爲，薦紳學士家不道也。唯詩壇不列，薦紳學士不道，而歌之權愈輕，歌者之心亦愈淺[5]。今所盛行者，皆私情譜耳。雖然，桑間、濮上[6]，國風刺之，尼父錄焉，以是爲情眞而不可廢也。山歌雖俚甚矣，獨非鄭、衞之遺歟？且今雖季世，而但有假詩文，無假山歌，則以山歌不與詩文爭名，故不屑假。苟其不屑假，而吾藉以存眞，不亦可乎？抑今人想見上古之陳於太史者如彼，而近代之留於民間者如此，倘亦論世之林云爾。若夫借男女之眞情，發名教之僞藥[7]，其功於《掛枝兒》[8]等，故錄《掛枝詞》而次及《山歌》。

明崇禎刻本《山歌》

【註釋】

〔1〕山歌——是明末馮夢龍所編纂而成的一部民歌專集，又名《童癡二弄》，十卷。卷一至卷九爲山歌，實收吳歌三百五十六首；卷十爲桐城時興歌，凡二十四首。

〔2〕馮夢龍（公元一五七四年——一六四五年）——字猶龍，别署龍子猶、顧曲散人、墨憨齋主人，長洲人。崇禎三年貢生，曾任福建壽寧縣知縣。其思想受李贄等人的影響頗深，特别重視小說戲曲和民間文學，故畢生從事通俗文學的搜集、整理和編輯工作，貢獻很大。最著名的如編輯話本集《喻世明言》《警世通言》《醒世恆言》，民歌集《童癡一弄·掛枝兒》，散曲集《太霞新奏》等，并改寫小說《平妖傳》《新列國志》。此外他也從事創作，著有傳奇《雙雄記》，并修改湯顯祖、李玉、袁于令諸人作品多種，合稱《墨憨齋定本傳奇》。

〔3〕太史所陳——《禮記·王制》:“天子五年一巡守(狩)。歲二月……巡守(狩)……,命太師陳詩以觀民風。”鄭玄注:“陳詩,謂采其詩而觀之。”

〔4〕穪——卽稱之俗字称的誤刻。

〔5〕而歌之權愈輕兩句——這兩句承上數句而來,意思是說山歌既爲封建士大夫所不道,故山歌在詩壇上的地位愈來愈被輕視,因而歌者也自輕,內容也愈淺俗。

〔6〕桑間濮上——《禮記·樂記》:“桑間濮上之音,亡國之音也。”鄭玄注:“濮水之上,地有桑間者,亡國之音於此水出也。昔殷紂使師延作靡靡之樂,已而自沉於濮水,後師涓過焉,夜聞而寫之,爲平公鼓之,是之謂也。”案:桑間濮上本地名,由於有了上述故事傳說,所以就成爲淫靡之俗的代稱,下文說“國風刺之”,指的就是《鄭風·溱洧》、《魏風·氓》一類的詩。《詩序》以爲刺“淫風大行”,馮氏則以爲是情眞。

〔7〕若夫借男女之眞情二句——意思說借男女之眞情來揭發封建禮敎的虛僞性。

〔8〕掛枝兒——又名《童癡一弄》,是馮夢龍編的另一部民歌集。作品大都經過文人和編者自己的加工,內容也大多描寫封建禮敎束縛下的男女愛情生活。

【說明】

明代,尤其是明代中葉,在當時的社會歷史條件下,民歌非常繁榮。由於這些作品的優美技巧,引起文人們的重視。卽如復古派的李夢陽、何景明輩,也不得不承認它們的價值。袁宏道謂明代民歌爲可傳之作(《敍小修詩》),卓人月謂民歌爲明代一絕,可與唐詩、宋詞、元曲並美(陳宏緒《寒夜錄》引),這種意見,不是抽象的贊賞,而是具體地給予明代民歌以文學史上的地位。因此,從事民歌的整理和硏究,成爲當日進步文學工作者的新任務。馮夢龍所編纂的《童癡一弄·掛枝兒》和《童癡二弄·山歌》,是他在這方面的貢獻。《序山歌》說明了他對民歌的見解。

他認爲《詩三百篇》中的風雅,大都是民間歌謠。情愛之作,孔子所錄;今日的民歌實與鄭、衞之風相類,是可存而不可廢的。但自騷、詩以來,詩文爲文人學士所掌握,民歌出自田夫野豎之口,辭語俚俗,“遂不得列於詩壇”。但民歌特色,貴在眞情。既不宜揚名教,無意作僞;也不與詩文爭名,不尙辭華,只是“民間性情之響”,故多眞聲。所謂“有假詩文,無假山歌”,

正確而又概括地說明了民間歌謠和正統詩文本質上的一般區別，和民歌在封建社會裏爲統治階級所鄙視而又爲人民所喜愛的原因。因此，他整理和出版《山歌》，是想借男女之眞情，揭發名教之虛僞，同時，又具有批判"假詩文"，提高民歌文學價值、促進民歌發展的意義。但必須說明，書中所收，除一些諷刺性作品外，有不少是輕薄庸俗的。

西遊記題詞

〔清〕 幔亭過客[1]

文不幻[2]不文，幻不極不幻。是知天下極幻之事，乃極眞之事；極幻之理，乃極眞之理。故言眞不如言幻，言佛不如言魔。魔非他，即我也。我化爲佛，未佛皆魔。魔與佛力齊而位逼，絲髮之微，關頭匪細。摧挫之極，心性不驚。此《西遊》之所以作也。說者以爲寓五行生剋之理[3]，玄門[4]修鍊之道。余謂三教[5]已括於一部，能讀是書者，于其變化横生之處引而伸之，何境不通？何道不洽？而必問玄機於玉匱[6]，探禪蘊於龍藏[7]，乃始有得於心也哉？至於文章之妙，《西遊》、《水滸》實並馳中原。今日雕空鑿影，畫脂鏤冰，嘔心瀝血，斷數莖髭而不得驚人隻字者；何如此書駕虛游刃[8]，洋洋灑灑數百萬言，而不複一境，不離本宗；日見聞之，厭飫[9]不起，日誦讀之，穎悟自開也！故閑居之士，不可一日無此書。

據孫楷第《日本東京所見小說書目》引日本內閣文庫本《李卓吾先生批評西遊記一百回》

【註釋】

［1］幔亭過客——袁于令（公元？年——約一六七四年）別名。袁于令原名韞玉，又名晋，字令昭，一字凫公，號籜菴，又號幔亭、白賓、吉衣主人。吳縣人。明末爲生員。清兵南下，吳地豪紳挽于令草降表進呈，因功，授荆州太守。後因忤監司免官。晚年寓居會稽，年逾七十卒。于令工曲，作有雜劇《雙鶯傳》，傳奇《西樓記》、《金鎖記》、《玉符記》、《鷫鸘裘》、《長生樂》、《瑞玉記》。亦作通俗小說，有《隋史遺文》十二卷六十回。

［2］幻——指憑空虛構的東西，如幻象、夢幻。

［3］五行生剋之理——五行指水、火、木、金、土五種物質。我國古代思想家用日常生活中習見的上述五種物質來說明世界上萬物的起源和多樣的統一。戰國時，五行相生相尅的學説頗爲流行。相生，意味着互相促進，如木生火，火生土，土生金，金生水，水生木等。相尅，意味着互相排斥，如水勝火，火勝金，金勝木，木勝土，土勝水等。

［4］玄門——指道教。

［5］三教——指儒、道、佛三教。

［6］問玄機於玉匱——玄機，道家語，謂玄妙之理。玉匱，指道家修煉的書。

［7］探禪蘊於龍藏——禪，佛家用語。禪蘊，指佛理。龍藏，指佛教經典。沈約《內典序》："足蹈慧門，學通龍藏。"相傳大乘經典藏於龍宮，故稱龍藏。

［8］游刃——《莊子·養生主》："今臣之刀十九年矣，所解數千牛矣。而刀刃若新發於硎。彼節者有間，而刀刃者無厚，以無厚入有間，恢恢乎，其於游刃必有餘地矣。"後因以游刃有餘形容做事熟練，解決問題輕鬆利落。

［9］厭飫——同饜飫，飽食之意。此處喻大量閱讀。

【說明】

明中葉嘉靖、萬曆年間，吳承恩（一五〇〇？——一五八一？年）在民間流行的神話、傳說和《西遊記平話》、《雜劇》的基礎上，寫成了一百回本的《西遊記》。它以豐富的想象、神奇的故事開拓了幻想小說的領域，是我國小說史上一個重要的成就。然而，對於這部浪漫主義小說如何進行評價却成了問題。一些封建士大夫把這部反映人民鬭爭、人民理想的作品說成是"寓五行生尅之理，玄門修鍊之道"；或以爲它幻而不眞，純屬作者的虛構。這就大大損害了作品的思想意義，未能正確回答作品提出的理論問題。

袁于令在這篇《西遊記題詞》裏，闡明幻與眞的關係。他認爲"文不幻不文"，沒有虛構就沒有文學。並提出"極幻之事，乃極眞之事"，透露了《西遊記》的幻想的情節與生活眞實之間的關係。然而，他對於這一方面，沒有作出詳細的論述。在我們看來，《西遊記》的情節雖然以幻想的形式出現，孫悟空的形象也塗上了理想化的色彩，但都是以現實生活爲基礎的。大鬧天宮是農民起義、農民戰爭的昇華，孫悟空的形象則是敢於反抗、敢於鬭爭的人物性格的概括。袁于令沒有清楚認識這一點，但指出《西遊記》不是“雕空鑿影，畫脂鏤冰”的向壁虛構，可與現實主義的《水滸》並馳中原，對浪漫主義的文學作品給予積極肯定，這無論對文學理論和文學實踐都是有積極意義的。

其次是關於魔與佛的關係。《西遊記》的作者使孫悟空由魔歷經千辛萬苦而成爲“鬬戰勝佛”，取經師徒在西行路上與羣魔鬬爭，也總是佛戰勝魔。這反映了作者世界觀中的宗教迷信色彩。一些衞道者常以此來宣揚佛法無邊的迷信思想。袁于令却利用佛家的學說，強調“我化爲佛”“未佛皆魔”，“魔與佛力齊而位逼”，甚至提倡“言佛不如言魔”，而不是突出《西遊記》的佛魔鬬爭的一面。它有助於使人認識《西遊記》描寫的內容別具人間的性質。

袁于令的《西遊記題詞》對闡述《西遊記》的思想意義和藝術特點有一定的價值，然立論仍掩蓋在宗教色彩之下。所謂“三教已括於一部”，“洋洋數百萬言”“不離本宗”等等，都有可能把對小說的理解引到談玄悟道的方向，因而未能剝落《西遊記》的雜質而充分展現其精華，這又是《題詞》的局限性所在。

閒情偶寄[1]〔選錄〕

〔清〕李　漁[2]

結構第一

塡詞一道，文人之末技也，然能抑而爲此，猶覺愈于馳馬試劍縱酒呼盧[3]。孔子有言："不有博弈者乎？爲之，猶賢乎已。"[4]博弈雖戲具，猶賢于飽食終日，無所用心；塡詞雖小道[5]，不又賢于博弈乎？吾謂：技無大小，貴在能精；才乏纖洪，利于善用。能精善用，雖寸長尺短[6]，亦可成名，否則才誇八斗[7]，胸號五車[8]，爲文僅稱點鬼[9]之談，著書惟供覆瓿[10]之用，雖多，亦奚以爲！[11]塡詞一道，非特文人工此者足以成名，卽前代帝王，亦有以本朝詞曲擅長，遂能不泯其國事者。請歷言之：高則誠、王實甫諸人[12]，元之名士也，舍塡詞一無表見。使兩人不撰《西廂》《琵琶》[13]，則沿至今日，誰復知其姓字？是則誠、實甫之傳，《琵琶》《西廂》傳之也。湯若士[14]，明之才人也，詩文尺牘，儘有可觀，而其膾炙人口者[15]，不在尺牘詩文，而在《還魂》一劇[16]。使若士不草《還魂》，則當日之若士，已雖有而若無，況後代乎？是若士之傳，《還魂》傳之也。此人以塡詞而得名者也。歷朝文字之盛，其名各有所歸，漢史、唐詩、宋文、元曲，此世人口頭語也。《漢書》《史記》，千古不磨，尙矣。唐則詩人濟濟，宋有文士蹌蹌，宜其鼎足文壇，爲三代後之"三代"也。元有天下，非特政刑禮樂，一無可宗，卽語言文字之末，圖書翰墨之微，亦少槪見。使非崇尙詞曲，得《琵琶》《西廂》以及《元人百種》[17]諸書傳于後代，則當日之元，亦與五代、金、遼同其泯滅焉，能附三朝驥尾[18]而掛學士文人之齒頰哉！此帝王國事以塡詞而得名者也。由是觀之，塡詞非末技，乃與史傳詩文同源而異派者也。近日雅慕此道，刻欲追踪元人、配饗若士者儘多，而究竟作者寥寥，未聞絕唱。其故維何？止因詞曲一道，但有前書堪讀，並無成法可宗，暗室無燈，有眼皆同瞽目，無怪乎覓途不得，問津無人，半途而廢者居多，差毫釐而謬千里者亦復不少也。嘗怪天地之間，有一種文字，卽有一種文字之法脈準繩，載之于書者，不異耳提面命。獨于塡詞製曲之事，非但略而未詳，亦且置之不道。揣摩其故，殆有三焉。一則爲此理甚難，非可言傳，止堪意會。想入雲霄之際，作者神魂飛越，如在夢中，不至終篇，不能返神收魂。談眞則易，說夢爲難，非不欲傳，不能傳也。若是則誠異誠難，誠爲不可道矣。吾謂此等至理，皆言最上一乘[19]，非塡詞之學節節皆如是也，豈可爲精者難言，而麤者亦置弗道乎！一則爲塡詞之理，變幻不常，言當如是，又有不當如是者。如塡生、旦[20]之詞，貴于莊雅，製淨、丑[21]之曲，務帶詼諧；此理之常也。乃忽遇風流放佚之生、旦，反覺莊雅爲非；作迂腐不情之淨、丑，轉以詼諧爲忌；諸如此類者，悉難膠柱[22]，恐以一定之陳言，誤泥古拘方之作者，是以寧爲闕疑[23]，不生蛇足[24]。若是，則此種變幻之理，不獨詞曲爲然，帖括[25]詩文皆若是也。豈有執死法爲文，而能見賞于人，相傳于後者乎？一則爲從來名士以詩賦見重者，十之九；以詞曲相傳者，猶不及什一，蓋千百人一見者也。凡有能此者，悉皆剖腹藏珠，務求自祕，謂此法無人授我，我豈獨肯傳人！使家家製曲，戶戶塡詞，則無論《白雪》盈車，《陽春》徧世，[26]淘金選玉者，未必不使後來居上[27]，而覺糠粃在前[28]，且使周郎漸出，顧曲者多攻出瑕疵，[29]令前人無可藏拙，是自爲后羿而教出無數逢蒙，環執干戈而害我也，[30]不如仍做前人緘口不提之爲是。吾揣摩不傳之故，雖三者並列，竊恐此意居多。以我論之：文章者，天下之公器[31]，非我之所能私；是非者，千古之定評，豈人之所能倒！不若出我所有，公之于人，收天下後世之名賢，悉爲同調。勝我者，我師之，仍不失爲起予[32]之高足；類我者，我友之，亦不媿爲攻玉之他山[33]。持此爲心，遂不覺以生平底裏，和盤托出。併前人已傳之書，亦爲取長棄短，別出瑕瑜，使人知所從違，而不爲誦讀所誤。知我罪我，憐我殺我，悉聽世人，不復能顧其後矣。但恐我所言者，自以爲是，而未必果是；人所趨者，我以爲非，而未必盡非。但矢一字之公，可謝千秋之罰。意元人可作，當必貰予。

塡詞首重音律，而予獨先結構者，以音律有書可考，其理彰明較著。自《中原音韻》[34]一出，則陰陽、平仄，畫有塍區，如舟行水中，車推岸上，稍知率由者，雖欲故犯而不能矣。《嘯餘》《九宮》二譜一出[35]，則葫蘆有樣[36]，粉本[37]昭然。前人呼製曲爲塡詞。塡者，布也，猶棋枰之中，畫有定格，見一格布一子，止有黑白之分，從無出入之弊。彼用韻而我叶之，彼不用韻而我縱橫流蕩之。至于引商刻羽[38]，戛玉敲金[39]，雖曰神而明之，匪可言喻，亦由勉強而臻自然，蓋遵守成法之化境也。至于結構二字，則在引商刻羽之先，拈韻抽毫之始，如造物之賦形，當其精血初凝，胞胎未就，先爲制定全形，使點血而具五官百骸之勢。倘先無成局，而由頂及踵，逐段滋生，則人之一身，當有無數斷續之痕，而血氣爲之中阻矣。工師之建宅亦然，基址初平，間架未立，先籌何處建廳，何方開戶，棟需何木，梁用何材，必俟成局了然，始可揮斤運斧。倘造成一架，而後再籌一架，則便于前者不便于後，勢必改而就之，未成先毀，猶之築舍道旁，兼數宅之匠資，不足供一廳一堂之用矣。故作傳奇[40]者，不宜卒急拈毫。袖手于前，始能疾書于後。有奇事，方有奇文。未有命題不佳，而能出其錦心，揚爲繡口者也。嘗讀時髦所撰，惜其慘澹經營，用心良苦，而不得被管絃、副優孟者[41]，非審音協律之難，而結構全部規模之未善也。

詞采似屬可緩，而亦置音律之前者，以有才、技之分也。文詞稍勝者，卽號才人；音律極精者，終爲藝士。師曠[42]止能審樂，不能作樂；龜年[43]但能度詞，不能製詞；使與作樂製詞者同堂，吾知必居末席矣。事有極細，而亦不可不嚴者，此類是也。

立主腦

古人作文一篇，定有一篇之主腦。主腦非他，卽作者立言之本意也。[44]傳奇亦然。一本戲中，有無數人名，究竟俱屬陪賓；原其初心，止爲一人而設[45]。卽此一人之身，自始至終，離合悲歡，中具無限情由，無窮關目[46]，究竟俱屬衍文；原其初心，又止爲一事而設[47]。此一人一事，卽作傳奇之主腦也。然必此一人一事，果然奇特，實在可傳，而後傳之，則不媿傳奇之目，而其人其事與作者姓名，皆千古矣。如一部《琵琶》，止爲蔡伯喈一人；而蔡伯喈一人，又止爲重婚牛府一事。其餘枝節，皆從此一事而生——二親之遭凶，五娘之盡孝，拐兒之騙財匿書，張大公之疎財仗義，皆由於此。是"重婚牛府"四字，卽作《琵琶記》之主腦也。一部《西廂》止爲張君瑞一人；而張君瑞一人，又止爲白馬解圍一事。其餘枝節，皆從此一事而生——夫人之許婚，張生之望配，紅娘之勇於作合，鶯鶯之敢於失身，與鄭恆之力爭原配而不得，皆由於此。是"白馬解圍"四字，卽作《西廂記》之主腦也。[48]餘劇皆然，不能悉指。後人作傳奇，但知爲一人而作，不知爲一事而作，盡此一人所行之事，逐節鋪陳，有如散金碎玉。以作零齣[49]則可，謂之全本，則爲斷線之珠，無梁之屋，作者茫然無緒，觀者寂然無聲，無怪乎有識梨園[50]望之而卻走也。此語未經提破，故犯者孔多。而今而後，吾知鮮矣。

密　針　線[51]

編戲有如縫衣，其初則以完全者剪碎，其後又以剪碎者湊成。剪碎易，湊成難。湊成之工，全在針線緊密。一節偶疎，全篇之破綻出矣。每編一折，必須前顧數折，後顧數折。顧前者，欲其照映；顧後者，便於埋伏。照映埋伏，不止照映一人，埋伏一事，凡是此劇中有名之人，關涉之事，與前此後此所說之話，節節俱要想到。寧使想到而不用，勿使有用而忽之。吾觀今日之傳奇，事事皆遜元人，獨於埋伏照映處，勝彼一籌。非今人之太工，以元人所長，全不在此也。若以針線論，元曲之最疎者，莫過於《琵琶》，無論大關節目，背謬甚多——如子中狀元三載，而家人不知；身贅相府，享盡榮華，不能自遣一僕，而附家報於路人；趙五娘千里尋夫，隻身無伴，未審果能全節與否，其誰證之；諸如此類，皆背理妨倫之甚者。再取小節論之。如五娘之剪髮，乃作者自爲之，當日必無其事。以有疎財仗義之張大公在，受人之託，必能忠人之事，未有坐視不顧，而致其剪髮者也。然不剪髮不足以見五娘之孝，以我作《琵琶》，《剪髮》一折亦必不能少，但須回護張大公，使之自留地步。吾讀《剪髮》之曲，並無一字照管大公，且若有心譏刺者。據五娘云："前日婆婆沒了，虧大公周濟。如今公公又死，無錢資送，不好再去求他，只得剪髮"云云。若是，則剪髮一事，乃自願爲之，非時勢迫之使然也；奈何曲中云："非奴苦要孝名傳，只爲上山擒虎易，開口告人難。"此二語雖屬恆言，人人可道，獨不宜出五娘之口。彼自不肯告人，何以言其難也？觀此二語，不似懟怨大公之詞乎？然此猶屬背後私言，或可免於照顧；迨其哭倒在地，大公見之，許送錢米相資，以備衣衾棺槨，則感之頌之，當有不啻口出者矣。奈何曲中又云："只恐奴身死也兀自沒人埋，誰還你恩債？”試問：公死而埋者何人？姑死而埋者何人？對埋殯公姑之人而自言暴露，將置大公於何地乎？且大公之相資，尙義也，非圖利也，“誰還恩債”一語，不幾抹倒大公，將一片熱腸付之冷水乎？此等詞曲，幸而出自元人；若出我輩，則羣口訕之，不識置身何地矣。予非敢於讐古。旣爲詞曲，立言必使人知取法；若扭於世俗之見，謂事事當法元人，吾恐未得其瑜，先有其瑕。人或非之，卽舉元人藉口，烏知聖人千慮，必有一失；聖人之事猶有不可盡法者，況其他乎？《琵琶》之可法者原多，請舉所長以蓋短：如《中秋賞月》一折，同一月也，出於牛氏之口者，言言歡悅；出於伯喈之口者，字字淒涼；一座兩情，兩情一事，此其針線之最密者。瑕不掩瑜，何妨並舉其略。然傳奇，一事也，其中義理，分爲三項：曲也，白也，穿插聯絡之關目也。元人所長者，止居其一，曲是也；白與關目，皆其所短。吾於元人，但守其詞中繩墨[52]而已矣。

減頭緒[53]

頭緒繁多，傳奇之大病也。荆、劉、拜、殺[54]之得傳於後，止爲一線到底，並無旁見側出之情。三尺童子，觀演此劇，皆能了了於心，便便[55]於口，以其始終無二事，貫串只一人也。後來作者，不講根源，單籌枝節，謂多一人可增一人之事。事多則關目亦多，令觀場者如入山陰道中，人人應接不暇[56]。殊不知戲場脚色[57]，止此數人；使換千百箇姓名，也只此數人裝扮。止在上場之勤不勤，不在姓名之換不換。與其忽張忽李，令人莫識從來，何如只扮數人，使之頻上頻下，易其事而不易其人，使觀者各暢懷來，如逢故物之爲愈乎？作傳奇者，能以“頭緒忌繁”四字刻刻關心，則思路不分，文情專一。其爲詞也，如孤桐勁竹，直上無枝，雖難保其必傳，然已有荆、劉、拜、殺之勢矣。

審虛實

傳奇所用之事，或古或今，有虛有實，隨人拈取。古者，書籍所載，古人現成之事也；今者，耳目傳聞，當時僅見之事也；實者就事敷陳，不假造作，有根有據之謂也；虛者，空中樓閣，隨意構成，無影無形之謂也。人謂古事多實，近事多虛。予曰：不然。傳奇無實，大半皆寓言耳。欲勸人爲孝，則舉一孝子出名，但有一行可紀，則不必盡有其事，凡屬孝親所應有者，悉取而加之，亦猶紂之不善不如是之甚也。一居下流，天下之惡皆歸焉。[58] 其餘表忠表節，與種種勸人爲善之劇，率同於此。若謂古事皆實，則《西廂》《琵琶》，推爲曲中之祖，鶯鶯果嫁君瑞乎？蔡邕之餓莩其親，五娘之幹蠱[59]其夫，見於何書，果有實據乎？《孟子》云："盡信書不如無書。"蓋指《武成》而言也，[60]經史且然，矧雜劇乎？凡閱傳奇而必考其事從何來，人居何地者，皆說夢之癡人，可以不答者也。然作者秉筆，又不宜盡作是觀。若紀目前之事，無所考究，則非特事跡可以幻生，並其人之姓名，亦可以憑空揑造，是謂虛則虛到底也。若用往事爲題，以一古人出名，則滿場脚色，皆用古人，揑一姓名不得；其人所行之事，又必本於載籍，班班可考，創一事實不得。非用古人姓字爲難，使與滿場脚色同時共事之爲難也；非查古人事實爲難，使與本等情由貫串合一之爲難也。予既謂"傳奇無實，大半寓言"，何以又云"姓名事實，必須有本"，要知古人塡古事易，今人塡古事難。古人塡古事，猶之今人塡今事，非其不慮人，考無可考也；傳至於今，則其人其事，觀者爛熟於胸中，欺之不得，罔之不能，所以必求可據，是謂實則實到底也。若用一二古人作主，因無陪客，幻設姓名以代之，則虛不似虛，實不成實，詞家之醜態也。切忌犯之。

戒浮泛

詞貴顯淺之說，前已道之詳矣。然一味顯淺，而不知分别，則將日流粗俗，求爲文人之筆而不可得矣。元曲多犯此病，乃矯艱深隱晦之弊而過焉者也。極粗極俗之語，未嘗不入塡詞，但宜從脚色起見。如在花面[61]口中，則惟恐不粗不俗；一涉生、旦之曲，便宜斟酌其詞。無論生爲衣冠、仕宦，旦爲小姐、夫人，出言吐詞，當有雋雅舂容[62]之度；卽使生爲僕從，旦作梅香，亦須擇言而發，不與淨、丑同聲；以生、旦有生、旦之體，淨、丑有淨、丑之腔故也。元人不察，多混用之。觀《幽閨記》[63]之陀滿興福，乃小生[64]脚色，初屈後伸之人也，其《避兵》曲云："遥觀巡捕卒，都是棒和槍。"此花面口吻，非小生曲也。均是常談俗語，有當用於此者，有當用於彼者。又有極粗極俗之語，止更一二字，或增減一二字，便成絶新絶雅之文者，神而明之，只在一熟。當存其說，以俟其人。

塡詞義理無窮，說何人肖何人，議某事切某事，文章頭緒之最繁者，莫塡詞若矣。予謂總其大綱，則不出情景二字。景書所睹，情發欲言。情自中生，景有外得。二者難易之分，判如霄壤。以情乃一人之情，說張三要像張三，難通融於李四；景乃衆人之景，寫春夏盡是春夏，止分别於秋冬。善塡詞者，當爲所難，勿趨其易。批點傳奇者，每遇遊山、玩水、賞月、觀花等曲，見其止書所見不及中情者，有十分佳處，只好算得五分，以風雲月露之詞，工者儘多，不從此劇始也。善詠物者，妙在卽景生情。如前所云《琵琶·賞月》四曲[65]，同一月也，牛氏有牛氏之月，伯喈有伯喈之月。所言者月，所寓者心。牛氏所說之月可移一句於伯喈，伯喈所說之月可挪一字於牛氏乎？夫妻二人之語，猶不可挪移混用，況他人乎？人謂：此等妙曲，工者有幾？強人以所不能，是塞塡詞之路也。予曰：不然。作文之事，貴於專一。專則生巧，散乃入愚。專則易於奏工，散者難於責效。百工居肆，欲其專也。衆楚羣咻[66]，喻其散也。舍情言景，不過圖其省力，殊不知眼前景物繁多，當從何處說起？詠花旣愁遺鳥，賦月又想兼風。若使逐件鋪張，則慮事多曲少；欲以數言包括，又防事短情長。展轉推敲[67]，已費心思幾許。何如只就本人生發，自有欲爲之事，自有待說之情，念不旁分，妙理自出。如發科發甲之人[68]，牕下作文，每日止能一篇二篇，場中[69]遂至七篇。牕下之一篇二篇，未必盡好，而場中之七篇，反能盡發所長而奪千人之幟者，以其念不旁分，舍本題之外，並無別題可做，只得走此一條路也。吾欲塡詞家舍景言情，非責人以難，正欲其舍難就易耳。

忌塡塞

塡塞之病有三：多引古事，叠用人名，直書成句。其所以致病之由，亦有三：借典核以明博雅，假脂粉以見風姿，取現成以免思索。而總此三病，與致病之由之故，則在一語。一語維何？曰："從未經人道破。"一經道破，則俗語云"說破不值半文錢"，再犯此病者鮮矣。古來塡詞之家，未嘗不引古事，未嘗不用人名，未嘗不書現成之句，而所引所用與所書者則有別焉。其事不取幽深，其人不搜隱僻，其句則採街談巷議。卽有時偶涉詩書，亦係耳根聽熟之語，舌端調慣之文，雖出詩書，實與街談巷議無別者。總而言之，傳奇不比文章，文章做與讀書人看，故不怪其深；戲文[70]做與讀書人與不讀書人同看，又與不讀書之婦人小兒同看，故貴淺不貴深。使文章之設，亦爲與讀書人不讀書人及婦人小兒同看，則古來聖賢所作之經傳，亦只淺而不深，如今世之爲小說矣。人曰：文士之作傳奇，與著書無別，假此以見其才也，淺則才於何見？予曰：能於淺處見才，方是文章高手。施耐庵之

《水滸》[71]、王實甫之《西廂》，世人盡作戲文小説看，金聖歎特標其名曰“五才子書”、“六才子書”[72]者，其意何居？蓋憤天下之小視其道，不知爲古今來絶大文章，故作此等驚人語以標其目。噫！知言哉！

賓白第四

自來作傳奇者，止重塡詞，視賓白爲末着。常有《白雪陽春》其調而《巴人下里》其言者，予竊怪之。原其所以輕此之故，殆有説焉。元以塡詞擅長，名人所作，北曲多而南曲少。北曲之介白者[73]，每折不過數言。即抹去賓白而止閲塡詞，亦皆一氣呵成，無有斷續，似併此數言亦可略而不備者。由是觀之，則初時止有塡詞，其介白之文，未必不係後來添設。在元人，則以當時所重不在于此，是以輕之。後來之人又謂：元人尙在不重，我輩工此何爲！遂不覺日輕一日，而竟置此道于不講也。予則不然，嘗謂曲之有白，就文字論之，則猶經文之于傳註；就物理論之，則如棟梁之于榱桷；就人身論之，則如肢體之于血脈；非但不可相無，且覺稍有不稱，即因此賤彼，竟作無用觀者。故知賓白一道，當與曲文等視。有最得意之曲文，即當有最得意之賓白。但使筆酣墨飽，其勢自能相生。常有因得一句好白而引起無限曲情，又有因塡一首好詞而生出無窮話柄者，是文與文自相觸發，我止樂觀厥成，無所容其思議。此係作文恆情，不得幽渺其説而作化境觀也。

語求肖似

文字之最豪宕，最風雅，作之最健人脾胃者，莫過塡詞一種。若無此種，幾于悶殺才人，困死豪傑。予生憂患之中，處落魄之境，自幼至長，自長至老，總無一刻舒眉。惟于製曲塡詞之頃，非但鬱藉以舒，愠爲之解，且嘗僭作兩間最樂之人，覺富貴榮華，其受用不過如此，未有眞境之爲所欲爲，能出幻境縱横之上者——我欲做官，則頃刻之間便臻榮貴；我欲致仕，則轉盼之際又入山林；我欲作人間才子，即爲杜甫、李白之後身；我欲娶絕代佳人，即作王嬙、西施之元配；我欲成仙作佛，則西天蓬島，即在硯池筆架之前；我欲盡孝輸忠，則君治親年，可躋堯、舜、彭籛[74]之上。非若他種文字，欲作寓言，必須遠行曲譬，醞藉包含。十分牢騷，還須留住六七分；八斗才學，止可使出二三升。稍欠和平，略施縱送，即謂失風人之旨[75]，犯佻達[76]之嫌。求爲家絃戶誦者，難矣。塡詞一家，則惟恐其蓄而不言，言之不盡。是則是矣，須知暢所欲言，亦非易事。言者，心之聲也，[77]欲代此一人立言，先宜代此一人立心。若非夢往神遊，何謂設身處地。無論立心端正者，我當設身處地，代生端正之想，即遇立心邪辟者，我亦當舍經從權，暫爲邪辟之思。務使心曲隱微，隨口唾出，說一人肖一人，勿使雷同，弗使浮泛，若《水滸傳》之敘事，吳道子之寫生[78]，斯稱此道中之絕技。果能若此，即欲不傳，其可得乎？

少用方言

塡詞中方言之多，莫過于《西廂》一種。其餘今詞古曲，在在有之。非止詞曲，即四書之中，《孟子》一書，亦有方言。天下不知，而予獨知之。予讀《孟子》五十餘年不知，而今知之。（王宓草云："石破天驚，轟雷四起。"）請先畢其說。兒時讀"自反而縮，雖褐寬博，吾不惴焉"[79]，觀朱註云："褐，賤者之服。寬博，寬大之衣。"心甚惑之。因生南方，南方衣褐者寡。間有服者，強半富貴之家，名雖褐而實則羢也。因訊蒙師，謂褐乃貴人之衣，胡云賤者之服？既云賤矣，則當從約，短一尺省一尺購辦之資，少一寸免一寸縫紉之力，胡不窄小其製，而反寬大其形，是何以故？師默然不答。再詢，則顧左右而言他。具此狐疑，數十年未解。及近游秦塞，見其土著之民，人人衣褐。無論絲羅罕覯，卽見一二衣布者，亦類空谷足音。因地寒不毛，止以牧養自活。織牛羊之毛以爲衣，又皆麄而不密，其形似毯。誠哉，其爲賤者之服，非若南方貴人之衣也。又見其寬則倍身，長復掃地，卽而訊之。則曰：此衣之外，不復有他，衫、裳、襦、袴[80]，總以一物代之。日則披之當服，夜則擁以爲衾，非寬不能周遭其身，非長不能盡覆其足。《魯論》必有寢衣，長一身有半，[81]卽是類也。予始幡然[82]大悟曰：太史公著書，必游名山大川，[83]其斯之謂歟？蓋古來聖賢，多生西北，所見皆然，故方言隨口而出。朱文公南人也[84]，彼烏知之！故但釋字義，不求甚解，使千古疑團，至今未破。非予遠遊絕塞，親覯其人，烏知斯言之不謬哉。（胆大包身，始能發此快論。然有此識，方有此胆。胆亦不易大也。）由是觀之，四書[85]之文，猶不可盡法，況《西廂》之爲詞曲乎？凡作傳奇，不宜頻用方言，令人不解。近日塡詞家見花面登場，悉作姑蘇[86]口吻，遂以此爲成律，每作淨、丑之白，卽用方言。不知此等聲音，止能通于吳、越。過此以往，則聽者茫然。傳奇，天下之書，豈僅爲吳、越而設？至于他處方言，雖云入曲者少，亦視塡詞者所生之地。如湯若士生于江右[87]，卽當規避江右之方言；粲花主人吳石渠生于陽羨[88]，卽當規避陽羨之方言。蓋生此一方，未免爲一方所囿，有明是方言，而我不知其爲方言，及入他境，對人言之而人不解，始知其爲方言者，諸如此類，易地皆然。欲作傳奇，不可不存桑弧蓬矢之志[89]。

科諢第五

插科打諢，塡詞之末技也。然欲雅俗同歡，智愚共賞，則當全在此處留神。文字佳，情節佳，而科諢不佳，非特俗人怕看，卽雅人韻士，亦有瞌睡之時。作傳奇者，全要善驅睡魔。睡魔一至，則後乎此者，雖有鈞天之樂[90]，霓裳羽衣之舞[91]，皆付之不見不聞，如對泥人作揖、土佛談經矣。予嘗以此告優人，謂戲文好處，全在下半本。只消三兩個瞌睡，便隔斷一部神情，瞌睡醒時，上文下文已不接續，即使抖起精神再看，只好斷章取義作零齣觀。若是，則科諢非科諢，乃看戲之人參湯也。養精益神，使人不倦，全在于此，可作小道觀乎？

大收煞

全本收場，名爲“大收煞”。此折之難，在無包括之痕，而有團圓之趣。如一部之內，要緊脚色共有五人，其先東西南北，各自分開，到此必須會合。此理誰不知之？但其會合之故，須要自然而然，水到渠成，非由車戽[92]。最忌無因而至，突如其來，與勉強生情，拉成一處，令觀者識其有心如此，與恕其無可奈何者，皆非此道中絕技，因有包括之痕也。骨肉團聚，不過歡笑一場，以此收鑼罷鼓，有何趣味？水窮山盡之處，偏宜突起波瀾，或先驚而後喜，或始疑而終信，或喜極、信極而反致驚疑，務使一折之中，七情俱備，始爲到底不懈之筆，愈遠愈大之才，所謂有團圓之趣者也。予訓兒輩，嘗云：場中作文，有倒騙主司入彀之法。開卷之初，當以奇句奪目，使之一見而驚，不敢棄去，此一法也。終篇之際，當以媚語攝魂，使之執卷留連，若難遽別，此一法也。收場一齣，即勾魂攝魄之具，使人看過數日而猶覺聲音在耳，情形在目者，全虧此齣撒嬌，作臨去秋波那一轉也[93]。

中國戲劇出版社本《中國古典戲曲論著集成》《閒情偶寄》

【註釋】

［1］閒情偶寄——原名《閒居偶集》，清李漁的一部雜著，內容包括戲曲、烹飪、建

築、園藝各方面。其中戲曲理論部分，分塡詞部和演習部，對戲曲結構、音律、對白、表演、歌唱等問題都有所論述，有不少獨到的見解。此書後來彙編在«笠翁一家言»之內。

[2] 李漁(公元一六一一年——約一六七九年)——字笠鴻，又字謫凡，號笠翁，浙江蘭溪人。清代著名戲曲理論家、作家，對戲曲劇本的創作和演出都有豐富的經驗。作有傳奇«比目魚»、«風箏誤»等十種，合稱«笠翁十種曲»。另有短篇小說集«十二樓»等。«國朝耆獻類徵»初編卷四百二十六有傳。

[3] 呼盧——呼，博戲時呵喝之聲。盧，古代博戲以五木爲采骰子，有梟、盧、雉、犢之形，盧爲最高之采。

[4] 孔子有言三句——«論語·陽貨»:“子曰:飽食終日，無所用心，難矣哉!不有博弈者乎?爲之，猶賢乎已。”博，古代的一種棋局。弈但行棋，博則擲采而後行棋。已，不動作的意思。後二句謂:幹這博弈之戲，還比閒着好。

[5] 小道——«論語·子張»:“雖小道，必有可觀者焉。”

[6] 寸長尺短——«楚辭·卜居»:“夫尺有所短，寸有所長。”意謂尺比寸長，但比較更長於尺的就顯得短;寸比尺短，但比較更短於寸的就顯得長。比喻人和物各有長處和短處。

[7] 才誇八斗——無名氏«釋常談·八斗之才»:“文章多，謂之八斗之才。謝靈運嘗曰:天下才有一石，曹子建獨占八斗，我得一斗，天下共分一斗。”

[8] 胸號五車——«莊子·天下»:“惠施多方，其書五車。”號，稱舉之意，此句意謂胸中號稱貯五車之書。

[9] 點鬼——張鷟«朝野僉載»:“楊(炯)之爲文，好以古人姓名連用，……號爲點鬼簿。”

[10] 覆瓿——見«藝苑卮言»註[3]。

[11] 雖多二句——語見«論語·子路»。

[12] 高則誠、王實甫——見«曲律»註[37]。

[13] 西廂——見«曲律»註[51]。　琵琶——見«曲律»註[40]。

[14] 湯若士——見«答呂姜山»註[2]。

[15] 膾炙人口——«宣和書譜»卷十:“(韓偓)所著歌詩頗多，其間綺麗得意者數百篇，往往膾炙人口。”指詩文爲人所稱美傳誦，像精美的細切肉和烤肉爲人所同嗜。

[16] 還魂一劇——見«答呂姜山»註[2]。

[17] 元人百種——«元人百種曲»，明臧懋循編。有博古堂本。

［18］三朝——指漢、唐、宋。 驥尾——《史記·伯夷列傳》:“顏淵雖篤學,附驥尾而行益顯。”微小之物附在驥馬之尾可行千里,比喻後起者附隨先輩而成名。

［19］最上一乘——佛教分大小二乘,以大乘爲上乘。自禪宗興起,自謂超乎二乘之上,別立上乘禪之名,卽所謂最上一乘,這裏是借喻。

［20］生——戲劇脚色男性人物的統稱。 旦——戲劇脚色女性人物的統稱。

［21］淨丑——見《曲律》註［67］。

［22］膠柱——瑟上有柱張弦,柱被膠住,則弦不能調節音調。比喻拘泥不知變通。《史記·廉頗藺相如列傳》:“藺相如曰:王以名使(趙)括,若膠柱而鼓瑟耳。”

［23］闕疑——《論語·爲政》:“多聞闕疑,愼言其餘,則寡尤。”

［24］蛇足——畫蛇添足故事,出《戰國策·齊策二》,比喩節外生枝。

［25］帖括——《文獻通考·選舉二》:“凡舉司課試之法,帖經者,以所習之經,掩其兩端,中間惟開一行,裁紙爲帖。”明清人稱八股文爲帖括。

［26］白雪二句——《白雪》、《陽春》,古代楚國歌曲名。宋玉《對楚王問》:“客有歌於郢上者,其始曰《下里》、《巴人》,國中屬而和者數千人,……其爲《陽春》、《白雪》,國中屬而和者不過數十人。”後人用以比喩高級的文學藝術作品。

［27］後來居上——《史記·汲鄭列傳》:“陛下用羣臣,如積薪耳,後來者居上。”

［28］糠粃在前——《晉書·孫綽傳》:“嘗與習鑿齒共行,綽在前,顧謂鑿齒曰:‘沙之汰之,瓦石在後。’鑿齒曰:‘簸之揚之,糠粃在前。’”

［29］周郎二句——《三國志·吳書·周瑜傳》:“瑜少精意於音樂,雖三爵之後,其有闕誤,瑜必知之,知之必顧。故時人謠曰:‘曲有誤,周郎顧。’”後人稱聽歌爲顧曲,本此。

［30］自爲后羿二句——《孟子·離婁下》:“逢蒙學射於羿,盡羿之道,思天下惟羿爲愈己,於是殺羿。”

［31］天下之公器——《莊子·天運》:“名,公器也,不可多取。”《舊唐書·張九齡傳》:“官爵者,天下之公器。”

［32］起予——起,同啓,啓發之意。《論語·八佾》:“子曰:起予者,商(子夏)也!始可與言詩已矣。”

［33］攻玉之他山——別的山上的石頭,可以用來琢磨玉器,一般借指朋友。《詩·小雅·鶴鳴》:“他山之石,可以攻玉。”

［34］中原音韻——元周德清著有《中原音韻》二卷,根據當時北方通行語音,以平聲分爲陰陽,以入聲配隸三聲,分爲十九韻目。這書本爲北曲而作,標名中原,是以北音爲正音。

[35] 嘯餘句——《嘯餘譜》十一卷，明程明善編。《南九宮譜》三十一卷，明沈璟編。

[36] 葫蘆有樣——宋太祖說："頗聞翰林草制，皆檢前人舊本，改換詞語，此乃俗所謂依樣畫葫蘆耳。"見魏泰《東軒筆錄》卷一。

[37] 粉本——夏文彦《圖繪寶鑑》卷一："古人畫稿謂之粉本。"

[38] 引商刻羽——指講究音律。商、羽，五音中之二。宋玉《對楚王問》："引商刻羽，雜以流徵，國中屬而和者，不過數人而已。"

[39] 戛玉敲金——形容聲調鏗鏘悅耳。

[40] 傳奇——明清以唱南曲爲主的劇種，由宋、元南戲發展而來，也兼用少數北曲。

[41] 副優孟句——優孟，春秋時代楚國優人。楚相孫叔敖死，優孟着孫叔敖衣冠，摹仿其神態，往楚莊王前爲壽。莊王驚訝，以爲孫叔敖復生。見《史記·滑稽列傳》。副優孟，謂曲本適合藝人演唱。

[42] 師曠——春秋時代晉國著名的樂師，精辨音律。

[43] 龜年——李龜年，唐玄宗至代宗年代樂師。

[44] 主腦非他卽作者立言之本意也——周貽白《閒情偶寄演習部注釋引言》："這意思，按現在的說法，應卽一篇文章的主題思想。"

[45] 止爲一人而設——指全劇中主要人物。周貽白《閒情偶寄演習部注釋引言》："其所謂'止爲一人而設'，因爲傳奇的本意，卽根據歷史的列傳體而來，亦卽記載其人事迹以傳于世之意。故傳奇之傳，應讀去聲(作撰音，不作船音)。"

[46] 關目——配置於劇中各處之重要情節。

[47] 止爲一事而設——周貽白《閒情偶寄演習部注釋引言》："至于'止爲一事而設'，則指主要事件。"

[48] 如一部《琵琶》起至卽作《西廂記》之主腦也二十六句——周貽白《閒情偶寄演習部註釋引言》："這裏所說的'主腦'，按今日看法，實爲劇情發展中'主要關鍵'，和他前面所說的'主腦非他，卽作者立言之本意'實有不同之處。……如按'作者立言之本意'而言，《琵琶記》實爲'敎忠敎孝'而作，《西廂記》則爲'反抗名敎'而作。若按'主要關鍵'而言，《琵琶記》的'重婚牛府'，……《西廂記》的'白馬解圍'，……只能作爲劇情發展中'主要關鍵'來看。……因此，李漁之所謂'立主腦'，在今日看來，雖可作爲參考，但非一定的圭臬。"這裏提到的兩書的許多情節，內容過繁，不能扼要作註，可參看兩書本文。

[49] 零齣——齣，音出，戲曲名詞。傳奇劇本結構上的一個段落。也有寫作"折"的。零齣，指某些情節集中有時可以單獨演出的齣頭戲，也稱折子戲。

[50] 梨園——唐玄宗時敎練歌舞藝人的地方，一在長安光化門北禁苑中，一在蓬萊

宫側宜春苑。後人因此稱劇場、戲班爲梨園,戲曲演員爲梨園子弟。亦有稱業餘之良家子弟演劇爲梨園者,如《太和正音譜》云:"良家之子,有通於音律者,又生當太平之盛,樂雍熙之治,欲返古感今,以飾太平。所扮者隋謂之康衢戲,唐謂之梨園樂。"

[51] 針線——劇中事蹟起伏前後照應之方法。

[52] 繩墨——猶言法度規矩。《離騷》:"背繩墨以追曲兮。"王逸《章句》:"繩墨所以正曲直。"

[53] 頭緒——事蹟之條理。

[54] 荊劉拜殺——即《荊釵記》《白兔記》(一名劉知遠)《拜月記》《殺狗記》等四個南戲。

[55] 便便——同辯辯,言論明晰暢達。《論語·鄉黨》:"便便言。"

[56] 山陰道中應接不暇——《世說新語·言語》:"從山陰道上行,山川自相映發,使人應接不暇。"

[57] 脚色——我國戲曲中根據劇中人不同的性別、年齡、身份、性格等而劃分的人物類型。如生、旦、淨、丑等。

[58] 亦猶紂之不善三句——《論語·子張》:"紂之不善不如是之甚也,是以君子惡居下流,天下之惡皆歸焉。"

[59] 幹蠱——《易·蠱》:"幹父之蠱。"舊稱兒子能擔任父親所不能擔任的事業爲"幹蠱"。本文用之於妻對夫。

[60] 孟子三句——《孟子·盡心下》:"孟子曰:盡信《書》,則不如無《書》。吾於《武成》,取二三策而已。仁人無敵於天下,以至仁伐至不仁,而何其血之流杵也?"《書》,《尚書》。《武成》,《尚書》篇名。《武成》篇在東漢光武帝建武年間已亡失。今本《尚書》的《武成》篇是僞古文,敘"血流漂杵"爲商紂士兵倒戈自相殘殺所致,與孟子原意不合,不可信。策,竹簡。

[61] 花面——傳統戲劇脚色"淨"的俗稱。扮演性格粗豪或像貌上有特異之點的男性人物。

[62] 春容——見《曲律》註[52]。

[63] 幽閨記——明代傳奇劇本。作者不詳。係《拜月記》的改編本。

[64] 小生——傳統戲劇脚色名稱。主要扮演青少年男子。

[65] 琵琶賞月四曲——《琵琶記》第二十八折《中秋望月》中《念奴嬌序》四曲,貼(牛氏)唱二支,生(伯喈)唱二支。

[66] 衆楚羣咻——《孟子·滕文公下》:"孟子謂戴不勝曰:子欲子之王善與,我明告

子。有楚大夫於此，欲其子之齊語也，則使齊人傅諸，使楚人傅諸？曰，使齊人傅之。曰，一齊人傅之，衆楚人咻之，雖日撻而求其齊也，不可得矣。”咻，音休，喧嘩。衆楚人咻之，意謂許多楚人鬧嚷嚷地打擾他。

[67] 推敲——胡仔《苕溪漁隱叢話》前集引《劉公嘉話》：“（賈）島初赴舉京師，一日於驢上得句云：‘鳥宿池邊樹，僧敲月下門。’始欲着‘推’字，又欲着‘敲’字，練之未定，遂於驢上吟哦，時時引手作推敲之勢。時韓愈吏部權京兆，島不覺衝至第三節。左右擁至尹前，島具對所得詩句云云。韓立馬良久，謂島曰：作‘敲’字佳矣。遂與並轡而歸。”後因謂斟酌字句、反復考慮爲推敲。

[68] 發科發甲之人——漢、唐取士都有甲乙等科，後世因稱科舉爲科甲。發科發甲之人指考試中式者。

[69] 場中——科舉考試的場所稱科場。場中謂考試場中。

[70] 戲文——戲文，宋、元時代流行于浙東的戲曲，又稱南戲、南曲戲文等。宋人周密的《癸辛雜識》別集上就有這一名稱：“乃撰爲戲文以廣其事。”發展到明代，就成爲傳奇。二者本有所區別，例如戲文結構長短不一，傳奇則較固定；又如戲文只用南曲，傳奇兼用北曲。但此處二者實爲一義。

[71] 施耐庵之水滸——見《忠義水滸傳序》註[5]。

[72] 金聖歎特標其名曰五才子書六才子書——金聖歎（公元一六〇八年——一六六一年），原名采，字若采，號聖歎，更名人瑞，吳縣人。明諸生，入清後，以哭廟案被殺。其《三國志演義序》云：“余嘗集才子書者六，其目曰：《莊》也，《騷》也，馬之《史記》也，杜之律詩也，《水滸》也，《西廂》也。已謬加評訂，海內君子皆許余，以爲知言。”

[73] 介白——傳統戲曲術語，猶言科白。介是劇本裏關於動作、表情、效果等的舞台指示，與“科”相同。白，見《曲律》註[62]。

[74] 彭籛——以長壽著稱的古代傳說人物，即彭祖，據說姓籛，名鏗。

[75] 風人——猶詩人。《三國志·魏書·陳思王植傳》：“雍雍穆穆，風人咏之。”風人之旨的含義，見《毛詩序》。

[76] 佻達——輕薄。佻，本作挑。《詩·鄭風·子衿》：“挑兮達兮，在城闕兮。”

[77] 言者心之聲也——見元好問《論詩三十首》註[20]。

[78] 吳道子——唐玄宗時畫家，陽翟人。後改名道玄。擅畫人物，兼長山水，對後代影響很大。

[79] 自反而縮三句——見《孟子·公孫丑上》。縮，義爲理直氣壯之直。褐，音曷。《說文》云：“粗衣”。《詩·豳風·七月》：“無衣無褐，何以卒歲？”鄭玄箋：“人之

貴者無衣，賤者無褐。”可知褐爲古代所謂賤者之服。穿褐寬博粗衣的人，孟子卽稱之爲褐寬博。惴，驚懼。不惴焉，不使他驚懼。

[80] 衫——古指短袖的單衣。裳，——古指下身的衣服。襦，短衣。袴，套褲。

[81] 魯論——《論語》有古《論語》、齊《論語》、魯《論語》之別。現存的《論語》卽魯《論語》。 必有寢衣長一身有半——見《論語·鄉黨》。按：寢衣，卽被。

[82] 幡然——《荀子·大略》："幡然遷之。"楊倞註："幡與翻同。"

[83] 太史公著書必游名山大川——蘇轍《上樞密韓太尉書》："太史公行天下，周覽四海名山大川。"

[84] 朱文公南人也——朱熹死後追封徽國公，謚曰文。原籍婺源，後長居建陽，都是南方。

[85] 四書——朱熹註《論語》，又從《禮記》中摘出《中庸》、《大學》，爲之章句，配以《孟子》，題稱四書。

[86] 姑蘇——本爲山名，在江蘇省吳縣西南。山上有姑蘇臺。後來亦稱蘇州爲姑蘇。

[87] 江右——這裏指江西省。

[88] 粲花主人吳石渠生于陽羨——吳炳，字石渠，號粲花主人，江蘇宜興人。明萬曆四十七年進士，桂王時官至東閣大學士，被清兵所執，自盡於衡州。所著傳奇，名《粲花別墅五種》：《綠牡丹》、《畫中人》、《療妒羹》、《西園記》、《情郵記》。宜興，秦時爲陽羨縣。

[89] 桑弧蓬矢之志——桑弧，桑木做的弓。蓬矢，蓬梗做的箭。《禮記·內則》："國君世子生，告于君……射人以桑弧蓬矢六射天地四方。"象徵兒子長大後能抵禦四方之難，確保其統治。

[90] 鈞天之樂——神話中天上的音樂。《史記·趙世家》記載趙簡子病重回生後，自言遊於鈞天之上，百神給他演奏鈞天廣樂。張衡《西京賦》說秦繆公上見天帝，天帝饗以鈞天廣樂。

[91] 霓裳羽衣——爲唐開元中西涼節度使楊敬述所獻。全曲共十二遍，前六遍爲散板，無拍，不舞，後六遍有拍而舞，曲終以曼聲結束。

[92] 非由車戽——戽，汲水灌田之器。這一句承"水到渠成"來，謂劇情到此自然大收煞，不是像車戽車水那樣費力地去把水匯集而成渠。

[93] 臨去秋波那一轉——《西廂記》文。秋波，眼波。

【說明】

在晚明戲曲理論和表演技術的進步基礎上，清初的戲曲理論又有了新的發展。在這方面首先值得我們注意的是李漁。李漁關于戲曲，頗有研究，而又具有較爲豐富的創作經驗和舞台經驗。故其所論，大都能與實踐結合。在《閒情偶寄》的塡詞部、演習部裏，他系統地論述了關于戲曲創作和表演的多方面的問題，形成一個較爲完整的戲曲理論的體系。塡詞部分較多精采。

李漁的戲曲理論，頗多超越前人水平的地方。他提出結構第一、詞采第二、音律第三、賓白第四、科諢第五、格局第六的看法。主次分明，自成一說，重視了戲曲藝術的特點和要求。他認爲戲曲作品首先在于主題鮮明，結構嚴整。詞采、音律等等，都是爲主題、結構服務的。"未有命題不佳，而能出其錦心揚爲繡口者也"；"非審音協律之難，而結構全部規模之未善也。"（《結構第一》）他強調作劇之前，必先立好間架，制定全形，若急于拈韻抽毫，"當有無數斷續之痕"，終于是要失敗的。

在論結構部分裏，除了《戒諷刺》表現了封建觀點以外，其餘各條，都有特色。《立主腦》強調主題思想的重要和主要人物事件的突出。《密針線》《減頭緒》是要佈置嚴緊，主線分明，善於聯絡穿插，不能有任何破綻和矛盾。《脫窠臼》是貴獨創，反對盜襲。《戒荒唐》是說戲曲要合於人情物理，不必以怪異爲奇。"凡作傳奇，只當求於耳目之前，不當索諸聞見之外"，已認識到戲曲現實性的重要意義。《審虛實》初步討論到古今題材的處理問題。"欲勸人爲孝，則舉一孝子出名，但有一行可紀，則不必盡有其事，凡屬孝親所應有者悉取而加之，亦猶紂之不善不如是之甚也。一居下流，天下之惡皆歸焉"，這在理論上已涉及到典型性格的問題。

關於詞采，他主張貴顯淺、重機趣、戒浮泛和忌塡塞。"文章做與讀書人看，故不怪其深；戲文做與讀書人與不讀書人同看，又與不讀書之婦人小兒同看，故貴淺不貴深"（《忌塡塞》）。但貴顯淺，並不是一味粗俗。脚色不同，用的語言也不同。語言必須適合人物的性格和身份，才能表現眞實。"如塡生、旦之詞，貴於莊雅；製淨、丑之曲，務帶詼諧，此理之常也。乃忽遇風流放佚之生、旦，反覺莊雅爲非；作迂腐不情之淨、丑，轉以詼諧爲忌"（《結構第一》），因此不能死守陳規，必須設身處地。"欲代此一人立言，先宜從一人立心"（《語求肖似》），這些意見對於藝術形象的塑造，很有意義。他又論述了抒情寫景的相互關係。"情自中生，景由外得。……以情乃一人之情，說張三要像張三，難通融於李四……善詠物者，妙在即景生情”(«戒浮泛»)。“同一月也，出於牛氏之口者，言言歡悅；出於伯喈之口者，字字淒涼”(«密針線»)。他處處從人物性格和藝術形象來談語言技巧，同當日一般論詞采者是大不相同的。

他指出當日戲曲的詞采，缺少機趣，流于浮泛，而多有填塞之病。“多引古事，疊用人名，直書成句”，其原因是：“借典核以明博雅，假脂粉以見風姿，取現成以免思索”(«忌填塞»)，這種批評，針對了當日戲曲界的不良傾向，很有積極意義。在論音律、賓白、科諢方面，也有些好的意見。

李漁的戲曲理論是前人經驗和他自己實際經驗的總結。他對戲曲的社會意義，還存在着某些封建觀點，因而對戲曲的內容問題，認識不足；但關于戲曲藝術技巧的論述，確有一些獨到的見解，對當日戲曲界頗有影響。

夕堂永日緒論[1]內編〔選錄〕

〔清〕 王夫之[2]

無論詩歌與長行文字，俱以意爲主。意猶帥也，無帥之兵，謂之烏合。李、杜所以稱大家者，無意之詩，十不得一二也。煙雲泉石，花鳥苔林，金鋪錦帳，寓意則靈。若齊、梁綺語，宋人摶合成句之出處(原註：宋人論詩字字求出處)，役心向彼掇索，而不恤己情之所自發，此之謂小家數，總在圈繢中求活計[3]也。

把定一題一人一事一物，於其上求形模、求比似、求詞采、求故實，如鈍斧子劈櫟柞，皮屑紛霏，何嘗動得一絲紋理。以意爲主，勢次之，勢者意中之神理也。唯謝康樂爲能取勢。宛轉屈伸，以求盡其意，意已盡則止，殆無賸語。夭矯連蜷，煙雲繚繞，乃眞龍，非畫龍也。

"僧敲月下門"[4]，祗是妄想揣摩，如說他人夢；縱令形容酷似，何嘗毫髮關心。知然者以其沈吟推敲二字，就他作想也。若卽景會心，則或推或敲，必居其一；因景因情，自然靈妙，何勞擬議[5]哉？"長河落日圓"[6]，初無定景，"隔水問樵夫"[7]，初非想得，則禪家所謂現量[8]也。

詩文俱有主賓，無主之賓，謂之烏合。俗論以比爲賓，以賦爲主，以反爲賓，以正爲主，皆塾師賺童子死法耳。立一主以待賓，賓無非主之賓者，乃俱有情而相浹洽。若夫"秋風吹渭水，落葉滿長安"[9]，於賈島何與？"湘潭雲盡暮煙出，巴蜀雪消春水來"[10]，於許渾奚涉？皆烏合也。"影靜千官裏，心蘇七校前"[11]，得主矣，尙有痕迹；"花迎劍佩星初落"[12]，則賓主歷然，鎔合一片。

身之所歷，目之所見，是鐵門限[13]。卽極寫大景，如"陰晴衆壑殊"[14]，"乾坤日夜浮"[15]，亦必不踰此限。非按輿地圖便可云"平野入青徐"[16]也，抑登樓所見者耳。隔垣聽演雜劇，可聞其歌，不見其舞；更遠則但聞鼓聲，而可云所演何齣乎？前有齊、梁，後有晚唐及宋人，皆欺心以炫巧。

以神理相取，在遠近之間，纔著手便煞，一放手又飄忽去。如物在人亡無見期捉煞了也。如宋人咏河魨云："春洲生荻芽，春岸飛楊花"[17]，饒他有理，終是於河魨沒交涉。"青青河畔艸"與"緜緜思遠道"[18]，何以相因依，相含吐，神理湊合時，自然拾（原作"恰"，誤）得。

"海暗三山雨"，接"此鄉多寶玉"，不得迤邐；說到"花明五嶺春"，[19]然後彼句可來，又豈嘗無法哉？非皎然、高棅[20]之法耳。若果足爲法，烏容破之？非法之法，則破之不盡，終不得法。詩之有皎然、虞伯生[21]，經義之有茅鹿門、湯賓尹、袁了凡[22]，皆畫地爲牢以陷人者，有死法也。死法之立，總緣識量狹小。如演雜劇，在方丈臺上，故有花樣步位，稍移一步，則錯亂。若馳騁康莊，取塗千里，而用此步法，雖至愚者不爲也。

情景名爲二，而實不可離。神於詩者，妙合無垠。巧者則有情中景，景中情。景中情者，如"長安一片月"[23]，自然是孤棲憶遠之情；"影靜千官裏"，自然是喜達行在之情。情中景尤難曲寫，如"詩成珠玉在揮毫"[24]，寫出才人翰墨淋漓自心欣賞之景。凡此類知者遇之，非然亦鶻突看過，作等閒語耳。

不能作景語，又何能作情語邪？古人絕唱句多景語，如"高臺多悲風"[25]，"胡蝶飛南園"[26]，"池塘生春艸"，"亭皋木葉下"[27]，"芙蓉露下落"[28]皆是也。而情寓其中矣。以寫景之心理言情，則身心中獨喻之微輕安拈出，謝太傅於毛詩取"訏謨定命，遠猷辰告”[29]，以此八字如一串珠，將大臣經營國事之心曲寫出次第，故與“昔我往矣，楊柳依依；今我來思，雨雪霏霏。”同一達情之妙。

一解弈者，以誨人弈爲遊資，後遇一高手與對弈，至十數子，輒揶揄之曰：“此教師碁耳。”詩文立門庭，使人學己，人一學卽似者，自詡爲大家、爲才子，亦藝苑教師而已。高廷禮、李獻吉、何大復、李于鱗、王元美、鍾伯敬、譚友夏[30]所尙異科，其歸一也。纔立一門庭，則但有其局格，更無性情，更無興會，更無思致。自縛縛人，誰爲之解者？昭代[31]風雅，自不屬此數公。若劉伯溫[32]之思理，高季迪[33]之韻度，劉彥昺[34]之高華，貝廷琚[35]之俊逸，湯義仍[36]之靈警，絕壁孤騫，無可攀躡，人固望洋而返，而後以其亭亭嶽嶽之風神，與古人相輝映。次則孫仲衍[37]之暢適，周履道[38]之蕭清，徐昌穀[39]之密贍，高子業[40]之戍削，李賓之[41]之流麗，徐文長[42]之豪邁，各擅勝場，沈酣自得，正以不懸牌開肆，充風雅牙行，要使光燄熊熊，莫能揜抑，豈與碌碌餘子爭市易之場哉？李文饒[43]有云：“好驢馬不逐隊行。”立門庭與依傍門庭者，皆逐隊者也。

太平洋書店重校刊本《船山遺書》《夕堂永日緖論》內編

【註釋】

[1] 夕堂永日緖論——王夫之著。分內編一卷、外編一卷，內編論詩，外編論時文。收入《船山遺書》中。此外他的論詩著作，還有《詩繹》一書，後來丁福保取兩書部分材料，合編爲《薑齋詩話》，收入《淸詩話》中。

[2] 王夫之（公元一六一九年——一六九二年）——字而農，號薑齋，衡陽人。崇禎十五年舉人。明亡，不仕，築土室于衡陽之石船山，學者稱船山先生。爲明、淸之際著名學者，後人以與顧炎武、黃宗羲齊稱。所著書凡七十種，都三百五十八卷，收入《船山遺書》。其中集部凡三十種，都七十二卷。《淸史稿》卷四百八十六《儒林一》有傳。

[3] 圈繢——圈套。詞曲中常用語。 求活計——猶言討生活。

[4] 僧敲月下門——賈島《題李凝幽居詩》句。事詳李漁《閒情偶寄》註[67]。

[5] 擬議——推想,假設。《易·繫辭上》:"擬之而後言,議之而後發動,擬議以成其變化。"

[6] 長河落日圓——王維《使至塞上》句。

[7] 隔水問樵夫——王維《終南山》句。

[8] 現量——印度因明術語。量是度量決定之意,凡構成知識的過程及知識本身,都叫做量。現量指由感覺取得的直接知識,例如眼識之於色,耳識之於聲,現實量知其自相,毫無分別推求之念者,謂之現量。

[9] 秋風吹渭水二句——賈島《憶江上吳處士》句。

[10] 湘潭雲盡暮烟出二句——許渾《凌歊臺》句。原句"烟"作"山"。

[11] 影靜千官裏二句——杜甫《喜達行在所》三首中第三首句。

[12] 花迎劍佩星初落——岑參《奉和中書舍人賈至早朝大明宮》句。

[13] 鐵門限——《法書要錄》:"智永禪師住吳興永欣寺,人來覓書者如市,所居戶限爲穿穴,乃用鐵葉裹之,謂之爲鐵門限。"案:轉作限制謹嚴之用。

[14] 陰晴衆壑殊——王維《終南山》句。

[15] 乾坤日夜浮——杜甫《登岳陽樓》句。

[16] 平野入青徐——杜甫《登兗州城樓》句。

[17] 春洲生荻芽二句——梅堯臣《范饒州坐中客語食河豚魚》句。

[18] 青青河畔艸緜緜思遠道——古樂府《飲馬長城窟行》起句。

[19] 海暗三山雨三句——岑參《送張子(一作楊瑗)尉南海》句。

[20] 皎然——見皎然《詩式》註[2]。 高棅(公元一三五〇年——一四二三年)——字彥恢,更名廷禮,別號漫士,福建長樂人。永樂初,爲翰林待詔,升典籍。工書畫,尤專工詩。與林鴻、鄭定、王褒、唐泰、王恭、陳亮、王偁、黃元、周元等號閩中十才子。有《嘯臺集》二十卷、《木天清氣集》十四卷。《明史》卷二百八十六《文苑》有傳。

[21] 虞伯生——見《曲律》註[73]。《四庫全書總目提要》:"《杜律註》二卷,舊本題元虞集撰。……是編所註杜詩,凡七言近體一百四十九首。……然歐陽元撰集墓碑,不載其有此書,觀其詞意,亦皆淺近。"

[22] 茅鹿門——《夕堂永日緒論外編》:"茅鹿門所批點八大家,全恃此以爲法,正與皎然《詩式》同一陋耳。"又:"有《八大家文鈔》而後無文。立此法者,自謂善誘童蒙。不知引童蒙入荆棘,正在于此。"湯賓尹——字嘉賓,宣城人。萬曆進

士，由編修官至南京國子監祭酒。有《睡庵集》。其評點之著未詳。　袁了凡——袁黄，字坤儀，一字了凡，吳江人。萬曆進士，官兵部主事。有《兩行齋集》，曾評註《八代文宗》。

[23] 長安一片月——李白《子夜吳歌·秋歌》句。

[24] 詩成珠玉在揮毫——杜甫《奉和賈至舍人早朝大明宮》句。

[25] 高臺多悲風——曹植《雜詩》第一首起句。

[26] 胡蝶飛南園——張協《雜詩》第八首句。

[27] 亭皋木葉下——柳惲《擣衣詩》句。

[28] 芙蓉露下落——蕭慤《秋思》句。

[29] 謝太傅二句——劉義慶《世說新語》:“謝公因子弟集聚,問毛詩何句最佳。遏(謝玄小字)稱曰:‘昔我往矣,楊柳依依;今我來思,雨雪霏霏。’(《小雅:采薇》句)公曰:‘訏謨定命,遠猷辰告。’(《大雅·抑》句。訏,大。謨,謀。猷,圖。辰,時。)謂此句偏有雅人深致。”

[30] 高廷禮——見註[20]。　李獻吉何大復——見何景明《與李空同論詩書》註[1][2]。　李于鱗——李攀龍(公元一五一四年——一五七〇年),字于鱗,歷城人。明嘉靖二十三年進士,官至河南按察使。爲後七子的首領,其持論謂文自西京詩自天寶以下,俱無足觀。爲詩摹擬漢、魏、盛唐,所擬樂府,或更改古樂府數字,以爲己作。萬曆間,公安袁宏道兄弟出而進行批判。有《滄溟集》三十二卷、《白雪樓詩集》十卷。《明史》卷二百八十七《文苑》三有傳。　王元美——見王世貞《藝苑卮言》註[2]。　鍾伯敬譚友夏——見鍾惺《詩歸序》註[1][6]。

[31] 昭代——猶言明時。封建時代人們用以稱當代的王朝。

[32] 劉伯溫——劉基(公元一三一一年——一三七五年),字伯溫,青田人。元至順間舉進士,入明官至御史中丞,封誠意伯。所爲詩爲明初大家,與高啓相抗。散文與宋濂並稱。有《誠意伯文集》二十卷。《明史》卷一百二十八有傳。

[33] 高季迪——高啓(公元一三三六年——一三七四年),字季迪,長洲人。元末避兵亂居松江之青邱,自號青邱子。明太祖洪武初,召修《元史》,授翰林院國史編修,官至戶部侍郎。後因事被殺,年僅三十九。啓詩才高逸,爲明初詩人之冠。有《大全集》十八卷。《明史》卷二百八十五《文苑》一有傳。

[34] 劉彥昺——劉炳,字彥昺,以字行,鄱陽人。元至正間,從軍于浙。明太祖起淮南,獻書言事,用爲中書典籤。出爲大都督府掌記,除東阿知縣。詩格伉爽挺拔,有《春雨軒集》九卷。《明史》卷二百八十五《文苑》一有傳,附王冕傳後。

[35] 貝廷琚——貝瓊(公元?——一三七九年),字廷琚,一名闕,字廷臣,崇德人。

元末領鄉薦，明初徵修«元史»，授國子監助教。王夫之«明詩評選»謂“彥昺、廷琚，國初一雙玉箸，更不令三百年來作第三座也。”有«清江詩集»十卷、«文集»三十一卷。«明史»卷二百三十七有傳，附宋訥傳後。

[36] 湯義仍——見湯顯祖«答呂姜山»註[2]。王夫之«明詩評選»謂其“指事發議詩……含精蓄理，上繼變雅，千年以來，若士一人而已。”又謂“三百年來，李、何、王、李、二袁、鍾、譚，人立一宗，皆敎師槍法，有花樣可㸔，故走死天下如騖。至于先生，無問津者；亦初無津之可問也。”

[37] 孫仲衍——孫蕡（公元一三三四年——一三八九年），字仲衍，廣東順德人。與王佐、趙介、李德、黄哲稱五先生。洪武進士，官至蘇州經歷，坐藍玉黨被殺。有«西庵集»九卷。王夫之«明詩評選»謂“仲衍、季迪，開代兩大手筆，凌宋爭唐，不相爲下也。”«明史»卷二百八十五«文苑»一有傳。

[38] 周履道——周砥，字履道，吳人。寓居無錫，往來宜興。後客會稽，沒于兵。«歷朝詩集» 甲集前編選存其詩二十八首。王夫之«明詩評選»選存其詩八首。

[39] 徐昌穀——徐禎卿（公元一四七九年——一五一一年）明諸生。與祝允明、唐寅、文徵明齊名，號“吳中四才子”。弘治十八年（公元一五〇五年）中進士，又與李夢陽、何景明遊。著有«迪功集»六卷，附«談藝錄»一卷及«剪勝野聞»等。

[40] 高子業——高叔嗣（公元一五〇一年——一五三七年），字子業，祥符人。嘉靖二年進士，官至湖廣按察使。少受知于李夢陽，但自爲詩清新婉約，宗王、孟一派。有«蘇門集»八卷。«明史»卷二百八十七«文苑»三有傳。

[41] 李賓之——李東陽（公元一四四七年——一五一六年），字賓之，茶陵人。明天順八年進士，選庶吉士，授編修，官至吏部尚書、華蓋殿大學士、少師兼太子太師。海內稱西涯先生。在明七子未興起以前，號爲詩壇一時領袖。有«懷麓堂集»一百卷。«明史»卷一百八十一有傳。

[42] 徐文長——徐渭（公元一五二一年——一五九三年），字文長，自號青籐道士、天池山人，別署田水月，山陰人。明諸生。詩文戲曲書畫皆工。他的著作，詩文有«徐文長集»三十卷、«逸稿»二十四卷；戲曲有雜劇«四聲猿»和戲曲論著«南詞敍錄»。«明史»卷二百八十八«文苑»四有傳。王夫之«明詩評選»謂“文長絕技，尤在歌行，袁中郎欲效之不得也。”

[43] 李文饒——李德裕（公元七八九年——八四九年），字文饒，趙郡人。唐穆宗朝，官中書門下平章事；武宗朝，官門下侍耶，同中書門下平章事。宣宗朝，貶崖州司戶參軍卒。有«會昌一品集»二十卷，«別集»十卷，«外集»四卷。«舊唐書»卷一百七十四、«新唐書»卷一百八十有傳。

【說明】

王夫之論詩，強調“以意爲主”，反對“求形模，求比似，求詞采，求故實”，這是繼承傳統進步詩論對詩歌總的認識·在這總的認識下，他却有些獨到的藝術見解。在《夕堂永日緒論》中表現得較爲突出的是詩歌中情和景的問題。

他說：“煙雲泉石，花鳥苔林，金鋪錦帳，寓意則靈。”所謂“寓意”，也就是融情入景，必須是“己情之所自發”。他以爲在詩歌裏任何客觀景物的描寫，都包括詩人主觀上的感受。這主觀上的感受又是從哪裏來的呢？則“身之所歷，目之所見，是鐵門限”。有了眞實的體驗，融情入景，情景相生；主和賓“乃俱有情而相浹洽”，才能使客觀景物成爲“人化的自然”。王維不到終南山，杜甫不登岳陽樓，就不可能寫出“陰晴衆壑殊”“乾坤日夜浮”這樣的詩句。這類的詩，不僅是模寫山深水闊的形狀，而是詩人根據“身之所歷，目之所見”，描繪出一時的情景。景中有情，它就是富有生命活力的景。“寓意則靈”，其眞實意義，乃在于此。反之，沒有眞實的體驗，徒然役心搜索，縱使極其工妙，也還是像“隔垣聽演雜劇”，終于隔了一層。他批評賈島、許渾、梅堯臣等人的詩，都是從這個論點出發的。

情景互相觸發，“妙合無垠”；而就某些具體作品的境界來說，則有“情中景”“景中情”的分別。他不但精密地剖析了情和景之間的關係，而且進一步指出：“不能作景語，又何能作情語”，說明了主客觀的先後關係，也說明了“以寫景之心理言情”，才能曲盡情態的問題。

由于從情景的關係來論詩，所以他把勢看作“意中之神理”，指的是一種“宛轉屈伸”的意境，而不是如一般所理解的氣勢之勢。

怎樣才能達到情景交融的境界？他以爲是“神理湊合時，自然拾得”。因此特別強調靈感的作用。所謂“纔著手便煞，一放手又飄忽去”，那就是說，要善于把握一刹那間的感覺，不即不離地去着筆。他主張自出胸臆，反對建立門庭。這些意見，都能使人耳目一新；特別是在標榜門戶的明代，他大膽的抨擊七子、竟陵，更有其現實意義。

王夫之這些理論和後來神韻派、性靈派的說法有其相通之處；流弊不免墮入空虛一路。

原詩[1]〔節錄〕

〔清〕葉燮[2]

內篇上

……或問于余曰：詩可學而能乎？曰：可。曰：多讀古人之詩，而求工于詩而傳焉可乎？曰：否。曰：詩既可學而能，而又謂讀古人之詩以求工爲未可，竊惑焉。其義安在？余應之曰：詩之可學而能者，盡天下之人皆能讀古人之詩而能詩；今天下之稱詩者是也。而求詩之工而可傳者，則不在是，何則？大凡天姿人力，次敍先後，雖有生學困知之不同，而欲其詩之工而可傳，則非就詩以求詩者也。我今與子以詩言詩，子固未能知也。不若借事物以譬之，而可曉然矣。今有人焉，擁數萬金而謀起一大宅，門堂樓廡，將無一不極輪奐[3]之美，是宅也，必非憑空結撰，如海上之蜃，如三山之雲氣，以爲樓臺，[4]將必有所託基焉；而其基必不于荒江窮壑負郭僻巷湫隘卑濕之地，將必于平直高敞，水可舟檝，陸可車馬者，然後始基而經營之，大廈乃可次第而成。我謂作詩者，亦必先有詩之基焉。詩之基，其人之胸襟是也。有胸襟，然後能載其性情智慧聰明才辨以出，隨遇發生，隨生即盛。千古詩人推杜甫，其詩隨所遇之人之境之事之物，無處不發其思君王、憂禍亂、悲時日、念友朋、弔古人、懷遠道。凡歡愉幽愁離合今昔之感，一一觸類而起，因遇得題，因題達情，因情敷句，皆因甫有其胸襟以爲基，如星宿之海[5]，萬源從出，如鑽燧之火，無處不發，如肥土沃壤，時雨一過，夭矯[6]百物，隨類而興，生意各別，而無不具足。即如甫集中《樂遊園》七古一篇，時甫年纔三十餘，當開、寶盛時，使今人爲此，必鋪陳颺頌，藻麗雕繢，無所不極，身在少年場中，功名事業，來日未苦短也，何有乎身世之感？乃甫此詩，前半即景事無多排場，忽轉年年人醉一段[7]，悲白髮，荷皇天，而終之以獨立蒼茫，此其胸襟之所寄託何如也！余又嘗謂晉王羲之獨以法書立極，非文辭作手也。蘭亭之集，時貴名流畢會，使時手爲序，必極力鋪寫，諛美萬端，決無一語稍涉荒涼者。而羲之此序，寥寥數語，託意于仰觀俯察，宇宙萬彙，係之感憶，而極于死生之痛，[8]則羲之之胸襟，又何如也！由是言之，有是胸襟以爲基，而後可以爲詩文。不然，雖日誦萬言，吟千首，浮響膚辭，不從中出，如剪綵之花，根蒂旣無，生意自絕，何異乎憑虛而作室也。乃作室者，旣有其基矣，必將取材。而材非培塿[9]之木，拱把之桐梓，取之近地闤闠村市之間而能勝也；當不憚遠且勞，求荆、湘之楩楠，江、漢之豫章，[10]若者可以爲棟爲榱，若者可以爲楹爲柱，方勝任而愉快，乃免支離屈曲之病。則夫作詩者，旣有胸襟，必取材于古人，原本于《三百篇》楚騷，浸淫于漢、魏、六朝、唐、宋諸大家，皆能會其指歸，得其神理。以是爲詩，正不傷庸，奇不傷怪，麗不傷浮，博不傷僻，決無剽竊吞剝之病。乃時手每每取捷徑于近代當世之聞人，或以高位，或以虛名，竊其體裁字句，以爲祕本，謂旣得所宗主，即可以得其人之贊揚獎借，生平未嘗見古人，而才名已早成矣。何異方寸之木，而遽高于岑樓邪？[11]若此等之材，無論不可爲大廈，即數椽茅把[12]之居，用之亦不勝任，將見一朝墮地，腐爛而不可支。故有基之後，以善取材爲急急也。旣有材矣，將用其材，必善用之而後可。得工師大匠指揮之，材乃不枉，爲棟爲樑，爲榱爲楹，悉當而無絲毫之憾。非然者，宜方者圓，宜圓者方，枉棟之材而爲桷，枉柱之材而爲楹，天下斲小之匠人寧少邪？世固有成誦古人之詩數萬首，涉略經史集,亦不下數十萬言,逮落筆則有俚俗、庸腐、窒板、拘牽、隘小、膚冗種種諸習,此非不足于材,有其材而無匠心,不能用而枉之之故也。夫作詩者,要見古人之自命處、着眼處、作意處、命辭處、出手處,無一可苟。而痛去其自己本來面目,如醫者之治結疾,先盡蕩其宿垢,以理其淸虛,而徐以古人之學識神理充之;久之,而又能去古人之面目,然後匠心而出,我未嘗摹擬古人,而古人且爲我役。彼作室者,旣善用其材而不枉,宅乃成矣;宅成不可無丹臒赭堊之功。一經俗工絢染,徒爲有識所嗤。夫詩純淡則無味,純朴則近俚,勢不能如畫家之有不設色。古稱非文辭不爲功。文辭者,斐然之章采也。必本之前人,擇其麗而則、典而古者而從事焉,則華實並茂,無夸縟鬬炫之態,乃可貴也。若徒以富麗爲工,本無奇意,而飾以奇字;本非異物,而加以異名別號,味如嚼蠟[13],展誦未竟,但覺不堪,此鄉里小兒之技,有識者不屑爲也。故能事以設色布采終焉。然余更有進。此作室者,自始基以至設色,其爲宅也,旣成而無餘事矣。然自康衢[14]而登其門,于是而堂,而中門,又于是而中堂,而後堂,而閨闥,而曲房,而賓席東廚之室,非不井然秩然也,然使今日造一宅焉如是,明日易一地而更造一宅焉,而亦如是,將百十其宅,而無不皆如是,則亦可厭極矣。其道在于善變化。變化豈易語哉,終不可易曲房于堂之前,易中堂于樓之後,入門卽見廚,而聯賓坐于閨闥也。惟數者一一各得其所,而悉出于天然位置,終無相踵沓出之病,是之謂變化。變化而不失其正,千古詩人,惟杜甫爲能。高、岑、王、孟諸子[15],設色止矣,皆未可語以變化也。夫作詩者,至能成一家之言足矣,此猶淸任和三子之聖[16],各極其至。而集大成[17],聖而不可知之之謂神[18],惟夫子。杜甫,詩之神者也,夫惟神乃能變化。子言多讀古人之詩,而求工于詩者,乃囿于今之稱詩者論也。

或曰：今之稱詩者，高言法矣。作詩者果有法乎哉？且無法乎哉？余曰：法者，虚名也，非所論于有也。又法者，定位也，非所論于無也。子無以余言爲惝恍河漢[19]，當細爲子晰之。自開闢以來，天地之大，古今之變，萬彙之賾[20]，日星河嶽，賦物象形，兵刑禮樂，飲食男女，于以發爲文章，形爲詩賦，其道萬千，余得以三語蔽之：曰理，曰事，曰情，不出乎此而已。然則詩文一道，豈有定法哉？[21]先揆乎其理，揆之于理而不謬，則理得；次徵諸事，徵之于事而不悖，則事得；終絜諸情，絜之于情而可通，則情得。三者得而不可易，則自然之法立。故法者，當乎理，確乎事，酌乎情，爲三者之平準，而無所自爲法也。故謂之曰虚名。又法者，國家之所謂律也。自古之五刑宅就[22]，以至于今，法亦密矣。然豈無所憑而爲法哉？不過揆度于事理情三者之輕重大小上下，以爲五服五章[23]刑賞生殺之等威差别，于是事理情當于法之中。人見法而適愜其事理情之用，故又謂之曰定位。乃稱詩者不能言法所以然之故，而嘵嘵然曰法。吾不知其離一切以爲法乎？將有所緣以爲法乎？離一切以爲法，則法不能憑虚而立；有所緣以爲法，則法仍託他物以見矣。吾不知統提法者之于何屬也？彼曰：凡事凡物皆有法，何獨于詩而不然？是也。然法有死法，有活法。[24]若以死法論，今譽一人之美，當問之曰：若固眉在眼上乎？鼻口居中乎？若固手操作而足循履乎？夫妍媸萬態，而此數者必不渝，此死法也。彼美之絕世獨立[25]，不在是也。又朝廟享燕，以及士庶宴會，揖讓升降，敘坐獻酬，無不然者，此亦死法也。而格[26]鬼神，通愛敬，不在是也。然則彼美之絕世獨立，果有法乎？不過即耳目口鼻之常，而神明之。而神明之法，果可言乎？彼享宴之格鬼神，合愛敬，果有法乎？不過即揖讓獻酬而感通之。而感通之法，又可言乎？死法則執塗之人能言之，若曰活法，法既活，而不可執矣，又焉得泥于法？而所謂詩之法，得毋平平仄仄之拈乎？村塾中曾讀《千家詩》[27]者，亦不屑言之。若更有進，必將曰：律詩必首句如何起，三四如何承，五六如何接，末句如何結。古詩要炤應，要起伏，析之爲句法，總之爲章法。此三家村詞伯相傳久矣，不可謂稱詩者獨得之祕也。若舍此兩端，而謂作詩另有法，法在神明之中，巧力之外，是謂變化生心。變化生心之法，又何若乎？則死法爲定位，活法爲虛名。虛名不可以爲有，定位不可以爲無。不可爲無者，初學能言之；不可爲有者，作者之匠心變化，不可言也。夫識辨不精，揮霍[28]無具，徒倚法之一語，以牢籠一切，譬之國家有法，所以儆愚夫愚婦之不肖而使之不犯，未聞與道德仁義之人講論習肄，而時以五刑五罰[29]之法，恐懼之而迫脅之者也。惟理事情三語，無處不然。三者得，則胸中通達無阻，出而敷爲辭，則夫子所云辭達[30]。達者通也，通乎理，通乎事，通乎情之謂。而必泥乎法，則反有所不通矣。辭且不通，法更于何有乎？

曰理，曰事，曰情。三語大而乾坤以之定位[31]，日月以之運行，以至一草一木一飛一走，三者缺一則不成物。文章者，所以表天地萬物之情狀也。然具是三者，又有總而持之，條而貫之者曰氣。理事情之所爲用，氣爲之用也。譬之一木一草，其能發生者，理也；其既發生，則事也；既發生之後，夭喬滋植，情狀萬千，咸有自得之趣，則情也。苟無氣以行之，能若是乎？又如合抱之木，百尺干霄，纖葉微柯以萬計，同時而發，無有絲毫異同，是氣之爲也。苟斷其根，則氣盡而立萎，此時理事情俱無從施矣。吾故曰：三者藉氣而行者也。得是三者，而氣鼓行于其間，絪緼磅礴，隨其自然所至卽爲法。此天地萬象之至文也。豈先有法以馭是氣者哉？不然，天地之生萬物，舍其自然流行之氣，一切以法繩之，夭喬飛走，紛紛于形體之萬殊，不敢過于法，不敢不及于法，將不勝其勞，乾坤亦幾乎息矣[32]。

草木氣斷則立萎，理事情俱隨之而盡，固也。雖然，氣斷則氣無矣，而理事情依然在也。何也，草木氣斷則立萎，是理也；萎則成枯木，其事也；枯木豈無形狀，向背高低上下，則其情也。由是言之，氣有時而或離，理事情無之而不在。向枯木而言法，法于何施？必將曰，法將析之以爲薪，法將斲之而爲器。若果將以爲薪爲器，吾恐仍屬之事理情矣，而法又將遁而之他矣。天地之大文，風雲雨雷是也。風雲雨雷，變化不測，不可端倪[33]，天地之至神也，卽至文也。試以一端論。泰山之雲，起于膚寸，不崇朝而徧天下。[34] 吾嘗居泰山之下者半載，熟悉雲之情狀，或起于膚寸，瀰淪六合；或諸峯競出，升頂卽滅；或連陰數月；或食時卽散；或黑如漆；或白如雪；或大如鵬翼；或亂如散鬈[35]；或塊然垂天，後無繼者；或聯綿纖微，相續不絕；又忽而黑雲興，土人以法占之，曰將雨，竟不雨；又晴雲出，法占者曰，將晴，乃竟雨。雨之態以萬計，無一同也；以至雲之色相，雲之性情，無一同也。雲或有時歸，或有時竟一去不歸，或有時全歸，或有時半歸，無一同也。此天地自然之文，至工也。若以法繩天地之文，則泰山之將出雲也，必先聚雲族[36]而謀之：曰吾將出雲而爲天地之文矣，先之以某雲，繼之以某雲，以某雲爲起，以某雲爲伏，以某雲爲照應爲波瀾，以某雲爲逆入，以某雲爲空翻，以某雲爲開，以某雲爲闔，以某雲爲掉尾，如是以出之，如是以歸之，一一使無爽，而天地之文成焉。無乃天地之勞于有泰山，泰山且勞于有是雲，而出雲且無日矣。蘇軾有言："我文如萬斛源泉，隨地而出。"[37]亦可與此相發明也。

或曰：先生言作詩，法非所先，言固辨矣，然古帝王治天下，必曰大經大法。然則法且後乎哉？余曰：帝王之法，卽政也。夫子言："文武之政，布在方策。"[38] 此一定章程，後人守之。苟有毫髮出入，則失之矣。修德貴日新[39]，而法者舊章，斷不可使有毫髮之新。法一新，此王安石之所以亡宋也。若夫詩，古人作之，我亦作之，自我作詩，而非述詩也。故凡有詩，謂之新詩。若有法，如教條政令而遵之，必如李攀龍之擬古樂府[40]然後可。詩末技耳，必言前人所未言，發前人所未發，而後爲我之詩。若徒以效顰效步爲能事，曰此法也，不但詩亡而法亦且亡矣。余之後法，非廢法也，正所以存法也。夫古今時會不同，即政令尙有因時而變通之，若膠固不變，則新莽之行周禮[41]矣。奈何風雅一道，而踵其謬戾哉？

（以上卷一）

內　篇　下

曰理，曰事，曰情，此三言者，足以窮盡萬有之變態。凡形形色色，音聲狀貌，舉不能越乎此。此舉在物者而爲言，而無一物之或能去此者也。曰才，曰膽，曰識，曰力，此四言者，所以窮盡此心之神明。凡形形色色，音聲狀貌，無不待于此而爲之發宣昭著。此舉在我者而爲言，而無一不如此心以出之者也。以在我之四，衡在物之三，合而爲作者之文章，大之經緯天地[42]，細而一動一植，詠歎謳吟，俱不能離是而爲言者矣。在物者前已論悉之，在我者雖有天分之不齊，要無不可以人力充之。其優于天者，四者具足，而才獨外見，則羣稱其才，而不知其才之不能無所憑而獨見也。其歉乎天者，才見不足，人皆曰才之歉也，不可勉強也，不知有識以居乎才之先。識爲體而才爲用，若不足於才，當先研精推求乎其識。人惟中藏[43]無識，則理事情錯陳於前，而渾然茫然，是非可否，妍媸黑白，悉眩惑而不能辨，安望其敷而出之爲才乎？文章之能事，實始乎此。今夫詩，彼無識者，既不能知古來作者之意，并不自知其何所興感觸發而爲詩。或亦聞古今詩家之論，所謂體裁格力聲調興會等語，不過影響於耳，含糊於心，附會於口，而眼光從無着處，腕力從無措處。卽歷代之詩，陳於前，何所決擇？何所適從？人言是則是之，人言非則非之。夫非必謂人言之不可憑也，而彼先不能得我心之是非而是非之，又安能知人言之是非而是非之也。有人曰，詩必學漢、魏，學盛唐，彼亦曰學漢、魏，學盛唐，從而然之；而學漢、魏與盛唐所以然之故，彼不能知，不能言也。卽能效而言之，而終不能知也。又有人曰，詩當學晚唐，學宋學元，彼亦曰學晚唐，學宋學元，又從而然之；可學晚唐與宋、元所以然之故，彼又終不能知也。或聞詩家有宗劉長卿[44]者矣，於是羣然而稱劉隨州矣；又或聞有崇尚陸游者矣，於是人人案頭無不有《劍南集》以爲祕本，而遂不敢他及矣。如此等類，不可枚舉，一槩人云亦云，人否亦否，何爲者邪？夫人以著作自命，將進退古人，次第前哲，必具有隻眼，而後泰然有自居之地。倘議論是非，聾瞽[45]于中心，而隨世人之影響而附會之，終日以其言語筆墨爲人使令驅役，不亦愚乎！且有不自以爲愚，旋愚成妄，妄以生驕，而愚益甚焉。原其患，始于無識，不能取舍之故也。是卽吟咏不輟，累牘連章，任其塗抹，全無生氣，其爲才邪？爲不才邪？惟有識則是非明，是非明則取舍定，不但不隨世人脚跟，并亦不隨古人脚跟，非薄古人爲不足學也。蓋天地有自然之文章，隨我之所觸而發宣之，必有克肖其自然者，爲至文以立極。我之命意發言，自當求其至極者。昔人有言："不恨我不見古人，恨古人不見我。"又云："不恨臣無二王法，但恨二王無臣法。"[46]斯言特論書法耳，而其人自命如此。等而上之，可以推矣。譬之學射者，盡其目力臂力，審而後發，苟能百發百中，卽不必學古人。而古有后羿、養由基[47]其人者，自然來合我矣。我能是，古人先我而能是，未知我合古人歟？古人合我歟？高適有云："乃知古時人，亦有如我者。"[48]豈不然哉？故我之著作與古人同，所謂其揆之一[49]；卽有與古人異，乃補古人之所未足，亦可言古人補我之所未足，而後我與古人交爲知己也。惟如是，我之命意發言，一一皆從識見中流布，識明則膽張，任其發宣而無所於怯，横説豎説，左宜而右有，直造化在手，無有一之不肖乎物也。且夫胸中無識之人，卽終日勤于學，而亦無益。俗諺謂爲兩脚書橱[50]，記誦日多，多益爲累，及伸紙落筆時，胸如亂絲，頭緒旣紛，無從割擇，中且餒而膽愈怯，欲言而不能言，或能言而不敢言，矜持於銖兩尺矱之中，旣恐不合於古人，又恐貽譏於今人。如三日新婦，動恐失體，又如跛者登臨，舉恐失足。文章一道，本攄寫揮灑樂事，反若有物焉，以桎梏之，無處非礙矣。於是強者必曰，古人某某之作如是，非我則不能得其法也；弱者亦曰，古人某某之作如是，今之聞人某某傳其法如是，而我亦如是也；其黠者心則然而祕而不言，愚者心不能知其然，徒夸而張於人，以爲我自有所本也。更或謀篇時，有言已盡，本無可贅矣，恐方幅不足，而不合於格，於是多方拖沓以擴之，是蛇添足[51]也；又有言尚未盡，正堪抒寫，恐逾於格而失矩度，亟闔而已焉，是生割活剝也。之數者，因無識，故無膽，使筆墨不能自由。是爲操觚[52]家之苦趣，不可不察也。昔賢有言：成事在膽[53]。文章千古事[54]，苟無膽，何以能千古乎？吾故曰：無膽則筆墨畏縮。膽旣詘矣，才何由而得伸乎？惟膽能生才，但知才受於天，而抑知必待擴充於膽邪？吾見世有稱人之才，而歸美之曰能斂才就法。斯言也，非能知才之所由然者也。夫才者，諸法之蘊隆[55]發現處也。若有所斂而爲就，則未斂未就以前之才，尚未有法也，其所爲才，皆不從理事情而得，爲拂道悖德之言，與才之義相背而馳者，尚得謂之才乎？夫於人之所不能知，而惟我有才能知之；於人之所不能言，而惟我有才能言之。縱其心思之氤氲磅礴，上下縱横，凡六合以内外，皆不得而囿之，以是措而爲文辭，而至理存焉，萬事準焉，深情托焉，是之謂有才。若欲其斂以就法，彼固掉臂遊行於法中久矣。不知其所就者，又何物也？必將曰所就者乃一定不遷之規矩，此千萬庸衆人皆可共趨之而由之，又何待於才之斂邪？故文章家止有以才御法而驅使之，決無就法而爲法之所役而猶欲詡其才者也。吾故曰：無才則心思不出，亦可曰無心思則才不出。而所謂規矩者，卽心思之肆應各當之所爲也。蓋言心思則主乎內以言才，言法則主乎外以言才。主乎內，心思無處不可通，吐而爲辭，無物不可通也，夫孰得而範圍其心，又孰得而範圍其言乎？主乎外，則囿于物而反有所不得于我心，心思不靈而才銷鑠矣。吾嘗觀古之才人，合詩與文而論之（原無之字，據《淸詩話》本校增），如左丘明、司馬遷、賈誼、李白、杜甫、韓愈、蘇軾之徒，天地萬物皆遞開闢于其筆端，無有不可舉，無有不能勝，前不必有所承，後不必有所繼，而各有其愉快。如是之才，必有其力以載之。惟力大而才能堅，故至堅而不可摧也。歷千百代而不朽者以此。昔人有云擲地須作金石聲[56]，六朝人非能知此義者。而言金石，喻其堅也。此可以見文家之力。力之分量，卽一句一言，如植之則不可仆，横之則不可斷，行則不可遏，住則不可遷。易曰：獨立不懼[57]。此言其人，而其人之文當亦如是也。譬之兩人焉，共適于途，而值羊腸蠶叢[58]峻棧危梁之險，其一弱者，精疲于中，形戰於外，將裹足而不前，又必不可已而進焉，于是步步有所憑藉，以爲依傍，或藉人之推之挽之，或手有所持而捫，或足有所緣而踐，卽能前達，皆非其人自有之力，僅愈于木偶爲人舁之而行耳。其一爲有力者，神旺而氣足，徑往直前，不待有所攀援假借，奮然投足，反趨弱者扶掖之前，此直以神行而形隨之，豈待外求而能者。故有境必能造，有造必能成。吾故曰：立言者，無力則不能自成一家。夫家者，吾固有之家也。人各自有家，在己力而成之耳，豈有依傍想象他人之家以爲我之家乎？是猶不能自求家珍，穿窬鄰人之物以爲己有，卽使盡竊其連城之璧[59]，終是鄰人之寶，不可爲我家珍，而識者窺見其裏，適供其啞然一笑而已。故本其所自有者而益充而廣大之以成家，非其力之所自致乎？然力有大小，家有巨細。吾又觀古之才人，力足以蓋一鄉，則爲一鄉之才；力足以蓋一國，則爲一國之才；力足以蓋天下，則爲天下之才；更進乎此，其力足以十世，足以百世，足以終古，則其立言不朽之業，亦垂十世，垂百世，垂終古，悉如其力以報之。試合古今之才，一一較其所就，視其力之大小遠近如分寸銖兩之悉稱焉。又觀近代著作之家，其詩文初出，一時非不紙貴[60]，後生小子，以耳爲目，互相傳誦，取爲模楷，及身沒之後，聲問即泯，漸有起而議之者；或間能及其身後，而一世再世漸遠而無聞焉；甚且詆毁叢生，是非競起，昔日所稱其人之長，即爲今日所指之短，可勝歎哉！即如明三百年間，王世貞、李攀龍輩盛鳴于嘉、隆[61]時，終不如明初之高、楊、張、徐[62]猶得無毁于今日人之口也。鍾惺、譚元春[63]之矯異于末季，又不如王、李之猶可及于再世之餘也。是皆其力所至遠近之分量也。統百代而論詩，自《三百篇》而後，惟杜甫之詩，其力能與天地相終始，與《三百篇》等。自此以外，後世不能無入者主之，出者奴之，諸説之異同，操戈之不一矣。其間又有力可以百世，而百世之內，互有興衰者，或中湮而復興，或昔非而今是，又似世會使之然。生前或未有推重之，而後世忽崇尚之，如韓愈之文。當愈之時，舉世未有深知而尚之者，二百餘年後，歐陽修方大表章之，天下遂翕然宗韓愈之文，以至于今不衰。信乎文章之力有大小遠近，而又盛衰乘時之不同如是。欲成一家言，斷宜奮其力矣。夫內得之于識而出之而爲才，惟膽以張其才，惟力以克荷之，得全者其才見全，得半者其才見半，而又非可矯揉蹴至[64]之者也，蓋有自然之候焉。千古才力之大者，莫有及于神禹，神禹平成天地之功，此何等事，而孟子以爲行所無事[65]，不過順水流行坎止[66]自然之理，而行疏瀹排決之事[67]，豈別有治水之法，有所矯揉以行之者乎？不然者，是行其所有事矣。大禹之神力，遠及萬萬世，以文辭立言者，雖不敢幾此，然異道同歸，勿以篇章爲細務自逐，處于沒世無聞已也。大約才識膽力，四者交相爲濟，苟一有所歉，則不可登作者之壇。四者無緩急，而要在先之以識。使無識則三者俱無所託。無識而有膽，則爲妄，爲鹵莽，爲無知，其言背理叛道，蔑如也；無識而有才，雖議論縱橫，思致揮霍，而是非淆亂，黑白顛倒，才反爲累矣；無識而有力，則堅僻[68]妄誕之辭，足以誤人而惑世，爲害甚烈。若在騷壇，均爲風雅之罪人。惟有識則能知所從，知所奮，知所決，而後才與膽力，皆確然有以自信，舉世非之，舉世譽之，而不爲其所搖，[69]安有隨人之是非以爲是非者哉？其胸中之愉快自足，寧獨在詩文一道已也。然人安能盡生而具絕人之姿，何得易言有識。其道宜如大學之始于格物[70]，誦讀古人詩書，一一以理事情格之，則前後中邊，左右向背，形形色色，殊類萬態，無不可得，不使有毫髮之罅而物得以乘我焉。如以文爲戰，而進無堅城，退無橫陣矣。若舍其在我者，而徒日勞于章句誦讀，不過勦襲依傍，摹擬窺伺之術，以自躋于作者之林，則吾不得而知之矣。

或曰：先生發揮理事情三言，可謂詳且至矣。然此三言，固文家之切要關鍵；而語于詩，則情之一言，義固不易，而理與事，似于詩之義，未爲切要也。先儒云：天下之物，莫不有理。[71]若夫詩，似未可以物物[72]也。詩之至處，妙在含蓄無垠，思致微渺，其寄託在可言不可言之間，其指歸在可解不可解之會，言在此而意在彼，泯端倪而離形象，絕議論而窮思維，引人于冥漠[73]恍惚之境，所以爲至也。若一切以理概之，理者，一定之衡，則能實而不能虛，爲執而不爲化，非板則腐，如學究之說書，閭師之讀律，又如禪家之參死句，不參活句，[74]竊恐有乖于風人之旨。以言乎事，天下固有有其理，而不可見諸事者，若夫詩則理尙不可執，又焉能一一徵之實事者乎？而先生斷斷焉必以理事二者與情同律乎詩，不使有毫髮之或離，愚竊惑焉。此何也？予曰：子之言誠是也。子所以稱詩者，深有得乎詩之旨者也。然子但知可言可執之理之爲理，而抑知名言所絕[75]之理之爲至理乎？子但知有是事之爲事，而抑知無是事之爲凡事之所出乎？可言之理，人人能言之，又安在詩人之言之？可徵之事，人人能述之，又安在詩人之述之？必有不可言之理，不可述之事，遇之于默會意象之表，而理與事無不燦然于前者也。今試舉杜甫集中一二名句，爲子晰而剖之，以見其概，可乎？如《玄元皇帝廟作》“碧瓦初寒外”句，逐字論之，言乎外，與內爲界也。初寒何物，可以內外界乎？將碧瓦之外，無初寒乎？寒者，天地之氣也。是氣也，盡宇宙之內，無處不充塞，而碧瓦獨居其外，寒氣獨盤踞于碧瓦之內乎？寒而曰初，將嚴寒或不如是乎？初寒無象無形，碧瓦有物有質，合虛實而分內外，吾不知其寫碧瓦乎？寫初寒乎？寫近乎？寫遠乎？使必以理而實諸事以解之，雖稷下談天[76]之辨，恐至此亦窮矣。然設身而處當時之境會，覺此五字之情景，恍如天造地設，呈于象，感于目，會于心。意中之言，而口不能言；口能言之，而意又不可解。劃然示我以默會相象之表，竟若有內有外，有寒有初寒，特借碧瓦一實相發之。有中間，有邊際，虛實相成，有無互立，取之當前而自得，其理昭然，其事的然也。昔人云：王維詩中有畫[77]。凡詩可入畫者，爲詩家能事，如（原脫如字，據《淸詩話》本校增）風雲雨雪景象之至虛者，畫家無不可繪之于筆。若初寒內外之景色，卽董、巨[78]復生，恐亦束手擱筆矣。天下惟理事之入神境者，固非庸凡人可摹擬而得也。又《宿左省作》“月傍九霄多”句，從來言月者，祇有言圓缺，言明暗，言升沉，言高下，未有言多少者。若俗儒，不曰“月傍九霄明”，則曰

"月傍九霄高",以爲景象眞而使字切矣,今曰多,不知月本來多乎?抑傍九霄而始多乎?不知月多乎?月所照之境多乎?有不可名言者。試想當時之情景,非言明言高言升可得,而惟此多字可以盡括此夜宫殿當前之景象。他人共見之,而不能知不能言,惟甫見而知之,而能言之。其事如是,其理不能不如是也。又《夔州雨濕不得上岸作》"晨鐘雲外濕"句,以晨鐘爲物而濕乎?雲外之物,何啻以萬萬計,且鐘必於寺觀,即寺觀中,鐘之外,物亦無算,何獨濕鐘乎?然爲此語者,因聞鐘聲有觸而云然也,聲無形,安能濕?鐘聲入耳而有聞,聞在耳,止能辨其聲,安能辨其濕?曰雲外,是又以目始見雲,不見鐘,故云雲外,然此詩爲雨濕而作,有雲然後有雨,鐘爲雨濕,則鐘在雲內,不應云外也。斯語也,吾不知其爲耳聞邪?爲目見邪?爲意揣邪?俗儒于此,必曰"晨鐘雲外度",又必曰"晨鐘雲外發",决無下濕字者,不知其于隔雲見鐘,聲中聞濕,妙悟天開,從至理實事中領悟,乃得此境界也。又《摩訶池泛舟作》"高城秋自落"句,夫秋何物,若何而落乎?時序有代謝,未聞云落也。即秋能落,何繫之以高城乎?而曰高城落,則秋實自高城而落,理與事俱不可易也。以上偶舉杜集四語,若以俗儒之眼觀之,以言乎理,理于何通?以言乎事,事于何有?所謂言語道斷[79],思維路絶,然其中之理,至虚而實,至渺而近,灼然心目之間,殆如鳶飛魚躍之昭著也[80]。理既昭矣,尚得無其事乎?古人妙于事理之句,如此極多,姑舉此四語,以例其餘耳。其更有事所必無者,偶舉唐人一二語,如"蜀道之難難于上青天"[81]、"似將海水添宫漏"[82]、"春風不度玉門關"[83]、"天若有情天亦老"[84]、"玉顔不及寒鴉色"[85]等句,如此者何止盈千累萬,决不能有其事實爲情至之語。夫情必依乎理,情得然後理眞,情理交至,事尚不得邪?要之作詩者,實寫理事情,可以言,言可以解,解即爲俗儒之作。惟不可名言之理,不可施見之事，不可徑達之情，則幽渺以爲理，想象以爲事，惝恍以爲情，方爲理至事至情至之語。此豈俗儒耳目心思界分中所有哉？則余之爲此三語者，非腐也，非僻也，非錮也。得此意而通之，寧獨學詩，無適而不可矣。……

（以上卷二）

二棄草堂本《原詩》內篇

【註釋】

［1］原詩——葉燮著。分內外篇。丁福保編入《清詩話》中。

［2］葉燮（公元一六二七年——一七〇三年）——字星期，號已畦，學者稱橫山先生，吳江人。康熙九年進士，官寶應知縣。論詩以杜甫、韓愈、蘇軾爲宗，王士禛謂其鎔鑄古昔，自成一家。有《已畦文集》二十卷、《詩集》十卷、《原詩》內外篇一卷。《清史稿》卷四百八十九《文苑傳》有傳，附趙執信傳後。

［3］輪奐——《禮記·檀弓》："美哉輪焉，美哉奐焉。"案：輪，謂房屋之高大；奐，謂房屋之衆多。

［4］如海上之蜃三句——《史記·天官書》："海旁蜃氣象樓臺。"又《封禪書》："自威、宣、燕昭，使人入海求蓬萊、方丈、瀛洲，此三神山者，其傳（一作傅）在渤海中，……未至，望之如雲。"

［5］星宿之海——星宿海，在青海境，爲黃河之源。

［6］夭矯——原訓爲人疲倦時之頻伸，引申爲林木相連繞之狀。

［7］年年人醉一段——杜甫《樂遊園歌》："却憶年年人醉時，只今未醉已先悲。數莖白髮那拋得，百罰深杯亦不辭。聖朝亦知賤士醜，一物自荷皇天慈。此身飲罷無歸處，獨立蒼茫自詠詩。"

［8］託意于仰觀俯察四句——王羲之《三月三日蘭亭詩序》："仰觀宇宙之大，俯察品類之盛，……及其所之既倦，情隨事遷，感慨係之矣！……況修短隨化（年命長短，隨着自然規律），終期於盡，古人云：死生亦大矣！豈不痛哉！"

［9］培塿——小土丘。

［10］荊湘之楩楠二句——司馬相如《子虛賦》："其樹楩楠豫章。"南方大木名。楩，黃楩木。楠，樟科植物。豫，枕木。章，樟木。

［11］何異方寸之木二句——《孟子·告子下》："方寸之木，可使高于岑樓（高而頂尖

的樓)。”

［12］茅把——蓋在屋頂的柴草把子。《六祖大師法寶壇經》:“師曰:汝向去有把茅蓋頭。”

［13］味如嚼蠟——《楞嚴經》卷八:“當橫陳時,味如嚼蠟。”

［14］康衢——大路。《爾雅·釋宮》:“四達謂之衢,五達謂之康。”

［15］高岑王孟——高適(公元?——七六五年)——字達夫,渤海人。官至散騎常侍,有《高常侍集》八卷,《舊唐書》卷一百十一、《新唐書》卷一百四十三有傳。岑參(公元七一五年——七七〇年)——南陽人。天寶三載進士,官嘉州刺史,有《岑嘉州詩集》七卷。王、孟見《藝苑巵言》註［69］。

［16］清任和三子之聖——《孟子·萬章下》:“孟子曰:伯夷,聖之清者也。伊尹,聖之任者也。柳下惠,聖之和者也。”

［17］而集大成——《孟子·萬章下》:“孔子,聖之時者也。孔子之謂集大成。”

［18］聖而不可知之之謂神——語見《孟子·盡心下》。

［19］河漢——原以比喻言論漫無邊際,如《莊子·逍遙游》:“吾驚怖其言,猶河漢而無極也。”引申爲不置信或忽視之意,如《世説新語·言語》:“若郗超聞此語,必不至河漢。”

［20］萬彙——萬類。賾——幽深。

［21］然則詩文一道豈有定法哉——呂本中《夏均父集序》:“是道也,蓋有定法而無定法。”

［22］五刑宅就——《尚書·堯典》(僞古文《舜典》):“五刑有服,五服三就,五流有宅。……”僞孔安國傳:“五刑:墨(用刀刻刺面額,染以黑色)、劓(疑去聲,割鼻)、剕(斷足之刑)、宮(殘害生殖器之刑)、大辟(死刑)。服,從也。”“既從五刑,謂服罪也。行刑當就三處,大罪于原野,大夫于朝,士于市。”“謂不忍加刑,則流放之,若四凶者。五刑之流,各有所居。”

［23］五服五章——《尚書·皋陶謨》:“五服五章哉。”僞孔安國傳:“五服,天子、諸侯、卿、大夫、士之服也,尊卑彩章各異,所以命有德。”

［24］法有死法有活法——呂本中《夏均父集序》:“學詩當識活法。所謂活法者,規矩備具而能出于規矩之外,變化不測而亦不背于規矩也。”

［25］絕世獨立——《漢書·外戚傳》載李延年歌:“北方有佳人,絕世而獨立。”

［26］格——感通。

［27］千家詩——翟灝《通俗編》:“宋劉後村克莊,有《分門纂類唐宋千家詩選》,所錄惟近體,而趣尚頗易,本爲初學設也。今村塾所謂《千家詩》者,上集,七言絕八

十餘首，下集，七言律四十餘首，大半在後村選中，蓋據其本增删之耳，故詩僅數十家，而以千家爲名。下集綴明祖《送楊文廣征南》之作，可知其增删之者，乃是明人。”

［28］揮霍——見陸機《文賦》註［53］。

［29］五罰——《尚書·呂刑》：“墨罰之屬千，劓罰之屬千，剕罰之屬五百，宫罰之屬三百，大辟之罰其屬二百：五刑之屬三千。”

［30］辭達——見《論語》選篇。

［31］乾坤定位——《易·説卦》：“天地定位。”

［32］乾坤亦幾乎息矣——《易·繫辭下》：“乾坤毁則無以見易，易不可見則乾坤或幾乎息矣。”

［33］不可端倪——《莊子·大宗師》：“不知端倪。”端倪，頭緒。

［34］泰山之雲三句——《公羊傳》僖公三十一年：“觸石而出，膚寸而合，不崇朝而徧雨乎天下者，唯泰山爾。”何休《解詁》：“側手爲膚，案指爲寸。”“崇，重也。不崇朝，言一朝也。”

［35］鬖——亂髮。

［36］雲族——《莊子·在宥》：“雲氣不待族而雨。”族，聚。

［37］我文如萬斛源泉二句——《東坡題跋》一：“吾文如萬斛泉源，不擇地而出，在平地，滔滔汩汩，雖一日千里無難。”

［38］文武之政布在方策——《禮記·中庸》：“子曰：文武之政，布在方策。”孔穎達《正義》：“言文王武王爲政之道，皆布列在于方牘簡策。”

［39］修德貴日新——《易·大畜》：“修德貴日新。”

［40］李攀龍之擬古樂府——見《夕堂永日緒論內編》註［30］。

［41］新莽之行周禮——王莽代漢，國號新。《漢書·王莽傳》：“攝皇帝遂開祕府，會羣儒，制禮作樂，……發得《周禮》，以明因監，則天稽古而損益焉。”

［42］經緯天地——《左傳》昭公二十八年：“經緯天地曰文。”

［43］中藏——內臟，這裏專指心。《史記·扁鵲倉公傳》：“中藏無邪氣及重病。”

［44］劉長卿（公元七〇九年——七八〇年）——字文房，唐河間人。開元二十一年進士，官終隨州刺史。以詩有聲于中唐初期，權德輿嘗稱爲五言長城。有《劉隨州詩集》十卷、《外集》一卷。

［45］瞀——音冒，闇昧無知。

［46］不恨我不見古人恨古人不見我四句——《南史·張融傳》：“融善草書，常自美其能。帝（齊高帝）曰：卿書殊有骨力，但恨無二王法。答曰：非恨臣無二王法，

亦恨二王無臣法。……常歎云:不恨我不見古人,所恨古人又不見我。”

[47] 養由基——春秋時楚大夫,以善射著稱。

[48] 乃知古時人二句——高適《苦雪》第四首詩句。

[49] 其揆之一——《孟子·離婁下》:“先聖後聖,其揆一也。”揆,尺度標準。

[50] 兩脚書橱——趙翼《陔餘叢考》:“齊陸澄學極博,而讀《易》不解文義。王儉曰:陸公,書橱也。今人謂讀書多而不能用者爲兩脚書橱,本此。”

[51] 蛇添足——見《閒情偶寄》註[24]。

[52] 操觚——見陸機《文賦》註[44]。

[53] 成事在膽——強至《韓忠獻公遺事》:“公(韓琦)平日謂成大事在膽。”

[54] 文章千古事——杜甫《偶題》詩句。

[55] 藴隆——《詩·大雅·雲漢》:“藴隆蟲蟲。”《毛傳》:“藴藴而暑,隆隆而雷。”

[56] 擲地須作金石聲——劉義慶《世説新語》:“孫興公(綽)作《天台賦》成,以示范榮期云:卿試擲地,要作金石聲。”

[57] 獨立不懼——《易·大過》:“君子以獨立不懼,遯世無悶。”

[58] 蠶叢——上古蜀王之名。此處借以指蜀道之艱險。

[59] 連城璧——見元好問《論詩三十首》註[30]。

[60] 紙貴——左思成《三都賦》,豪貴之家,競相傳寫,洛陽爲之紙貴。見《晉書·文苑傳》。

[61] 王世貞——見王世貞《藝苑卮言》註[2]。　李攀龍——見王夫之《夕堂永日緒論内編》註[30]。　嘉隆——嘉靖,明世宗年號,自公元一五二二年至一五六六年。隆慶,明穆宗年號,自公元一五六七年至一五七二年。

[62] 高楊張徐——高啓見《夕堂永日緒論内編》註[33]。明初,吳下多詩人,啓與楊基、張羽、徐賁稱四傑。楊基,字孟載,其先嘉州人,遷于吳。明初,官至山西按察使。早年以詩爲楊維楨所贊賞。有《眉庵集》十二卷。《明史》卷二百八十五《文苑傳》有傳,附高啓傳後。張羽(公元一三三三年——一三八五年),字來儀,更字附鳳,本潯陽人,僑居吳興。元末領鄉薦,明初徵授太常寺丞,坐事竄嶺南,投龍江死。有《靜居集》四卷。《明史》有傳,附高啓傳後。徐賁,字幼文,其先蜀人,徙常州,再徙平江。明初官河南左布政使,以事下獄死。有《北郭集》六卷。《明史》有傳,附高啓傳後。

[63] 鍾惺譚元春——見鍾惺《詩歸序》註[2][6]。

[64] 蹴至——一蹴而至,謂得之輕易。

[65] 孟子以爲行所無事——《孟子·離婁下》:“禹之行水也,行其所無事也。”

［66］坎止——《漢書·賈誼傳》:“乘流則逝,得坎則止。”坎爲陷下之處。

［67］疏瀹排決之事——《孟子·滕文公上》:“禹疏九河,瀹濟漯而注諸海,決汝漢,排淮泗,而注之江。”瀹,音躍,疏通。

［68］堅僻——《荀子·非十二子》:“行辟而堅。”楊倞註:“辟讀爲僻。”

［69］舉世非之三句——《莊子·逍遥遊》:“且舉世而譽之而不加勸,舉世而非之而不加沮。”

［70］始于格物——《禮記·大學》:“古之欲明明德於天下者,先治其國;欲治其國者,先齊其家;欲齊其家者,先脩其身;欲脩其身者,先正其心;欲正其心者,先誠其意;欲誠其意者,先致其知;致知在格物。”格,推究。格物,窮究事物的原理。

［71］天下之物莫不有理——《近思錄》:“明道(程灝)曰:天地生物,各無不足之理。”“伊川(程頤)曰:凡一物上有一理。”朱熹《大學章句》:“閒嘗竊取程子之意以補之曰:所謂致知在格物者,言欲致吾之知,在卽物而窮其理也。蓋人心之靈,莫不有知;而天下之物,莫不有理。”

［72］物物——《莊子·山木》:“浮游乎萬物之祖,物物而不物於物。”上物字是動詞,句意謂以我御物而不被御於物。

［73］冥漠——幽遠貌。顔延之《拜陵廟作詩》:“衣冠終冥漠。”

［74］又如禪家之參死句不參活句——《五燈會元》卷十五:“(圓明禪師曰)但參活句,莫參死句。”曾幾《讀呂居仁舊詩有懷》:“學詩如參禪,愼勿參死句。”陸游《贈應秀才詩》:“我得茶山一轉語,文章切忌參死句。”嚴羽《滄浪詩話》:“須參活句,不參死句。”

［75］名言所絕——唐譯《華嚴經》:“於一一法名言,悉得無邊無盡法藏。”王昌齡《題僧房》:“彼此名言絕。”名言,名目和言句。名目如佛經上的苦、集、滅、道等,言句如“一切法皆無自性”等。

［76］稷下談天——見《文心雕龍·時序》註［22］。

［77］王維詩中有畫——《東坡題跋·書摩詰藍田烟雨圖》:“味摩詰之詩,詩中有畫;觀摩詰之畫,畫中有詩。”摩詰,王維字。

［78］董巨——董源,字叔達,又字北苑,鍾陵人。五代南唐時官後苑副使,以善畫名。巨然,江寧人,爲本郡開元寺僧,山水師董源,人稱爲董巨。

［79］言語道斷——《維摩經·阿閦佛品》:“一切言語道斷。”

［80］殆如鳶飛魚躍之昭著也——《禮記·中庸》:“《詩》云:‘鳶飛戾(到達)天,魚躍于淵。’言其上下察也。”朱熹《章句》:“子思引此詩,以明化育(指大自然生長萬

物。)流行,上下昭著,莫非此理之用。”昭著,明白顯著。

[81] 蜀道之難難于上青天——李白《蜀道難》詩句。

[82] 似將海水添宮漏——李益《宮怨》:“似將海水添宮漏,共滴長門一夜長。”

[83] 春風不度玉門關——王之渙《涼州詞》詩句。

[84] 天若有情天亦老——李賀《金銅仙人辭漢歌》詩句。

[85] 玉顏不及寒鴉色——王昌齡《長信秋詞》第三首詩句。

【説明】

葉燮的《原詩》是一部較有完整體系的論詩著作,這裏選錄的一段,闡明詩的本源,是全書理論的核心。

文中指出作詩之本,就被表現的客觀事物來説,可以用理、事、情三者來概括;就詩人的主觀來説,則以才、膽、識、力四者爲要。描寫任何對象,應該結合理、事、情而進行藝術構思;而才、識、膽、力,“所以窮盡此心之神明”,一切的理、事、情“無不待於此而爲之發宣昭著”。兩者又是互相作用的。

理、事、情是存在於事物本身的,天地間任何事物,都有其理、事、情可言,“三者缺一,則不成物”。“譬之一木一草,其能發生者,理也;其既發生,則事也;既發生之後,夭喬滋植,情狀萬千,咸有自得之趣,則情也。”理、事、情三者既無往而不在,又無往而不合,所以不應該把詩僅僅看成抒情的,而把情和事、理割裂開來。他又説:理有可言之理,也有不可名言之理;事有可徵實之事,也有不可施見之事。詩人的本領,詩歌的特點,就在於寫出“不可名言之理,不可施見之事,不可逕達之情”。文中以杜甫詩“碧瓦初寒外”,“月傍九霄多”等句爲例,説明詩歌的藝術構思,是“幽渺以爲理,想象以爲事,惝恍以爲情”。所謂“遇之於默會意象之表”,是不能膠柱鼓瑟以求之的。

就詩人的才、膽、識、力而言,他以爲才外現而識內含,“識爲體而才爲用”。四者之中,以識爲先。才和力,出之稟賦,有高下大小之分;識和膽則出之於鍛鍊,是後天的。識是一種辨別能力,無識則“理、事、情錯陳於前,而渾然茫然,是非可否,妍媸黑白,悉眩惑而不能辨”。“識明則膽張”,膽張則才思流溢，横說堅說，左宜而右有。力是自成一家的表現。人各自奮其力，就不至依傍别人，而能自立門戶了。

本於理、事、情以論詩，對於法的問題，葉燮有着一種比較正確的看法。他以爲詩文之道，“先揆乎其理，揆之於理而不謬，則理得；次徵諸事，徵之於事而不悖，則事得；終絜諸情，絜之於情而可通，則情得。三者得而不可易，則自然之法立”。這“自然之法”，本於理、事、情。理、事、情變化萬殊，不可能預設一定的程式作爲表現的方法，運用之妙，在乎神而明之。從這個意義來說，法是活法，“活法爲虚名，虚名不可以爲有”，因爲“作者之匠心變化，不可言也”。從另一個方面來說，法本於理、事、情，“不能憑虚而立”，則“法者定位也”，“定位不可以爲無”。然而這定位之法，只不過是一種死法，如詩歌的聲律章句等等，是初學之所能言的。因此，他極力反對爲法所拘，指出泥於死法的人，正是由於“不能言法所以然”，亦即不知詩之本的緣故。其結果必然照本臨摹，墨守成規，不能恰當的表現理、事、情，也不可能見出個人和時代的面目了。

本於才、膽、識、力以論詩，而以識爲主，文中强調指出詩之工，“非就詩以求詩”，根本問題，在於詩人的胸襟。他把胸襟比作建造屋宇的基礎，而學習古人，加强藝術修養，則是材料的累積。“有胸襟，然後能載其性情智慧聰明才辨以出，隨遇發生，隨生即盛”。這樣，匠心自出，材料的運用，也就各得其宜了。由於着眼在於詩人的胸襟，所以反對模擬，反對因襲，主張在繼承傳統之中不斷的創新。

這就是葉燮詩論的簡單輪廓。他以“原詩”名書，爲的是“詩有源必有流，有本必達末”；“因流而泝源，循末以返本”（《原詩·內篇上》語）。全書都貫穿着這樣的精神。

鬲津草堂詩集[1]序

〔清〕 王士禛[2]

三十年前，予初出，交當世名輩，見夫稱詩者，無一人不爲樂府，樂府必漢《鐃歌》[3]，非是者弗屑也；無一人不爲古選[4]，古選必《十九首》、公讌[5]，非是者弗屑也。予竊惑之，是何能爲漢、魏者之多也？歷六朝而唐、宋，千有餘歲，以詩名其家者甚衆，豈其才盡不今若[6]耶？是必不然。故嘗著論，以爲唐有詩，不必建安、黄初也；元和以後有詩，不必神龍、開元也；北宋有詩，不必李、杜、高、岑也。[7]二十年來，海内賢知之流，矯枉過正，或乃欲祖宋而祧唐[8]，至於漢、魏樂府古選之遺音，蕩然無復存者，江河日下，滔滔不返。有識者懼焉。

田子子益，鄒、魯之文學[9]，而漪亭司寇[10]之介弟也。一旦懷其近詩一編質予，予亟賞之。昔司空表聖作《詩品》凡二十四，有謂沖澹者曰："遇之匪深，即之愈稀"；有謂自然者曰："俯拾即是，不取諸鄰"；有謂清奇者曰："神出古異，澹不可收。"是三者品之最上，而子益之詩有之，視世之滔滔不返者不可同日而語矣。使子益稱詩於三十年之前，其不爲雷同𢺶撦[11]，又可知也。故喜而書之。

康熙刻本《帶經堂集》卷六十五

【註釋】

[1] 鬲津草堂詩集——清田霢撰。霢，字子益，號樂圃，又號香城居士，德州人。康熙二十五年丙寅拔貢生，授堂邑縣教諭，以病未赴。霢與兄雯、需並以能詩著

名。霦從王士禛遊。是集凡《鬲津草堂五字古體詩》一卷、《五字今體詩》一卷，皆士禛評而序之。又《鬲津草堂絶句詩》一卷，里人孫勷序之。集後又有《菊隱集》一卷、《南遊稾》一卷，總題曰《鬲津草堂七十以後詩》，黄越序之。

[2] 王士禛(公元一六三四年——一七一一年)——字貽上，號阮亭，別號漁洋山人，山東新城人。清順治十五年進士，由揚州司理累官至刑部尚書。沒後因避世宗諱，後人改其名爲士正，乾隆中又改名士禎。士禛以詩領袖康熙一代文人詩壇，爲神韻說的倡導者。有《漁洋詩集》二十二卷、《續集》十六卷、《漁洋文略》十四卷、《蠶尾集》十卷、《續集》二卷、《後集》二卷、《南海集》二卷、《雍益集》一卷，合刻爲《帶經堂集》。其門人曹禾、盛符升又删掇諸集，合爲一帙，名《精華錄》，凡十卷，相傳實係士禛所手定，惠棟爲作《訓纂》，金榮爲作《注》。士禛除自寫詩外，還選有《古詩選》三十二卷、《十種唐詩選》十七卷、《唐賢三昧集》三卷、《唐人萬首絶句選》七卷、《二家詩選》二卷等。又有《漁洋詩話》《五代詩話》《古夫于亭雜錄》等。張宗枏輯其論詩之語爲《帶經堂詩話》三十卷。《清史稿》卷二百七十二有傳。

[3] 漢鐃歌——郭茂倩《樂府詩集》卷十六："鼓吹曲，一曰短簫鐃歌。……蔡邕《禮樂志》曰：'漢樂四品，其四曰短簫鐃歌，軍樂也。'"又："《古今樂錄》曰：'《漢鼓吹鐃歌》十八曲，字多訛誤，一曰《朱鷺》，二曰《思悲翁》，三曰《艾如張》，四曰《上之回》，五曰《擁離》，六曰《戰城南》，七曰《巫山高》，八曰《上陵》，九曰《將進酒》，十曰《君馬黄》，十一曰《芳樹》，十二曰《有所思》，十三曰《雉子班》，十四曰《聖人出》，十五曰《上邪》，十六曰《臨高臺》，十七曰《遠如期》，十八曰《石留》。又有《務成》《玄雲》《黄爵》《釣竿》，亦漢曲也；其辭亡。或云：《漢鐃歌》二十一，無《釣竿》，《擁離》亦曰《翁離》。'"

[4] 古選——謂《文選》體的古詩。

[5] 公讌——《文選》第二十卷，選錄"公讌"詩凡十四家十四首。

[6] 不今若——不如今。

[7] 唐有詩六句——黄初，魏文帝年號，自公元二二〇年至二二六年。神龍，唐中宗年號，自公元七〇五年至七〇六年。高岑，見《原詩》註[16]。《四庫全書總目提要》："(田)雯才調縱橫，沿幾社(明末以陳子龍爲首的詩文社)之餘風，以奇偉鉅麗自喜，與王士禎同郡同時，而隱然頁氣不相下。……(此)序稱'唐有詩不必建安、黄初也；元和以後有詩，不必神龍、開元也；北宋有詩，不必李、杜、高、岑也'。語蓋爲雯而發。"案：爲雯而發，實亦爲盲目追摹漢、魏、盛唐者而發。

[8] 祖宋祧唐——祧，遠祖之廟。“謂之遠廟者，言其世數遠而將遷也。”(孫希旦《禮記集解》)祖宋祧唐，謂廢唐而學宋。

[9] 鄒魯之文學——鄒、魯，山東省的代稱。文學，官名。漢時州郡皆置文學，後代因之，以五經教授諸生。田霢曾被授教諭之職，故云。

[10] 漪亭司寇——漪亭，田雯別號。司寇，刑部長官的代稱，刑部尚書稱司寇，刑部侍郎稱少司寇。田雯于康熙三十三年至三十八年官刑部左侍郎。《清史稿》卷四百八十九《文苑傳》有傳，附王士祿傳後。

[11] 撏撦——摘取。胡仔《苕溪漁隱叢話·前集》：“《古今詩話》云：‘楊大年、錢文僖、晏元獻、劉子儀，爲詩皆宗義山，號西崑體。後進效之，多竊取義山詩句。嘗內宴，優人有爲義山者，衣服敗裂，告人曰：吾爲諸館職撏撦至此。聞者大噱。’”

【説明】

王士禛是神韻説的倡導者。神韻説影響了清前期的詩壇，幾乎達百年之久。士禛的詩論，前後有過一個變化的過程；而神韻説則是他詩論的核心。士禛門弟子俞兆晟在《漁洋詩話序》中曾記載士禛晚年自述的話：“吾老矣，還念平生論詩凡屢變。……少年初筮仕時，惟務博綜該洽，以求兼長，……入吾室者俱操唐音，韻勝於才，推爲祭酒。……中歲越三唐而事兩宋，良由物情厭故，筆意喜生，耳目爲之頓新，心思於焉避熟。……既而清利寖以佶屈，顧瞻世道，惄焉心憂，於是以太音希聲，藥淫哇錮習，《唐賢三昧》之選，所謂乃造平淡時也，然而境亦從茲老矣。”這裏説明士禛詩論的變化，與糾正當時的詩風有關。《鬲津草堂詩集序》所論述，除了沒有提到早年的詩論外，基本上與上述的精神相同。這篇序文，收在士禛《蠶尾集》裏，是士禛後期的作品，可據以窺測他詩論的全貌。

神韻説的產生，有它歷史的淵源。神韻這一用語，很早就見於唐人張彥遠《歷代名畫記》卷一的《論畫六法》裏。(原文爲“至於鬼神人物，有生動之可狀，須神韻而後全”。)而明末董其昌論南宗的山水畫，也直接影響了士禛的詩論。(《香祖筆記》曾引王楙論《史記》如郭忠恕畫數語，以爲得詩文三昧，即司空圖所謂“不著一字，盡得風流”。又引荆浩論山水語，以爲聞此而悟詩家三昧。《池北偶談》論王維畫，以爲古人詩畫，只取興會神到。王維、荆浩、郭忠恕都是南宗畫家。而在《芝廛集序》裏，更明白論述南宗畫和詩的關係。）至於在詩論本身的繼承發展上，士禛曾自言："余於古人論詩，最喜鍾嶸《詩品》、嚴羽《詩話》、徐禎卿《談藝錄》。"（見《漁洋詩話》）他們都是神韻說之濫觴者。而明人胡應麟實始標神韻之名，陸士雍、王夫之繼之，都在士禛之前。明代前後七子於詩，言必稱盛唐、漢、魏，其弊流爲空腔；公安派以宋人矯七子之失，其弊又流於淺率。士禛生當兩派流弊已經顯著的清初，要同時糾正兩派的偏差，所以一方面標舉唐音，一方面却又不是主張七子那樣的盛唐空套。士禛自己曾說："不佞束髮則喜誦習二家（徐禎卿、高子業）之詩，弱歲官揚州，數于役大江南北，停驂輟棹，必以《迪功》《蘇門》二集自隨。"（見《帶經堂詩話》卷四引）而徐、高二家的詩，正如士禛所說，是"明詩本有古澹一派"的"清音"，（語見《池北偶談》）因而爲士禛所喜愛。這種"清音"，也正是士禛所說神韻的特徵。因而可以看出，士禛早年宗唐，跟七子的取徑有不同，相反地這樣的神韻主張，倒是對七子宗唐說救弊補偏的產物。

士禛早年選《神韻集》專言唐音，爲時是較短的。大約在三十歲以後，士禛的創作趣向，已擴大到宋人蘇、黃以下。轉變的原因，是由於"疾夫膚附唐人者了無生氣"。（見施閏章《漁洋山人續集序》）在這篇序文前半，提出了這樣的論點："唐有詩，不必建安、黃初也；元和以後有詩，不必神龍、開元也；北宋有詩，不必李、杜、高、岑也。"這跟士禛三十一歲所寫《戲倣元遺山論詩絶句》上說的"耳食紛紛說開、寶，幾人眼見宋、元詩？"三十六歲所寫《冬日讀唐宋金元諸家詩題後》上說的"一代高名孰主賓？中天坡、谷兩嶙峋"的說法，完全相符。這種意見，實際上還是承襲公安派的舊說，（袁宏道《與邱長孺書》說："唐自有詩也，不必選體也；初、盛、中、晚自有詩也，不必初、盛也；李、杜、王、岑、錢、劉，下逮元、白、盧、鄭，各自有詩也，不必李、杜也。趙宋亦然，陳、歐、蘇、黃諸人，有一字襲唐者乎？又有一字相襲者乎？"）儘管士禛並不傾心公安派詩，但在反對墨守盛唐這一方面是一致的。士禛的參之宋、元以博其趣，並不是排斥神韻，而只是擴大了神韻的範圍，不拘囿於唐人王、孟的古澹清音一路。這只要一看他《戲倣元遺山論詩絶句》，其中揭櫫的宗旨，就是以神韻爲中心的。徐乾學序《漁洋續集》說："或乃因先生持論，遂疑先生續集，降心下師宋人，此未知先生之詩者也。"

這話是有見地的。

但是，士禛在創作實踐上，畢竟是與"金翅擘滄溟"的李、杜、韓、蘇大異其趣，更有鑒於"二十年來，海內賢知者流，矯枉過正，或乃欲祖宋祧唐，……江河日下，滔滔不返"，於是，士禛晚年論神韻，又滑到了王、孟、韋、柳"不著一字，盡得風流"的一邊去。在這篇序文的後半，他對司空圖的《二十四詩品》，不取"雄渾"、"沈著"、"勁健"、"豪放"、"悲慨"諸品，而獨標舉"有謂沖澹者曰：'遇之匪深，即之愈希'；有謂自然者曰：'俯拾即是，不取諸鄰'；有謂清奇者曰：'神出古異，澹不可收。'是三者品之最上"。證之以士禛晚年所作《唐賢三昧集序》所說的"雋永超詣"，和對《滄浪詩話》所云"羚羊掛角，無跡可求"，司空圖所云"味在酸鹹之外"的"別有會心"，論旨也完全符合。正如翁方綱在《七言詩三昧舉隅》上所指出的，"先生於唐賢獨推右丞、少伯諸家得三昧之旨，蓋專以沖和淡遠爲主，不欲以雄鷙奧博爲宗"。"漁洋之識力無所不包，漁洋之心眼抑別有在"。而士禛神韻說的偏宕之蔽，最終又不可避免地陷入於模糊影響。神韻派詩和明七子的貌爲盛唐，同樣是一種空腔。當清初民族鬥爭十分尖銳的時代，作爲封建官僚詩人代表的王士禛，對明代脫離現實的七子詩風的糾正，只是着眼于藝術形式方面。追求虛無飄渺的境界的神韻說，只能使詩人們脫離政治脫離社會，根本取消了詩歌的現實性與戰鬥性。當士禛詩論在藝術形式方面所起的一些補弊救偏作用消失了它的時代意義以後，神韻說本身也就有待於後人的補弊救偏了。

論文偶記[1]〔選錄〕

〔清〕劉大櫆[2]

行文之道，神爲主，氣輔之。曹子桓、蘇子由論文，以氣爲主，[3]是矣。然氣隨神轉，神渾則氣灝，神遠則氣逸，神偉則氣高，神變則氣奇，神深則氣靜，故神爲氣之主。至專以理爲主者，則猶未盡其妙也。蓋人不窮理讀書，則出詞鄙倍[4]空疏；人無經濟，則言雖累牘，不適於用。故義理[5]、書卷、經濟者，行文之實；若行文自另是一事。譬如大匠操斤，無土木材料，縱有成風盡堊手段[6]，何處設施？然卽土木材料，而不善設施者甚多，終不可爲大匠。故文人者，大匠也；神氣音節者，匠人之能事也；義理、書卷、經濟者，匠人之材料也。

古人文字最不可攀處，只是文法高妙。

神者，文家之寶。文章最要氣盛[7]，然無神以主之，則氣無所附，蕩乎不知其所歸也。神者氣之主，氣者神之用。神只是氣之精處。

古人文章可告人者惟法耳。然不得其神而徒守其法，則死法而已。要在自家於讀時微會之。李翰云："文章如千軍萬馬；風恬雨霽，寂無人聲。"[8]此語最形容得氣好。論氣不論勢，文法總不備。

文章最要節奏；譬之管絃繁奏中，必有希聲窈渺[9]處。

神氣者，文之最精處也；音節者，文之稍粗處也；字句者，文之最粗處也。然論文而至於字句，則文之能事盡矣。蓋音節者，神氣之跡也；字句者，音節之矩也。神氣不可見，於音節見之；音節無可準，以字句準之。[10]

音節高則神氣必高，音節下則神氣必下，故音節爲神氣之跡。一句之中，或多一字，或少一字；一字之中，或用平聲，或用仄聲；同一平字仄字，或用陰平、陽平、上聲、去聲、入聲，則音節迥異，故字句爲音節之矩。積字成句，積句成章，積章成篇，合而讀之，音節見矣；歌而詠之，神氣出矣。

近人論文，不知有所謂音節者；至語以字句，則必笑以爲末事。此論似高實謬。作文若字句安頓不妙，豈復有文字乎？但所謂字句音節，須從古人文字中實實講貫過始得，非如世俗所云也。

文貴奇，所謂"珍愛者必非常物"[11]。然有奇在字句者，有奇在意思者，有奇在筆者，有奇在邱壑者，有奇在氣者，有奇在神者。字句之奇，不足爲奇；氣奇則眞奇矣；神奇則古來亦不多見。次第雖如此，然字句亦不可不奇，自是文家能事。揚子《太玄》《法言》，昌黎甚好之，故昌黎文奇。

奇氣最難識；大約忽起忽落，其來無端，其去無跡。讀古人文，於起滅轉接之間，覺有不可測識，便是奇氣。奇，正與平相對。氣雖盛大，一片行去，不可謂奇。奇者，於一氣行走之中，時時提起。

文貴變。《易》曰："虎變文炳，豹變文蔚。"[12] 又曰："物相雜，故曰文。"[13]故文者，變之謂也。一集之中篇篇變，一篇之中段段變，一段之中句句變，神變，氣變，境變，音節變，字句變，惟昌黎能之。

文法有平有奇，須是兼備，乃盡文人之能事。上古文字初開，實字多，虛字少。典謨訓誥，何等簡奥，然文法要是未備。至孔子之時，虛字詳備，[14]作者神態畢出。《左氏》情韻並美，文彩照耀。至先秦戰國，更加疏縱。漢人斂之，稍歸勁質，惟子長集其大成。唐人宗漢多峭硬。宋人宗秦，得其疏縱，而失其厚懋[15]，氣味亦少薄矣。文必虛字備而後神態出，何可節損？然枝蔓軟弱，少古人厚重之氣，自是後人文漸薄處。

理不可以直指也，故卽物以明理；情不可以顯出也，故卽事以寓情。卽物以明理，《莊子》之文也；卽事以寓情，《史記》之文也。

凡行文多寡短長，抑揚高下，無一定之律，而有一定之妙，可以意會，而不可以言傳。學者求神氣而得之於音節，求音節而得之於字句，則思過半矣。其要只在讀古人文字時，便設以此身代古人說話，一吞一吐，皆由彼而不由我。爛熟後，我之神氣卽古人之神氣，古人之音節都在我喉吻間，合我喉吻者，便是與古人神氣音節相似處，久之自然鏗鏘發金石聲。

光緒戊子桐城大有堂書局本《劉海峯文集》卷首

【註釋】

［1］論文偶記——載于《劉海峯文集》卷端，人民文學出版社有單行本。

［2］劉大櫆（公元一六九八年——一七七九年）——字才甫，一字耕南，號海峯，桐城人。諸生，官黟縣敎諭。少游方苞門，傳其古文義法。姚鼐繼起，世稱爲方、劉、姚。有《海峯先生文集》十卷、《補遺》一卷、《海峯先生詩集》八卷。《清史稿》卷四百九十《文苑》二有傳。

［3］曹子桓二句——曹丕論氣，見曹丕《典論·論文》。蘇轍《上樞密韓太尉書》云："以爲文者，氣之所形。然文不可以學而能，氣可以養而致。孟子曰：'我善養吾浩然之氣。'今觀其文章，寬厚宏博，充乎天地之間，稱其氣之小大。太史公行天下，周覽四海名山大川，與燕、趙間豪俊交遊，故其文疎蕩，頗有奇氣。此二子者，豈嘗執筆學爲如此之文哉？其氣充乎其中，而溢乎其貌，動乎其言，而見乎其文，而不自知也。"

［4］出詞鄙倍——《論語·泰伯》："出辭氣，斯遠鄙倍矣。"鄙，鄙惡。倍，乖戾。

［5］義理——《近思錄》："橫渠（張載）曰：義理之學，亦須深沈方有造，非淺易輕浮之可得也。"

［6］成風盡堊手段——《莊子·徐無鬼》："郢人堊慢其鼻端若蠅翼，使匠石斲之。匠

石運斤成風，聽而斲之。盡堊而鼻不傷，郢人立不失容。”《釋文》：“慢，本亦作漫。”堊，石灰。漫，塗汚。斤，斧。

[7] 氣盛——見韓愈《答李翊書》。

[8] 李翰四句——李翰，字子羽，唐進士，肅宗、代宗時人。其文收入《全唐文》卷四百三十、四百三十一。李德裕《文章論》：“從兄翰常言：‘文章如千兵萬馬，風恬雨霽，寂無人聲。’”

[9] 希聲——《老子》：“大音希聲。”王弼註：“聽之不聞名曰希，不可得聞之音也。”窈渺——美妙。劉峻《辨命論》李善註：“《長楊賦》曰：愔聞鄭、衞窈眇之聲。”

[10] 蓋音節者八句——劉氏這種說法，姚鼐曾闡述之。姚氏《與陳碩甫書》：“詩古文各要從聲音證入；不知聲音，總爲門外漢耳。”又《與姚石甫書》：“文章之精妙，不出字句聲色之間，舍此便無可窺尋矣。”

[11] 珍愛者必非常物——韓愈《答劉正夫書》：“足下家中百物，皆賴而用也，然其所珍愛者，必非常物。夫君子之於文，豈異於是乎？”

[12] 虎變二句——《易·革》：“象曰：大人虎變，其文炳也。”又：“象曰：君子豹變，其文蔚也。”

[13] 物相雜二句——《易·繫辭下》句。

[14] 至孔子之時虛字詳備——如乎、也、與（歟）等虛詞，至《論語》而大備。

[15] 懋——茂。

【説明】

劉大櫆在桐城派古文理論的發展中，是承先啓後的人物。他在方苞義法論的基礎上進一步探求散文的藝術問題，頗有新的闡發。其主旨見於《論文偶記》。

首先，他認爲“義理、書卷、經濟者，行文之實；若行文自另是一事。”這就是說，文章的思想内容雖然和藝術形式有密切的關係，思想是居於首要的地位；但藝術本身却有相對的獨立意義。就行文而言，他認爲“古人文章可告人者惟法耳”；然文章“無一定之律，而有一定之妙”，藝術的深廣涵義，決不僅僅停留在法度上。即使於義理以求法度，也還只是法度而已。所以說：“專以理爲主者，則猶未盡其妙也。”由於這“一定之妙”，“可以意會，而不可以言傳”，因此他論文就着重在藝術的體會。

從藝術方面着眼，強調藝術上的體會，於是他拈出神氣作爲論文的極致。神和氣分開來講，氣在更多的地方，可以說，是指語言的氣勢；而神則是"氣之精處"，是形成一種獨特風格的不可少的東西，亦即作者性格特徵在藝術上完滿而成熟的表現。離開了神而言氣，"則氣無所附，蕩乎不知其所歸"，不免流於虛矯、矜張、浮滑和淺易。故曰："神者氣之主，氣者神之用。""神爲主，氣輔之。"他以爲："古人文字最不可攀處，只是文法高妙。"這高妙的文法，正是指以神運氣，以氣行文，不恃法度而又不離法度的境界。這樣，雖不言法度，而法度自在其中。故云："神者，文家之寶。"他說文貴奇、貴高、貴大、貴遠、貴簡、貴變、貴瘦、貴華、貴參差，都是從藝術方面着眼，在以神氣爲極致的前提下立論的。

以神氣論文，畢竟太抽象了，於是他指出了於音節以求神氣，於字句以求音節。文學是語言的藝術，人的思想感情是有激昂、平靜和起伏的，發爲聲音，就會有抗墜抑揚的自然節奏。所以說："神氣不可見，於音節見之。"聲音的符號是文字，散文句式結構的特點，在於長短相間，錯綜配合以表達作者的語氣和神情；而漢字異音同義的又很多，更充分地提供了調聲以有利的條件。所以說："音節無可準，以字句準之。"字句、音節、神氣，由表及裏，由粗入精，從具體到抽象，這樣，以神氣論文，就不會蹈入玄虛了。韓愈《答李翊書》曾說，"氣盛則言之短長與聲之高下者皆宜"。我國古代優秀散文之所以富於音節美，其祕奧就在於此。後來桐城派文人都把因聲以求氣奉爲不易之論；而縱聲朗誦或低聲諷誦，更成爲他們學習和欣賞文章所採用的重要手段和方法。

由音節證入，是劉大櫆論文獨到之處，但也有其片面性。因爲構成文學語言因素的不是聲音一個方面，單純的強調音節，僅僅得其一端；倘若把模擬古人的腔調當作文章能事，則流弊更不可勝言了。

儒林外史序[1]

〔清〕 閑齋老人[2]

古今稗官[3]野史不下數百千種，而《三國志》、《西遊記》、《水滸傳》及《金瓶梅演義》[4]，世稱四大奇書，人人樂得而觀之。余竊有疑焉。稗官爲史之支流[5]，善讀稗官者可進於史；故其爲書亦必善善惡惡[6]，俾讀者有所觀感戒懼，而風俗人心庶以維持不壞也。《西遊》元虛荒渺，論者謂爲談道之書[7]，所云意馬心猿，金公木母[8]，大抵心即是佛之旨[9]，予弗敢知。《三國》不盡合正史，而就中魏晉代禪，依樣葫蘆[10]，天道循環，可爲篡弑者鑒。其他蜀與吳所以廢興存亡之故，亦具可發人深省，予何敢厚非。至《水滸》、《金瓶梅》，誨盜誨淫，久干例禁[11]，乃言者津津誇其章法之奇，用筆之妙，且謂其摹寫人物事故，即家常日用米鹽瑣屑，皆各窮神盡相，畫工化工合爲一手，從來稗官無有出其右者[12]。嗚呼！其未見《儒林外史》一書乎？夫曰“外史”，原不自居正史之列也；曰“儒林”，迥異元虛荒渺之談也。其書以功名富貴爲一篇之骨，有心豔功名富貴而媚人下人者，有倚仗功名富貴而驕人傲人者，有假托無意功名富貴自以爲高，被人看破耻笑者，終乃以辭却功名富貴，品地最上一層，爲中流砥柱[13]。篇中所載之人，不可枚舉，而其人之性情心術，一一活現紙上。讀之者無論是何人品，無不可取以自鏡。

傳云：“善者，感發人之善心，惡者，懲創人之逸志。”是書有焉。甚矣！有《水滸》、《金瓶梅》之筆之才，而非若《水滸》、《金瓶梅》之致爲風俗人心之害也[14]。則與其讀《水滸》、《金瓶梅》，無寧讀《儒林外史》。世有善讀稗官者，當不河漢[15]予言也夫。

乾隆元年春二月，閑齋老人序。

人民文學出版社影印臥閑草堂藏板《儒林外史》一

【註釋】

［1］儒林外史——長篇小說。原書五十回，或謂爲五十五回，都沒有流傳。通行本五十六回，末回爲他人所補。又有六十回本，末四回也是他人所補。《儒林外史》爲我國古典諷刺文學的傑作。作者吳敬梓（公元一七〇一年——一七五四年），字敏軒，晚年稱文木老人，清安徽全椒人。諸生。不善謀生，田產耗盡後，中年移家金陵。四十歲左右，開始寫作《儒林外史》。晚年生活更加困頓，病死在揚州。有《文木山房集》五卷，詩七卷。程晉芳《勉行堂文集》有《文木先生傳》，《皖志列傳稿》卷三有傳。

［2］閑齋老人——疑爲吳敬梓本人，待考。

［3］稗官——《漢書·藝文志》："小說家者流，蓋出於稗官，街談巷語，道聽塗說者之所爲也。"顏師古註："稗官，小官。"稗官的職責是搜集街談巷語，瞭解民情風俗。後用爲小說或小說家的代稱。

［4］三國志——此處指《三國志通俗演義》，二十四卷，共分二百四十則，描敍東漢末年從黃巾起義開始到晉武帝司馬炎滅吳爲止，前後九十七年的歷史故事。作者羅貫中，見《忠義水滸傳序》註［5］。在《三國志通俗演義》二十四卷以後，刊本越來越多。清初，毛綸、毛宗崗父子又加以增删潤飾，就是三百年來一直流傳的一百二十回本《三國演義》。西遊記——一百回，寫孫悟空出世和玄奘西天取經故事。作者吳承恩（約公元一五〇〇年——約一五八一年），字汝忠，號射陽山人，明代山陽人。歲貢生，曾爲長興縣丞。現存作品除《西遊記》外，有後人輯集的《射陽先生集》。水滸傳——有一百回本和一百十五回本，名《忠義水滸傳》；又有一百二十回本名《忠義水滸全書》，寫梁山泊農民聚義故事。作者施耐庵，見《忠義水滸傳序》註［5］。金瓶梅演義——一百回，借《水滸傳》"武松殺嫂"一段故事爲引子，寫當時社會情況，反映了統治階級荒淫腐朽的生活，但描繪有穢褻的地方。現存最早的本子是明萬曆版《金瓶梅詞話》。作者蘭陵笑笑生，明嘉靖至萬曆年間人。

［5］稗官爲史之支流——《漢書·藝文志》小說家有《青史子》五十七篇，班固自註："古史官記事也。"按《藝文志》小說家又載《周考》七十六篇、《臣壽周紀》七

篇，都屬於史之支流，所以章學誠《校讎通義》卷三《漢志諸子第十四》，也認爲這類書"亦不儕於小說"，所見與本文作者之意相同。蒲松齡《聊齋志異》於各篇之後有"異史氏曰"，是自比於《史記》的"太史公曰"。《儒林外史》之所以稱爲"外史"，取義正在於此。

[6] 善善惡惡——前一"善"、"惡"字是動詞。《公羊傳》："君子之惡惡也疾始，善善也樂終。"又："君子之善善也長，惡惡也短；惡惡止其身，善善及子孫。"《史記·太史公自序》："《春秋》善善惡惡，賢賢賤不肖。"

[7] 論者謂爲談道之書——魯迅《中國小說史略》："評議此書者有清人山陰悟一子陳士斌《西游眞詮》（康熙丙子尤侗序），西河張書紳《西游正旨》（乾隆戊辰序）與悟元道人劉一明《西游原旨》（嘉慶十五年序），或云勸學，或云談禪，或云講道，皆闡明理法，文詞甚繁。然作者雖儒生，此書則實出于游戲，亦非語道，故全書僅偶見五行生尅之常談，尤未學佛，故末回至有荒唐無稽之經目，特緣混同之敎，流行已久，故其著作，乃亦釋迦與老君同流，眞性與元神雜出，使三敎之徒，皆得隨宜附會而已。"

[8] 意馬心猿金公木母——《大慈恩寺三藏法師傳》："制情猿之逸躁，繫意馬之奔馳。"《心地觀經》："心如猿猴，遊五欲樹，暫不住故。"意馬心猿，比喻人的心思流蕩散亂，把捉不定。佛、道二家用語。王嘉《拾遺記》："漢時童謠云：'著青裙，入天門，謁金母，拜木公。'木公，東王公也。"金母爲西王母，《參同契》注："故金母受太陽之氣而產靈汞也。"則作爲道士煉丹的用語了。魯迅《中國小說史略》："假欲勉求大旨，則謝肇淛（《五雜組》十五）之'《西遊記》曼衍虛誕，而其縱橫變化，以猿爲心之神，以猪爲意之馳，其始之放縱，上天下地，莫能禁制，而歸于緊箍一咒，能使心猿馴伏，至死靡他，蓋亦求放心之喻，非浪作也'數語，已足盡之。"

[9] 大抵心即是佛之旨——《觀無量壽經》："是心作佛，是心是佛。"魯迅《中國小說史略》："作者所說，亦第云'衆僧們議論佛門定旨，上西天取經的緣由，……三藏箝口不言，但以手指自心，點頭幾度，衆僧們莫解其意，……三藏道，心生種種魔生，心滅種種魔滅，……'"

[10] 依樣葫蘆——見《閒情偶寄》註[36]。

[11] 久干例禁——《水滸傳》最早被查禁在明崇禎十五年（公元一六四二年）六月，崇禎帝發出嚴禁《水滸傳》的詔旨，兵部根據詔旨通令全國各省"大張榜示，凡坊門家藏《水滸傳》并原版，速令盡行燒毀，不許隱匿。"至清代，《水滸傳》、《金瓶梅》同屬於禁書之列。

[12] 乃言者津津七句——指金聖歎批點《水滸傳》中的話，如在第五回魯智深詰責瓦官寺僧一節中，便有"章法奇絕從古未有"的贊譽。在《讀第五才子書法》中說："中間許多事體，便是文字起承轉合之法。"在第二回批語中說："寫魯達寫出性情來，妙筆。"在《水滸傳序三》："《水滸》所敍，敍一百八人，人有其性情，人有其氣質，人有其形狀，人有其聲口。夫以一手而畫數面，則將有兄弟之形；一口而吹數聲，則不免再映也。施耐庵以一心所運，而一百八人各自入妙者，無他，十年格物而一朝物格，斯以一筆而寫百千萬人，固不以爲難也。"又說："吾於《水滸傳》可謂無間然矣。"本文所說，大致概括了這些說法。

[13] 中流砥柱——砥柱，本作"底柱"。底柱山屹立於黃河中流，後人因稱獨立不撓、支撑危局的人爲中流砥柱。

[14] 風俗人心之害——明末左懋第《請焚毀〈水滸傳〉題本》："李青山嘯聚梁山，……其說始于《水滸傳》一書。以宋江等爲梁山嘯聚之徒，其中以破城劫獄，殺人放火爲豪舉，日日破城劫獄，殺人放火，而日日講招安以爲玩弄將吏之口實。……《水滸傳》一書貽害人心，豈不可恨哉！"沈德符《顧曲雜言》："袁中郎觴政，以《金瓶梅》配《水滸傳》爲外典。……余曰：此等書必遂有人板行，但一出則家傳戶到，壞人心術。"這是沒落的地主階級維持自己的封建統治和封建道德的觀點。序文的作者所見與之相同。

[15] 河漢——見《原詩》註[19]。

【說明】

十八世紀中葉，與《紅樓夢》幾乎同時產生的現實主義小說《儒林外史》，以它對現實生活的敏銳而細緻的觀察和對人物形象的典型描寫，深刻揭露和抨擊了封建社會的科舉制度和社會罪惡。魯迅在《中國小說史略》中說："迨吳敬梓《儒林外史》出，乃秉持公心，指擿時弊，機鋒所向，尤在士林；其文又戚而能諧，婉而多諷；於是說部中乃始有足稱諷刺之書。"這就是說，吳敬梓繼承發展了中國古典文學的諷刺藝術傳統而把它推向一個高峯。

閑齋老人的《儒林外史序》，疑是出自作者吳敬梓的手筆。它揭示《儒林外史》的思想意義說："其書以功名富貴爲一篇之骨。"事實也正是這樣，《儒林外史》把知識分子對於功名富貴的態度作爲區分他們的尺寸和標準，深刻揭露功名富貴對知識分子的侵蝕和毒害，尖銳地抨擊了以功名富貴爲目的的科舉制度，辛辣地鞭打了追求功名富貴的卑劣手段和可恥行徑。序言把這一主旨揭示出來，並闡明它對全書的統帥作用。也就是從理論上強調主題思想對小說創作的重要意義。

這篇序言還特別提到："摹寫人物事故，即家常日用米鹽瑣屑，皆各窮神盡相。"也就是要注意細節描寫的眞實性。它要求"人之性格心術，一一活現紙上。"已涉及描寫人物形象的深刻性和生動性相統一的問題。魯迅先生說《儒林外史》描寫的人物，"皆現身紙上，聲態並作，使彼世相，如在目前。"這說明序言提到的上述兩個方面，是《儒林外史》創作經驗的總結。在實際上，它也是小說創作的普遍規律的概括。

文藝作品的形象的深刻性和生動性與文藝的美感教育作用是聯繫在一起的。《儒林外史》塑造了不少的典型形象，在社會上產生強烈的效果。惺園退士的序言說："愼勿讀《儒林外史》，讀之乃覺身世酬應之間，無往而非《儒林外史》。"可見其影響之深。這篇閑齋老人序也說："篇中所載之人不可枚舉"，"讀之者無論是何品，無不可取以自鏡。"意謂以《儒林外史》的人物形象作鏡子，可以照出自己的靈魂。同時它又指出："'善者，感發人之善心；惡者，懲創人之逸志，'是書有焉。"這說明書中正面反面典型都給人以美感教育作用，相反相成地發揮着道德規範作用。

這篇序言從理論上涉及到有關主題思想、文藝典型及文藝作品的教育作用等問題。但也有明顯的不足之處，如它認爲《水滸》是"誨盜"之作，"爲風俗人心之害。"就顯得很不正確。至於對《三國》《西遊》的評價，也表現出偏頗不實。這反映出它的作者的世界觀裏，仍然存在着封建正統觀念的影響。

紅樓夢[1]第一回[2]〔節録〕

〔清〕曹雪芹[3]

……………

後來不知又過了幾世幾刼[4]，因有個空空道人，訪道求仙，忽從這大荒山無稽崖青埂峯[5]下經過，忽見一大石上字跡分明，編述歷歷，空空道人乃從頭一看，原來就是無材補天幻形入世，蒙茫茫大士、渺渺眞人攜入紅塵，歷盡離合悲歡、炎涼世態的一段故事。後面又有一首偈云：

無材可去補蒼天[6]，枉入紅塵若許年，
此係身前身後事，倩誰記去作奇傳。

詩後便是此石墮落之鄉，投胎之處，親自經歷的一段陳跡故事。其中家庭閨閣瑣事，以及閑情詩詞，到還全備，或可適趣解悶。然朝代年紀，地輿邦國，却反失落無考。[7]空空道人遂向石頭說道："石兄，你這一段故事，據你自己說，有些趣味，故編寫在此，意欲問世傳奇。據我看來，第一件，無朝代年紀可考；第二件，并無大賢大忠、理朝廷治風俗的善政。其中只不過幾個異樣的女子，或情或癡，或小才微善，亦無班姑、蔡女之德能[8]，我縱抄去，恐世人不愛看呢。"石頭笑答道："我師何太癡也。若云無朝代可考，今我師竟假借漢、唐等年紀添綴，又有何難？但我想歷來野史，皆蹈一轍，莫如我這不借此套者，反到新奇別致，不過只取其事體情理罷了，又何必拘拘於朝代年紀哉？再者世井俗人，喜看理治之書者甚少，愛看適趣閑文者特多，歷代野史，或訕謗君相，或貶人妻女，姦淫凶惡，不可勝數。更有一種風月筆墨，其淫穢汚臭，塗毒筆墨，壞人子弟，又不可勝數。至若佳人才子等書，則又千部共出一套，且其中終不能不涉于淫濫，以致滿紙潘安、子建、西子、文君[9]，不過作者要寫出自己的那兩首情詩豔賦來，故假擬出男女二人名姓，又必傍出一小人，其間撥亂，亦如劇中之小丑然，且環婢開口，卽者也之乎，非文卽理，故逐一看去，悉皆自相矛盾，大不近情理之話。竟不如我半世親覩親聞的這幾個女子，雖不敢說強似前代書中所有之人，但事跡原委，亦可以消愁破悶也。有幾首歪詩熟話，可以噴飯供酒。至若離合悲歡，興衰際遇，則又追踪攝跡，不敢稍加穿鑿，徒爲供人之目，而反失其眞傳者。今之人，貧者日爲衣食所累，富者又懷不足之心，總（人民文學出版社影印《脂硯齋重評石頭記》作“縱然”。）一時稍閒，又有貪淫戀色、好貨（人民文學出版社影印《戚蓼生序本石頭記》作“貨”。）尋愁之事，那里去有工夫看那理治之書。所以我這一段事也不願世人稱奇道妙，也不定要世人喜悅檢讀，只願他們當那醉餘飽臥之時，或避世去愁之際，把此一玩，豈不省了此（些）壽命筋力，就比那謀虛逐妄去，也省了口舌是非之害，腿脚奔忙之苦。再者，亦令世人換新眼目，不比那些胡牽亂扯，忽離忽遇，滿紙才人淑女、子建、文君、紅娘、小玉等[10]，通共熟套之舊稿。我師意爲何如？”空空道人聽如此說，思忖半晌，將這“石頭記”[11]再檢閱一遍，因見上面雖有些指奸責佞、貶惡誅邪之語，亦非傷時罵世之旨；及至君仁臣良，父慈子孝，凡倫常所關之處，皆是稱功頌德，眷眷無窮，實非別書之可比。雖其中大旨談情，亦不過實錄其事，又非假擬妄稱，一味淫邀豔約，私訂偷盟之可比。因毫不干涉時世，方從頭至尾抄錄回來，問世傳奇。因空見色，由色生情，傳情入色，自色悟空，遂易名爲“情僧”，改《石頭記》爲《情僧錄》。至吳玉峯題曰《紅樓夢》[12]，東魯孔梅溪則題曰《風月寶鑑》[13]。後因曹雪芹于悼紅軒中披閱十載，增刪五次，[14]纂成目錄，分出章回，則題曰《金陵十二釵》[15]，並題一絕云：

滿紙荒唐言，一把辛酸淚。

都云作者癡，誰解其中味！

…………

上海人民出版社影印本《脂硯齋重評石頭記》卷一

【註釋】

［1］紅樓夢——長篇小說，一百二十回，前八十回清曹雪芹作，後四十回高鶚續。乾隆五十六年，程偉元合曹、高兩稿以活字板排印。據脂硯齋評，曹氏全書初稿約一百十回。曹氏逝世後，未傳抄出來的後面三十回，不久就散失。清末民初以來，先後發現在程本行世以前的乾隆時舊抄八十回本以及脂硯齋評本，有的已影印行世。

［2］第一回——回目爲“甄士隱夢幻識通靈，賈雨村風塵懷閨秀”。

［3］曹雪芹——曹霑（公元一七一五年——一七六三年），字夢阮，號芹圃、芹溪、雪芹，祖籍遼陽，後遷瀋陽，原爲漢軍旗人，後歸入滿洲正白旗。從康熙二年到雍正五年，曾祖曹璽、祖父曹寅、伯父曹顒、父親曹頫，相繼爲江寧織造，曹寅還兼理過蘇州織造。雍正五年，曹頫在統治集團內部的傾軋爭鬥中，被罷官抄家。次年，全家由南京遷到北京。曹雪芹三十五歲時，曾在滿洲皇室子弟的宗學裏做過職員。約在一七五〇年以後，他移居北京西郊香山一帶，不久就開始了《紅樓夢》的創作活動，長期過着貧困潦倒的生活，直至病逝。著作除《紅樓夢》外，傳有《廢藝齋集稿》，眞僞尚無定論。

［4］劫——見《錄鬼簿序》註［11］。

［5］大荒山無稽崖青埂峯——作者虛構的地名。《紅樓夢》第一回：“原來女媧氏煉石補天之時，于大荒山（脂硯齋評：“荒唐也。”）無稽崖（脂硯齋評：“無稽也。”）煉成高經十二丈、方經二十四丈頑石三萬六千五百零一塊，媧皇氏只用了三萬六千五百塊，只單單的剩了一塊未用，便棄在此山青埂峯下。”

［6］無材可去補蒼天——《紅樓夢》第一回：“誰知此石自經煅煉之後，靈性已通，因見衆石俱得補天，獨自己無材，不堪入選，遂自怨自嘆，日夜悲號慚愧。”

［7］然朝代年紀三句——脂硯齋評：“若用此套者，胸中必無好文字，手中斷無新筆

墨。據余說，却大有考證。”

［8］班姑——班昭，字惠姬，扶風安陵人。東漢初班彪之女，班固之妹，曹世叔之妻，號曹大家(大姑)。有《女誡》一卷，集一卷。《後漢書·列女傳》有傳。 蔡女——蔡琰，字文姬，陳留圉人。蔡邕之女。東漢末天下大亂，她爲胡兵所擄，身陷南匈奴十二年，後爲曹操贖歸。嫁董祀。有《悲憤詩》傳世。《後漢書·列女傳》有傳。

［9］潘安——潘岳，字安仁。《晉書·潘岳傳》說他“美姿儀。……少時常挾彈出洛陽道，婦人遇之者，皆連手縈繞，投之以果，遂滿載以歸。”舊時小說寫男子美麗，往往有“貌似潘安”的濫調。 子建——曹植字。曹植有《洛神賦》寫和洛水神女相會的幻想，後人捏造出這是爲思念甄皇后而作的讕言。 西子——西施，春秋末年越國苧蘿人。由越王勾踐獻給吳王夫差，爲夫差之妃。 文君——卓文君，西漢成都人。不顧父親卓王孫的反對，嫁司馬相如爲妻，有詩《白頭吟》傳世。

［10］紅娘——《西廂記》中人物，崔鶯鶯家的婢女，其性格具有大膽機智、正直樂觀的特點。 小玉——唐代蔣防《霍小玉傳》中人物。本是一沒落貴族的愛女，淪爲歌妓，同李益立下婚誓。後李益別娶，小玉因此憂憤而死。

［11］石頭記——《紅樓夢·凡例》：“《石頭記》是自譬石頭所記之事也。”“又如道人親眼見石上大書一篇故事，則是石頭所記之往來，此則《石頭記》之點睛處。”

［12］至吳玉峰題曰紅樓夢——吳玉峰，假託的人名，實即曹雪芹自己。《紅樓夢·凡例》：“如寶玉作夢，夢中有曲，名曰《紅樓夢十二支》，此則《紅樓夢》之點睛。”

［13］東魯孔梅溪則題曰風月寶鑑——孔梅溪，假託的人名，亦即曹雪芹自己。脂硯齋評曰：“雪芹舊有《風月寶鑑》之書，乃其弟棠村(周汝昌《紅樓夢新證》：“亦未必即指胞弟，確切關係不詳。”)序也。今棠村已逝，余睹新懷舊，故仍因之。”周汝昌《紅樓夢新證》：“可證《風月寶鑑》一書，即是《石頭記》的前身初稿，作者亦即雪芹。”《紅樓夢·凡例》：“賈瑞病，跛道人持一鏡來，上面即鏨‘風月寶鑑’四字，此則《風月寶鑑》之點睛。”

［14］披閱十載增刪五次——脂硯齋評曰：“若云雪芹披閱增刪，然後(則)開卷至此這一篇楔子又系誰撰？足見作者之筆，狡獪之甚！後文如此處者不少。這正是作者用畫家烟雲模糊處。觀者萬不可被作者瞞弊(蔽)了去，方是巨眼。”

［15］金陵十二釵——《紅樓夢·凡例》：“然此書又名曰《金陵十二釵》，審其名則必係金陵十二女子也。然通部細搜檢去，上中下女子豈止十二人哉？若云其中自有十二個，則又未嘗指明白係某某極至(二字疑有誤)。《紅樓夢》一回(指第

五回《開生面夢演紅樓夢》）中亦曾翻出金陵十二釵之簿籍，又有十二支曲可考。”俞平伯《影印〈脂硯齋重評石頭記〉十六回後記》：“所謂十二釵，其實不止十二個女子，所謂‘正’、‘副’、‘再副’、‘三副’、‘四副’，共有六十人之多。”

【説明】

出現於十八世紀中葉的《紅樓夢》，是我國古典小說藝術成就的高峯。它以巨大的藝術力量，廣泛地描繪了當時的社會生活，對封建制度和各種觀念作了尖銳的批判，堪稱爲我國封建社會的百科全書。圍繞着這部小說的評價，長期以來，進行着尖銳的鬬爭。我們選錄作品第一回某些段落，其中反映了作者的文學觀點，它有助於我們加深對《紅樓夢》的認識和對小說創作規律的理解。

在節錄的文字裏，曹雪芹對當時的“才子佳人書”痛下針砭。他認爲這些作品“胡牽亂扯，忽離忽遇，滿紙才人淑女”，盡落熟套。而小說語言“開口即者也之乎，非文即理”，也是一派舊腔。這些“千部共出一套”的作品在藝術上毫無可取，在思想內容上“涉於淫濫”“不近情理”，亦無可稱道。曹雪芹揭示他自己的創作意圖是“不借此套”，“反到新奇別致”，其目的則是“令世人換新耳目”。在這裏，曹雪芹實際上提出了小說的“創新”要求，具有一反流俗的意義。而他的《紅樓夢》確實起到使人一新耳目的作用，更使他的理論具有深刻的影響。

其次，在這第一回裏，曹雪芹雖以虛構的形式說了石頭故事的由來，但不願人們把他的小說理解爲向壁虛構的作品。他反覆強調這是“親自經歷的一段陳跡故事”，“至若離合悲歡，興衰際遇，則又追踪攝跡，不敢稍加穿鑿”，更是以生活眞實作爲基礎的。當然，尊重生活的眞實並不是要求小說創作成爲生活的實錄或作者的自傳。曹雪芹在開宗明義第一回裏就寫道，作者自云“將眞事隱去”，“用假語村言敷演出一段故事來”。這就清楚地說明了，小說創作是在生活經驗的基礎上進行虛構，“取其事體情理”，進行藝術概括而成的。

《紅樓夢》的另一個重要特點是“言情”。曹雪芹在第一回裏，自稱他的小說是“大旨談情”，也就是認爲小說創作的主要任務，不是描寫“淫邀豔約，私訂偸盟”的陳套故事，而在於塑造人物的性格，表現人物的思想感情。而這一點，恰恰是《紅樓夢》的突出成就。曹雪芹還進一步宣稱，他的作品“記述當日閨友閨情，並非怨世駡時之書”；“大旨談情”，而“毫不干涉時世”。這恰恰從另一方面透露了他的“言情”，具有極大的社會作用。“滿紙荒唐言，一把辛酸淚，都云作者癡，誰解其中味。”這固然是希望通過“用辛酸淚哭成此書”，會激起讀者感情上的共鳴；也是希望讀者能理解它對現實的批判意義。

在這第一回裏，作者也宣傳了色、空、夢、幻的思想，這又是他的世界觀的局限性之所在。

答沈大宗伯[1]論詩書

〔清〕袁 枚[2]

先生誚浙詩，謂沿宋習敗唐風者，自樊榭爲厲階。[3]枚浙人也，亦雅憎浙詩。樊榭短於七古，凡集中此體，數典[4]而已，索索然寡眞氣，先生非之甚當。然其近體清妙，于近今少偶。先生詩論粹然，尙復何說。然鄙意有未盡同者，敢質之左右。

嘗謂詩有工拙，而無今古。自葛天氏之歌[5]至今日，皆有工有拙，未必古人皆工，今人皆拙。卽《三百篇》中，頗有未工不必學者，不徒漢、晉、唐、宋也；今人詩有極工極宜學者，亦不徒漢、晉、唐、宋也。然格律莫備於古，學者宗師，自有淵源。至於性情遭遇，人人有我在焉，不可貌古人而襲之，畏古人而拘之也。今之鶯花，豈古之鶯花乎？然而不得謂今無鶯花也。今之絲竹，豈古之絲竹乎？然而不得謂今無絲竹也。天籟一日不斷，則人籟一日不絕[6]。孟子曰："今之樂猶古之樂[7]。"樂卽詩也。唐人學漢、魏變漢、魏，宋學唐變唐，其變也，非有心於變也，乃不得不變也。使不變，則不足以爲唐，不足以爲宋也。子孫之貌，莫不本於祖父，然變而美者有之，變而醜者有之，若必禁其不變，則雖造物有所不能。先生許唐人之變漢、魏，而獨不許宋人之變唐，惑也。且先生亦知唐人之自變其詩，與宋人無與乎？初、盛一變，中、晚再變，至皮、陸二家[8]已浸淫乎宋氏矣。風會所趨，聰明所極，有不期其然而然者。故枚嘗謂變堯、舜者，湯、武也；然學堯、舜者，莫善於湯、武，莫不善於燕噲[9]。變唐詩者，宋、元也；然學唐詩者，莫善於宋、元，莫不善於明七子[10]。何也？當變而變，其相傳者心也；當變而不變，其拘守者迹也。鸚鵡能言而不能得其所以言，夫非以迹乎哉！

大抵古之人先讀書而後作詩，後之人先立門戶而後作詩。唐、宋分界之說，宋、元無有，明初亦無有，成、宏[11]後始有之。其時議禮講學皆立門戶，以爲名高。七子狃於此習，遂皮傅盛唐，搤掔[12]自矜，殊爲寡識。然而牧齋之排之[13]，則又已甚。何也？七子未嘗無佳詩，卽公安、竟陵亦然[14]。使掩姓氏，偶舉其詞，未必牧齋不嘉與。又或使七子湮沉無名，則牧齋必搜訪而存之無疑也。惟其有意於摩壘奪幟，乃不暇平心公論，此亦門戶之見。先生不喜樊榭詩，而選則存之，所見過牧齋遠矣。

至所云詩貴溫柔，不可說盡，又必關係人倫日用。此數語有褒衣大袑[15]氣象，僕口不敢非先生，而心不敢是先生。何也？孔子之言，戴經不足據也[16]，惟《論語》爲足據。子曰："可以興，可以羣"，此指含蓄者言之，如《柏舟》《中谷》[17]是也。曰"可以觀，可以怨"，此指說盡者言之，如"豔妻煽方處""投畀豺虎"[18]之類是也。曰"邇之事父，遠之事君"，此詩之有關係者也。曰"多識于鳥獸草木之名"，此詩之無關係者也。僕讀詩常折衷於孔子，故持論不得不小異於先生，計必不以爲僭。

乾隆刻本《小倉山房文集》卷十七

【註釋】

[1] 沈大宗伯——指沈德潛（公元一六七三年——一七六九年），字確士，號歸愚，長洲人。乾隆四年進士，由編修歷官至禮部侍郎。德潛少受詩法于葉燮，主張格調說，選《古詩源》、《唐詩別裁集》等標舉宗旨。自著有《歸愚詩文鈔》五十八卷。《清史稿》卷三百十一有傳。

[2] 袁枚（公元一七一六年——一七九八年）——字子才，號簡齋，錢塘人。乾隆四年進士，選庶吉士，官至江寧知縣，引疾家居。再起發陝西，丁父憂歸。卜築江寧小倉山，號隨園，優游其中凡五十年。論詩主張抒寫性靈，與趙翼、蔣士銓齊

名，號稱三家。隨園三十六種中，詩文有《小倉山房文集》三十卷、《詩集》三十一卷、《外集》七卷，《詩話》有《隨園詩話》十六卷、《補遺》八卷。《清史稿》卷四百九十《文苑》二有傳。

［3］先生誚浙詩三句——清代的浙派詩，以厲鶚爲宗。鶚（公元一六九二年——一七五二年），字太鴻，號樊榭，錢塘人。康熙五十九年舉人，乾隆元年舉博學鴻詞。有《樊榭山房集》二十卷。《清史稿》卷四百九十《文苑》二有傳。沈德潛《清詩別裁集》："樊榭徵士，學問淹洽，尤熟精兩宋典實，人無敢難者。詩亦清高，五古在劉昚虛、常建之間。今浙西談藝家專以飣餖挦撦爲樊榭流派，失樊榭之眞矣。"《詩·大雅·瞻卬》："婦有長舌，維厲之階。"朱熹註："厲，禍；階，梯也。"

［4］數典——《左傳》昭公十五年："數典而忘其祖。"

［5］葛天氏之歌——《呂氏春秋·古樂》："昔葛天氏之樂，三人操牛尾投足以歌八闋。一曰：《載民》；二曰：《玄鳥》；三曰：《遂草木》；四曰：《奮五穀》；五曰：《敬天常》；六曰：《建帝功》；七曰：《依地德》；八曰：《總禽獸之極》。"

［6］天籟人籟——《莊子·齊物論》："子游曰：地籟則衆竅是已，人籟則比竹是已，敢問天籟？"籟，籥，此引申爲吹。陸德明《莊子音義》引崔譔云："吹猶籟也。"人籟謂人所吹者，如籥孔所發之聲。天籟謂天然所吹者。

［7］今之樂猶古之樂——《孟子·梁惠王下》："今之樂猶古之樂也。"

［8］皮陸——皮日休、陸龜蒙。

［9］燕噲——《史記·燕召公世家》："燕噲既立，……子之相燕，貴重主斷。……子之因遺蘇代百金，而聽其所使鹿毛壽謂燕王，不如以國讓相子之，人之謂堯賢者，以其讓天下于許由。……燕王因屬國於子之，……子之南面行王事，而噲老不聽政，顧爲臣，國事皆決于子之。三年，國大亂。"

［10］明七子——前七子見何景明《與李空同論詩書》註［1］。後七子見王世貞《藝苑卮言》註［2］。

［11］成宏——成，成化，明憲宗年號，自公元一四六五年至一四八七年。宏，應作弘。弘治，明孝宗年號，自公元一四八八年至一五〇五年。

［12］搤孯——搤，同"扼"，掐住。孯或作"腕"。搤腕，用手握腕，表示情緒振奮。左思《蜀都賦》："劇談戲論，扼腕抵掌。"

［13］牧齋之排之——錢謙益（公元一五八三年——一六六四年），字受之，號牧齋，常熟人。明萬曆三十八年進士。官至禮部尚書。後降清。有《初學集》一百十卷、《有學集》五十卷、《投筆集》一卷。牧齋排擊明七子之論，詳于其所選

《列朝詩集》七子小傳中,《初學集》、《有學集》各單篇文章中亦常見。

[14] 公安——見袁宏道《雪濤閣集序》註[2]。竟陵——見鍾惺《詩歸序》註[2]。

[15] 褒衣大袑——褒,音包。褒衣,大衣。袑,音紹,卽大袴,褲子的上半部。《漢書·朱博傳》:"敕功曹官屬多褒衣大袑。"這裏指官僚空架子,形容議論空廓。

[16] 戴經——謂《禮記》。漢代戴聖删大戴(戴德)之書爲四十六篇,稱小戴記,卽《禮記》。"溫柔敦厚,詩敎也"語見《禮記·經解》,故袁枚說"戴經不足據"。

[17] 柏舟中谷——《柏舟》,指《詩·邶風》中的一篇。《小序》說:"《柏舟》,言仁而不遇也。衞頃公之時,仁人不遇,小人在側。"《中谷有蓷》,《詩·王風》篇名。《小序》說:"《中谷有蓷》,閔周也。夫婦日以衰薄,凶年饑饉,室家相棄爾。"蓷,音推,益母草。

[18] 豔妻煽方處——《詩·小雅·十月之交》詩中句。這是刺幽王的詩。豔妻指幽王后褒姒。煽,熾盛。處,居。這句謂妻黨的人,因后寵熾盛之時,都居于高位。 投畀豺虎——《詩·小雅·巷伯》詩中句。也是刺幽王的詩。謂欲取此進讒的人,丢給豺虎去食。

【說明】

袁枚論詩,標擧"性靈"。"性靈"之說吸收了"神韻說"的某些論點,但却不象"神韻說"那樣的隱約朦朧,而是闡發得較爲生動和具體。在當時,它一方面批判了以翁方綱爲代表的"誤把抄書當作詩"以考據爲詩的詩風,認爲"詩之傳者,都自性靈,不關堆垛"(見《隨園詩話》)。同時,對以沈德潛爲代表的"格調說"也表示不滿。這篇《與沈大宗伯論詩書》就是針對"格調說"而發的。

文中主要論述的是詩歌內容和藝術風格的問題。

就內容來講,沈德潛認爲詩"必關係人倫日用",和封建倫理道德緊密相結合,如此方具有社會意義和敎育作用,才能見出詩格之高。就藝術的表現來講,則"詩貴溫柔,不可說盡",如此方能見出韻調之深美。立論雖不盡同於明代的前、後七子,然而同樣有"褒衣大袑氣象",不免膚廓而迂拘,這和"性靈"之說恰好是格格不相入的。袁枚以性靈論詩,作爲性靈說的核心,是情感的眞摯,詩中要能見出作者的性情,因此,他以爲有關"人倫日用",所謂"邇之事父,遠之事君"的固然是性情的表現,而與"人倫日用"無關的又何嘗不是性情的表現？詩歌的內容應該象生活本身一樣的豐富，此性情之正，亦卽所以見性情之眞。《再與沈大宗伯書》中歷舉例證，認爲豔體詩古今不廢，正說明了這個道理。其《續詩品》有云："鳥啼花落，皆與神通。"可見詩人無往而不可以寓其情，而不是把詩歌的題材限制在某一個方面。

就藝術的表現來講，袁枚極力主張風格的多樣化。他以爲人的個性不同，情感的性質各異，因而表現的方式也就不會一樣。溫柔敦厚，含蓄不盡和流虹掣電、發洩無餘，因人，因時，因事，言各有宜，都是發於性情之眞；而興、觀和羣、怨，各有其感染與教育的作用。同樣地不可強調某一種風格而排斥另一種風格。

在袁枚看來，格調之說，正足以窒礙性靈。那麽，袁枚是否完全廢棄格調呢？則又不然。因他所反對的格調，是被嵌在一個固定的框子裏的格調。於是，他和沈德潛意見的分歧，本文討論的重點，就在於對古和今、繼承與創新的看法的問題。

格調說者總是有時代的成見橫梗胸中，他們把我國古代詩歌的發展在唐朝劃了一個斷限，對唐代以後的詩就有所歧視。在這一點上，沈德潛雖不象明七子"詩必盛唐"那樣的把問題看得絕對化，然而仍不免帶有貴古賤今、尊唐抑宋的眼光。袁枚以性靈論詩，他所看到的是具體的詩和詩人，而不是這種抽象的詩歌史上的時代概念。"天籟一日不斷，則人籟一日不絕"。因此，衡量的標準，祇有工拙之分，而不應該有古今的區別。此其一。

所謂"詩有工拙"，指的是什麽呢？"格律莫備於古，學者宗師，自有淵源"。不可否認，詩歌的形式及其藝術技巧，有其相繼承的傳統關係；然而"性情遭遇，人人有我在焉"，不必同於古人，也不可能同於古人。正因爲詩中有我，所以變是發展的自然現象，不得不然的。因此，繼承之中，同時就孕育着創新的因素，師古和師心是互相結合的。從這個意思來說，"變唐詩者，宋、元也；然學唐詩者，莫善於宋、元"。所以說："當變而變，其相傳者心也。"這"心"指的是詩人的用心，亦卽詩人的個性。反之，"當變而不變，其拘守者跡也"。泥於形跡，就會失其精神，成爲生搬硬套的明七子了。此其二。

性靈之說，不僅重視性情之眞，同時十分強調藝術上的靈感作用。他以爲只有有了靈感作用，才能各抒襟抱，見出性情之眞；才能花樣翻新，顯出層出不窮的創造力。這樣，今之鶯花，雖不是古之鶯花，“然而不得謂今無鶯花”；今之絲竹，雖不是古之絲竹，“然而不得謂今無絲竹”；那末，今之詩亦猶古之詩了。《隨園詩話》云：“熊掌豹胎，食之至珍貴者也，生吞活剝，不如一蔬一筍矣；牡丹芍藥，花之至富麗者也，剪綵爲之，不如野蓼閒葵矣。味欲其鮮，趣欲其眞，人必知此，而後可與論詩。”把眞實的感受生動活潑的表現出來，這就是性靈之說的眞諦之所在。正因爲袁枚的論詩從眞實和新鮮兩個方面着眼，所以他不以時廢人，不以人廢詩；就詩論詩，不拘一格，打破古今和門戶的限制。本篇放論歷代以來詩歌的異同得失，正體現了這一基本精神。

花部農譚[1]序

〔清〕焦循[2]

梨園共尚吳音[3]。“花部”者，其曲文俚質，共稱爲“亂彈”[4]者也，乃余獨好之。蓋吳音繁縟[5]，其曲雖極諧於律，而聽者使未覩本文，無不茫然不知所謂。其《琵琶》[6]《殺狗》[7]《邯鄲夢》[8]《一捧雪》[9]十數本外，多男女猥褻，如《西樓》[10]《紅梨》[11]之類，殊無足觀。花部原本於元劇，其事多忠孝節義，足以動人；[12]其詞直質，雖婦孺亦能解；[13]其音慷慨，血氣爲之動盪。[14]郭外各村，於二、八月間，遞相演唱，農叟漁父，聚以爲歡，由來久矣。自西蜀魏三兒[15]倡爲淫哇鄙謔之詞，市井中如樊八、郝天秀[16]之輩，轉相效法，染及鄉隅。近年漸反於舊。余特喜之，每攜老婦幼孫，乘駕小舟，沿湖觀閱。天既炎暑，田事餘閒，羣坐柳陰豆棚之下，侈譚故事，多不出花部所演，余因略爲解說，莫不鼓掌解頤。有村夫子者筆之於册，用以示余。余曰：此農譚耳，不足以辱大雅之目。爲芟之，存數則云爾。嘉慶己卯[17]六月十八日立秋，雕菰樓主人記。

中國戲劇出版社本《中國古典戲曲論著集成》《花部農譚》

【註釋】

［1］花部農譚——是一部戲曲論著，焦循作。內容是就清代中葉揚州流行的若干地方戲曲劇目作了考證和分析。對當時被士大夫所輕視的花部甚爲推重。所謂花部係指當時崑曲以外的地方戲曲。

［2］焦循（公元一七六三年 —— 一八二〇年）——字里堂，甘泉人。嘉慶六年舉人。清中葉著名樸學大師，又是戲曲理論家。除經學著述外，有《雕菰樓文

集»二十四卷、«詞»三卷、«詩話»一卷。又有«曲考»(已佚)、«劇說»、«花部農譚»等。«清史稿»卷四百八十八«儒林»三有傳。

[3] 梨園——見李漁«閒情偶寄»註[50]。吳音——即崑腔。明嘉靖年間音樂家魏良輔根據崑山本地流行的戲曲腔調，吸收弋陽腔、海鹽腔的優點，進行整理創製而成。因最早流行於江蘇南部吳中地區，故又稱吳音。明人沈寵綏«度曲須知»上卷"曲運隆衰"："嘉靖間有豫章魏良輔者，流寓婁東鹿城之間，生而審音，憤南曲之訛陋也，盡洗乖聲，別開堂奧，……腔曰'崑腔'……。"同書"絃索題評"："我吳自魏良輔爲'崑腔'之祖，而南詞之布調收音，既經創闢，所謂'水磨腔'、'冷板曲'，數十年來，遐邇遜爲獨步。"

[4] 亂彈——清李斗«揚州畫舫錄»卷五："兩淮鹽務，例蓄花、雅兩部，以備大戲。雅部即崑山腔；花部爲京腔、秦腔、弋陽腔、梆子腔、羅羅腔、二簧調，統謂之亂彈。"這一戲曲名詞，過去在使用上含義很多，有人把崑腔以外或崑腔、京腔以外的所有劇種統稱亂彈，也有人單把京劇稱爲亂彈。

[5] 吳音繁縟——言崑腔之細膩。«度曲須知»"曲運隆衰"說魏良輔所創之崑曲"調用水磨，拍捱冷板，聲則平上去入之婉協，字則頭腹尾音之畢勻，功深鎔琢，氣無煙火，啓口輕圓，收音純細。……蓋自有良輔，而南詞音理，已極抽祕逞妍矣"。

[6] 琵琶——«琵琶記»。見«曲律»註[40]。

[7] 殺狗——«殺狗記»。南戲劇本。«永樂大典»卷一萬三千九百七十一有«楊德賢婦殺狗勸夫»。«南詞敍錄»"宋元舊篇"列有«殺狗勸夫»一本。現在流傳有明毛氏汲古閣刻本«殺狗記»。作者一般認爲是明初徐㽦，如«九宮十三攝譜»"楊德賢女殺狗勸夫記"下註云："古本，淳安徐㽦仲由著。今本已由吳中情奴、沈興白、龍猶子三改矣。"可見今本«殺狗記»已失原來南戲面目。元雜劇中，同題材的作品有蕭德祥«王翛然斷殺狗勸夫»一本，見«錄鬼簿»。

[8] 邯鄲夢——即«邯鄲記»。傳奇劇本，明湯顯祖作。呂天成«曲品»著錄，列入"上上品"。臧晉叔有改訂本«邯鄲記»。

[9] 一捧雪——傳奇劇本，明末李玉作。見高奕«新傳奇品»。

[10] 西樓——«西樓記»，傳奇劇本，清初袁于令作。見高奕«新傳奇品»。

[11] 紅梨——«紅梨記»，傳奇劇本，明代徐復祚作。見«祁氏讀書樓目錄»«鳴野山房書目»。

[12] 花部原本於元劇其事多忠孝節義足以動人——傳統批評家認爲元雜劇多譜忠孝節義事。最有代表性的是明朱權，他曾在«太和正音譜»中，將雜劇分爲十二

科:“一曰‘神仙道化’; 二曰‘隱居樂道’(一作‘林泉丘壑’); 三曰‘披袍秉笏’;四曰‘忠臣烈士’;五曰‘孝義廉節’;六曰‘叱奸罵讒’;七曰‘逐臣孤子’;八曰‘鏺刀趕棒’; 九曰‘風花雪月’; 十曰‘悲歡離合’; 十一曰‘煙花粉黛’; 十二曰‘神頭鬼面’。”

[13] 其詞直質雖婦孺亦能解——元劇語求本色。臧晉叔《元曲選序》:“曲本詞而不盡取材焉,如六經語、子史語、二藏語、稗官野乘語,無所不供其采掇……雅俗兼收……。”李調元《雨村曲話》卷下:“曲始于元,大略貴當行不貴藻麗。蓋作曲自有一番才料,其修飾詞章,塡塞故實,了無干涉也。”

[14] 其音慷慨血氣爲之動盪——王驥德《曲律》卷一引康海曰:“北曲主慷慨”。徐渭《南詞敘錄》曰:“聽北曲使人神氣鷹揚,毛髮灑淅,足以作人勇往之志”。

[15] 魏三兒——號長生,清乾隆時著名的秦腔演員。清李斗《揚州畫舫錄》卷五:“京腔本以宜慶、萃慶、集慶爲上,自四川魏長生以秦腔入京師,色藝蓋於宜慶、萃慶、集慶之上,於是京腔效之,京、秦不分。”

[16] 樊八郝天秀——樊八疑係樊大之誤。樊大、郝天秀均係乾隆時演旦角的演員。清李斗《揚州畫舫錄》卷五:“樊大睅其目,而善飛眼,演《思凡》一劇,始則崑腔,繼則梆子、羅羅、弋陽、二簧,無腔不備,議者謂之戲妖。”“郝天秀,字曉嵐。柔媚動人,得魏三兒之神,人以坑死人呼之。”

[17] 嘉慶己卯——嘉慶二十四年。

【説明】

清代乾隆年間,戲曲界發生了新的變化,崑曲逐步衰落,地方戲曲得到蓬勃發展。面對這新興的戲曲,封建統治階級認爲傷風敗俗,嚴加禁止;文人學士則病其野俗不雅,而予以輕視。焦循在這方面獨持己見,不同流俗。他的《花部農譚》,就是一部專論地方戲曲的著作,在序文裏表達了他對地方戲曲的進步見解。

“梨園共尙吳音”,而焦循獨好花部。他首先從聲腔上作了比較,認爲“吳音繁縟”,而花部音調更富於慷慨動人的特點。其次他指出崑曲雖諧於音律,但曲文艱深,“聽者茫然不知所謂”。而花部語言通俗,婦孺能解,得到農叟、漁父廣大人民的喜愛。另外,他認爲崑曲內容狹窄,除少數作品外,“多男女猥褻”之作。花部內容複雜,“其事多忠孝節義,足以動人”。在這裹不免存在封建正統觀點。

明代以來，文人論戲，都是以雜劇、傳奇爲主；焦循獨于地方戲曲，大力提倡，重視它們的價值和地位，這表明了他對待民間藝術的進步觀點，同時在地方戲曲的發展上，也起了一定的促進作用。

宋四家詞選[1]目錄序論

〔清〕 周 濟[2]

序曰：清眞[3]，集大成者也。稼軒[4]斂雄心，抗高調，變溫婉，成悲涼。碧山[5]饜心切理，言近指遠，聲容調度，一一可循。夢窗[6]奇思壯采，騰天潛淵，返南宋之清泚，爲北宋之穠摯。是爲四家，領袖一代；餘子犖犖，以方附庸。夫詞，非寄託不入，專寄託不出。[7]一物一事，引而伸之，觸類多通，驅心若游絲之罥飛英，含毫如郢斤之斲蠅翼。以無厚入有間，旣習已，意感偶生，假類畢達，閱載千百，謦欬勿違，斯入矣。[8] 賦情獨深，逐境必寤，醞釀日久，冥發妄中；雖鋪敍平淡，摹繢淺近，而萬感橫集，五中無主；[9]讀其篇者，臨淵窺魚，意爲魴鯉，中宵驚電，罔識東西，赤子隨母笑啼，鄉人緣劇喜怒，抑可謂能出矣。[10]問塗碧山，歷夢窗、稼軒以還清眞之渾化。余所望於世之爲詞人者，蓋如此。

光緒刻本«宋四家詞選»

【註釋】

[1] 宋四家詞選——周濟選，一卷。共選周邦彥、辛棄疾、王沂孫、吳文英四家。議論很高，失之太偏。有«詞選七種»本、«叢書集成»本、中華書局本。

[2] 周濟（公元一七八一年——一八三九年）——字保緒，一字介存，號止庵，江蘇宜興人。嘉慶十年進士，官淮安府學敎授。著有«晉略»六十卷、«介存齋論詞雜著»一卷、«味雋齋詞»一卷，選有«宋四家詞選»一卷。«清史稿»卷四百八十六«文苑»三有傳。

[3] 清眞——周邦彥。見«詞源»註[8]。

[4] 稼軒——辛棄疾。見«詞源»註[31]。

[5] 碧山——王沂孫(公元一二三〇年左右——約一二九〇年左右)字聖與，號碧山，又號中仙，會稽人。周密、張炎的詞友。有《花外集》。

[6] 夢窗——吳文英。見《詞源》註[15]。

[7] 非寄託不入二句——意謂詞的創作，既要有寄託，又不能單憑寄託。所謂"非寄託不入"，指的是作者必須帶着強烈的感情去觀察、體驗豐富的社會生活，直至熟習各種事物的形象，然後才能進入創作過程。所謂"專寄託不出"，指的是作者"萬感橫集，五中無主"的思想感情必須通過"敍述平淡、摹繢淺近"的藝術形象來表現。這種飽含思想的形象由於它的情與景偕，思與境共，妙合無垠，看起來不是為了寄託，而寄託已包含其中。這是一個方面。另一方面，讀者通過這樣的作品，與作者一起笑啼喜怒，受到強烈的感染，產生深切的共鳴。寄託，也就是比興方法的運用。

[8] 一物一事十二句——構思之時，對事事物物，不斷地聯想、聯繫，好像游絲悠揚天空，鉤取落花。"含毫"句是說由構思到文字表達，要能做到像郢人斲鼻、庖丁解牛(郢人斲鼻見劉大櫆《論文偶記》註。《莊子·養生主》庖丁解牛:"彼節者〔牛的骨節〕有間〔隙縫〕，而刀刃者無厚〔極薄〕，以無厚入有間，恢恢乎其於游刃，必有餘地矣。")手法熟練之極，達到"運斤成風""游刃有餘"的境地。

[9] 賦情獨深八句——情感深厚的作者，對境對事，都有觸發，醞釀日久之後，表達感情無施不可，("冥發妄中"是用射箭作比；善射的人能在黑暗裏好像隨意發箭而仍能中的。)雖然寫來好像是平淡淺近的文字，而作者的內心却是"萬感橫集，五中無主"的。這就是常語所謂"深入淺出"。五中，五臟，亦指內心。

[10] 讀其篇者八句——這段是說讀者的感情被作品所吸引。"臨淵窺魚，意為魴鯉"，用劉向《說苑》。陽書對宓子賤說:"吾少也賤，不知理民之術；有釣道二焉:夫投綸餌，迎而吸之者陽橋也，其為魚也薄而不美；若存若亡，若食若不食者魴也，其為魚也薄而厚味。"(楊衒之《洛陽伽藍記》"伊洛鯉魴，貴於牛羊"。二魚都極美味。)這裏用這比喻，是說"無寄託出"的作品，寓意是"若存若亡"，不明顯地專指某事某物的。陳廷焯《白雨齋詞話》卷六、論比興的"興"，也說要做到"若近若遠，可喻可不喻"。這類作品引起讀者思索，更容易吸引讀者。　中宵驚電四句，形容讀者被作品所吸引。

【説明】

周濟《宋四家詞選自序》題道光十二年(公元一八三二年)，成書在他的

《詞辨》之後的二十年，是他晚年之作。自從張惠言著《詞選》，以嚴揀精取，獨立旗幟，别異于朱彝尊的《詞綜》，周濟這書則更進一步，立派别家數作綱領以去取兩宋的作家作品。其實，他以周邦彦、辛棄疾、王沂孫、吳文英四家分領一代，而以蘇軾、姜夔附屬于辛棄疾之下，已嫌時代倒置，風格不同；並且周、吳本是同派作家，名爲四家，實只三派；王沂孫是姜夔的支裔，和周、吳本不相近，和辛更剛柔别異，“問塗碧山，歷夢窗、稼軒，以還清眞之渾化”之説，也頗難體會。

張惠言《詞選序》認爲詞“緣情造端，興於微言，以相感動”，“感物而發，觸類條鬯，各有所歸，非苟爲雕琢曼辭而已”。這篇《自序》發展張氏的意思，提出“詞非寄託不入，專寄託不出”之説，却可説是清人詞論裏的獨到之見，後來譚獻稱讚這兩句話説：“千古辭章之能事盡，豈徒塡詞爲然！”周氏這文用形象的比喻來説明作家創作時進行形象思維的過程和讀者的種種感受，深至的意思，運以精麗的辭藻，它本身也是一篇美文。

書湯海秋[1]詩集後

〔清〕 龔自珍[2]

人以詩名，詩尤以人名。唐大家若李、杜、韓及昌谷、玉谿[3]；及宋、元，眉山、涪陵、遺山[4]，當代吳婁東[5]，皆詩與人爲一，人外無詩，詩外無人，其面目也完。益陽湯鵬，海秋其字，有詩三千餘篇，芟[6]而存之二千餘篇，評者無慮[7]數十家，最後屬[8]龔鞏祚一言，鞏祚亦一言而已，曰：完。何以謂之完也？海秋心迹盡在是，所欲言者在是，所不欲言而卒不能不言在是，所不欲言而竟不言，於所不言求其言亦在是。要不肯撏撦[9]他人之言以爲己言，任舉一篇，無論識與不識，曰：此湯益陽之詩。

中華書局《龔自珍全集》第三輯

【註釋】

[1] 湯海秋（公元一八〇一年——一八四四年）——湯鵬，字海秋，湖南益陽人。道光進士，官戶部主事。三十歲補御史，因勇於言事，旋即罷回戶部原官。有經世思想，不爲章句之學，對鴉片戰爭時期的民族矛盾甚爲關心。與龔自珍、魏源、張際亮、姚瑩等過從甚密，友誼深厚，詩文多慷慨激厲之作。

[2] 龔自珍（公元一七九二年——一八四一年）——清代傑出的思想家和文學家。一名鞏祚，字璱人，號定盦，浙江仁和（今杭州）人。道光進士，官禮部主事。曾經受過乾嘉學派的教育，但却能够衝破乾嘉學派的牢籠。他學識淵博，思想先進，敏銳地看到了清王朝的腐朽和危機，竭力把學術研究與現實政治聯繫起來，進行社會批判，宣傳社會改革。詩文富於創造性，既具有愛國主義精神，又帶有突出的對封建思想的叛逆色彩，深刻反映了中國封建社會的解體和時代巨變的來臨。他是中國古代社會向近代社會轉變時期的代表作家。

[3] 昌谷——指李賀（公元七八九年——八一六年）。賀字長吉，河南福昌昌谷

人。　玉谿——指李商隱(公元八一三年——八五八年)。商隱字義山,號玉谿生,懷州河內人。

[4] 眉山——指蘇軾(公元一〇三七年——一一〇一年)。軾字子瞻,號東坡,四川眉山人。　涪陵——指黃庭堅(公元一〇四五年——一一〇五年)。庭堅字魯直,自號山谷老人,江西分寧人。曾貶官於四川涪陵,又號涪翁。　遺山——元好問(公元一一九〇年——一二五七年),字裕之,號遺山,太原秀容人。

[5] 吳婁東——即吳偉業(公元一六〇九年——一六七一年)。偉業字駿公,號梅村,太倉婁東人。

[6] 芟——删除。

[7] 無慮——大略。

[8] 屬——通囑。托付,請托。

[9] 捋撦——摘取。見本書《雨津草堂詩集序》註[11]。

【說明】

當龔自珍衝破乾嘉學派局限從事寫作活動的時候,正是桐城派風靡一時,統治文壇的時候。桐城派主張把義理、考據、詞章合而爲一,流風所被,連龔自珍的好友魏源也多少受到影響。龔自珍曾寫信給他,竭力勸阻:“客言足下始工於文詞,近習考訂。僕豈願通人受此名哉!又云足下旣習考訂,亦兼文詞,又豈願通人受此名哉!”(《與人箋一》)可見龔自珍根本看不起桐城派。後來魏源在《定盦文錄序》中說:“昔越女之論劍,曰:‘臣非有所受於人也,而忽然得之。’夫忽然得之者,地不能囿,天不能嫿,父兄師友不能佑。其道常主於逆:小者逆謠俗,逆風土;大者逆運會。所逆愈甚,則所復愈大,大則復於古,古則復於本。若君之學,謂能復於本乎?所不敢知。要其復於古也決矣。”在這裏,魏源明確地指出了龔自珍最主要的特徵是一個“逆”字。

作爲詩人和文學家,龔自珍對封建思想的叛逆的最主要的表現就是要求個性解放。他在詩歌中急切地追求“童心”,在雜文裏要解除對“病梅”的束縛,用意就在於此。這篇《書湯海秋詩集後》則是他的要求個性解放在文學理論方面的體現。本文倡“詩與人爲一”說,提出了一個嶄新的論詩標準——“完”。作者認爲,像李白、杜甫、韓愈、李賀、李商隱、吳梅村等著名詩人，“皆詩與人爲一，人外無詩，詩外無人，其面目也完。”什麼叫做“完”？龔自珍在《病梅館記》中作了形象的說明。他說江、浙之人種梅，往往喜歡斫直、删密、鋤正，以敧、疏、曲爲美。實際上，這些經過人力加工的梅花，“皆病者，無一完者”。他“誓療之”，“必復之全之”，而治療的方法則是“縱之，順之，毁其盆，悉埋於地，解其棕縛。由此可見，龔自珍所謂“完”，實際上就是保全梅花的天然生機，讓它順着自己的本性自由生長。而他要求詩的“完”，則是要求擺脫束縛，充份表現詩人的個性。所以他在《書湯海秋詩集序》中說：“何以謂之完也？海秋心迹盡在是，所欲言者在是，所不欲言而卒不能不言在是，所不欲言而竟不言，於所不言求其言亦在是。要不肯撏撦他人之言以爲己言，任舉一篇，無論識與不識，曰：此湯益陽之詩。”在這裏，龔自珍已經非常明確地指出，詩歌應該鮮明地烙下作者自己性格的標記，做到詩如其人。作者在《識某大令集尾》中說：“文章雖小道，達可矣，立其誠可矣。”“完”也就是“達”，是要求作家把自己在封建壓抑下“所欲言”的東西和“所不欲言而卒不能不言”的東西統統表現出來，並且讓讀者能够“於所不言求其言”，只有這樣才能說得上是“完”。而要做到“達”與“完”，就必須“立其誠”，專心抒發眞情實感，“要不肯撏撦他人之言以爲己言”。

龔自珍強調詩歌應當完整地表現個性，在當時是一種相當進步的理論。由於程朱理學的長期統治，封建社會的泯滅個性已經造成了“萬馬齊瘖”的局面，桐城派又竭力提倡正統觀念，維護程朱理學的統治地位。龔自珍如此強調個性，這正是萌芽的民主主義思想在文藝理論上的表現。

戒浮文巧言諭

〔近代〕 洪仁玕 蒙時雍 李春發[1]

照得[2]文以紀實，浮文所在必刪；言貴從心，巧言由來[3]當禁。恭維天父天兄[4]大開天恩，親命我眞聖主天王降凡作主[5]，施行正道[6]，存眞去僞，一洗頹風[7]。是以前蒙我眞聖主降詔，凡前代一切文契[8]書籍不合天情者，概從删除，卽六經等書亦皆蒙御筆改正[9]。非我眞聖主不恤操勞[10]，誠恐其誘惑人心，紊亂眞道，故不得不亟[11]於棄僞從眞，去浮存實，使人人共知虛文之不足尙[12]，而眞理自在人心也。况現當開國之際，一應[13]奏章文諭，尤屬政治所關，更當樸實明曉，不得稍有激刺，挑唆反間，故令人驚奇危懼之筆。且具本章[14]，不得用"龍德"、"龍顔"及"百靈"、"承運"、"社稷"、"宗廟"等妖魔[15]字樣。至祝壽浮詞，如"鶴算"、"龜年"、"嶽降"、"嵩生"及"三生有幸"[16]字樣，尤屬不倫[17]，且涉妄誕。推原其故，蓋由文墨之士，或少年氣盛，喜騁雄談；或新進[18]恃才，欲誇學富。甚至舞文弄筆[19]，一語也而抑揚其詞，則低昂遂判；[20] 一事也而參差其說，則曲直難分。[21]倘或聽之不聰[22]，卽將貽誤非淺。可見用浮文者不惟無益於事，而且有害於事也。

本軍師等近日登朝，荷蒙眞聖主面降聖詔："首要認識天恩主恩東、西王恩[23]。次要實敍其事，從某年月日而來，從何地何人證據，一一敍明，語語確鑿。不得一詞嬌艷，毋庸[24]半字虛浮。但有虔恭之意，不須古典之言。故朕改《字典》爲《字義》也[25]。"本軍師等朝奏，欽遵[26]之下，不勝敬凜[27]。爲此特頒諠諭[28]，仰合朝內外官員書士[29]人等一體週知：嗣後本章稟奏[30]，以及文移書啓[31]，總須切實明透，使人一目了然，拾天情，才符眞道。切不可仍蹈積習[32]，從事虛浮，有負本軍師等諄諄諭誡之至意焉。特此諠諭，各宜凜遵！

羅爾綱《太平天國詩文選》

【註釋】

[1] 洪仁玕(公元一八二二年——一八六四年)——太平天國後期領導人之一。廣東花縣人。洪秀全族弟。曾參與洪秀全組織拜上帝會，後又在上海、香港長期學習西方資本主義文化。一八五九年到達天京，不久即被封爲"文衡總裁"和"精忠軍師頂天扶朝綱干王"。曾發布《資政新篇》等許多革命著作。一八六四年在江西被俘，十一月英勇就義於南昌。　蒙時雍——廣西平南人，太平天國贊王蒙得恩的長子。金田起義時期參加革命。一八六一年蒙得恩病死，蒙時雍襲爵爲幼贊王，與洪仁玕、李春發等同理國事。天京陷落後，有人說他脫走廣東。　李春發——太平天國"殿前忠誠貳天將"，後封順王。天京陷落後，不知所終。

[2] 照得——舊時下行公文或告示的開頭套語，意謂經過查察而知道。

[3] 由來——向來。

[4] 恭維——即恭惟，舊時對上表示恭敬的套語，意謂恭敬地思念着。　天父——基督教上帝耶和華。　天兄——基督教救世主耶穌。

[5] 親命句——這句是說上帝和耶穌親自命令洪秀全降生人間，做天下的君主。天王即洪秀全尊號。一八四三年，洪秀全爲了組織農民革命，在花縣家鄉創立拜上帝會，自稱天父次子，奉命下凡救世。

[6] 正道——指太平天國借上帝名義所推行的思想路綫和方針政策。

[7] 頹風——腐朽没落的風俗習慣。

[8] 文契——文書契約。此處指刻印的文獻。契，刻。

[9] 即六經等書句——六經指儒家的六部經典著作，即《詩經》、《尙書》、《易經》、《禮記》、《樂經》(已佚)、《春秋》。洪秀全建都南京後，"始以四書、五經爲妖書，後經删改准閱"(張汝南《金陵省難記略》)。本句大概就是指這件事。

[10] 非我句——這句是說，洪秀全親自删改六經，並不是因爲他不顧惜自己的

精力。

[11] 亟——急。

[12] 不足尚——不值得推崇。

[13] 一應——一切。

[14] 具——陳述,開列,寫作。 本章——封建時代臣下向皇帝奏事的文書。

[15] 龍德——封建時代對皇帝"功德"的諛頌之詞。«易·乾初九»:"龍德而正中者也。" 龍顔——封建時代對皇帝容貌的諛頌之詞,意謂容顔如龍。 百靈——百神。 承運——承受上帝給予的國運,意謂奉天命而來統治天下。舊時皇帝詔書,開頭一句便是"奉天承運皇帝詔曰"。 社稷——古代帝王、諸侯所祭的土神和穀神,舊時亦用作國家的代稱。 宗廟——古代帝王諸侯祭祀祖宗的廟宇,舊時亦用作王室的代稱。 妖魔——太平天國對封建階級的稱呼。

[16] 鶴算——舊時常用的祝壽之詞,謂以鶴的年壽來計算。«淮南子·説林訓»:"鶴壽千歲。" 龜年——亦爲舊時常用的祝壽之詞。郭璞«游仙詩»有"寧知龜鶴年"之句,相傳龜也有千年之壽。 嶽降、嵩生——意皆謂嶽神降生,語本«詩·大雅·嵩高»:"嵩高惟嶽,峻極於天。惟嶽降神,生甫及申。"詩句的意思是説,四嶽高峻入天,降其神靈和氣,生下了甫侯和申伯。後代遂以嶽降、嵩生諛頌顯貴者,常作祝壽之詞。 三生有幸——極其幸運的意思。佛家以前生、今生、來生爲三生。這句話有明顯的佛教色彩,又常被用作朋友初相識時的俗套之詞。

[17] 不倫——不像樣,不合適。

[18] 新進——舊時稱新中科舉或新入仕途爲新進。

[19] 舞文弄筆——謂在文字上玩弄手段,亂法作奸。«史記·貨殖列傳»:"吏士舞文弄法。"

[20] 一語也二句——謂一句話在用詞上有所褒貶,被議論的對象的高低就有區別了。

[21] 一事也二句——謂陳述一件事而閃爍其詞,是非曲直就難以分明。

[22] 不聰——耳朵不敏感,意謂不善於辨析。

[23] 東、西王——指東王楊秀清,西王蕭朝貴。他們掌握軍政和宗教實權,都被洪秀全承認有代天父、天兄的發言權,所以洪秀全命令官員寫文章時也要認識"東、西王恩"。

[24] 毋庸——不要用。庸與用通。

[25] 故朕句——«字典»即«康熙字典»。洪秀全爲了反對"古典之言",曾經删削«康

熙字典》中的音注，在每一字條下只剩“音×”和“《説文》作×解”，並把書名改爲《字義》。

[26] 欽遵——恭敬遵命。

[27] 敬凛——敬畏。凛與懍通。

[28] 誼諭——即宣諭，布告。

[29] 仰——舊時公文中上級對下級的命令詞，有切望的意思。 書士——辦理文書的吏職人員。

[30] 稟奏——對上級的稟帖。

[31] 文移——平行的公文，包括檄文之類。 書啓——平行的書信。

[32] 仍蹈積習——仍舊陷在長久積成的習慣裏，意謂走老路。

【説明】

本文是太平天國的一篇布告，由洪仁玕、蒙時雍、李春發三人在一八六一年聯銜發布。它是中國農民階級所提出的第一篇完整的文論，是中國農民起義發展到一定階段的產物。原件存倫敦不列顛博物院，無標題，標題是羅爾綱先生在《太平天國詩文選》中所加。

太平天國於一八五三年建都天京後，在頒布《天朝田畝制度》的同時，就已着手文學革命。洪秀全曾發布《改定詩韻詔》説："咨爾史臣，萬樣更新，《詩韻》一部，足啓文明。今特詔左史右史，將朕發出《詩韻》一部，遵朕所改，將其中一切鬼話、怪話、妖話、邪話一概删除淨盡，只留眞話、正話，抄得好好繳進，候朕披閲，刊刻頒行。"（見《太平天國資料叢刊》第三册《賊情彙纂》）據羅爾綱先生考證，此處的《詩韻》就是《詩經》（見《太平天國詩文選》序），可見洪秀全在那"萬象更新"之際也很重視文學的更新。他對文學遺產採取一分爲二的態度，旣反對其中的"鬼話、怪話、妖話、邪話"，又充分肯定"足啓文明"的"眞話、正話"。

洪秀全的觀點一直指導着太平天國的文學革命。一八五九年洪仁玕到達天京並擔任文衡總裁以後，文學革命更加深入。他在這一年所著的《資政新篇》，不僅注意到"文士之短簡長篇，無非空言假話；下僚之稟帖面陳，俱是讒諂讚譽"，而且還把文風之蔽和滿清王朝的反動統治直接聯繫起來，指出當時知識分子往往在滿清貴族統治下，"專事浮文，良可慨矣"。對於滿清王朝和封建統治階級在文風上的夜郎自大，洪仁玕更是竭力反對："凡於往來言語文書，可稱'照會'、'交好'、'通和'、'親愛'等意，其餘'萬方來朝'、'四夷賓服'及'夷'、'狄'、'戎'、'蠻'、'鬼子'一切輕污之字，皆不必說也。蓋輕污字樣是口角取勝之事，不是經綸實際，且招禍也。"

在這篇《戒浮文巧言諭》中，作者從"開國之際"的實際情況出發，認爲文學必須"合天情"，"符眞道"，爲太平天國政治服務，"一應奏章文諭，尤屬政治所關"。以此爲基點，本文對文學的內容和形式都提出了明確的指示和要求。首先，在內容方面，提倡"文以紀實"，"言貴從心"，寫文章要"樸實明曉"，"實叙其事"，"語語確實"，反對"抑揚其詞"、"參差其說"那樣的"舞文弄筆"，反對"龍德、龍顏"、"鶴算、龜年"之類的"妖魔字樣"，反對一切"浮文巧言"。在形式方面，則提倡"使人一目了然"的語體文，"不得一詞嬌艷，毋庸半字虛浮，但有虔恭之意，不須古典之言"。另外，本文還提到改正六經，對古籍"棄僞從眞，去浮存實"一事，重申了洪秀全對於古籍所採取的一分爲二的態度。

太平天國這篇布告是對當時統治清代文壇的桐城派和一切封建文學的有力衝擊，這種理論在中國文學批評史上的地位是非常突出的。當時，龔自珍所開創的進步文論在反封建方面雖然和它有着大致相同的方向，但由于階級立場不同，距離人民的要求還是很遠的。而本文却直接反映了廣大羣衆的要求。當然，由于時代和階級的局限，這篇文論的缺點也是很明顯的，例如完全否定"古典之言"，就不利於文學語言的豐富和發展；主張删改文學遺産，顯然也不是批判繼承的最好的方法。另外，本文的語言也還沒有完全擺脫舊的影響，實踐自己的主張，這對於其所闡述的理論也是有矛盾的。

復莊衞生[1]書

〔近代〕 馮桂芬[2]

蒙[3]讀書爲文三四十年，所作實不少，而才力苶靡[4]不能振，天實限之，亦何敢侈口論文？顧獨不信義法[5]之說。竊謂文者，所以載道也。道非必“天命”、“率性”[6]之謂，舉凡典章、制度，名物、象數[7]，無一非道之所寄，卽無不可著之於文。有能理而董[8]之，闡而明之，探其奥賾[9]，發其精英，斯謂之佳文。

故長於經濟[10]者，論事之文必佳，宣公[11]奏議，未必不勝韓、柳；長於考據者，論古之文必佳，貴與《考》序[12]，未必不勝歐、蘇。文之佳者，隨其平奇濃淡，短長高下，而無不佳。自然有節奏，有步驟，反正相得，左右咸宜，不煩繩削而自合，稱心而言，不必有義法也；文成法立，不必無義法也。

反是言之，魏叔子[13]爲昭代名家，而序梅氏《曆算全書》[14]，不知所云；梅伯言[15]亦近時能手，而序郝氏《爾雅義疏》[16]，開口便錯。無他，強以所不知，困於所不能也。以彼其文，豈不周規折矩，尺步繩趨？[17]佳乎否乎？惟碑版之作[18]，前賢成式俱在，身處後代，不宜偭規矩而改錯[19]，故金石不妨言例[20]，而他文不可言義法。於乎！詁經者以例說《春秋》，而《春秋》晦，必非游、夏一堂之論也；爲政者以例治天下，而天下亂，必非唐、虞、三代之法也；操觚[21]者以義法爲古文，而古文卑，必非先秦兩漢之作也。

瞽論如是，藉求是正，如有以發我矇固，所願聞耳。

執事躬儀黼黻[22]，王路馳驅，際茲國步艱難[23]，方當撥亂反正，别有經天緯地之大文，爲同譜[24]光榮，又豈僅區區翰墨爲勳績邪！

光緒二年校邠廬刊《顯志堂集》卷五

【註釋】

[1] 莊衞生——莊受祺，字衞生，清常州府陽湖縣人。道光二十年進士，授編修，後官浙江布政使。工文善書，尤喜談兵，曾參與鎮壓太平天國革命。

[2] 馮桂芬（公元一八〇九——一八七四年）——林則徐的學生，字林一，號景亭，清蘇州府吳縣人。道光二十年進士，授編修，曾充考官。太平天國定都南京後，馮桂芬在蘇州辦團練，多次攻打上海地區太平軍，並代表江浙官紳給大劊子手曾國藩寫信求援，出謀劃策。他在上海受到較多的資本主義影響，提出了"以中國之倫常名教爲原本，輔以諸國富強之術"的主張，要求學習西方資本主義國家的自然科學和生產技術。這對洋務派和資產階級改良派都有啓發和影響。馮桂芬又以善作古文著名，達官貴人請他作的碑銘傳誌很多。著有《顯志堂集》、《說文段註考證》。

[3] 蒙——自稱的謙辭，猶言愚。

[4] 茶靡——疲敝。茶音涅，疲倦貌。靡，倒下。

[5] 顧——但。 義法——這個術語在《墨子·非命中》和《史記·十二諸侯年表》裏就已出現，均相當於"儀法"。明代古文家王愼中在《曾南豐文粹序》中雖曾提到義法並賦以新意，但大力標舉義法的却是桐城派創始人方苞，《望溪文集》中談到義法的很多，義法遂成爲桐城派文論的基礎和核心。方苞在《又書貨殖列傳後》中說："義卽《易》之所謂'言有物也'，法卽《易》之所謂'言有序也'。義以爲經而法緯之，然後爲成體之文。"但這個解釋太抽象，沒有揭示他的義法論的時代內容和階級本質。實際上，桐城派的義法論乃是封建社會後期以程朱理學爲指導思想的一種文學理論，他們所標舉的"義"，主要是指程朱理學爲中心的禮法綱常；他們所標舉的"法"，主要是指接受了八股文影響的正統古文的程式。

[6] 天命率性——《禮記·中庸》："天命之謂性，率性之謂道。"按：天命是儒家對自然界和人類命運的必然性的觀點和稱謂。儒家認爲這種必然性由"天"決定，故稱天命。率性指遵循天命，實際上是指遵循統治階級的本性。率，循，順。

[7] 名物——指名號和物色，亦指名稱和物產。 象數——指萬物的形象和物的

一切變化。

［8］董——正。

［9］奥賾——幽深隱微。賾音責，幽深難見。《易·繫辭上》："探賾索隱，鈎深致遠。"

［10］經濟——經世濟民，治理國家，約相當於今之政治。

［11］宣公——陸贄(公元七五四年——八〇五年)，字敬輿，謚"宣"，唐蘇州嘉興人。大歷進士，德宗時爲翰林學士，勇於指陳弊政，所作奏議，多用排偶，條理精密，文筆流暢。遺著有《翰苑集》，亦稱《陸宣公奏議》。

［12］貴與——馬端臨(約公元一二二八年——一三二二年)，宋元之際史學家，字貴與，樂平人。宋亡後隱居不仕，仕慈湖、柯山兩書院山長，並撰著《文獻通考》三百四十八卷，記載上古到宋寧宗時的典章制度的沿革。共分二十四門。除因襲杜佑《通典》外，兼採經史、會要、傳記、奏疏、論議及其他文獻，資料較《通典》爲詳，於宋代制度尤稱詳備。歷時二十餘年始成。他以家世關係，熟知宋時學士名流的議論，書中收採很多。又以身遭宋亡慘禍，對宋末統治集團的腐敗極爲憤慨，書中也常加揭發。《考》序——《文獻通考》的序。《考》爲《文獻通考》的簡稱。

［13］魏叔子——魏禧(公元一六二四年——一六八一年)，清初散文家，字叔子，一字冰叔，號裕齋，也號勺庭，江西寧都人。明末諸生。明亡後絕意仕進，隱居翠微峰。有《魏叔子》集。

［14］梅氏《曆算全書》——梅氏指梅文鼎(公元一六三三年——一七二一年)，清代著名的天文學家、數學家。字定九，號勿庵，安徽宣城人。所著《曆算全書》共六十卷，在天文學方面主要是闡明了《大統曆》和介紹西洋曆法，當時認爲是國內最高的成就。

［15］梅伯言——梅曾亮(公元一七八六年——一八五六年)，清散文家，字伯言，江蘇上元人。道光進士，官戶部郎中。少喜駢文，後專力爲古文，師事姚鼐，與管同齊名。居京師二十餘年，治古文者多從之游，爲繼姚鼐之後的桐城派重要作家，亦能詩，有《柏梘山房文集、詩集》。

［16］郝氏《爾雅義疏》——郝氏指郝懿行(公元一七五五年——一八二三年)，清經學家。字恂九，號蘭皋，山東棲霞人。官戶部主事。長於名物訓詁考據之學。《爾雅義疏》是郝氏註釋《爾雅》的著作，援引各書，考釋名物，訂正訛謬，工力很深。

［17］周規折矩尺步繩趨——規、矩是定圓、求方的工具，尺、繩是量長短、校曲折的工具，皆喻指法度、法則。這兩句都是用來說明作文遵循法度。

[18] 碑版之作——指碑誌之類的文章。

[19] 偭規矩而改錯——語出《楚辭·離騷》。偭，違背。改錯，改變措施。錯同措。

[20] 例——規程。

[21] 操觚——見《文賦》註[44]。

[22] 黼黻——見《荀子》註[11]。

[23] 國步艱難——指清王朝遭到太平天國革命的衝擊。國步，謂國家命運，語出《詩·大雅·桑柔》。

[24] 同譜——同宗。

【說明】

清代文壇原以桐城派爲正宗，他們標榜孔、孟、程、朱的"道統"，韓、柳、歐、蘇的"文統"，以及二者結合的所謂"義法"，是爲了適應封建社會後期的政治需要。隨着封建社會的逐步解體和資本主義因素的發展，打破桐城派義法枷鎖的要求也就成了歷史發展的必然趨勢。首先在文學理論上體現這個趨勢的是龔、魏。龔自珍提倡"完"，魏源推崇"逆"，都帶有明顯的民主主義色彩，鋒芒所向，不僅是桐城派問題，但却包括了桐城派。太平天國的革命家們主張"文以紀實"，"言貴從心"，"凡前代一切文契書籍不合天情者，概從删除"，在他們面前也不僅是桐城派問題，但却從根本上打翻了桐城義法。

馮桂芬是林則徐的學生，是鴉片戰爭後的早期改良主義者，他在政治上和太平天國處於對立地位，但對龔、魏的文論却有所繼承。這篇《復莊衞生書》一開頭就說："蒙讀書三四十年，所作實不少……顧獨不信義法之說。"生動體現了鴉片戰爭前後要求打破桐城枷鎖的歷史潮流。本文對桐城派的義法論進行了一次集中的批判，提出了針鋒相對而又相當解放的主張。作者認爲"舉凡典章制度，名物象數，無一非道之所寄，即無不可著之於文"。又說："稱心而言，不必有義法也；文成法立，不必無義法也。"既要求擴大散文的思想內容，又要求解放散文的語言形式，以打破桐城派的義法枷鎖。龔自珍在《明良論四》中曾經指責"天下無巨細，一束之於不可破之例"。馮桂芬認爲桐城義法便是束縛散文發展的"例"，他堅決反對"周規折矩，尺步繩趨”，這種理論的進步義意是很明顯的。龔自珍在《送徐鐵孫序》中主張詩歌要“放之乎三千年青史氏之言，放之乎八儒、三墨、兵、刑、星氣五行，以及古人不欲明言，不忍卒言，而姑猖狂恢詭以言之之言，乃亦摭證之以並世見聞，當代故實，官牘地志，計簿客籍之言，合而以昌其詩，而詩之境乃極”。馮桂芬的這篇文論至少在客觀上是和龔自珍的理論相呼應的。

但本文還認爲“碑版之作，前賢成式俱在，身處後代，不宜偭規矩而改錯”，又贊揚莊衛生鎮壓太平天國革命，說其中“別有經天緯地之大文”，這却突出暴露了馮桂芬文論的地主階級局限性。

古謠諺[1]序

〔近代〕劉毓崧[2]

《虞書》曰："詩言志。"[3]《禮記》申其說曰："志之所至，詩亦至焉。"[4]《詩大序》復釋其義曰："詩也者，志之所之也，在心爲志，發言爲詩。"[5]觀於此，則千古詩敎之源，未有先於言志者矣。

乃近世論詩之士，語及言志，多視爲迂闊而遠於事情[6]，由是風雅漸漓，詩敎不振。抑知言志之道，無待遠求，風雅固其大宗，謠諺尤其顯證。欲探風雅之奥者，不妨先問謠諺之塗。誠以言爲心聲[7]，而謠諺皆天籟[8]自鳴，直抒己志，如風行水上，自然成文，[9]言有盡而意無窮，可以達下情而宣上德，其關係寄託，與風雅表裏相符。蓋風雅之述志，著於文字；而謠諺之述志，發於語言。[10] 語言在文字之先，故點畫不先於聲音，簡札不先於應對。自來講點畫者，兼溯聲音之始；工簡札者，兼求應對之宜；然則談風雅者，兼誦謠諺之詞，豈非言語文學之科實有相因而相濟者乎？

顧前人裒錄謠諺者，如郭氏茂倩之《古樂府解題》[11]、左氏克明之《古樂府》[12]、劉氏履之《風雅翼》[13]、唐氏汝諤之《古詩解》[14]，則有謠無諺；臧氏懋循之《詩所》[15]、郭氏子章之《六語》[16]，則謠諺並收，然皆以謠諺各列一門，而非以謠諺特編一集。至若周氏守忠之《古今諺》[17]，則有諺無謠，楊氏愼之《古今諺》《古今風謠》[18]，則謠諺分載，然其去取界限不甚謹嚴，故古籍每有闕遺，而今語尤多蕪雜，閱者未能滿其志焉。

頃讀觀察杜公手輯《古謠諺》一書，採摭期於至詳，裁鑒期於至審，體例期於至密，訂正期於至精，集諸家之長，而無諸家之失，其包羅宏富，共識爲藝苑之鉅觀矣。而余所以推重此書者，則更在公之聽輿誦[19]而酌民言，深有得乎詩教之本。蓋謠諺之興，由於輿誦，爲政者酌民言而同其好惡，則芻蕘葑菲[20]，均可備詢訪於輶軒[21]，故昔之觀民風者，旣陳詩亦陳謠諺。考之《左氏正義》，以逍遙訓謠，[22]許氏《說文》，以傳言訓諺。[23]夫謠與遙同部[24]，凡發於近地者，卽可行於遠方；諺从彥得聲，凡播於時賢者，卽可傳之來哲。[25]然則謠諺之語，在今日以爲古，在昔時則以爲今，所謂後之視今，猶今之視昔也。[26]

此書有鑑於周、楊兩書之氾濫，故但紀古而不紀今[27]。然公於里諺民謠，最能體察，雖久司鹽筴[28]，未握臺綱，而遇閭閻有控訴於前者，必善爲綏撫，故事不越職，而道濟於生人。加以前此兩攝東亭，輿情愛戴，士民之獻頌者，咸擬諸古循吏焉。此以知古人謠諺，本不啻言志之詩，而編次成書，卽不啻公之言志，信足以闡揚詩教而主持風雅之盟矣。惟祝自今以往，此志愈堅，將見班秩彌高，而政績愈顯；撰著益富，而聲望益隆；其卽以此書爲左券也夫。

成豐曼陀羅華閣刻本《古謠諺》卷首

【註釋】

[1] 古謠諺——清人秀水杜文瀾輯，凡一百卷，爲現存搜集古代謠諺最爲完備的書。其凡例第一則云："謠諺二字之本義，各有專屬主名。蓋謠訓徒歌，歌者詠言之謂，詠言卽永言，永言卽長言也。諺訓傳言，言者直言之謂，直言卽徑言，徑言卽捷言也。長言主于詠歎，故曲折而紆徐；捷言欲其顯明，故平易而疾速。此謠諺所由判也。然二者皆係韻語，體格不甚懸殊。故對文則異，散文則通，可以彼此互訓。……但紀古而不紀今，卽以古謠諺爲名焉。"這書有咸豐刻本及中華書局排印本。

［2］劉毓崧(公元一八一八年——一八六七年)——字伯山，一字松崖，江蘇儀徵人。道光二十年舉優貢生，曾主金陵書局，以經學名家，能傳其父文淇之業。所著除經學著作外，有文集十六卷、詩集一卷。《清史稿》卷四百八十八《儒林三》有傳，附文淇傳後。

［3］虞書曰二句——《尚書》中紀虞舜之事的書稱虞書，自《堯典》至《益稷》共五篇。"詩言志"見《尚書·堯典》註[9]。

［4］志之所至詩亦至焉——見《禮記·孔子閒居》。

［5］詩也者三句——見《毛詩序》註［10］。

［6］多視爲迂闊而遠於事情——《史記·孟子荀卿列傳》："則見以爲迂遠而闊於事情。"

［7］言爲心聲——見元好問《論詩三十首》註［20］。

［8］天籟——見袁枚《答沈大宗伯論詩書》註[6]。

［9］風行水上二句——見蘇洵《仲兄字文甫說》註［10］、［17］。

［10］謠諺之沚志二句——《古謠諺凡例》："謠諺之興，其始止發乎語言，未著於文字。"

［11］郭氏茂倩之古樂府解題——郭茂倩，南宋初渾州須城人，官侍讀學士，編《樂府詩集》一百卷。上起陶唐，下迄五代，分郊廟歌詞十二卷、燕射歌詞三卷、鼓吹曲詞五卷、橫吹曲詞五卷、相和歌詞十八卷、清商曲詞八卷、舞曲歌詞五卷、琴曲歌詞四卷、雜曲歌詞十八卷、近代曲詞四卷、雜謠歌詞七卷、新樂府詞十一卷。每類有解題，徵引浩博，援據精審。

［12］左氏克明之古樂府——左克明《古樂府》。見王驥德《曲律》註［11］。

［13］劉氏履之風雅翼——劉履，字坦之，元末上虞人。編《風雅翼》十四卷。其中第二部分爲《選詩補遺》二卷，取古歌謠詞之散見于傳記諸子和《樂府詩集》的，選錄四十二首，以補《文選》之闕。

［14］唐氏汝諤之古詩解——唐汝諤，字士雅，華亭人。明天啓中官常熟縣敎諭。編《古詩解》二十四卷，分古歌謠辭、古逸雜篇、漢歌謠辭、樂府、詩等五類。

［15］臧氏懋循之詩所——臧懋循(？——公元一六二一年)字晉叔，號顧渚，浙江長興人。萬曆八年進士，官至南京國子監博士。他精研戲曲，兼長詩文，曾於山東王氏、湖北劉氏、福建楊氏及家藏元人雜劇中選出一百種，加以校訂，編爲《元曲選》，對元曲的流傳，影響甚大。并修改湯顯祖的《玉茗堂四夢》；此外還輯有《古詩所》、《唐詩所》；其自著的詩文集名《負苞堂稿》。《詩所》五十六卷，分二十三門，其中有雜歌謠辭、古語古諺二門。

[16] 郭氏子章之六語——郭子章，字相奎，泰和人。明隆慶五年進士，官至兵部尚書。編《六語》三十一卷，分《諺語》七卷、《謠語》七卷、《諧語》七卷、《讔語》二卷、《謎語》二卷、《讖語》六卷。

[17] 周氏守忠之古今諺——周守忠，號榘庵，宋時人。編《古今諺》一卷。

[18] 楊氏愼之古今諺古今風謠——楊愼（公元一四八八年——一五五九年）字用修，號升庵，四川新都人。官至翰林學士，後被謫戍雲南。著作多至百餘種，重要的有《升庵集》。他於詩文主清新，對民間文學也頗重視，曾編纂《古今諺》二卷、《古今風謠》二卷。《四庫全書總目提要》說它所採錄"《賈子》及《太公兵法》引黃帝語，自屬巾機銘之遺文，或《列子》所謂《黃帝書》者，不得謂之爲諺。且是書成于嘉靖癸卯，即載正德、嘉靖時諺，然則愼自造數語，亦可入之矣"。

[19] 輿誦——《國語·晉語》："惠公入而背外內之賂，輿人誦之。"韋昭註："輿，衆也。不歌曰誦。"

[20] 芻蕘——《詩·大雅·板》："先民有言，詢于芻蕘。"《毛傳》："芻蕘，薪采者也。"
葑菲——《詩·邶風·谷風》："采葑采菲，無以下體。"葑與菲，都是菜名。其根有美有惡，采之者不可因根惡時并棄其葉。下體，根。

[21] 輶軒——輕車，古代天子使臣所乘。周、秦時常以每年八月，遣輶軒之使，求各地方言。見應劭《風俗通義序》。

[22] 左氏正義以逍遙訓謠——《左傳》僖公五年："童謠云。"孔穎達《正義》："《釋樂》云：徒歌謂之謠，言無樂而空歌，其聲逍遙然也。"案《爾雅·釋樂》邢昺疏引孫炎注解釋謠爲"聲消搖也"，是乃《左傳正義》所本。

[23] 許氏說文以傳言訓諺——《說文》："諺，傳言也。"

[24] 謠與遙同部——古韻同屬蕭宵肴豪部。

[25] 諺从彥得聲三句——《古謠諺凡例》："諺字从言，彥聲。古人文字本于聲音，凡字之由某字得聲者，必兼取其義。彥訓美士有文，爲人所言。諺既从言，又取義于彥，蓋本係彥士之文言，故又能爲傳世之常言。"

[26] 所謂後之視今二句——《漢書·京房傳》："臣恐後之視今，猶今之視前也。"王羲之《三月三日蘭亭集序》："後之視今，亦猶今之視昔。"

[27] 但紀古而不紀今——《古謠諺凡例》："楊升菴採錄古今謠諺，各爲一編。茲則加以變通，合謠諺爲一集。升庵之失，在于不審限斷。此書深鑑前轍，故但紀古而不紀今。"

[28] 久司鹽筴——《管子》："海王之國，謹正鹽筴。"鹽筴謂食鹽者之戶口册籍。杜文瀾曾官江蘇道員，署兩淮鹽運使。

【説明】

《古謠諺》是我國古代民間歌謠諺語較完備的結集。劉毓崧這篇序言，闡明編者之用心，表現了他對民間謠諺的看法。

我國古代的民間文學，特別是民間詩歌很早就十分發達，從《詩三百篇》到漢、魏、六朝的民歌在文學史上成爲一個光榮的傳統。然而這僅僅是就一部分加工寫定的合樂的詩歌而言，至於那些流傳在人民口頭的謠諺則很少有人重視。先秦諸子和《左傳》裏還保存了一些寶貴的材料，可是到後來，在不少封建士大夫的心目中，謠諺總是被排除於文學範疇之外。例如班固《漢書·五行志》載有不少的謠諺，就是作爲災異而加以徵引，並誣蔑之爲"詩妖"。此文則以爲謠諺"與風雅表裏相符"。他之所以有這樣的看法，是從兩個方面着眼的。

首先，他注意到的是謠諺反映現實的精神及其社會作用。文中強調"詩言志"的意義，認爲詩歌和謠諺同樣地是人們現實生活中思想情感的表現。所不同者，僅僅是"風雅之述志，著於文字；而謠諺之述志，發於語言"。"語言在文字之先"；那末，謠諺比起詩歌來，是更爲原始、更爲直接的材料了。他推原"謠諺之興，由於興誦"，和政治的關係最爲密切，所以說："欲探風雅之奧者，不妨先問謠諺之塗。"文中明確指出：編者採集謠諺的目的，在於"酌民言而同其好惡"，和陳詩觀風有着同等重要的意義。這些意見，都是正確的。但對于謠諺的實質和它的戰鬥性，則認識不够，說他一方面"達下情"，另一方面可以"宣上德"，則是本之儒家"上以風化下，下以風刺上"的傳統詩論。

其次，在語言藝術方面，謠諺是民間流傳的口頭文學，它的特點，往往在粗糙簡樸之中具有一種深刻的表現力；它的音調和語氣，一本自然，能够體現出強烈的情感，堅定的意志。不像文人詩歌，以遣詞造語爲工。此文謂"言爲心聲，而謠諺皆天籟自鳴，直抒己志，如風行水上，自然成文"。他從文字和聲音的關係去說明民間口頭文學的藝術，認爲"言語文學之科，實有相因而相濟者"，這論點也很精闢。

人境廬詩草自序[1]

〔近代〕 黃遵憲[2]

余年十五六，卽學爲詩。[3] 後以奔走四方，東西南北，馳驅少暇，幾幾束之高閣[4]。然以篤好深嗜之故，亦每以餘事及之，雖一行作吏，未遽廢也。[5]士生古人之後，古人之詩，號專門名家者，無慮[6]百數十家，欲棄去古人之糟粕[7]，而不爲古人所束縛，誠戛戛乎其難[8]。雖然，僕嘗以爲詩之外有事，詩之中有人，今之世異於古，今之人亦何必與古人同。嘗於胸中設一詩境：一曰復古人比興之體；一曰以單行之神，運排偶之體；一曰取《離騷》樂府之神理而不襲其貌；一曰用古文家伸縮離合之法以入詩。其取材也：自羣經三史，逮於周、秦諸子之書，許、鄭諸家之注[9]，凡事名物名切於今者，皆采取而假借之。其述事也：舉今日之官書會典[10]方言俗諺，以及古人未有之物，未闢之境，耳目所歷，皆筆而書之。其鍊格也：自曹、鮑、陶、謝、李、杜、韓、蘇訖於晚近小家，不名一格，不專一體，要不失乎爲我之詩。誠如是，未必遽躋古人，其亦足以自立矣。然余固有志焉而未能逮也。詩有之曰："雖不能至，心嚮往之。"[11]聊書於此，以俟他日。光緒十七年六月在倫敦使署[12]，公度自序。

古典文學出版社本《人境廬詩草箋注》卷首

【註釋】

［1］人境廬詩草自序——《人境廬詩草》十一卷，清黃遵憲撰。宣統三年刊於日本，不載此自序。《人境廬詩草箋注》本載此序，係錄自《學衡雜誌》。

［2］黃遵憲(公元一八四八年——一九〇五年)——字公度，廣東嘉應人。光緒二年順天鄉試舉人，由道員歷官使日參贊、美國舊金山總領事、駐英參贊、新嘉坡總領事。光緒二十年，中、日戰事起，由新嘉坡被調回國。二十三年，補湖南長寶鹽法道，署按察使，與巡撫陳寶箴協力舉辦新政。二十四年秋變法失敗，罷歸。著有《人境廬詩草》十一卷、《日本雜事詩》一卷、《日本國志》四十卷。近人又輯其未刊詩爲《人境廬集外詩輯》別行。《清史稿》卷四百七十有傳。

［3］余年十五六卽學爲詩——據黃遵憲《己亥雜詩》自註："十齡學爲詩。塾師以梅州神童蔡蒙吉'一路春鳩啼落花'句命題，余有'春從何處去，鳩亦盡情啼'語。師大驚，次日令賦'一覽衆山小'，余破題：'天下猶爲小，何論眼底山。'因是鄉里甚推異之。"至於《人境廬詩草》存詩，則自十七歲始。

［4］束之高閣——《晉書·庾闡傳》："此輩宜束之高閣。"韓愈《寄盧仝》："《春秋》三傳束高閣。"謂棄置不讀。

［5］一行作吏二句——嵇康《與山巨源絕交書》："一行作吏，此事便廢。"

［6］無慮——大率。言不待計慮而可以知之。

［7］古人之糟粕——指古人作品中粗劣無用的部份，與精華相對。詳見《莊子·天道》。

［8］戛戛乎其難——見韓愈《答李翊書》註［10］。

［9］許鄭諸家之注——許愼有《說文解字》，現存，又有《淮南子解詁》，已佚。鄭玄有《周易註》，已佚；《尙書註》，已佚；《詩箋》，現存；《周禮註》，現存；《儀禮註》，現存；《禮記註》，現存；《孝經註》，現存；《論語註》，已佚；《孟子註》，已佚。

［10］會典——記載一代典章制度的書。明修會典有正德《會典》一百八十卷、萬曆重修二百二十四卷。淸代會典，經過康熙、雍正、乾隆、嘉慶、光緒五次纂輯，光緒《會典》凡一百卷，《事例》一千二百二十卷。

［11］詩有之曰三句——《史記·孔子世家》："太史公曰：《詩》有之：'高山仰止，景行行止。'雖不能至，然心嚮往之。"案：高山二句，是《詩·小雅·車舝》句。雖不能至二句則是司馬遷語，遵憲誤以爲是《詩》語。

［12］光緒十七年句——光緒，淸德宗年號，自公元一八七五年至一九〇八年。光緒十七年當公元一八九一年。這年遵憲四十四歲，爲駐英使館參贊。駐英使臣爲薛福成。

【說明】

黃遵憲是晚淸資產階級改良派在文藝戰線上的一面旗幟。當時改良派的文學理論，與他們的政治改革主張相適應。在詩歌領域內，他們掀起了一個“詩界革命”——實質上是改良——運動。這一運動的中堅人物是譚嗣同、夏曾佑、梁啓超諸人，運動的發動，也正在戊戌變法的前二年。他們提出“以舊風格含新意境”的主張，但在創作實踐上，大都以“堆積滿紙新名詞爲革命”。正如他們所進行的變法維新運動一樣，不徹底性決定了“詩界革命”不可能取得多大的成功。

在“詩界革命”的隊伍中，有卓越的成就的，首推黃遵憲。他不僅在創作方面，高出於同時新派詩的作者，就是詩歌改革主張的提出，也是遠遠地早於譚、夏諸人。他在少年時期，就已有“別創詩界之論”，自“譬之西半球新國”，爲“獨立風雪中清教徒之一人”（語俱見晚年與丘煒萲書）。在二十一歲所寫《雜感》詩中，主張“我手寫我口”，提倡以通俗語言入詩，反對崇古卑今和盲目模仿。而在一八九一年四十四歲官駐英使館參贊時所寫的《人境廬詩草自序》，則是他詩歌改革理論的具體闡述。

在這篇《自序》裏，作者總結了我國古典詩歌遺產方面可以繼承的寫作經驗，系統地提出了“後賢兼舊制”，而又“歷代各清規”的理論綱領。開宗明義，他明確地指出：“詩之外有事，詩之中有人。今之世異於古，今之人亦何必與古人同。”詩歌要反映時代現實，要表現作者的精神面貌。作者的時代，西方資本主義早已打開了中國封建主義的大門，社會在向半封建半殖民地轉化，跟鴉片戰爭以前有了顯著的不同。詩歌也應該反映那樣新的現實而不同於漢、魏、六朝、唐、宋、明、清作家的作品。正如作者晚年與梁啓超信中所說：“意欲掃去詞章家一切陳陳相因之語，用今人所見之理，所用之器，所遭之時勢，一寓之於詩。務使詩中有人，詩外有事，不能施之於他日，移之於他人。”這是作者詩論的核心。全新的內容，通過怎樣的新形式來表達？作者在這裏，揭示了如下四項寫作的原則：第一是復古人比興之體和取《離騷》樂府之神理而不襲其貌。比興是《三百篇》《楚辭》漢樂府、古詩以來常用的方法，也是爲劉勰、鍾嶸、陳子昂、白居易所不斷發展的詩歌理論的重點。作者所強調的是取其神理而不襲其貌。這在他晚年與梁啓超信中又曾具體地闡說：“報中有韻之文，自不可少，然吾以爲不必仿白香山之《新樂府》、尤西堂（侗）之《明史樂府》，當斟酌於彈詞粵謳之間，句或三或九或七或五或長或短，或壯如‘隴上陳安’，或麗如‘河中莫愁’，或濃如

《焦仲卿妻》，或古如《成相篇》，或俳如俳伎詞，易樂府之名而曰雜歌謠，棄史籍而採近事。”這就體現了創新的精神。第二是以單行之神運排偶之體和用古文家伸縮離合之法以入詩。這是以文爲詩的辦法，從唐代韓愈開始，到宋代歐陽修、王安石、蘇軾，都在朝着這方向走。作者所處的時代，現實生活的內容，比過去要豐富複雜得多，以文爲詩的方法，可以擴大詩歌表達的功能，有利於充分反映新的內容。第三是取材於經史古籍的詞彙，借以表現新事物，用官書會典方言俗諺以述事。這樣做，化臭腐爲神奇，豐富了詩歌語言。特別是用方言俗諺以入詩，是作者同時的舊派詩人所不願嘗試的。第四是鍊格的問題，自曹、鮑以下到晚近小家，都要借鑑，吸取其精華；但主要還在於藝術上力求擺脫舊傳統的桎梏，創造自己獨特的面貌。這又是作者和同時代那些學宋的同光體、學八代的湖湘派等復古主義者分歧之點。通過這些，總的是要做到寫自己“耳目所歷”的“古人未有之物，未闢之境”。基於作者在理論上這樣正確的認識，他的創作，也就注入了新的血液，形成了新的風格。

作者對詩歌的作用問題，也有正確的理解的。他曾經肯定詩歌在人類社會中的現實價值與教育意義。在他晚年與梁啓超的信中說：“吾論詩以言志爲體，以感人爲用。孔子所謂‘興于詩’，伯牙所謂移情，卽吸力之說也。”與丘煒萲信中說：“詩雖小道，然歐洲詩人出其鼓吹文明之筆，竟有左右世界之力。”這些說法，補充了《自序》所未及。作者雖然是繼承了孔子以來的詩論傳統，但在新的時代激盪下，把這一理論提到了更高的階段。

當然，作者的詩論，只還是一種“舊瓶裝新酒”的改良。他在與嚴復的信中曾經說過文界“無革命而有維新”，因而他的詩歌理論和創作，只能在舊體詩的範疇內求變，結三千年舊詩之局。至于如丘逢甲在《人境廬詩草跋》中所贊揚：“茫茫詩海，手闢新洲”，“變舊詩國爲新詩國”，則作者還是力有所不逮的。

論白話爲維新[1]之本

〔近代〕 裘廷梁[2]

今天下之人莫不曰:“國將亡矣,可奈何!”問其將亡之說,曰:“國無人焉耳。”之人也,非眞知亡者也。古有亡天下之君,亡天下之相,亡天下之官吏;今數者皆無之,而有亡天下之民。是故古之善覘[3]國者覘其君,今之善覘國者覘其民。入其國而智民多者,靡學不新,靡業不奮,靡利不興;君之於民,如腦筋於耳目手足,此動彼應,頃刻而成。入其國而智民少者,靡學不腐,靡業不頹,靡利不湮;士無大志,商乏遠圖,農工狃[4]舊習,盲新法;盡天下之民,去光就暗,蠢蠢如鹿豕;雖明詔頻下,鼓舞而作新之,如擊輭棉,闃[5]其無聲,如震聾聾,充耳不聞。

有文字爲智國,無文字爲愚國;識字爲智民,不識字爲愚民:地球萬國之所同也。獨吾中國有文字而不得爲智國,民識字而不得爲智民,何哉?裘廷梁曰:此文言之爲害矣。人類初生,匪直無文字,亦且無話,咿咿啞啞,啁啁啾啾,與鳥獸等,而其音較鳥獸爲繁。於是因音生話,因話生文字。文字者,天下人公用之留聲器也。文字之始,白話而已矣。於何證之?一證之五帝[6]時,有作衣服,有作宮室,有作舟車,有作耒耜,有作弓矢,有敎民醫藥,有敎民稼穡,有敎民人倫之道,悟一新理,創一新法,製一新器,一手一足,一口一舌,必不能胥[7]天下之民而盡敎之。故凡精通製造之聖人必著書,著書必白話。嗚呼!使皆如今之文言,雖有良法,奚能遍傳於天下矣?再證之三王[8]時,誓師有辭[9],遷都有誥[10],朝廷一二非常舉動,不憚反覆演說,大聲疾呼,彼其意惟恐不大白於天下，故文告皆白話。而後人以爲佶屈難解者，年代緜邈，文字不變而語變也。三證之春秋時，《三墳》、《五典》，《八索》、《九邱》，在爾時爲文言矣，不聞人人誦習。《詩》、《春秋》、《論語》、《孝經》皆雜用方言，漢時山東諸大師[11]去古未遠，猶各以方音讀之，轉相授受。老聃楚人也，孔子用楚語，繙十二經以示聃，[12] 土話譯書，始於是矣。故曰"辭達而已矣"。後人不明斯義，必取古人言語與今人不相肖者而摹仿之，於是文與言判然爲二，一人之身，而手口異國，實爲二千年來文字一大厄。

朝廷不以實學取士，父師不以實學敎子弟，普天下無實學，吾無怪焉矣。乃至日操筆言文，而示以文義之稍古者，輒驚愕或笑置之，託他辭自解，終不一寓目。嗚呼！文言之害，靡獨商受之，農受之，工受之，童子受之，今之服方領習矩步者[13]皆受之矣；不甯惟是，愈工於文言者，其受困愈甚。二千年來，海內重望，耗精敝神，窮歲月爲之不知止，自今視之，廑廑足自娛，益天下蓋寡。嗚呼！使古之君天下者，崇白話而廢文言，則吾黃人聰明才力無他途以奪之，必且務爲有用之學，何至闇沒如斯矣？吾一不知夫古人之創造文字，將以便天下之人乎？抑以困天下之人乎？人之求通文字，將驅遣之爲我用乎？抑將窮老盡氣，受役於文字，以人爲文字之奴隸乎？且夫文字，至無奇也。蒼頡、沮誦[14]，造字之人也，其功與造話同。而後人獨視文字爲至珍貴之物，從而崇尚之者，是未知創造文字之旨也。今夫"一大"之爲"天"也，"山水土"之爲"地"也[15]，亦後之人踵事增華，從而粉飾之耳。彼其造字之始，本無精義，不過有事可指則指之，有形可象則象之，象形指事[16]之俱窮，則亦任意塗抹，強名之曰某字某字，以代結繩之用而已。今好古者不聞其尊繩也，而獨尊文字，吾烏知其果何說也？或曰：會意諧聲[17]，非文字精義耶？曰：會意諧聲，便記認而已，何精義之有？中文也，西文也，橫直不同，而爲用同。文言也，白話也，繁簡不同，而爲用同。祇有遲速，更無精粗。必欲重此而輕彼，吾又烏知其何説也？且夫文言之美，非眞美也。漢以前書曰羣經，曰諸子，曰傳記，其爲言也，必先有所以爲言者存。今雖以白話代之，質幹具存，不損其美。漢後説理記事之書，去其膚淺，删其繁複，可存者百不一二。此外汗牛充棟，效顰以爲工，學步以爲巧，調朱傅粉以爲妍，使以白話譯之，外美既去，陋質悉呈，好古之士，將駭而走耳。

請言白話之益。一曰省日力：讀文言日盡一卷者，白話可十之，少亦五之三之，博極羣書，夫人而能。二曰除憍[18]氣：文人陋習，尊己輕人，流毒天下；奪其所恃，人人氣沮，必將進求實學。三曰免枉讀：善讀書者，略糟粕而取菁英；不善讀書者，昧菁英而矜糟粕。買櫝還珠，雖多奚益？改用白話，决無此病。四曰保聖教：《學》、《庸》、《論》、《孟》，皆二千年前古書，語簡理豐，非卓識高才，未易領悟。譯以白話，間附今義，發明精奥，庶人人知聖教之大略。五曰便幼學：一切學堂功課書，皆用白話編輯，逐日講解，積三四年之力，必能通知中外古今及環球各種學問之崖略，視今日魁儒耆宿，殆將過之。六曰鍊心力：華人讀書，偏重記性。今用白話，不恃熟讀，而恃精思，腦力愈濬愈靈[19]，奇異之才，將必迭出，爲天下用。七曰少棄才：圓顱方趾，才性不齊；優於藝者或短於文，違性施教，决無成就。今改用白話，庶幾各精一藝，游惰可免。八曰便貧民：農書商書工藝書，用白話輯譯，鄉僻童子，各就其業，受讀一二年，終身受用不盡。然此八益，第虚言其理，人或未信也。

請言其效。成周[20]之時，文字與語言合，聆之於耳，按之於書，殆無以異。故童子始入小學，卽以離經斷句，爲第一年之課程，讀書之效如是其速也。其時學校之制，二十五家爲一巷，巷爲之門，門側立小學堂。小學堂之制，每歲農事畢，同巷子弟，相從讀書，距冬至四十五日，復出學就農業。計一年在學，不滿九十日；在小學七年而出，亦僅與今人二年相抵耳。然其間秀異之才，一升而入五百家公立之學堂，再升而入萬二千五百家公立之學堂，以次達於朝廷，而爲官者，所在恆有。其不能升者，退就他業，罔不通曉物理，周知時事。降及春秋，植杖之叟，耦耕之夫，販牛之商，斵輪之工，散見於傳記諸書，猶往往不絕。西人公理家之言曰：凡人才智，愈後愈勝，古人必不如今人也。乃以其言觀吾今日之中國，舉天下如坐眢井[21]，以視古人智愚懸絕，乃至不可以道里計。豈今人果不古若哉？抑亦讀書之難易爲之矣。讀書難故成就者寡，今日是也；讀書易故成就者多，成周是也。此中國古時用白話之效。

耶氏[22]之傳敎也，不用希語[23]，而用阿拉密克之蓋立里[24]土白。以希語古雅，非文學士不曉也。後世傳耶敎者，皆深明此意，所至輒以其地俗語，譯《舊約》、《新約》[25]。臭拉非氏之至戈阤大族也[26]，美阤的無士、施里無士之至司拉弗也[27]，摹法、司咯、賁特[28]三人之至非洲也，皆先學其土語，然後爲之造字著書以敎之。千餘年來，彼敎寖昌寖熾。而吾中國政治藝術，靡一事不惡[29]於西人，僅僅以孔敎自雄，猶且一奪於老，再奪於佛，三奪於回回[30]，四奪於白蓮、天理[31]諸邪敎，五奪於耶氏之徒。彼耶敎之廣也，於全地球占十之八。儒敎於全地球僅十之一，而猶有他敎雜其中。然則文言之光力，不如白話之普照也，昭昭然矣。泰西人士，旣悟斯義，始用埃及象形字[32]，一變爲羅馬新字[33]，再變爲各國方言，盡譯希臘、羅馬之古籍，立於學官，列於科目。而新書新報之日出不窮者，無愚智皆讀之。是以人才之盛，橫絕地球。則泰西[34]用白話之效。

日本文辭深淺高下之率，以和、漢[35]字多少爲差。深於文者，和字少漢字多；其尤深者，純漢字而無和矣。淺於文者，和字多漢字少；其尤淺者，純和字而無漢矣。其始，學士大夫鄙和文俚俗，物茂卿[36]輩至欲盡廢之爲快，而市井通用，頗以爲便。數歲小兒學語之後，能通和訓，即能看小說，作家書，比之漢文，難易殊絕。維新[37]以後，譯書充牣，新報坌涌[38]，一用和文。故其國工業商務兵制，愈研愈精，泰西諸國，猶眀眀[39]畏之，以區區數小島之民，皆有雄視全球之志。則日本用白話之效。

由斯言之，愚天下之具，莫文言若；智天下之具，莫白話若。吾中國而不欲智天下斯已矣，苟欲智之，而猶以文言樹天下之的，則吾前所云八益者，以反比例求之，其敗壞天下才智之民亦已甚矣。吾今爲一言以蔽之曰：文言興而後實學廢，白話行而後實學興；實學不興，是謂無民。

原載«蘇報»，轉錄自«清議報全編»卷二十六

【註釋】

[1] 維新——這裏指中國十九世紀末葉出現的資產階級改良派的維新運動。這種思潮在當時具有進步意義和愛國主義性質，其特點是主張通過自上而下的改良主義的道路，改革舊法，施行新政，在保留君主專制的政體下，使中國走向資本主義，以挽救當時日益嚴重的民族危機，緩和日益尖銳的階級矛盾。

[2] 裘廷梁(公元一八五七年——一九四三年)——字葆良，別字可桴，江蘇無錫人。戊戌變法前後配合梁啓超等進行資產階級改良主義的文化思想的宣傳。他竭力倡導白話文，是«無錫白話報»的主要創辦人。著有«可桴文存»。

[3] 覘——觀察

[4] 狃——習以爲常、貪。

[5] 闃——靜。

[6] 五帝——傳說中上古時代的五個帝王。«史記»以黃帝、顓頊、帝嚳、唐堯、虞舜爲五帝。

[7] 胥——相與，皆。«詩·小雅·角弓»："爾之教矣，民胥效矣。"

[8] 三王——夏、商、周三代開國之君主，指夏禹、商湯、周文王。

[9] 誓師有辭——如«尚書·湯誓»，是伊尹相湯伐桀，戰於鳴條之野的誓辭。

[10] 遷都有誥——如《尚書·盤庚》，是盤庚遷殷時對貴族、臣僚演講的記錄。

[11] 漢時山東諸大師——漢初傳授《尚書》的伏勝是濟南人；治《詩》的申公是魯人，轅固是齊人；漢武帝時經學大師孔安國是曲阜人。

[12] 老聃楚人三句——老聃，卽老子，姓李，名耳，字伯陽，謚曰聃，《史記·老莊申韓列傳》說他是"楚苦縣厲鄉曲仁里人"。繙十二經以示聃——語本《莊子·天道》："孔子西藏書於周室，……往見老聃，而老聃不許，於是繙十二經以說。"繙，翻。十二經，陸德明《經典釋文》卷二十七："說者云：'《詩》、《書》、《禮》、《樂》、《易》、《春秋》六經，又加六緯，合爲十二經也。'一說云：'《易》上下經並十翼爲十二。'又一云：'《春秋》十二公經也。'"案：《莊子》一書是莊子和莊子一派的思想理論著作，其所運用資料大多數屬於虛構。孔子繙經之說不是信史。

[13] 服方領習矩步者——《後漢書·儒林傳序》："建武五年，乃修起大學……服方領習矩步者，委它乎其中。"方領矩步，古代學者的服飾和容態。方領，直的衣領。矩步，行步合乎規矩。

[14] 蒼頡——舊傳他是黃帝的右史臣，創造漢字的始祖。許愼《說文解字序》："黃帝之史倉頡，見鳥獸蹏迒之迹，知分理之可相別異也，初造書契。"沮誦——舊傳他是黃帝的左史臣，與倉頡共同創造漢字。衛恆《四體書勢》："沮誦，黃帝史，始作書契，紀綱萬事。"

[15] 山水土之爲地也——"地"字的古寫爲"坔"，《漢書·趙充國傳》："令不得歸肥饒之坔。"

[16] 象形——描摹實物的造字法。指事——以象徵性的符號表示意義的造字法。

[17] 會意——集合兩個以上的字以表示一個意義的造字法。諧聲——意符和聲符並用的造字法。

[18] 憍——驕傲。

[19] 愈濬愈靈——愈深入思考就愈靈活。濬，深。

[20] 成周——古代常稱東周爲"成周"，西周爲"宗周"，但這裏係泛指周代而言。

[21] 眢井——無水的廢井。

[22] 耶氏——卽耶穌，基督教傳說中的創始人，稱爲"基督"。基督教根據《聖經·新約全書》中的故事推算，認爲耶穌存在於公元一世紀初期。

[23] 希語——此處當指古猶太人早期用的希伯來語（《舊約聖經》多用此種文字寫成），不是指希臘語。因爲自亞歷山大大帝之後，希臘語在中東、西亞一帶已是普通民間用語了。

[24] 阿拉密克——閃族(亦譯"塞姆族")語的一種，古猶太人晚期用語，《舊約聖經》有用此種文字抄寫的。　蓋立里——約旦河上游的加利利海(湖)，現在名叫太巴烈湖。據《新約聖經》上說，耶穌生前曾多次在加利利海邊講道，用少量食品分給數千聽衆吃，不但能够使大家吃飽，而且還有多餘。

[25] 舊約——基督教《聖經》的前一部分，承繼自猶太教。猶太教稱《聖經》爲神與人立的"約"，基督教承繼此說，但稱基督降世後神與人重立了"新約"，故將自猶太教承受下來的部分名爲《舊約全書》。　新約——基督教《聖經》的後一部分，多用希臘文寫成。基督教稱《聖經》的前一部分爲神與人所立的"舊約"，後一部分爲基督降世後神與人重立的"新約"，故稱《新約全書》。

[26] 吳拉非——活動於公元三四〇年至三四八年。羅馬主教(後來稱教皇)曾派他到哥德人(羅馬帝國時蠻族日爾曼人的一支)中去傳教。他使哥德人改宗阿里阿教。阿里阿教信奉亞歷山大利亞的高僧阿里烏斯(公元？——三三六年)的教旨，是基督教的一派。　戈陀大族——卽哥德人。

[27] 美陀的無士(公元？——八八五年)——希臘東正教在帖撒羅尼迦的傳教士。在公元八六三年至八八五年間，他和另一傳教士西里爾到摩拉維亞和波希米亞的西斯拉夫人中間去傳教，使西斯拉夫人改宗基督教。他們創造了斯拉夫字母，並在教會事務中運用斯拉夫文，使斯拉夫基督教和君士坦丁堡教會開始聯結。　施里無士——卽上述之西里爾。　司拉弗——卽"斯拉夫"。

[28] 摹法(公元一七九五年——一八八三年)——蘇格蘭傳教士，曾至非洲等地傳教，翻譯過《新約全書》和《舊約全書》爲塞庫語。　司喀——待查。　貴特——待查。

[29] 恧——慚愧。

[30] 回回——卽伊斯蘭教，是公元七世紀初阿拉伯半島麥加人穆罕默德所創立的一神教，與佛教、基督教並稱爲世界三大宗教。七世紀中葉傳入中國。

[31] 白蓮——卽白蓮教，混合有佛教、明教、彌勒教等成分的秘密宗教組織，起源於宋代，到元代逐漸流行，雖曾被禁止，但參加者反越來越多。元明清三代常被農民利用爲組織鬭爭的工具。　天理——白蓮教支派八卦教的別名。淸嘉慶年間林淸、李文成曾用來組織河北、山東、河南的農民起義。

[32] 埃及象形字——今稱"埃及聖書字"。古代埃及的文字，人類最古的文字之一。是一種表意兼表音的文字，其意符和聲符都來源於象形的圖形。

[33] 羅馬新字——卽"拉丁字母"，最初只有二十個，後來增加到二十六個。由於形體簡單淸楚，便於認讀書寫，流傳很廣，成爲世界上最通行的字母。

[34] 泰西——指歐洲和美洲。泰，極。泰西，意爲極西的地方。

[35] 和——卽"和文"，也就是日文。日本一名大和，所以日文又稱和文。日文的字母以音節爲單位，其字母表稱"五十音圖"。 漢——日本文字中借用的漢字。只借漢字的形和義，不借漢字的音，叫"訓讀"；用漢字原來的音來讀漢字，稱作"音讀"。

[36] 物茂卿（公元一六六六年——一七二八年）——名雙松，號徂徠，茂卿爲其字。日本著名的儒學家，尊崇孔子，倡復古學，專心古文辭，稱"蘐園學派"。

[37] 維新——指日本于公元一八六八年以推翻德川幕府爲主要標誌的明治維新運動。

[38] 坌涌——並起。

[39] 眲眲——側目相視。

【説明】

十九世紀末葉，資產階級改良派在進行政治改良運動的同時，也在文化領域掀起了一個白話文運動，一八九七年發表於《蘇報》的裘廷梁的《論白話爲維新之本》是這方面的著名論文。

在裘廷梁之前，黄遵憲已經提出了語言文字合一的問題。在本文中，裘廷梁對這個問題作了進一步的發揮。他從語言、文字的發展和古人對文字的運用等方面説明"文字之始，白話而已矣"，指出文字在開始產生時就是和語言一致的。他還指出，文字本身並"無奇"可言，"象形指事"、"會意諧聲"等造字原則也毫不神祕，不論是"中文"還是"西文"，人類創造它們都是爲了"便天下之人"，而不是爲了"困天下之人"；後來的人不明白祖先創造文字完全是爲了實際應用，只知"好古"，一味摹仿"古人言語"，致使"文與言判然爲二"，結果不是使文字爲自己服務，反而使自己變成文字的奴隸，這實際上是我國二千年文化的不幸。

語言和文字分離，這就等於"一人之身而手口異國"。脫離語言實際的文言文弊害很多，商、農、工、學生固然是文言文的受害者，就連"工於文言"的知識分子也不例外，而且是"受困愈甚"。在裘廷梁看來，如果沒有文言文的束縛，那麼人們的"聰明才力無他途以奪之，必且務爲有用之學"。他甚至認爲中國之所以會形成"有文字而不得爲智國，民識字而不得爲智民"

的狀况，也完全是由於“文言之爲害”的結果。這裏應該指出，資產階級改良主義者不可能從社會制度上去尋找社會弊病的根源，裘廷梁把一切都歸之於文言文的危害顯然是錯誤的。但是，他能把文字、語言的關係提到與政治改革血肉相聯的高度，並以此爲出發點去批判文言文所造成的種種弊害，在當時來講有一定進步意義，批判也是比較有力的。

在批判文言文弊害的基礎上，裘廷梁明確主張用白話文代替文言文，在白話文運動史上鮮明地提出“崇白話而廢文言”的口號。他把白話文的地位提得很高，把白話文視爲“維新之本”，是因爲它與語言實際相一致，通俗易懂，具有文言文所無法比擬的優越性。在本文中，他除了用“成周”、“泰西”、“日本”等實例證明白話文的實際功效外，並從理論上詳細闡述了使用白話文的“八益”，其中除了“保聖教”表現了落後的思想傾向外，其它多數的見解還是在不同程度上符合實際情况的。裘廷梁大力提倡白話文的主張，反映了當時資產階級意識到只有用這種通俗易懂的白話文進行宣傳，他們的政治主張才能爲人們所了解，才能眞正起號召、組織民衆的作用。正是由於時代的政治鬬爭、思想鬬爭的需要，當然也由於裘廷梁等白話文運動先驅者們的提倡，在當時逐漸形成了一個規模巨大的白話文運動，白話報刊和白話書籍大量出版，用白話進行政治宣傳和教育蔚然成風。爲了做到語言與文字統一，拼音文字的工作也有了很大開展，這是晚淸白話文運動的重要組成部分。倡導拼音文字的王照是戊戌變法領導人之一，他創造了“官話字母”六十個，對後來的拼音文字運動有很大的影響。

在晚淸白話文運動史上，裘廷梁有着積極的貢獻。但是他雖然大力提倡白話文，可是自己這篇提倡白話文的文章本身就是用文言文寫的；他們在主張用白話文宣傳在當時有進步意義的資本主義思想和變法維新思想的同時，還提出“保聖教”之說，等等。凡此種種都說明裘廷梁的主張以及當時整個白話文運動的濃厚的改良主義實質。它是資產階級政治上的改良主義的反映。政治上、文化上的改良主義都是由中國民族資產階級的軟弱性所決定的。

論小說與羣治之關係

〔近代〕 梁啓超[1]

欲新一國之民，不可不先新一國之小說。故欲新道德，必新小說；欲新宗教，必新小說；欲新政治，必新小說；欲新風俗，必新小說；欲新學藝，必新小說；乃至欲新人心，欲新人格，必新小說。何以故？小說有不可思議之力支配人道故。

吾今且發一問：人類之普通性，何以嗜他書不如其嗜小說？答者必曰：以其淺而易解故，以其樂而多趣故。是固然；雖然，未足以盡其情也。文之淺而易解者，不必小說；尋常婦孺之函札，官樣之文牘，亦非有艱深難讀者存也，顧誰則嗜之？不寧惟是。彼高才贍學之士，能讀《墳》《典》《索》《邱》[2]，能註蟲魚草木[3]，彼其視淵古之文，與平易之文，應無所擇，而何以獨嗜小說？是第一說有所未盡也。小說之以賞心樂事[4]爲目的者固多，然此等顧不甚爲世所重；其最受歡迎者，則必其可驚可愕可悲可感，讀之而生出無量噩夢，抹出無量眼淚者也。夫使以欲樂故而嗜此也，而何爲偏取此反比例之物而自苦也？是第二說有所未盡也。吾冥思之，窮鞫[5]之，殆有兩因：凡人之性，常非能以現境界[6]而自滿足者也。而此蠢蠢軀殼，其所能觸能受之境界[7]，又頑狹短局而至有限也。故常欲于其直接以觸以受之外，而間接有所觸有所受，所謂身外之身，世界外之世界也。此等識想[8]，不獨利根[9]衆生有之，即鈍根[10]衆生亦有焉。而導其根器[11]，使日趨于鈍，日趨于利者，其力量無大于小說。小說者，常導人游于他境界，而變換其常觸常受之空氣者也。此其一。人之恆情，于其所懷抱之想像，所經閲之境界，往往有行之不知，習矣不察者；無論爲哀爲樂，爲怨爲怒，爲戀爲駭，爲憂爲慚，常若知其然而不知其所以然。欲摹寫其情狀，而心不能自喻，口不能自宣，筆不能自傳。有人焉，和盤托出，徹底而發露之，則拍案叫絕曰："善哉善哉，如是如是。"[12]所謂"夫子言之，于我心有戚戚焉"，[13]感人之深，莫此爲甚。此其二。此二者，實文章之眞諦[14]，筆舌之能事。苟能批此窾，導此窾，[15]則無論爲何等之文，皆足以移人；而諸文之中能極其妙而神其技者，莫小説若。故曰，小説爲文學之最上乘也。由前之説，則理想派小説尙焉；由後之説，則寫實派小説尙焉。小説種目雖多，未有能出此兩派範圍外者也。

抑小説之支配人道也，復有四種力：一曰熏[16]。熏也者，如入雲煙中而爲其所烘，如近墨朱處而爲其所染；《楞伽經》所謂"迷智爲識，轉識成智"者，[17]皆恃此力。人之讀一小説也，不知不覺之間，而眼識[18]爲之迷漾，而腦筋爲之搖颺，而神經爲之營注；今日變一二焉，明日變一二焉；刹那刹那[19]，相斷相續；久之而此小説之境界，遂入其靈臺[20]而據之，成爲一特别之原質之種子[21]。有此種子故，他日又更有所觸所受者，旦旦而熏之，種子愈盛，而又以之熏他人。故此種子遂可以徧世界，一切器世間有情世間之所以成所以住[22]，皆此爲因緣也[23]。而小説則巍巍焉具此威德以操縱衆生者也。二曰浸。熏以空間言，故其力之大小，存其界之廣狹；浸以時間言，故其力之大小，存其界之長短。浸也者，入而與之俱化者也。人之讀一小説也，往往既終卷後數日或數旬而終不能釋然，讀《紅樓》竟者，必有餘戀有餘悲，讀《水滸》竟者，必有餘快有餘怒，何也？浸之力使然也。等是佳作也，而其卷帙愈繁事實愈多者，則其浸人也亦愈甚；如酒焉，作十日飲，則作百日醉。我佛從菩提樹[24]下起，便説偕大一部《華嚴》[25]，正以此也。三曰刺。刺也者，刺激之義也。熏浸之力利用漸[26]，刺之力利用頓[27]。熏浸之力，在使感受者不覺；刺之力，在使感受者驟覺。刺也者，能入于一刹那頃，忽起異感而不能自制者也。我本藹然和也，乃讀林沖雪天三限[28]，武松飛雲浦一厄[29]，何以忽然髮指？我本愉然樂也，乃讀晴雯出大觀園[30]，黛玉死瀟湘館[31]，何以忽然淚流？我本肅然莊也，乃讀實甫(原本作"齋"，誤)之《琴心》、《酬簡》，[32]東塘之《眠香》、《訪翠》，[33]何以忽然情動？若是者，皆所謂刺激也。大抵腦筋愈敏之人，則其受刺激力也愈速且劇。而要之必以其書所含刺激力之大小爲比例。禪宗之一棒一喝[34]，皆利用此刺激力以度人者也。此力之爲用也，文字不如語言。然語言力所被，不能廣不能久也，于是不得不乞靈于文字。在文字中，則文言不如其俗語，莊論不如其寓言。故具此力最大者，非小說末由。四曰提。前三者之力，自外而灌之使入；提之力，自內而脱之使出，實佛法之最上乘也。凡讀小說者，必常若自化其身焉，入于書中，而爲其書之主人翁。讀《野叟曝言》[35]者，必自擬文素臣。讀《石頭記》者，必自擬賈寶玉。讀《花月痕》[36]者，必自擬韓荷生若韋癡珠。讀"梁山泊"者，必自擬黑旋風若花和尙。雖讀者自辯其無是心焉，吾不信也。夫旣化其身以入書中矣，則當其讀此書時，此身已非我有，截然去此界以入于彼界，所謂華嚴樓閣[37]，帝網重重[38]，一毛孔中[39]，萬億蓮花[40]，一彈指頃[41]，百千浩劫[42]，文字移人，至此而極。然則吾書中主人翁而華盛頓，則讀者將化身爲華盛頓，主人翁而拿破崙，則讀者將化身爲拿破崙，主人翁而釋迦、孔子，則讀者將化身爲釋迦、孔子，有斷然也。度世之不二法門[43]，豈有過此？此四力者，可以盧牟[44]一世，亭毒[45]羣倫，敎主之所以能立敎門，政治家所以能組織政黨，莫不賴是。文家能得其一，則爲文豪，能兼其四，則爲文聖。有此四力而用之于善，則可以福億兆人；有此四力而用之于惡，則可以毒萬千載。而此四力所最易寄者，惟小說。可愛哉小說！可畏哉小說！

小說之爲體，其易入人也既如彼，其爲用之易感人也又如此，故人類之普通性，嗜他文終不如其嗜小說，此殆心理學自然之作用，非人力之所得而易也。此天下萬國凡有血氣者[46]莫不皆然，非直吾赤縣神州[47]之民也。夫既已嗜之矣，且徧嗜之矣，則小說之在一羣也，既已如空氣如菽粟，欲避不得避，欲屏不得屏，而日日相與呼吸之餐嚼之矣。于此其空氣而苟含有穢質也，其菽粟而苟含有毒性也，則其人之食息于此間者，必憔悴，必萎病，必慘死，必墮落，此不待蓍龜[48]而決也。于此而不潔淨其空氣，不別擇其菽粟，則雖日餌以參苓[49]，日施以刀圭[50]，而此羣中人之老病死苦[51]，終不可得救。知此義，則吾中國羣治腐敗之總根原，可以識矣。吾中國人狀元宰相之思想何自來乎？小說也。吾中國人佳人才子之思想何自來乎？小說也。吾中國人江湖盜賊之思想何自來乎？小說也。吾中國人妖巫狐鬼（原本作"兎"，據《中國近代文論選》本校改）之思想何自來乎？小說也。若是者，豈嘗有人焉提其耳而誨之，傳諸鉢而授之也？而下自屠爨販卒、嫗娃童稚，上至大人先生、高才碩學，凡此諸思想，必居一于是，莫或使之，若或使之，蓋百數十種小說之力直接間接以毒人，如此其甚也。（原註：即有不好讀小說者，而此等小說既已漸漬社會，成爲風氣。其未出胎也，固已承此遺傳焉。其既入世也，又復受此感染焉。雖有賢智，亦不能自拔。故謂之間接。）今我國民惑堪輿[52]，惑相命，惑卜筮，惑祈禳，因風水[53]而阻止鐵路，阻止開礦，爭墳墓而闔族械鬬，殺人如草，因迎神賽會，而歲耗百萬金錢，廢時生事，消耗國力者，曰惟小說之故。今我國民慕科第若羶[54]，趨爵祿若鶩，奴顏婢膝，寡廉鮮恥，惟思以十年螢雪[55]，暮夜苞苴[56]，易其歸驕妻妾、武斷鄉曲一日之快，遂至名節大防，掃地以盡者，曰惟小說之故。今我國民輕棄信義，權謀詭詐，雲翻雨覆，苛刻涼薄，馴至盡人皆機心，舉國皆荆棘者，曰惟小說之故。今我國民輕薄無行，沈溺聲色，綣戀牀笫，纏綿歌泣于春花秋月，銷磨其少壯活潑之氣，青年子弟，自十五歲至三十歲，惟以多情多感多愁多病爲一大事業，兒女情多，風雲氣少[57]，甚者爲傷風敗俗之行，毒徧社會，曰惟小說之故。今我國民，綠林[58]豪傑，徧地皆是，日日有桃園之拜，處處爲梁山之盟，所謂"大碗酒，大塊肉，分秤稱金銀，論套穿衣服"[59]等思想，充塞于下等社會之腦中，遂成爲哥老、大刀[60]等會，卒至有如義和拳者起，淪陷京國，啓召外戎，曰惟小說之故。[61]嗚呼！小說之陷溺人羣，乃至如是，乃至如是！大聖鴻哲數萬言諄誨之而不足者，華士[62]坊賈一二書敗壞之而有餘。斯事既愈爲大雅君子所不屑道，則愈不得不專歸于華士坊賈之手。而其性質其位置，又如空氣然，如菽粟然，爲一社會中不可得避不可得屏之物，于是華士坊賈，遂至握一國之主權而操縱之矣。嗚呼！使長此而終古也，則吾國前途尚可問耶，尚可問耶！故今日欲改良羣治，必自小說界革命始；欲新民，必自新小說始。

中華書局排印本《飲冰室全集》論說文類

【註釋】

［1］梁啓超（公元一八七三年——一九二九年）——字卓如，號任公，别署飲冰室主人，廣東新會人。清光緒十五年舉人，參與戊戌變法。入民國，歷官司法部總長、財政部總長，著《飲冰室合集》，包括文集與專集兩部分。

［2］墳典索邱——即《左傳》所云三墳、五典、八索、九邱。這裏泛指先秦古籍。

［3］能註蟲魚草木——《爾雅》第十三《釋草》、第十四《釋木》、第十五《釋蟲》、第十六《釋魚》，三國吳陸璣有《毛詩草木鳥獸蟲魚疏》兩卷，後人稱從事于箋釋名物的工作爲箋註蟲魚草木。韓愈《讀皇甫湜公安園池詩書其後》說："《爾雅》註蟲魚，定非磊落人。"

[4] 賞心樂事——謝靈運《擬魏太子鄴中集詩序》:"天下良辰、美景,賞心、樂事,四者難并。"賞心,心情歡暢。

[5] 窮鞫——鞫,窮。窮鞫即窮究事理之意。

[6] 境界——《無量壽經》:"斯義弘深,非我境界。"

[7] 其所能觸能受之境界——《入阿毗達磨論》:"觸,謂根境識和合生,令生觸境,以能養活心所爲相。"《品類足論》:"受云何?謂領納性。此有三種,謂樂受、苦受、不苦不樂受。"《大毗婆沙論》:"如眼根等諸有境法,各于自境界,有所拘礙。"

[8] 識想——《瑜伽師地論》:"識,謂現前了別所緣境界。"《俱舍論》:"想,謂于境取差別相。"

[9] 利根——佛家語,謂根性明利。《法華經·藥草喻品》:"正見邪見,利根鈍根。"

[10] 鈍根——佛家語,謂根機愚鈍。

[11] 根器——佛家語,指修道者的能力。《大日經》疏:"略説法有四種,謂三乘及秘密乘,雖不應慳惜,然應觀衆生量其根器,而後與之。"

[12] 善哉善哉二句——佛經中常用語。

[13] 夫子言之二句——《孟子·梁惠王》:"夫子言之,於我心有戚戚焉。"戚戚,心情激動貌。

[14] 眞諦——佛家語,又名第一義諦,指佛教認爲的最眞實的道理。

[15] 批此窾導此竅——批,擊;窾,空。這句的意思是説打動人的心靈、啓發人的情性。語本《莊子·養生主》:"批大郤,道大窾。"

[16] 熏——《成唯識論》:"依何等義,立熏習名?所熏,能熏,各具四義。令種生長,故名熏習。"又:"令所熏中,種子生長,如熏苣蕂,故名熏習。"

[17] 楞伽經句——《楞伽經》佛經名。有四譯,今存三本:一、宋求那跋陀羅譯,名《楞伽阿跋多羅寶經》,凡四卷;二、元魏菩提流支譯,名《入楞伽經》,凡十卷;三、唐實叉難陀譯,名《大乘入楞伽經》,凡七卷。 迷智爲識轉識成智——《佛地經論》:"轉識蘊依,得四無漏智相應心。謂大圓鏡心,廣説乃至成所作心。轉第八識,得大圓鏡智相應心。能持一切功德種子,能現能生一切身土智影像故。轉第七識,得平等性智相應心。遠離二執自他差別,證得一切平等性故。轉第六識,得妙觀察智相應心。能觀一切,皆無礙故。轉第五識,得成所作智相應心。能現成辦外所作故。"

[18] 眼識——《品類足論》:"眼識云何?謂依眼根各了別色。"

[19] 刹那刹那——《大唐西域記》:"時極短者,謂刹那也。"《楞嚴經》:"刹那刹那,念

念之間，不得停住。”

［20］靈臺——心。《莊子·庚桑楚》：“不可內於靈臺。”

［21］原質——譚嗣同《仁學》：“質點不出乎七十三種之原質。某原質與某原質化合，則成一某物之性；析而與他原質化合：或增某原質，減某原質，則又成一某物之性；即同數原質化合，而多寡主佐之少殊，又別成一某物之性。紛紜蕃變，不可紀極。” 種子——佛家語。佛家謂眼識、耳識、鼻識、舌識、身識、意識、末那識、阿賴耶識爲八識。阿賴耶識有生一切染淨諸法之功能，與草木之種子相似，故即謂此種功能爲種子。《成唯識論》：“此第八識，或名種子識。能徧任持世出世間諸種子故。”

［22］一切器世間句——佛家語，亦云器世界，謂一切衆生住居之國土世界。 有情世間——佛家語，亦云衆生世間，指一切有生者而言。因一切有生者，皆墜於世中，故稱有情世間。 成住——佛家語，四劫之二。四劫謂成、住、壞、空四劫也。成劫爲由初禪天下至地獄界次第成立之期；住劫爲此世間安隱成住之期；壞劫爲世間起火、水、風三大災，盪盡色界初禪天、二禪天及三禪天以下之期；空劫爲壞後空無一物之期。經此四期爲一大劫，而一大劫由八十中劫而成，即成、住、壞、空四期，每期有二十中劫也，每一中劫由一增一減之兩小劫而成。詳見《俱舍論》。

［23］因緣——《大乘入楞伽經》：“一切法因緣生。”

［24］菩提樹——植物名，梵語爲畢鉢羅。此植物係東印度原產。佛坐此樹下，證菩提果，故亦名菩提樹。菩提亦梵語，其意義爲覺爲道，故又稱覺樹或道樹。《大悲經》：“如是我聞：一時佛在摩伽陀國菩提樹下，初成正覺。”

［25］華嚴——佛經名，詳稱《大方廣佛華嚴經》。本經爲佛成道後第一次說法，相傳由文殊菩薩與阿難結集，有上、中、下三本，中國所譯凡三種，皆其下本之抄略。東晉佛馱跋陀羅譯本六十卷，名《六十華嚴》；唐實叉難陀譯本八十卷，名《八十華嚴》；又唐般若續譯四十卷，名《四十華嚴》。

［26］漸——《摩訶止觀》：“漸名次第，藉淺由深。”

［27］頓——《大乘義章》：“自有衆生藉淺階遠，佛爲漸說；或有衆生一越解大，佛爲頓說。”

［28］林沖雪天三限——見《水滸傳》第十回。

［29］武松飛雲浦一厄——見《水滸傳》第三十回。

［30］晴雯出大觀園——見《紅樓夢》第七十七回。

［31］黛玉死瀟湘館——見《紅樓夢》第九十八回。

[32] 實甫之琴心酬簡——實甫卽王實甫；《琴心》見《西廂記》第二本第四折，《酬簡》見第三本第四折。

[33] 東塘之眠香訪翠——孔尙任號東塘；《眠香》見《桃花扇》第六齣，《訪翠》見第五齣。

[34] 禪宗——佛敎宗派名，以達摩入華爲初祖，至神秀、慧能二大師，禪分南北。 一棒一喝——禪家宗匠接人，或用棒，或用喝，藉此以促人覺悟。《景德傳燈錄》:"臨濟義玄禪師問樂普曰: 從上來，一人行棒，一人行喝，阿那箇親？對曰: 總不親。師曰: 親處作麼生？普便喝，師便打。"

[35] 野叟曝言——長篇小說。淸代夏敬渠作。共一百五十四回。敍述文素臣是文武全才，稍經患難後，得到寵遇。反映了作者熱中功名富貴妻財子祿的庸俗思想。

[36] 花月痕——長篇小說。題"眠鶴主人編次"，實爲淸代魏秀仁作。秀仁字子仁，福建侯官人。全書十六卷五十二回。書中的韋癡珠、韓荷生實際上體現了作者的理想: 角逐官場，流連妓院。韋是潦倒終身，韓則飛黃騰達，表現了封建文人追求功名富貴的幻想，又流露出失意沒落者的感傷。

[37] 華嚴樓閣——《大方廣佛華嚴經》:"爾時善財童子恭敬右遶菩薩摩訶薩已，而白之言: 唯願大聖，開樓閣門，令我得入。時彌勒菩薩前詣樓閣，彈指出聲，其門卽開，令善財入。善財心喜，入已還閉。見其樓閣，廣博無量，同於虛空。"

[38] 帝網重重——《大方廣佛華嚴經》:"普現如來所有境界，如天帝網，於中布列。"

[39] 一毛孔中——《維摩詰所說經》:"以四大海水入一毛孔。"

[40] 萬億蓮花——《梵網經盧舍那佛說菩薩心地戒品第十》:"是時釋迦卽擎接此世界大衆，至蓮華臺藏世界百萬億紫金剛光明宮中，見盧舍那佛，坐百萬蓮華赫赫光明座上。……爾時盧舍那佛，卽大歡喜，現虛空光體性本原成佛常住法身三昧，示諸大衆: ……我已百阿僧祇劫修行心地，……住蓮花臺藏世界海。其臺周遍有千葉，一葉一世界，爲千世界。我化爲千釋迦，據千世界。復就一葉世界，復有百億須彌山，百億日月，百億四天下，百億南閻浮提，百億菩薩。釋迦坐百億菩提樹下，各說汝所問菩提薩埵心地。其餘九百九十九釋迦，各各現千百億釋迦，亦復如是。千花上佛，是吾化身；千百億釋迦，是千釋迦化身。"

[41] 一彈指頃——《法苑珠林》:"《僧祇律》云:'二十念爲一瞬，二十瞬名一彈指。'"

[42] 百千浩劫——見鍾嗣成《錄鬼簿序》註[11]。

[43] 度世——度，渡、出。度世，出世。 不二法門——佛家語。不二卽所謂一實

之理，菩薩悟入此不二之理，謂之入不二法門。《維摩詰所說經》：“乃至無有文字語言，是眞入不二法門。”

[44] 盧牟——《淮南子·要略》：“盧牟六合，混沌萬物。”高誘注：“盧牟，猶規模也。”

[45] 亭毒——亭，定。毒，安。《老子》：“亭之毒之。”“亭之毒之”，猶言定之安之。

[46] 凡有血氣者——《禮記·中庸》：“凡有血氣者莫不尊親。”

[47] 赤縣神州——《史記·孟子荀卿列傳》：“中國名曰赤縣神州。”

[48] 蓍龜——蓍，音尸，草名，其莖與龜，古人都取爲卜筮之用。

[49] 參苓——參，人參。苓，通蘦，藥草名。

[50] 刀圭——量藥之具。《重修政和證類本草》：“凡散藥有云刀圭者，十分方寸匕之一，准如梧桐子也。方寸匕者，作匕正方一寸，抄散取不落爲度。”

[51] 老病死苦——佛典稱生、老、病、死爲四苦。

[52] 堪輿——相地術，俗稱看風水。

[53] 風水——舊中國相宅、相墓的迷信數術，根據住宅基地或墳地形勢來推斷這一人家的禍福。郭璞《葬書》載：“葬者乘生氣也。經曰，氣乘風則散，界水則止，古人聚之使不散，行之使有止，故謂之風水。”

[54] 慕科第若羶——羶，羊臭。這句用蟻慕羊臭比喻人們慕科第。《莊子·徐無鬼》：“羊肉不慕蟻，蟻慕羊肉，羊肉羶也。”

[55] 螢雪——《晉書·車胤傳》：“胤博學多通，家貧不常得油，夏月則練囊盛數十螢火以照書。”

[56] 暮夜苞苴——苞苴，賂賄。《荀子·大略》：“苞苴行與？讒夫興與？”楊倞註：“貨賄必以物苞裹，故總謂之苞苴。”暮夜苞苴卽私下送賄之意。

[57] 兒女情多二句——鍾嶸《詩品》：“猶恨其兒女情多，風雲氣少。”

[58] 綠林——西漢末年，王匡、王鳳等聚衆起義，占據綠林山（今湖北當陽縣北），號稱綠林兵。見《後漢書·劉玄傳》。

[59] 大碗酒四句——《水滸傳》：“論秤分金銀，異樣穿紬錦；成甕吃酒，大塊吃肉。”

[60] 哥老——會黨名，起於太平天国革命以前。太平天国革命失敗後，其勢始盛，有紅幫、青幫之分。　大刀——袁昶《亂中日記》：“義和團兵器有刀槍而無火炮，初起名曰大刀會。”

[61] 卒至有如義和拳者起四句——羅惇曧《拳變餘聞》：“義和拳稱神拳，以降神召衆。……其神則唐僧、悟空、八戒、沙僧、黃飛虎、黃三太。”案義和拳激於民族義憤 不能與哥老、大刀等會相提並論，至其受《西遊記》《封神傳》《三國演義》《綠牡丹》《七俠五義》諸小說影響，則是時代局限所致。

[62] 華士——《新論》:“齊之華士,栖志丘壑,而太公誅之。”

【説明】

梁啓超這篇《論小說與羣治之關係》,是清末資產階級改良主義者關於小說理論方面具有綱領性的文章。此文作於一九〇二年變法維新運動失敗之後。

文中有意識地把小說和當時的政治運動密切地聯繫起來,並要求小說爲改良主義政治服務。這是貫串全文的中心思想。基於這種認識,梁啓超提出了革新小說的主張,鮮明地表現了他的政治觀點。

他猛烈抨擊我國古代小說的內容,認爲其陷溺人心,敗壞國民道德,在於升官發財的狀元宰相思想,迷信落後的妖巫狐鬼思想,以及淫靡無聊的佳人才子思想等等。關於產生這種思想的社會根源,以及“中國羣治腐敗的總根源”,梁啓超認爲都是受了小說的影響,這種本末倒置的看法,當然是錯誤的。然而其中却强烈地表現出要求革新小說的精神,企圖把小說的內容從封建傳統思想的束縛中解脫出來,則有其進步意義。從另一個方面來看,當時清朝腐朽的統治搖搖欲墜,革命的浪潮已經洶湧澎湃地掀起,各地的會黨和零星的起義人民已將匯合成爲這個時代的巨流,文中惡毒地詛咒,“今我國民,綠林豪傑,遍地皆是,日日有桃園之拜,處處爲梁山之盟”;把“充塞於下等社會中”的“江湖盜賊”思想,看作毒蛇猛獸,深惡痛絕。這正反映了改良主義者對待革命的態度,暴露了他們的階級本質。

由於强調小說和政治的關係,梁啓超把小說的地位大大提高,認爲“小說爲文學之最上乘”。文中把小說這一文學體製的特徵,它對讀者的感染作用,歸納爲“熏”“浸”“刺”“提”四點,頗能道出小說藝術的一些特點。又把小說分爲理想和寫實兩派;指出小說“常導人游於他境界”,抒情狀物,能够“和盤託出,徹底而發露之”,初步接觸到創作方法的問題。這些,都把我國小說理論的發展向前推進了一步。

國故論衡·文學總略[1]

〔近代〕 章炳麟[2]

文學者，以有文字箸於竹帛，故謂之文；論其法式，謂之文學。凡文理、文字、文辭皆稱文；言其采色發揚，謂之彣。[3]以作樂有闋[4]，施之筆札[5]，謂之章。《說文》云："文，錯畫也，象交文。""章，樂竟爲一章。""彣，䰠也。""彰，文彰也。"[6]或謂文章當作彣彰[7]，則異議自此起。《傳》曰："博學於文。"[8]不可作彣。《雅》曰："出言有章。"[9]不可作彰。古之言文章者，不專在竹帛諷誦之間。孔子稱堯、舜"煥乎其有文章"。[10]蓋君臣、朝廷、尊卑、貴賤之序，車輿、衣服、宮室、飲食、嫁娶、喪祭之分，謂之文。[11] 八風從律，百度得數，謂之章。[12] 文章者，禮樂之殊稱矣。其後轉移，施於篇什[13]。太史公記博士平等議曰："謹案：詔書律令下者，文章爾雅[14]，訓辭深厚。"(原註：《儒林列傳》) 此寧可書作彣彰邪[15]？獨以五采彰施五色[16]，有言黻言黼言文言章者[17]，宜作彣彰。然古者或無其字，本以文章引伸。今欲改文章爲彣彰者，惡夫沖淡之辭，而好華葉之語，違書契記事之本矣[18]。孔子曰："言之無文，行而不遠。"[19]蓋謂不能舉典禮，非苟欲潤色也。[20] 《易》所以有《文言》者，梁武帝以爲文王作《易》，孔子遵而修之，故曰《文言》，[21] 非矜其采飾也[22]。夫命其形質曰文，狀其華美曰彣，指其起止曰章，道其素絢[23]曰彰，凡彣者必皆成文，凡成文者不皆彣，[24] 是故榷論文學，以文字爲準，不以彣彰爲準。今舉諸家之法，商訂如左方：

以上第一節正名。以下辨義。

《論衡·超奇》云:“能説一經者爲儒生,博覽古今者爲通人,采掇傳書以上書奏記者爲文人,能精思著文連結篇章者爲鴻儒。”又曰:“州郡有憂,有如唐子高、谷子雲[25]之吏,出身盡思,竭筆牘之力,煩憂適有不解[26]者哉?”又曰:“長生[27]死後,州郡遭憂,無舉奏之吏;以故事結不解,徵詣[28]相屬。文軌[29]不尊,筆疏不續也。豈無憂上之吏哉?乃其中文筆不足類[30]也。”又曰:“若司馬子長、鎦子政之徒,櫽積篇第,文以萬數,其過子雲、子高遠矣,然而因成前紀,無胷中之造。[31] 若夫陸賈、董仲舒[32],論説世事,由意而出,不假取於外,然而淺露易見,觀讀之者猶曰傳記[33]。陽成子長作《樂經》[34],揚子雲作《太玄經》,造於助思[35],極窅冥[36]之深,非庶幾之才[37],不能成也。桓君山作《新論》,論世間事,辯照然否,虚妄之言,僞飾之辭,莫不證定。彼子長、子雲論説之徒,君山爲甲。自君山以來,皆爲鴻眇之才[38],故有嘉令[39]之文。”準此,文與筆非異塗[40]。所謂文者,皆以善作奏記爲主。自是以上,乃有鴻儒。鴻儒之文,有經、傳、解故[41]、諸子。彼方目以上第[42],非若後人擯此於文學外,沾沾焉惟華辭之守[43],或以論説、記序、碑志、傳狀爲文也。[44] 獨能説一經者,不在此列。諒由學官弟子,曹偶[45]講習,須以發策決科[46],其所撰箸,猶今經義[47]而已,是故遮列[48]使不得與也。

以上第二節,論魏、晉以前,文筆無别。

自晉以降,初有文筆之分。范曄自述其《後漢書》曰:“文患其事盡於形,情急於藻,義牽其旨[49],韻移其意,政可類工巧圖繢,竟無得也。[50] 手筆差易,文不拘韻故也。”[51] 《文心雕龍》云:“今之常言,有文有筆。有韻者,文也;無韻者,筆也。”然《雕龍》所論列者,藝文之部,一切並包。[52]是則科分文筆,以存時論，故非以此爲經界[53]也。昭明太子序《文選》也，其於史籍，則云不同篇翰；其於諸子，則云不以能文爲貴。此爲裒次總集，自成一家，體例適然，非不易之定論也。《抱朴子·百家篇》曰："陜[54]見之徒，區區執一，惑詩賦瑣碎之文，而忽子論深美之言。眞僞顚倒，玉石混殽，同廣樂於桑間[55]，均龍章[56]於素質。"斯可以箴矣。（原註：《世說·文學篇》註引《惠帝起居註》曰："裴頠箸二論以規虛誕之弊，文辭精富。"此卽《崇有》二論也。《世說》又言："王長史宿構精理，並撰其才藻，往與支道林語，敍致作數百語，自謂是名理奇藻。"又云："支道林通《莊子·漁父篇》，作七百許語，敍致精麗，才藻奇拔。"是皆名理之言，諸子之鼓吹也。而以精富才藻爲目，足知晉時所謂翰藻者，正在此類。）且沈思孰若莊周、荀卿，翰藻孰若呂氏、淮南？[57] 總集不摭九流[58]之篇，格於科律，固不應爲之辭。[59]誠以文筆區分，《文選》所集，無韻者猥衆[60]，寧獨諸子？若云文貴其彣邪，未知賈生《過秦》，魏文《典論》，同在諸子[61]，何以獨堪入錄？有韻文中，旣錄漢祖《大風》之曲[62]，卽《古詩十九首》，亦皆入選，而漢、晉樂府，反有慭遺。[63]是其於韻文也，亦不以節奏低卬爲主，獨取文采斐然，足燿觀覽，又失韻文之本矣[64]。是故昭明之說，本無以自立者也。（原註：案《晉書·樂廣傳》"請潘岳爲表便成名筆"，《成公綏傳》"所箸詩賦雜筆十餘卷"，《張翰傳》"文筆數十篇行於世"，《曹毗傳》"所箸文筆十五卷"，《王珣傳》"珣夢人以大筆如椽與之，旣覺語人曰，'此當有大手筆事'，俄而帝崩，哀册謚議，皆珣所草"，《南史·任昉傳》"旣以文才見知，時人云任筆沈詩"，《徐陵傳》"國家有大手筆，必命陵草之"。詳此諸證，則文卽詩賦，筆卽公文，乃當時恆語。阮元之徒，猥謂儷語爲文，單語爲筆，任昉、徐陵所作，可云非儷語邪？）

以上第三節，論自晉以後，雖有文筆的區分，但蕭統《文選》之例，並非不易之論。

近世阮元，以爲孔子贊《易》，始箸《文言》，故文以耦儷爲主；又牽引文筆之說以成之[65]。夫有韻爲文，無韻爲筆，是則駢散諸體，一切是筆非文。藉此證成，適足自陷。[66] 既以《文言》爲文，《序卦》《説卦》又何説焉？[67] 且文辭之用，各有體要[68]。《彖》《象》爲占繇，占繇故爲韻語；[69]《文言》《繫辭》爲述贊，述贊故爲儷辭；[70]《序卦》《説卦》爲目錄箋疏，目錄箋疏故爲散錄。[71] 必以儷辭爲文，何緣十翼不能一致？豈波瀾既盡，有所謝短乎？[72] 蓋人有陪貳[73]，物有匹耦。愛惡相攻，剛柔相易，人情不能無然，故辭語應以爲儷。諸事有綜會，待條牒然後明者，《周官》所陳，其數一二三四是也。[74] 反是或引端竟末，若《禮經》《春秋經》《九章算術》者，雖欲爲儷無由。[75] 猶耳目不可隻，而胸腹不可雙，各任其事。舍是二者，單複固恣意矣。未有一用單者，亦未有一用複者。（原註：案宋代以來，言文章者皆謂儷語爲俳，阮氏之論亦發憤而作也。不悟宋人儷語，亦自不少。蘇軾《上皇帝書》，其箸者也，曾鞏《戰國策序》《移滄州疏》，其間儷語與齊、梁人不殊，下者直如當時四六矣，其他類此者衆。蓋非簡策之書而純爲單語者，世所鮮有。）顧張弛有殊[76] 耳。文之名實未在是也；所以爲古今者，亦未在是也。[77] 或舉《論語》言辭達者，以爲文之與辭，較然異職。[78] 然則《文言》稱文，《繫辭》稱辭，體格未殊，而題號有異，此（原作"比"，據右文社本校改）又何也？[79] 董仲舒云："《春秋》文成數萬[80]。"兼彼經傳[81]，總稱爲文，猶曰今文家曲説云爾[82]。太史公《自序》亦云："論次其文。"[83] 此固以史爲文矣。又曰："漢興，蕭何次律令，韓信申軍法，張蒼爲章程，叔孫通定禮儀，則文學彬彬稍進。"[84]《藝文志》言："秦燔滅文章，以愚黔首。"[85] 文章者，謂經、傳、諸子[86]。遷、固所稱，半非耦儷之文也。屈、宋、唐、景[87] 所作，既是韻文，亦多儷語。而《漢書·王褒傳》已有《楚辭》之目[88]，王逸仍其舊題，不曰楚文。斯則韻語耦語，亦既謂之辭矣。《漢書·賈誼傳》云："以屬文稱於郡中。"其文云何？以爲賦邪，《惜誓》載於《楚辭》[89]，文辭不別；以爲奏記條議，適彼之所謂辭也。[90]

《司馬相如傳》云:“景帝不好辭賦。”《法言·吾子》云:“詩人之賦麗以則,辭人之賦麗以淫。”“或問:君子尚辭乎?曰:君子事之爲尚。事勝辭則伉;辭勝事則賦;事辭稱則經。”以是見韻文耦語,並得稱辭,無文辭之别也。且文辭之稱,若從其本以爲部署[91],則辭爲口說[92],文爲文字。古者簡帛重煩,多取記臆。故或用韻文,或用耦語。爲其音節諧適,易於口記,不煩紀載也。戰國從横之士,抵掌揣脣,亦多積句,是則耦麗之體,適可稱職。[93]乃如史官方策[94],有《春秋》《史記》《漢書》之屬,適當稱爲文耳。[95]由是言之,文辭之分,反覆自陷[96],可謂大惑不解[97]者矣。

以上第四節,駁阮氏以聲偶爲文之説,並駁或人文辭異職之論。

或言學説、文辭所由異者,學説以啓人思,文辭以增人感。[98]此亦一往之見也。何以定之?凡云文者,包絡一切箸於竹帛者而爲言,[99]故有成句讀文,有不成句讀文。[100]兼此二事,通謂之文。局就[101]有句讀者,謂之文辭。諸不成句讀者,表譜之體,旁行邪上,[102]條件相分。會計則有簿録,算術則有演艸,地圖則有名字。不足以啓人思,亦又無以增感。此不得言文辭,非不得言文也。[103]諸成句讀者,有韻無韻則分。諸在無韻,史志之倫,記大傀異事[104]則有感,記經常典憲[105]則無感,旣不可齊一矣。持論本乎名家,辨章然否,言稱其志,未足以動人。[106]《過秦》之倫,辭有枝葉[107],其感人顧深摯[108],則本諸從横家。然其爲論一也。不得以感人者爲文辭,不感者爲學説。且文曲[109]變化,其度無窮。陸雲論文,先辭後情,尚絜而不取悦澤。(原註:《與兄平原書》。)此寧可以一槩齊哉?就言有韻,其不感人者亦多矣。風、雅、頌者,蓋未有離於性情;獨賦有異[110]。夫宛轉偯隱[111],賦之職也。儒家之賦,意存諫誡。若荀卿《成相》[112]一篇,其足以感人安在?乃若原本山川,極命草木，[113]或寫都會、城郭、游射、郊祀之狀，若相如有《子虛》，揚雄有《甘泉》《羽獵》《長楊》《河東》，左思有《三都》，郭璞、木華有《江》《海》，[114]奥博翔實，極賦家之能事矣，其亦動人哀樂未也？其專賦一物者，若孫卿有《蠶賦》《箴賦》[115]，王延壽有《王孫賦》[116]，禰衡有《鸚鵡賦》[117]，侔色揣稱[118]，曲成形相，嫠婦孽子讀之不爲泣，介胄戎士詠之不爲奮。當其始造，非自感則無以爲也；比文成而感亦替。[119] 斯不可以一端論。又學說者，非一往不可感人。凡感於文言[120]者，在其得我心。是故飲食移味，居處縕愉者，[121]聞勞人之歌，心猶怕然。[122] 大愚不靈[123]，無所憤悱[124]者，覩眇論[125]則以爲恆言也。身有疾痛，聞幼眇之音，則感槩隨之矣。[126] 心有疑滯，覩辨析之論，則悦懌隨之矣。[127] 故曰："發憤忘食，樂以忘憂。"[128] 凡好學者皆然，非獨仲尼也。以文辭學説爲分者，得其大齊[129]，審察之則不當。

以上第五節，論學說與文辭異職之說，界限雖明，亦非恰當。

如上諸說，前之昭明，後之阮氏，持論偏頗，誠不足辯。最後一說，以學說、文辭對立，其規摹雖少廣，然其失也，祇以彣彰爲文，遂忘文字。故學說不彣者，乃悍然擯諸文辭之外。惟《論衡》所說，略成條貫。[130] 《文心雕龍》張之，其容至博，顧猶不知無句讀文。此亦未明文學之本柢也。余以書籍得名，實馮傅竹木而起。[131] 以此見言語文字，功能不齊。世人以經爲常，以傳爲轉，以論爲倫，[132]此皆後儒訓說，非必覩其本眞。案經者，編絲綴屬之稱，[133] 異于百名以下用版者[134]。亦猶浮屠書稱修多羅[135]，修多羅者，直譯爲線，譯義爲經。蓋彼以貝葉成書[136]，故用線聯貫也；此以竹簡成書，亦編絲綴屬也。傳者，專之假借[137]。《論語》："傳不習乎"[138]，《魯》作"專不習乎[139]。"《説文》訓專爲六寸簿，簿卽手版，古謂之忽（原註：今作笏）。"書思對命”，以備忽忘，[140]故引伸爲書籍記事之稱。書籍名簿，亦名爲專。專之得名，以其體短，有異于經。鄭康成《論語序》云：“《春秋》二尺四寸，《孝經》一尺二寸，《論語》八寸。”[141]此則專之簡策，當復短於《論語》，所謂六寸者也。(原註：《漢書·藝文志》言“鎦向校中古文《尙書》，有一簡二十五字者”，而服虔註《左氏傳》則云“古文篆書一簡八字”，蓋二十五字者，二尺四寸之經也，八字者，六寸之傳也。古官書皆長二尺四寸，故云二尺四寸之律。舉成數言，則曰三尺法。經亦官書，故長如之。其非經律，則稱短書。皆見《論衡》。)論者，古但作侖[142]。比竹成冊，各就次第，是之謂侖。籥亦比竹爲之[143]，故龠字從侖[144]。引伸則樂音有秩亦曰侖，“於論鼓鐘”[145]是也；言說有序亦曰侖，“坐而論道”[146]是也。《論語》爲師弟問答，乃亦略記舊聞，散爲各條，編次成帙[147]，斯曰侖語。是故繩線聯貫謂之經，簿書記事謂之專，比竹成冊謂之侖，各從其質以爲之名，亦猶古言方策，漢言尺牘[148]，今言札記[149]矣。諸書不見題署者，亦往往從質名。大公之書而稱《六弢》[150]，黃帝之書而稱《九卷》。(原註：今《靈樞經》，晉時稱《鍼經》，漢末《傷寒論序》直稱《九卷》。)直謂書囊有六[151]，摶帛有九[152]也。雖古之言肄業[153]者，(原註：《左氏傳》：“臣以爲肄業及之也。”)亦謂肄版而已。《釋器》云：“大版謂之業。”書有篇第[154]，而習者移書其文于版，(原註：學童習字用觚，觚亦版也。)故云肄業。《管子·宙合》云：“退身不舍端，修業不息版。”[155]以是徵之，則肄業爲肄版明矣。凡此皆從其質爲名，所以別文字于語言也。其必爲之別，何也？文字初興，本以代聲氣[156]，乃其功用有勝于言者。言語僅成線耳[157]，喻若空中鳥迹，甫見而形已逝。[158]故一事一義得相聯貫者，言語司之。及夫萬類坌集[159]，棼[160]不可理，言語之用，有所不周，於是委之文字。文字之用，足以成面，故表譜圖畫之術興焉。[161]凡排比鋪張[162]，不可口說者，文字司之。及夫立體建形，向背同見，文字之用，又有不周，於是委之儀象。儀象之用，足以成體，故鑄銅雕木之術興焉。[163]凡望高測深，不可圖表者，儀象司之。然則文字本以代言，其用則有獨至。凡無句讀文，皆文字所專屬者也。以是爲主。故論文學者，不得以興會神旨爲上。[164]昔者，文氣之論，發諸魏文帝《典論》，而韓愈、蘇轍竊焉。[165]文德之論，發諸王充《論衡》，[166]（原註：《論衡·佚文篇》"文德之操爲文"，又云"上書陳便宜，奏記薦吏士，一則爲身，二則爲人。繁文麗辭，無文德之操，治身完行，徇利爲私，無爲主者。"）楊遵彥依用之[167]，（原註：《魏書·文苑傳》："楊遵彥作《文德論》，以爲古今辭人，皆負才遺行，澆薄險忌，唯邢子才、王元景、溫子昇彬彬有德素。"）而章學誠竊焉[168]。氣非竄突如鹿豕，德非委蛇如羔羊，[169]知文辭始於表譜、簿錄，則修辭立誠[170]其首也。氣乎，德乎，亦末務而已矣。（原註：案《文選序》云，"謀夫之話，辯士之端，雖傳之簡牘，而事異篇章。"此即語言文字之分也。然選例亦未一致，依史所載，荆卿《易水》，漢祖《大風》，皆臨時觸興而作，豈嘗先屬草稾，亦與出話何異，而《文選》固錄之矣。至於辭命，則有草創潤色之功，蘇、張陳說，度亦先有篇章，《文選》錄《易水》《大風》二歌，而獨汰去辯說，亦自相鉏吾[171]矣。士衡《文賦》云："說煒曄而譎誑"，是亦列爲文之一種，要於修辭立誠，有不至爾。）

以上第六節，論文學之本柢在竹木，當據作範疇。

《文選》之興，蓋依乎摯虞《文章流别》[172]，謂之總集。《隋書·經籍志》曰："總集者，以建安之後，辭賦轉繁，衆家之籍，日以孳廣，晉代摯虞，苦覽者之勞倦，於是芟翦繁蕪，自詩賦下，各爲條貫，合而編之，謂之《流别》。"然則李充之《翰林論》[173]，鎦義慶之《集林》，沈約、丘遲之《集鈔》，[174]放[175]于此乎？《七略》惟有詩賦，及東漢，銘誄論辯始緐。荀勖以四部變古，李充、謝靈運繼之，[176]則集部自此著[177]。總集者，本括囊[178]别集爲書，故不取六藝、史傳、諸子；非曰别集爲文，其他非文也。《文選》上承其流，而稍入《詩序》[179]、史贊《新書》《典論》諸篇，故名不曰《集林》《集鈔》，然已痟矣[180]。其序簡別三部[181]，蓋總集之成法；顧已迷誤其本，以文辭之封域相格，慮非摯虞、李充意也。[182]《經籍志》別有《文章英華》三十卷、《古今詩苑英華》十九卷，[183]皆昭明太子撰，又以詩與雜文[184]爲異。卽明昭明義例不純，《文選序》率爾[185]之言，不爲恆則[186]。且總別集與他書經略[187]不定，更相闌入[188]者有之矣。今以《隋志》所錄總集相稽，自《魏朝雜詔》而下，訖《皇朝陳事詔》，凡十八家，百四十六卷。[189]自《上法書表》而下，訖《後周與齊軍國書》，凡七家，四十一卷。[190]而《漢高祖手詔》，匡衡、王鳳、劉隗、孔羣諸家奏事，書旣亡佚，復傳其錄。[191]然《七略》高祖、孝文詔策，悉在諸子儒家；[192]《奏事》二十卷隸《春秋》[193]。此則總集有六藝、諸子之流矣。陳壽定諸葛亮故事，命曰《諸葛氏集》。[194]然其目錄有《權制》《計算》《訓厲》《綜覈》《雜言》《貴和》《兵要》《傳運》《法檢》《科令》《軍令》諸篇。《魏氏春秋》言："亮作《八務》《七戒》《六恐》《五懼》，皆有條章，以訓厲臣子。"[195]若在往古，則《商君書》[196]之流，而《隋志》亦在別集[197]。故知集品不純[198]，選者亦無以自理[199]。阮元之倫，不悟《文選》所序，隨情涉筆，視爲經常，而例復前後錯迕。曾國藩又雜鈔經史百家[200]。經典成文，布在方策[201]，不虞潰散，鈔將何爲？[202]若知文辭之體，鈔選之業，廣陿異塗，庶幾張之弛之，並明而不相害[203]。凡無句讀文，旣各以專門爲業，今不亟論。有句讀者，略道其原流利病，分爲五篇[204]。非曰能盡，蓋以備常文之品而已。其贈序、壽頌諸品，旣不應法，[205]故棄捐弗道爾。

以上第七節，論文學的界義，不應根據選家之言立論。

浙江圖書館刊本《章氏叢書·國故論衡》中

【註釋】

[1] 國故論衡文學總略——《國故論衡》是章炳麟最後一次在日本進行革命活動時期編撰的一部學術著作，上卷《小學》十篇，中卷《文學》七篇，下卷《諸子學》九篇，一九一〇年在日本排印出版。收入《章氏叢書》第十三至十五册。《文學總略》初名《文學論略》，後經修改，易爲今名，是《國故論衡》中卷的首篇。

[2] 章炳麟(公元一八六九年——一九三六年)——字枚叔，後易名絳，字太炎，浙江餘杭人。他在清末，是鼓吹民主革命的革命政論家，另一方面，又是清末民初最有盛名的樸學大師。少師俞樾，光緒後期，游日本，晚年講學於蘇州。所著《章氏叢書》初編十三種，續編七種。有《自訂年譜》和《自述學術次第》各一卷。

[3] 采色發揚謂之彣——彣从彡，《說文》："彡，毛飾畫文也。"徐鉉曰："毛髮繪飾之事。"故本文云采色發揚。

[4] 作樂有闋——闋，樂終。

[5] 札——木簡之薄小者。

[6] 說文云文錯畫也至彰文彰也——段玉裁《說文解字註》："錯，當作逪。逪畫者，这逪之畫也。……逪畫者，文之本義；彣彰者，彣之本義；義不同也。"本文解釋四名含義不同，彣彰義主於繪飾，所以不是文學的基本含義。

[7] 或謂文章當作彣彰——段玉裁《說文解字註》："有部'䰫，有彣彰也'。是則有彣彰謂之彣，彣與文義別。凡言文章，皆當作彣彰；作文章者，省也。文訓逪畫，與彣義別。"

[8] 傳曰博學於文——傳指《論語》。古稱師儒相傳，以傳述爲義的書爲傳，見《禮記·曲禮》孔穎達《正義》。本文引句見《論語·雍也》。博學于文，指博習《詩》、《書》、《禮》、《樂》古傳的遺書。

[9] 雅曰出言有章——語見《詩·小雅·都人士》。章，指法度文章。

[10] 孔子稱堯舜煥乎其有文章——見《論語·泰伯》。

[11] 蓋君臣朝廷三句——《史記·禮書》："是以君臣朝廷尊卑貴賤之序，下及黎庶車輿衣服宫室飲食嫁娶喪祭之分，事有宜適，物有節文。"按：宜適、節文，即是指禮。

[12] 八風從律三句——《禮記·樂記》："八風從律而不姦，百度得數而有常。"孔穎達《正義》："八風，八方之風也。律，謂十二月之律也。樂音像八風，其樂得其度，故八風十二月律應八節而至，不爲姦慝也。……百度謂晝夜百刻，昏明晝夜不失其正，故度數有常也。"按：從律、得數，即所謂樂。

[13] 篇什——《詩三百篇》雅、頌兩部分以十篇編爲一組，名之爲什。

[14] 文章爾雅——《漢書》顔師古註："爾雅，近正也。"

[15] 此寧可書作彣彰邪——本文意爲博士之議，文章是指詔書律令，即是從禮樂轉施於篇什的。它並不需采飾，但也稱文章，那就不應書作"彣彰"。

[16] 獨以五采彰施五色——《書·臯陶謨》："以五采彰施於五色，作服。"

[17] 有言黻言黼言文言章者——《考工記》："青與赤謂之文，赤與白謂之章，白與黑謂之黼，黑與青謂之黻。"

[18] 違書契記事之本矣——《易·繫辭》："上古結繩而治，後世聖人易之以書契。"書契始於記事，本來不需采飾。

[19] 孔子曰言之無文行而不遠——引文見《左傳》襄公二十五年。

[20] 蓋謂不能舉典禮非苟欲潤色也——《左傳》載："鄭子產獻捷於晉，戎服將事。晉人問陳之罪，對曰云云，士莊伯不能詰。"蓋其對問之辭，都根據故實舊章，即是本文所謂舉典禮。《論語·憲問篇》："東里子產潤色之。"《廣雅·釋詁》："潤，飾也。"

[21] 梁武帝以爲文王作易三句——陸德明《經典釋文》："《文言》，梁武帝云：是文王所制。"龐俊《國故論衡疏證》："案此非謂文王作此《文言》也。謂此名爲《文言》者，以《易》是文王所制，孔子贊《易》，因名《文言》也。宋以前無疑十翼者，陸氏語簡，故此引而釋之云爾。"

[22] 非矜其采飾也——案《周易正義》引莊氏云："文謂文飾，以乾坤德大，故特文飾以爲《文言》。"章氏是駁正此説，謂孔子只是闡明《易道》，釋乾、坤二卦經文，申説義理，並非文飾華采。

[23] 素絢——《論語·八佾》："素以爲絢兮。"劉寶楠《正義》："素以爲絢，當是白采用爲膏沐之飾，如後世所用素粉矣。絢有衆飾，而素則後加，故曰'素以爲絢'。"

[24] 凡彣者必皆成文二句——這是説文與彣義訓不同，文是大名，彣是小名。舉大可以包括小，舉小不可以代表大。

[25] 唐子高——名林，沛郡人，以明經修行顯名，王莽時封侯，屢上疏諫。事見《漢書·鮑宣傳》。 谷子雲——名永，長安人。舉爲太常丞，屢上疏言得失。《漢書》卷八十五有傳。唐、谷二人都擅長奏記。

[26] 適有不解——適，是。

[27] 長生——周樹，名長生，會稽人，善書奏。《後漢書》無傳。

[28] 徵詣——召至。

[29] 文軌——文的法度。

[30] 不足類——謂不足與長生相比。

[31] 因成前紀無匈中之造——匈胸古今字。劉向著《新序》《說苑》《世說》《列女傳》等。司馬遷與劉向的書,都是采集羣籍而成。

[32] 陸賈董仲舒——《漢書·藝文志》儒家著錄《陸賈》二十三篇、《董仲舒》百二十三篇。《隋書·經籍志》春秋家著錄董仲舒《春秋繁露》十七卷,儒家著錄陸賈《新語》二卷。

[33] 傳記——傳,專的假借字,專訓六寸簿。古制書體卑則策短。這裏所云傳記,猶言短書。

[34] 陽成子長作樂經——《隋書·經籍志》經部樂類,"《樂經》四卷",不著撰人。王謨、馬國翰輯本均以爲即子長作。應劭《風俗通·姓氏篇》:"漢有諫議大夫陽成公衡。"桓譚《新論》:"陽城子張名衡,蜀郡人,爲講樂祭酒。(又別一引云:'爲典樂大夫。')"

[35] 助思——孫詒讓《札迻》:"助當爲眇,形近而誤。上文云'眇思自出於胸中'也。"眇,古通妙。

[36] 窅冥——深邃貌。

[37] 庶幾之才——《易·繫辭下》:"顏氏之子,其殆庶幾乎!"按:文意謂聖人能知幾,顏回尚未能知幾,而近于知幾。

[38] 鴻眇之才——鴻,大。

[39] 嘉令——美善。

[40] 文與筆非異途——上引《論衡》之文,說明漢代文筆并無區別。

[41] 解故——通指疏通經典文義的故訓和徵引事實的傳說。如《漢書·藝文志》《尚書》家著錄"大小夏侯《解故》二十九篇"。

[42] 上第——《新唐書·選舉志》:"每問經十條,對策三道,皆通,爲上第。"

[43] 沾沾爲惟華辭之守——沾沾,詡詡自得。華辭,翰藻之文。惟華辭之守,指自蕭統《文選》到阮元一派,主張惟沈思翰藻,始可名文。

[44] 或以論說記序碑志傳狀爲文也——這是指姚鼐選《古文辭類纂》有論辨、書說、序跋、贈序、碑誌、傳狀諸類。

[45] 曹偶——曹,輩。

[46] 發策決科——《法言·學行》:"或曰:書與經同,而世不尚;治之可乎?曰:可。或人啞然笑曰:須以發策決科。"李軌註:"射以決科,經以策試。今徒治同經之書,而不見策用,故笑之。"

[47] 經義——指八股文。

[48] 遮列——列，同迾，遮也。

[49] 義牽其旨——義，事義。義牽其旨，謂用事不當，反牽累其本旨，使晦而不明。

[50] 韻移其意三句——下云："常謂情志所託，故當以意爲主，以文傳意。以意爲主，則其旨必見；以文傳意，則其辭不流。然後抽其芬芳，振其金石耳。"卽釋上語，原略去。

[51] 手筆差易二句——黃侃說："二句當作'手筆差易於文，不拘韻故也'。文字句絕，上脫於字。"范曄語見《獄中與諸甥姪書》，載《宋書》本傳。

[52] 雕龍所論列者三句——《文心雕龍》論文體，有《宗經》《正緯》《史傳》《諸子》等篇，是藝文之部，一切包括在內。

[53] 經界——經，亦卽是界。

[54] 陜——今通作狹。

[55] 廣樂——《史記·趙世家》："與百神游於鈞天，廣樂九奏萬舞。" 桑間——見馮夢龍《序山歌》註[6]。

[56] 龍章——《禮記·明堂位》："周龍章。"《後漢書·鄧禹傳》李賢註："龍章，袞龍之服也。"

[57] 沈思孰若莊周荀卿二句——諸子書理論精深有《莊子》《荀子》，文辭美富有《呂氏春秋》《淮南子》，蕭統選文以沈思翰藻爲標準，反而不選其文，可見總集之所以不及羣經子史，當然不應以沈思翰藻與否爲理由。

[58] 九流——儒家者流、道家者流、陰陽家者流、法家者流、名家者流、墨家者流、縱橫家者流、雜家者流、農家者流。見《漢書·藝文志》。

[59] 格於科律二句——《孟子·公孫丑下》："豈徒順之，又從而爲之辭。"總集既然是根據別集以成書的，羣經子史，原不在別集中，無怪總集不采及，這是總集的科律（體例）使然。蕭統不明此義，乃反以沈思翰藻爲說，故章氏斥爲"不應爲之辭"。格，限。

[60] 猥衆——猥，亦衆也。

[61] 同在諸子——案《漢書·藝文志》，著錄《賈誼》五十八篇於儒家，《過秦論》乃《賈誼書》第一篇（見《文選》李善註引應劭說）。《隋書·經籍志》，著錄曹丕的《典論》五卷於儒家。

[62] 大風之曲——漢高祖劉邦《大風歌》："大風起兮雲飛揚，威加海內兮歸故鄉，安得猛士兮守四方。"見《史記·高祖本紀》。被選入《文選》。

[63] 漢晉樂府反有慭遺——《左傳》哀公十六年："不慭遺一老。"慭，且。《文選》所錄漢、晉樂府比之郭茂倩《樂府詩集》所保存的材料，少得多。

［64］失韻文之本矣——有韻之文，重在節奏，故以樂府爲主，其次徒歌，其次吟誦之作。《文選》所錄，大都是只能吟誦的古詩，而樂府被采的很少，故章氏譏之爲“失本”。

［65］牽引文筆之說以成之——按文筆的區分，不專以駢散爲標準。阮元要爲駢偶之文爭正統，故引《文言》爲論據，又於《文韻說》諸篇推而及於文筆之辨，使人簡單認爲偶辭卽文，散體卽筆，故章氏說它是“牽引”。

［66］夫有韻爲文無韻爲筆六句——案：此乃駁阮元《文韻說》之論。

［67］既以文言爲文序卦說卦又何說焉——孔子就《周易》上下二經，各序其各卦相次之義，作《序卦》。《說卦》亦孔子所作，陳說八卦重爲六十四卦之由，和八卦所爲之象。《文言》《序卦》《說卦》都在十翼之中，阮元獨指《文言》爲文，而不稱《序卦》爲序，《說卦》爲說，所以章氏加以詰難。

［68］體要——僞古文《書·畢命》：“辭尙體要。”此言體要，謂文各有體。

［69］彖象爲占繇二句——孔子作《彖辭》，統論一卦之義。十翼之中，第三翼總釋一卦之所象，稱爲《大象》。繇，卦兆的占辭。《彖》《象》之辭，便於記誦，故多韻語。

［70］文言繫辭爲述贊二句——《繫辭》上下篇，孔子所作。述贊，述其德業以形容之，重比喻而多儷辭。

［71］序卦說卦二句——目錄所以示綱領，箋疏所以詳義旨，都不是韻語所能擔負，所以《序卦》《說卦》都用散體寫。

［72］必以儷辭爲文四句——這是駁阮元《文言說》“千古之文，莫大於孔子之言《易》，孔子以用韻比偶之法，錯綜其言而自名曰文”之論。章氏以爲十翼同出一人之手，爲什麼或用韻或無韻，或用駢偶或用散體，難道他的才力已盡，不能統一體例嗎？波瀾，以水喻文。譾，義同短。《論衡》有《譾短篇》，此用其字。

［73］陪貳——副貳。《詩·大雅·蕩》：“以無陪無卿。”《毛傳》：“無陪貳也。”

［74］周官所陳二句——這是說排比之辭，出于不得不然。《周官》之書，條理密察，所陳多以名數排比。如《天官》：“大宰之職，掌建邦之六典：一曰治典，二曰教典，三曰禮典，四曰政典，五曰刑典，六曰事典”之類就是。《莊子·天下篇》：“以法爲分，以名爲表，以參爲驗，以稽爲決，其數一二三四是也。百官以此相齒。”

［75］反是或引端竟末三句——這是說單行之辭也出於不得不然。《禮經》，今《儀禮》是。《九章算術》，《四庫提要》云：“蓋《周禮》保氏之遺法，漢張蒼刪補校正，而後人又有所附益也。”玆三書，《禮經》所以明節文之委曲，《春秋》所以原

一事之始終,《算術》則演推名數，皆引端而竟末。義屬單行，故爲文亦應用散體。

[76] 張弛有殊——《禮記·雜記》:“一張一弛，文武之道也。”此承上文言不能一於單，亦不能一於複。大氐因人因時而異。漢、魏、六朝，由單趨複；唐、宋以降,運複成單。發展的情況,大致如此。

[77] 文之名實三句——阮元爭文之名實，謂古文不得名文;又爭文之古今，謂尤不當曰古。

[78] 或舉論語言辭達者三句——或說指劉師培《文章原始》之論。《文章原始》曰:“春秋之時,言詞愿質,一語一詞,必加修飾。《左傳》曰:‘言之無文,行而不遠。’又曰:‘非文辭不爲功。’文辭猶言文言也。”自註云:“《說文》曰:‘詞,意内言外也。’是詞與言同,文言即文飾之詞也。孔子言詞達而已,即不文飾之詞也。言詞達而已，不言文達而已。足證詞與文不同，詞非文也。”按《論語·衞靈公篇》:“子曰:辭，達而已矣。”劉氏蓋本此立說。考蘇軾《答謝民師書》云:“孔子曰:言之不文,行之不遠。又曰:詞,達而已矣。夫言止於達,疑若不文,是大不然。求物之妙,如繫風捕影,能使了然於心者,蓋千萬人而一遇也,而能使了然於口乎?是之謂詞達。詞至於能達,則文不可勝用矣。”此論交舉文詞,亦可證二者初無大別,無怪章氏對劉說加以駁斥。

[79] 然則文言稱文五句——劉師培文辭有別之論，出于阮元、阮福父子。阮福《文筆對》云:“孟子曰:‘說詩者,不以文害辭。’趙岐註曰:‘文,詩之文章,所引以興事也。辭,詩人所歌詠之辭。’是文者,音韻鏗鏘,藻采振發之稱;辭特其句之近於文,而異乎直言者耳。”是其義也。阮氏之說，本用《文言》爲依據，劉氏既進一步闡述阮說,所以仍就十翼體格駁之。

[80] 董仲舒云春秋文成數萬——語見《史記·太史公自序》所稱述。

[81] 兼彼經傳——董仲舒治《公羊春秋》,《公羊》經傳凡有四萬四千餘字。

[82] 猶曰今文家曲說云爾——漢代所傳經書，有今古文的區别。今文是漢初諸師口授，寫以當代通用的隸書。古文經出自孔子宅的屋壁中，書體是先秦之舊。兩者篇目文字不盡同，各家經師所說制度、義理也有異，就出現了今文家、古文家之爭。董仲舒治公羊學，公羊爲今文家說；章炳麟治古文，於《春秋》主《左傳》,所以稱公羊家言爲曲說。

[83] 太史公自序亦云論次其文——語見《史記·太史公自序》。司馬遷治古文《尚書》,故引其語爲佐證。

[84] 漢興六句——亦見《史記·太史公自序》。

[85] 秦燔滅文章二句——見《漢書·藝文志》序。秦代稱人民爲黔首。黔,黑。

[86] 文章者謂經傳諸子——《史記·秦始皇本紀》載李斯議曰:"臣請史官非《秦紀》皆燒之;非博士所官職,天下有敢藏《詩》《書》百家語者,悉詣守尉雜燒之。制曰:可。"《詩》《書》是經,史記是傳,百家語是諸子,都是《漢書·藝文志》所謂文學。

[87] 唐景——唐勒、景差。《漢書·藝文志》著錄《唐勒賦》四篇。王逸《楚辭章句·大招序》稱大招"或曰景差"所作。二人都是楚人。

[88] 漢書王褒傳已有楚辭之目——《漢書·王褒傳》:"褒,字子淵,蜀人也,能爲《楚辭》。"又:"徵能爲《楚辭》九江被公。"考《史記·酷吏列傳》云:"(朱)買臣以《楚辭》與(嚴)助俱幸。"則漢初已有此名。

[89] 惜誓載於楚辭——《漢書·藝文志》詩賦略著錄《賈誼賦》七篇。王逸《楚辭章句·惜誓序》:"《惜誓》者,不知誰作也,或曰賈誼,疑不能明也。"

[90] 以爲奏記條議二句——彼,謂或說也。賈生他作如《陳政事疏》之類,都是奏記條議,按照或說,便不當稱爲文。

[91] 部署——署,置。

[92] 辭爲口說——案《說文》:"辭,訟也。"是辭字的本義。詞章詞藻諸字,都應作詞而不作辭。詞字《說文》訓爲"意內而言外也。"又訓爲語助。秦、漢以後,詞字誤書作辭。《易·繫辭》陸德明《釋文》:"辭,說也,辭本作詞。"《漢書·敍傳》音義:"詞,古辭字。"是辭字古文作詞字之證。辭、詞字各一義,古代並不通用。(據劉師培《論文雜記》說。)

[93] 戰國從横之士五句——《文史通義·詩教上》:"從横之學,本於古者行人之官。觀春秋之辭命,列國大夫,聘問諸侯,出使專對,蓋欲文其言以達旨而已。至戰國而抵掌揣摩,騰說以取富貴,其辭數張而揚厲,變其本而加恢奇焉。"今《戰國策》所載蘇、張游說之辭,已有偶麗之語。

[94] 方策——方,板。策,簡。

[95] 春秋史記漢書之屬二句——《春秋》《史》《漢》,散行爲多,一開始,即布在方策,可見古人筆述之文,反多單行。

[96] 反覆自陷——謂自陷於矛盾,本《韓非子·難勢》。

[97] 大惑不解——《莊子·天地》:"大惑者,終身不解。"

[98] 學說以啓人思二句——謝無量《中國大文學史》引西人戴昆西之言曰:"文學之別有二:一屬於知,一屬於情。屬於知者,其職在教;屬於情者,其職在感。"西人之說如此,近人又多本之。

[99] 凡云文者二句——包絡猶包羅。以有文字著於竹帛爲文，此章氏關於文的定義。

[100] 有成句讀文二句——文字著於竹帛，而有文法組織的，章氏稱爲成句讀文；只具單詞隻義的，章氏稱爲不成句讀文。

[101] 局就——局，分。

[102] 表譜之體旁行邪上——《梁書·劉杳傳》："桓譚《新論》云：'三代世表，旁行邪上。'"

[103] 不得言文辭二句——文者大名，文辭者小名。簿錄以下，雖無句讀，大抵都是文。

[104] 大傀異事——《周禮·春官·大司樂》："大傀異烖。"鄭玄註："傀猶怪也。"

[105] 典憲——都是法。

[106] 持論本乎名家四句——論以辨析爲務，故必本名家。

[107] 辭有枝葉——《禮記·表記》："天下無道，則辭有枝葉。"辭有枝葉，謂多文華虛飾。

[108] 感人顧深摯——顧，反。摯，至。

[109] 文曲——《荀子·正論》："成文曲。"章炳麟《文始》："文曲卽文句。"

[110] 獨賦有異——有異，謂與風雅頌之以抒寫性情爲主者有異。因賦體多描寫客觀事物。

[111] 倰隱——倰，痛聲。隱，憂。

[112] 荀卿成相——《荀子》有《賦》篇與《成相》篇。成，奏。相，"舂牘"之類的樂器。《禮記·檀弓》："鄰有喪，舂不相。"《曲禮》註："相，謂送杵聲。"成相，就是合唱舂米歌。文人模仿這種歌曲，寫成歌辭，就成爲文學作品的名稱。《荀子·成相》理勝於辭，偏於說敎，缺乏藝術感染力，所以下文說"其足以感人安在？"

[113] 原本山川二句——枚乘《七發》："原本山川，極命草木。"李周翰註："陳說山川之原本，盡名草木之所出。"按：意謂考訂山本水源和草木名稱。極，盡。命，名。

[114] 相如有子虛四句——《河東賦》載《漢書·揚雄傳》。餘並見蕭統《文選》。

[115] 若孫卿有蠶賦箴賦——見《荀子·賦》篇。

[116] 王延壽有王孫賦——見《古文苑》。王孫，猴類而小者。

[117] 禰衡有鸚鵡賦——見《文選》。

[118] 侔色揣稱——謝惠連《雪賦》："抽子祕思，騁子妍辭，侔色揣稱，爲寡人賦之。"侔，等；揣，量；稱，相稱、恰當。這句謂摹繪物色，用語恰當。

[119] 當其始造三句——意謂作者當時的感憤已經抒發，時過境遷，心情亦變，更不

能引起不同處境者的共鳴。替，消失。

［120］文言——猶云文辭。

［121］飲食移味居處緼愉——語見《大戴禮·曾子立孝篇》。緼，原作溫。移味，謂隨其所欲。緼愉，饒樂。

［122］聞勞人之歌心猶怕然——《公羊傳》何休《解詁》："勞者歌其事。"《說文》："怕，無爲也。"這是說不同境遇的人，情感不能相通。

［123］大愚不靈——《莊子·天地》："大愚者，終身不靈。"

［124］憤悱——《論語·述而》："不憤不啓，不悱不發。"朱熹《集註》："憤者，心求通而未得之意。悱者，口欲言而未能之貌。"

［125］眇論——《史記·貨殖列傳》："雖戶説以眇論，終不能化。"

［126］身有疾痛三句——《漢書·中山靖王勝傳》："勝對曰：……今臣心結日久，每聞幼眇之聲，不知涕泣之橫集也。"顏師古註："幼眇，精微也。"

［127］心有疑滯三句——枚乘《七發》，吳客以要言妙道告楚太子，太子曰："涣乎若一聽聖人辯士之言，涊然汗出，霍然病已。"即是此意。

［128］發憤忘食二句——孔子語，見《論語·述而》。

［129］大齊——齊，限。

［130］惟論衡所説略成條貫——《論略》原稿云："《論衡》所説，略成條理。先舉奏記爲質，則不遺公牘矣；次舉敍事經説諸子爲言，則不遺歷史與學説矣。有韻爲文，人所共曉，故略而不論；雜文漢時未備，故亦不著；不言小説，或其意存鄙夷；不列典章，由其文有缺略。此則不能無失者也。"按原稿附表，有句讀文中大分有韻、無韻二類，無韻之文，更分學説、歷史、公牘、典章、雜文、小説六科。

［131］書籍得名實馮傅竹木而起——馮，憑本字。傅，通"附"，附着。以有文字著於竹帛，故謂之文；以有竹帛附着此文字，則爲書籍。

［132］世人以經爲常三句——訓經爲常，見《孔叢子·執節篇》。訓傳爲轉，見《釋名·釋書契》及《文心雕龍·史傳》。訓論爲倫，見《釋名·釋典藝》。

［133］經者編絲綴屬之稱——《説文》："經，織从糸也。"（"从糸"二字，段玉裁註據《御覽》校補。）

［134］百名以下用版——《儀禮·聘禮》："百名以上書於策，不及百名書於方。"鄭玄註："方，板也。"不及百名，可以書於方板。百名以外，非一板可盡，所以需要書於簡策。

［135］浮屠書稱修多羅——浮屠，即佛之始譯名。修多羅，譯意爲經，爲論，爲法本，爲線，爲善語。見《翻譯名義集》。

[136] 貝葉成書——古代印度佛教徒用貝多樹葉以寫經。

[137] 假借——許愼《說文解字序》."假借者,本無其字,依聲託事。"

[138] 傳不習乎——見《論語·學而》。

[139] 魯作專不習乎——《論語》有《齊論語》《魯論語》《古論語》三家。《論語》釋文"傳不習乎"句下引鄭註云:"魯讀傳爲專,今从古。"

[140] 書思對命二句——《禮記·玉藻》:"史進象笏,書思對命。"鄭玄註:"思,所念思將以告君命者也。對,所以對君者也。命,所受君命者也。專之於笏,爲失忘也。"

[141] 鄭康成論語序云四句——按《儀禮·聘禮》疏引鄭玄《論語序》,作《春秋》一尺二寸,阮元《校勘記》據《春秋序疏》云:鄭玄註《論語》,以《鈎命決》云《春秋》二尺四寸書之云云,謂一尺二寸乃傳寫之誤,當作二尺四寸。

[142] 論者古但作侖——《說文》:"侖,思也。从亼冊。"

[143] 比竹爲之——《莊子·齊物論》:"人籟則比竹是已。"古之籥,所謂排簫,編次小竹管爲之。

[144] 龠字從侖——《說文》:"龠,樂之竹管,三孔以和衆聲也。从品侖。侖,理也。"

[145] 於論鼓鐘——句見《詩·大雅·靈臺》。鄭玄箋:"論之言倫也,聲音之道與政通,故合樂以詳之,於得其倫理乎鼓與鐘也。"

[146] 坐而論道——句見《周禮·考工記》。

[147] 帙——書衣。

[148] 尺牘——《說文》:"牘,書版也。"

[149] 札記——分條記錄所見所聞或讀書的體會心得的筆記。

[150] 大公之書而稱六弢——《漢書·藝文志》:"《周史六弢》六篇。"顏師古註:"即今之《六韜》也,弢字與韜同也。"《隋書·經籍志》:"《太公六韜》五卷,周文王師姜望撰。"

[151] 直謂書囊有六——《說文》:"弢,弓衣也。"章氏意謂《六弢》所以稱弢,是借弓衣之名以指書衣。

[152] 摶帛有九——《考工記》:"卷而摶之,欲其無迤也。"古籍有卷軸之制,章氏以爲黃帝之書稱《九卷》,是由此得名。

[153] 肄業——《廣韻》:"肄,習也。"

[154] 書有篇第——古人編書,都定篇第,以便檢查,防散佚,免錯亂。《漢書·藝文志》稱劉向校書,每一書已,輒條其篇目。

[155] 管子三句——《管子》房玄齡註:"版,牘也。賢者雖復退身,終不捨其端操,不

息修業，亦不息其版籍。”

[156] 聲氣——指語言。

[157] 言語僅成線耳——與下文“文字之用，足以成面”，“儀象之用，足以成體”，線、面、體，都是借用幾何學術語。

[158] 喻若空中鳥迹二句——意謂言語纔聞而聲已逝，與空中鳥迹同。《大般涅槃經》：“譬如鳥迹，空中現者，無有是處。”《維摩詰所說經》：“如空中鳥迹。”

[159] 坌集——並集。

[160] 棼——通作紛。

[161] 文字之用三句——我國文字，始於象形，與圖畫同源異流，要之皆所以表象。言語以聲音爲用，故僅限於時間；文字以符號爲用，故可及於空間，此其所以爲勝。

[162] 排比鋪張——參見《歲寒堂詩話》註[21]及《論詩三十首》註[29]。

[163] 儀象之用三句——儀象，科學所用儀器。其功用不僅如文字之紀述，圖畫之摹繪而已，尤能以實體示人。文字雖及空間，然猶限於平面的抽象觀念；至於儀象所司，則擴至立體的具象事物，此其所以爲尤勝。

[164] 凡無句讀文五句——《論略》原稿：“既知文有無句讀有句讀之分，而後文學之歸趣可得言之。無句讀者，純得文稱，文字之不共性也。有句讀者，文而兼得辭稱，文字語言之共性也。論文學者雖多就共性言，而必以不共性爲其素質。”

[165] 韓愈蘇轍竊焉——韓愈論氣，詳於《答李翊書》。蘇轍論氣，詳於《上樞密韓太尉書》，見《論文偶記》註[3]。

[166] 文德之論發諸王充論衡——文學理論上的文德說，最早發於王充。《論衡·佚文篇》說“文德之操爲文”，其要旨在於闡明文章的內容與形式應該統一，認爲言過其實的“繁文麗辭，無文德之操”(《佚文篇》語)，這是針對當時文勝於質而提出的補弊救偏之論。

[167] 楊遵彥依用之——北齊“楊遵彥作《文德論》，以爲古今辭人，皆負才遺行，澆薄險忌，惟邢子才、王元景、温子昇彬彬有德素。”(見《魏書·文苑傳》，楊論久佚。)這是強調作者的道德文章應該並重的問題。

[168] 而章學誠竊焉——章學誠(公元一七三八年——一八〇一年)，字實齋，浙江會稽人。乾隆四十三年進士，官國子監典籍。著作有《文史通義》八卷，《校讎通義》四卷以及《文集》等多種。吳興劉氏嘉業堂合刊爲《章氏遺書》。《清史稿》卷四百九十《文苑》二有傳。《文德》是《文史通義》內編二的第十二篇，所論文德，是臨文的態度問題，其意義並不同於王充、楊遵彥二家之論。章炳麟說他是

“竊”，其實不過是同樣用了“文德”這一詞語而已。

[169] 氣非竄突如鹿豕德非委蛇如羔羊——《詩·召南·羔羊序》云：“召南之國，化文王之政，在位者皆節儉正直，德如羔羊也。”又《詩》云：“退食自公，委蛇委蛇。”《毛傳》：“委蛇，行可從跡也。”此用其語。二句云云，因文人言氣，往往局限於波濤洶湧之觀；言德，多局限於紆徐委隨之致；故云。

[170] 修辭立誠——《易·乾·文言》：“修辭立其誠，所以居業也。”

[171] 鉏吾——同齟齬，不相配合。

[172] 摯虞文章流別——摯虞(？——公元三一一年)，字仲洽，京兆長安人。晉泰始年間舉賢良，拜中郎。官至太常卿。《晉書》卷五十一有傳。本傳載他：“撰古文章，類聚區分爲三十卷，名曰《流別集》。各爲之論，辭理愜當，爲世所重。”《隋書·經籍志·總集類》載：“《文章流別集》四十一卷，《文章流別志論》二卷。”前書是選集，後書是評述，都已亡佚，僅《志論》殘存十餘則，清嚴可均《全晉文》、張鵬一《關隴叢書》都有輯本。

[173] 李充之翰林論——見《詩品序》註[113]。

[174] 鎦義慶之集林沈約丘遲之集鈔——鎦，劉本字。《隋書·經籍志》：“《集林》一百八十一卷，宋臨川王劉義慶撰，梁二百卷。《集鈔》十卷，沈約撰。梁有《集鈔》四十卷，丘遲撰，亡。”

[175] 放——同昉，始也。

[176] 荀勖以四部變古二句——《隋書·經籍志》：“魏祕書郎鄭默始制《中經》。祕書監荀勖又因《中經》更著《新簿》，分爲四部，總括羣書。一曰甲部，紀六藝及小學等書；二曰乙部，有古諸子家及近世子家、兵書、兵家、術數；三曰景部，有史記舊事皇覽簿雜事；四曰丁部，有詩賦圖讚汲冢書。……惠、懷之亂，京華蕩覆，渠閣文籍，靡有孑遺。東晉之初，漸更鳩聚。著作郎李充……遂總沒衆篇之名，但以甲乙爲次。自爾因循，無所變革。其後中朝遺書，稍流江左，宋元嘉八年，祕書監謝靈運造《四部目錄》。”

[177] 則集部自此箬——《文史通義·文集》：“范、陳二史所次文士諸傳，識其文筆，皆云所著詩賦碑箴頌誄若干篇，而不云文集若干卷，則文集之實已具，而文集之名猶未立也。自摯虞創爲《文章流別》，學者便之，於是別聚古人之作，標爲別集。則文集之名，實仿於晉代。……荀勖《中經》有四部，詩賦圖讚與汲冢之書歸丁部。王儉《七志》以詩賦爲《文翰志》，而介於諸子、軍書之間，則集部之漸日開，而尙未居然列專目也。至阮孝緒撰《七錄》，惟技術、佛、道分三類，而經典、紀傳、子兵、文集之四錄，已全爲唐人經史子集之權輿。是集部著錄，實

仿於蕭梁。"按四部之制，唐以前但云甲、乙、丙、丁，唐以來乃名經、史、子、集。集部之實，源於建安，成於《流別》，而類例則定於《七錄》，二章之言，可以互參。

[178] 括囊——結集。《易·坤》："括囊。"孔穎達《正義》："括，結也。囊所以貯物。"

[179] 稍入詩序——《文選》有《毛詩序》一篇，是説經之作。 史贊——《文選》有史論、史述贊二類，收班固、干寶、范曄、沈約諸家之文，是史的論贊。 新書——指賈誼《新書》的《過秦論》，屬於子書。 典論——指《典論·論文》，屬於子書。

[180] 然已滫矣——滫，衰微。謂《文選》所收，於集部以外，闌入經、史、子，比之《集林》《集鈔》，體例已不純。

[181] 其序簡別三部——謂經、子、史。

[182] 顧已迷誤其本三句——格，量度。慮，大抵。總集源於别集，經、子、史是别集所無，故總集不得有。蕭統不明此意，《文選序》以文辭的界限爲言，故章氏認爲"已迷誤其本"。

[183] 文章英華二句——二書都著錄於《隋書·經籍志》總集類。

[184] 雜文——《文心雕龍》有《雜文篇》，論對問、七、連珠三體，又總述其範圍云："詳夫漢來雜文，名號多品，或典誥誓問，或覽略篇章，或曲操弄引，或吟諷謠詠，總括其名，並歸雜文之區，甄别其義，各入討論之域。"是雜文有廣狹二義，狹則僅此三體，廣則詩賦之外，皆入雜文。這裏用廣義。

[185] 率爾——《論語·先進》："子路率爾而對。"輕率之意。

[186] 恆則——常法。

[187] 經略——分界。

[188] 闌入——妄入。

[189] 自魏朝雜詔而下四句——《隋書·經籍志》："《魏朝雜詔》二卷，《錄魏吳二志詔》二卷，《晉咸康詔》四卷，《晉朝雜詔》九卷，《錄晉詔》十四卷，《晉義熙詔》十卷，《宋永初雜詔》十三卷，《宋孝建詔》一卷，《宋元嘉副詔》十五卷，《齊雜詔》十卷，《齊中興二年詔》三卷，《後魏詔集》十六卷，《後周雜詔》八卷，《雜詔》八卷，《雜赦書》六卷，《陳天嘉詔草》三卷，……《皇朝詔集》九卷，《皇朝陳事詔》十三卷。"

[190] 自上法書表而下四句——《隋書·經籍志》："《上法書表》一卷，《梁中表》十一卷，《雜露布》十二卷，《山公啓事》三卷，《范寧啓事》三卷，……《梁魏周齊陳皇朝聘使雜啓》九卷，……《後周與齊軍國書》二卷。"

[191] 而漢高祖手詔四句——《隋書·經籍志》《魏朝雜詔》條下云:“梁有《漢高祖手詔》一卷,亡。”又《梁中表》條下云:“梁有……《漢丞相匡衡大司馬王鳳奏》五卷,《劉隗奏》五卷,《孔羣奏》二十二卷,……亡。”

[192] 七略高祖孝文詔策二句——《漢書·藝文志》諸子略儒家:“《高祖傳》十三篇。”原註:“高祖與大臣述古語及詔策也。”又“《孝文傳》十一篇。”原註:“文帝所稱及詔策。”

[193] 奏事二十卷隸春秋——《漢書·藝文志》六藝略春秋家:“《奏事》二十篇。”原註:“秦時大臣奏事及刻石名山文也。”

[194] 陳壽定諸葛亮故事二句——《蜀志·諸葛亮傳》附載《諸葛氏集》目錄,其敍稱:“臣壽等言:臣前在著作郎,侍中領中書監濟北侯荀勖,中書令關內侯臣和嶠,奏使臣定故蜀丞相諸葛亮故事”云云,章氏之意以爲集名出自壽定。

[195] 魏氏春秋言四句——見《蜀志·諸葛亮傳》裴松之註引。《隋書·經籍志》:“《魏氏春秋》二十卷,孫盛撰。”今佚。

[196] 商君書——《漢書·藝文志》諸子略法家:“《商君》二十九篇。”原註:“名鞅,姬姓,衞後也,相秦孝公。”

[197] 隋志亦在别集——《隋書·經籍志》别集類:“《蜀丞相諸葛亮集》二十五卷。”

[198] 集品不純——古人著作,如子、史諸書,各有流派,故品純而不雜。後代集部興起,是就一人所寫各類文章,匯編成書,除詩賦等文學作品外,說經論政之文也闌入,如《諸葛亮集》有論政各篇,《王粲集》有難鄭玄《尚書》事(據《顏氏家訓·勉學篇》)。可見集部不純,由來已久。

[199] 選者亦無以自理——理,分理。總集根據别集,别集內容既然不純,那麼選總集的,就無法整理好。

[200] 曾國藩又雜鈔經史百家——《經史百家雜鈔》二十六卷,曾國藩編。這是擴大姚鼐《古文辭類篹》的選篇範圍而選。

[201] 布在方策——《禮記·中庸》:“文武之道,布在方策。”

[202] 不虞潰散鈔將何爲——這是說總集的編選,出于防止别集散失,故删其繁蕪而存其精要。至於經典,本來不怕散失,鈔它何益。曾鈔本所以擴大姚選的領域,詳見原書序例。

[203] 並明而不相害——《禮記·中庸》:“萬物並育而不相害,道並明而不相悖。”

[204] 分爲五篇——五篇爲《原經》《明解故》《論式》《辨詩》《正齎送》。

[205] 其贈序壽頌諸品既不應法——六朝人餞别之詩,有爲之序的。韓愈集中,贈别之序較多,往往是無詩而徒有序的。後人則更有並非餞送,亦作贈序。壽序一

體，歸有光集中最多。惲敬《上舉主笠帆先生書》："古者贈送詩若文，多規戒之辭，至明而盡出於諛悦，蓋不問其人若何，而皆有以諛之悦之者，其升擢朝覲，則諛悦之辭從同，是故敬集中無是也。"

【説明】

《文學總略》是章炳麟《國故論衡》中卷的首篇，初名《文學論略》，後加損益，改爲今名。章氏《檢論·徵七略》篇説："略者，封域之正名。"其意義相當於義界。章氏站在樸學家的立場來看文學，並以樸學家的治學方法來論文學的義界，因總論古今人對文學一詞的看法而加以總結，所以稱《總略》。篇中作重點批評的有兩方面，一是對阮元《文言説》的，一是對西歐文學理論動人情感説的，於是追溯到文學義界較早的主張，並以文字學的見地，確定文學的含義。其中論點，雖不盡符合於以藝術形象爲特徵的文學通則，但也有獨到的見解。

本篇開宗明義，指出文學是文字著於竹帛的法式。遠在古初，凡百典章禮制，都稱文章，所謂"博學於文"就是。自是以降，乃及竹帛所書。"命其形質曰文"，"指其起止曰章"。彣彰華藻的固然是文，樸素簡拙的亦不得不謂之文。"凡彣者必皆成文，凡成文者不皆彣"，所以文學"以文字爲準，不以彣彰爲準"。這首先就駁斥了阮元《文言説》以采飾爲文、曲解《易·文言》的論點。章氏按照自已的論點，接着根據文在我國歷史上的發展階段作論證。魏、晉以前，文筆不分，"所謂文者，皆以善作奏記爲主"，並不像阮元諸人狹隘地標舉蕭統之説，"沾沾焉惟華辭之守"。此其一。"自晉以降，初有文筆之分"，或以有韻無韻爲説如劉勰，或以文貴藻績宫商爲説如范曄。但劉勰著《文心雕龍》，"藝文之部，一切並包"，雖分文筆，而二者並重，未嘗以爲筆非文而擯斥之於文囿之外。蕭統選文，以"翰藻"爲歸，然他所謂"翰藻"，却主要是局限於詞賦以下的作品。這並不代表晉、宋時人對"翰藻"的看法。《抱朴子》、《世説新語》都曾目子論爲"深美之言"，"精麗""才藻"之作。即以有韻與翰藻的標準衡量《文選》，也往往自相矛盾，體例已自不純，何得援以作據。此其二。因此，阮元的"文以偶儷爲主，又牽引文筆之説以成之"的《文言説》，諸多窒礙難通。第一是如果以有韻脚的爲文，反是者爲筆，則駢散諸體，都無韻脚，都不得稱文，何以儷體獨得文號？第二是文各有體，或駢或散，各適所需。《文言》《繫辭》用偶，《序卦》《說卦》爲散，同出孔子之手，不應獨以《文言》爲文。由阮元之說而推演，劉師培《文章原始》就提出了文取文飾、辭取辭達的文辭異職論。章氏以正名核實的方法加以批判。《文言》《繫辭》，同樣是偶體，何以"題號有異"？此其一。《史記》《漢書》所稱"文""文學""文章"，大半不是指偶儷之文，而屈、宋儷語，轉得《楚辭》之號。此其二。辭爲口說，文爲文字。口語用韻語，便利於記憶。而戰國游說之辭，特多偶儷；《史》《漢》筆述之文，反多單行。此其三。由此可知，從《文言說》孳乳而來的文辭異職論，亦難成立。

復次，西歐文學理論，嚴格劃分學術與文學的界限。"學說以啓人思，文辭以增人感"，章氏對此，也提出了不同的意見。篇中追溯到文的最初義界，包括無句讀文與有句讀文；就有句讀文而言，又有散文、韻文之別。同屬散文，史傳文記名物制度的不能感人，敘興亡成敗的就能感人；諸子辨析名理的不能感人，辭有枝葉的縱橫家言就能感人。同屬韻文，《風》《雅》主於抒情，可以感人；而《荀子·成相》主於說教，就不能感人。同屬抒情爲主的韻文，而由於讀者與作者的處境不同，感受有異，作者的情感，未必都能引起讀者的共鳴。同屬啓人智慧的學說文章，雖不能感人，但是明其理"則悅懌隨之"，也不可膠執地看問題。因此，學說與文辭，儘管各有所主，而文術的變化無窮，不能以感人與否作義界的標準。

最後，推溯到文學的本原，仍然歸結於以有文字著於竹帛故謂之文的論點。由言語而文字，由文字而儀象，各有所用，隨着人類文化的進步而漸次發達。文字本以代言，故論文學"不得以興會神旨爲主"。魏、晉以來的集部，只是纂集經、史、子以外的作品，並不是集部爲文而其他非文。何況別集如《諸葛氏集》，總集如《文選》，卽已闌入經史或子家言，而阮元輩僅據《文選序》以立論，就難免自陷於抵迕了。

章氏所持文學義界之說，是就文學的廣義爲言。正名定實，窮源溯本，有他自己的看法。但廣義狹義，各具其用，所以篇中也指出："共知文辭之體，鈔選之業，廣陿異塗，庶幾張之弛之，並明而不相害。"這是不可不注意的。廣義可以包括狹義，而並不排斥狹義，則蕭、阮諸家所標舉宗旨，原自不悖於文學原則。因此，章氏弟子黃侃於《文心雕龍原道篇札記》中說："若夫文章之初，實先韻語；傳久行遠，實貴偶辭；修飾潤色，實爲文事；敷文摛采，實異質言；則阮氏之言，良有不可廢者。……然則拓其疆宇，則文無所不包；揆其本原，則文實有專美。”雖偏尙偶辭，立論並不全面，但補充師說，也是有其必要的。

人間詞話〔選錄〕

［近代］ 王國維[1]

詞以境界[2]爲最上。有境界則自成高格，自有名句。五代、北宋之詞所以獨絕者在此。

有造境，有寫境，此理想與寫實二派之所由分。然二者頗難分別，因大詩人所造之境必合乎自然，所寫之境亦必鄰於理想故也。

有有我之境，有無我之境。“淚眼問花花不語，亂紅飛過秋千去。”[3]“可堪孤館閉春寒，杜鵑聲裏斜陽暮。”[4]有我之境也。“采菊東籬下，悠然見南山。”[5]“寒波澹澹起，白鳥悠悠下。”[6]無我之境也。有我之境，以我觀物，故物皆著我之色彩；無我之境，以物觀物，故不知何者爲我，何者爲物。[7]古人爲詞，寫有我之境者爲多，然未始不能寫無我之境，此在豪傑之士能自樹立耳。

自然中之物，互相關係，互相限制。然其寫之於文學及美術中也，必遺其關係、限制之處。故雖寫實家，亦理想家也。又雖如何虛構之境，其材料必求之於自然，而其構造，亦必從自然之法則，故雖理想家，亦寫實家也。

境非獨謂景物也。喜怒哀樂，亦人心中之一境界。故能寫眞景物、眞感情者，謂之有境界。否則謂之無境界。

“紅杏枝頭春意鬧”[8]，著一“鬧”字而境界全出。“雲破月來花弄影”[9]，著一“弄”字而境界全出矣。

境界有大小，不以是而分優劣。“細雨魚兒出，微風燕子斜”[10]，何遽不若[11]“落日照大旗，馬鳴風蕭蕭”[12]；“寶簾閒掛小銀鉤”[13]，何遽不若“霧失樓臺，月迷津渡”[14]也。

詞至李後主而眼界始大，感慨遂深，遂變伶工之詞而爲士大夫之詞。周介存置諸溫、韋之下[15]，可謂顛倒黑白矣。“自是人生長恨水長東”[16]，“流水落花春去也，天上人間。”[17]《金荃》《浣花》[18]，能有此氣象耶？

客觀之詩人不可不多閱世。閱世愈深，則材料愈豐富，愈變化，《水滸傳》《紅樓夢》之作者是也。主觀之詩人不必多閱世。閱世愈淺，則性情愈眞，李後主是也。

古今之成大事業、大學問者，必經過三種之境界：[19]“昨夜西風凋碧樹。獨上高樓，望盡天涯路。”[20] 此第一境也。“衣帶漸寬終不悔，爲伊消得人憔悴。”[21] 此第二境也。“衆裏尋他千百度，回頭驀見，那人正在，燈火闌珊處。”[22] 此第三境也。此等語皆非大詞人不能道。然遽以此意解釋諸詞，恐爲晏、歐諸公所不許也。

問“隔”與“不隔”之別？曰：陶、謝之詩不隔，延年則稍隔矣[23]。東坡之詩不隔，山谷則稍隔矣。“池塘生春草”、“空梁落燕泥”[24]等二句，妙處唯在不隔。詞亦如是。卽以一人一詞論，如歐陽公《少年遊》詠春草上半闋云:“闌干十二獨凴春, 晴碧遠連雲。千里萬里,二月三月(此兩句原倒置),行色苦愁人。”語語都在目前,便是不隔。至云:“謝家池上,江淹浦畔。”則隔矣。白石《翠樓吟》:“此地,宜有詞仙, 擁素雲黃鶴, 與君遊戲。玉梯凝望久,歎芳草、萋萋千里。”便是不隔。至“酒祓清愁,花消英氣”。則隔矣。然南宋詞雖不隔處,比之前人,自有淺深厚薄之別。

“生年不滿百,常懷千歲憂。晝短苦夜長, 何不秉燭遊?”[25]“服食求神仙,多爲藥所誤。不如飲美酒, 被服紈與素。”[26]寫情如此,方爲不隔。“采菊東籬下,悠然見南山。山氣日夕佳,飛鳥相與還。”“天似穹廬,籠蓋四野。天蒼蒼,野茫茫,風吹草低見牛羊。”[27]寫景如此,方爲不隔。

四言敝而有《楚辭》,《楚辭》敝而有五言, 五言敝而有七言,古詩敝而有律絕, 律絕敝而有詞。蓋文體通行既久, 染指遂多,自成習套。豪傑之士,亦難於其中自出新意, 故遁而作他體, 以自解脱。一切文體所以始盛終衰者, 皆由於此。故謂文學後不如前,余未敢信。但就一體論,則此説固無以易也。

大家之作,其言情也必沁人心脾,其寫景也必豁人耳目。其辭脱口而出,無矯揉妝束之態。以其所見者眞,所知者深也。詩詞皆然。持此以衡古今之作者,可無大誤矣。

詩人對宇宙人生, 須入乎其內, 又須出乎其外。入乎其內,故能寫之; 出乎其外, 故能觀之。入乎其內, 故有生氣; 出乎其外,故有高致。美成能入而不出。白石以降,於此二事,皆未夢見。

(以上《人間詞話》)

昔人論詩詞，有景語、情語之別。不知一切景語，皆情語也。

詞之爲體，要眇宜修[28]，能言詩之所不能言，而不能盡言詩之所能言。詩之境闊，詞之言長。

(以上《人間詞話删稿》)

人民文學出版社《人間詞話》

【註釋】

[1] 王國維(公元一八七七年——一九二七年)——字靜安，號觀堂，浙江海寧人。清末諸生，官學部圖書館編譯，名詞館協韻。入民國，任清華大學研究院敎授。初治哲學文學，晚年以治殷墟契文，名重中外。有《觀堂集林》二十四卷、《觀堂別集》四卷、《苕華詞》一卷、《靜安文集》一卷、《續集》一卷、《人間詞話》二卷。合其他學術著作，刊爲《海寧王靜安先生遺書》，共四十三種，一百零四卷。《淸史稿》卷五百一有傳。

[2] 境界——"境界"原爲佛學上的術語，文論家借以論文學。《人間詞話》裏，談到境界的有十多條。單言之則稱境，重言之則稱境界，換言之又稱意境。王氏自撰託名樊志厚作的《人間詞乙稿序》說："文學之事，其內足以攄己而外足以感人者，意與境二者而已。上爲者意與境渾，其次或以境勝，或以意勝。苟缺其一，不足以言文學。"蓋所謂境界，不僅是指眞實地反映客觀現實的圖景，也包括了作家主觀的情感，它是以主客觀統一的概念出現的。王氏自詡說："滄浪所謂興趣，阮亭所謂神韻，猶不過道其面目，不若鄙人拈出境界二字爲探其本也。"

[3] 淚眼問花花不語二句——馮延巳《鵲踏枝》詞句。

[4] 可堪孤館閉春寒二句——秦觀《踏莎行》詞句。

[5] 采菊東籬下二句——陶淵明《飲酒》詩第五首句。

[6] 寒波澹澹起二句——元好問《穎亭留別》詩句。

[7] 有我之境以我觀物七句——案：王氏《文學小言》："文學中有二原質焉：曰景，曰情。前者以描寫自然及人生之事實爲主，後者則吾人對此種事實之精神的態度也。故前者客觀的，後者主觀的也；前者知識的，後者感情的也。自一

方面言之，則必吾人之胸中洞然無物，而後其觀物也深，而其體物也切；即客觀的知識，實與主觀的情感爲反比例。自他方面言之，則激烈之情感，亦得爲直觀之對象、文學之材料；而觀物與其描寫之也，亦有無限之快樂伴之。要之，文學者，不外知識與感情交代之結果而已。苟無銳敏之知識與深邃之感情者，不足與於文學之事。”又王氏《紅樓夢評論》：“夫自然界之物，無不與吾人有利害之關係；縱非直接，亦必間接相關係者也。苟吾人而能忘物與我之關係而觀物，則夫自然界之山明水媚，鳥飛花落，固無往而非華胥之國，極樂之土也。豈獨自然界而已，人類之言語動作，悲歡啼笑，孰非美之對象乎！然此物既與吾人有利害之關係，而吾人欲強離其關係而觀之，自非天才，豈易及此。”“美之爲物有二種：一曰優美，一曰壯美。苟一物焉，與吾人無利害之關係，而吾人之觀之也，不觀其關係，而但觀其物；或吾人之心中，無絲毫生活之欲存，而其觀物也，不視爲與我有關係之物，而但視爲外物，則今之所觀者，非昔之所觀者也。此時吾心寧靜之狀態，名之曰優美之情，而謂此物曰優美。若此物大不利于吾人，而吾人生活之意志爲之破裂，因之意志遁去，而知力得獨立之作用，以深觀其物，吾人謂此物曰壯美，而謂其感情曰壯美之情。”都可與本條的論點相發。

[8] 紅杏枝頭春意鬧——宋祁《玉樓春》(春景)詞句。

[9] 雲破月來花弄影——張先《天仙子》詞句。

[10] 細雨魚兒出二句——杜甫詩《水檻遣心》二首之一句。

[11] 何遽不若——難道不及的意思。

[12] 落日照大旗二句——杜甫詩《後出塞》五首之二句。

[13] 寶簾閒掛小銀鉤——秦觀《浣溪沙》詞句。

[14] 霧失樓臺月迷津渡——秦觀《踏莎行》詞句。

[15] 周介存置諸溫韋之下——周濟《介存齋論詞雜著》：“毛嬙、西施，天下美婦人也。嚴妝佳，淡妝亦佳，粗服亂頭，不掩國色。飛卿，嚴妝也；端己，淡妝也；後主則粗服亂頭矣。”

[16] 自是人生長恨水長東——李煜《烏夜啼》詞句。

[17] 流水落花春去也二句——李煜《浪淘沙》詞句。

[18] 金荃浣花——溫庭筠有《金荃集》，或謂溫詞集名《金奩》，非《金荃》。韋莊有《浣花集》。

[19] 古今之成大事業大學問者必經過三種之境界——案：王氏《文學小言》：“古今之成大事業、大學問者，不可不歷三種之階級。……未有未閱第一、第二階

級，而能遽躋第三階級者。文學亦然。此有文學上之天才者，所以又需莫大之修養也。”

［20］昨夜西風凋碧樹三句——晏殊《蝶戀花》詞句。

［21］衣帶漸寬終不悔二句——柳永《鳳棲梧》詞句。

［22］衆裏尋他千百度四句——辛棄疾《青玉案》（元夕）詞句。原詞作“衆裏尋他千百度，驀然迴首，那人却在，燈火闌珊處。”

［23］陶謝——陶淵明、謝靈運。　延年——顏延之字。

［24］池塘生春草——見《歲寒堂詩話》註[2]。　空梁落燕泥——唐代薛道衡《昔昔鹽》詩句。

［25］生年不滿百四句——《古詩十九首》第十五首中句。

［26］服食求神仙四句——《古詩十九首》第十三首中句。

［27］天似穹廬五句——北齊《敕勒歌》中句。

［28］要眇宜修——《楚辭·九歌·湘君》：“美要眇兮宜修。”要眇，見何景明《與李空同論詩書》注［16］。宜修，恰到好處的美。

【説明】

《人間詞話》二卷，上卷自題脱稿於宣統二年庚戌（一九〇八年），是王氏三十多歲之作。王氏早年嗜讀西洋哲學、文學著作，尤愛好尼采和叔本華的學說。這二卷詞話雖篇幅不多，而以我國傳統的古典文論融會西洋資產階級哲學美學理論，建立了王氏的藝術論，在“五四”以前，在文學論壇上，是一本頗有影響的書。這本書雖爲論詞而作，其實旁通衆藝，不限於詞，可以作爲王氏一家的藝術論讀。其間接觸到的方面頗爲廣泛；現在只舉出最重要的兩點：

一、他論詞首標境界，論隔與不隔，論有我之境無我之境，這接觸到藝術的特點——形象問題；他所說的境界是“寫眞景物、眞感情”，就是“其言情也必沁人心脾，其寫景也必豁人耳目”。也就是要情景交融、鮮明生動，具有強烈的感染力，能如此則是不隔，否則就是隔；論有我之境和無我之境、景語與情語，接觸到主觀和客觀、心和物，以及形象分析問題。

二、論寫境和造境，即寫實家和理想家之別，接觸到現實主義和浪漫主義的創作方法問題；而造境必合乎自然，寫境也必鄰於理想，故二派又頗難分別，初步認識到寫實、理想二派的緊密聯係。又說詩人對宇宙人生須入乎其內，出乎其外。“入乎其內，故能寫之；出乎其外，故能觀之”，已注意到閱世與觀物的結合。這些論點都給當時讀者以相當大的啓發。當然有些議論也是不正確的。如論抒情文學作者閱世深淺問題，他強調主觀精神的獨立活動，這並不符合實際，並且陷入唯心觀點。（如李煜詞抒情眞實，正由於他亡國生活的眞實體驗而來，豈非閱世之故。）他舉陶潛“采菊東籬下，悠然見南山”爲無我之境，又說“無我之境，人惟於靜中得之”；其實一切文學本不可能有所謂“無我之境”，即就他的所謂“無我之境”而言，儘管在他的理論中能自成一個體系，但是這種唯心論調，如他在《紅樓夢評論》中所謂“吾心寧靜之狀態”，所謂“無絲毫生活之欲存”，所謂“解脫”，必然會與現實生活相抵觸，因此他的詞論中也就不可避免有一些自相矛盾的現象。（如舉歐陽修《少年游》詠春草，說上片不隔，下片“謝家池上，江淹浦畔……”便隔了；其實這二句濫用典故，了無感情，其病不僅是“隔”；他說姜夔詞“二十四橋仍在，波心蕩冷月無聲”，“數峯清苦，商略黃昏雨”，“高樹晚蟬，說西風消息”等句都是“如霧裏看花，終隔一層”，却把謝靈運的詩放入“不隔”之列，也令人不易索解。）

清代詞人作詞話，大都不免有浙派、常州派門戶之見，王氏這書却沒有這種褊狹的意識；又當時譚嗣同、梁啓超諸人提倡“詩界革命”，也說寫“新意境”，但是他們作品裏所寫的“新意境”，大都是一些新事物的表面；王氏所說的境界便深于譚、梁諸人。

在清季資產階級舊民主主義革命的時代裏，王氏是缺乏從事革新的政治熱情和豐富的現實生活的。他深受西方資產階級唯心主義哲學思想的影響，因之他論文學表現了不少的唯心觀點。但他在討論刻劃形象、創作方法和藝術特點諸問題上，確有一些精到的見解，比起封建時代的文學理論，有了新的發展。正因如此，《人間詞話》在過去文學界，發生了較大的影響。

二十世紀大舞台[1]發刊詞

柳亞子[2]

風塵澒洞[3]，天地邱墟，莽莽神州，虜騎如織。男兒不能提三尺劍，報九世仇，建義旗以號召宇內，長驅北伐，直擣黃龍[4]，誅虜酋以報民族；復不能投身游俠之林，抗志虛無之黨[5]，炸丸[6]匕首，購我自由，左手把民賊之袂，右手揕其胸，[7]伏尸數十，流血五步，國魂爲之昭蘇，同胞享其幸福；而徒唏噓感泣，赤手空拳，抱攘夷恢復之雄心，朝覭天，暮畫地，末由一逞；寤而夢之，寐而言之，執途人而聒[8]之，大聲疾呼以震之，纏綿忠愛以感之；然而，明珠投暗，遭按劍之叱，陳鐘鼓於魯庭，爰居弗享也。[9]淚枯三字[10]，才盡萬言，日暮途窮，人間何世，蓋仰天長慟而不能已。

"朝從屠沽游，夕拉騶卒飲；此意不可道，有若茹大鯁。"[11]跼天蹐地，鬱鬱無聊，已耳已耳，吾其披髮入山，不復問人間事乎；然而情有難堪矣。張目四顧，山河如死：匪種之盤距如故，國民之墮落如故；公德不修，團體無望；實力未充，空言何補；偌大中原，無好消息；牢落文人，中年萬恨。而南都樂部[12]，獨於黑暗世界，灼然放一線之光明：翠羽明璫[13]，喚醒鈞天之夢[14]；清歌妙舞，招還祖國之魂：美洲三色之旗，其飄飄出現於梨園革命軍乎！[15]基礎既立，機關斯備，組織雜誌，以謀普及之方，則前途一線之希望，或者在此矣。

研究羣理[16]，昌言民族[17]，仰屋梁而著書，鯫生狗曲[18]，見而唾之；以示屠夫牧子，則以爲岣嶁之神碑[19]也。登大演說臺，陳平生之志願，舌敝唇焦，聽者充耳[20]。此仁人志士所由傷心飲恨者矣。顧我國民非無優美之思想與刺激之神經也。萬族瘡痍，國亡胡虜，而六朝金粉[21]，春滿紅山；覆巢傾卵之中，箋傳《燕子》[22]，焚屋沈舟之際，唱出《春燈》[23]；世固有一事不問，一書不讀，而鞭絲帽影，日夕馳逐於歌衫舞袖之場，以爲祖國之俱樂部者：事雖民族之污點乎，而利用之機，抑未始不在此。又見夫豆棚柘社[24]間矣，春秋報賽[25]，演劇媚神，此本不可爲善良之風俗；然而父老雜坐，鄉里劇談[26]，某也賢，某也不肖，一一如數家珍；秋風五丈，悲蜀相之隕星，[27] 十二金牌，痛岳王之流血：[28] 其感化何一不受之優伶社會哉？世有持運動社會、鼓吹風潮之大方針者乎，盍一留意於是！

蟪蛄不知春秋，朝菌不知晦朔，[29]其生命短而思慮淺也。麟經[30]三世：有所見世，有所聞世，有所傳聞世。[31]大抵鈍根[32]衆生，往往泥於現在，不知有未來，抑並不知有過去，此二百六十一年之事[33]，國民腦鏡所由不存其舊影歟！忘上國[34]之衣冠，而奉豚尾[35]爲國粹；建州[36]遺孽，本炎、黄世胄之公仇，反嵩高[37]以爲共主：以如此之智識，而強聒不捨以“驅除”、“光復”[38]之名詞，宜其河漢[39]也。今以《霓裳羽衣》[40]之曲，演玉樹銅駝之史[41]，凡揚州十日之屠[42]，嘉定萬家之慘[43]，以及虜酋醜類之慆淫[44]，烈士遺民之忠藎[45]，皆繪聲寫影，傾筐倒篋而出之；華夷之辨既明，報復之謀斯起，其影響捷矣。歐、亞交通，幾五十年，而國人猶茫昧於外情。吾儕崇拜共和[46]，歡迎改革，往往傾心於盧梭[47]、孟德斯鳩[48]、華盛頓[49]、瑪志尼[50]之徒，欲使我同胞效之；而彼方以吾爲鄒衍談天[51]，張騫鑿空[52]，又安能有濟？今當捉碧眼紫髯兒[53]，被以優孟衣冠[54]，而譜其歷史，則法蘭西之革命[55]，美利堅之獨立[56]，意大利、希臘恢復之光榮[57]，印度、波蘭滅亡之慘酷[58]，盡印於國民之腦膜，必有驩然興者。此皆戲劇改良所有事，而爲此《二十世紀大舞台》發起之精神。

波爾克謂報館爲第四種族[59]。拿破崙[60]曰：“有一反對之報章，勝於十萬毛瑟鎗。”此皆言論家所援以自豪之語也。雖然，熱心之事，無所憑藉，而徒以高文典冊[61]，諷詔世俗，則權不我操；而《陽春》、《白雪》，曲高和寡，[62] 崇論閎議，終淹歿而未行者，有之矣。今茲《二十世紀大舞台》，乃爲優伶社會之機關，而實行改良之政策，非徒以空言自見，此則報界之特色，而足以優勝者歟！嗟嗟！西風殘照，漢家之陵闕已非；東海揚塵[63]，唐代之冠裳莫問。黃帝子孫受建虜之荼毒久矣。中原士庶憤憤於腥羶異族者，何地蔑有？徒以民族大義，不能普及，亡國之仇，遷延未復。今所組織，實於全國社會思想之根據地，崛起異軍，拔趙幟而樹漢幟[64]。他日民智大開，河山還我，建獨立之閣，撞自由之鐘，以演光復舊物、推倒虜朝之壯劇快劇，則中國萬歲！《二十世紀大舞台》萬歲！

《二十世紀大舞台》第一期

【註釋】

[1] 二十世紀大舞台——光復會宣傳資產階級民主主義革命思想的白話報刊，公元一九〇五年八月十五日創刊，負責編輯人陳伯平(子欣)、秋瑾，內容分“論說、教育歷史、地理、理科、時評、談叢、歌謠、戲曲”。

[2] 柳亞子(一八八七年——一九五八年)——原名慰高，字安如，後更名棄疾，字亞子，江蘇吳江人。資產階級革命文學團體“南社”的發起人之一。有《摩劍室詩集》、《詞集》、《文集》(均未刊)。一九五九年人民文學出版社出版的《柳亞子詩詞選》編選了他在舊民主主義革命、新民主主義革命和社會主義革命三個時期的主要作品。

[3] 風塵——指敵寇入侵之患。敵寇侵擾，戎馬所到之處，風起塵揚。《後漢書·班固傳》：“設後北虜稍彊，能爲風塵。” 澒洞——瀰漫無際、連續不斷。

[4] 黃龍——五胡十六國時的北燕的都城。這裏泛指敵寇的首府。

[5] 虛無之黨——十九世紀中葉以後出現於俄國的資產階級民主革命的黨派，它

主張改革社會制度，倡導階級平等和個人自由，以從事破壞政府組織與暗殺政府要員等恐怖活動著稱。這裏泛指資產階級民主革命的黨派組織。

[6] 炸丸——炸彈。

[7] 左手把民賊之袂二句——袂，袖。《史記·荆軻傳》："臣左手把其袖，右手揕(刺)其胸。"

[8] 聒——不厭其煩地敍說。

[9] 明珠投暗四句——《史記·鄒陽傳》："臣聞明月之珠，夜光之璧，以闇投人於道路，人無不按劍相眄者，何則？無因而至前也。" 陳鐘鼓於魯庭爰居弗享——《國語·魯語》："海鳥曰'爰居'，止於魯東門之外三日，臧文仲使國人祭之。"弗享，不受。 以上四句意爲：美好的主觀願望在客觀上得不到理解，也不會被接受。

[10] 三字——指"莫須有"三字，是秦檜誣殺岳飛之詞。《癸巳存稿·岳武穆獄論》："莫須有者，莫，一言也；須有，一言也。檜遲疑之，又言有之。世忠截其語而合之，以詆檜之妄。"後世因謂岳飛寃獄曰"三字獄"。

[11] 朝從屠沽游四句——襲自珍詩句。屠，以屠宰爲業的人。沽，賣酒的人。騶，馬車夫。卒，僕役。茹，吞吃。鯁，魚骨。四句意謂我經常同宰牛、賣酒的人交游來往，同車夫、僕役一起飲酒，我這種行爲的用意，有難言之處，像大骨頭卡在喉嚨裏一樣。暗示作者希望從下層羣衆中找到革新的同情者。

[12] 樂部——古代掌管音樂的機關。這裏泛指演劇的團體或部門。

[13] 翠羽明璫——翠羽，翠鳥尾上的長羽。明璫，用明月珠做成的耳飾。這裏泛指演員的服飾。

[14] 鈞天之夢——《史記·趙世家》："趙簡子疾，五日不知人。……簡子寤，語大夫曰：'我之帝所甚樂，與百神遊於鈞天，廣樂九奏萬舞，不類三代之樂，其聲動人心。'"這裏係泛指，意爲美夢。

[15] 美洲三色之旗二句——意爲象徵資產階級民主、平等、自由的旗幟飄揚、出現在劇場具有革命傾向的演員們的演出之中。

[16] 羣理——關於人類社會的理論。這裏指資產階級的社會學。

[17] 昌言民族——鼓吹民族主義思想。昌言，直陳、宣傳。

[18] 鯫生狗曲——鯫生，見《漢書·張良傳》："沛公曰：'鯫生說我距關毋內諸侯。'"服虔註："鯫，小人也。"鯫生，卽腐儒。狗曲，見《漢書·王式傳》："何狗曲也！"顔師古註："言狗者，輕賤之甚也。"鯫生狗曲，意謂腐儒輕視戲曲。

[19] 岣嶁之神碑——亦稱禹碑，相傳爲夏禹治水時所書刻，在衡山岣嶁峯，一云在

雲密峰。共七十餘字，非篆書，亦非蝌蚪文，明楊愼有釋文。清人姚範《援鶉堂筆記》、葉昌熾《語石》都以爲不可信。

[20] 充耳——塞住耳朵。

[21] 六朝金粉——六朝，吳、東晉、宋、齊、梁、陳。金粉，鉛粉，婦女妝飾品。六朝金粉泛指繁華綺麗的生活。

[22] 箋傳燕子——指明阮大鋮所撰劇曲《燕子箋》。寫唐代霍都梁與妓女華行雲及酈學士女飛雲遇合事，以燕子銜箋作關目，故名《燕子箋》。

[23] 春燈——指阮大鋮所撰劇曲《春燈謎》，又名《十錯認》。以韋節度與宇文生元宵打燈謎爲關目，生出很多波瀾，故名《春燈謎》。

[24] 豆棚柘社——指農村。

[25] 春秋報賽——春日祈農、秋日收獲時謝神的祭祀活動。

[26] 劇談——雜談、瑣談。

[27] 秋風五丈二句——指蜀丞相諸葛亮鞠躬盡瘁、病死於五丈原軍中的故事。

[28] 十二金牌二句——指南宋岳飛被檜矯詔用十二道金牌從前綫召回，最後因檜構陷被殺害的故事。岳王，岳飛死後，曾被追封爲鄂王。

[29] 蟪蛄不知春秋二句——見《莊子·逍遙遊》。蟪蛄，夏生秋死，故不知春秋。朝菌，一說爲大芝，生於朝而死於暮。一說朝菌應作朝秀。高注："朝秀，朝生暮死之蟲也，生水上，狀似蠶蛾，一曰孳母。"(見郭慶藩《莊子集釋》)晦，夜晚。朔，初，早晨。

[30] 麟經——《春秋》之異稱。孔子作《春秋》，絕筆於獲麟，故名《麟經》。這裏指《春秋》三傳之一的《公羊傳》。

[31] 有所見世三句——《公羊傳》隱公元年何休注云："所見者，謂昭、定、哀，已與父時事也；所聞者，謂文、宣、成、襄，王父時事也；所傳聞者，謂隱、桓、莊、閔、僖，高祖、曾祖時事也。"

[32] 鈍根——佛家語，意爲根機愚鈍。

[33] 二百六十一年——滿清建國於公元一六四四年，本文發表於公元一九〇四年，前後歷時二百六十一年。

[34] 上國——古稱中國爲上國。

[35] 豚尾——豬尾，這裏指髮辮。

[36] 建州——明成祖時置建州衞，在吉林省永吉縣附近穆稜河流域一帶。不久又增置建左衞。清肇祖猛哥帖木耳在明成祖永樂時，爲建州左衞指揮官。

[37] 嵩高——嵩通崧《詩·大雅·崧高》："崧高維嶽。"《毛傳》："崧，高貌。山大而

高曰崧。”這裏嵩高是尊崇的意思。

[38] 驅除光復——指“驅除韃虜”“光復中華”，是當時資產階級革命派行動和宣傳的綱領。

[39] 河漢——見本書《原詩》註[19]。

[40] 霓裳羽衣——唐時著名樂曲。這裏泛指歌舞戲曲的形式。

[41] 玉樹銅駝之史——即變亂亡國的歷史。玉樹，陳後主所作之樂府吳聲歌曲《玉樹後庭花》，當時人把它看成陳後主亡國的預兆。銅駝，狀如馬形，在洛陽宮門外，夾道相向。《晉書·索靖傳》：“靖有先識遠量，知天下將亂，指洛陽宮門銅駝嘆曰：‘會見汝在荆棘中耳。’”

[42] 揚州十日之屠——公元一六四五年四月清兵攻陷揚州後，士兵留城屠戮十日後方才離去。清人王秀楚撰寫的《揚州十日記》記載這次大屠殺的慘況。

[43] 嘉定萬家之慘——公元一六四五年七月清兵攻陷嘉定後亦曾縱兵屠掠。清人朱子素撰寫的《嘉定屠城記略》記載了清兵屠殺的暴行。

[44] 慆淫——怠慢荒淫。

[45] 藎——《詩經·大雅·文王》：“王之藎臣。”朱傳：“藎，進也，言其忠愛之篤，進進無已也。”

[46] 共和——指資產階級共和政體，其特點是不設立君主，國家政權名義上歸全體人民，實質是由資產階級專政。

[47] 盧梭(公元一七一二年——一七七八年)——一譯盧騷，法國資產階級啓蒙思想家，主要著作有《社會契約論》、《愛彌兒》等。

[48] 孟德斯鳩(公元一六八九年——一七五五年)——法國資產階級思想家、法學家，著有《法意》等。

[49] 華盛頓(公元一七三二年——一七九九年)——美利堅合衆國第一任總統，在美國創建中起過重要的歷史作用。

[50] 瑪志尼(公元一八〇五年——一八七二年)——一譯馬志尼，意大利資產階級革命家，民族解放運動中的民主共和派領袖，青年意大利黨的創立者。

[51] 鄒衍談天——鄒衍，即騶衍，戰國時齊人，善談天，齊人頌曰談天衍。(見《史記·孟子荀卿列傳》)《史記集解》引劉向《别錄》曰：“騶衍之所言，五德終始，天地廣大，書言天事，故曰談天。”

[52] 張騫鑿空——《史記·大宛列傳》：“張騫鑿空。”《史記集解》：“蘇林曰：‘鑿，開；空，通也。騫開通西域道。’”《史記索隱》案：“謂西域險阨，本無道路，今鑿空而通之也。”後借用鑿空爲憑空立說。

[53] 碧眼紫髯兒——這裏指西方外國人。

[54] 優孟衣冠——優孟，春秋時楚莊王伶人，曾着故相叔孫敖衣冠，表演其形態。後因謂登場演戲爲優孟衣冠。

[55] 法蘭西之革命——指法國一七八九年至一七九四年廢除帝制、建立共和國體的資產階級革命。

[56] 美利堅之獨立——指美國一七七六年至一七八三年反對英國殖民統治、建立資產階級共和國的獨立戰爭。

[57] 意大利希臘恢復之光榮——指意大利一八二〇年至一八二一年、一八四八年、一八六一年反對奧地利統治、成立統一的意大利王國的戰爭和希臘一八二一年至一八二九年反對土耳其統治的獨立運動。

[58] 印度波蘭滅亡之慘酷——指十九世紀中葉英國對印度和十九世紀三十年代沙皇俄國對波蘭的吞并。

[59] 波爾克(公元一七二九年——一七九七年)——通譯貝克，英國資產階級政治家。　第四種族——即第四等級。貝克曾說："在議會中有三個等級(第一爲僧侶，第二爲貴族，第三爲資產階級)，但是在記者席上坐着一個第四等級，它比那三個等級更爲重要。"(見湯瑪斯·喀萊爾《英雄與英雄崇拜》)美國德斯蒙特《報紙與世界事務》說貝克是第一個稱報紙爲"第四等級"的人，從此"第四等級"即爲報紙和記者的通稱。

[60] 拿破崙(公元一七六九年——一八二一年)——法國軍事家，公元一八〇四年至一八一五年任法國皇帝。

[61] 高文典册——這裏指大塊文章和著作。

[62] 《陽春》《白雪》二句——見本書《閒情偶寄》註[26]。

[63] 東海揚塵——指世事變化的迅速。《神仙傳》："麻姑謂王方平曰：'見東海三變爲桑田矣。向到蓬萊，水淺于往略半也，東海行復揚塵乎？'"

[64] 拔趙幟而樹漢幟——《史記·淮陰侯列傳》："選輕騎二千人，人持一赤幟，從間道萆山而望趙軍，誡曰：'趙見我走，必空壁逐我。若疾入趙壁，拔趙幟立漢赤幟。'"這裏意爲在思想上給滿清封建王朝以出其不意的致命打擊。

【說明】

在我國長期封建社會裏，由於封建正統的文學觀念的統治，和小說一樣，戲曲一直受到輕視。明清時期，雖有人對戲曲提出了一些值得注意的見解，推動了戲曲理論的發展，但文學界中的大多數人，則仍然對戲曲及其理論持輕視的態度。到了近代，我國的戲曲理論出現了一個新的局面，產生了許多關於戲曲的較爲系統的文章，肯定和闡述了戲曲的地位和作用，並把戲曲和當時政治運動聯繫起來。這些文章，強烈衝擊了封建正統的文學思想，對戲曲的創作起了直接的指導作用，給當時文壇以巨大的影響。

柳亞子的《二十世紀大舞台發刊詞》是一篇反映當時資產階級民主革命派對於戲曲的看法和要求的代表性文章。首先，本文提出了戲曲的社會作用問題。這個問題，在明清戲曲理論中雖有所觸及，但柳亞子的論述比他的前人要深刻得多。他認識到戲曲具有極強的思想感染力量和極大的普及性，並正確指出，不同思想內容的戲曲作品產生的客觀的效果完全不同:《燕子箋》、《春燈謎》之類的作品只能作爲那些醉生夢死、尋歡作樂的人們的消遣享樂的工具；而思想內容具有積極意義的作品則能產生深遠的有益的社會影響。因此，他要求"持運動社會，鼓吹風潮之大方針者"能有意識地把戲曲作爲宣傳的武器應用到政治鬬爭中去。

從上述對戲曲社會作用的認識出發，柳亞子主張以"翠羽明璫，喚醒鈞天之夢；清歌妙舞，招還祖國之魂"，即主張戲曲爲資產階級民主主義革命鬬爭服務，這是本文的主旨所在。爲了使戲曲能够擔負起宣傳民主革命思想，激發人們反清愛國精神，壯大革命力量，以推進民主革命的任務，本文對戲曲的內容提出了明確的要求。在柳亞子看來，由於清政府二百多年的統治，一般國民"忘上國之衣冠，而奉豚尾以爲國粹；建州遺孽，本炎、黃世胄之公仇，反嵩高以爲共主；以如此之智識，而強聒不捨以'驅除'、'光復'之名詞，宜其河漢也"。針對這種情況，他主張戲曲應該表演"揚州十日之屠，嘉定萬家之慘，以及虜酋醜類之慆淫，烈士遺民之忠藎"；至於"法蘭西之革命，美利堅之獨立，意大利、希臘恢復之光榮，印度、波蘭滅亡之慘酷"，也應在戲曲作品中反映出來。他指出，這樣的作品才能使國民充分認識滿族貴族統治集團對中國人民血腥統治的黑暗現實，激發起大家的"報復之謀"即推翻清封建王朝反動統治的革命意志；才能教育人們以法、美、意大利、希臘爲榜樣，以印度、波蘭爲戒鑑，從而使大家都能"崇拜共和，歡迎改革"，投身於資產階級的民族民主革命中來。

本文在強調戲曲爲資產階級民主革命鬭爭服務的同時，反對思想內容沒有積極意義的作品；尖銳批判了那種以戲曲作爲腐化享樂工具的做法，認爲這是“民族之汚點”；指出爲了“媚神”而演劇也不是“善良之風俗”。這些論述在當時來說也都是有其進步意義的。

柳亞子的戲曲理論，對指導戲曲參加革命鬭爭，對提高戲曲地位，推動進步戲曲事業的發展，都起過積極的作用，在近代文學批評史上佔有一定的地位。然而，它畢竟是資產階級的戲曲理論，有着明顯的局限性。例如，它雖要求戲曲爲革命運動服務，進行革命宣傳，但它要宣傳的還是偏重於狹隘的種族思想方面。

摩羅[1]詩力說

魯迅

求古源盡者將求方來之泉，將求新源。嗟我昆弟，新生之作，新泉之湧於淵深，其非遠矣。

——尼佉[2]

一

人有讀古國文化史者，循代而下，至于卷末，必凄以有所覺，如脫春溫而入于秋肅，勾萌絕朕[3]，枯槁在前，吾無以名，姑謂之蕭條而止。蓋人文之留遺後世者，最有力莫如心聲[4]。古民神思，接天然之閟宮[5]，冥契萬有[6]，與之靈會[7]，道其能道，爰爲詩歌。其聲度時劫[8]而入人心，不與緘口同絕；且益曼衍[9]，視其種人[10]。遞文事式微[11]，則種人之運命亦盡，羣生輟響，榮華收光；讀史者蕭條之感，卽以怒起，而此文明史記，亦漸臨末頁矣。凡負令譽于史初，開文化之曙色，而今日轉爲影國[12]者，無不如斯。使舉國人所習聞，最適莫如天竺。天竺古有“韋陀”[13]四種，瑰麗幽敻，稱世界大文；其《摩訶波羅多》暨《羅摩衍那》[14]二賦，亦至美妙。厥後有詩人加黎陀薩(Kalidasa)[15]者出，以傳奇[16]鳴世，間染抒情之篇；日耳曼詩宗瞿提(W. von Goethe)[17]，至崇爲兩間之絕唱。降及種人失力，而文事亦共零夷，至大之聲，漸不生于彼國民之靈府，流轉異域，如亡人也。次爲希伯來[18]，雖多涉信仰教誡，而文章[19]以幽邃莊嚴勝，教宗文術，此其源泉，灌溉人心，迄今茲未艾。特在以色列族，則止耶利米（Jeremiah）[20]之聲；列王荒矣，帝怒以赫，[21]耶路撒冷遂隳[22]，而種人之舌亦默。當彼流離異地，雖不遽忘其宗邦，方言正信，拳拳未釋，[23]然《哀歌》而下，無賡響矣。復次爲伊蘭埃及[24]，皆中道廢弛，有如斷綆，燦爛于古，蕭瑟于今。若震旦而逸斯列[25]，則人生大戬[26]，無逾于此。何以故？英人加勒爾（Th. Carlyle）[27]曰："得昭明之聲，洋洋乎歌心意而生者，爲國民之首義。意大利分崩矣，然實一統也，彼生但丁（Dante Alighieri），彼有意語。大俄羅斯之札爾，有兵刃礮火，政治之上，能轄大區，行大業。然奈何無聲？中或有大物，而其爲大也喑。（中略）迨兵刃礮火，無不腐蝕，而但丁之聲依然。有但丁者統一，而無聲兆之俄人，終支離而已。"[28]

尼佉（Fr. Nietzsche）不惡野人，謂中有新力，言亦確鑿不可移。蓋文明之朕，固孕于蠻荒，野人狉獉[29]其形，而隱曜[30]即伏于內。文明如華，蠻野如蕾，文明如實，蠻野如華，上征[31]在是，希望亦在是。惟文化已止之古民不然：發展既央，隳敗隨起，況久席古宗祖之光榮，嘗首出周圍之下國，暮氣之作，每不自知，自用[32]而愚，汙如死海。其煌煌居歷史之首，而終匿形于卷末者，殆以此歟？俄之無聲，激響在焉。俄如孺子，而非喑人；俄如伏流[33]，而非古井。十九世紀前葉，果有鄂戈理[34]（N. Gogol）者起，以不可見之淚痕悲色，振其邦人，或以擬英之狹斯丕爾（W. Shakespeare）[35]，即加勒爾所贊揚崇拜者也。顧瞻人間，新聲爭起，無不以殊特雄麗之言，自振其精神而紹介其偉美于世界；若淵默而無動者，獨前舉天竺以下數古國而已。嗟夫，古民之心聲手澤[36]，非不莊嚴，非不崇大，然呼吸不通于今，則取以供覽古之人，使摩挲詠嘆而外，更何物及其子孫？否亦僅自語其前此光榮，即以形邇來之寂寞，反不如新起之邦，縱文化未昌，而大有望于方來之足致敬也。故所謂古文明國者，悲涼之語耳，嘲諷之辭耳！中落之胄[37]，故家荒矣，則喋喋語人，謂厥祖在時，其爲智慧武怒[38]者何似，嘗有閎宇崇樓，珠玉犬馬，尊顯勝于凡人。有聞其言，孰不騰笑？夫國民發展，功雖有在于懷古，然其懷也，思理朗然，如鑑明鏡，時時上征，時時反顧，時時進光明之長途，時時念輝煌之舊有，故其新者日新，而其古亦不死。若不知所以然，漫夸耀以自悅，則長夜之始，卽在斯時。今試履中國之大衢，當有見軍人蹀躞而過市者，張口作軍歌，痛斥印度波蘭之奴性；[39] 有漫爲國歌者亦然。蓋中國今日，亦頗思歷舉前有之耿光[40]，特未能言，則姑曰左鄰已奴，右鄰且死，擇亡國而較量之，冀自顯其佳勝。夫二國與震旦究孰劣，今姑弗言；若云頌美之什[41]，國民之聲，則天下之詠者雖多，固未見有此作法矣。詩人絕迹，事若甚微，而蕭條之感，輒以來襲。意者欲揚宗邦之眞大，首在審己，亦必知人，比較旣周，爰生自覺。自覺之聲發，每響必中于人心，淸晰昭明，不同凡響。非然者，口舌一結，衆語俱淪，沉默之來，倍于前此。蓋魂意方夢，何能有言？卽震于外緣，強自揚厲，不惟不大，徒增欷耳。故曰國民精神之發揚，與世界識見之廣博有所屬。

今且置古事不道，別求新聲于異邦，而其因卽動[42]于懷古。新聲之別，不可究詳；至力足以振人，且語之較有深趣者，實莫如摩羅詩派。摩羅之言，假自天竺，此云天魔，歐人謂之撒但[43]，人本以目裴倫 (G. Byron)[44]。今則舉一切詩人中，凡立意在反抗，指歸在動作，而爲世所不甚愉悅者悉入之，爲傳其言行思惟，流別影響，始宗主裴倫，終以摩迦（匈加利）文士[45]。凡是羣人，外狀至異，各稟自國之特色，發爲光華；而要其大歸，則趣于一：大都不爲順世和樂之音，動吭一呼，聞者興起，爭天拒俗[46]，而精神復深感後世人心，綿延至于無已。雖未生以前，解脫[47]而後，或以其聲爲不足聽；若其生活兩間，居天然之掌握，輾轉而未得脫者，則使之聞之，固聲之最雄桀偉美者矣。然以語平和之民，則言者滋懼。

二

平和爲物，不見于人間。其強謂之平和者，不過戰事方已或未始之時，外狀若寧，暗流仍伏，時劫一會，動作始矣。故觀之天然，則和風拂林，甘雨潤物，似無不以降福祉于人世，然烈火在下，出爲地囱[48]，一旦僨興[49]，萬有同壞。其風雨時作，特暫伏之見象，非能永劫安易，如亞當之故家[50]也。人事亦然，衣食家室邦國之爭，形現旣昭，已不可以諱掩；而二士室處，亦有吸呼，於是生顥氣[51]之爭，強肺者致勝。故殺機之昉[52]，與有生偕；平和之名，等于無有。特生民之始，旣以武健勇烈，抗拒戰鬬，漸進于文明矣，化定俗移[53]，轉爲新懦，知前征之至險，則爽然思歸其雌[54]，而戰場在前，復自知不可避，于是運其神思，郲爲理想之邦，或托之人所莫至之區，或遲之不可計年以後。自柏拉圖(Platon)《邦國論》[55]始，西方哲士，作此念者不知幾何人。雖自古迄今，絕無此平和之朕，而延頸方來，神馳所慕之儀的[56]，日逐而不舍，要亦人間進化之一因子歟？吾中國愛智之士，獨不與西方同，心神所注，遼遠在于唐虞，或逕入古初，游于人獸雜居之世；謂其時萬禍不作，人安其天，不如斯世之惡濁阽危，無以生活。其說照之人類進化史實，事正背馳。蓋古民曼衍播遷，其爲爭抗劬勞，縱不厲于今，而視今必無所減；特歷時旣永，史乘[57]無存，汗迹血腥，泯滅都盡，則追而思之，似其時爲至足樂耳。儻使置身當時，與古民同其憂患，則頹唐侘傺[58]，復遠念盤古未生，斧鑿未經之世，又事之所必有者已。故作此念者，爲無希望，爲無上征，爲無努力，較以西方思理，猶水火然；非自殺以從古人，將終其身更無可希冀經營，致人我于所儀之主的[59]，束手浩嘆，神質[60]同隳焉而已。且更爲忖度其言，又將見古之思士，決不以華土爲可樂，如今人所張皇[61]；惟自知良懦無可爲，乃獨圖脫屣塵埃，惝恍[62]古國，任人羣墮于蟲獸，而己身以隱逸終。思士如是，社會善之，咸謂之高蹈[63]之人，而自云我蟲獸我蟲獸也。其不然者，乃立言辭，欲致人同歸于樸古，老子之輩，蓋其梟雄。老子書五千語，要在不攖[64]人心；以不攖人心故，則必先自致槁木之心，立無爲之治；以無爲之爲化社會，而世卽于太平。其術善也。然奈何星氣既凝[65]，人類既出而後，無時無物，不禀殺機，進化或可停，而生物不能返本。使拂逆其前征，勢卽入于苓落[66]，世界之內，實例至多，一覽古國，悉其信證[67]。若誠能漸致人間，使歸于禽蟲卉木原生物，復由漸卽于無情[68]，則宇宙自大，有情已去，一切虛無，寧非至淨。而不幸進化如飛矢，非墮落不止，非著物不止，祈逆飛而歸弦，爲理勢所無有。此人世所以可悲，而摩羅宗之爲至偉也。人得是力，乃以發生，乃以曼衍，乃以上征，乃至于人所能至之極點。

中國之治，理想在不攖，而意異于前說。有人攖人，或有人得攖者，爲帝大禁，其意在保位，使子孫王千萬世，無有底止，故性解（Genius）[69]之出，必竭全力死之；有人攖我，或有能攖人者，爲民大禁，其意在安生，寧蜷伏墮落而惡進取，故性解之出，亦必竭全力死之。柏拉圖建神思之邦[70]，謂詩人亂治，當放域外；雖國之美汙，意之高下有不同，而術實出于一。蓋詩人者，攖人心者也。凡人之心，無不有詩，如詩人作詩，詩不爲詩人獨有，凡一讀其詩，心卽會解者，卽無不自有詩人之詩。無之何以能解？惟有而未能言，詩人爲之語，則握撥一彈，心弦立應，其聲澈于靈府，令有情皆舉其首，如覩曉日，益爲之美偉強力高尙發揚，而汙濁之平和，以之將破。平和之破，人道蒸[71]也。雖然，上極天帝，下至輿臺，則不能不因此變其前時之生活；協力而夭閼[72]

之，思永保其故態，殆亦人情已。故態永存，是曰古國。惟詩究不可滅盡，則又設範以囚之。如中國之詩，舜云言志[73]；而後賢立說，乃云持人性情[74]，三百之旨，無邪所蔽。[75]夫既言志矣，何持之云？強以無邪，即非人志。許自繇[76]于鞭策羈縻之下，殆此事乎？然厥後文章，乃果輾轉不逾此界。其頌祝主人，悅媚豪右之作，可無俟言。即或心應蟲鳥，情感林泉，發爲韻語，亦多拘于無形之囹圄，不能舒兩間之眞美；否則悲慨世事，感懷前賢，可有可無之作，聊行於世。倘其囁嚅之中，偶涉眷愛，而儒服之士，即交口非之。況言之至反常俗者乎？惟靈均將逝，腦海波起，通於汨羅，返顧高丘，哀其無女，[77]則抽寫哀怨，鬱爲奇文。茫洋在前，顧忌皆去，懟世俗之渾濁，頌己身之修能，[78]懷疑自遂古之初[79]，直至百物之瑣末，放言無憚，爲前人所不敢言。然中亦多芳菲悽惻之音，而反抗挑戰，則終其篇未能見，感動後世，爲力非強。劉彥和所謂"才高者菀其鴻裁，中巧者獵其艷辭，吟諷者啣其山川，童蒙者拾其香草。"[80]皆著意外形，不涉內質，孤偉自死，社會依然，四語之中，函深哀焉。故偉美之聲，不震吾人之耳鼓者，亦不始于今日。大都詩人自倡，生民不耽[81]。試稽自有文字以至今日，凡詩宗詞客，能宣彼妙音，傳其靈覺，以美善吾人之性情，崇大吾人之思理者，果幾何人？上下求索，幾無有矣。第此亦不能爲彼徒罪也，人人之心，無不泐[82]二大字曰實利，不獲則勞，既獲便睡。縱有激響，何能攖之？夫心不受攖，非槁死則縮朒[83]耳，而況實利之念，復煔煔[84]熱于中，且其爲利，又至陋劣不足道，則馴[85]至卑懦儉嗇，退讓畏葸，無古民之樸野，有末世之澆漓[86]，又必然之勢矣，此亦古哲人所不及料也。夫云將以詩移人性情，使即于誠善美偉強力敢爲之域，聞者或哂其迂遠乎；而事復無形，效不顯于頃刻。使舉一密栗[87]之反證，殆莫如古國之見滅于外仇矣。凡如是者，蓋不止笞擊縻縶[88]，易于毛角[89]而已，且無有爲沉痛著大之聲，攖其後人，使之興起；卽間有之，受者亦不爲之動，創痛少去，卽復營營于治生，活身是圖，不卹汙下，外仇又至，摧敗繼之。故不爭之民，其遭遇戰事，常較好爭之民多，而畏死之民，其苓落殤亡，亦視強項敢死之民衆。

千八百有六年八月，拿坡崙大挫普魯士軍[90]，翌年七月，普魯士乞和，爲從屬之國。然其時德之民族，雖遭敗亡窘辱，而古之精神光耀，固尙保有而未隳。于是有愛倫德（E. M. Arndt）[91]者出，著《時代精神篇》(Geist der Zeit)，以偉大壯麗之筆，宣獨立自繇之音，國人得之，敵愾之心大熾；已而爲敵覺察，探索極嚴，乃走瑞士。遞千八百十二年，拿坡崙挫于墨斯科之酷寒大火，逃歸巴黎，歐土遂爲雲擾[92]，競舉其反抗之兵。翌年，普魯士帝威廉三世[93]乃下令召國民成軍，宣言爲三事戰，曰自由正義祖國；英年之學生詩人美術家爭赴之。愛倫德亦歸，著《國民軍者何》暨《萊因爲德國大川特非其界》二篇，以鼓青年之意氣。而義勇軍中，時亦有人曰台陀開納（Theodor Körner）[94]，慨然投筆，辭維也納國立劇場詩人之職，別其父母愛者，遂執兵行；作書貽父母曰："普魯士之鷲[95]，已以鷙擊[96]誠心，覺德意志民族之大望矣。吾之吟咏，無不爲宗邦神往。吾將舍所有福祉歡欣，爲宗國戰死。嗟夫，吾以明神之力，已得大悟。爲邦人之自由與人道之善故，犧牲孰大于是？熱力無量，湧吾靈臺[97]，吾起矣！"後此之《豎琴長劍》(Leier und Schwert)[98]一集，亦無不以是精神，凝爲高響，展卷方誦，血脈已張。然時之懷熱誠靈悟如斯狀者，蓋非止開納一人也，舉德國青年，無不如是。開納之聲，卽全德人之聲，開納之血，亦卽全德人之血耳。故推而論之，敗拿坡崙者，不爲國家，不爲皇帝，不爲兵刃，國民而已。國民皆詩，亦皆詩人之具[99]，而德卒以不亡。此豈篤守功利，擯斥詩歌，或抱異域之朽兵敗甲，冀自衞其衣食室家者，意料之所能至哉？然此亦僅譬詩力于米鹽，聊以震崇實之士，使知黃金黑鐵，斷不足以興國家，德法二國之外形，亦非吾邦所可活剝；示其內質，冀略有所悟解而已。此篇本意，固不在是也。

三

由純文學上言之，則以一切美術之本質，皆在使觀聽之人，爲之興感怡悅。文章爲美術之一，質當亦然，與個人曁邦國之存，無所係屬，實利離盡，究理弗存。故其爲效，益智不如史乘，誡人不如格言，致富不如工商，弋功名不如卒業之券[100]。特世有文章，而人乃以幾于具足。英人道覃 (E. Dowden)[101]有言曰："美術文章之桀出于世者，觀誦而後，似無裨于人間者，往往有之。然吾人樂于觀誦，如游巨浸[102]，前臨渺茫，浮游波際，游泳既已，神質悉移。而彼之大海，實僅波起濤飛，絕無情愫，未始以一敎訓一格言相授。顧游者之元氣體力，則爲之陡增也。故文章之于人生，其爲用決不次于衣食，宮室，宗敎，道德。蓋緣人在兩間，必有時自覺以勤劬，有時喪我而惝恍，時必致力于善生[103]，時必並忘其善生之事而入于醇樂，時或活動于現實之區，時或神馳于理想之域；苟致力于其偏，是謂之不具足。"嚴冬永留，春氣不至，生其軀殼，死其精魂，其人雖生，而人生之道失。文章不用之用，其在斯乎？約翰穆黎[104]曰："近世文明，無不以科學爲術，合理爲神，功利爲鵠。"大勢如是，而文章之用益神。所以者何？以能涵養吾人之神思耳。涵養人之神思，卽文章之職與用也。

此他麗于文章能事[105]者，猶有特殊之用一。蓋世界大文，無不能啓人生之閟機，而直語其事實法則，爲科學所不能言者。所謂閟機[106]，卽人生之誠理[107]是已。此爲誠理，微妙幽玄，不能假口于學子。如熱帶人未見冰前，爲之語冰，雖喻以物理生理二學，而不知水之能凝，冰之爲冷如故；惟直示以冰，使之觸之，則雖不言質力二性，而冰之爲物，昭然在前，將直解無所疑沮。惟文章亦然，雖縷判條分，理密不如學術，而人生誠理，直籠[108]其辭句中，使聞其聲者，靈府朗然，與人生卽會[109]。如熱帶人既見冰後，曩之竭研究思索而弗能喻者，今宛在矣。昔愛諾爾特(M. Arnold)[110]氏以詩爲人生評騭，亦正此意。故人若讀鄂謨(Homeros)[111]以降大文，則不徒近詩，且自與人生會，歷歷見其優勝缺陷之所存，更力自就于圓滿。此其効力，有敎示意；既爲敎示，斯益人生；而其敎復非常敎，自覺勇猛發揚精進，彼實示之。凡苓落頹唐之邦，無不以不耳[112]此敎示始。

顧有據羣學[113]見地以觀詩者，其爲說復異：要在文章與道德之相關。謂詩有主分[114]，曰觀念之誠。其誠奈何？則曰爲詩人之思想感情，與人類普遍觀念之一致。得誠奈何？則曰在據極溥博[115]之經驗。故所據之人羣經驗愈溥博，則詩之溥博視之。所謂道德，不外人類普遍觀念所形成。故詩與道德之相關，緣蓋出于造化。詩與道德合，卽爲觀念之誠，生命在是，不朽在是。非如是者，必與羣法僢馳[116]。以背羣法故，必反人類之普遍觀念；以反普遍觀念故，必不得觀念之誠。觀念之誠失，其詩宜亡。故詩之亡也，恆以反道德故。然詩有反道德而竟存者奈何？則曰，暫耳。無邪之說，實與此契。苟中國文事復興之有日，慮操此說以力削其萌孽者，當有徒也。而歐洲評騭之士，亦多抱是說以律文章。十九世紀初，世界動于法國革命之風潮，德意志西班牙意大利希臘皆興起，往之夢意，一曉而蘇；惟英國較無動。顧上下相迕[117]，時有不平，而詩人裴倫，實生此際。其前有司各德(W. Scott)[118]輩，爲文率平妥翔實，與舊之宗敎道德極相容。迨有裴倫，乃超脫古範，直抒所信，其文章無不函剛健抗拒破壞挑戰之聲。平和之人，能無懼乎？于是謂之撒但。此言始於蘇甞(R. Southey)[119]，而衆和之；後或擴以稱修黎(P. B. Shelley)[120]以下數人，至今不廢。蘇甞亦詩人，以其言能得當時人羣普遍之誠故，獲月桂冠，攻裴倫甚力。裴倫亦以惡聲報之，謂之詩商。所著有《納爾遜傳》(The Life of Lord Nelson)[121]今最行于世。

《舊約》記神既以七日造天地，終乃摶埴[122]爲男子，名曰亞當，已而病其寂也，復抽其肋爲女子，是名夏娃，皆居伊甸。更益以鳥獸卉木，四水出焉。伊甸有樹，一曰生命，一曰知識。神禁人勿食其實；魔乃侂[123]蛇以誘夏娃，使食之，爰得生命知識。神怒，立逐人而詛蛇，蛇腹行而土食；人則既勞其生，又得其死，罰且及于子孫，無不如是。英詩人彌耳敦(J. Milton)[124]，嘗取其事作《失樂園》(The Paradise Lost)，有天神與撒但戰事，以喻光明與黑暗之爭。撒但爲狀，復至獰厲。是詩而後，人之惡撒但遂益深。然使震旦入士異其信仰者觀之，則亞當之居伊甸，蓋不殊于籠禽，不識不知，惟帝是悅[125]，使無天魔之誘，人類將無由生。故世間人，當蔑弗[126]秉有魔血，惠之及人世者，撒但其首矣。然爲基督宗徒，則身被此名，正如中國所謂叛道，人羣共棄，艱于置身，非強怒善戰豁達能思之士，不任受也。亞當夏娃既去樂園，乃舉二子，長曰亞伯[127]，次曰凱因[128]。亞伯牧羊，凱因耕植是事，嘗出所有以獻神。神喜脂膏而惡果實，斥凱因獻不視；以是，凱因漸與亞伯爭，終殺之。神則詛凱因，使不獲地力[129]，流於殊方。裴倫取其事作傳奇[130]，于神多所詰難。教徒皆怒，謂爲瀆聖害俗，張皇靈魂有盡[131]之詩，攻之至力。迄今日評騭之士，亦尚有以是難裴倫者。爾時獨穆亞(Th. Moore)[132]及修黎二人，深稱其詩之雄美偉大。德詩宗瞿提，亦謂爲絕世之文，在英國文章中，此爲至上之作；後之勸遏克曼(J.

P. Eckermann)[133]治英國語言，蓋卽冀其直讀斯篇云。《約》又記凱因旣流，亞當更得一子，歷歲永永，人類益繁，于是心所思惟，多涉惡事。主神乃悔，將殄之。有挪亞獨善事神，神令致亞斐木爲方舟[134]，將眷屬動植，各從其類居之。遂作大雨四十晝夜，洪水泛濫，生物滅盡，而挪亞之族獨完，水退居地，復生子孫，至今日不絕。吾人記事涉此，當覺神之能悔，爲事至奇；而人之惡撒但，其理乃無足詫。蓋旣爲挪亞子孫，自必力斥抗者，敬事主神，戰戰兢兢，繩其祖武[135]，冀洪水再作之日，更得密詔而自保于方舟耳。抑吾聞生學家言，有云反種[136]一事，爲生物中每現異品，肖其遠先，如人所牧馬，往往出野物，類之不拉(Zebra)[137]，蓋未馴以前狀，復現于今日者。撒但詩人之出，殆亦如是，非異事也。獨衆馬怒其不伏箱[138]，羣起而交踶之，斯足憫嘆焉耳。

四

裴倫名喬治戈登 (George Gordon)，系出司堪第那比亞[139]海賊蒲隆 (Burun) 族。其族後居諾曼[140]，從威廉入英，遞顯理二世時[141]，始用今字。裴倫以千七百八十八年一月二十二日生于倫敦，十二歲卽爲詩；長游堪勃力俱大學[142]不成，漸决去英國，作汗漫游，始于波陀牙[143]，東至希臘突厥[144]及小亞細亞，歷審其天物之美，民俗之異，成《哈洛爾特游草》(Childe Harold's Pilgrimage)[145]二卷，波譎雲詭，世爲之驚絕。次作《不信者》(The Giaour) 暨《阿畢陀斯新婦行》(The Bride of Abydos) 二篇，皆取材于突厥。前者記不信者(對回敎而言)通哈山之妻，哈山投其妻于水，不信者逸去，後終歸而殺哈山，詣廟自懺；絕望之悲，溢于毫素，讀者哀之。次爲女子蘇黎加愛舍林，而其父將以婚他人，女偕舍林出奔，已而被獲，舍林鬬死，女亦終盡；其言有反抗之音。迨千八百十四年一月，賦《海賊》（The Corsair）之詩。篇中英雄曰康拉德，于世已無一切眷愛，遺一切道德，惟以強大之意志，爲賊渠魁，領其從者，建大邦于海上。孤舟利劍，所向悉如其意。獨家有愛妻，他更無有；往雖有神[146]，而康拉德早棄之，神亦已棄康拉德矣。故一劍之力，即其權利，國家之法度，社會之道德，視之蔑如。權力若具，即用行其意志，他人奈何，天帝何命，非所問也。若問定命之何如？則曰："在鞘中，一旦外輝[147]，彗且失色而已。"然康拉德爲人，初非元惡[148]，內秉高尚純潔之想，嘗欲盡其心力，以致益于人間；比見細人蔽明，讒諂害聰，凡人營營，多猜忌中傷之性，則漸冷澹，則漸堅凝，則漸嫌厭；終乃以受自或人之怨毒，舉而報之全羣[149]，利劍輕舟，無間人神，所向無不抗戰。蓋復讎一事，獨貫注其全精神矣。一日攻塞特，敗而見囚，塞特有妃愛其勇，助之脫獄，泛舟同奔，遇從者于波上，乃大呼曰："此吾舟，此吾血色之旗也，吾運未盡于海上！"然歸故家，則銀釭[150]暗而愛妻逝矣。旣而康拉德亦失去，其徒求之波間海角，踪迹杳然，獨有以無量罪惡，繫一德義之名，永存于世界而已。裴倫之祖約翰[151]，嘗念先人爲海王[152]，因投海軍爲之帥；裴倫賦此，緣起似同；有即以海賊字裴倫者，裴倫聞之竊喜，則篇中康拉德爲人，實即此詩人變相，殆無可疑已。越三月，又作賦曰《羅羅》（Lara）[153]，記其人嘗殺人不異海賊，後圖起事，敗而傷，飛矢來貫其胸，遂死。所敍自尊之夫，力抗不可避之定命，爲狀慘烈，莫可比方。此他猶有所制，特非雄篇。其詩格多師司各德，而司各德由是銳意于小說，不復爲詩，避裴倫也。已而裴倫去其婦，世雖不知去之之故，然爭難之，每臨會議，嘲罵即四起，且禁其赴劇場。其友穆亞爲之傳，評是事曰："世于裴倫，不異其母，忽愛忽惡，無判决也。"顧窘戮天才，殆人羣恒狀，滔滔皆是，寧止英倫。中國漢晉以來，凡負文名者，多受謗毁，劉彦和爲之辯曰："人禀五才，修短殊用，自非上哲，難以求備，然將相以位隆特達，文士以職卑多誚，此江河所以騰涌，涓流所以寸析者。"[154]東方惡習，盡此數言。然裴倫之禍，則緣起非如前陳，實反由于名盛，社會頑愚，仇敵窺覗[155]，乘隙立起，衆則不察而妄和之；若頌高官而阨[156]寒士者，其汙且甚于此矣。顧裴倫由是遂不能居英，自曰："使世之評騭誠，吾在英爲無值，若評騭謬，則英于我爲無值矣。吾其行乎？然未已也，雖赴異邦，彼且躡我。"已而終去英倫，千八百十六年十月，抵意大利。自此，裴倫之作乃益雄。

裴倫在異域所爲文，有《哈洛爾特游草》之續，《堂祥》(Don Juan)[157]之詩，及三傳奇稱最偉，無不張撒但而抗天帝，言人所不能言。一曰《曼弗列特》(Manfred)[158]，記曼以失愛絶歡，陷于巨苦，欲忘弗能，鬼神見形問所欲，曼云欲忘，鬼神告以忘在死，則對曰，死果能令人忘耶？復衷疑而弗信也。後有魅來降曼弗列特，而曼忽以意志制苦，毅然斥之曰："汝曹决不能誘惑滅亡我。（中略）我，自壞者也。行矣，魅衆！死之手誠加我矣，然非汝手也。"意蓋謂己有善惡，則褒貶賞罰，亦悉在己，神天魔龍，無以相凌，况其他乎？曼弗列特意志之强如是，裴倫亦如是。論者或以擬瞿提之傳奇《法斯忒》(Faust)[159]云。二曰《凱因》(Cain)，典據已見于前分，中有魔曰盧希飛勒[160]，導凱因登太空，爲論善惡生死之故，凱因悟，遂師摩羅。比行世[161]，大遭教徒攻擊，則作《天地》(Heaven and Earth)以報之，英雄爲耶彼第，博愛而厭世，亦以詰難教宗，鳴其非理者[162]。夫撒但何由昉[163]乎？以彼教言，則亦天使之大者，徒以陡起大望，生背神心，敗而墮獄，是云魔鬼。由是言之，則魔亦神所手創者矣。已而潛入樂園，至善美安樂之伊甸，以一言而立毁，非具大能力，曷克至是？伊甸，神所保也，而魔毁之，神安得云全能？况自創惡物，又從而懲之，且更瓜蔓以懲人，其慈又安在？故凱因曰：“神爲不幸之因。神亦自不幸，手造破滅之不幸者，何幸福之可言？而吾父曰：‘神全能也。’問之曰：‘神善，何復惡邪？’則曰：‘惡者，就善之道爾。’”神之爲善，誠如其言：先以凍餒，乃與之衣食；先以癘疫，乃施之救援；手造罪人，而曰吾赦汝矣。人則曰：“神可頌哉，神可頌哉！”營營而建伽蘭[164]焉。盧希飛勒不然，曰“吾誓之兩間，吾實有勝我之強者，而無有加于我之上位[165]。彼勝我故，名我曰惡，若我致勝，惡且在神，善惡易位耳。”此其論善惡，正異尼佉。尼佉意謂強勝弱故，弱者乃字其所爲曰惡，故惡實強之代名；此則以惡爲弱之寃諡。故尼佉欲自強，而並頌強者；此則亦欲自強，而力抗強者，好惡至不同，特圖強則一而已。人謂神強，因亦至善。顧善者乃不喜華果，特嗜腥羶，凱因之獻，純潔無似，則以旋風振而落之。人類之始，實由主神，一拂其心，即發洪水，並無罪之禽蟲卉木而殄之。人則曰：“爰滅罪惡，神可頌哉！”耶彼第乃曰：“汝得救孺子衆！汝以爲脫身狂濤，獲天幸歟？汝曹偷生，逞其食色，目擊世界之亡，而不生其憫歎；復無勇力，敢當大波，與同胞之人，共其運命；偕厥考[166]逃于方舟，而建都邑于世界之墓上，竟無慚耶？”然人竟無慚也，方伏地贊頌，無有休止，以是之故，主神遂強。使衆生去而不之理，更何威力之能有？人既授神以力，復假之以厄撒但；而此種人，又即主神往所殄滅之同類。以撒但之意觀之，其爲頑愚陋劣，如何可言？將曉之歟，則音聲未宣，衆已疾走，內容何若，不省察也。將任之歟，則非撒但之心矣，故復以權力現于世。神，一權力也；撒但，亦一權力也。惟撒但之力，即生于神，神力若亡，不爲之代；上則以力抗天帝，下則以力制衆生，行之背馳，莫甚于此。顧其制衆生也，即以抗故。倘其衆生同抗，更何制之云？裴倫亦然，自必居人前，而怒人之後于衆。蓋非自居人前，不能使人勿後于衆故；任人居後而自爲之前，又爲撒但大恥故。故既揄揚威力，頌美強者矣，復曰："吾愛亞美利加，此自由之區，神之綠野，不被壓制之地也。"由是觀之，裴倫既喜拿坡崙之毀世界，亦愛華盛頓[167]之爭自由，既心儀海賊之橫行，亦孤援希臘之獨立，壓制反抗，兼以一人矣。雖然，自由在是，人道亦在是。

五

自尊至者，不平恒繼之，忿世嫉俗，發爲巨震，與對蹠[168]之徒爭衡。蓋人既獨尊，自無退讓，自無調和，意力所如，非達不已，乃以是漸與社會生衝突，乃以是漸有所厭勌于人間。若裴倫者，即其一矣。其言曰："磽确之區，吾儕奚獲耶？（中略）凡有事物，無不定以習俗至謬之衡，所謂輿論，實具大力，而輿論則以昏黑蔽全球也。"[169]此其所言，與近世諸威文人伊孛生（H. Ibsen）[170]所見合，伊氏生于近世，憤世俗之昏迷，悲眞理之匿耀，假《社會之敵》[171]以立言，使醫士斯托克曼爲全書主者，死守眞理，以拒庸愚，終獲羣敵之謚。自既見放于地主[172]，其子復受斥于學校，而終奮鬬，不爲之搖。末乃曰："吾又見眞理矣。地球上至強之人，至獨立者也！"其處世之道如是。顧裴倫不盡然，凡所描繪，皆稟種種思，具種種行，或以不平而厭世，遠離人羣，寧與天地爲儕偶，如哈洛爾特；或厭世至極，乃希滅亡，如曼弗列特；或被人天之楚毒，至于刻骨，乃咸希破壞，以復仇讎，如康拉德與盧希飛勒；或棄斥德義，蹇視淫游，以嘲弄社會，聊快其意，如堂祥。其非然者，則尊俠尙義，扶弱者而平不平，顚仆有力之蠢愚，雖獲罪于全羣無懼，即裴倫最後之時是已。彼當前時，經歷一如上述書中衆士，特未欷歔斷望，願自逖[173]於人間，如曼弗列特之所爲而已。故懷抱不平，突突上發，則倨傲縱逸，不恤人言，破壞復讎，無所顧忌，而義俠之性，亦即伏此烈火之中，重獨立而愛自繇，苟奴隸立其前，必衷悲而疾視，衷悲所以哀其不幸，疾視所以怒其不爭，此詩人所爲援希臘之獨立，而終死于其軍中者也。蓋裴倫者，自繇主義之人耳，嘗有言曰："若爲自由故，不必戰于宗邦，則當爲戰于他國。"[174] 是時意大利適制于墺[175]，失其自由，有秘密政黨起，謀獨立，乃密與其事，以擴張自由之元氣者自任，雖狙擊密偵之徒，環遶其側，終不爲廢游步馳馬之事。後秘密政黨破于墺人，企望悉已，而精神終不消。裴倫之所督勵，力直及于後日，起馬志尼[176]，起加富爾[177]，于是意之獨立成[178]。故馬志尼曰："意大利實大有賴于裴倫。彼，起吾國者也！"[179]蓋誠言已。裴倫平時，又至有情愫于希臘，思想所趣，如磁指南。特希臘時自由悉喪，入突厥版圖，受其羈縻，不敢抗拒。詩人惋惜悲憤，往往見于篇章，懷前古之光榮，哀後人之零落，或與斥責，或加激勵，思使之攘突厥而復興，更覩往日耀燦莊嚴之希臘，如所作《不信者》暨《堂祥》二詩中，其怨憤譙責之切，與希冀之誠，無不歷然可徵信也。比千八百二十三年，倫敦之希臘協會[180]馳書托裴倫，請援希臘之獨立。裴倫平日，至不滿于希臘今人，嘗稱之曰世襲之奴，曰自由苗裔之奴，因不即應；顧以義憤故，則終諾之，遂行。而希臘人民之墮落，乃誠如其說，勵之再振，爲業至難，因羈滯于克茀洛尼亞島[181]者五月，始向密淑倫其[182]。其時海陸軍方奇困，聞裴倫至，狂喜，羣集迓之，如得天使也。次年一月，獨立政府任以總督，並授軍事及民事之全權，而希臘是時，財政大匱，兵無宿糧，大勢幾去。加以式列阿忒[183]傭兵見裴倫寬大，復多所要索，稍不滿，輒欲背去；希臘墮落之民，又誘之使窘裴倫。裴倫大憤，極詆彼國民性之陋劣；前所謂世襲之奴，乃果不可猝救如是也。而裴倫志尚不灰，自立革命之中樞，當四圍之艱險，將士內訌，則爲之調和，以己爲楷模，敎之人道，更設法舉債，以振其窮，又定印刷之制，且堅堡壘以備戰。內爭方烈，而突厥果攻密淑倫其，式列阿忒傭兵三百人，復乘亂佔要害地。裴倫方病，聞之泰然，力平黨派之爭，使一心以面敵。特內外迫拶，神質劇勞，久之，疾乃漸革[184]。將死，其從者持楮墨，將錄其遺言。裴倫曰："否，時已過矣。"不之語，已而微呼人名，終乃曰："吾言已畢。"從者曰："吾不解公言。"裴倫曰："吁，不解乎？嗚呼晚矣！"狀若甚苦。有間，復曰："吾旣以吾物暨吾康健，悉付希臘矣。今更付之吾生。他更何有？"遂死，時千八百二十四年四月十八日[185]夕六時也。今爲反念前時，則裴倫抱大望而來，將以天縱之才，致希臘復歸于往時之榮譽，自意振臂一呼，人必將靡然向之。蓋以異域之人，猶憑義憤爲希臘致力，而彼邦人，縱墮落腐敗者日久，然舊澤尙存，人心未死，豈意遂無情愫于故國乎？特至今茲，則前此所圖，悉如夢迹，知自由苗裔之奴，乃果不可猝救有如此也。次日，希臘獨立政府爲舉國民喪，市肆悉罷，砲台鳴砲三十七，如裴倫壽也。

吾今爲棪其爲作思惟[186]，索詩人一生之內閟，則所遇常抗，所向必動，貴力而尙強，尊己而好戰，其戰復不如野獸，爲獨立自由人道也，此已略言之前分矣。故其平生，如狂濤如厲風，舉一切僞飾陋習，悉與蕩滌，瞻顧前後，素所不知；精神鬱勃，莫可制抑，力戰而斃，亦必自救其精神；不克厥敵，戰則不止。而復率眞行誠，無所諱掩，謂世之毀譽褒貶是非善惡，皆緣習俗而非誠，因悉措而不理也。蓋英倫爾時，虛僞滿于社會，以虛文縟禮爲眞道德，有秉自由思想而探究者，世輒謂之惡人。裴倫善抗，性又率眞，夫自不可以默矣，故托凱因而言曰："惡魔者，說眞理者也。"遂不恤與人羣敵。世之貴道德者，又卽以此交非之。遏克曼亦嘗問瞿提以裴倫之文，有無敎訓。瞿提對曰："裴倫之剛毅雄大，敎訓卽函其中；苟能知之，斯獲敎訓。若夫純潔之云，道德之云，吾人何問焉。"蓋知偉人者，亦惟偉人焉而已。裴倫亦嘗評朋思(R. Burns)[187]曰："斯人也，心情反張，柔而剛，疏而密，精神而質，高尚而卑，有神聖者焉，有不淨者焉，互和合也。"[188]裴倫亦然，自尊而憐人之爲奴，制人而援人之獨立，無懼于狂濤而大儆于乘馬，好戰崇力，遇敵無所寬假，而于累囚之苦，有同情焉。意者摩羅爲性，有如此乎？且此亦不獨摩羅爲然，凡爲偉人，大率如是。卽一切人，若去其面具，誠心以思，有純稟世所謂善性而無惡分者，果幾何人？遍觀衆生，必幾無有，則裴倫雖負摩羅之號，亦人而已，夫何詫焉。顧其不容于英倫，終放浪顚沛而死異域者，特面具爲之害耳。此卽裴倫所反抗破壞，而迄今猶殺眞人而未有止者也。嗟夫，虛僞之毒，有如是哉！裴倫平時，其制詩極誠，嘗曰："英人評騭，不介我心。若以我詩爲愉快[189]，任之而已。吾何能阿其所好爲？吾之握管，不爲婦孺庸俗，乃以吾全心全情感全意志，與多量之精神而成詩，非欲聆彼輩柔聲而作者也。"夫如是，故凡一字一辭，無不卽其人呼吸精神之形現，中于人心，神弦立應，其力之曼衍于歐土，例不能別求之英詩人中；僅司各德所爲說部，差足與相倫比而已。若問其力奈何？則意大利希臘二國，已如上述，可毋贅言。此他西班牙德意志諸邦，亦悉蒙其影響。次復入斯拉夫族而新其精神，流澤之長，莫可闡述。至其本國，則猶有修黎(Percy Bysshe Shelley)一人。契支(John Keats)[190]雖亦蒙摩羅詩人之名，而與裴倫别派，故不述于此。

六

修黎生三十年而死，其三十年悉奇迹也，而亦卽無韻之詩。時既艱危，性復狷介，世不彼愛，而彼亦不愛世，人不容彼，而彼亦不容人，客意大利之南方，終以壯齡而夭死，謂一生卽悲劇之實現，蓋非誇也。修黎者，以千七百九十二年生于英之名門，姿狀端麗，夙好靜思；比入中學，大爲學友暨校師所不喜，虐遇不可堪。詩人之心，乃早萌反抗之朕兆；後作說部，以所得值饗其友八人，負狂人之名而去。次入惡斯佛大學[191]，修愛智之學[192]，屢馳書乞教于名人。而爾時宗教，權悉歸于冥頑之牧師，因以妨自由之崇信。修黎蹶起，著《無神論之要》一篇，略謂惟慈愛平等三，乃使世界爲樂園之要素，若夫宗教，于此無功，無有可也。書成行世，校長見之大震，終逐之；其父亦驚絕，使謝罪返校，而修黎不從，因不能歸。天地雖大，故鄉已失，于是至倫敦，時年十八，顧已孤立兩間，歡愛悉絕，不得不與社會戰矣。已而知戈德文(W. Godwin)[193]，讀其著述，博愛之精神益張。次年入愛爾蘭，檄[194]其人士，于政治宗教，皆欲有所更革，顧終不成。逮千八百十五年，其詩阿剌斯多(Alastor)[195]始出世，記懷抱神思之人，索求美者，遍歷不見，終死曠原，如自敍也。次年乃識裴倫于瑞士；裴倫深稱其人，謂奮迅如獅子，又善其詩，而世猶無顧之者。又次年成《伊式闌轉輪篇》(The Revolt of Islam)[196]。凡修黎懷抱，多抒于此。篇中英雄曰羅昂，以熱誠雄辯，警其國民，鼓吹自由，掊擊壓制，顧正義終敗，而壓制于以凱還，羅昂遂爲正義死。是詩所函，有無量希望信仰，暨無窮之愛，窮追不舍，終以殞亡。蓋羅昂者，實詩人之先覺，亦卽修黎之化身也。

至其杰作，尤在劇詩；尤偉者二，一曰《解放之普洛美迢斯》(Prometheus Unbound)[197]，一曰《煔希》(The Cenci)[198]。前者事本希臘神話，意近裴倫之《凱因》。假普洛美迢爲人類之精神，以愛與正義自由故，不恤艱苦，力抗壓制主者僦畢多[199]，竊火貽人，受縶于山頂，猛鷲日啄其肉，而終不降。僦畢多爲之辟易；普洛美迢乃眷女子珂希亞，獲其愛而畢。珂希亞者，理想也。《煔希》之篇，事出意大利，記女子煔希之父，酷虐無道，毒虐無所弗至，煔希終殺之，與其後母兄弟，同戮于市。論者或謂之不倫。顧失常之事，不能絕于人間，卽中國《春秋》，修自聖人之手者，類此之事，且數數見，又多直書無所諱，吾人獨于修黎所作，乃和衆口而難之耶？上述二篇，詩人悉出以全力，嘗自言曰："吾詩爲衆而作，讀者將多。"又曰："此可登諸劇場者。"顧詩成而後，實乃反是，社會以謂不足讀，伶人以謂不可爲；修黎抗僞俗弊習以成詩，而詩亦卽受僞俗弊習之夭閼，此十九稘[200]上葉精神界之戰士，所爲多抱正義而駢殞[201]者也。雖然，往時去矣，任其自去，若夫修黎之眞値，則至今日而大昭。革新之潮，此其巨派，戈德文書出，初啓其端，得詩人之聲，乃益深入世人之靈府。凡正義自由眞理以至博愛希望諸說，無不化而成醇[202]，或爲羅昂，或爲普洛美迢，或爲伊式闌之壯士，現于人前，與舊習對立，更張破壞，無稍假借也。舊習旣破，何物斯存，則惟改革之新精神而已。十九世紀機運之新，實賴有此。朋思唱于前，裴倫修黎起其後，掊擊排斥，人漸爲之倉皇；而倉皇之中，卽亟人生之改進。故世之嫉視破壞，加之惡名者，特見一偏而未得其全體者爾。若爲按其眞狀，則光明希望，實伏于中。惡物悉顚，于羣何毒？破壞之云，特可發自冥頑牧師之口，而不可出諸全羣者也。若其聞之，則破壞爲業，斯愈益貴矣！況修黎者，神思之人，求索而無止期，猛進而不退轉，淺人之所觀察，殊莫可得其淵深。若能眞識其人，將見品性之卓，出于雲間，熱誠勃然，無可沮遏，自趁其神思而奔神思之鄉；此其爲鄉，則爰有美之本體。奧古斯丁[203]曰："吾未有愛而吾欲愛，因抱希冀以求足愛者也。"惟修黎亦然，故終出人間而神行，冀自達其所崇信之境；復以妙音，喻一切未覺，使知人類曼衍之大故[204]，曁人生價値之所存，揚同情之精神，而張其上征渴仰之思想，使懷大希以奮進，與時劫同其無窮。世則謂之惡魔，而修黎遂以孤立；羣復加以排擠，使不可久留于人間，于是壓制凱還，修黎以死，蓋宛然阿剌斯多之殞于大漠也。

雖然，其獨慰詩人之心者，則尙有天然在焉。人生不可知，社會不可恃，則對天物之不僞，遂寄之無限之溫情。一切人心，孰不如是。特緣受染有異，所感斯殊，故目睛奪于實利，則欲驅天然爲之得金資；智力集于科學，則思制天然而見其法則；若至下者，乃自春徂冬，于兩間崇高偉大美妙之見象，絕無所感應于心，自墮神智于深淵，壽雖百年，而迄不知光明爲何物，又奚解所謂臥天然之懷，作嬰兒之笑矣。修黎幼時，素親天物，嘗曰："吾幼卽愛山河林壑之幽寂，游戲于斷崖絕壁之爲危險，吾伴侶也。"考其生平，誠如自述。方在稺齒，已盤桓于密林幽谷之中，晨瞻曉日，夕觀繁星，俯則瞰大都中人事之盛衰，或思前此壓制抗拒之陳迹；而蕪城古邑，或破屋中貧人啼飢號寒之狀，亦時復歷歷入其目中。其神思之澡雪[205]，旣至異于常人，則曠觀天然，自感神閟，凡萬彙之當其前，皆若有情而至可念也。故心弦之動，自與天籟合調，發爲抒情之什，品悉至神，莫可方物，非狹斯丕爾暨斯賓塞[206]所作，不有足與相倫比者。比千八百十九年春，修黎定居羅馬，次年遷畢撒[207]；裴倫亦至，此他之友多集，爲其一生中至樂之時。迨二十二年七月八日，偕其友乘舟泛海，而暴風猝起，益以奔電疾雷，少頃波平，孤舟遂杳。裴倫聞訊大震，遣使四出偵之，終得詩人之骸于水裔，乃葬羅馬焉。修黎生時，久欲與生死問題以詮解，自曰："未來之事，吾意已滿于柏拉圖暨培庚[208]之所言，吾心至定，無畏而多望，人居今日之軀殼，能力悉蔽于陰雲，惟死亡來解脫其身，則秘密始能闡發。"又曰："吾無所知，亦不能證，靈府至奧之思想，不能出以言辭，而此種事，縱吾身亦莫能解[209]爾。"嗟乎，死生之事大矣，而理至閟，置而不解，詩人未能，而解之之術，又獨有死而已。故修黎曾泛舟墜海，乃大悅呼曰："今使吾釋其秘密矣！"然不死。一日浴于海，則伏而不起，友引之出，施救始蘇，曰："吾恆欲探井中，人謂誠理伏焉，當我見誠，而君見我死也。”然及今日，則修黎眞死矣，而人生之閟，亦以眞釋，特知之者，亦獨修黎已耳。

七

若夫斯拉夫民族，思想殊異于西歐，而裴倫之詩，亦疾進無所沮核。俄羅斯當十九世紀初葉，文事始新，漸乃獨立，日益昭明，今則已有齊驅先覺諸邦之概，令西歐人士，無不驚其美偉矣。顧夷考權輿，實本三士：曰普式庚[210]，曰來爾孟多夫[211]，曰鄂戈理。前二者以詩名世，均受影響于裴倫；惟鄂戈理以描繪社會人生之黑暗著名，與二人異趣，不屬於此焉。

普式庚（A. Pushkin）以千七百九十九年生于墨斯科，幼卽爲詩，初建羅曼宗[212]于其文界，名以大揚。顧其時俄多內訌，時勢方亟，而普式庚詩多諷喩，人卽借而擠之，將流鮮卑[213]，有數耆宿[214]力爲之辯，始獲免，謫居南方。其時始讀裴倫詩，深感其大，思理文形[215]，悉受轉化，小詩亦嘗摹裴倫；尤著者有《高加索累囚行》[216]，至與《哈洛爾特游草》相類。中記俄之絕望青年，囚于異域，有少女爲釋縛縱之行，青年之情意復蘇，而厥後終于孤去。其《及澄希》（Gypsy）[217]一詩亦然，及澄希者，流浪歐洲之民，以游牧爲生者也。有失望于世之人曰阿勒戈，慕是中絕色，因入其族，與爲婚姻，顧多嫉，漸察女有他愛，終殺之。女之父不施報，特令去不與居焉。二者爲詩，雖有裴倫之色，然又至殊，凡厥中勇士，等是見放于人羣，顧復不離亞歷山大時俄國社會之一質分[218]，易于失望，速于奮興，有厭世之風，而其志至不固。普式庚于此，已不與以同情，諸凡切于報復而觀念無所勝人之失，悉指摘不爲諱飾。故社會之僞善，旣灼然現于人前，而及澄希之樸野純全，亦相形爲之益顯。論者謂普式庚所愛，漸去裴倫式勇士而向祖國純樸之民，蓋實自斯時始也。爾後巨制，曰«阿內庚»(Eugiene Onieguine)[219]，詩材至簡，而文特富麗，爾時俄之社會，情狀略具于斯。惟以推敲八年，所蒙之影響至不一，故性格遷流，首尾多異。厥初二章，尙受裴倫之感化，則其英雄阿內庚爲性，力抗社會，斷望人間，有裴倫式英雄之概，特已不憑神思，漸近眞然[220]，與爾時其國青年之性質肖矣。厥後外緣[221]轉變，詩人之性格亦移，于是漸離裴倫，所作日趣于獨立；而文章益妙，著述亦多。至與裴倫分道之因，則爲說亦不一：或謂裴倫絕望奮戰，意向峻絕[222]，實與普式庚性格不相容，曩之信崇，蓋出一時之激越，迨風濤大定，自卽棄置而返其初；或謂國民性之不同，當爲是事之樞紐，西歐思想，絕異於俄，其去裴倫，實由天性，天性不合，則裴倫之長存自難矣。凡此二說，無不近理；特就普式庚個人論之，則其對于裴倫，僅摹外狀，迨放浪之生涯畢，乃驟返其本然，不能如來爾孟多夫，終執消極觀念而不舍也。故旋墨斯科後，立言益務平和，凡足與社會生衝突者，咸力避而不道，且多讚誦，美其國之武功。千八百三十一年波蘭抗俄[223]，西歐諸國右波蘭，于俄多所憎惡。普式庚乃作«俄國之讒謗者»[224]暨«波羅及諾之一周年»[225]二篇，以自明愛國。丹麥評騭家勃蘭兌思(G. Brandes)[226]于是有微辭，謂惟武力之恃而猨藉人之自由，雖云愛國，顧爲獸愛。特此亦不僅普式庚爲然，卽今之君子，日日言愛國者，于國有誠爲人愛而不墜于獸愛者，亦僅見也。及晚年，與和蘭[227]公使子覃提斯[228]迕，終于决鬬被擊中腹，越二日而逝，時爲千八百三十七年。俄自有普式庚，文界始獨立，故文史家芘賓[229]謂眞之俄國文章，實與斯人偕起也。而裴倫之摩羅思想，則又經普式庚而傳來爾孟多夫。

來爾孟多夫(M. Lermontov)生于千八百十四年，與普式庚略並世。其先來爾孟斯(T. Learmont)[230]氏，英之蘇格蘭人；故每有不平，輒云將去此冰雪警吏之地，歸其故鄉。顧性格全如俄人，妙思善感，惆悵無間，少即能綴德語成詩；後入大學被黜，乃居陸軍學校二年，出爲士官，如常武士，惟自謂僅于香賓酒中，加少許詩趣而已。及爲禁軍騎兵小校，始仿裴倫詩紀東方事，且至慕裴倫爲人。其自記有曰："今吾讀《世冑裴倫傳》[231]，知其生涯有同我者，而此偶然之同，乃大驚我。"[232]又曰："裴倫更有同我者一事，即嘗在蘇格蘭，有媪謂裴倫母曰：'此兒必成偉人，且當再娶。'而在高加索，亦有媪告吾大母，言與此同。縱不幸如裴倫，吾亦願如其說。"[233]顧來爾孟多夫爲人，又近修黎。修黎所作《解放之普洛美迢》，感之甚力，于人生善惡競爭諸問，至爲不寧，而詩則不之仿。初雖摹裴倫及普式庚，後亦自立。且思想復類德之哲人勗賓赫爾[234]，知習俗之道德大原，悉當改革，因寄其意于二詩，一曰《神摩》(Demon)[235]，一曰《謨嚌黎》(Mtsyri)[236]。前者托旨于巨靈，以天堂之逐客，又爲人間道德之憎者，超越凡情，因生疾惡，與天地鬬爭，苟見衆生動于凡情，則輒施以賤視。後者一少年求自由之呼號也。有孺子焉，生長山寺，長老意已斷其情感希望，而孺子魂夢，不離故園，一夜暴風雨，乃乘長老方禱，潛遁出寺，彷徨林中者三日，自由無限，畢生莫倫[237]。後言曰："爾時吾自覺如野獸，力與風雨電光猛虎戰也。"顧少年迷林中不能返，數日始得之，惟已以鬬豹得傷，竟以是殞。嘗語侍疾老僧曰："丘墓吾所弗懼，人言畢生憂患，將入睡眠，與之永寂，第憂與吾生別耳。……吾猶少年。……寧汝尙憶少年之夢，抑已忘前此世間憎愛耶？儻然，則此世于汝，失其美矣。汝弱且老，滅諸希望矣。"少年又爲述林中所見，與所覺自由之感，並及鬬豹之事曰："汝欲知吾獲自由時，何所爲乎？吾生矣。老人，吾生矣。使盡吾生無此三日者，且將慘澹冥暗，逾汝暮年耳。"及普式庚鬬死，來爾孟多夫又賦詩[238]以寄其悲，末解[239]有曰："汝儕朝人[240]，天才自由之屠伯，今有法律以自庇，士師[241]蓋無如汝何，第猶有尊嚴之帝在天，汝不能以金資爲賂。……以汝黑血，不能滌吾詩人之血痕也。”詩出，舉國傳誦，而來爾孟多夫亦由是得罪，定流鮮卑；後遇援，乃戍高加索，見其地之物色，詩益雄美。惟當少時，不滿于世者義至博大，故作《神摩》，其物猶撒但，惡人生諸凡陋劣之行，力與之敵。如勇猛者，所遇無不庸懦，則生激怒；以天生崇美之感，而衆生擾擾，不能相知，爰起厭勸，憎恨人世也。顧後乃漸卽于實，凡所不滿，已不在天地人間，退而止于一代；後且更變，而猝死于决鬬。决鬬之因，卽肇于來爾孟多夫所爲書曰《並世英雄記》[242]。人初疑書中主人，卽著者自序，迨再印，乃辨言曰：“英雄不爲一人，實吾曹並時衆惡之象。”蓋其書所述，實卽當時人士之狀爾。於是有友摩爾迭諸夫[243]者，謂來爾孟多夫取其狀以入書，因與索鬬。來爾孟多夫不欲殺其友，僅舉槍射空中；顧摩爾迭諸夫則擬而射之，遂死，年止二十七。

前此二人之于裴倫，同汲其流，而復殊別。普式庚在厭世主義之外形[244]，來爾孟多夫則直在消極之觀念。故普式庚終服帝力，入于平和，而來爾孟多夫則奮戰力拒，不稍退轉。波覃勗迭[245]氏評之曰：“來爾孟多夫不能勝來追之運命，而當降伏之際，亦至猛而驕。凡所爲詩，無不有強烈弗和與踔厲不平之響者，良以是耳。”來爾孟多夫亦甚愛國，顧絕異普式庚，不以武力若何，形其偉大。凡所眷愛，乃在鄉村大野，及村人之生活；且推其愛而及高加索土人。此土人者，以自由故，力敵俄國者也；來爾孟多夫雖自從軍，兩與其役，然終愛之，所作《伊思邁爾培》(Ismail-Bey)[246]一篇，卽記其事。來爾孟多夫之于拿坡崙，亦稍與裴倫異趣。裴倫初嘗責拿坡崙對于革命思想之謬，及旣敗，乃有憤于野犬之食死獅而崇之。來爾孟多夫則專責法人，謂自陷其雄士。至其自信，亦如裴倫，謂吾之良友，僅有一人，卽是自已。又負雄心，期所過必留影迹。然裴倫所謂非憎人間，特去之而已，或云吾非愛人少，惟愛自然多耳等意，則不能聞之來爾孟多夫。彼之平生，常以憎人者自命，凡天物之美，足以樂英詩人者，在俄國英雄之目，則長此黯澹，濃雲疾雷而不見霽日也。蓋二國人之異，亦差可于是見之矣。

八

丹麥人勃闌兌思，于波闌之羅曼派，舉密克威支 (A. Mickiewicz)[247]斯洛伐支奇 (J. Slowacki)[248]克拉旬斯奇 (S. Krasinski)[249]三詩人。密克威支者，俄文家普式庚同時人，以千七百九十八年生于札希亞小村之故家。村在列圖尼亞[250]，與波闌鄰比。十八歲出就維爾那大學[251]，治言語之學，初嘗愛鄰女馬理維來蘇薩加，而馬理他去，密克威支爲之不歡。後漸讀裴倫詩，又作詩曰《死人之祭》(Dziady)[252]。中數份敘列圖尼亞舊俗，每十一月二日，必置酒果于壠上，用享死者，聚村人牧者術士一人，曁衆冥鬼，中有失愛自殺之人，已經冥判，每屆是日，必更歷苦如前此；而詩止斷片未成。爾後居加夫諾 (Kowno)[253]爲敎師；二三年返維爾那。遞千八百二十二年，捕于俄吏，居囚室十閱月，窗牖皆木制，莫辨晝夜；乃送聖彼得堡，又徙阿兌塞[254]，而其地無需敎師，遂之克利米亞[255]，攬其地風物以助咏吟，後成《克利米亞詩集》一卷。已而返墨斯科，從事總督府中，著詩二種，一曰《格羅蘇那》(Grazyna)，記有王子烈泰威爾，與其外父域多勒特迕，將乞外兵爲援，其婦格羅蘇那知之，不能令勿叛，惟命守者，勿容日耳曼使人入諾華格羅迭克[256]。援軍遂怒，不攻域多勒特而引軍薄烈泰威爾，格羅蘇那自擐甲[257]，僞爲王子與戰，已而王子歸，雖倖勝，而格羅蘇那中流丸，旋死。及葬，繫發炮者同置之火，烈泰威爾亦殉焉。此篇之意，蓋在假有婦人[258]，第以祖國之故，則雖背夫子之命，斥去援兵，欺其軍士，瀕國于險，且召戰爭，皆不爲過，苟以是至高之目的，則一切事，無不可爲者也。一曰《華連洛德》(Wallenrod)，其詩取材古代，有英雄以敗亡之餘，謀復國仇，因僞降敵陳，漸爲其長，得一舉而復之。此蓋以意大利文人摩契阿威黎(Machiavelli)[259]之意，附諸裴倫之英雄[260]，故初視之亦第羅曼派言情之作。檢文者不喩其意，聽其付梓，密克威支名遂大起。未幾得間，因至德國，見其文人瞿提。此他猶有《佗兒支氏》(Pan Tadeusz)[261]一詩，寫蘇孛烈加曁訶什支珂二族之事，描繪物色，爲世所稱。其中雖以佗兒支爲主人，而其父約舍克易名出家，實其主的[262]。初記二人熊獵，有名華伊斯奇[263]者吹角，起自微聲，以至洪響，自榆度榆，自檞至檞，漸乃如千萬角聲，合于一角；正如密克威支所爲詩，有今昔國人之聲，寄于是焉。諸凡詩中之聲，淸澈弘厲，萬感悉至，直至波闌一角之天，悉滿歌聲，雖至今日，而影響于波闌人之心者，力猶無限。令人憶詩中所云，聽者當華伊斯奇吹角久已，而尙疑其方吹未已也。密克威支者，蓋卽生于彼歌聲反響之中，至于無盡者夫。

密克威支至崇拿坡崙，謂其實造裴倫，而裴倫之生活曁其光耀，則覺普式庚于俄國，故拿坡崙亦間接起普式庚。拿坡崙使命，蓋在解放國民，因及世界，而其一生，則爲最高之詩。至于裴倫，亦極崇仰，謂裴倫所作，實出于拿坡崙，英國同代之人，雖被其天才影響，而卒莫能並大。蓋自詩人死後，而英國文章，狀態又歸前紀矣。若在俄國，則善普式庚，二人同爲斯拉夫文章首領，亦裴倫分支，逮年漸進，亦均漸趣于國粹[264]；所異者，普式庚少時欲畔帝力，一舉不成，遂以鎩羽，且感帝意，願爲之臣，失其英年時之主義，而密克威支則長此保持，洎死始已也。當二人相見時，普式庚有《銅馬》[265]一詩，密克威支則有《大彼得象》[266]一詩爲其紀念。蓋千八百二十九年頃，二人嘗避雨象次，密克威支因賦詩紀所語，假普式庚爲言，末解曰："馬足已虛[267]，而帝不勒之返。彼曳其枚，行且墜碎。歷時百年，今猶未墮，是猶山泉噴水，著寒而冰，臨懸崖之側耳。顧自由日出[268]，熏風西集，寒沍[269]之地，因以昭蘇，則噴泉將何如，暴政將何如也？"雖然，此實密克威支之言，特托之普式庚者耳。波闌破後[270]，二人遂不相見，普式庚有詩懷之；普式庚傷死，密克威支亦念之至切。顧二人雖甚稔，又同本裴倫，而亦有特異者，如普式庚于晚出諸作，恆自謂少年眷愛自繇之夢，已背之而去，又謂前路已不見儀的之存，而密克威支則儀的如是，決無疑貳也。

斯洛伐支奇以千八百九年生克爾舍密涅克(Krzemieniec)[271]，少孤，育于後父；嘗入維爾那大學，性情思想如裴倫。二十一歲入華騷[272]戶部爲書記；越二年，忽以事去國，不能復返。初至倫敦；已而至巴黎，成詩一卷，仿裴倫詩體。時密克威支亦來相見，未幾而迕。所作詩歌，多慘苦之音。千八百三十五年去巴黎，作東方之游，經希臘埃及敍利亞；三十七年返意大利，道出曷爾愛列須[273]阻疫，滯留久之，作《大漠中之疫》[274]一詩。記有亞剌伯人，爲言目擊四子三女，洎其婦相繼死于疫，哀情湧于毫素，讀之令人憶希臘尼阿孛(Niobe)事[275]，亡國之痛，隱然在焉。且又不止此苦難之詩而已，凶慘之作，恆與俱起，而斯洛伐支奇爲尤。凡詩詞中，靡不可見身受楚毒之印象或其見聞，最著者或根史實，如《克壘勒度克》(Król Duch)[276]中所述俄帝伊凡四世[277]，以劍釘使者之足于地一節，蓋本諸古典者也。

波闌詩人多寫獄中戍中刑罰之事，如密克威支作《死人之祭》第三卷中，幾盡繪己身所歷，倘讀其《契珂夫斯奇》(Cichowski)一章，或《娑波盧夫斯奇》(Sobolewski)之什，記見少年二十橇，送赴鮮卑事，不爲之生憤激者蓋鮮也。而讀上述二人吟咏，又往往聞報復之聲。如《死人祭》第三篇，有四人所歌者：其一央珂夫斯奇曰：“欲我爲信徒，必見耶蘇馬理[278]，先懲汙吾國土之俄帝而後可。俄帝若在，無能令我呼耶蘇之名。”其二加羅珂夫斯奇曰：“設吾當受謫放，勞役縲絏，得爲俄帝作工，夫何靳耶？吾在刑中，所當力作，自語曰：‘願此蒼鐵，有日爲帝成一斧也。’吾若出獄，當迎韃靼[279]女子，語之曰：‘爲帝生一巴棱[280]（殺保羅一世者）。’吾若遷居植民地，當爲其長，盡吾隴畝，爲帝植麻，以之成一蒼色巨索，織以銀絲，俾阿爾洛夫[281]（殺彼得三世者）得之，可繯俄帝頸也。”末爲康拉德歌曰：“吾神已寂[282]，歌在墳墓中矣。惟吾靈神，已嗅血腥，一噭而起，有如血蝠（Vampire）[283]，欲人血也。渴血渴血，復仇復仇！仇吾屠伯！天意如是，固報矣；即不如是，亦報爾！”報復詩華，蓋萃于是，使神不之直[284]，則彼且自報之耳。

如上所言報復之事，蓋皆隱藏，出于不意，其旨在凡窘于天人之民，得用諸術，拯其父國，爲聖法也。故格羅蘇那雖背其夫而拒敵，義爲非謬；華連洛德亦然。苟拒異族之軍，雖用詐僞，不云非法，華連洛德僞附于敵，乃殲日耳曼軍，故土自由，而自亦懺悔而死。其意蓋以爲一人苟有所圖，得當以報，則雖降敵，不爲罪愆。如《阿勒普耶羅斯》（Alpujarras）一詩，益可以見其意。中敍摩亞[285]之王阿勒曼若，以城方大疫，且不得不以格拉那陀地降西班牙，因夜出。西班牙人方聚飲，忽白有人乞見，來者一阿剌伯人，進而呼曰：“西班牙人，吾願奉汝明神，信汝先哲，爲汝奴僕！”衆識之，蓋阿勒曼若也。西人長者抱之爲胳禮，諸首領皆禮之。而阿勒曼若忽仆地，攫其巾大悅呼曰：“吾中疫矣！”蓋以彼忍辱一行，而疫亦入西班牙之軍矣。斯洛伐支奇爲詩，亦時責奸人自行詐于國，而以詐術陷敵，則甚美之，如《闌勃羅》（Lambro）《珂爾強》（Kordyan）皆是。《闌勃羅》爲希臘人事，其人背教爲盜，俾得自由以仇突厥，性至凶酷，爲世所無，惟裴倫東方詩中能見之耳。珂爾強者，波闌人謀刺俄帝尼可拉一世[286]者也。凡是二詩，其主旨所在，皆特報復而已矣。

上二士者，以絕望故，遂于凡可禍敵，靡不許可，如格羅蘇那之行詐，如華連洛德之僞降，如阿勒曼若之種疫，如珂爾強之謀刺，皆是也。而克拉旬斯奇之見，則與此反。此主力報，彼主愛化。顧其爲詩，莫不追懷絕澤[287]，念祖國之憂患。波闌人動于其詩，因有千八百三十年之舉[288]；餘憶所及，而六十三年大變[289]，亦因之起矣。即在今茲，精神未忘，難亦未已也。

九

若匈加利當沈默蜷伏之頃，則興者有裴象飛（A. Petöfi）[290]，沽肉者子也，以千八百二十三年生于吉思珂羅（Kis-Körös）。其區爲匈之低地，有廣漠之普斯多（Puszta 此翻平原），道周之小旅[291]以及村舍，種種物色，感之至深。蓋普斯多之在匈，猶俄之有斯第孛（Steppe 此亦翻平原），善能起詩人焉。父雖賈人，而殊有學，能解臘丁文。裴象飛十歲出學于科勒多，既而至阿琐特，治文法三年。然生有殊禀，摯愛自繇，願爲俳優；天性又長于吟咏。比至舍勒美支，入高等學校三月，其父聞裴象飛與優人伍，令止讀，遂徒步至菩特沛思德[292]，入國民劇場爲雜役。後爲親故所得，留養之，乃始爲詩咏鄰女，時方十六齡。顧親屬謂其無成，僅能爲劇，遂任之去。裴象飛忽投軍爲兵，雖性惡壓制而愛自由，顧亦居軍中者十八月，以病瘧罷。又入巴波大學[293]，時亦爲優，生計極艱，譯英法小說自度。千八百四十四年訪偉羅思摩詣（M. Vörösmarty）[294]，偉爲梓其詩，自是遂專力于文，不復爲優。此其半生之轉點，名亦陡起，衆目爲匈加利之大詩人矣。次年春，其所愛之女死，因旅行北方自遣，及秋始歸。洎四十七年，乃訪詩人阿闌尼（J. Arany）[295]于薩倫多[296]，而阿闌尼杰作《約爾提》（Joldi）[297]適竣，讀之嘆賞，訂交焉。四十八年以始，裴彖飛詩漸傾于政事，蓋知革命將興，不期而感，猶野禽之識地震也。是年三月，墺大利人革命[298]報至沛思德，裴彖飛感之，作《興矣摩迦人》（Tolpra Magyar）[299]一詩，次日誦以徇衆，至解末叠句云："誓將不復爲奴！"則衆皆和，持至檢文之局，逐其吏而自印之，立竢其畢，各持之行。文之脫檢，實自此始。裴彖飛亦嘗自言曰："吾琴一音，吾筆一下，不爲利役也。居吾心者，爰有天神，使吾歌且吟。天神非他，卽自由耳。"顧所爲文章，時多過情，或與衆忤；嘗作《致諸帝》[300]一詩，人多責之。裴彖飛自記曰："去三月十五數日而後，吾忽爲衆惡之人矣，褫奪花冠，獨研[301]深谷之中，顧吾終幸不屈也。"比國事漸急，詩人知戰爭死亡且近，極思赴之。自曰："天不生我于孤寂，將召赴戰場矣。吾今得聞角聲召戰，吾魂幾欲驟前，不及待令矣。"遂投國民軍（Honvéd）[302]中，四十九年轉隸貝謨[303]將軍麾下。貝謨者，波闌武人，千八百三十年之役，力戰俄人者也。時軻蘇士[304]招之來，使當脫闌希勒伐尼亞[305]一面，甚愛裴彖飛，如家人父子然。裴彖飛三去其地，而不久卽返，似或引之。是年七月三十一日舍俱思跋[306]之戰，遂歿于軍。平日所謂爲愛而歌，爲國而死者，蓋至今日而踐矣。裴彖飛幼時，嘗治裴倫暨修黎之詩，所作率縱言自由，誕放激烈，性情亦彷彿如二人。曾自言曰："吾心如反響之森林，受一呼聲，應以百響者也。"又善體物色，著之詩歌，妙絕人世，自稱爲無邊自然之野花。所著長詩，有《英雄約諸斯》（János Vitéz）[307]一篇，取材于古傳，述其人悲歡畸迹。又小說一卷曰《縊吏之繯》（A hóhér Kötele）[308]，記以眷愛起爭，肇生孽障，提爾尼阿遂終陷安陀羅奇之子于法。安陀羅奇失愛絕歡，廬其子壠上，一日得提爾尼阿，將殺之。而從者止之曰："敢問死與生之憂患孰大？"曰："生哉！"乃縱之使去；終誘其孫令自經，而其爲繩，即昔日繯安陀羅奇子之頸者也。觀其首引耶和華[309]言，意蓋云厥祖罪愆，亦可報諸其苗裔，受施必復，且不嫌加甚焉。至于詩人一生，亦至殊異，浪游變易，殆無寧時。雖少逸豫者一時，而其靜亦非眞靜，殆猶大海漩洑中心之靜點而已。設有孤舟，捲于旋風，當有一瞬間忽爾都寂，如風雲已息，水波不興，水色青如微笑，顧漩洑偏急，舟復入捲，乃至破沒矣。彼詩人之暫靜，蓋亦猶是焉耳。

上述諸人，其爲品性言行思惟，雖以種族有殊，外緣多別，因現種種狀，而實統于一宗：無不剛健不撓，抱誠守眞；不取媚于羣，以隨順舊俗；發爲雄聲，以起其國人之新生，而大其國于天下。求之華土，孰比之哉？夫中國之立于亞洲也，文明先進，四鄰莫之與倫，蹇視高步，因益爲特別之發達；及今日雖彫苓，而猶與西歐對立[310]，此其幸也。顧使往昔以來，不事閉關，能與世界大勢相接，思想爲作，日趣於新，則今日方卓立宇內，無所愧遜于他邦，榮光儼然，可無蒼黃變革之事，又從可知爾。故一爲相度其位置，稽考其邂逅[311]，則震旦爲國，得失滋不云微[312]。得者以文化不受影響于異邦，自具特異之光彩，近雖中衰，亦世希有。失者則以孤立自是，不遇校讎[313]，終至墮落而之實利；爲時既久，精神淪亡，逮蒙新力一擊，則砉[314]然冰泮，莫有起而與之抗。加以舊染既深，輒以習慣之目光，觀察一切，凡所然否，謬解爲多，此所爲呼維新既二十年，而新聲迄不起于中國也。夫如是，則精神界之戰士貴矣。英當十八世紀時，社會習于僞，宗教安于陋，其爲文章，亦摹故舊而事塗飾，不能聞眞之心聲。于是哲人洛克[315]首出，力排政治宗教之積弊，唱思想言議之自由，轉輪之興，此其播種。而在文界，則有農人朋思生蘇格蘭，舉全力以抗社會，宣衆生平等之音，不懼權威，不跽金帛，洒其熱血，注諸韻言；然精神界之偉人，非遂卽人羣之驕子，轗軻流落，終以夭亡。而裴倫修黎繼起，轉戰反抗，具如前陳。其力如巨濤，直薄舊社會之柱石。餘波流衍，入俄則起國民詩人普式庚，至波闌則作報復詩人密克威支，入匈加利則覺愛國詩人裴象飛；其他宗徒，不勝具道。顧裴倫修黎，雖蒙摩羅之謚，亦第人焉而已。凡其同人，實亦不必曰摩羅宗，苟在人間，必有如是。此蓋聆熱誠之聲而頓覺者也，此蓋同懷熱誠而互契者也。故其平生，亦甚神肖，大都執兵流血，如角劍之士，轉輾于衆之目前，使抱戰慄與愉快而觀其鏖撲。故無流血于衆之目前者，其羣禍矣；雖有而衆不之視，或且進而殺之，斯其爲羣，乃愈益禍而不可救也！

今索諸中國，爲精神界之戰士者安在？有作至誠之聲，致吾人于善美剛健者乎？有作溫煦之聲，援吾人出于荒寒者乎？家國荒矣，而賦最末哀歌，以訴天下貽後人之耶利米，且未之有也。非彼不生，卽生而賊于衆，居其一或兼其二，則中國遂以蕭條。勞勞獨軀殼之事是圖，而精神日就于荒落；新潮來襲，遂以不支。衆皆曰維新，此卽自白其歷來罪惡之聲也，猶云改悔焉爾。顧既維新矣，而希望亦與偕始，吾人所待，則有介紹新文化之士人。特十餘年來，介紹無已，而究其所携將以來歸者；乃又舍治餅餌守囹圄之術[316]而外，無他有也。則中國爾後，且永續其蕭條，而第二維新之聲，亦將再舉，蓋可準前事而無疑者矣。俄文人凱羅連珂 (V. Korolenko)[317]作《末光》[318]一書，有記老人教童子讀書于鮮卑者，曰："書中述櫻花黃鳥，而鮮卑沍寒，不有此也。"翁則解之曰："此鳥卽止于櫻木，引吭爲好音者耳。"少年乃沈思。然夫，少年處蕭條之中，卽不誠聞其好音，亦當得先覺之詮解[319]；而先覺之聲，乃又不來破中國之蕭條也。然則吾人，其亦沈思而已夫，其亦惟沈思而已夫！

一九〇七年作

魯迅先生紀念委員會一九三八年版«魯迅全集»卷一

【註釋】

[1] 摩羅——梵文音譯，通作魔羅，佛教傳說中專事破壞的魔鬼。這裏借以指浪漫主義。

[2] 尼佉(公元一八四四年——一九〇〇年)——通譯尼采，德國資產階級唯心主義哲學家。本文所引六句見尼采«札拉圖士特拉如是說»第五十六章«舊榜和新榜»。

[3] 勾萌絕朕——毫無生機的意思。勾萌，草木萌芽時的幼苗。朕，先兆。

[4] 心聲——揚雄«法言·問神»:“言，心聲也;書，心畫也。”這裏指詩歌及其它文學創作。

[5] 閟宮——幽深的領域。«詩·魯頌·閟宮»:“閟宮有侐。”毛傳:“閟，閉也。先妣姜嫄之廟在周，常閉而無事。侐，清淨也。”

[6] 冥契——暗合。 萬有——萬物。

[7] 靈會——心靈溝通。

[8] 劫——見本書«錄鬼簿»註[11]。

[9] 曼衍——傳播發展。

[10] 視其種人——視，比。種人，種族、民族。這句意謂:隨着該民(種)族的發展而發展。

[11] 遞——及至，等到。 式微——衰落。式，發語詞。

[12] 影國——暗影中的國家，指後世滅亡了的文明古國。

[13] 韋陀——印度最古的宗教、哲學、文學的經典，或譯«吠陀»。約爲公元前二五〇〇年至前五〇〇年間的作品。內容包括頌詩、祈禱文、咒文及祭祀儀式的記載等。共分«黎俱»、«傞馬»、«耶柔»、«阿闥婆»等四部分。

[14] 摩訶波羅多暨羅摩衍那——印度古代兩大敘事詩。«摩訶波羅多»約爲公元前七世紀至前四世紀的作品，敘述諸神及英雄的故事。«羅摩衍那»約爲五世紀的作品，敘述古代王子羅摩的故事。

[15] 加黎陀薩(約公元五世紀)——通譯迦梨陀娑，印度古代大詩人和戲劇家。

[16] 傳奇——這裏指戲劇。

[17] 瞿提(公元一七四九年——一八三二年)——通譯歌德，德國偉大詩人和學者。他極度推崇迦梨陀娑的著名詩劇«沙恭達羅»，曾題詩贊美云:“春華瑰

麗，亦揚其芬；秋實盈衍，亦蘊其珍；悠悠天隅，恢恢地輪；彼美一人，沙恭達綸。”（據蘇曼殊譯文）

［18］希伯來——古代文化發達的民族之一。公元前一三二〇年，民族領袖摩西率領本族人民從埃及歸巴勒斯坦，分建猶太和以色列兩國。

［19］文章——指希伯來典籍彙編《舊約全書》。它包括希伯來民族的文學作品，以及有關法學、宗教儀式的記載和歷史著作等，後來成了基督教《聖經》的一部分。

［20］耶利米——以色列的預言家。《舊約全書》中有《耶利米書》五十二章，記載他的言行；又有《耶利米哀歌》五章，哀悼猶太故都耶路撒冷的陷落，相傳也是他的作品。

［21］列王荒矣二句——荒，荒唐。《舊約全書·列王紀》：由於猶太諸王不敬上帝，上帝震怒，以致亡國。

［22］耶路撒冷遂隳——隳，毀壞。公元前五八六年，猶太王國被亞洲西部奴隸制強國巴比倫所滅。同年，耶路撒冷城陷，居民多被擄奪至巴比倫。

［23］方言正信二句——意謂對祖國的語言和傳統思想信仰念念不忘。

［24］伊蘭——即伊朗，古稱波斯，亞洲西南部的文明古國。公元前六世紀前後極爲興盛。　埃及——非洲東北部的文明古國，約公元前三十世紀即建成統一的奴隸制國家，公元前十二世紀後遂漸衰落。

［25］震旦——即中國，印度古代稱我國爲震旦。　逸斯列——逃出這樣的行列。

［26］戩——幸福。

［27］加勒爾（公元一七九五年——一八八一年）——通譯卡萊爾，英國著作家及歷史學家，著有《過去與現在》、《論英雄與英雄崇拜》、《法國革命史》等。

［28］得昭明之聲二十一句——見加勒爾《論英雄和英雄崇拜》第三講《詩人英雄》。但丁（公元一二六五年——一三二一年），意大利偉大詩人。他最先應用意大利語言來寫作，對於意大利語文的豐富和提煉有重大貢獻。主要作品有《神曲》、《新生》。札爾，通譯沙皇。喑，無聲。

［29］狉獉——形容遠古原始時代未開化的情狀。柳宗元《封建論》：“草木榛榛，鹿豕狉狉。”

［30］隱曜——內在的思想光芒。

［31］上征——發展，向上邁進。

［32］自用——自高自大、自以爲是。

［33］伏流——地下河流。

[34] 鄂戈理(公元一八〇九年——一八五二年)——通譯果戈理,俄國偉大作家,以諷刺作品著稱,著有«死魂靈»、«欽差大臣»等。

[35] 狹斯丕爾(公元一五六四年——一六一六年)——通譯莎士比亞,英國偉大戲劇家、詩人。作品主要有«哈姆雷特»、«奧賽羅»、«羅密歐與朱麗葉»、«李爾王»等。

[36] 手澤——指先人遺留下來的器物、筆跡。«禮記·玉藻»:"父沒而不能讀父之書,手澤存焉耳。"疏:"謂其書有父平生所持手之潤澤存在焉,故不忍讀也。"

[37] 中落——破落。 胄——後裔、子孫。

[38] 武——武功。 怒——形容氣勢顯赫。

[39] 張口作軍歌二句——這裏作者所批判的是清末反動統治者中狹隘民族主義者盲目自大的現象。如張之洞所作«軍歌»中說:"請看印度國土并非小,爲奴爲馬不得脫籠牢。"他作的«學堂歌»中也說:"波蘭滅,印度亡,猶太遺民散四方。"

[40] 耿光——即光輝。耿,明亮。

[41] 頌美之什——歌功頌德的篇章。

[42] 因——起因。 動——感動、激發。

[43] 撒但——希伯來文音譯,即基督教«聖經»中的魔鬼。

[44] 裴倫(公元一七八八年——一八二四年)——通譯拜倫,英國大詩人,代表作有長詩«唐璜»、詩劇«曼弗雷德»等。

[45] 摩迦文士——摩迦,通譯馬札兒,匈牙利主要民族名。摩迦文士,指裴多菲(公元一八二三年——一八四九年),匈牙利著名革命家、詩人,著有政治詩«民族之歌»、長詩«使徒»、«勇敢的約翰»等。

[46] 爭天——與天地鬬爭。 拒俗——反抗世俗。

[47] 解脫——這裏指死亡。

[48] 地囱——火山。

[49] 債興——爆發。

[50] 亞當之故家——«舊約·創世紀»:上帝造人取名亞當,讓他住在沒有煩惱的"伊甸樂園"裏。

[51] 顥氣——空氣。

[52] 昉——始。

[53] 化——指敎化。 俗移——習俗變遷。

[54] 思歸其雌——想退藏潛伏。«老子»:"知其雄,守其雌。"

[55] 柏拉圖(公元前四二七年——三四七年)——古希臘哲學家,客觀唯心主義

者，著有《對話集》。 邦國論——是《對話集》中的一篇，今譯《理想國》，是關於理想國組織的闡述。

[56] 儀的——目標。

[57] 史乘——歷史記載。乘，春秋時期晋國的史書叫"乘"，後泛指一般史書。

[58] 侘傺——失意、失望。

[59] 所儀之主的——所追求的主要目標。

[60] 神質——精神和肉體。

[61] 張皇——宣揚。

[62] 惝怳——向往。

[63] 高蹈——清高、超脫。

[64] 攖——觸動。

[65] 星氣既凝——德國哲學家康德(公元一七二四年——一八〇四年)提出"星雲說"，認爲地球等天體係由星雲逐漸凝聚而成。

[66] 苓落——衰落。

[67] 信證——可靠的證明。

[68] 無情——指無生命的東西。

[69] 性解——天才。

[70] 神思之邦——指"理想國"。

[71] 蒸——發揚。

[72] 夭閼——壓制扼殺。

[73] 言志——《尙書·堯典》："詩言志，歌永言，聲依永，律和聲。"

[74] 持人性情——漢緯書《詩緯含神霧》："詩者，持也；持其性情，使不暴去也。"持，約束。

[75] 三百之旨二句——《論語·爲政》："《詩三百》，一言以蔽之，曰：思無邪。"

[76] 自繇——卽自由。

[77] 返顧高丘二句——屈原《離騷》："忽反顧以流涕兮，哀高丘之無女。"高丘無女，意爲楚國沒有志行高潔和自己同心的人。

[78] 懟世俗之渾濁二句——《離騷》："世溷濁而不分兮，吾方高馳而不顧。""紛吾既有此內美兮，又重之以修能。"懟，怨恨。修能，傑出美好的才能。

[79] 遂古之初——《天問》："遂古之初，誰傳道之？"遂古，遠古。

[80] 才高者菀其鴻裁四句——見《文心雕龍·辨騷》。菀，通"捥"，擷取。中巧，心靈精巧。唧，喞詠、誦讀。

[81] 耽——愛好。

[82] 泐——通"勒",刻寫。

[83] 縮朒——萎縮。

[84] 烈烈——以火煮物的様子。

[85] 馴——逐漸。

[86] 澆漓——勢利刻薄。

[87] 密栗——確鑿。

[88] 縻縶——監禁。

[89] 易于毛角——比禽獸還容易支配。毛角,指禽獸。

[90] 拿坡崙——通譯拿破崙。 普魯士——德國的前身。

[91] 愛倫德(公元一七六九年——一八六〇年)——德國詩人、歷史學家,著有《德意志人之歌》、《時代之精神》等。

[92] 雲擾——動蕩。

[93] 威廉三世(公元一七七〇年——一八四〇年)——普魯士國王。一八〇六年普法戰爭中被拿破崙打敗。一八一二年拿破崙從莫斯科潰敗後,威廉三世再次與拿破崙交戰,取得勝利,收復了失地。一八一五年同俄、奧建立維護封建君主制度的"神聖同盟"。

[94] 台陀開納(公元一七九一年——一八一三年)——德國詩人和戲劇家,一八一三年參加反抗拿破崙侵略的義勇軍,轉戰各地,後在戰爭中陣亡。

[95] 普魯士之鷙——這是台陀開納的自喻。鷙,猛禽。

[96] 鷙擊——猛烈之拍擊。

[97] 靈臺——《莊子·庚桑楚》:"不可內於靈臺。"郭象註:"靈臺者,心也。"按:內通納。

[98] 豎琴長劍——台陀開納所作的一部歌頌愛國熱情的抒情詩集。

[99] 具——材能。

[100] 弋——取。 卒業之劵——畢業文憑。

[101] 道覃(公元一八四三年——一九四三年)——英國愛爾蘭批評家和詩人,著有《文學研究》、《莎士比亞初步》等。下引言論見於他所著的《抄本與研究》。

[102] 巨浸——大海。

[103] 善生——生計。

[104] 約翰穆黎(公元一八〇六年——一八七三年)——通譯約翰·彌勒,英國唯心主義哲學家和庸俗的功利主義經濟學家,著有《政治經濟學原理》、《功利主

義》等。

[105] 麗——附著、聯繫。 能事——功能、作用。

[106] 閟機——秘密。

[107] 誠理——眞理。

[108] 籠——蘊藏。

[109] 即會——契合、結合。

[110] 愛諾爾特(公元一八二二年——一八八八年)——通譯亞諾德，英國文藝批評家、詩人，著有«文學批評論集»、«吉普賽學者»等。

[111] 鄂謨(約公元前九世紀)——通譯荷馬，希臘兩大史詩«依里亞特»、«奧德賽»的作者。

[112] 耳——聽取。

[113] 羣學——即社會學。

[114] 主分——主要因素。

[115] 溥博——普遍、廣泛。

[116] 羣法——羣衆的法律。 僢馳——背道而馳。僢，違背。«淮南子·説山訓»:“分流僢馳，注于東海。”

[117] 上下相迕——上層社會與下層社會發生衝突。

[118] 司各德(公元一七七一年——一八三二年)——英國詩人、小説家，著有«撒克遜劫後英雄傳»、«十字軍英雄記»等。

[119] 蘇惹(公元一七七四年——一八四三年)——通譯蘇賽，英國詩人、散文家，政治上傾向反動，一八一三年曾獲桂冠詩人稱號，他在長詩«審判的幻影»序言中曾暗指拜倫是“惡魔派”詩人，後又要求政府禁止發售拜倫的作品，並在一篇文章中公開指責拜倫是“惡魔派”首領。

[120] 修黎(公元一七九二年——一八二二年)——通譯雪萊，英國大詩人，著有«伊斯蘭起義»、«解放了的普羅米修士»等。

[121] 納爾遜傳——蘇賽的散文作品，記述英國海軍統帥納爾遜的一生和他抵抗拿破崙侵略的事迹。

[122] 摶埴——以手担土。

[123] 侂——同“托”。

[124] 彌耳敦(公元一六〇八年——一六七四年)——通譯彌爾頓，英國詩人，«失樂園»是他的主要著作。

[125] 惟帝是悦——只是討上帝的歡心。

〔126〕 蔑弗——没有不。

〔127〕 長日亞伯——據《舊約·創世紀》,亞伯是弟。

〔128〕 次日凱因——據《舊約·創世紀》,凱因是兄。凱因通譯該隱。

〔129〕 使不獲地力——使不能從土地有所收獲。

〔130〕 傳奇——指拜倫長篇敍事詩《凱因》。

〔131〕 靈魂有盡——靈魂有結束之時,即死後無靈魂。

〔132〕 穆亞(公元一七七九年——一八五二年)——通譯穆爾,英國愛爾蘭詩人,著有《愛爾蘭歌曲集》等。他和拜倫交誼很深,曾作《拜倫傳》駁斥反動派對拜倫的詆毁。

〔133〕 遏克曼(公元一七九二年——一八五四年)——德國作家,歌德私人秘書,著有《歌德對話錄》。下引歌德語,即見此書一八二三年十月二十一日談話記錄。

〔134〕 亞斐木——通譯歌裴木,據《舊約·創世紀》,諾亞方舟就是用這種木料製成。

〔135〕 繩其祖武——語出《詩·大雅·下武》,意爲追隨祖先的足迹。

〔136〕 反種——即返祖現象,指生物發展過程中有時出現與遠祖類似的變種或生理現象。

〔137〕 之不拉——即斑馬。

〔138〕 不伏箱——不伏駕馭。《詩·小雅·大東》:"睆彼牽牛,不可以服箱。"服,駕。箱,車箱。

〔139〕 司堪第那比亞——即今歐洲北部的斯堪的那維亞半島。

〔140〕 諾曼——即諾曼地,在法國北部。一〇六六年英王威廉一世將它并入英國,至一四五〇年劃回法國。

〔141〕 顯理二世(公元一一三三年——一一八九年)——通譯亨利第二,一一五四年起爲英國國王。

〔142〕 勒力俱大學——通譯劍橋大學。

〔143〕 波陀牙——通譯葡萄牙。

〔144〕 突厥——即土耳其。

〔145〕 哈洛爾特游草——通譯《哈羅德游記》。

〔146〕 有神——信奉上帝。

〔147〕 外輝——指劍出鞘而光芒外射。

〔148〕 元惡——罪魁禍首。

〔149〕 全羣——整個社會。

〔150〕 銀釭——燈。

[151] 約翰(公元一七二三年——一七八六年)——曾任英國海軍上將。

[152] 海王——海盜之王。

[153] 羅羅——通譯《異教徒》。

[154] 人稟五才八句——見《文心雕龍·程器》。五才,即五行,指金、木、水、火、土,古人認爲這些物質的配合與人的性情有關係。修,長。隆,高。特達,這裏說特別原諒,免予批評。誚,責。寸析,據原文應作寸折,指曲折很多。

[155] 覗——同"伺",窺伺。

[156] 阨——壓制打擊。

[157] 堂祥——通譯《堂·璜》。

[158] 曼弗列特——通譯《曼弗特》。

[159] 法斯忒——通譯《浮士德》。

[160] 盧希飛勒——通譯魯西反,即撒旦。據猶太教經典《泰爾謨德》(約爲公元三五〇年至五〇〇年間的作品)所記,撒旦原是天使長,因違抗命令,與他的部屬一起被趕出天國,墮入地獄。

[161] 比行世——及至這部作品問世。比,及、到。

[162] 嗚其非理者——揭露宗教中不合理的地方。

[163] 何由昉乎——怎樣產生的呢?

[164] 伽蘭——一作伽藍,梵語音譯,即廟宇。

[165] 加于我之上位——強加于我的統治者。

[166] 考——《爾雅·釋親》:"父爲考。"

[167] 華盛頓——見《二十世紀大舞臺發刊詞》註[48]。

[168] 對蹠——對立。

[169] 磽确之區七句——見拜倫一八二〇年十一月五日致托馬斯·摩爾的信。磽确,貧瘠。

[170] 諾威——即挪威。 伊孛生(公元一八二八年——一九〇六年)——通譯易卜生,挪威戲劇家,主要作品有《玩偶之家》、《國民公敵》等。

[171] 社會之敵——通譯《國民公敵》。

[172] 地主——指房主。

[173] 逖——遠離。

[174] 若爲自由故三句——見拜倫一八二〇年十一月五日致托馬斯·摩爾的信。原文應譯爲:"一個人若在國內沒有自由可爭,那麼讓他爲鄰邦的自由而戰鬪吧。"

[175] 墺——奥地利。

[176] 馬志尼——見«二十世紀大舞臺發刊詞»註[49]。

[177] 加富爾——(公元一八一〇年——一八六一年)——統一的意大利王國的首任首相,意大利自由貴族和資產階級君主立憲派領袖。

[178] 意之獨立成——爲了反對奥國對意大利統治，一八二〇年至一八二一年“燒炭黨人”鼓動和領導反對奥國的軍事起義，一八四八年意大利人再度起來革命,終於在一八六一年成立了統一的意大利王國。

[179] 意大利實大有賴于裴倫三句——見馬志尼所作論文«拜倫和歌德»。

[180] 希臘協會——一八二一年希臘爆發了反對土耳其統治的獨立戰爭，歐洲一些國家組織了支持希臘獨立的委員會。倫敦之希臘協會,指英國支援委員會,拜倫是它的主要成員。

[181] 克茀洛尼亞島——通譯克法利尼亞島，希臘愛奥尼亞羣島之一。拜倫於一八二三年八月三日至該島。

[182] 密淑倫其——通譯梅索朗吉昂,西部的重要城市,拜倫於一八二四年一月五日赴此。

[183] 式列阿忒——阿爾巴尼亞(當時是土耳其屬地)的民族的一種。

[184] 革——危急。

[185] 四月十八日——按:拜倫於四月十九日病逝。

[186] 爲作思惟——行爲思想。

[187] 朋思(公元一七五九年——一七九六年)——通譯彭斯,英國蘇格蘭詩人,著有長詩«農夫湯姆»、«愉快的乞丐»和數百首短詩。

[188] 斯人也九句——見拜倫一八一三年十二月十三日日記。反張,矛盾。

[189] 以我詩爲愉快——以批評我的詩作爲樂事。

[190] 契支(公元一七九五年——一八二一年)——通譯濟慈，英國詩人，著有«爲和平而寫的十四行詩»、長詩«伊莎貝拉»等。

[191] 惡斯佛大學——通譯牛津大學。

[192] 愛智之學——即哲學。

[193] 戈德文(公元一七五六年——一八三六年)——英國哲學家,無政府主義者,著有政論«政治的正義»、小說«卡萊布·威廉斯»等。

[194] 檄——號召。

[195] 阿剌斯多——通譯«阿拉斯特»。

[196] 伊式闌轉輪篇——通譯«伊斯蘭起義»。

［197］解放之普洛美沼斯——通譯«解放了的普羅米修斯»。

［198］黏希——通譯«欽契»。

［199］僦畢多——通譯朱比特，羅馬神話中諸神之父，和希臘神話中的宙斯相等。

［200］稘——同朞，本義是周年，這裏指世紀。

［201］斛殞——同歸於天亡。

［202］化而成醇——醞釀成熟。

［203］奥古斯丁（公元三五四年——四三〇年）——基督教教父之一，生於北非特加斯特，即今阿爾及利亞的蘇克·艾拉斯，原爲摩尼教徒，後改基督教，著有«天主之城»、«懺悔錄»。

［204］人類曼衍之大故——人類社會發展的大道理。

［205］澡雪——意爲高潔，«莊子·知北游»：“澡雪而精神。”

［206］斯賓塞（公元一五五二年——一五九九年）——英國詩人，著有«仙后»等詩篇。

［207］畢撒——通譯比薩，意大利名城。

［208］培庚（公元一五六一年——一六二六年）——通譯弗蘭西斯·培根，英國哲學家和歷史學家，近代英國唯物主義和實驗科學的創始人。

［209］縱吾身亦莫能解——我們就是一輩子也不能理解。

［210］普式庚（公元一七九九年——一八三七年）——通譯普希金，俄國著名詩人，主要作品有«歐根·奥涅金»、«上尉的女兒»等。

［211］來爾孟多夫（公元一八一四年——一八四一年）——通譯萊蒙托夫，俄國著名詩人，主要作品有«童僧»、«惡魔»等和長篇小説«當代英雄»。

［212］羅曼宗——卽浪漫派。

［213］鮮卑——指西伯利亞。

［214］耆宿——指卡拉姆辛、茹柯夫斯基等人。

［215］思理文形——思想內容和藝術風格。

［216］高加索累囚行——通譯«高加索的俘虜»。

［217］及瀔希——通譯«茨岡»。

［218］一質分——一部分特質。

［219］阿內庚——通譯«歐根·奥涅金»。

［220］漸近眞然——逐漸接近於現實。

［221］外緣——客觀環境。

［222］峻絕——高傲卓絕。

［223］波闌抗俄——指波蘭十一月起義。一八三〇年十一月，波蘭軍隊反抗沙皇命

令，堅决拒絕開往比利時鎭壓革命，並舉行武裝起義，解放華沙，成立新政府，廢除了沙皇尼古拉一世對波蘭的統治。但起義成果被大貴族和富豪所篡奪，最後失敗。

[224] 俄國之讒謗者——通譯«給俄羅斯之讒謗者»。

[225] 波羅及諾之一周年——通譯«波羅金諾紀念日»。這一首詩及«給俄羅斯之讒謗者»都作於一八三一年，當時俄國沙皇充當世界憲兵的角色，到處撲滅革命火焰，向外擴張，引起世界人民的強烈反抗。普希金這兩首詩都有爲沙皇侵略行爲辯護的傾向。

[226] 勃闌兌思(公元一八四二年——一九二七年)——通譯勃蘭兌斯，丹麥文學批評家和文學史家，小資產階級的民主激進派，著有«十九世紀歐洲文學主潮»、«俄國印象記»、«歌德研究»等。

[227] 和闌——卽荷蘭。

[228] 單提斯——通譯丹特士。

[229] 芘賓(公元一八三三年——一九〇四年)——通譯佩平，俄國文學史家，著有«俄羅斯文學史»等。

[230] 來爾孟斯(約公元一二二〇年——一二九七年)——蘇格蘭詩人。

[231] 世胄裴倫傳——卽穆爾所著«拜倫傳»。參閱本篇註[132]。

[232] 知其生涯有同我者三句——見萊蒙托夫«自傳札記»第一片段。

[233] 裴倫更有同我者一事十句——見«自傳雜記»第九片段。

[234] 勗賓赫爾(公元一七八八年——一八六〇年)——通譯叔本華，德國資產階級唯心主義哲學家，主要著作有«世界是意志和表象»。

[235] 神摩——通譯«惡魔»。

[236] 謨哜黎——通譯«童僧»。

[237] 莫倫——不能比擬。倫，類，等，這裏是比擬的意思。

[238] 賦詩——指«詩人之死»一詩。此詩揭露了殺害普希金的陰謀，發表後震動一時，沙皇認爲是一篇"革命宣言"。萊蒙托夫因此被拘捕，審訊後被遷調高加索。

[239] 末解——最末一節。

[240] 朝人——官吏。

[241] 士師——法官。

[242] 並世英雄記——通譯«當代英雄»。

[243] 摩爾迭諾夫——俄國反動軍官，向萊蒙托夫挑釁引起决鬭。後證實此事受沙皇

政府的指使。 擬——擬度，這裏是描準的意思。

[244] 普式庚在厭世主義之外形——普希金得到的僅為拜倫的厭世主義的外表。

[245] 波罩勖迭(公元一八一九年——一八九二年)——德國作家，曾翻譯普希金、萊蒙托夫等俄國作家的作品。

[246] 伊思邁爾培——通譯《伊斯馬伊爾·拜》。

[247] 密克威支(公元一七九八年——一八五五年)——通譯密茨凱維奇，波蘭著名詩人，著有長詩《塔杜施先生》、《先人祭》等。

[248] 斯洛伐支奇(公元一八〇九年——一八四九年)——通譯斯洛伐茨基，波蘭著名詩人，是一八三〇年至一八三一年波蘭起義的同情者，著有《珂爾強》等。

[249] 克拉旬斯奇(公元一八一二年——一八五九年)——波蘭著名詩人，著有《非神的喜劇》、《黎明前的瞬間》、《未來的贊歌》等。

[250] 列圖尼亞——通譯立陶宛，在波蘭以北。一五六九年與波蘭合併為波蘭立陶宛王國，一七九五年後大部分併入俄國。

[251] 維爾那大學——在今立陶宛境內維爾紐斯城，當時是東歐文化中心之一。

[252] 死人之祭——通譯《先人祭》。

[253] 加夫諾——立陶宛重要城市。

[254] 阿兌塞——通譯奧德薩，俄國海口，在今烏克蘭共和國境內。

[255] 克利米亞——卽克里米亞半島。

[256] 諾華格羅迭克——立陶宛古都。

[257] 擐甲——貫甲，卽披上戰甲。

[258] 假有婦人——通過這個婦女。

[259] 摩契阿威黎(公元一四六九年——一五二七年)——通譯馬基雅維里，意大利作家和政治家，君主專制政體的擁護者，著有《君主》等書。密茨凱維奇在《華連洛德》開端引《君主》第十八章語云："因此，你得知道，取勝有兩個方法：一定要又是狐狸，又是獅子。"

[260] 附諸裴倫之英雄——加在拜倫式的英雄身上。

[261] 佗兌支氏——通譯《塔杜施先生》。

[262] 主的——主題。

[263] 華伊斯奇——波蘭語，是大管家的意思。

[264] 國粹——本國的文化傳統。

[265] 銅馬——今譯《青銅騎士》，此詩發表於一八三三年。

[266] 大彼得像——今譯《彼得大帝的紀念碑》，此詩發表於一八三二年。

[267] 虛——懸空。

[268] 自由日出——自由的思想像朝陽般升起。

[269] 寒沍——寒凍不解。沍,凍。

[270] 波蘭破後——指十一月起義失敗,一八三一年九月八日沙皇軍隊佔領華沙,進行殘酷屠殺,並再次將波蘭併入俄國版圖。

[271] 克爾舍密涅克——今譯克列梅涅茨,在蘇聯烏克蘭的特爾諾波爾省。

[272] 華騷——即華沙,今波蘭首都。

[273] 曷爾愛列須——非洲地中海岸的海口。

[274] 大漠中之疫——今譯《瘟疫病人的父親》。

[275] 尼阿孛事——尼阿孛,希臘神話中泰拜城王后,她向太陽神阿波羅夸耀自己七個兒子和七個女兒,太陽神和他妹妹月神阿爾泰彌斯當着尼阿孛的面殺死他的全部子女。

[276] 克壘勒度克——波蘭語,意爲瘋魔的皇帝。

[277] 伊凡四世(公元一五三〇年——一五八四年)——世稱伊凡雷帝,在位期間,極力向東擴張領土,加強中央集權,壓制諸侯勢力,沙皇專制得以日益加強。

[278] 馬理——通譯馬麗亞,基督教傳說中耶蘇之母。

[279] 韃靼——蒙古族後裔,居中亞細亞一帶。

[280] 巴棱——沙皇保羅一世寵臣,一八〇一年三月謀殺保羅一世。

[281] 阿爾洛夫——俄國貴族首領。一七六二年發生宮廷政變,沙皇彼得三世被阿爾洛夫指使人暗殺。

[282] 吾神已寂——我的神明已死。

[283] 血蝠——或譯吸血鬼。舊時歐洲民間傳說:罪人和作惡者死後的靈魂,能夜間離開墳墓,化爲蝙蝠,吸飲生人之血。

[284] 不之直——不爲之伸張正義。

[285] 摩亞——通譯摩爾,非洲北部民族,於一八二三年建立格拉那陀王國,一四九二年爲西班牙所滅。

[286] 尼可拉一世(公元一七九六年——一八五五年)——通譯尼古拉一世,一八二五年至一八五五年的俄國皇帝。

[287] 絕澤——已經斷絕了的祖先的光澤。

[288] 千八百三十年之舉——指一八三〇年波蘭革命。

[289] 六十三年大變——指一八六三年波蘭革命。

[290] 裴彖飛(公元一八二三年——一八四九年)——通譯裴多菲,匈牙利著名詩

人、革命家，積極參加一八四八年匈牙利首都布達佩斯的起義和一八四九年反抗奧地利統治的民族解放戰爭，著有政治詩《民族之歌》、長詩《使徒》、《勇敢的約翰》等。

[291] 道周——路邊。 小旅——小旅店。

[292] 菩特沛思德——通譯布達佩斯。

[293] 巴波大學——應爲巴波中學，位於匈牙利西部的巴波城。

[294] 偉羅思摩諦（公元一八〇〇年——一八五五年）——今譯魏勒斯馬提，匈牙利詩人，主要著作有《查蘭的出走》、《號召》等。他曾介紹裴多菲的第一本詩集給國家叢書社出版。

[295] 阿闌尼（公元一八一七年——一八八二年）——通譯奧洛尼，匈牙利詩人，著有長詩《失去的憲法》和《多爾第》、《多爾第的愛情》、《多爾第的晚年》三部曲。

[296] 薩倫多——匈牙利東部的一個村落，奧洛尼的出生地。

[297] 約爾提（Joldi）——原文有誤，應爲 Toldi，譯文應爲《多爾第》。

[298] 墺大利人革命——指一八四八年三月奧地利首都維也納發生的武裝起義。

[299] 輿矣摩迦人——即《民族之歌》。

[300] 致諸帝——今譯《給國王們》。

[301] 獨——乃。 研——磨，踏碎。

[302] 國民軍——今譯國防軍。

[303] 貝諆（公元一七九五年——一八五〇年）——今譯貝姆，波蘭將軍，波蘭十一月起義領導人之一。

[304] 軻蘇士（公元一八〇二年——一八九四年）——今譯科蘇特，曾領導一八四八年匈牙利反抗奧國的革命，失敗後出亡，死於意大利。

[305] 脫闌希勒伐尼亞——今譯特蘭西瓦尼亞，當時在匈牙利東南部，後屬羅馬尼亞。

[306] 舍倶思跋——今譯瑟克什堡。一八四九年夏沙皇尼古拉一世派十餘萬大軍援助奧地利，撲滅匈牙利，在這裏擊敗貝姆。

[307] 英雄約諾斯——通譯《勇敢的約翰》。

[308] 絓吏之繯——通譯《絞吏之繩》。

[309] 耶和華——希伯來人對上帝之稱。

[310] 對立——這裏是並立的意思。

[311] 邂逅——遭遇。

[312] 得失滋不云微——優點和缺失都不是很細微的。

[313] 不遇校讎——不同人家比較。

[314] 砉——破裂的聲音。

[315] 洛克(公元一六三二年——一七〇四年)——英國二元論哲學家,感覺論者,著有《人類理解力論》、《政府論》。

[316] 治餅餌守囹圄之術——指當時留學生從日文翻譯的關於家政和典獄一類的書籍。

[317] 凱羅連珂(公元一八五三年——一九二一年)——通譯柯羅連珂,俄國作家,著有小說集《西伯利亞故事》和文學回憶錄《我的同時代人的故事》。

[318] 末光——《西伯利亞故事》中的一篇,韋素園的譯本題爲《最後的光芒》,描寫被流放到西伯利亞的一家十二月黨人的生活。

[319] 詮解——解說。

【説明】

本文最初分兩次發表於一九〇八年二月、三月《河南》月刊第二、第三號,署名令飛,是反映魯迅早期文藝思想的一篇重要論文。魯迅成爲“中國文化革命的主將”,當然是由於他後期的戰鬭和貢獻。但是,在魯迅的早期,儘管他還不是馬克思列寧主義者,他的思想體系還不能超越出資產階級的範疇,然而他的文學思想在當時來說,却是先進的和具有強烈的戰鬭性的,代表了舊民主主義文藝思想的最高成就。

魯迅在當時已明確認識文學是現實的反映。他在《儗播布美術意見書》中一方面說明藝術並不是什麽神秘的東西,而是現實的再現;另一方面他又說明,藝術在再現現實的時候,並不是簡單地抄襲或機械地模仿,而“當加改造”,只有經過作者的分析、加工、提煉,才能“美化”,成爲具有典型意義的藝術作品。基於這種對藝術的現實主義觀點,魯迅特別強調文藝的社會功能,指出反映人生的“事實法則”、顯示“人生的誠理”的文學,具有“爲教示”的教育意義和“益人生”的社會作用,可以激勵人們“自覺勇猛發揚精進”,去改造人生社會的“缺陷”,使人生社會“就於圓滿”。

青年魯迅,作爲一個戰鬭的民主主義者和愛國主義者,在當時民族危機日益加深的形勢下,爲了使文學成爲改造人生社會、拯救祖國命運的政治鬭爭的武器,極力提倡反抗的、積極浪漫主義文學潮流,即所謂“摩羅詩派”。他指出，摩羅詩派“立意在反抗，指歸在動作”，“大都不爲順世和樂之音，動吭一呼，聞者興起，爭天拒俗，而精神復深感後世人心，綿延至于無已”。這就是說，這種積極浪漫主義的詩歌是緊密地結合現實的，引導人們去從事反抗和戰鬭，推動社會發展的詩歌，是人間“最雄桀偉美”的聲音。

魯迅當時考慮的中心問題是怎樣才能使被壓迫人民起來反抗壓迫者，怎樣才能使中國走上革新和進步的道路。他以飽滿的熱情贊美摩羅派詩人，正是由於這派詩人的共同特點就是“發爲雄聲，以起其國人之新生，而大其國于天下”。這派詩人，既不追戀往古，也不迷於實利，而是具有崇高理想、能够激動人心的“精神界之戰士”。這一文學流派“入俄則起國民詩人普式庚，至波蘭則作報復詩人密克威支，入匈加利則覺愛國詩人裴象飛”，這些都是他在本文中介紹、稱頌的詩人。在摩羅派詩人中魯迅最推崇拜倫。通過魯迅對拜倫的評價，可以看出他是要求詩人把“世之毀譽褒貶是非善惡”“悉措而不理”，去爲“獨立自由人道”而進行不倦的戰鬭，與虛僞的社會作不調和的鬭爭，並要求詩人把這種反抗精神貫徹到詩歌中去，在作品中說出“眞理”。

魯迅進一步指出，文學所宣揚的反抗、鬬爭、個性解放等內容，並非僅僅是作家個人思想感情的表現，而且是民衆心底的要求在作品中的反映；作家只是、也必須是民衆要求的代言者。他說：“蓋詩人者，攖人心者也。凡人之心，無不有詩，如詩人作詩，詩不爲詩人獨有，凡一讀其詩，心卽會解者，卽無不自有詩人之詩。無之何以能解？惟有而未能言，詩人爲之語，則握撥一彈，心弦立應，其聲徹于靈府，令有情皆舉其首，如睹曉日，益爲之美偉強力高尙發揚，而汙濁之平和，以之將破。平和之破，人道蒸也。”在這裏表現了他對于民衆的看法。和一般資產階級革命者不同，魯迅沒有把民衆看作是愚蠢的和永遠不會覺醒的羣氓。同時，這裏也反映了魯迅對文學和民衆關係的看法。在魯迅看來，文學不是、也不應該是脫離民衆的東西；正是由于文學是民衆所“心卽會解”的，所以它才有振奮人心和改造社會的鼓舞力量。

魯迅在介紹摩羅詩人的同時，深刻批判了封建文學和封建文學思想：“如中國之詩，舜云言志；而後賢立說，乃云持人性情，三百之旨，無邪所蔽。夫既言志矣，何持之云？強以無邪，卽非人志。許自繇于鞭策羈縻之下，殆此事乎？”他還進一步指出，封建文學思想並不只是純粹的文學觀點，而正是“中國之治，理想在不攖”的政治思想在文學上的反映；封建的文學思想就是爲了取消詩歌的戰鬬內容，使之成爲“可有可無”的東西，以便維護封建統治，使統治者“子孫王千萬世”。這種把對封建文學思想的批判和對封建政治思想的批判結合在一起的做法，在當時來說是十分可貴的，表現出魯迅早期文學思想的強烈戰鬬精神。

在舊民主主義時期的進步的文學思想中，政治傾向最鮮明、戰鬬性最強烈、對封建文學思想批判最尖銳的，就是魯迅的文學思想。魯迅早期文學思想在當時確實是有其進步的意義和突出的成就，成爲舊民主主義革命時期文學思想的光輝頂點。但必須指出，評價魯迅的早期文學思想，決不能脫離當時的政治、歷史條件；魯迅之所以偉大，主要是由於他隨着時代的前進而前進，後來終于克服了他早期的資產階級的哲學、政治、文學思想而堅決地站到無產階級的立場上來。因此，在他早期文學思想中存在對文藝社會作用估計過高的傾向以及其它一些局限，在他以後的文學思想中都得到了糾正。

圖書在版編目(CIP)數據

中國歷代文論選:(一卷本)/郭紹虞主編. —上海:上海古籍出版社,2001.11(2025.5重印)
高等學校文科教材
ISBN 978-7-5325-3047-2

Ⅰ.①中… Ⅱ.①郭… Ⅲ.文學理論—中國—古代—高等學校—教材 Ⅳ.I206.2

中國版本圖書館CIP數據核字(2001)第067695號

高等學校文科教材
中國歷代文論選
(一卷本)
主 編 郭紹虞
副主編 王文生
上海古籍出版社出版發行
(上海市閔行區號景路159弄1-5號A座5F 郵政編碼201101)
(1)網址:www.guji.com.cn
(2)E-mail:guji1@guji.com.cn
(3)易文網網址:www.ewen.co
蘇州越洋印刷有限公司印刷
開本850×1168 1/32 印張16.375 字數526,000
2001年11月新1版 2025年5月第32次印刷
印數:308,301—311,400
ISBN 978-7-5325-3047-2
K·365(課) 定價:48.00元